虎啸狮源

冉勇 著

中国言实出版社

图书在版编目（CIP）数据

虎啸桃源 / 冉勇著. -- 北京：中国言实出版社，
2023.11

ISBN 978-7-5171-4694-0

Ⅰ.①虎… Ⅱ.①冉… Ⅲ.①长篇小说—中国—当代
Ⅳ.①I247.5

中国国家版本馆CIP数据核字(2023)第223330号

虎啸桃源

责任编辑：王蕙子
责任校对：邱　耿

出版发行：中国言实出版社
　　地　址：北京市朝阳区北苑路180号加利大厦5号楼105室
　　邮　编：100101
　　编辑部：北京市海淀区花园路6号院B座6层
　　邮　编：100088
　　电　话：010-64924853（总编室）　010-64924716（发行部）
　　网　址：www.zgyscbs.cn　电子邮箱：zgyscbs@263.net

经　　销：新华书店
印　　刷：四川科德彩色数码科技有限公司
版　　次：2024年1月第1版　　2024年1月第1次印刷
规　　格：889毫米×1194毫米　　1/16　　33.75印张
字　　数：526千字

定　　价：96.00元
书　　号：ISBN 978-7-5171-4694-0

本书入选鲁渝协作
助力酉阳文旅发展项目

世界上有两个桃花源，一个在我们心中，一个在重庆酉阳。

酉阳历史源远流长，曾长期是土司州府所在地，中国共产党的创始人之一赵世炎诞生在龙潭古镇，红二、六军团会师于南腰界。

大美酉阳，在酉阳桃花源，与心中桃源相遇；龚滩古镇"是唐街，是宋城，是爷爷奶奶的家"，龚滩一梦，情醉千年！龙头山哦，如一位宽厚的父亲一样，巍峨而沉思；酉水河哦，温柔的母亲河，秀美而温婉。河湾山寨令人沉醉！

如今，在酉阳希望的田野上，"酉阳800"品牌打造规划正描绘着乡村振兴的精美画卷。酉阳文旅必将是一部磅礴大气的华彩乐章，《虎啸桃源》是其中一个土司文化的音符，如最后的莫西干人一样倾诉故乡的原风景。

我们每个人都有两个故乡，一个在我们的生养之地，一个在我们的梦里！梦里老家，重庆酉阳。

——刘斌（东营驻酉阳挂职干部）

二〇二三年四月二十五日

鲁渝协作
LU YU XIE ZUO

一从提剑扫尘烟，撑住西南半壁天。
耕桑奠土三千里，忠孝流芳亿万年。

推荐词 |

　　本书对于西南土司与朝廷及地方政府、卫所的关系，与周边保靖、永顺土司的合作与争斗，与辖区内邑梅、平茶等下级土司的治理关系，都有翔实的描述，对于理解明末西南土司的治理策略有借鉴意义。

　　　　　　　　——罗新　北京大学历史学系民族史研究室主任，教授

　　本书对于西南少数民族地区的西兰卡普、阿啦调、阳戏、花灯等民间非物质文化遗产，赛龙舟、拉纤、背二哥等西南民俗等都有生动描绘，是一本探究地方民俗文化的有益读物。

　　——张继焦　中国社会科学院民族学与人类学研究所民族社会研究室主任

　　《虎啸桃源》这本书，从土司内政治理、军队建设、赋税徭役、官学文化，到宗族管理、子嗣夺嫡、梯玛信俗等都有描绘，全景式展现了明末西南土司治理的全景图像，对于深刻理解中国特殊时期土司制度的具体运行状况，对于理解明末时期的生活具有重要价值，十分值得一读。

　　——林继富　中央民族大学教授，中国少数民族文学学会常务理事

西南山川秀丽，美食遍地，地道的一个桃花源。读了《虎啸桃源》一书，一幅明末西南土司治理的全景画卷徐徐展开。书中不仅有内政处置、官府暗斗、金戈铁马，还有传统文化、民间风俗、自然山水。内容翔实生动，令人欲罢不能。

——谢戎彬　人民日报社中国能源汽车传播集团党委书记、董事长、总编辑，

中国汽车报社长，中国能源报总编辑

小友冉勇出生于少数民族地区，在民间传说、资料典籍基础上，勾勒出一幅土司治理、土家族苗族融入中华民族一体化进程的历史画卷，考据翔实、文笔生动，填补了渝东南地区土司故事讲述的空白。

——张网成　北京师范大学社会学院教授，社会学博士生导师

《虎啸桃源》这本书，全景式展现了西南当地的土司治理、民俗文化、自然风光，特别是其中描写的桃花源、乌江百里画廊等风光，独竹漂、土家摆手舞、傩戏、西兰卡普等民间非物质文化遗产，十分引人入胜。

——马丁　中央电视台知名主持人、媒体评论员

本书对于西南土司文化艺术进行了深入探索，描绘了土司官学、子弟入贡、大儒授课等场景，对于土司子弟吟诗作赋、曲水流觞等也有叙述，具有较强的历史价值。

——黄锦平　《西南作家》杂志社社长

《虎啸桃源》这本书，描写了明末平播之战、辽东之战等大量战争画面，从运筹帷幄、调兵遣将、后勤保障，到行伍列阵、攻城掠地、短兵相接，都有精彩的描写，反映了明末冷兵器向热兵器过渡时期的战争场景。

——郭光亮　重庆青年职业技术学院院长

自序 |

黄云黯黯北风凉，浩瀚江流出大荒。

元菟郡邻增杀气，白狼河近惨天光。

雄兵引我三边远，瘦影偎人万里长。

遥指皮船催竞渡，大旗一角映斜阳。

    2020 年初，一位朋友要到西南旅游，让我帮忙推荐景点。我这人向来喜欢"夹带私货"，便推荐他顺便到我老家桃花源游玩。谁知他因总体时间有限，以当地缺乏人文底蕴拒绝了。受了这刺激，我就上网搜索老家县史，不经意间看到了上面这首诗。此诗颇有唐人边塞诗的风采，再一看，赫然是土司后人冉天育所作。

    说来惭愧，我对于老家的印象，只有桃花源、龚滩古镇等景区；对当地历史的了解，则只限于近代革命者赵世炎、刘仁。偶尔提及土司，也和大多数人印象一样，以为只是落后、愚昧甚至贪婪、暴虐的代表。看到上面这首诗后，我对土司的看法也有了改变，此后便有意收集相关资料，对土司有了更多的了解和领悟。

    南宋建炎三年（1129 年），冉万要、冉千要等率夔州族人前往西南平叛，立下赫赫战功。皇帝龙颜大悦，指其姓名说道："千要万要，莫如忠孝为要。"于是为兄弟二人赐名为守忠、守孝。从此，武陵山冉氏便以"忠孝"为堂号，土司将其衙署所在地命名为"忠孝坝"，以忠孝立身传家。其治理范围，巅峰时包括今酉阳县、秀山县全境及黔江区大部。

天下尽忠，淳化而行也。从缴纳贡赋，到进贡丹砂、花田稻米等特产，到运送楠木帮助修建皇宫，冉氏土司都不遗余力。在明朝"万历三大征"中都有土司士兵的身影，特别是天启元年，土司士兵在浑河北岸与努尔哈赤血战，一战成名。《明熹宗实录》称之为"凛凛有生气"，"时咸壮之"；兵部尚书张鹤鸣评价："浑河血战，首功数千，实石砫、酉阳二土司功。"清代启蒙思想家魏源也感慨："是役，明以万余人当我数万众，虽力屈而覆，为辽左用兵以来第一血战。"正因为如此，冉氏土司能够不断得到朝廷封赏，稳固自己的统治。

夫孝，天之经也，地之义也，人之行也。冉氏以孝治家，多次修撰族谱，特别是请到"崛起真儒"来知德作序，把"忠孝"二字融入血脉基因。其重视子弟教育，永乐年间便开设官学，并派子弟到国子监就读。土司子弟多数能父义母慈、兄友弟恭，与石砫、万州、贵州等地的族人守望相助，所以能绵延不绝。

一直到雍正十二年（1734年）改土归流，冉氏土司统治当地六百余年。在朝廷不断更替的情况下，冉氏土司的统治能够一直稳固，说明土司制度有其合理性，也反证其忠孝传家的思想产生了较好成效。秦人为躲避战乱，躲到与世隔绝的桃花源中。而在冉氏土司统治的六百年间，当地基本没有面临大规模外敌入侵，百姓能有一个相对稳定的生活环境。即便是明末张献忠屠川时期，当地还能做到人口不降反增，宛如一个世外小桃源。

在搜集资料的过程中，我从最初的猎奇心态，逐渐有了创作的冲动，于是硬着头皮写了这本书。取名过程也比较曲折，原本取名为"龙吟虎啸——桃源土司风云录"。龙吟者，是因为本书主角冉跃龙有十三兄弟，名字都带"龙"；本书大事件中不少人物名字也带"龙"，如平播之战中的播州宣慰使杨应龙、官军总督李化龙，奢安之乱中大渝叛军首领樊龙等等。虎啸者，西南土司均有白虎崇拜，且书中两代主角均属虎。不过朋友们都不太喜欢"主标题+副标题"的方式，于是最后定名为"虎啸桃源"。

当然，本书宗旨绝非为土司唱赞歌。土司囿于其时代局限性，也有其愚昧、残暴、贪婪的一面。比如，土司子弟会在桃花源吟诗作赋，转眼却又会兄弟相残、争权夺利；为了维护自身统治，会与周边土司相互联姻，其间虽有白再香这样婚姻幸福的女将军，但也有不少女性沦为权力的牺牲品；在平叛中各土司会联合征战，但平时也会为了争夺山林土地相互征讨；土司一边大兴儒学，一边又痴迷于梯玛迷信、修道炼丹；为了进贡，花田贡米不止产生了民歌黄杨扁担，也有"炙者不知其味"的悲剧。这些事情，都会在书中提及。

本书的定位是历史传奇小说，意图展现明末西南土司治理的全景图像，书中涉及的主要事件、人物均在史料中有零散记载。冉氏土司及其子弟活动半径较大，除四川、大渝内部外，因征战、进贡、求学还到了贵州、北京、辽东以及长江沿线、大运河沿线。为此，从明史到明实录，从州志、县志到大渝市志及相关区县志，从土司志到各个版本的冉氏族谱，从明朝平定播州之战到平辽之战的论文、奏章、官员回忆录等，我都广泛进行了搜集。我多次到国家图书馆、古籍馆查阅资料，知网论文库、政府各网站关于县史、土司的论文全都做了下载学习，前后历时一年多，相关资料达500余份。

从构思到停笔，本书前后用了七个多月时间。每天晚上在陪孩子写作业的时候，我就拿着笔记本在旁边码字，周末和法定假日更是创作高峰。不管怎么样，也算圆了自己的一个梦。至于这本书最后是否会沦落到无人问津之地，已非我所考虑的问题了。

作者于北京阜成门

万州驸马坟羊首人身俑

飞来峰来熏阁土司别墅

土司夫人白再香墓志

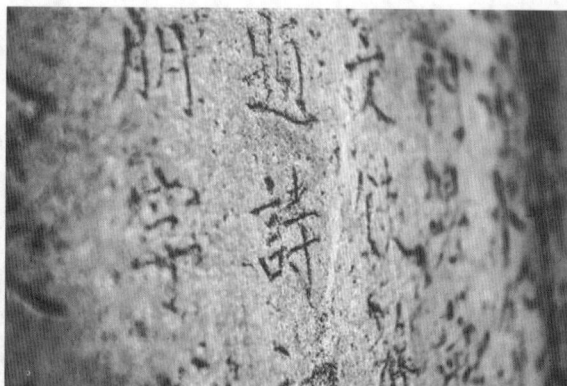

栖鹤庵（土司修道处）石碣

车田乡何氏土司十万屋基遗址

马鞍城（金头和尚起义遗址）

土司冉跃龙夫人舒氏所用铜镜

土司冉跃龙墓中随葬的瓷器

桃花源

龚滩古镇

花田贡米产地

酉水河

土家族摆手舞

阳戏

酉水河龙舟竞渡

土家族西兰卡普

目录 | contents

第一回
恶狗潭铜鼓现世　酉司城土司遇刺

生在西山，常居东谷，出没无时。向枯树岩前，幽泉涧畔，饥餐渴饮，饱暖随宜。一任纵横，平生勇猛，走入丛林万木披，谁知得。但无忧无惧，断绝狐疑。

等闲剔起双眉，有万里风生八面威。自踏叶巡山，不离元所，一灵不昧，百兽皈依。跳下悬崖，咆哮振地，月白山寒水满溪。收牙爪，且藏身遁迹，独步云归。

看到白虎在对面丛林中悄无声息出现的时候，趴在草丛中的冉维屏突然想起这首词来。这头猛虎恐怕有六百多斤，维屏握着长枪的手不由自主开始冒汗。

两丈外的水牛狂躁起来。这是一头尚未阉割的公牛，背上的刺痛加上突然出现的猛虎，让它既恐惧又兴奋，喘着粗气开始狂跳。狂怒的力量加上八百多斤的体重，拴在树上的绳子也被它挣断，旁边的树枝被牛角一扫即断。

白虎刚从密林中探出身子，一个箭步就来到水牛身前，一掌照着牛头拍下，水牛闷哼一声便已趴下。猛虎前掌搭着牛头，血盆大口咬向牛脖子。

机会就要到来。冉维屏是个优秀的猎手，他知道此时猛虎正在全力搏斗，对外界的警惕将会放松。自从袭职西司宣抚使以来，维屏南征北战，为自己赢得了怀远将军的封号和善战的名声。但他的白虎堂还缺一张虎皮，亲手打下的虎皮铺在宝座上，是西南土司都有的情结。

维屏一挥手，几支浸着蛇毒的弩箭朝着猛虎飞去。哪知这猛虎甚是警觉，猛地往旁边一扑，几支毒箭擦着虎皮飞过。猛虎就势一滚，便已翻身站起，向着冉维屏藏身之地看来。

"列阵！"维屏大喊道。旁边诸人虽然和他一样只有十八九岁年纪，但都是跟随他南征北战训练有素的勇士，瞬间便架起几面一人多高的盾牌，维屏等人举着长枪从盾后伸出来。便是千军万马冲来，土司兵也是结这种战阵。

那猛虎低吼一声，一跃而起，竟越过众人头顶，到了长枪阵身后。维屏临危不惧，适才阵后的两人随即变为前队，马上架起盾牌。其他人急忙转身，重新布阵。

然而白虎比他们更快，一跃便到了身前。转瞬间猛虎便将四五人扔了出去，剩下的人也被拍晕，只有维屏举着长枪。猛虎一掌将维屏按倒，伸出鼻子来闻，虎须已经扫到脸上。维屏挣扎不得，想叫却喊不出来，只得闭眼受死。那猛虎突然张嘴一声怒吼，犹如霹雳一般。

"将军做噩梦了吧？"维屏睁眼一看，发现自己躺在来熏阁二楼的躺椅上，原来是南柯一梦。一名丫鬟赶紧给上来捶背，远处依然雷声震震，天空乌云密布，闷热至极。这来熏阁是一座七脊六坡重檐式二层楼阁，雄踞在飞来峰上。近看雕梁画栋、飞檐翘角，古树参天、小桥碧水；远眺则忠孝坝尽收眼底，土司城便在这坝上从北向南延伸出去，这也是历代土司都喜欢在这里避暑的原因。

"嗨，老啦老啦！"维屏伸了个懒腰，叹息道："梦到三十年前，和秀夫他们去打虎的事情啦。"旁边另外一个丫鬟赶紧递来一杯清茶，一边说道："不老不老，昨天七公子还说，等将军病好了，要和您再去后溪打虎呢！"

"报——"正说话间，一阵马蹄声越来越近，只见两名亲兵打马直奔山下而来。当先一名亲兵翻身下马，单膝跪地，"报将军，铜鼓现世啦！昨夜暴雨雷鸣，铜鼓潭周边土狗整夜吼叫。今日放晴后，村民在潭边发现一面大铜鼓，田寨主已命人用牛车拉着铜鼓过来了。"

"禀将军，刚才属下巡逻时，在水井边发现了这些大逆不道的传单。"另一名亲兵呈上来几张黄纸。维屏接过一看，只见上面写道：八月严寒冬无雪，司主无能冉氏灭；三月大旱四月雨，铜鼓一出内乱起。

维屏心内大惊，传闻这铜鼓重逾千斤，且潭水深十余丈，铜鼓如何能够冲出？今年怪事频出，先是月犯填星于张，此后又旱涝相继，如今铜鼓也现世了，无不与传言相符。难道是天亡我冉氏江山？

正沉吟间，又是一阵马蹄声近。来人却不是本司军士打扮，到得山前便滚下马来："报将军，我卯洞司大军征讨逆贼向嵩，不幸战败。安抚使向明辅大人受伤，特来投靠将军，已经到了城外。"

卯洞安抚司向来与酉司宣抚司友善，亦是酉司防卫永顺宣慰司、散毛司的重要依靠。维屏赶紧吩咐道："请御龙前去迎接，就安顿到来熏阁，让李半仙过来抓紧医治。"

维屏放下茶杯，便要往衙署赶。这飞来峰下本有一条小溪，可乘小舟去往衙署。维屏内心焦躁，等不及小舟前来，下山夺过传令兵手里的缰绳，翻身上马。一面吩咐去请本司舍人、家政并张天师到衙署议事，一面打马向衙署奔去，几个亲兵慌忙提刀跑步跟上。

酉司司城只有东西两条大街，均是从北向南延伸。东大街顺着酉司河往南，两侧以商铺和民房居多。维屏从西大街打马一路向南，路过孔庙和司学，转眼便来到中军营盘前。此时正值晌午，将士均在营内休整，只有几名士兵在街口巡逻。

营盘旁边是一个广场，西侧便是本司衙署，大门上方匾额写着"崇文振武"四个大字。维屏在门口下马，向西穿过天井，来到大堂前。堂内挂着"忠孝堂"牌匾，是维屏长子、本司总理冉御龙办公之地。

维屏接着向西穿过天井，路过男女监狱和亲兵、狱卒住宅，来到中堂前。这是本司经历、流官张岳的官衙，维屏每次路过照例要寒暄几句。今日却静悄悄的，想是雨后花开，张岳踏青去了。维屏快步来到上堂前，这上堂建得威武雄壮，六根朱红堂柱耸立，案桌俨然。上方高悬"清正廉洁"牌匾，下面摆着一把铺着白虎皮的官帽椅，正是维屏的宝座。

亲兵早看见维屏，大声喊道："怀远将军、宣抚使大人到！"堂内众人立时鸦雀无声，垂手立好。维屏坐定，见堂下站着五人：本司舍人冉维桂，四十七八年纪，面相儒雅；家政白邦铭，乃酉东诸寨总管白邦镇之弟，一向协助御龙处理司内事务；铜鼓潭田家寨寨主田得胜；本司儒学教师缪天目，二十多岁年纪，甚是博学多才；军中梯玛彭一丈，却是一位身长四尺的侏儒，做法时喜踩高跷，最擅驱鬼捉妖。

"铜鼓来啦！"只见十名士兵，用大杠抬了一面铜鼓进来，放在堂内。着实好大一面铜鼓，高五尺有余，面阔八尺，鼓身已然全绿，锈迹斑斑，图案依稀可辨。鼓面虎纹已然模糊不清，有不少凹陷之处。在铜鼓潭内泡了四百年，能保持如此完好，真是不易。

"铜鼓铜鼓，我要看铜鼓！"一阵奶声奶气的声音传来。原来是维屏幼子见龙随丫头金桂在衙署外玩耍，看见抬铜鼓的士兵经过，便吵着要来看热闹。正巧老四登龙前来衙署议事，便抱了见龙进来。

这见龙排行十二，刚满三岁，梳着小辫子，十分可爱。见龙摇摇晃晃走到铜鼓边，伸手便向铜鼓摸去，旁人急忙拦着。维屏见了幼子，心情略微舒展，便说道："由着他吧，就让他在旁边看吧。"

众人指点着铜鼓上图案，开始聊起来。田寨主年轻时曾为维屏亲兵，死人堆里爬出来的粗人，向来不信鬼神之事。见维屏等面带忧虑，便不以为然地说："将军不必忧虑，只是一面破铜鼓，有甚大不了的。我看把这铜全熔了，倒能铸不少钱。"

彭一丈咳嗽一声，正色说道："田寨主有所不知，这铜鼓大有来历。四百年前，大宋庆元二年，那时冉氏和何氏已经在西司争霸多年，思通老祖领兵在铜鼓大败何氏，是冉氏定鼎西司关键之战。何氏见兵败如山倒，已无卷土重来的可能，便铸造一面大铜鼓，在恶狗潭边请梯玛做法。"

彭一丈指着铜鼓说道："当时十余位梯玛在恶狗潭边做法三天，黑云低垂，彗星扫北斗，远近家畜整夜嚎叫。何氏以自己鲜血立下毒咒：八月严寒冬无雪，司主无能冉氏灭；三月大旱四月雨，铜鼓一出内乱起。等冉思通老祖闻讯赶来的时候，铜鼓已经沉到潭底，何氏土司已经逃走。思通老祖只能请道士做法，立下誓言：要想江山亡，除非水底无龙王。要等江山败，除非铜鼓翻岩晒。"众人听了，想起近日天象奇异，无不叹息。

维桂劝道："子不语怪力乱神。这些都是虚妄之言，巧合罢了，诸位不要忧心。"家政白邦铭素来信奉巫道，满脸忧虑地说："说是巧合，确实太巧了。连着三个月大太阳不下雨，刚进四月又连下几天大雨，这铜鼓就出来了。依我看，还是做法镇压一下稳妥些。"

彭一丈围着铜鼓走了一圈，说道："这何氏土司的诅咒，'三月大旱四月雨、铜鼓一出内乱起'这两句好解释，这是提醒将军务必防止内乱。"众人心里都赞同这些解释，却又不敢表露出来。

维屏见自己身体一天不如一天，儿子们又各有心思，确实担心发生内乱。心下忧虑，便问道："八月严寒冬无雪，司主无能冉氏灭，这两句又如何解释？"彭一丈问道："桃源真人冉清风常年记载天象，先查一查哪一年八月严寒而冬季又未下雪，就好推测了！"

维屏派了快马到城南栖鹤庵，真人恰好外出，由童子翻了旧日册子送来。众人翻了半天，看到一页纸上记着："隆庆元年八月，大暑雷震。次日，大寒，如严冬。是夕，雷震达旦。"维屏心头狂跳，接着往下翻，只见后面写道："隆庆元年冬，无雪。隆庆二年六月乙未，荧惑，犯右执法。"

维屏叹了口气，一屁股瘫坐到椅子上。隆庆元年八月是夫人怀御龙之时，而次年六月，御龙正好降生。这诅咒又提到"土司无能冉氏灭"，御龙确实德有余而才不足，莫非自己只能废了御龙另立少主，才能避免家族败亡？

维桂也看出来，这诅咒与御龙暗合，忙说道："这何氏诅咒下了四百年了，四百年能发生多少事情？总会有天象紊乱的情况，不过是巧合而已，千万不能当真！我冉氏以忠孝立身，以仁义治理西司，一个梯玛几百年前的妄语，不要理他！"

这彭一丈是维屏四房彭夫人从永顺带来，在西司已经二十余年。彭夫人之兄、永顺宣慰使彭元锦对他早有吩咐，让他协助彭夫人之子老七应龙争夺土司之位。自从得知铜鼓现世的消息，彭一丈早想好了对策，此次有备而来，自然不肯放过这样的机会，缓缓说道："将军三思啊！祖宗几百年的基业，务必要慎重啊！"维屏心下烦躁，黑着脸不再说话。

"果然好大一面铜鼓！"众人正在焦躁间，一位翩翩公子飘然而至，顾盼之间神采飞扬。进来的是维屏第七子应龙，他看了看铜鼓，接着说道："恐怕得有千斤重吧？能从深潭里跑出来，恐怕非人力能为啊！"话音刚落，维屏长子冉御龙、四子登龙也跟着走了进来。

三人向将军请过安，往维桂旁边一站。诸子中御龙年长，时年二十有八，长相儒雅温和。登龙年方十八，却已在军中摸爬滚打多年，长得高大威猛，不怒自威。应龙刚满十七，尤其英气勃发，向称潘安再世。三条龙俱是青年才俊，个个丰神俊秀，果然是人中龙凤，维桂等人见了不由心内暗自喝彩。

众人议论之时，小见龙对铜鼓好奇，在一旁爬来爬去，不时伸手摸一下。突然哇的一声，开始呕吐，直盯着铜鼓边吐边哭。金桂慌忙过来抱了见龙，维屏见他害怕，便说道："赶紧抱回去吧，想来是吓着了，再有些中暑。"金桂忙抱着见龙出去。

众人再看那铜鼓，便觉图案甚是可怖，维屏、维桂也觉有些头晕。一时之间，众人无不愕然。维屏数月以来身子本不大好，见内外如此乱哄哄的，愈发觉得心烦意乱，便摆手让众人退下，自己靠在虎皮椅上打盹。

维屏刚睡着，那铜鼓鼓面突然裂开，一条黑影从鼓中跃起，手持利刃直奔维屏胸口而来。门外亲兵张柱石听得铜鼓异响，急忙拔刀冲入堂内。饶是如此，已然慢了一步，维屏已被刺倒。

柱石十分骁勇，一脚踢翻杀手，按倒在地。随即大呼道："郎中，快唤郎中！"御龙等人闻讯赶来，见维屏倒在地上，胸口已然殷红一片。

第二回

石砫城风雨欲来　佥事楼小妾乱政

　　却说桃源药房李半仙带人闻讯赶来，赶紧屏退众人，抓紧为维屏包扎，先止住鲜血。御龙见父亲仍未醒来，与李半仙商议后，命亲兵用门板小心翼翼抬着维屏出了上堂。众人往西十余步，来到一片高大的围墙边，穿过小门进入将军府。

　　御龙陪着李半仙师徒在将军府内施救，应龙等人在衙署内焦急等候。原来这将军府是维屏的府邸，日常由维屏带着诸位夫人及年幼子女居中，其他人不得擅入。便是御龙等成年子女，也是非召勿入。

　　过了半个时辰，众人正等得焦躁，御龙走了进来，抱拳说道："将军已经醒了，让大伙受惊了，都回去休息吧！"众人还想问问伤情，见御龙不愿多说，只得各自散去。

　　御龙随即唤来亲兵，吩咐道："你拿着这封书信，速去大渝府一趟，送给在府学读书的三公子。"亲兵忙领命而去。

　　另一边小丫头金桂抱着见龙回到将军府，刚过乐坊，却见花园旁凉亭内众人在品茶赏花。知是诸位夫人，忙带见龙上前请安。

　　亭内有石桌一张，居中坐着一位手持念珠、慈眉善目的夫人，双鬓略见斑白，正是维屏正室夫人杨秀云，生嫡子御龙、跃龙，在众兄弟中排行老二、老三，因庶长子梦龙早夭，众人一向称御龙为大公子。

　　杨夫人旁边坐着一位怀抱幼子、面相谦和的夫人，乃是二房刘夫人。刘夫人膝下人丁兴旺，虬龙（行六）、腾龙（行九）、从龙（行十）俱已成年；怀中所抱幼子变龙排行十三，较见龙小一月。

　　旁边不远处又有一亭，有两人在下棋。年长者是维屏四房彭夫人元春，乃永顺宣慰使彭元锦之妹，生一子应龙，排行第七。年轻者是御龙二房彭廷芳，乃彭元锦庶女。永顺兵强马壮，娘家人飞扬跋扈，彭夫人也一向刚烈，因此与杨夫人等并不亲热。

　　金桂不见自家主子三夫人应凤，忙抱了见龙往院内走去。应凤乃三房夫人，为播州宣慰使杨应龙之庶妹，生登龙（行四）、华龙（行五）、伏龙（行八）、现龙（行十一）、见龙（行十二）。只是月前华龙酒后骑马，不慎坠马而亡，应凤素来疼爱此子，便时常伤心。金桂大气不敢出，抱了见龙进屋，应凤忙问缘由。

　　金桂怕主子责罚自己看管不严，结结巴巴地说道："奴才带了小公子在衙署外面玩耍，后来田寨主等人抬了铜鼓来，小公子远远看了几眼，突然就哭起来。奴才便赶紧抱回来了。"应凤尚未说话，张嬷嬷倒先问道："远远看了几眼铜鼓就能起这些水泡？那么多人围着看了也没事，偏偏小公子有事？你这半天带着小公子还去了什么地方？"

　　金桂见不追问铜鼓的事，倒松了一口气，便慢慢说道："奴才便是与往常一样，只是带着公子在院内玩耍。小公子喜欢看小猪和小牛，便隔着墙看了仆人们喂牲口。"张嬷嬷怒气冲冲地嚷道："你个背时小丫头，那喂牲口的是白无常，最喜欢勾摄小孩魂魄。你还抱着小公子去看她，闯下这样大祸来！"

　　原来这中军营盘东侧是一排猪圈，几位女仆在此伺候牲口。内中有一位白氏乃是贱民之后，相传白氏祖祖辈辈均为无常，专事勾摄小孩性命。这张嬷嬷只有一位独子，却是生来罗锅，三十来岁也娶不上媳妇。白氏虽是贱民，本地无人愿娶，却有几分姿色，张嬷嬷便有心纳为儿媳。哪知这白氏看不上罗锅，倒跟一外乡流落至此的耍猴人结了婚。张嬷嬷便就此便与这白氏结了梁子，自己儿子到现在依然形单影只，因此提到白氏就来气。

　　应凤正拿了清水为见龙洗脸，尚未搭话。张嬷嬷仗着自己是从播州陪嫁过来的人，加之应凤素来和善，不大约束下人，竟带了另一个平日熟识的嬷嬷，直奔白氏家中。那白氏正在灶台前烧火，张嬷嬷老远就骂起来："好你个白无常，小主子的魂魄你也敢勾，今天非让主子扒了你的皮！"二人拖了白氏便走，白氏男人杨五得正半躺在椅子上吸旱烟，吓得烟杆掉到地上，竟不敢说一个字。

张嬷嬷拖了白氏到了内苑，把白氏按倒在地，喝骂道："你个胆大包天的无常，干了什么勾当，自己召来吧！"这白氏大哭起来："天地良心啊，我贱民一个，烂命一条，偏偏有这些长舌妇天天咒我是无常。我要有那勾人性命的本事，还用天天在外面给牲口伺候屎尿吗？求夫人明察，可怜天下父母心，我自己娃娃也才四岁啊！"

这边哭闹，早惊动了杨夫人和刘夫人，二人急忙过来查看。杨夫人一向心善，便吩咐道："生病了就看大夫，说那些没影子的事情干什么？金桂别跪着了，快去来熏阁请李半仙来给小公子瞧瞧。"又命丫鬟把白氏拉起来，慢慢说道："老身持斋多年，佛道都信一些，这活无常的事倒是不信。你只管回去喂猪，这里没你的事了。"

白氏见夫人开恩，抹了眼泪，千恩万谢，连滚带爬回到家里。进得茅屋，却见自己男人躺在椅子上发呆，四岁大的幼子在旁边哇哇大哭，想是饿了。白氏气急，哭骂道："你个挨千刀的杨五得，你自己堂客让人抓走了，就知道在这里挺尸。孩子饿了，也不管不顾！"杨五得吓了一激灵，忙问事情原委。白氏倒顾不得骂了，哭哭啼啼将事情一一道来，并说这小公子如若不好了，恐怕张嬷嬷还要来闹。杨五得素来懦弱，听了依旧默然无语，拿起烟杆装了旱烟开始吸。

白氏知道男人无用，哭了一会儿，倒惦记起猪没喂完。一天拢共就挣四十文钱，要耽误半天功夫，恐怕下个月就要喝西北风。只得忍着不满，径往猪舍干活。好容易忙活完了，灶上发了个玉米窝头舍不得吃，拿着往家赶。

推开门却见屋内四下无人，再看床头幼子两件换下来的衣服都不见了，不由得心下着急。再从床底下摸出一个空的腌菜陶罐，只见罐口开了，里面空空如也，几年辛苦攒下来的几两碎银子也没了。不由得骂道："这个丧良心的畜生，如此不经事，他倒抱了娃儿跑了！"一头撞在门上，放声大哭。

碰巧御龙从大酉洞与张天师议事出来经过，看见白氏伏在门槛上大哭。御龙素来是个善人，问了原由，浑身上下摸了一遍，找了五两银子，向白氏说道："大嫂不必着急，他带了孩子，自然跑不远。你仔细想想，他是否有什么亲戚可以投奔的，你就赶紧去找吧。你这两间茅屋，我自会吩咐亲兵帮你照看。"

应龙骑马经过，看到御龙递银子给白氏，不以为然地笑道："大哥真是日行一善啊！你要是个金菩萨，从街口走到街尾，估计能把自己全送出去了！"御龙笑道："七弟口才就是好！"说罢转身忙去了。

白氏猛然遭此一难，只剩茫然无措。天下之大，人海茫茫，到哪里去寻这苦命的孩子。猛然想起这杨五得老家在播州，便挣扎着步行向播州而去，只求老天开眼，帮助自己寻到幼子。

且说大西宣抚司三公子冉跃龙这日无课，正约了三五个同学好友，在自家酒楼品茶闲聊。这酒楼乃洪武年间第十二世大西宣抚使冉兴邦所建，历来均由土司子弟经营，便于土司与大渝卫官员联络，此去成都拜会督抚长官及都司卫所将军也极为便利。

此时夕阳西沉，窗外大江奔涌，凉风习习，一众好友谈古论今，倒也十分惬意。跃龙等人谈兴正佳，一位少年公子推门而入，将一封信交与跃龙："三哥，父亲来信了，写给你的。"这少年公子便是腾龙，年方二八，却生得老成稳重、八面玲珑，七八岁起就爱拨弄算盘，十五岁起便在此担任掌柜。

跃龙笑道："九弟你也一起看一下罢，莫不是爹爹见你大了，让我在大渝府给你物色一个贤内助？"腾龙笑道："三哥你还没娶亲呢，要物色也是先给你物色啊！"

二人拆开家书，原来是维屏遇刺，要跃龙辞学回乡，协助御龙理政。信内又要跃龙顺江而下，先到万县向本族二伯冉维功取一味难得药引，并有书信捎给维功。

腾龙看了信，焦急地问道："大哥这信写的，只顾写父亲的嘱咐，却一个字不提父亲的伤情，真是让人着急！"跃龙宽慰道："放心吧九弟，这信里并没有让你跟我一起回去，还让我跑万县去取药引，想来伤情并不十分危急。"

腾龙听了，心里稍微宽慰一些，便吩咐下人帮三哥收拾行李。跃龙辞了九弟，信步来到府学，与教授拜别，办好交割。背了行囊来到朝天门码头，乘船奔赴万县。

到了第三日中午，跃龙抵达石砫境内。客船在方斗山下靠岸，跃龙见上下旅客不少，船要停靠一段时间，便走下船来透透气。上了码头，只见前面树了一面旗帜，上书"天降长庚"。旁边摆了一张桌子，有管事的人在招呼往来行人。

跃龙走过去一看，原来石砫宣抚使马千乘添了一位公子，在今日办百日宴。因码头离石砫司城狮子坝尚有六十里路，马家便在岸边备了马匹，供宾客骑乘。跃龙上前看了名册，一眼便看见"冉御龙"三个大字。心下大喜，便回船取了行囊，决定先去与大哥会合。上前通了名姓，进了些点心茶水，便跃马直奔狮子坝而去。

跃龙爱惜战马，中间歇了两次，六十里路倒用了一个多时辰才到。石砫司城横卧于方斗山与七曜山之间的狮子坝，城东、城南龙河奔涌，城西金彰溪环绕，端的是山水环抱，藏风聚气。跃龙将马交与城门口兵士，信步走进城内。

此时已至未时五刻，城内便略有些热，街上行人稀少。走过一家店铺前，只见一位文弱少妇正在弯腰挑香囊，旁边一位手执折扇的青年爱怜地看着她。跃龙大喜，上前说道："大哥大嫂！我正准备去金事楼找你们呢，竟然在这里碰到了！"

御龙较跃龙年长十岁，维屏又长年忙于征战和司务，二人一母同胞，御龙常带着年幼的跃龙读书骑马，颇有长兄如父的风范。见了跃龙，既惊讶又高兴，忙问道："三弟不是去万县拜见二伯了吗，怎么也到石砫来了？"跃龙笑道："我夜观天象，见石砫祥云笼罩，算准大哥大嫂要到石砫来，因此先从这里下船了。"

杨氏笑道："许久不见，三弟还是这么调皮。想是你坐船时，听船家说道我和你大哥来石砫了罢？这些人全是包打听，有什么事能顺着长江传到广陵去。"这杨氏名若兰，乃前营舍把杨秀夫之女，御龙跃龙母亲杨夫人亲侄女。杨氏素来体弱多病，嫁与御龙多年，尚无子嗣。

跃龙也笑道："还是大嫂最机灵，我在码头上看到名册上有大哥的名字，便过来找你们了。"御龙叹息道："你赶来石砫见我，想必是急着想知道父亲的伤情。哎，贼子那一刀虽不致命，但父亲近来身体本来就不好，这下更是大伤元气啊！"跃龙问道："这凶手是什么人啊？为何行凶？"

御龙叹息道："是何氏土司后人，知道铜鼓被冲出来后，他算准了父亲要亲自查看铜鼓，便提前藏到铜鼓里面，被抬到了衙署。没曾想到，真让他得手了！"

跃龙正色道："父亲这时候还能让大哥来石砫贺喜，我倒是担忧司里面的安危啊。大哥还得多操点心，为父亲分担一些事物，这样父亲才能安心养病！"御龙感慨道："我小的时候司里动荡，读书读得不踏实，父亲又常年在外征战，顾不上我。我文才武艺都不如你们几位兄弟，我看父亲还不如把位子传给你们算了！"跃龙忙正色说道："自古长幼有别，咱们兄弟众多，本就有人对宣抚使之位虎视眈眈，大哥切莫推脱，不然容易出乱子！"

杨氏见他兄弟二人说得沉重，便说道："三弟刚到石砫，还是先去金事楼拜见一下各位叔伯爷爷，不能失了礼数。"跃龙笑道："偏偏他们这支，辈分这么高。随便一个人，便是爷爷辈。见人就得行礼，真是头大。"杨氏笑道："走罢，几年也不见一次，行几次礼也累不坏你。"

三人正在说话，一位与跃龙年纪相仿的公子快步走了过来，边走边四处张望。走到商铺前，见了御龙夫妇，赶紧过来说道："找你们半天了，赶紧跟我回府吧。现在城里乱哄哄的，怕是要出大事，可别乱跑了。"

杨氏道："三叔，什么事这么慌张啊。青天白日的，我们就在城里走了走。"御龙拉过跃龙道："三弟，这就是世荣叔。快给三叔行礼。"

世荣方看见跃龙，拉着跃龙手道："跃龙也来啦，真是稀客！咱们赶紧回去再说罢！"

跃龙正要见礼，世荣拉了他便走。才走了几步，迎面一匹马跑过来。马上坐着一位戎装青年，只有十七八岁年纪，见了世荣，喝问道："老三，满世界乱跑什么？又要给你爷爷的新媳妇买香囊去了？"

跃龙心道这少年好生无礼，却见世荣躬身答道："九爷爷好，这几位是西司来的子弟们。虽然年岁和您差不多，论辈分都得叫您太爷爷了！"

那少年冲御龙拱了拱手："远来是客，今日失礼了！将来几位若有缘到播州一带，咱们再聚！"说罢，又对世荣说道："自从这新媳妇进了门，我看你们金事楼的人是越发糊涂了！如今山雨欲来，是非之地，我就不久留啦！咱们就此别过吧！后会有期！"说罢，竟自顾打马而去。

世荣见跃龙不解，便解释道："你别看他年纪小，辈分忒大了。是爷爷的堂弟，文字辈的，讳名文灿。"跃龙问道："怎么与入西第二代老祖名讳一样，这辈分名字真是乱了。他这么着急，要去哪里？"

世荣叹息道："他见我家老太爷和马千驷等人越走越近，知道早晚必要出事。他也苦劝了几次，老太爷只是不听。因此他花钱在播州附近捐了个百户，就在龙泉坪克明大哥周围不远。恐怕这是要上任去了。咱们先不管他，赶紧回去吧。"

四人转过街角，往前走了不到一刻钟，两侧以民房为主，不再是商铺。到了城南，只见前方街边有一排四合院，大门高耸，比周边民房俱要高大气派。门口两个石狮子，跃龙心知这便是金事楼了，心下狐疑，为何两个石狮子均拴了红绸？

四人进得大门，过天井到正厅。只见客厅正中悬挂一块牌匾，上书"忠孝传家"。匾下放了一张长条香案，摆放香炉果品等物。案前一张方桌，桌子左右各一把檀木靠椅，右侧椅子上一位老先生正在饮茶。两侧靠墙各摆一排靠椅，坐了三位公子，俱是面带忧虑。

世荣拉着跃龙，对老先生说道："爹，跃龙也来了。"原来石砫金事冉文爵膝下有四位男丁，依次名为：增、镒、忠、孝。冉增是庶出，这位老先生是嫡长子冉镒。陪坐的三位公子，俱是冉镒之子，世字辈，和世荣分别名为：藩、盛、荣、华。

跃龙恭恭敬敬请安道："二爷爷好！"冉镒赶紧站起来，满脸堆笑道："好你个小兔崽子，你在大渝府求学这么用功吗，三年了才知道来看二爷爷。"跃龙道："二爷爷恕罪！这回认识门了，以后我会常来看您的！倒是还没见到老太爷呢。"

冉镒道："他老人家现在大门不出二门不迈，我都见不到，你更见不到了。"跃龙道："这是为何？老太爷身体欠安吗？"冉镒道："他身体倒挺好，七十多岁了，还能娶小媳妇呢！"

跃龙心道，怪不得门口石狮子上拴了红绸，原来是老太爷枯木逢春了。御龙见话头不对，便问道："二爷爷，发生了什么事？为何大家都满脸愁容？"冉镒看了一眼世荣，说道："老三你说罢。"

世荣说道："两位世侄有所不知，近日司城里暗流汹涌，怕是要出大乱子呀！"御龙兄弟大惊，皆满脸惊讶地看向他。

世荣拿起身旁茶碗一饮而尽，缓缓说道："近年本司宣抚使马斗斛大肆开矿，正逢朝廷加派矿税使，因矿税事宜便屡有冲突。去年承运库大太监王虎派张公公到成都，纠察各地矿税。张公公声称石砫开矿多年，应补齐几年税银，合白银三万两，并责成今后每年缴纳三千两。"

"三万两!"御龙道,"这快赶上一个中等县两年的税收了,马将军怕是不愿意掏吧?"世华接口道:"可不!马将军就那么两三个矿,一年也挣不了七八千两银子。挣的银子也都修了城墙和将军府,一时之间,手里也没那么多银子啊!"

世荣接着说道:"马将军凑了二万两银子,让师爷运到成都交了张公公。另备一千两送了布政使大人,想让布政使大人说情,把三万两改成二万两,每年的矿税也降一降。"跃龙笑道:"这可是烧错香拜错庙了,这一千两便是给自己买了棺材。"

世藩道:"世侄果然有见识。这张公公向来不把各路官员放在眼里,布政使大人只刚传了个话,张公公便勃然大怒,派了一干人直奔石砫而来。当天便治了马将军私造火铳、侵夺民田之罪,马将军充军口外,应袭嫡子马千乘也下了大狱。将军到了张家口外,没几天便病逝了。"众人便叹息一番。

"这将军病逝,司内群龙无首。马斗斛正室早已亡故,嫡子只有千乘一人,却下了大狱。千乘夫人秦良玉有孕在身,也无人理她。于是便由马斗斛续弦覃氏代为理政,这覃氏本无才干,处处靠儿子千驷理政。近来播州宣慰使杨应龙之子杨惟栋到了石砫,覃氏和千驷便事事听命于惟栋。这杨惟栋倒似石砫宣抚使一般,处处颐指气使,马氏族人俱是敢怒而不敢言。马斗斛族弟马邦聘便想取而代之,他本是右营把总,手里有一支人马。近日更是四处联络族人,恐怕快要动手了。"

跃龙好奇,便问道:"为何覃氏如此依仗这播州杨惟栋?"话音未落,一直未说话的世盛愤然拍了一下身旁的茶几:"荒唐,真是石砫之耻!"

世荣见御龙等不解,便又说道:"这覃氏年轻时颇有姿色,二十年前杨应龙长子杨朝栋出生,覃氏受命前往祝贺。彼时杨应龙兵强马壮,权势熏天,本人又长相威武。覃氏在播州住了几个月,竟与杨应龙同进同出。覃氏回到石砫后,半年多便生了千驷。这千驷长大后,与马将军相貌大为不同,人皆传言千驷是杨应龙之子。如此这般,马氏族人怎肯甘心受覃氏及杨惟栋统领!近日马邦聘和马千驷纷纷调集兵马,恐怕迟早会有一战。"

御龙道:"老太爷身为佥事,手里也有一支兵马。不知老太爷是何态度?"众人面露尴尬,一时无人搭话。

世荣道:"哎,麻烦就在这里!覃氏为了拉拢老太爷,竟然将长女马千姿送给老太爷。这马千姿活脱脱一个年轻时候的覃氏,老太爷七十多岁的人了,竟被这小狐狸精勾了魂，事事听她的主意。现在爹爹和我们兄弟几个，连老太爷屋里都进不去。哎，老太爷恐怕是要支持马千驷了。"

冉镒道："这次御龙来拜访老太爷，从酉司过来一次多难得啊，就这样他也不愿意见。后来听说御龙随船带了五担花田贡米孝敬他，才高高兴兴出来见客。"世荣笑道："您可别提了！老太爷是越来越抠门了，把贡米全藏到自己隔壁屋里去了，只许自己一个人吃。"

御龙笑道："主要这次随船带的贡米，一半送了秦良玉当贺礼，所以剩得不多了。下次侄儿再运两船过来，保管大家都能吃到！"世荣笑道："那可太好了！我都好久没吃到过了。"冉镒咳嗽了一声，说道："还是先说正事吧！"

跃龙道："恕小侄直言，以目前形势，老太爷坐山观虎斗，两不相帮怕是最好。便是助千驷夺了宣抚使之位，老太爷已是本司金事，还能有什么封赏？要是千驷败了，或是朝廷干涉，恐怕会被连累。"世荣也叹息道："我等也是这个意思。无奈老太爷现在谁的话也不听啊！"

世藩叹息道："尤其这马千驷和播州走得极近，播州杨应龙谋反之心路人皆知。要是不幸让这马千驷在石砫当了权，将来一旦播州造反，势必会殃及咱们金事一族啊！"

说到此处，世藩兄弟无不摇头叹息。冉镒越想越气，一巴掌拍下去，将桌上茶碗震翻在地，摔得粉碎。丫鬟听了，忙跑进来收拾干净。

众人正叹息间，忽听门外更夫喊道："酉时已到，日之夕矣！"冉镒道："多说无益，只能随机应变了。那边百日宴怕是快开饭了，我身子乏，世荣你去一趟吧。贺礼都准备了吧？"世荣道："白天已准备好了！"于是御龙等随世荣乘了马车，一同前去贺喜。

第三回
施妙计巾帼密谋　祭先祖公子遇险

万历二十四年四月己酉，太白犯岁星；戊午，太白犯井。

不到一刻钟时间，众人便到了将军府前。门口早有下人等候，引众人进入府内。这几年马斗斛开矿颇有银两进项，把这将军府修得富丽堂皇。府内亭台藕榭，假山连廊，一应俱全。

走了几步，见前方一座宽敞戏台，灯火通明，台上正唱着脸壳戏。戏台前摆了宴席，摆了瓜果甜点，已坐了不少人。正中一桌上位坐了一位珠光宝气的妇人，旁边坐了两位华服公子。

那妇人见了御龙等人，便站起身来，满脸堆笑说道："贵客前来，招待不周啊！快请入座！"跃龙心道，这妇人恐怕有四十来岁年纪，想来不是秦良玉，应是覃氏了。世荣道："禀太夫人，这两位是大酉宣抚司的公子，特意前来贺喜。"

覃氏满脸堆笑，连声说道："辛苦两位世侄大老远赶过来。一个小孩百日宴，本来不想惊动大家的。儿媳妇拉着我哭了几天，非要热热闹闹办一场。"

御龙道："太夫人言重了，我酉司和石砫向来是世交，理当前来贺喜。我们也是来给太夫人请请安，顺便看望看望小公子。"覃氏倒不好意思了："儿媳妇和小公子还在里面休息呢。这都入夏了，她这刚出月子，怕中了暑气，我让她在屋里歇着呢。稍后丫头会抱小公子出来，让大家都看看。"那两位华服公子也隔座拱了拱手，正是杨惟栋和马千驷。

众人坐定，共同看戏。少顷，座位已满，于是开席上菜，一番觥筹交错。酒过三巡，覃氏便命奶妈抱了小公子出来，众人看了一番，依旧抱回去。

正闲聊间，一个小丫头走到覃氏身边，禀报道："禀太夫人，我家夫人正在给小公子缝肚兜。听说西司来客人了，一向知道冉夫人精于女红，我家夫人想请冉夫人去帮帮忙呢。"覃氏道："肚兜买一个不就是了，还劳烦客人做什么？"

杨氏站起来说道："太夫人不必客气，我与秦妹妹许久不见，正好去陪她说说话。"御龙心知覃氏为防秦良玉争权，不愿其与外人联络，便站起来说道："太夫人，我三弟连日舟车劳顿，我等也一并回去了。我等先去准备马车，若兰去陪弟妹稍坐片刻，便出来上车罢！"

覃氏原本满脸狐疑，听御龙如此说来，复又满脸堆笑道："这怎么好意思！我还想着和侄儿媳妇好好聊聊家常呢！明日府里排戏，请世侄一定过来赏光啊！"

御龙等辞了覃氏，随丫头往外走。到了转角处，御龙正待出门，那小丫头低声说道："几位老爷，我家夫人说，小公子出生的时候，一位道人送了一幅字过来，却是篆书写的。我家夫人不认识，听闻几位都是读书人，想请几位一并过去看看。"御龙等不好拒绝，便随丫头一同前去。

穿过两个亭子，来到一座幽静小院前，门口杜鹃花正开得灿烂。进了正厅，只见一位少妇坐在椅子上做针线，长得眉清目秀、清丽可人，正是秦良玉。杨若兰坐在一旁，陪着她说话。

见了众人，秦良玉急忙走过来请安道："冒昧请诸位跑一趟，真是劳烦大家了。"一面命丫头赶紧沏茶。众人坐下品茶，杨氏与秦氏许久未见，拉着手聊家常。

跃龙道："听丫头说，夫人有一幅道士送的篆书？"秦良玉道："三公子博学多才，又在府学多年，正好请你帮忙指点指点。"于是命丫头把卷轴拿上来。跃龙等展开一看，却是一幅画，并无题字。画中两只猛禽展翅，正在追逐一只兔子。众人疑惑，抬头看向秦氏。

秦良玉却直接跪下，哭道："请诸位救我母子！"杨若兰赶紧去扶："夫人不要急，有话慢慢说。"御龙也说道："我和千乘兄一向交好，不想他为开矿一事，竟被奸人羁押至今。我也曾托人求情，无奈这税官只认银子，真是可叹！"

秦良玉垂泪道："感谢世兄一直操心了！想我夫君在大渝已羁押数月，我凑了许久，三万两如今就差三千两赎金，太夫人竟一直推脱不肯给。如此下去，我夫君恐怕会被他们折磨冤死在大狱中！"

御龙说道："银子的事倒是好办，我们既然来了，回头一起想想办法，先凑钱把千乘兄赎出来吧！酉司和石砫一起同气连枝，我们也不能任由这马千驷胡来，将大家拉进造反的深渊！"

秦良玉听了大为感动，起身要拜，被杨若兰拉住。秦良玉叹息道："可怜我孤儿寡母，被他们软禁在此，连娘家兄弟也见不到。我要是个男儿身，早提枪出去和他们决一死战了！"

杨若兰忙劝道："夫人不要着急，咱们先想办法把世兄赎出来，他自然有办法。你如今孩子才满月，身子也虚，还是好好养身体，看好小公子吧！"

秦良玉叹息道："树欲静而风不止啊！马千驷和马邦聘争权，个个恨不得立即置我夫君和我母子于死地。听下人说，他二人连日调兵遣将，恐怕近日便要开战。前几日常有闲杂人等在我院外闲逛，这马千驷肯定是打算利用与邦聘开战之机，趁乱杀了我母子。"

跃龙怒道："想不到马千驷心肠竟如此歹毒，要对自己至亲下手！我看他眼里，已经完全没有王法和人伦了！"秦良玉垂泪道："如今我孤儿寡母无所依靠，只求诸位能够拉我们一把了！"

世荣道："兹事体大，叫我等如何帮你？"秦良玉道："今夜前院都在看戏，只求诸位趁机帮我母子逃出去。等我见了娘家哥哥，自有打算。"

跃龙道："据我观察，几处大门俱有兵士和下人把守，恐怕夫人出不去呀！"秦良玉道："这围墙倒也拦不住我，只是祥麟年幼，我带他越墙奔走多有不便。留他在此处，又怕遭歹人毒手。只请世荣公子将祥麟带出，代为照顾两日。我到了娘家，定当马上派人接走。"

只见丫鬟提上来一个篮子，却见里面放了绸缎等物，揭开一看，却见小公子马祥麟在里面熟睡。这篮子由竹篾编成，下面透气，祥麟又小，躺在里面倒是看不出来。

世荣道："如此也好。只是你有何打算？"秦良玉道："请公子提了这个篮子，带小儿出去，代为照顾两日。让马车在此院围墙外稍后，我和丫鬟莲香偷偷翻墙出来即可。"

几人准备妥当，御龙等便提了篮子走出大门。毕竟众人是贵客，几名士兵只是奉命对秦良玉母子严加看守，对御龙等人并不查看阻拦。

秦良玉见众人顺利离去，便吩咐道："莲香，咱们也走吧！"

莲香却说道："夫人快去吧，奴婢还在家守着。那边树下的几个士兵，一直盯着咱们这里，连窗户上没有人影都会过来看看。隔一个时辰，就假装派人送东西进来，查看咱们还在不在。咱们要都走了，他们很快就能发现，那就都走不掉了！"

秦良玉听了，忙劝道："这怎么行，你一个人在这里多危险。他们要是发现我走了，哪里会轻饶你！你从小就跟着我，一晃也五六年了，我怎么能舍得你！"

莲香说道："夫人只要出门，他们一定会拦着，您只能从后窗出去，翻了墙出去。但是这墙有一丈高，您虽然准备了飞虎爪，但也不是一下子就能出去的。只要有动静，他们冲过来，您就走不了啦。我得在这里拖着他们才行！"

秦良玉笑道："是福不是祸，是祸躲不过。既然咱们要跑，就管不了这么多了！我虽是个女儿身，寻常两个士兵，只怕也不是我的对手！"

莲香听了，跪下磕头说道："莲香九岁的时候，眼看要饿死在街头。是夫人把我捡了回来，让我有饱饭吃，有地方住，还教我读书写字。这份恩情，莲香就是来生也还不完。夫人快走吧，他们要是冲进来，我就是拼了命，也要为夫人拖延一些时间。"

秦良玉心下感动，想不到这小丫头竟如此忠心护主。但见她身体娇弱，在这些虎狼士兵面前，只怕也是于事无补。于是说道："好孩子，你这片忠心我知道了。咱们还是一起走吧，你拦不住他们！"

不远处树下，两名士兵正往这边睁大眼睛瞪着。忽然，屋里熄了灯光。为首的黑胖士兵说道："这才几点就熄灯了，不是要跑吧？快去禀报头领！"

另一名士兵正要走，见屋里又点了灯，窗户上映出两个人影来。黑胖士兵说道："嗨，虚惊一场！"另一名士兵说道："咱俩在这里站了一整天了！我这腿都快断了。我说主子也真是舍得，这么漂亮的两个女人，烧死了多可惜啊！"

黑胖士兵见四下无人，也说道："可不嘛！那小丫头长得水灵水灵的，还不如给我做媳妇！"另一名士兵笑道："美得你！"正说话间，忽听屋里哭了起来。

只听莲香在屋里哭喊道："这些东西咱们是吃不了，您要是觉得可惜，咱们拿去喂猫吧！哪怕是扔了，我也不愿意给他们。他们天天这么监视着咱们，您还可怜他们！他们天天站着不容易，可咱们还出不了门呢！"黑胖士兵说道："这小娘们，心肠太狠了。夫人让送点吃的给咱俩，她还不乐意了！"

只听莲香又高声说道："好，那我就给他们送吧！"少顷，只见莲香端了托盘出来。走近一看，上面果然是些酒菜干果。黑胖士兵见了，一把拿起上面的鸡腿就往嘴里塞。

另一名士兵抬手就去拿酒，却不料莲香伸手一扫，将酒壶打翻在地。那士兵见酒洒了不少，甚为可惜，恨恨地说道："小丫头片子，信不信我揍你？"

莲香却不说话，将托盘扔在地上，食物散了一地。两名士兵见了，忙蹲下收拾，莲香捡起酒壶就跑。今天是小公子百日宴，其他士兵都有酒喝，就这两名士兵要在这里盯梢，如今哪里肯让她把酒拿走，于是追了上去。

莲香小丫头却很矫健，绕着池塘跑，就不把酒壶交出去。追了一会儿，眼看要追上了，莲香将酒壶朝远处假山上扔了出去。二人忙跑了过去，好容易从石头缝里找到了。回头一看，莲香早回屋了。

却说御龙等人出了大门，依旧是杨氏带了祥麟坐车，众人步行牵了马车前行。绕着高墙，到了秦良玉院外围墙边，却见月色下一位身着铠甲的士兵按剑而立。

众人大惊，莫非行事不周，秦良玉已束手就擒？却见那士兵走上前来，拱手道："承蒙诸位仗义相救，感激不尽！"原来是秦良玉一身戎装，英姿飒爽，清丽脱俗，真如木兰再世。

原来莲香小丫头急中生智，将被子裹了放在灯前椅子上，投影在窗户上好像人影一样。她让秦良玉从后窗翻出，自己却拿了托盘美食出来拖着看门士兵。秦良玉身手矫捷，有她掩护，顺利翻过围墙。

御龙忙请秦良玉登上马车，与杨若兰并排而坐。不多时马车便到了金事楼前，良玉抱了抱祥麟，复又递回杨氏，拱手对世荣道："这几日便有劳公子帮忙照看了。妾身这就去找娘家兄弟会合商议大事，还请公子向老太爷申明大义，切莫参与千驷等人内乱！"

世荣道："这个自然！你一路多加小心！"良玉道："司城东门是我夫君旧日部下看守，到了东门便好办了。"世荣命马车送秦良玉赴东门，众人抱了祥麟进金事楼。

进了厅内，见冉镒等父子几人正在品茶议事，想是担心时事，在等众人回来。杨氏带了祥麟回房，众人坐下，世荣将晚上经过讲与父亲。冉镒道："想不到这秦氏竟是一个奇女子！平日瞧她并不多言，不曾想竟有这般见识，真是巾帼不让须眉！"世荣道："秦良玉亦恳求爹爹向老太爷禀明，望我金事一族勿要参与内乱。"冉镒道："话是如此，只是老太爷只听马氏谗言，如何劝得了他！"

御龙道："我从酉司出发前，家父曾吩咐我，定要到守时老祖人坟前祭扫。可请三叔今晚代为禀告老太爷，请他老人家明早带我等去老司城祖坟祭扫。此去一百余里，来回路途颠簸，正好可以在老司城住上两日，这风头便避过去了。"世荣道："此计大妙！只是老太爷未必肯亲自陪同我等前去扫墓。"跃龙道："这个不难。我在大渝府读书时，偶然收得一颗罕见夜明珠。太奶奶既然年轻，想来必会喜欢珠宝。只要求了她，事情就好办了。"

冉镒大喜，便与御龙捧了明珠入内。老太爷果然听了马氏进言，决定明天一早陪众人去扫墓。众人于是商定，第二天由御龙兄弟陪老太爷及马氏前去扫墓，世荣去寨中联络头领，召集士兵以防城中有变。商量完已是深夜，便各自睡去。

第二天一早，冉文爵果然带了御龙等前去老司城扫墓。祭奠完毕后，冉文爵等人留在当地庄子里住两天。御龙惦记着夫人还在司城，便与跃龙直接打马回城。

此时天未大亮，二人越过山岗，来到一处山谷中。山坡上漆树茂密，谷中天色昏暗。御龙正催马前行，不料胯下红马突然止步不前。放眼望去，原来前方道路正中，站了一个手提大刀的蒙面汉子。

"此路是我开，此树是我栽。要想从此过，留下买路财！"那汉子挥刀喊道。身后几名蒙面大汉手持长枪弓箭，张牙舞爪，耀武扬威。御龙兄弟大惊，忙拔刀准备御敌。

第四回
马千驷大乱石砣　秦良玉力保宣抚

却说御龙见一群蒙面大汉拦住去路，心下诧异。如今九州升平，虽偶有鸡鸣狗盗之徒，却少有土匪拦路抢劫。忙拱手喝道："这位兄台，不知道在哪个山头？有话好说！"

那汉子并不答话，带领几人持枪冲了过来。御龙心知不妙，忙与跃龙拔过马来，回身便走。哪知来时的路口，也站了几名手持长枪的蒙面人。二人只得翻身下马，提刀爬上旁边土坡。

一名悍匪提刀冲过来，被跃龙打翻在地，其他人立即围了过来。兄弟俩躲在岩石后面，居高临下提刀紧守，匪徒一时倒不敢攻上来，便开始放箭。

御龙喊道："诸位兄弟，你们也是图财，说个数字就行了，何苦在此搏命！"那汉子正要搭话，旁边一人说道："跟他们啰嗦什么，赶紧上去结果了他们。人杀了之后，把钱财衣服掳走，扮成是土匪抢劫的样子就行了！"

跃龙见这伙人弓弩俱全，不像土匪模样。此时听他一说，心下霎时明白，知道这些人是受人指使，前来谋害他兄弟二人。见前方有个草垛，边掏出火折子点了，大火烧起来，将旁边树木也引着了，一时浓烟滚滚。

那领头的汉子焦躁，领了众人杀上来。兄弟二人见无路可退，只得提刀迎敌。那汉子甚是勇猛，与御龙杀得难分难解。跃龙打倒两名土匪，见贼人仍然死命往前冲，心知如此缠斗下去，兄弟俩必将丧命于此。

跃龙捡起地上一根燃烧的木头挥舞起来，贼人见火势凶猛，一时不敢逼得太近。跃龙杀到御龙跟前，说道："大哥，不能恋战，咱们往路口杀！"随即一棒将前面土匪打倒，木头上的火焰将那土匪衣服点着，那人在地上翻滚哀嚎，甚是可怖。

幸好此地乱石丛生，两面俱是斜坡，匪徒不能形成合围。兄弟二人杀向路口，且战且走。二人虽然勇猛，想要杀退匪徒又谈何容易。正厮杀间，一箭飞来，从御龙面颊擦过。虽未射中，却也擦破一道口子，鲜血顿时流下来。

跃龙大惊，一边挥刀护住御龙，一边喊道："大哥，我抵挡住他们，你快走吧！"御龙喊道："三弟，大哥在这里抵挡，你去搬救兵！"御龙年长十岁，小的时候父亲在外征战，常是他带着跃龙写字射箭。跃龙是他看着一点一点长大的，他哪里又舍得独自逃生。

二人谁都不愿先走，只能并肩苦战。御龙一边御敌，一边喊道："三弟，你杀出去了，才能找到谋害咱们的真凶！咱们兄弟二人，不能都冤死在这里啊！"

跃龙说道："大哥，走也是你走啊！你是应袭宣抚使，爹爹又病重。你不回去，司里会大乱啊！"御龙一脚踢飞一名土匪，说道："我回不去，你袭爵也是一样的！再说了，爹爹会长命百岁的！"

那匪首狞笑道："这里风水很好，你俩谁也别想跑，都埋在这里吧！"说罢领人逼了上来。

兄弟俩只得并肩苦战，咬牙杀敌。但毕竟敌众我寡，这群人甚是剽悍，二人杀得精疲力竭，渐渐落入下风。好在此时山谷中天色昏暗，树木茂密，贼人射箭准头不好，否则二人早已死在乱箭之下。

御龙且战且退，突然脚下一滑，跌倒在地。那匪首扑上来按住他，拔出匕首就刺。御龙忙抓住他的手，二人在地上翻滚。跃龙大惊，抢过一面藤牌，不顾一切冲了过去。

这时那匪首占了上风，翻身骑在了御龙身上。跃龙扑过去直接将他撞翻，兄弟二人一起将他按住。旁边两名土匪见了，拿了长枪便朝跃龙刺来。跃龙手一松劲，那匪首翻身坐起来，两杆长枪刚好刺到，将他戳了个透心凉。

土匪见死了头领，更加气急败坏，几个人手持长枪，照着地上的御龙兄弟乱戳。兄弟俩此时连爬起来的机会都没有，只得在地上翻滚躲避，一面拿藤牌和腰刀抵挡，眼看就要死在乱枪之下。

正在这时，远处传来一阵马蹄声。人还未到，山坳处一箭飞来，为首那名土匪应声而倒。几名土匪一惊，向后退了几步。御龙兄弟连忙爬了起来，持刀戒备。

一彪人马杀了过来，为首一人手持长弓，英气勃发，正是冉世荣。原来世荣正在附近村寨联络头领，见漆树沟浓烟大起，忙领兵来看，正赶上御龙兄弟遇险。

跃龙大喜，叫道："三叔来得正好！"兄弟二人抖擞精神，和冉世荣一起向前并肩杀敌。世荣见御龙二人差点命丧贼人之手，心下大怒，奋勇向前冲杀。

贼人抵挡不住，纷纷被击毙。只有两名土匪向前方路口逃去，世荣领兵追击。跃龙忙喊道："三叔，留下活口，将来好审问！"世荣听了，吩咐道："收起弓箭，抓活的！"

眼看要追上，前面突然冲出一彪人马，为首两人一人一枪，将那两个土匪戳死。世荣忙喊道："留活口！"却哪里来得及。那人勒住战马，却原来是马千驷。

世荣大怒，喝问道："马千驷！这群贼人谋害我侄儿性命，我正要抓来问话，你为何杀人灭口？"马千驷呵呵一笑，在马上拱手说道："兄弟奉命巡逻，遇到贼人自然要诛杀了！你我兄弟，谁杀不是一样！"

世荣怒道："我侄儿二人在此苦战多时，不见你来救命。此时我们杀退贼人，你就出来灭口了。不是做贼心虚，还能是什么？"

马千驷大叫道："兄台冤枉我了！我与两位贵客往日无冤近日无仇，我害他们做什么？"世荣恨恨地说道："我就不信如此巧合！如今贼人全都死了，只能任由你信口雌黄了！"

御龙听了，忙过来说道："三叔不用跟他争执。如今死无对证，咱们没有证据，也不能冤枉他。只能慢慢查清楚了再说。"世荣听了，只得作罢。马千驷不再搭话，拱了拱手，转身打马回城。

跃龙说道："三叔，叫人看住这些尸首，让各寨头领前来认人，或许能有收获。"世荣苦笑道："只能如此了！不过他们既然敢大白天拦路杀人，恐怕用的不是本司人。"

世荣命人将御龙脸上伤口简单包扎一下，好在只是擦伤，未伤到骨头。

于是吩咐下去，悬赏乡人前来认人。御龙兄弟劫后余生，与世荣打马回城。

到了金事楼前，却见一位女子正在门口焦急张望，原来是御龙夫人杨若兰。

御龙翻身下马，走过去拉着她的手，柔声说道："你身子不大好，就在房里多休息休息吧！不用来门口站着等我。"若兰见他脸上有伤，焦急地说道："你这脸上怎么还受伤了啊？疼不疼啊？伤得重不重？"

御龙笑道："是扫墓的时候，被树枝刮伤的。你就别担心啦！"若兰说道："今天一大早，我的眼皮就一直在跳。菩萨保佑，你们哥俩都没事！担心死我了！"

跃龙笑道："啧啧，一大早就秀恩爱！你俩回房秀恩爱去吧！"御龙听了，对若兰说道："别担心啦！我这不好好的吗？你先回房休息一下，我和他们商量点儿事情，一会儿就过来陪你。"

世荣笑道："侄儿媳妇，我二嫂最喜欢你了，你去陪她说会儿话吧！"若兰听了，只好依依不舍地去了。

御龙兄弟陪着世荣进了厅内，分宾主坐下，仆人奉上茶来。世荣说道："漆树沟是官道，近年来都没有匪患。这伙人下手凶狠，只为取你兄弟二人性命，显然是有人主使。"

御龙说道："我也听到贼人说，要尽快结果了我兄弟二人的性命，好回去复命。只是这马千驷嫌疑虽大，我们却与他无冤无仇，令人费解。"

世荣叹息道："眼下没有证据，他自然不会承认。只能慢慢查询，看看能不能找到一些线索。只是这事牵涉到我们金事府和马家，更牵扯到石砫和大酉两家宣抚使。真要闹到大渝府，只怕是打不完的官司。"

御龙也说道："三叔说的是！好在我兄弟二人无事，此事只能慢慢查证了！"世荣见跃龙不说话，便问道："三小子，平时数你最聪明，今天怎么一句话也没有？"

跃龙叹息道："马千驷无缘无故，自然不会对我们下手。杀了我们，对他能有什么好处？只怕这祸根，还在酉司啊！"

世荣恍然大悟，拍腿说道："马千驷在播州长大，与登龙兄弟最为相熟。登龙在你们众兄弟中排行第四，老大梦龙已经故去多年，你兄弟二人如果遇难，宣抚使的位置便是他的了。他兄弟众多，兵强马壮，又有播州支持，自然是觊觎这个位置了！"原来梦龙是庶出，幼时便已夭折。御龙排行第二，又是嫡长子，司内便一向称他为大公子。

御龙说道："四弟虽有野心，但他为人直率，胸无城府，断然不会想出这种毒计来！"世荣说道："他想不出来，难保他手下其他人不会想出来！如今看来，就数他嫌疑最大！播州宣慰使杨应龙是他亲舅舅，早就有反叛之心，他自然希望登龙能够拿下大西宣抚使之位。"

跃龙说道："这倒也不绝对！如果我兄弟二人死在石砫，常人肯定会怀疑是登龙合谋。也许有人正是算准了这一点，那就达到了一石二鸟的效果了。既除掉了我们，又把登龙拉下水了！"

世荣大惊道："要真是这样，那这人心思就太歹毒了！你们兄弟俩可得防着点！"跃龙满脸忧虑地说道："如果仅仅是谋害我兄弟二人，我倒是不担心。只要有父亲坐镇，西司乱不了！就怕贼人趁父亲生病，谋反作乱啊！"

御龙说道："三弟放心吧！我来之前，已经命中军营严加守护将军府，不会有事的。再说了，我不信他们心肠如此狠毒，能去谋害父亲。"

跃龙说道："咱们抓紧忙完这边的事情，早点赶回去吧！只要咱们回去了，西司乱不了。"御龙叮嘱道："咱们回去之后，千万不能让父亲知道这件事。他身体本就不太好，别让他再为这些事情担惊受怕了！"

跃龙正色道："好，听大哥的。"正说话间，只听外面传来吵闹声。只见一名亲兵进来禀报道："禀各位老爷！马邦聘带了本部士兵，伙同族人到了将军府外，围了覃氏等人，如今正准备攻打大门。"

御龙诧异道："常言道，家丑不可外扬。这四方来贺喜的客人都还没走，怎么就打起来了。"跃龙说道："这马邦聘肯定是想趁外人在场，胁迫族人当场指斥覃氏污点，以此驱逐覃氏和杨惟栋等人。"

世荣说道："马千驷等人早有准备，凭借高墙据守，马邦聘急切之间恐怕攻不进去。咱们去看看吧！"

御龙站起身来，跃龙忙说道："这城内乱哄哄的，如今父亲病重，大哥你不能再出去冒险了！我和三叔去看看就行。"世荣也说有理，御龙只得回房陪夫人。跃龙与世荣出得大门，早有亲兵牵马等候。

二人翻身上马，直奔将军府而去。却见沿街俱贴了传单，写了"覃氏十大罪"，如私通外族、行为不检、牝鸡司晨等，自然是马邦聘使人所贴。远远便看见将军府外两支兵马对峙，俱是剑拔弩张。马邦聘等族人隔着围墙，指着将军府内叫骂，覃氏等却未露面。

跃龙二人驻马遥遥观望，并不上前。正嘈杂间，只听远处喊道："不好啦，内苑起火啦！"此时马千驷却从墙头探出脑袋，居高临下喊道："逆贼马邦聘！你大逆不道，带兵围我将军府，还纵火焚烧内苑！小公子刚办过百日宴，你便妄图烧死他。我石硅江山，怎么也轮不到你个旁支外人来做主，你趁早死了这份心！"

马邦聘也大喊道："你个外族杂种杨千驷！大言不惭，哪个将军府是你的？本司宣抚使是马千乘，你在将军府里做什么？你居然趁乱谋害小公子，我马氏族人还没死绝，什么时候轮到你们姓杨的指指点点了？趁早滚回播州罢！"二人只是隔墙对骂，谁也不派兵前去救火。

跃龙和世荣听了，心下大惊。忙打马回转，绕过兵马来到秦良玉院外围墙。只见院子大半已被大火吞没，浓烟滚滚，却无一人前来救火。此时火势极盛，跃龙二人又无水车，这大火如何救得。二人心道，这莲香忠义小丫头，此番只怕已经遇难。却听身后一声微弱声音说道："公子救我！"转身一看，只见一个满身烟灰的小丫头扶墙而立，眉毛头发已有不少烤焦。二人急忙向前搀扶，莲香却已晕倒在地。

二人忙抱了莲香，三步并着两步，来到旁边水井边。用井水帮莲香洗了口鼻，小丫头哇的一声哭了出来。跃龙道："好孩子，快别哭了，人没事就好！"莲香睁眼看见跃龙，急忙问道："两位公子，我家夫人可好？"世荣道："好孩子，我们已经将你家夫人安全送到娘家了。你别担心了，好好躺会儿，看看哪里烧坏了没有？"这时世荣府上下人也赶了过来，忙叫了马车，把莲香送回金事楼医治不提。

跃龙于是与世荣跨上马，依旧找了一处小楼，远远望着马邦聘、马千驷等人争斗。这时马千驷本营士兵俱已到齐，扎住阵脚，与马邦聘所带人马对峙。马千驷被马邦聘辱骂了半个时辰，早已满腔怒火，见本营兵马到来，便命墙头亲兵放箭，马邦聘只得往后退了几步。

马千驷与杨惟栋即打开大门，带领兵士冲出来，指着马邦聘遥遥骂道："逆贼马邦聘！本将军忍你很久了，今日便杀你个片甲不留！"马邦聘也骂道："外族杂种！谁给你封的将军，今日我马氏族人便赶你回播州！"二人摩拳擦掌，便要带领兵马上前厮杀。

剑拔弩张之间，只听城门口传来牛角和海螺声，响彻云霄。众人俱听出是本司中军营开拔的军号，便不敢再往前冲杀。一阵马蹄声传来，随后是整齐的跑步声。当先几匹战马冲到将军府门口停下，随后几列步兵手持长枪、腰挎弯刀跑步前来，整齐列队，肃然而立。跃龙在马上望去，只见队伍从将军府外直达城门，应是中军营两千人全到了。

马上一位女将身着铠甲，身披红色大氅，正是秦良玉，身旁几人便是娘家兄弟秦邦屏、秦民屏、秦家屏。原来马千乘入狱前，已将中军营兵符交与秦良玉。覃氏为防中军营作乱，早将中军营调到方斗山上看守祖坟，此时营内只有三百余人。良玉与两位兄弟拿了兵符，直奔中军营召集人马。内中有两位马千驷亲信，尚欲挑拨众人不听调令，被良玉姐弟斩于马下。好在中军营士兵多是附近两个村寨人氏，两位寨主与马千乘又素有交情，召集队伍倒不太费劲。三人刚集合好两千人队伍，听闻司城有乱，便连夜赶了过来。

秦良玉在马上一拱手，朗声道："各位族人，昨日是我石砫宣抚使马千乘嫡子百日宴，当下四方亲朋好友云集。请大家各自罢兵，有什么事宗庙商议，切莫自相残杀，引外人耻笑！"马千乘、马邦聘本存心不去救火，皆以为秦良玉已经烧死在内苑，此刻却见秦良玉一身戎装，身后两千兵马威风凛凛，不由心下大惊，各自便退了几步。

秦良玉大喝道："都是我马氏子孙，切莫同室操戈！请大家都收起刀剑，各回营房！"两边兵士均是本地人氏，多数沾亲带故，原本不欲厮杀，听了这话，俱有罢兵之意。

马邦聘和马千驷均想，只要一鼓作气打败对方，这秦良玉一介女流之辈能翻起什么大浪，石砫迟早便是自己的天下，此时均心有不甘。马千驷喊道："嫂子快回去给孩子喂奶罢！马家的事，由我们男人来解决！"马邦聘等人复又拔出弯刀。

秦良玉身后一人突然打马冲出，随后勒紧缰绳，那战马长嘶一声，前蹄跃起，复又砸到地面停住。马上大汉拔出长剑，大喝道："本将军在此，我看谁敢叛乱！"

众人一看，正是本司宣抚使马千乘。原来秦良玉趁派人外出递送百日宴消息之机，安排心腹卖了自己的陪嫁首饰，连同马千乘素日积攒银两，凑了一万两银子给张公公。这公公倒是讲信用，收到银两便放了马千乘。秦良玉备了船只，连夜接了马千乘回来。

两边把总士兵见了千乘，便扔了手中武器，纷纷跪倒在地。千乘大喝道："此次内乱，与诸位把总士兵无干，请大家立即回营！如有不从者，就地正法！"

于是两边各自罢斗，由把总带了士兵回营，马邦聘早趁乱逃走。

千乘便安排中军营士兵救火，自己携把总头人重回衙署议事。覃氏及杨惟栋见形势不对，早收拾细软，从侧门逃出，会同马千驷直奔播州而去。

世荣与跃龙打马回到金事楼，冉文爵等扫墓尚未回来。二人看莲香无甚大碍，便派下人准备马车，将莲香和马祥麟送回将军府。马千乘又派了人过来，邀御龙等人晚上过去赴宴。

跃龙还要到万县取药引子，便别过众人，骑马赶到码头，登了一艘小船奔赴万县。

第五回
遇大儒畅谈时事　品美酒醉卧客船

若为南国春还至，争向东楼日又长。

白片落梅浮涧水，黄梢新柳出城墙。

闲拈蕉叶题诗咏，闷取藤枝引酒尝。

乐事渐无身渐老，从今始拟负风光。

跃龙上了船，靠边坐下，看着两岸的风光。时值初夏，微风拂面，带着青草气息。两岸群山连绵不绝，岸上弱柳扶风，芭蕉新绿。跃龙见风光旖旎，随口轻轻吟诵起白居易在此间做的诗来。

"好诗啊！这位公子好有雅兴！"旁边一位书生说道。跃龙循声望去，不由大喜。原来船头方向坐着两位青年俊秀，正是自己在府学的同学段世图、蹇明宇，跃龙忙走过去打了招呼。

刚要坐下，见船头坐了一位鹤发童颜的老夫子，手捧一本《周易》，旁边一位长相英武的青年盘腿而坐。跃龙口内连称夫子，纳头便拜。

老夫子一抬眼，见一位翩翩公子站在面前，白衣飘飘，顾盼之间潇洒自若。夫子大喜，站起来笑道："免礼免礼，世侄快坐。两年不见，世侄愈发俊朗了。常听人夸奖冉将军养了十三条龙，个个人才难得，跃龙、应龙更是潘安再世，真是羡煞旁人啊！"

跃龙躬身道："愚侄一向蒙夫子抬爱，不胜惶恐。听闻夫子已完成《周易集注》，真乃我西南儒学界一大盛事，今日正好当面请教。这二位是我府学的好友，也是一向敬仰夫子的。"

跃龙见同学二人不认得夫子，便介绍道："二位兄台，这位便是海内大儒瞿塘先生。"二人大喜，赶紧行礼。瞿塘先生素来爱才，见二人亦是书生，便道："老朽来知德，刚从成都游历归来。准备趁身体好，再下三峡游玩一番。今日遇到几位小友，亦是一大快事。快请坐下详谈。"

三人坐定，跃龙便请二位同学依次介绍。当先一位三十余岁年纪，脸上略有沧桑，拱手道："向夫子请安。小生段世图，彭水人，在府学就读。今日得见夫子，真乃三生有幸。"

跃龙道："这位段兄，饱读诗书、学富五车，二十岁前便中了秀才。只是时运不济，这几年尚未高中。上次秋闱原本文章做得极好，阅卷考官亦是极为赞赏。谁知主考官见段兄姓名后竟说，段世图便是断仕途，太不吉利。以此竟将段兄文章评了末等，真是迂腐至极，愚不可言！"

段世图笑道："当今圣上怠政，朝中及地方官职空缺极多，久未补缺。便是中了进士举人也未必能入仕，不中便不中罢。"来知德笑道："小友如此豁达，可敬可叹！"

另一位与跃龙年纪相仿，身材瘦削，也说道："小生蹇明宇，巴县人，向夫子请安。此番我二人也是准备游历三峡，正好与夫子同行。"来知德问道："巴县蹇氏？可是蹇义蹇太师后人？"蹇明宇道："正是。"

"原来是忠良之后。小友气宇不凡，将来必成大器。"来知德说完，指着身边青年道："这位是万县冉绍文，成都左卫冉世洪百户的大公子。你们小哥俩以前不曾见过？"

冉绍文先向段、蹇二人拱手问好，再一掌拍在跃龙肩膀："早听家父说过，三弟一直在大渝府就学，老哥一直在成都随父亲练兵，一直无缘得见。今日总算见面，三弟无论如何也要随老哥到万县喝几杯再走！"

跃龙笑道："弟此行正是要到万县，正好与大哥同行了！"绍文说道："这艘小船上只有咱们几人，正好可以畅谈一番！"众人于是落座，品茶闲聊。段世图最近正在钻研易经，此时见了来知德先生，自然是好一番请教。

聊了一会儿，跃龙见冉绍文不怎么说话，知道他长期在军旅，于经史子集一道不甚钻研，便问道："大哥在成都左卫，与播州不远，听闻杨应龙不时进兵滋扰，想来军旅生活也是清苦？"

绍文道："杨应龙反叛之心，路人皆知。此人飞扬跋扈，却又行事狡诈。前几年四川巡抚王继光因进剿失败被免，新任巡抚谭希思便一意安抚，杨应龙这厮便更加肆无忌惮。这几年小战不断，卫所军籍空缺又多，兵不满员，真是苦不堪言。"

塞明宇道："我也听说，去年杨应龙称愿意捐金免罪。四川按察副使王士琦奉命招抚，要应龙出四万两白银赎罪，并派次子杨可栋到大渝做人质。谁想杨可栋竟死在大渝，听闻杨应龙正在大肆锻造兵器，我看这一两年必然再次叛乱。"

段世图道："依我看来，播州之事要害在朝廷举棋不定，分画不明。四川、贵州剿抚主张不一，各处官员又多受播州贿赂，竟让这厮想叛就叛，想和便和。这四川贵州巡抚又时常变更，就连招抚使王士琦也上任不久，便被调往朝鲜征剿倭寇。各路官员不求有功但求无过，又有几人真心对播州之事负责，任由杨应龙坐大。"

绍文说道："可不嘛！天下太平久了，文武官员都拿打仗不当回事了。连土司招抚这样的大事，都能拿来作为自己挣钱的途径。为了一己之利，任由杨应龙胡作非为。他的胆子自然也越来越大。"

塞明宇道："家父也时常为此忧叹。前日接辽东同僚来信，直言辽东各卫所屯田败坏，军籍久已空虚。监军太监、世袭军官竞相吃空饷，腐败丛生，纪律松弛，甚至滥杀平民以冒领军功。京军大营士兵常被工部和太监抽调修建工程，竟然沦为民夫，一年也不训练一次。如此下去，靠什么打仗。"

跃龙道："如今兵部就像补锅匠一般，全无统筹考虑。正月以来，西北河套部、火落赤部屡次犯边，辽东倭寇大兵侵袭朝鲜、女真人蠢蠢欲动，西南杨应龙反迹昭彰。朝廷和各地官员缺额太多，皇上又不信任，只有这些文武官员来回征调。西南反了就派到西南，西北乱了又到西北，倭寇来了又调到朝鲜，如此这般怎是长久之计。"

来知德叹息道："左右都是个钱字！历来边患都在北方，这些人以骑射放牧为生，会骑马就能打仗。一个部落天生就是一支军队，养军队不需要额外花钱。他们时常兴兵往南，没事抢掠一番也是收获。大部分时间是打不赢的，输了就退回去。反正北方苦寒之地，朝廷没多大兴趣去追击。要是运气好打赢一次，就入主中原，改朝换代。"

段世图说道："正是，对他们来说，这买卖总是有点赚头的！他们以骑兵为主，来去自如，战斗力又强，确实不好对付。要和他们对抗，就必须养着一支庞大的军队。"

来知德接着说道："所谓兵马未动粮草先行，这打仗就是烧钱。他们养军队不花钱，可朝廷要养这么样一支军队，从养马到士兵的粮饷、武器，件件都要花钱。每年这么烧钱，但不是年年都有仗打。朝廷官员就要开始算账了，要不就是屯田，要不就抽调军队修宫殿城池。军饷和武器供应也慢慢不及时了，军队将领也要想办法去弄钱，军队就慢慢不会打仗了。历朝历代，都逃不过这个命运。"

跃龙说道："夫子说得极是！养一支庞大的军队难啊，长期保持战斗力更难。但是咱们输不起啊！赢九十九次，他们只不过是退回去。但只要输一次，就是江山变色，改朝换代啊！"

蹇明宇说道："如今辽东军事已然江河日下，如果再不振作，恐怕要出大事啊！要是辽东边患和西南内乱同时发作，只怕戚继光再世，也难以应付啊！"

世图道："岂止军事败坏，皇上已经十余年不上朝，朝中及地方官员缺额又不能补齐。近年来朝廷只知大肆开矿，奸人亦借开采之名，横索民财，百姓苦不堪言。年前，石砫宣抚使马斗斛便因开矿被贬关外，嫡子马千乘也下了大狱。"

跃龙叹息道："如今天下虽然太平，看似太平盛世。但金玉其表、败絮其中，长此下去，恐怕要出大事啊！如此这般，是等再出一个首辅张居正力挽狂澜，还是等皇上回心转意重振朝纲？"众人无言，均看着来知德，盼他解惑。

来知德摇了摇头，缓缓说道："为政以德，譬如北辰，居其所而众星共之。洪武废相以来，君臣各失其所，以此便开了唯有圣人方可治世之先河，然而圣人岂能常有？"

绍文道："圣人方可治世？"来知德道："太祖夺了丞相的职权，也便承担了丞相的事务。此后太祖事必躬亲，每日处理章奏多达六百余件，渐渐感觉精力不继。于是仿宋制设内阁，以协理朝政。太祖乃开国之君，自然能日勤不怠。然而继位者岂能人皆圣贤，如何能做到数十年如一日，日日勤勉？

皇帝渐渐放权，内阁便有代行相权之势。"

跃龙道："夫子所言极是。然而张居正尚有一番作为，继任首辅却都无所作为。为何世间再无张居正？"来知德道："名不正则言不顺。内阁终非宰相，品级又低，六部俱是朝廷大员，没有皇上信任和内监支持，内阁如何施展得开。张居正为人通透，既是帝师、首辅，又能得到太后和大太监冯保支持，加之皇上年幼，便能大展宏图。历任首辅不能得到如张居正一般的信任支持，皇帝猜忌、宦官干预、群臣掣肘，自然难以成事。而皇帝又不能勤勉问政，内阁不能行使相权，如此政事便荒废了。"

塞明宇道："当今圣上原本勤政爱民，然而国本之争爆发以来，为立太子一事朝中大臣与皇上争斗十余年。皇上最终为群臣所制，立储之事不能自主，以致对朝政失去兴趣，便居于深宫不出，政事便这么一天天荒废了。"

来知德道："宋太祖以黄桥兵变得天下，开崇文抑武先河，文人权势日益坐大。本朝因循旧制，大到国家大事、储君人选，小至皇帝私德、后宫小事，文人竞相进言规劝。皇帝贵为天子，却事事受文官掣肘，只能做规矩圣人。当今圣上久居深宫，又纵容宦官，朝廷六部及各地官员多有空缺。便如一间木屋，无人维持，便会日渐腐朽。远看依旧房屋俨然，若不能着力整修，只待一日暴雨而至，便有坍塌之忧。"

众人无不叹息，深感忧虑。绍文道："朝廷屡次征召夫子，以夫子之才学，定能大有作为。"来知德叹道："满朝文武，岂曰无士？又怎缺老朽一人？如今老朽已是古稀之年，只以治学为乐也。"

跃龙道："世事难料，只待黄河清、圣人出罢！倒是播州迟早必反，杨应龙号称兵马十万，绍文大哥和世叔身在前线，安危令人担心啊！"

绍文慨然道："我等身荷国恩，马革裹尸亦是幸事。家父亦道杨应龙年内必反，令我回家探亲安排家事。我父子二人自当枕戈待旦，杨应龙要反，便与他杀个痛快！"跃龙道："大丈夫自当如此！我冉氏以忠孝传家，若有平播之战，我等必将冲锋在前！"

几人俱是忧国忧民之士，绍文谈至激愤处更是拍案而起，不知不觉几个时辰便已过去。跃龙从自家酒楼带了一些绿豆粉，方便旅途食用，便请船家整治一番，用茶盘端了上来。这绿豆粉是由大米和绿豆磨成豆浆，再用铁锅烙成碧绿色大饼，切成手指宽粉条，用袋子密封好。吃的时候，用大骨、干菇熬汤，水开后将绿豆粉放入，快煮片刻便捞出盛碗。加入菌丝、肥瘦相间肉丁，淋上辣椒油，洒些姜末、葱花，红绿相间，浓香扑鼻，真是色香味俱全。段世图见了，兴奋地拍了拍桌子："好啊，原来是龚滩绿豆粉！有些日子没吃到了，今天可要大快朵颐了！"

众人立时觉得馋虫直叫，于是各捧一碗，开始享用。食毕依旧换上清茶，众人倚着船舷眺望。此时夕阳西下，漫天红云与江水相互映衬，远处水鸟翻飞，江山秀美，不觉令人沉醉。

众人品茶清谈，不觉到了戌时。明月初上，白天尚且闷热，此时江风习习，倒略有些凉意。跃龙请船家温酒上来，众人对着江月小酌。来知德精通易理，更兼世事洞明，畅谈之下，跃龙等均觉受益匪浅。

众人复又饮了几杯，天色已晚，便合衣躺下。此时月悬半空，漫天星河，万籁俱寂，只有水手划桨之声。

跃龙触景生情，想起唐温如旧诗来，沉吟道："西风吹老洞庭波，一夜湘君白发多。醉后不知天在水，满船清梦压星河。"醉意上来，便沉沉睡去。

第六回
祭先祖演说家谱　遇浑人秀才词穷

一觉醒来，天刚大亮，船已至万县境内，江面下起蒙蒙细雨。只见江北一座山峰高耸入云，此时烟雨朦胧，山腰云雾缭绕，正是万县八景之首"都历摩天"。都历山南，就是夔东重镇万县。县城依山而建，南控长江，西傍苎溪河，城墙高耸，固若金汤。

跃龙和绍文辞别来知德等人，下船雇了一辆马车入城。此时街上行人尚少，两侧俱是二层吊脚楼，茶楼酒肆，画旗招展。马车走在青石板街上，传出达达的马蹄声，甚是清脆。不一会儿便到了一座小楼前，只听楼上传来吟诵之声："天无为以之清，地无为以之宁。故两无为相合，万物皆化生。"跃龙抬头一看，二楼吊脚楼回廊上一位白须老翁靠在躺椅上，正忘情于书卷之间，脚边趴着一条大黄狗。此人便是举人冉维功，跃龙及绍文之族叔。

"二伯好兴致！"跃龙高声道。维功定睛一看，一位白衣公子站在楼下，旁边一位背剑少年，当即笑道："怪不得一大早大黄就趴在楼上看，原来是有稀客远道而来。好啊好啊，绍文也回来啦？"绍文忙回答："是啊二伯，这不先来给您请安吗？"二人上楼来，彼此俱是两年未见，自是一番畅谈。维功即请夫人准备早餐。

维功看了书信，知道维屏遇刺，叹息道："我这身子骨要是折腾到西司，怕是要散架，反而给你们添麻烦。不然我真想去看看将军啊！"跃龙说道："家父也时常惦记二伯啊,他老跟我们说当年跟您游历蜀中之事!"三人聊了聊近况,唏嘘不已。

用罢早餐,三人即准备香烛贡品,骑马出城东,前往驸马坟祭祖。维功较维屏年长,精神虽然矍铄,但有些体弱,便骑马缓缓而行。沿江而行十余里,至万辅山下。此地冈峦起伏,溪流纵横。山上古柏森森,拾级而上,迎面一座牌坊矗立,上书"潜德崇光"。跃龙认得是祖父手迹,乃嘉靖二十年冉玄公重修祖坟所题。

过牌坊二百步,乃是一座大墓,封土高两丈有余,阔十丈。石碑正中题写"唐金紫光禄大夫天水郡开国公果公冉公之碑",两侧有联曰"奕叶懋唐声万古,姻联帝室荫千枝"。旁边有玄公所立石碑一座,上书"重修唐金紫光禄大夫天水郡开国公食邑三千户永州刺史谥果冉公神道碑",墓志洋洋洒洒,由通议大夫、前督察院右副都御史、奉敕巡抚江西等处地方高公韶撰,嘉议大夫、前督察院右副都御史、奉敕巡抚贵州等处地方刘仕元篆,南京户部福建司员外郎关国孝书。

旁边有冉仪公题诗一首:"一从提剑扫尘烟,撑住西南半壁天。耕桑奠土三千里,忠孝流芳亿万年。"右侧另有石碑一座,上刻"大明大西宣抚冉氏先茔",落款为"万县知县蔡帮佐立"。

跃龙等点上香烛,诚心祭奠。祭扫毕,跃龙及绍文查看墓志,虽经风雨侵蚀,但字迹依旧可辨,述及冉仁才老祖文治武功事迹,及守忠公入西平叛、玄公重修祖坟事宜。由初唐以来,已历九百余年。跃龙及绍文抚今追昔,不由感慨万千。

维功道:"难得你二人前来祭扫祖坟,如今维字辈都已老了,我已是古稀之年,恐怕来日无多。忠孝堂家谱只收大宗嫡系,其他旁支不录入家谱,老一辈不多讲讲,怕你们将来都忘了。今日便在祖宗坟前,为你二人讲述族谱。望你们牢记祖训,光宗耀祖。"

跃龙道:"如此极好,二伯是成名大儒,又总编《冉氏忠孝谱》,侄儿此次前来,正要请教族谱。"于是二人正襟危坐,听维功讲述族谱。

维功敬了一支香,正色说道:"我冉氏一脉,本东鲁望族,有孔门五贤:冉耕、冉雍、冉求、冉孺、冉季。分支迁于陕西京兆三原,并陆续迁播于河南定鼎、四川夔州等地,隋末雄踞于夔东。唐初高祖年间,冉仁才老祖贵为驸马,历荆州、浦州、永州等地刺史，封巫山公，正是我川东冉氏祖源。宋建炎三年，金头和尚在马鞍城叛乱，一时黔州、思州、涪州俱乱。第八十二世祖冉万要、冉千要等率夔州族人前往平叛，立下赫赫战功。高宗见捷报后，龙颜大悦，指老祖姓名曰：千要万要，莫如忠孝为要。于是赐万要祖名守忠，封大酉知寨。千要祖赐名守孝，封沿河祐溪长官司副长官，至今传至第九十九世冉承恩，辈分比我们维字辈还高一辈。另一老祖赐名守时，封石砫宣抚使司金事，至今传至第九十八世冉文爵。我川东、黔州冉氏，便称忠孝堂。"

绍文道："想是久未整理家谱了，目下各支字派均乱了。"跃龙道："前几年二伯整理家谱，着实下了一番功夫。家谱也分送各支，只要以后依旧定期整理，便不会错了。"

维功道："沿河、石砫两支沿袭至今四百年，均是代代相传，职务也无变化。而大酉一脉，经历代老祖奋发图强，迁播最广。守忠老祖长子文炳袭职大酉知寨，宋、元以来及至本朝，封宣慰使或宣抚使。至九十一世，嫡长子如彪袭职宣抚使，并传至第一百世维屏；如鹤房因战功封乌罗长官司副长官，至今传至第一百零一世冉允忠，是维字辈同辈；如豹封武略将军、施州卫指挥使，至今已不再承袭。守忠老祖次子文灿，封田峡口长官司长官，授忠靖校尉，至今已不传。三子文献，封龙泉坪长官司长官，至今传至第一百世冉克明，为龙泉坪长官司百户。"

跃龙道："不曾想我族人迁播如此之广，幸得重修族谱，否则真是对面不相识了。"绍文道："二伯我们这一支，便是九十一世如虎老祖，迁回万县看守祖坟的。"维功道："皆因万县族人，多考取功名外迁，本地族人倒少了。"跃龙道："这我倒有耳闻，冉如凤老祖曾任岐山县知县，冉如麟老祖曾任太原府蒲县知县。本朝洪武年间亦有冉通老祖中进士。"

维功道："有宋以来，我冉氏散播川黔、湘楚，公侯衮衮，众人敬仰。你二人以为，我族人为何能历经四百年而不倒？"二人齐声道："还请二伯赐教。"维功道："你二人先看看这墓志文末几句话：呜呼！美于前，乃能传于后。盛于后，乃能章于前。果公之功美矣，苟非其子孙笃忠贞以保其土其人，何能历世如是之远耶？又非得玄等子孙不忘孝，思遥遥于其先之所自，亦何能有斯举以追其远耶？然皆赖我祖宗列圣驭人之善，报功之隆，远及诸裔……若自若孙，其何能忘之哉！其何能忘之哉！"

跃龙叹服道："此寥寥数语，微言大义，足以为我等终身行事之指南。"

维功道：“我冉氏以忠孝为传家之本，亦因忠孝二字得以历千年而不倒。忠之与孝，天下攸同。孝者，天之经也，地之义也，人之行也，而始于事亲，中于事君，终于立身。夫惟孝者，必贵本于忠。忠苟不行，所率犹非其道。是以忠不及之，而失其守，匪惟危身，辱及亲也。故君子行其孝，必先以忠，竭其忠，则福禄至矣。你二人治学多年，《孝经》《忠经》想必烂熟于心，要害在知行合一，笃行不渝。”

绍文、跃龙二人听了，向维功拜倒，齐声道：“我等自当牢记二伯教诲。”

维功道：“播州杨应龙迟早必反，大酉、石砫、沿河、乌罗、百泉坪诸司皆为近邻，朝廷定会征召前往平叛，正是你等建功立业、报效朝廷之时。打仗亲兄弟、上阵父子兵，你们也要彼此扶持才是。”二人点头称是。

祭扫完毕，三人收拾一番，打马回城。维功又引跃龙拜会城内众叔伯兄弟，晚上聚集族人，为跃龙洗尘接风。众人都极热情，与跃龙交谈甚欢。酒过三巡，跃龙起身说道：“今天有二伯演说家谱，侄儿犹如醍醐灌顶。我再敬二伯一杯！”

维功喝了酒，郑重说道：“这些事，自然应当一代一代传下去。你们今天既然听了，以后还要教给子侄一辈才是。今后修身齐家，也应当以忠孝为本。”

跃龙说道：“侄儿谨记在心。还有一件事向二伯打听，我父亲在信中提到，他的病需要一味药引子，只有二伯这里才有。不知道这是什么药，这么神秘？”

维功叹息道：“在路上也听你说了大概情况，看来将军得的是心病！他身体大不如前，想的当然是将来家业传承的问题。你们兄弟众多，他担心你们不能齐心协力。要你来祭祖，就是让你把这忠孝二字带回去。”

跃龙恍然大悟，说道：“原来如此！感谢二伯教导，实在是不虚此行啊。另外，来的船上我们也碰到了瞿塘先生。和他谈论之后，也是受益颇丰。”

维功笑道：“咱们族谱便是他作的序，你们回头好好学学这篇序文吧！这篇序文洋洋洒洒，道尽了我族人繁衍生息的奥秘！”跃龙感慨道：“不看不知道，一看吓一跳啊！这次有二伯讲解，才知道咱们族人繁衍迁播如此之广！”

绍文感慨道：“年初的时候，我曾随父亲到合州看了钓鱼城，才知道这钓鱼城也是咱们族人所修。这钓鱼城所在之地三江汇流，坐拥天险，实在令人心生感慨啊！”

跃龙问道：“就是当年蒙古大汗蒙哥战死的地方吗？”绍文说道：“是

啊！当年余玠任四川安抚制置使兼大渝知府，着手准备抵御蒙古军南侵。冉琎、冉璞两位老祖前去拜谒余玠大人，献计道：蜀内形胜之地莫若钓鱼山，请徙诸此，若任得其人，积粟以守之，贤于十万师远矣。余大人采纳了计策，将合州城迁徙到钓鱼山。并任命冉琎为承事郎、代理合州知州，冉璞为承务郎、为合州通判。"

维功说道："后来两位老祖去职回乡，后来蒙古大军果然攻打合州。合州军民在王坚、张珏的率领下，凭借钓鱼城天险，前后坚守三十六年，真是可歌可泣！"

跃龙感慨道："先贤们的丰功伟绩，至今说起来仍是令人激动不已啊！"绍文笑道："你该多住几天，到处好好看看！夔州府是咱们起源之地，如今当地还有不少族人，也该去看看才是。"跃龙叹息道："可惜这次要赶回去探病，只能等下次了！"

维功说道："当初西司内乱，你父亲外出避祸，到夔州府族人处避了一段时间，后来才来的万县。也就是那时候，我和你父亲结下了这辈子的交情。只可惜我身子也大不如前，要不该和你去西司看看他！就怕死在半道上，反而给你们添麻烦了！"

跃龙说道："二伯要能去的话，我父亲肯定会欣喜若狂啊！"维桂笑道："志合者，不以山海为远！我和你父亲相交多年，不必这么俗套，专门跑去看他，反而给大家增加负担。"

绍文说道："等将军身体好些了，再来万县扫墓更好！将军一晃多少年没来过了，是该来看看了！"维功笑道："这倒是！我们还是在这里翘首以盼吧！"众人复又饮酒，至深夜方散。

第二天一早，跃龙着急回西，便向维功、绍文等辞行。维功和绍文一直送到城门，跃龙说道："送君千里，终须一别。就送到这里吧，二伯和大哥有空了，一定到西司去坐坐！"跃龙与二人依依惜别，向码头走去。

到了码头，跃龙见客船尚在等客，于是在码头上随意走走。正好路边有人对弈，便在旁边看了看。不提防一条汉子迎面走来，跃龙侧身要避开，不料对方走得甚急，一下撞到自己身上。那汉子捧了一件瓷器，哐当一声掉到地上摔成碎片。

那汉子往地上一滚，抱了跃龙双脚喊道："你个不长眼睛的外乡人，撞坏了我的宝物，你可别跑。"霎时便围上来两人，围着跃龙。其中一位尖嘴猴腮，捡了一片碎片，装模作样地说："这瓷器一看就是宋朝的，恐怕得值个几百两。这位公子哥，撞坏了东西，你可得赔！"

跃龙怒道："你这汉子好不讲理，我本来站在这里看人下棋，是你自己撞上来，反来怨我！"话音刚落，旁边下棋的人说道："这位公子，看你穿得斯斯文文的，你可别冤枉人。我们都看到了，明明是你撞了人！"

跃龙明明知道这伙人合伙行骗，但被四五个人围住，正是秀才遇到兵，有理说不清。况且石砫土司官员都是熟人，闹到官府脸上也不好看。这伙人拉拉扯扯，不容跃龙分辨，只是齐声要银子。跃龙走脱不得，心里叫苦不迭。

第七回
镇铜鼓道士做法　祭亡灵土司心惊

"住手！你这伙子鸟人，还有没有王法了！光天化日，便要讹人！"却说跃龙在码头遇到讹诈，正没奈何之间，旁边两位闲坐的水手一声大喝，走了过来。

二人俱是铁塔一样大汉，声如巨雷，威风凛凛。跃龙也定下神来："你说你这是宝物，凭据何在？"地上的汉子不防这么问，支支吾吾说道："这是我前日在古墓里挖出来的，自然是宝物。"跃龙道："好啊，你竟敢私盗古墓，这就随我去见官！"

几人恼羞成怒，便动手抢夺跃龙行囊。那两条大汉伸手一抓，如提小鸡一般，各将一人拎着脖子提起来，顺手扔了出去。跃龙本也弓马娴熟，见一人扑来，顺势避开，一脚将其踹倒。几人见打不过，撒腿便跑。

跃龙向两位大汉拱手道："感谢两位大哥仗义相助！小弟酉司冉跃龙，不知两位大哥怎么称呼？"其中一条大汉年纪约莫二十岁，面相沉稳，拱手说道："这位公子不必客气，我等只是看不得这等白日行骗的营生，无须感谢。"

另一条汉子与跃龙年纪相仿，拱手道："在下伍良臣，这位是我义兄冉曰钦，我二人俱在龚滩码头以跑船为生。公子莫非是冉将军家人？"跃龙道："不敢不敢，将军正是家父，小弟在家中排行老三。"

伍良臣喜道："这便巧了，我这位义兄冉曰钦，彭水人氏，算来和你应是同宗。"跃龙大喜："彭水一支是如蛟老祖后人，兄长既是曰字辈，算来是同辈大哥了！"曰钦淡然道："我等跑船粗人，就不跟公子攀这亲戚了。不过既然出门在外，彼此照应一番也是应当。我二人还有杂务在身，与公子就此别过了。"

跃龙见二人要走，赶紧从身上摸了两锭银子双手奉上："既然二位大哥有事，还请不要嫌弃，拿着喝杯茶罢。"二人哪里肯收，抬脚便要走。跃龙只得收起银两，将随身腰牌解下来，递与伍良臣："这是我的腰牌，请大哥收下吧。日后有事，拿着腰牌到司城找我便是。等我回家安顿好，一定到龚滩拜会两位大哥。"曰钦待要推辞，伍良臣已收下腰牌，拱手道："那就谢过三公子了！"

跃龙谢过二人，乘船赶往石砫，与御龙夫妇会合，一起赶回酉司。众人归心似箭，饶是昼夜兼程，到司城时已是第四日明月初上。当日天气略显闷热，三人在衙署门口听亲兵说将军在来熏阁避暑，便打马直奔飞来峰而去。

到了山下，遥见阁楼上门窗大开，几人正摇着蒲扇纳凉。跃龙见了，喊了声："爹，娘，孩儿回来啦！"扔了马鞭，便直奔楼上。杨夫人见了跃龙，早过来拉了手，笑骂道："你个没良心的种子，三年也不知道回来看看。我还以为你读书读的，都忘了你爹娘了。"

跃龙待要跪下请安，维屏道："行啦行啦，别拜了。读了几年书，这虚礼愈发多了。"跃龙见父亲半躺在藤椅上，面有病容，但说话中气倒也挺足，哽咽道："爹爹您老人家身体康健？伤口没事啦？"维屏已三年不见爱子，见他红了眼眶，也不由心里一软，笑道："死不了死不了，老子还要带你们去打虎呢！"

杨夫人心疼爱子，笑骂道："别假惺惺的做这些虚礼了，赶紧坐下，陪你爹说会儿话吧！"妹妹玉梅扑了上来，拍打着跃龙的肩膀说："臭三哥，去了这么久，也不知道回来看我！"跃龙忙笑道："三哥最想你啦！这不回来了吗？"

玉梅笑道："光说想，也没见礼物呀！"跃龙忙从包袱里翻出一对玉坠，玉梅一把抢过去，赶忙带耳朵上了。苦于旁边没有铜镜，便跑到楼下池塘边看着倒影看。杨夫人笑骂道："看把你臭美的！"玉梅一边跑一边笑道："就臭美就臭美！我跟玉兰玉竹臭美去啦！"

御龙及杨氏也上得楼来，杨氏见公公在此，不便久留，况且自己颇感疲乏，便请了安回去休息。杨夫人拉着跃龙，询问了许久。御龙也将石砫族人争斗情况报与父亲，谈及冉文爵金事溺于马氏，二人颇为感慨。

维屏叹道："石砫之事早有人回报，你兄弟二人不愿跟我说遇袭之事，想来是怕我担心。你们也无需烦恼，既然镇守一方，这些事情就避免不了，兵来将挡水来土掩便是！"

御龙回禀道："都是儿子们不争气，让父亲操心了！"杨夫人叹息道："你也一把年纪了，不能老是这么柔弱。咱们主政一方，既要有菩萨心肠，还得霹雳手段才行。"御龙说道："娘教训的是！"跃龙忙说道："你们二老就放心吧，霹雳手段好学，菩萨心肠难得。兄弟们都会辅佐好大哥的！"

维屏见跃龙三年不见，见识气度愈加不凡，心里高兴，说道："这几年我旧伤复发，身体大不如前，就算没有这次遇刺，怕也活不了几年。难得老三你识大体顾大局，常言道兄弟同心、其利断金，只要你好好辅佐你大哥，我就放心了！"

跃龙忙说道："您老安心养病吧，张天师早就给您算过了，您会长命百岁呢！"维屏笑道："这些话都是哄我高兴罢了，你就是把全西司的算命先生找来，他们也没人敢预测宣抚使短命。这次我受了伤，故意放出重伤的消息，就是想看看有哪些跳梁小丑要跳出来。你们兄弟二人最近要把眼珠子放亮点才行！"

御龙回禀道："只要大家知道父亲身体康健，便无人敢捣乱了！"杨夫人叹息道："你父亲也不能护着你一辈子啊！你们要抓紧历练才是。"二人忙齐声说是。

"三哥三哥，我们的礼物呢！""臭三哥，你只给大姐带礼物啊，我们的礼物呢！"正说话间，楼下跑过来三个豆蔻年华的少女。原来维屏连着生了十个儿子，以为这辈子没有生闺女的命了。谁知接下来却连着三年生了三个女儿，长女玉梅为正房杨秀云所生；次女玉兰，为二房刘夫人所生；小女玉竹，为四房彭夫人所生。

玉兰玉竹跑上楼来，缠着跃龙要礼物，玉梅也在旁边嬉闹。跃龙忙把手镯、丝巾、胭脂等物拿出来，玉兰和玉竹分别挑了几件。只有玉梅始终不满意，到底从跃龙包袱里翻出来一把折扇，开心地玩了起来。维屏在旁边看了，心情舒畅了许多。

第二日，维屏身子感觉好些，便坐了轿子来到衙署，请众人再来看铜鼓。

这铜鼓依旧摆在上堂，鼓面已然全部掉落，里面空间甚大，足够杀手藏身。鼓身虽有铜锈，浮雕图案依然可辨。正中是一堵破墙，墙上放着一个铜鼎。众人都被这图案吸引，纷纷猜测其中含义，却都没有头绪。

维屏对着当中一位手执浮尘的道人问道："当年思通老祖在恶狗潭做法沉铜鼓，正是贵派先师主持。这些图案令人费解，只有请天师指点迷津了。"

张天师回禀道："回将军，贫道适才仔细看了，这面铜鼓并非当日老祖所沉铜鼓，而是何氏土司所用铜鼓。"维屏好奇地问道："何以见得？"

天师捡起地上的一片鼓面说道："看这鼓面上的虎纹都是阴刻，正是当时何氏土司当时所用，本司虎纹均为阳刻。再看这鼓身上的图案，更是诅咒之意。"

老四登龙问道："看这图案，好像是一堵破墙上放了一只大鼎，莫非是诅咒我司城城墙倒塌？"老七应龙在旁边哂笑道："四哥你可别逗了好吗？看清楚啦，这是镬，没有腿！"

老八伏龙和登龙为一母所生，马上为四哥帮腔："咱们祖上是靠一刀一枪打下来的土地，不是靠作诗。有些人不要因为能写两首歪诗，就自以为多了不起！"

御龙见兄弟们争吵起来，父亲又要生气，忙问道："既然如此，请问天师，这些图案是什么意思？"天师缓缓说道："何氏土司把镬放在墙上，自然是想诅咒咱们祸起萧墙。"

舍人冉维桂见维屏面带忧虑，忙宽慰道："这些都是虚妄之言，不足为凭，不足为惧。"

"一二三……"十一岁的现龙也跟着在旁边看热闹，看到鼓身另一边画了群蛇相斗，便开始数有多少条蛇。数了两遍，都是十三条，众人听得真切。

维屏心下默然，自己子嗣繁盛，共有十三个儿子，人称十三条龙，远近无不羡慕。近年来都长大成人，兄弟间却有些明争暗斗，自己这身体又恐撑不过年关。何氏在四百年前即铸造群龙相争图案，莫非真是诅咒成真？偏偏这千斤铜鼓冲出来，又与思通老祖立的誓言"要等江山败，除非铜鼓翻岩晒"暗合。维屏不由长叹一声，几乎垂下泪来。

御龙见父亲神伤，赶紧劝道："阿爹不必担心，我等兄弟以忠孝为本，一定和睦相处，断然不会同室操戈。"应龙也说道："阿爹只管放心，只要司主文武双全、统领有方，他人又岂能兴风作浪。"

维屏见缪天目一言不发，便问道："缪先生有何高见？"这缪天目在本司儒学授业，因其博学多才，向来为维屏看重。凡有重要事宜，维屏都要找他商议。

缪天目拱手道："不敢！依小可之见，前些日子天降暴雨，铜鼓潭水位连日暴涨，把铜鼓冲出来本不稀奇。只是有宵小鼠辈，趁机到处张贴传单、散布谣言，必是想乱我人心，以便浑水摸鱼。当务之急，自然是要稳定人心，不能自乱阵脚，上了贼人的当！"

跃龙也说道："缪先生所言极是。既然要安定人心，可请张天师升坛做法，镇压铜鼓。所谓魔高一尺、道高一丈，天师乃道学正宗，定然能镇压邪魔，保我酉司太平。"

舍人冉维桂也说道："所谓一阴一阳，此消彼长。何氏沉铜鼓之后，思通老祖做法镇压，嘉靖年间仪公也曾铸造铁鼓驱魔，以此得保四百年太平。如今多年过去，妖魔外道又想兴风作浪，咱们做法镇压便是！"

众人齐声称是。维屏站起身来，朗声说道："如此甚好！御龙抓紧协助天师搭设神坛，明日便升坛做法，镇压铜鼓！对于散发传单、散布谣言的人，跃龙要抓紧查访缉捕，谨防小人作乱。"众人领命，各自忙去。

御龙领了众军士道衙署门口，开始筹备做法事宜。按照张天师吩咐，在广场北面已经搭起一座一丈高的祭台。祭台上方放置香案一张，香炉两个，各色水果祭品罗列。香案前放大铜鼎一个，盛满猪头等祭品。

不一会儿张天师也到了，命童子点起七七四十九盏七星灯。待军士将铜鼓抬至祭台中央，焚香毕，天师等九名道士围着铜鼓盘腿而坐，开始诵经。灯烛照耀，铜钹鸣响，通宵未歇。

第二天凌晨，太阳刚刚升起，一切准备停当，维屏及诸位舍把陆续来到广场。天师走到维屏身前，拱手道："将军，诸事齐备。雄鸡唱晓，正是升坛做法吉时良机。"

维屏戴五梁冠，身穿三品皂领缘青罗衣，迈步来到台前。早有童子端了铜盆过来，维屏净手毕，登台走到香案前。

焚香已毕，维屏祷告曰："维万历二十四年夏四月十日，怀远将军、亚中大夫、大西宣抚司宣抚使冉维屏，谨陈祭仪，享于何氏族人及军民亡于平叛之乱者阴魂曰：我冉氏先祖，本孔门贤人，封大唐驸马。因苗蛮乱于酉州，我祖奉命征伐，功授大酉知寨。然十姓争霸，白骨蔽野。先祖不忍百姓流离，三战何氏，遂扫清酉州，受命保境安民，至今二十一世。我奉皇命，宣抚本司三十余载，夙夜在公，幸得百姓安居乐业，四境清宁。今铜鼓现世，吾不忍兵祸再起，祸乱黎民。汝等英灵尚在，愿早赴泉台，脱胎重生。敬陈祭祀，伏惟尚飨！"维屏身材高大，长须飘飘，语调沉稳威严，听者无不凛然。

维屏回到将军府，见三位女儿拿着扇子在花园里乱跑。领头的紫衣少女正是玉梅，冲着他叫道："爹爹，快来帮我们抓蝴蝶啊！"维屏见了三位女儿心情大好，看见前面花丛中停着一只五彩斑斓的蝴蝶，便轻轻走了过去。手刚伸到花丛旁边，那蝴蝶却飞走了。维屏跟着追了上去，跟着蝴蝶在花园里小跑。

哪知刚跑了几步，便累得气喘吁吁，只得坐在旁边石凳上歇会儿。这边玉梅自己已经逮到一只蝴蝶，拿了过来问道："爹爹，好不好看？"维屏笑道："好看，你们都好看！"

玉兰和玉竹也跑了过来，在维屏膝盖边坐着，一起来看这只蝴蝶。玉竹伸手把蝴蝶抓了过去，说道："真好看，一会儿咱们把它画下来吧！"玉兰却说道："幺妹你轻点呀！别把它弄伤了！"说罢，轻轻把蝴蝶放到自己手里，看看有没有受伤。

玉梅笑道："二妹又要发善心了！去年在菖蒲盖抓螃蟹的时候，我们好不容易抓了几只螃蟹，结果全让她悄悄给放跑了！"玉竹说道："可是晚上吃螃蟹的时候，她可没少吃！"玉兰伸手来挠玉竹痒痒，说道："好啊幺妹，你又取笑我！"

三人正在玩闹，一不留神，那只蝴蝶飞走了。玉梅拉着维屏的手说道："爹爹，再帮我们把它抓回来，好不好嘛？"维屏经不住女儿撒娇，便起身来追那只蝴蝶。谁知那蝴蝶一转眼飞进花丛不见了，维屏只得去追另一只。

这时杨夫人秀云正好经过，忙过来扶住他，笑骂道："你啊，就陪她们三个丫头一起疯吧！一把年纪了，还抓蝴蝶！"维屏笑道："人人都羡慕我有十三个儿子，却不知道我最得意的，是家里有三朵金花！"

杨夫人笑道："这玉梅都十三岁了，再过一两年就该有人来提亲了，哪能还这么疯跑！玉兰和玉竹也快啦！"玉梅娇嗔道："娘，怎么又说提亲的事！我不要嘛，我就要在家里陪着爹爹和娘亲！"

玉竹却笑道："听她说吧，这张哥哥一来，魂都飞了。"玉兰赶紧伸手拉她，说道："疯丫头，别乱说。"好在维屏已经在夫人搀扶下往将军府去了，没有听到这话。玉梅忙跑过来，就要掐玉竹的脸，玉竹忙躲到玉兰身后去了。

维屏回到住处，坐下歇了会儿。想起衙署内还有些事要处理，便站起来整理衣冠。刚站定，突然一阵眩晕，一头栽了下去。旁边丫鬟大惊，忙跑过来一边扶他，一边大声呼救。

第八回
校场坝将军点兵　演武场诸子争锋

　　却说维屏晕倒在地，杨夫人忙过来推宫活血，片刻之后维屏悠悠醒来。杨夫人忙请了李半仙过来，又开了些进补之药，请维屏好生将养。

　　过了几日，维屏感觉胸口刀伤渐好。唯恐自己撒手去后，御龙镇不住众兄弟和周边土司，那祖宗几百年的基业恐怕就要断送了。便叫了御龙、跃龙兄弟前来训话。

　　三人说了一会儿话，又聊了聊建塔之事。所幸御龙、跃龙兄弟一向和睦，御龙极为宅心仁厚，跃龙又文武全才。只要跃龙能鼎力辅佐御龙，本司江山倒也稳固。

　　维屏心下高兴，便对跃龙说道："你也十八了，送你到府学读书，原本也不是要你考取功名。你大哥以后袭职宣抚使之位，还要你一力扶持。明日起，便随你大哥熟悉政务吧。"说完，吩咐下人将自己惯用的硬弓取来。

　　维屏握了长弓，对跃龙说道："这张弓是当年为父射虎所用，今天便赏给你。读了三年书，弓马想是落下了，你要抓紧勤练。"这张弓维屏用了多年，正要将长弓递给跃龙，心里却有些不舍，便站起身来，准备拉开弓试试。

　　哪知近几个月身体欠佳，精力颇感不继，试了两次，均未拉满弓。跃龙忙接了弓，扶着父亲坐下。杨夫人也赶紧说道："哎呀，别逞强啦！快坐下歇会儿罢，别再把伤口弄裂了。这些事情，让小的们去做就行了，你还是赶紧把身体养好罢！"

维屏坐下喘了两口气，心内有些哀伤。近来身体每况愈下，连弓也拉不开了，自感时日无多，早有了提前安排后事的打算。十三个儿子中，梦龙、华龙已故，现龙、见龙、变龙年幼，腾龙远在大渝府行商，其余七人性情、才具各不相同。一旦自己驾鹤而去，江山就要交给他们。周边永顺、播州、散毛土司皆虎视眈眈，祖宗四百年基业，岂能葬送在他们手中。趁着自己还能动，得抓紧让他们历练历练才好。

心下打定主意，维屏便对御龙吩咐道："近日农事稍闲，正好组织练兵。传我号令，召集中军营扎营校场坝，并请各营舍把头人集结，五天之后，就在校场点兵演武。"

原来大酉宣抚司常设五大营，分别驻守各处重镇。本司向来寓兵于民，并不像其他州县一般设军户民户，除中军营常驻司城巡防一百人，及各营把守关隘之士兵外，并无常备军队。司内土地山林多为本司宣抚使及舍把头人、寨主所有，百姓平时耕种生产，农闲时组织训练，战时全民皆兵。

御龙兄弟领命，忙去通知各大营集结队伍，抓紧操练，以备五日后练兵。维屏也勉强骑了几回马，虽然胸口不时隐隐作痛，倒也能骑半个时辰。

第五日凌晨，卯时刚至，维屏便早早醒来。简单用过早点，维屏在飞来峰上练起太祖长拳。刚练至第二遍，便觉有些气短，正要坐下歇息，耳听得一阵马蹄声越来越近。一人一骑来到峰下，银鞍白马，英气逼人，正是三公子跃龙。维屏见他虽在外求学三年，弓马倒没有落下，心下感到宽慰。

跃龙在山下单膝跪地，朗声说道："禀将军，大军集结完毕，恭请将军到校场检阅！"维屏走下山来，早有亲兵牵了维屏战马过来。维屏抓住马鬃，便要翻身上马，哪知第一下竟没有蹬上去，跃龙和亲兵赶紧过来扶。

维屏推开二人，左手抓住马鞍，稳稳踩住马镫，飞身骑上枣红马。上马坐定，手握缰绳，顿觉浑身力气又回来了。三人于是打马向南，直奔校场坝而去。

行至接官坪，三人听到前方传来一阵螺号声，知道这是中军营开始集合整队。维屏胯下战马听到螺号声也来了精神，长嘶一声，一马当先向前飞驰而去。过了接官坪，但见前方山间一片开阔平坝，全用栅栏围住，正是本司校场。迎面辕门大开，门外一座箭楼耸立，一名士兵正在瞭望。见维屏打马前来，便大声喊道："怀远将军、宣抚使大人到！"

维屏打马进了大门，只见校场上整齐地站满了士兵，队伍前方是点将台。台前几名将领驻马而立，正在整队训话。御龙见了父亲，便拍马过来，禀报道："禀将军，舍把头人及士兵已经集结完毕。恭请将军登台点兵！"维屏点头，并不直接上点将台，而是拨马右转，绕着校场跑了一圈，查看队伍列阵情况。但见队伍排列整齐，披挂完整，心里便觉宽慰。

绕到队伍前，维屏翻身下马，往点将台走去。台前传令兵喊道："怀远将军升帐！"一时牛角齐鸣，三军肃立。两名亲兵扶维屏坐定，在身后按剑而立。御龙等众将下马，在台下单膝跪地，朗声道："中军旗鼓冉御龙禀报，中军营两千人集合完毕，请将军检阅！"

维屏看看诸将，台下依次站着十人：中军营旗鼓冉御龙，领兵常驻司城，身后站着跃龙；前营守备杨秀夫，常驻西东大溪口；后营头领冉维镇，所辖兵马把守本司衙署原驻地西南官坝，旁边站着其弟冉维桂；左营守备刘宗清，乃维屏二房刘夫人之弟，常驻西西商业重镇龚滩，身后站着外甥虬龙、从龙；右营头领冉登龙，常驻西东重镇龙潭，身后站着伏龙、应龙。中军、前、后、左、右五营，按旗号则是"福德照戎旆"五个字，分别称为福字营、德威营、照字营、戎字营、旆字营。

维屏站起身来，朗声道："本将军身受皇恩，奉命守土西南。三十年来，与诸位把总亲兵征讨四方，立下无数战功。蒙朝廷恩赏，诸位有的升了守备、千总、把总，有的赏了田土银两。如今西北、辽东各部不时进犯，西南播州时叛时降，正是我等报效朝廷、建功立业之时。皇恩浩荡，诸位定要勤练弓马，精忠报国！"

台下众将齐声道："勤练兵马，精忠报国！"三军一起喊道："精忠报国，精忠报国，精忠报国！"维屏吩咐道："杨守备听令！"一位长须飘飘的中年武将向前一步，拱手道："末将听令！"维屏道："去年入冬以来，各营士兵久未考核，武艺恐怕要荒废了。中军营是御龙管带，自当避嫌。今日便请杨守备带领亲兵，对中军营士兵进行考较。"

杨秀夫应声道："得令！"便领了亲兵，带领中军营前往教场坝一角，摆开箭靶、枪垛，组织众人考较。秀夫治军向来严谨，众人皆不敢怠慢。

维屏拔出佩剑，对着御龙说道："你们兄弟几个也别闲着，趁天气好，弓箭长枪，有什么本事都使出来吧！今日谁赢了，这把御赐宝剑便归谁！"

说罢，招呼维镇、维桂、宗清三人到点将台歇息，看御龙等人比武。

御龙命人搬了一个箭靶，离台前二百步放定。七位兄弟骑马列队，鱼贯而过。经过台前时，便张弓射箭。如此三次，每人射了三箭。一时战马长嘶，尘土飞扬，七位青年将军个个弓马娴熟，英姿勃发。维桂不由得赞叹道："将军，后生可畏啊！真如苏东坡《江城子·密州出猎》一般酣畅：锦帽貂裘，千骑卷平冈。为报倾城随太守，亲射虎，看孙郎。"维屏和宗清亦是点头赞许，维镇却不以为意。

台上四人看得真切，御龙等六人均是三箭中靶，只有伏龙有一箭射偏。六人之中，跃龙、登龙、应龙射术更精，俱是正中红心。维屏道："跃龙、登龙、应龙三人皆射中靶心，未分胜败，再行比过罢！"

跃龙在马上拱手道："我久未操练，刚才只是侥幸射中。还是两位兄弟再比罢！"维屏诸子之中，以登龙和虬龙最为雄壮，二人俱是虎背熊腰，膂力过人。登龙自恃力大，便说道："箭已比过，不如再比长枪！"

应龙只比登龙小一岁，自恃弓马俱佳，便大声说道："谁还怕你不成，咱俩真刀真枪厮杀一番！"御龙道："刀枪无眼，二位兄弟休要动怒。"二人于是卸了枪头，用白布包了淋过水的石灰，绑在长枪前端。

二人提枪上马，相对疾驰而来。应龙马快，直接到了登龙侧面，来不及刺，便顺势举枪砸向登龙。登龙持枪格挡，两支长枪砸在一起，俱感手臂发麻。二人见未刺中对方，便拍马回身厮杀。应龙紧握长枪俯在马上，借着战马奔跑的速度，一枪刺向登龙小腿。登龙见长枪刺来，便将手里长枪掷向应龙。应龙转头避开，手里长枪刺中登龙小腿边沿。登龙力大，顺势两手抓住枪杆，夺了应龙手中长枪。

应龙拍马冲过，回身喊道："四哥，腿没啦！"登龙并不追赶，大声喊道："老七，枪没了，命就没啦！"应龙喊道："要是装了枪头，那一枪刺你腿上，你早掉下马了，还能夺我兵器？"登龙素来性急，直接跳下马来，一把脱了上衣，指着应龙道："应龙，你要不服，下来比比拳头。"应龙见他直呼自己名字，便喊道："我这个应龙，自然没有播州的那位应龙权大势大，连朝廷军官都敢杀，你能服我？"原来播州宣慰使杨应龙，乃登龙母舅。御龙赶紧呵斥道："老七休得胡说！"

维屏也站起来呵斥道："一帮不成器的小子，射箭还像个样子，比枪却像小孩过家家一样。一个自己把枪扔了，一个被人夺了枪，简直是胡闹！"
维桂笑道："看来将军是舍不得这把宝剑了。"维屏道："想要我的宝剑，
没那么容易。比武和打仗是天壤之别，敌人怎么会站着不动让你来射？"刘
宗清笑道："看来将军早有打算了。"

维屏道："咱们老哥几个年轻的时候，是怎么练兵的，三位老兄弟忘啦？"
维镇说道："就是，到铁围城打一仗，才算是好汉！"维屏笑道："这是宗
清兄弟的地盘，要靠你了。"宗清道："听将军吩咐！"

维屏站起来，朗声说道："众将听令！"众将拱手道："请将军吩咐！"
维屏吩咐道："近日适逢农闲，众将集结，正是围城演武良机。你们七兄弟，
分为五队：御龙、跃龙、登龙、应龙、虬龙各领一队，从龙、伏龙分别跟随
兄长帮办。明日凌晨，每队领四百人，前往龚滩铁围城攻城。谁拿下围城，
赏御赐宝剑和白银五百两！"

维桂道："守城自然是宗清老弟了？"维屏道："那是自然，龚滩是宗
清老弟的大本营。便请你在龚滩本营之中挑选四百人，负责守城。"登龙道：
"将军直接把宝剑和银子给舅舅算了！铁围城易守难攻，攻守都是四百人，
本就不公平。我们还要行军一百多里，他们以逸待劳，这仗太难打了！"刘
宗清笑道："既然如此，我也从此地领军四百人出发，不占诸位公子便宜！"
维桂笑道："只怕中军营没这么多士兵啊！"

跃龙道："无妨无妨，把我的四百人给舅舅吧！我跟着大哥看看热闹就
行。"维屏道："既然如此，宗清老弟就先挑选四百人，提前一个时辰出发，
到铁围城布防。御龙新近募了几十名新兵，尚未和中军营合练，正好都不认识。
就请维桂老弟从中挑选十人，一律扎红头巾、穿红衣，随军进行监督。凡交
战中有人中箭或者被兵刃击打，以身上石灰印记为准，立即淘汰，不可从中
作弊。"众人见维屏虽然身体虚弱，但依然虑事周密，不由心生佩服。

晌午时分，中军营考较完毕。二百步射箭一项，两千人中有四百余人三
箭中靶，一千人两箭中靶，四百余人一箭中靶，尚有一百余人一箭未中。维
屏便依旧例，三箭全中者每人赏铜钱五百文，一箭未中者罚饷银一月。内中
有一名什长，所辖有五人一箭未中，立即革职，并打十军棍。

赏罚毕，维屏传令道："请众将挑选士兵，准备器械粮草，今日在此扎
营安歇。明日凌晨卯时四刻，大军开拔铁围城！"众人得令，各去准备。后
营舍把冉维镇却不愿凑热闹，当天即返回官坝。

第九回
铁围城群龙起舞　风家湾廷虎劫营

第二天凌晨卯时，军中唢呐响起，三军造饭。用饭毕，御龙与跃龙、缪天目商议行军及攻城事宜。正商议间，听得隔壁登龙队伍已经开拔。

御龙笑道："四弟真是急性子，行军打仗又不是赛跑，光是快有什么用。宗清舅舅向来守城有方，岂是旦夕之间能攻下来的。"

跃龙说道："恐怕不止老四着急，虬龙、应龙二人对此次攻城也是志在必得。此次演武事关重大，请大哥务必全力以赴取胜。"

天目也说道："三公子言之有理。将军幼时饱经离乱之苦，备受周边土司倾轧，历经多年心血一步一步把本司发展壮大。因此在挑选继位人选上，将军恐怕会更看重文韬武略，未必一定遵守嫡子继承制。此次围城演武，想来就是要考察诸位公子。"御龙叹息道："在祖父一代，便曾为宣抚使之位自相残杀，我真是不忍兄弟之间再同室操戈。"

跃龙说道："树欲静而风不止，大哥也不能一味忍让。应龙以永顺司为依靠，登龙、伏龙兄弟有播州司支持，虬龙向来得到宗清舅舅全力栽培，难保不对宣抚使之位有想法。从适才比武来看，诸位兄弟各不相让，想来对宣抚使之位都是虎视眈眈。铁围城非蛮力可取，好在有缪兄这个军师在此，我们便多了一分胜算。"

天目道："三公子抬爱了。铁围城易守难攻，只有到了城下，观其弱点，才能找到破城之策。"御龙于是吩咐下去，整理兵器粮草，拔营出发。虬龙、应龙等也已先行出发。

却说登龙、伏龙领了队伍，急行军至铜鼓潭附近，稍事休整。登龙与伏龙及几位头领商议道："到铁围城全程一百里路，我等只带干粮和兵器急行军，虽不能赶上刘守备，但想来不会落后太晚。到时候刘守备布防尚未完成，我们正好打他个立足未稳，一举拿下铁围城。"

伏龙也说道："四哥言之有理，铁围城一旦布防完成，极难攻克。刘守备虽然提前一个时辰出发，但是中途做饭休整也要时间，我们如此急行军，或许能赶上他们。"

登龙于是领了本队人马，依旧急行军向前。走了许久，依然不见刘宗清人马踪迹。众人已是上气不接下气，有的士兵累得趴在路边呕吐。前后休息了几次补充干粮，依旧有十几名士兵掉队。

伏龙心下奇怪，便问道："刘守备怎么如此能跑，我等如此赶路，三个时辰了连他的人影都见不到？前方还有十里路就是铁围城了，一路走来，路边也没有饭灶。"登龙说道："他常驻龚滩，对地形更加熟悉，想是走了小道罢。还是官道道路平整，利于赶路。我们不理他，只管赶路。"

登龙站起来，挥着手臂大声说道："兄弟们，我们累，刘守备的队伍也累！只要大伙一鼓作气赶到铁围城，乘他们立足未稳，定能一举拿下铁围城。将军赏银五百两，破城之后全是大家的！我再请大家大碗喝酒，大口吃肉！"众人于是站起来，强撑着身体赶路。

又走了半个时辰，转过山坳，前方是一道深谷，濯河从谷中奔涌而过。对面依旧群山连绵，其中主峰恰似一具马鞍，正是铁围城马鞍山，向来是西西兵家必争之地，亦是四百多年前金头和尚盘踞之地。

登龙站在桥头，对众人说道："大伙看，马鞍山上没有旗帜，也看不到有人活动，想来刘宗清的队伍也还没有登上去。兄弟们抓紧过桥，我们从侧面绕到山边，趁他们没有发现，一举攻上去。"

众人得令，一起过桥。刚过了桥头，旁边土坡上突然金鼓齐鸣，箭如雨下。登龙等人只顾赶路，藤牌背在身上，来不及取下遮挡。这些箭虽然去了箭镞，射在身上也甚是疼痛。伏龙四处一看，本队四百人，大多身上都有石灰印记。原来刘宗清深谙兵法，且久驻龚滩，深知铁围城易守难攻，只要自己率队抢先布防，任他如何攻打便也不怕。于是如登龙一般，领了四百人急行军赶赴马鞍山。却将自己战马交与一名士兵，命其来回打探御龙等行军动向。探得登龙轻兵冒进，便在此设伏。

登龙等人急忙拔刀戒备，坡上众人却不冲下来。只见刘宗清站在坡上说道："四公子，你们盔甲不整，中了伏击，这就算全军覆没了！"登龙和伏龙都不服气，一齐喊道："是我们攻城，不是让你来埋伏，这怎么能算！"旁边一名头领喊道："四公子，所谓兵不厌诈，输了就是输了！"三人正争执不下，听得桥头传来一阵马蹄声，原来是冉维桂与两名士兵骑马赶来。

冉维桂看了看众人，拱手道："四公子，兵法有云：以攻为守，以守为攻，此兵之变也。从来善于守城者，都不拘泥于困守孤城。况且你等轻军冒进，却不派斥候打探前方消息，所以中了伏击。原本也给了你们两匹战马，是你们自己不用。"

登龙听了这话，拱手谢道："多谢四叔和舅舅教诲！确实是我虑事不周，轻兵奇袭原本就要冒风险，又没有像四叔说的派骑兵打探消息。我等情愿认输！"维桂道："冲锋陷阵、长途奔袭是你的强项，但是为将之道，更要运筹帷幄、眼观六路，我年前送你的《纪效新书》，还要仔细研读。"登龙、伏龙齐声道："谨遵四叔教诲！"刘宗清便缴了登龙等人的弓箭，领着本队人马上山布防。

过了一个多时辰，虬龙、应龙、御龙也领了本部人马，陆续赶到铁围城下。众人见了登龙败绩，复又看到铁围城旗帜飘飘，知道布防已成，只能徐徐图之。于是各安营扎寨，造饭歇息，准备休整一番再去攻城。维屏、维桂等也在旁边扎了营房，看众人如何攻城。

众人用过饭，已是酉时，太阳西沉。此时天色突变，天空乌云密布，眼见一场雷雨即将到来。跃龙正带领众人挖掘厕坑及排水沟，见御龙及天目一起走过来，便问道："大哥去看过应龙、虬龙了？他们有何打算？"御龙笑道："都防着大哥呢，营盘都扎在二里之外。两人都只问我打算何时攻城，并不谈其他事情。"

天目说道："我曾向两位公子提议，以四百人仰攻铁围城，难有胜算，不如联合攻城。他们都没有答应，看来都已经有了打算。"跃龙说道："他们自然不肯一起攻城。眼见就要下雨，暴雨中登山攻城更难，就让他们先去打。士兵们赶了一百里路，都很疲惫。不如我们先睡觉，醒来再做打算。"御龙道：

“我也正有此意。”于是传令下去，就在风家湾休整。

却说应龙送走御龙后，与彭廷虎商议攻城之事。这彭廷虎乃永顺宣慰使彭元锦庶子、应龙表弟，在酉司官学就读，一向与应龙友善。廷虎道：“看样子，御龙今夜是不打算攻城了，想让咱们先去消耗刘宗清，他再渔翁得利。”应龙笑道：“他有缪天目做军师，这小子一向猴精猴精的，当然不会去打头阵。我看虬龙雨具不全，眼看大雨将至，他们在雨中熬不了一夜，恐怕会着急抢攻。”

廷虎道：“那更好！刘宗清虽然是他亲舅舅，但一向治军严谨，必然不会让着他。如此贸然硬拼强攻，肯定失败。那么最后胜者，就在表哥和御龙之间了。”

应龙道：“话虽如此，只是我也没有破城之策啊！”廷虎道：“我看御龙也就是个绣花枕头，论文韬武略哪样比得上表哥你？这次比武，姑父就是在观察你们几位兄弟谁的本事呢！”应龙道：“那咱们就跟御龙好好比一比，看谁能攻下铁围城！”

廷虎道：“咱们索性一不做二不休，连夜劫了御龙大营。刘宗清能在半路伏击登龙，咱们劫营他们也无话可说。这样便只剩表哥这一队能攻城，事情就好办了。”二人商定，于是传令休整，准备半夜前去劫营。

此时虬龙与从龙也在营内商议。从龙道：“咱们雨具不全，眼见大雨将至，不如移营到龚滩城边，找商家买些雨具。大家避避雨，趁此休整一番，明早再攻城罢！”

二人议定，吹起号角，拔营向龚滩而去。应龙等人见了，颇感意外。山上守城士兵遥遥见了，鼓噪一番，有人喊道：“跑了一拨啦！你们攻不上来，都投降吧！”虬龙并不搭话，只带了人往前走。到了镇上，买了油毡等物，便在城边大张旗鼓搭起帐篷来。帐篷搭好后，此时天色已晚，乌云密布，四下一片漆黑。虬龙命几名士兵在帐外巡逻，自己却带了士兵从帐篷后面出发，打算借着夜色和暴雨趁乱攻城。

刘宗清在山上见暴雨将至，便传令下去，命士兵严守山门，其他人坚守营盘，带甲休息。原来这马鞍山乃天生雄关，四周俱是悬崖峭壁，只有一条小道抵达山口。山口筑了高墙和箭楼，只有一个小门可以出入。只要这山门不开，任你千军万马，也难攻上来，端的是一夫当关万夫莫开。

墙上几名士兵正在瞭望，突见路上有人打着火把向山口走来。士兵忙喝令道：“山下行人听着，奉将军之命，今日铁围城沙场点兵，闲杂人等一概不许通行！"那人走到山口前，原来是一位背着背篓的农夫。

那农夫哀求道："各位军爷，小的就住在后山，因家中老母生病，到龚滩抓药回来。还请军爷放小的过去，家中老母还等着喝药呢！"那士兵见他说得可怜，便跑去向宗清禀报。宗清道："山下行人要从龚滩去毛蜡池、水洞岩等村寨，原本也只此一条路可走。既是只有一人，便严加搜查，放他过去罢！"

这农夫进到得山门前，两名士兵出来搜查一番，果然只有一包草药，便放他进了山门，农夫千恩万谢而去。过了不到半个时辰，又有人举着火把来到山口。守城士兵居高临下一看，原来是两名农夫，赶着一群羊来到门前。有几只羊见门口有草，便走到门边吃了起来。为首一名老翁禀报道："各位军爷，小人是后山农夫。奉了刘寨主之命，到龚滩买了一群羊，还请军爷放行。"

这时一名什长听到说话声，走到墙头查看。这什长喝问道："大胆！既然买了这么多羊，为何白天不赶路，此时已经天黑偏要过关？极其可疑，赶紧转头回去吧！"那老翁却说道："军爷若是不信，小的有刘寨主的印信，和买羊的文书在此。"什长喝令道："你二人只许一人上前，递上文书。"

那老翁听令，便捧着文书走到门前。两名士兵见老翁身后并无他人，便打开山门，接过文书。不料门口的几只羊突然站起来，直接冲进门去。两位士兵待要拔刀，却早被老翁抱住，旁边树丛中一群士兵也冲上来。

原来此前买药的农夫以及这两位赶羊的农夫，俱是虬龙找了镇上农夫假扮。虬龙自己带了士兵，悄无声息从侧面树林中爬上来，卧在林中等待。又找了几名士兵批了羊皮，混在羊群里，趁机爬到山门前。待老翁赚得士兵打开山门，众人便一拥而上。

墙头什长及士兵见了，急忙跳下来，与众人打在一起。当初金头和尚筑城时，为山门被攻入，故意将山门建在上山的台阶中部。进入山门依旧是一段向上的台阶，守军仍处于居高临下的优势。虬龙被前面混战的士兵挡住，一时之间无法攻入。刘宗清本就提刀在营内静坐养神，听见外面喧哗，便领了士兵杀将而来。

虬龙攻上台阶的只有十余人，终究势单力薄。宗清大军压过来，很快便将这些人捆绑起来。虬龙虽然勇猛，接连打倒几人，无奈山门狭窄，全都挤在一处，兵力无法散开。此时大雨终于倾盆而下，刘宗清等人居高临下攻击，很快便占了上风，将虬龙等人打出山门。

虬龙站在门外，已是全身湿透，对着墙头喊道："舅舅身手还是这么了得，我等先行告退，明日再来决战！"刘宗清笑道："不错不错，知道使诈了，几乎让你攻下来。快回营歇息吧，小心受凉。"虬龙见雨越下越大，只得领了众人回营。

御龙在营内休息，听得外面风雨大作，倒着实睡了一个好觉。醒来看了看沙漏，已是亥时。却见跃龙与一条大汉正在帐内攀谈，原来跃龙记得在石砫遇到的好汉冉曰钦、伍良臣，便到龚滩码头寻觅。冉曰钦无意功名，伍良臣却愿意投军，便与跃龙来到营房。

跃龙心情大好，对御龙说道："这位伍良臣大哥力大无穷，是乌江上一条好汉。有了他，咱们就如虎添翼了！"御龙也十分高兴，三人一阵畅聊。此时暴雨已停，微风习习，倒有些寒意。御龙于是命军士架起锅来，煮米酒驱寒。

众人正喝着米酒，听到营外有人说道："旗鼓大人吃独食了，有米酒也不知道想着叫四叔。"话音未落，维桂和两名亲兵走进帐篷来。御龙笑道："真是什么事情都瞒不过四叔，你们营地在一里地之外，都闻到了米酒香。本来想着给四叔送过去呢，怕你们睡下了。"

维桂接过御龙递来的米酒喝了一口，说道："是不是看雨停了，准备喝了米酒，前去攻城了？"御龙笑道："刚才雨大，想来山路已经冲毁。我们就算上去，舅舅居高临下，我们如何打得进去。还是明日起床再说罢！"

跃龙又给维桂添了一碗米酒，禀报道："守城队伍也是从校场坝轻装出发，想来只带了干粮。今夜雨大，山上只怕更凉，舅舅毕竟上了年纪，别再受了风寒。不如请四叔派几人将醪糟和铁锅送上山去，让舅舅他们也喝口热的。"

维桂笑道："喝你一碗米酒，便给四叔安排这么多事情。"跃龙笑道："我要是送上去，怕是舅舅不给开门呀！您带的士兵都是红衣红帽，又有您的腰牌，才进得去。"维桂见他说得有理，便说道："既然如此，我就借花献佛，派几个人把东西送上去吧。省得宗清老弟回头下山，骂咱们吃独食。"叔侄几人说了几句话，维桂困意上来，便回营休息。

几名士兵背了铁锅，向铁围城走去。此时乌云散去，一轮弯月挂在半空，群山寂静，只有虫鸣之声。山上士兵看见又有一群人爬上来，赶紧禀报刘宗清。

宗清笑骂道："这群兔崽子，都想晚上来攻城。这都亥时两刻了，真不让人睡觉了！"来到门口，居高临下一看，只见五六名身着红衣、扎着红头巾的士兵背着铁锅站在门外。为首士兵禀报道："报刘守备，山上风寒，维桂大人命我等送了铁锅和醪糟上来！"

宗清喝问道："可有凭证？"下面回禀道："有维桂大人腰牌在此！"墙头士兵用绳子吊了篮子下来，喝令道："把腰牌放到篮子里！"刘宗清看了腰牌，确实是维桂所有，便说道："辛苦诸位了！把铁锅米酒放在门口，便回去罢！我们自己来取。"

领头士兵却说道："禀报大人，维桂大人与我们十一人，也只有这两口铁锅。要是送了你们，明日我们却只能喝西北风了。来时维桂大人吩咐了，等你们喝完米酒，铁锅还得让我们背回去。请大人派人取走铁锅醪糟，小的们便在门外等候。"

宗清笑骂道："罢了罢了！维桂你个铁公鸡，喝你一口米酒，还惦记着把铁锅要回去。小的们，把门开了，让他们背上来吧。总不能咱们在上面喝米酒，让他们在下面冻着。"宗清带了众人手持长枪站在门口，缓缓打开山门。

那几位士兵规规矩矩背了铁锅，依次走到门口。宗清等吃了虬龙一次亏，先仔细搜了一遍，见没有兵器，便放进门来。便是煮米酒时，依旧命人看着几位士兵，以防不测。两口铁锅一直烧着，传出阵阵米酒清香。

却说应龙这边依计行事，睡到亥时四刻，吩咐众人补充干粮。准备完毕，提了腰刀弓箭，悄悄来到风家湾御龙大营外。听得一片寂静，心知御龙等人已经睡下，营外站岗的哨兵也是昏昏欲睡。

廷虎领了两位健儿，悄无声息来到哨兵身后，一把抱住哨兵。那哨兵待要挣扎，早被廷虎捂住口鼻。应龙便举了腰刀，领着众人冲入帐篷。

第十回
冉将军喜赠宝剑　白总管命丧酉东

　　冉应龙顺利杀入御龙大营，而此时山上众人正在痛饮。宗清素来爱酒，便多喝了几碗。山风吹来，竟有些醉意，只道是今日长途跋涉，身体过于疲乏。

　　见送米酒来的几人一直规规矩矩坐着，大气也不敢喘，刘宗清倒有些不忍。于是吩咐道："既然你们舍不得把锅送我，便背回去罢！转告维桂大人，感谢他的米酒，改日我请他喝苦荞酒。"说完困意上来，便起身回营歇息。

　　几人背了铁锅，走到门口。守门士兵打开山门，那几名士兵走上去与守门士兵攀谈。其中一名士兵摘下头巾，原来是悍将张柱石，另一人是伍良臣。两人膂力惊人，直接抱了地上的圆木抵住大门。

　　守门士兵心知不妙，待要大喊，却被几人抱住，用布条捂了嘴。只见跃龙领了一群士兵，冲上台阶来。旁边士兵见了，忙吹起号角。宗清等人听到外面喊声大作，心知不妙，赶紧提了刀枪赶过来。谁知这米酒劲大，此时醉意上来，跑起来竟有些踉踉跄跄。

　　宗清等人方出得营门，跃龙等众人已经越过台阶，杀到营外，架起长枪盾牌，扎住阵脚。御龙等领了弓箭手，在阵后齐射，霎时间箭如雨下，宗清等被射得全身俱是石灰。宗清心知大势已去，便扔了腰刀，说道："罢了罢了！中了小子们的奸计。"守城士兵见主帅认输，只得纷纷放下刀枪。御龙于是命本部士兵接管城防，重新关闭山门。

刚关上山门，却听见门外传来一阵喧哗。原来应龙领兵杀入御龙营房，却见四下无人。正惊讶间，听到山上号角齐鸣，知道御龙已前去攻城。应龙见劫营失败，又怕御龙抢了头功，便领了众人杀上山来。到了山门，却见山门紧闭，不见队伍厮杀。

正要叫阵，只见墙头跃龙探出脑袋问道："七弟也上来啦？里面米酒已经煮上了，进来一起喝一杯吧？"应龙见跃龙等已经拿下铁围城，心下懊恼，却也没有办法，只能苦笑道："那就却之不恭了，请三哥开门吧！"跃龙道："山上庙小，容不下这么多神仙。请七弟和廷虎兄弟两人进来，其他人回去吧！"

这时维屏和维桂、杨秀夫也来到门前，身后跟着登龙、虬龙等四兄弟。原来众人听见山上号角声响，片刻后又有摔钹声，知道有人攻城得胜，便一起赶上山来。应龙见了父亲，只得与众人一同走进山门。御龙请众人在营内坐下，命士兵重新架起铁锅，不一会儿端上米酒来。

维屏在当中坐定，身旁坐着维桂、宗清，对面御龙七兄弟依次坐下，身后几名站了几名千总。维屏喝了一口米酒，问道："此次攻城，是谁胜了？"

冉维桂道："按照将军定的规矩，此次攻城，是大公子御龙先攻进来。"身后一名什长却喊道："禀将军，我们守城将士不服！旗鼓大人的士兵拿了维桂大人的腰牌，骗我们打开山门。要是没有这腰牌，他们怎么能攻上来？"

维桂道："我何曾给他们腰牌了？"跃龙笑道："确实不能怪四叔。您派来给他们送米酒的士兵，被我们半路绑了。我们换了他们的衣服，拿了腰牌上来。"

那什长道："你们如此使诈，我们怎能服输？"维桂笑道："你们伏击登龙的时候，还说兵不厌诈呢！"杨秀夫也说道："混进来五六名士兵，就能把铁围城拿下了，还是你们自己守城不严。"

刘宗清醒悟过来，问道："你们那米酒有什么名堂？平日里便是十碗八碗米酒，我也不会醉。"御龙笑道："知道舅舅爱酒，就在第二锅煮的时候，偷偷加了些烧酒。"

维桂笑道："你们要不是饮酒误事，凭他五六个士兵，怎么能夺了你的山门？终究还是你们自己的不是。"

宗清道："想不到我养了一辈子鹰，到最后被鹰啄了眼。罢了，就算御龙你们哥俩欠我一顿酒吧。"跃龙举起一个牛皮袋晃了晃，笑道："不用欠，现在就还你。"宗清接过美酒，苦笑一声，说道："就数你小子猴精猴精的。也罢，我等甘心认输。"

维屏看着登龙、虬龙、应龙等人，问道："你们还有何话要说？"登龙等人只得拱手说道："我等甘愿认输，恭喜大哥！"维屏命亲兵抬出五百两纹银，并解下腰间宝剑，对御龙说道："既然如此，便将宝剑与纹银赏你。望你日后更加勤勉练兵，守土安民，报效朝廷！"

御龙赶紧跪下，恭恭敬敬磕了三个响头，接过宝剑。维屏累了一天，感觉困意上来，便回营休息，众人也各自散去。御龙便将纹银赏与缪天目及本队士兵，传令扎营休整。

御龙兄弟二人扬威铁围城，晚上又与刘宗清、杨秀夫等人畅饮，第二天睡到辰时四刻方才起来。此时日上三竿，各营已用过早饭，正在收拾行装准备回程。兄弟二人简单洗漱一番，刚扒了两口饭，便听到山门处传来一阵急促的敲门声。只见守门士兵领了两位身着斜纹麻衣、头缠青布帕的士兵进来，直接朝维屏帐篷走去。

御龙久在军旅，对本司军力部署及服装均极熟悉，便对跃龙解释道："看这打扮，应是后溪总管白邦镇的亲兵。"跃龙见缪天目手摇羽扇走过来，便问道："我看这二人身上均有血迹，来不及换衣服便赶来报信，想是出了大事。缪兄怎么看？"

天目拱手说道："所谓无事不登三宝殿。这二人不到忠孝坝找白邦铭，而是直奔铁围城而来，恐怕是白邦镇总管病危。"

御龙道："缪兄为何如此肯定，是白总管出事了？"天目道："白家世代镇守后溪，除了纳粮、拜寿等事，极少向将军禀报。因白邦铭在本司边担任家政一职，白家就算有事，向来也是通过他禀报。而此次白邦铭并未一同前来，二位公子想想，有什么大事是要瞒着白邦铭的？"

跃龙甚是赞同，也说道："缪兄言之有理。白邦镇三兄弟个个能文能武，而白邦镇膝下只有两位幼女。假如白邦镇病危，白邦臣、白邦铭哥俩肯定会为争夺总管一职打起来。恐怕是白邦镇吩咐，要特意瞒着白邦铭。"

正说话间，帐外有士兵禀报："禀旗鼓大人，将军吩咐，请诸位公子到将军帐中议事。"御龙与跃龙一边往外走，一边问道："缪兄有何高见？"天目说道："酉东局势，送二位公子一个字：稳。"二人不及细说，忙走向父亲帐篷。刚到账外，便见两位送信士兵走出来，想是已经禀报完毕。跃龙见二人神色黯然，满脸忧虑，便愈发觉得缪天目所言非虚。

进得帐篷，但见维屏居中坐在交椅上，左右坐着维桂、秀夫、宗清，登龙、虬龙、应龙等众兄弟也陆续赶到，在对面站定。维屏见众人到齐，示意杨秀夫道："杨守备，酉东一向是你驻军管辖，便请你说说情况吧！"

杨秀夫向来不喜客套，便开门见山说道："适才后溪白邦镇总管亲兵来报，白家与保靖司抢夺河滩，前日白总管被彭象坤母子带人偷袭，身受重伤，已于昨日凌晨去世。目前只有白邦镇幼女及亲兵知道，尚未发丧。"

刘宗清觉得奇怪，便问道："本司与保靖一向和睦，况且白总管一向为人谨慎，为一块不能耕种的河滩，怎么会和保靖大打出手？"秀夫叹了口气，说道："此事说来话长。白总管陆续娶了几房夫人，也没有生下男丁。白总管便怀疑是祖坟风水不好，请了几位梯玛看风水，罗盘都定在本司和保靖交界的一块河滩地。恐怕就是这块地引出的乱子。"

维桂道："保靖宣慰使还是咱们将军的妹夫，就一块河滩地，白总管不能这么糊涂啊，和保靖商量商量，花钱买下来不就成了吗？"秀夫道："我倒听说是谈过的。无奈这块地归彭将军家二公子象坤管辖，这位二公子见白总管十分想要这块地，便要白家拿百亩良田来换。白总管见他仅是个十三岁的少年，便没把他放在眼里。我倒时常劝他二人以和为贵，谁想我这才出来几天，就出了人命。"

维屏道："人已经没了，说这些也无济于事。大家都议一议，看怎么处置吧。"维桂等人见御龙兄弟都到齐了，心知维屏要考验几位公子，都不愿先说话，只看着御龙等人。

登龙抢先说道："保靖欺人太甚！为一块河滩地，就大打出手，杀我总管。每次只要我们有事，这保靖、永顺就会趁火打劫。这次必须血债血偿，否则他们还以为我们好欺负，要得寸进尺了！"伏龙、从龙等也义愤填膺，纷纷喊道："对，要他们血债血偿！"。

御龙见众兄弟纷纷主战，心下甚是担心，忙说道："诸位兄弟不要冲动。兵者，凶器也，圣人不得已而用之。几百年来，保靖、永顺与我在西东犬牙交错，偶有争端，也是彼此互有损伤。此次冲突因抢河滩而起，可请彭将军交出凶手，赔偿银两。不可贸然开战，以致生灵涂炭。"

应龙不以为然，说道："大哥你便一味做好人。跟豺狼讲道理有什么用，不射它几箭，它就一直会来偷羊。我看不如和永顺一起联合出兵，不把他打痛了，他能赔钱赔地吗？"

登龙叫道："老七你就这么肯定永顺会真心帮忙？彭元锦是你舅舅，也是象坤舅舅，你能担保他不趁火打劫？"伏龙也说道："引狼入室的事还是少干吧！何进请董卓进京诛杀十常侍，最后得到了什么？永顺侵吞周边土地不是一次两次了，找他帮忙不是与虎谋皮吗？"

虬龙说道："咱们兵强马壮，要打便打，让永顺掺和干什么！这次冲突保靖打死了人，我们还可以到大渝卫告他一状，请朝廷从重处罚。"应龙笑道："咱们归大渝卫管辖，他归施州卫管辖，这官司打起来，没十年八年打不完。到时候还得给大渝卫和四川巡抚送钱，得不偿失啊！卯洞司被部下击败，向明辅跑到咱们司里待了多久，到处告状，不也没啥用！"从龙道："那也不能饶了他，该告还得告他！"

跃龙见众人又要吵起来，父亲气得开始咳嗽，忙说道："大哥和几位兄弟的意见各有侧重，也都有道理。集各家之长，便是万全之策了。"应龙道："三哥也和稀泥。就说说怎么办吧！"

跃龙说道："君子引而不发，跃如也。可趁此次演武之机，请舅舅回大溪口召集人马，在酉水河畔点兵演练。再由四叔与保靖彭将军会谈，要保靖交出凶手，赔偿白家。永顺方面也大张旗鼓派人联络，保靖便会担心永顺和酉司联手，如此一来四叔谈判就有了胜算。"

跃龙说的时候，维桂、秀夫等都不住点头，维屏面色也逐渐转喜。御龙也说道："酉东形势复杂，若是小的冲突争斗，大渝卫、施州卫一般不予理会。但若出现两军交战，朝廷定会严加责罚，各打五十大板，那就得不偿失了。"

杨秀夫见御龙、跃龙二人条理清晰，心内高兴，便说道："大家言之有理，保靖兵强马壮，一时之间我们未必能够立即取胜。而永顺虎视眈眈，只等我们两败俱伤，便会从中渔利。打仗我们不怕，但是结果却很难预料。还是稳妥处理为好。"

刘宗清也说道："兵马未动，粮草先行。这些年东征西讨打了不少仗了，先别说死了多少兄弟，便是粮食军饷耗费了多少。如果能不打仗就让保靖赔偿，那是最好。"维桂笑道："如此极好，干戈未动，而决胜于庙堂。不过谈判之事，我看由大公子前去即可。我也老了，只怕还没赶到保靖，就累倒在半路上了。"

御龙忙说道："还是请三弟去吧！论纵横捭阖之事，实在不是我的长项啊！"

维屏道："既然如此，那就按大家的意见办。跃龙就陪你舅舅去一趟西东，妥善处理此事。要是彭养正不好好赔偿，咱们该告状告状，该打仗打仗。杨守备你要抓紧练兵，做好准备。"秀夫和跃龙忙回复道："请将军放心，我等定当全力以赴！"

"彭公子，您可慢着点啊！您这马骑得跟飞一样，我马鞭都打断了也没撵上您。跑了一百里路，爬山还这么快。"众人正说话间，帐外传来一阵喧哗。接着是亲兵的声音："好，彭公子，我这就去通报。"维屏听了这话，便高声道："象乾来了？快让他进来罢！"

一个风尘仆仆的少年公子走了进来，直接跪倒在维屏面前，纳头便拜："舅舅恕罪！舍弟年幼无知，闯了大祸！"这彭象乾乃保靖宣慰使彭养正嫡子，维屏外甥。因其母冉氏病故，庶母彭氏刻薄，便到西司依舅舅而住，在官学就读已三年有余。

维屏说道："你也知道白总管的事情啦。这一百里路，你自己一个人骑马过来的？"象乾抬起头，恭恭敬敬回禀道："禀将军舅舅，今早我上学路过白邦铭大人的院子，看到一个人骑马飞奔而来。我认得是白再龙大哥，正要打招呼，他却推开我跑进院子。听他向白大人禀报，是舍弟象坤与白总管发生冲突，失手打伤白总管。我便从营盘借了马，赶紧过来请罪了。"众人看象乾小小年纪，谈吐清晰，处事有方，不由心生敬意。

维屏看着跪在面前的外甥，清瘦中透着英气，看似柔弱却一脸刚毅，像极了妹妹小时候的样子，不由满心爱怜："好孩子，难为你这么懂事。你一直在西司用功读书，这些事怎么能怪你。"

象乾禀报道："听白大哥的意思，白家正在召集士兵准备报复，保靖也在屯兵。还请舅舅主持大局，我们一定交出凶手，好好赔偿。外甥以为，断不可因此开战，让他人浑水摸鱼呀！"维屏看着登龙等人道："好好听听，你们多大人了，还不如一个十三岁的孩子有见识！"

登龙满脸愧色，正要答话，帐外亲兵禀报道："禀将军，白大人见！"维屏道："请他进来吧！"彭象乾听了，忙闪身站到跃龙身后。

白邦铭一身戎装走来，拱手向维屏说道："禀将军，保靖夺我土地，杀我大哥，实在欺人太甚！我白家世代为本司镇守西东，彭养正如此悍然挑起冲突，置将军于何地！"

维屏见邦铭一腔怒火，便安抚道："老弟不要过于悲痛，适才我等已经就此事商议许久。白总管不幸离世，自然要保靖交出凶手，从重赔偿。"

邦铭说道："恳请将军恩准，请杨守备拨我一支精兵，我定要让保靖血债血偿！"维屏道："老弟放心，我一定亲自处理此事，让保靖给白家一个满意的答复。杨守备会亲自领兵前往，让保靖知道我酉司也不是好欺负的！"

邦铭见维屏未答应自己统兵的请求，脸色微微一变。正要再行回禀，却听维屏说道："白大人伤心过度，又奔驰一百余里，身体哪里顶得住！你们这些孩子，一点眼力见儿都没有，快扶白大人去后面休息休息，弄碗米酒让他先垫垫肚子。"

白邦铭听了，只得回身往外走。刚要出门，却见象乾站在一旁，登时怒火中烧，拔出弯刀喝骂道："小贼，就是你兄弟害死了我大哥！今天咱俩就当着将军的面，拼他个你死我活！"

第十一回
抢河滩三司斗法　镇酉东单刀赴会

却说彭象乾见白邦铭挥刀就要冲过来，忙躬身拱手道："世伯节哀！下人鲁莽闯祸，我一定回禀父亲，从重责罚，合理赔偿。"邦铭待要说话，御龙兄弟一左一右，架着他的胳膊，将他扶了出去。

登龙见邦铭情绪激动，便说道："看样子，咱们是不想打，但白家兄弟满腔怒火，急切想要报仇啊！"应龙哼了一声，说道："我怎么没看出他满腔怒火，倒是只看到他迫不及待。"

维桂见二人又要争论，忙说道："白总管统辖周边四五个村寨，手握二百士兵。如今邦镇身死，群龙无首，恐怕这些把总士兵都在观望。要是邦铭领了精兵回去，那么总管一职就非他莫属了！"

刘宗清说道："白邦铭素有大志，三个儿子再龙、再凤、再兴也都弓马娴熟。邦镇一死，他自然想要继任总管一职。"跃龙道："武陵山群雄并立，永顺、散毛等司一向对我虎视眈眈。后溪是我酉东屏障，如若再添一头猛虎，只怕难以约束，以致酉东不稳。还请父亲三思。"

杨秀夫见维屏看着自己，便说道："我久在酉东，与白家多有接触。白家三兄弟，老大白邦镇文武双全，但并无野心，可惜一朝身死，身后只有一双小女儿。老二白邦臣为人谦和平淡，平时只在家里读书，偶尔帮助邦镇处理政务。老三白邦铭久在将军身边，为人如何将军自然比我清楚。谁来继任总管一职，还请将军慎重。"

维屏道："邦铭觊觎总管一职已久，我又岂能不知。早年白家自立长官司，未得朝廷认可，后来才臣服于我。白邦铭父子能文能武，如若放虎归山，必成大祸。跃龙和杨守备领兵到酉东，要尽快弹压众人，扶白邦臣接任总管一职。"跃龙二人领命。

维桂心知邦铭定会不服，便说道："白邦镇一向无子，邦铭觊觎总管已久，将军恐怕要有所安排才好。"维屏笑道："此事容易，人皆有所好。邦铭一向以文人自许，我便奏请圣上，称他协理政务，劳苦功高，请赐他一个文林郎之类散官。"维桂道："如此甚好！白家再字辈的孩子们也都十四五岁往上年纪了，可以分别编入各大营，随军历练。"

维屏安排妥当，便命拔营回城。宗清等各回驻地整军，跃龙与秀夫单独请示维屏，听了一番吩咐，启程赶赴酉东。象乾虽然年幼，倒颇有主见，再三要求随行，维屏便准了他。

杨秀夫快马赶赴大溪口，召集前营兵马，整军备战。跃龙带了伍良臣，打马直奔后溪白家寨。进入后溪境内，远远看见一条玉带也似的河流从北向南蜿蜒流去。两岸群山连绵，奇峰怪石，山花怒放，令人沉醉。

河水进入三峿山后变得静若处子，在山间形成长潭十里，河水碧绿澄澈，静谧如诗。跃龙沿着河岸纵马前行，但见前方山间有一片开阔缓坡，吊脚楼鳞次栉比，仿佛天街一般，正是酉东白家寨。

进入寨中，但见往来行人神色自若，并无异常。跃龙心道，看来白家消息封锁严密，外人尚不知白总管去世。正要往前走，早有一位士兵迎面走来。跃龙亮了腰牌，士兵忙引跃龙等到白府门前。跃龙也是第一次到后溪，便留神查看。但见白府气势恢宏，四合院依山而建，前后绵延，互为拱卫。

"将军府来人了就好了，我们就有主心骨了。"话音未落，一位长相儒雅的鹤发老翁迎了出来。跃龙忙往前走去，扶住老翁说道："想来您就是白二叔了，酉东的事往后还要劳您多操心。"那老翁道："老朽正是白邦臣，既然将军派三公子来了，酉东的事我等听您吩咐就是了。常听人说三公子丰神俊朗，今日一见，果然名不虚传。"

二人进得正厅，见厅内已有不少人。邦臣陪跃龙在主位坐下，向众人说道："这位是将军府三公子冉跃龙，受宣抚使大人之命，特来处理与保靖的争端。"

众人忙起身行礼，跃龙亦回礼，邦臣便为跃龙介绍众人。

左边上首坐了两位梨花带雨的小姐，乃白邦镇遗孤再香、再英，虽只一个十一岁、一个十岁，已出落得清丽可人。旁边坐着三位青年公子，乃是邦臣之子，再连、再浩二人长相儒雅，再衍稚气未脱。右手亦坐了三人，乃是白邦铭之子，再龙、再凤、再兴，个个英气勃发。

跃龙环视一周，缓缓说道："白总管镇守酉东二十余年，村寨安宁，百姓乐业。如今不幸归天，将军十分悲痛，已命杨秀夫守备在大溪口召集两千人马，务要为白家讨个公道。诸位俱是酉东栋梁，万望以大局为重，切勿擅自行动。"

话音刚落，白再香站起来大声说道："三哥哥既然召集了兵马，一定要替我爹报仇。我爹爹虽然没有儿子，我姐妹二人也要上阵杀敌，好叫他们知道，白邦镇还有后人！"跃龙见再香英气逼人，颇有巾帼不让须眉的气势，忙说道："妹妹只管放心，我们定然会为白总管讨个公道。"

这边白再龙说道："既然三公子来了，妹妹便将总管兵符拿出来，我们兄弟召集各寨兵马，为大伯报仇雪恨。"跃龙见状，对再龙兄弟说道："我在司城常听邦铭叔提及几位兄弟，今日一见果然都是雄姿英武。令尊大人才学过人，司内大小事务还离不开他。将军已上奏本，准备请皇上封令尊为文林郎。来时将军和令尊也有吩咐，三位兄弟正是建功立业的年纪，正好编入杨守备大营。"

再龙兄弟三人闻言愣住，因邦臣父子一向低调谦和，再香姐妹年幼，三人本以为邦镇死后，主管一职非乃父邦铭莫属。但想到杨秀夫两千精兵就在附近，自己父亲又在司城，只得起身谢恩。

跃龙转身对白邦臣说道："二叔一向宅心仁厚，政务练达，将军已和邦铭总管商议过，后溪大小事务，今后便请二叔多多操心。"白邦臣父子忙起身谢恩，邦臣朗声说道："我等定当恪尽职守，为将军守好东大门！"跃龙环视一周，徐徐说道："酉东群雄并立，还望白家族人上下一心，不负将军重托。此地距司城较远，诸位有事，便找杨守备商量。"众人齐声称是。

邦臣道："如今我兄长尸骨未寒，不知对保靖之事，将军有何吩咐？"跃龙道："来时将军已领了诸位舍把头领，就保靖之事进行商议，特命我前来处理此事。在事情处理完之前，还请大家继续封锁消息，暂不发丧，以免让周边土司有机可乘。今夜我便致信永顺商议讨伐事宜，明日我与杨守备领兵前往保靖边境。这里的事还请二叔坐镇，几位兄弟随我一同前行。"众人商议一番，各自回去休息。

　　跃龙在大渝府读书时，和彭元锦之子彭廷机熟识，知廷机去年已回永顺，便提笔修书一封。信中写道："廷机兄如晤：大渝一别，匆匆一载。近日久旱逢雨，草长莺飞，诚邀吾兄会猎于三峿山。所获飞禽走兽，或你我均分，或以各家猎获多寡而论。此山尤以盛产白鹇著称，望吾兄回信商议，并早日前来相见。顺颂时绥，弟跃龙。"

　　写毕，命亲兵连夜前往送信。又吩咐道："我后天将往象坤公子营中品茶会友，彭公子回信时，请他送往象坤公子大营即可。"

　　第二天早上跃龙刚起床，便有亲兵来报，保靖宣慰使彭养正听闻杨秀夫在酉东大集兵马，亲自领了一支人马正往边境而来。杨秀夫也领了本部两千士兵来到后溪，在酉水河边扎下营寨。白家统领数寨，亦召集了五百士兵，只言与杨秀夫合练演武。

　　跃龙便修书一封，命人送往彭养正，商议谈判事宜。傍晚便收到彭养正回信，言及新猎山羊数只，请跃龙等人前往彭养正大营烤羊议事。

　　跃龙到军营与秀夫等人商议，众人俱道此行凶险，要慎重而行。杨秀夫骂道："就是要议事，也当定在三峿山上，双方只许各带几人上山。彭养正摆下这鸿门宴，让我等到他大营任他宰割，真是岂有此理！"

　　跃龙见舅舅着急，便说道："无妨，我便只身前去会他一会。舅舅领兵在此，谅他不敢轻举妄动。再说了，他毕竟是我姑父，还是先礼后兵吧！"

　　秀夫急道："他既然带了兵马前来，恐怕也不惜一战。怎能让你孤身犯险？"跃龙笑道："舅舅无需担忧，象乾表弟还在咱们营中呢，彭养正不敢乱来。"秀夫说不过跃龙，只得由他。

　　跃龙出得营帐，河对岸亦是一片营帐，正是彭养正营地。秀夫早命人传话彭养正，向其告知跃龙单刀赴会事宜。彭象乾本三年未见父亲，极想随跃龙前去，但一见跃龙只是孤身前往，便不再多言。跃龙即辞了秀夫等人，只身往彭养正大营而去。

　　此时河风习习，彭养正与众人正坐在营帐外议事，只见对岸一叶小舟划来。此时日已西沉，余晖洒在酉水河上，血红一片。天地俱寂，只有划桨之声。

船上之人白衣飘飘，一人一桨，潇洒自如，恍如谪仙。彭养正知是跃龙，心里不由赞叹一声。此河阔不过十余丈，片刻之间，跃龙便撑船来到彭养正帐外，跳上岸来。

跃龙见前营帐外站着几位戎装将领，居中一位五十余岁的将军虽只中等身材，举手投足间却颇有威势。跃龙知是彭养正，便拱手笑道："姑父大人好兴致，月下烤羊，看来跃龙今夜有口福了！"彭养正笑道："美酒佳肴，自然要配英雄侠士。今夜贤侄便在我营中住下，你我二人一醉方休！"跃龙也笑道："那就恭敬不如从命，叨扰将军了！"

旁边一位盛装女子笑道："贤侄还背了行囊，这是带了什么武器啊？放心吧，两国交战，不杀来使。"跃龙见她衣着华丽，手牵着一位十二岁左右的少年，身形长相与象乾略有相似，只是眉宇眼神含有戾气，知道是象坤母子。便回复道："夫人说笑了，贤侄知道你们备了美酒，怕不胜酒力，包里带了些醒酒药。"

彭养正道："下人们还在宰羊，贤侄先陪老夫走走，欣赏这长河美景。"说是看西水河，却领了跃龙沿着军营游走。原来彭养正提前已吩咐下去，要给跃龙一个下马威。众人所过之处，士兵俱是持枪而立，衣甲鲜明，军容严整。

众人正在闲逛，忽听营门外传来一阵喧哗。只见几名士兵绑了一名书童打扮的少年过来，那书童被绑得手疼，一路喊道："小的是从永顺来，奉了我家公子之命，前来给跃龙公子送信，请各位军爷松绑。"彭象坤喝问道："胡说八道，给跃龙公子送信，怎么送到我保靖大营来了？分明是奸细，赶紧从实招来！"跃龙忙解释道："前日我确实给廷机兄送了书信，你我两家大营分别扎在西水河两侧，这位小兄弟想是天黑迷路，送错地方了。"

彭养正说道："既是送信的，便松绑吧！"那书童忙从身上掏出书信呈给跃龙，出门趁着月色骑马一溜烟跑了。这边跃龙接过书信，略一看过，微微一笑，便将信塞进行囊。彭养正见了，不由脸色一沉，旋即说道："羊已经烤好了，便请贤侄与老夫一起畅饮，煮酒论英雄罢！"

众人便来到篝火边，在月色下大快朵颐。彭养正有心要灌醉跃龙，早安排了力士表演。武陵山诸司向来崇尚武功，将士多祭拜武侯樊哙。只见两位力士虎背熊腰，须发戟张，赤膊舞剑，倒颇有樊哙气势。彭养正笑道："贤侄看我将士军容如何？"跃龙道："将军军容鼎盛，将士雄壮，绝非散毛、卯洞诸司可比。以我看来，唯有永顺方可匹敌。"

彭养正本就怀疑跃龙与永顺来往，见他又提及永顺，一时哑口无言，便命众人敬酒。众人觥筹交错，跃龙着实多喝了几杯，便起身如厕，行囊却落在地上。彭养正见跃龙走远，便命人将书信取出来，就着篝火，看到信上写道："跃龙吾兄如晤：承蒙吾兄雅兴，命弟等前往酉东会猎。弟亦对三峿山神往已久，自当备齐弓箭犬马，克日而至。如兄而言，以各家猎获多寡而论为佳。弟廷机再拜。"

彭养正看完，不由倒吸一口凉气："好你个冉跃龙，怪不得你敢只身前来。原来你早与永顺勾结，妄图联合攻打我保靖！"象坤说道："爹爹何必怕他，打便打，我们还怕他不成？所谓量小非君子，无毒不丈夫，咱们索性把跃龙拿下，也算个人质！"

正说话间，只见冉跃龙从远处走回来，二人忙把书信塞回去。彭象坤恶向胆边生，悄悄吩咐身边亲兵做好准备，只待彭养正一声令下，便立即拿下冉跃龙。

第十二回
献药方三家解斗　射仙桃双英献艺

　　却说跃龙走回篝火旁，见彭养正等人神色黯然，自己行囊稍显凌乱，心知彭养正等已经偷看过书信。便笑道："将军美酒醉人，在下实在不胜酒力，看来要用到醒酒药了！"说完打开行囊，掏出一罐蜂蜜来，问象坤道："听说表弟小小年纪，便已学富五车，你可知道关于蜜蜂的诗？"

　　象坤终究年幼，见跃龙夸自己，便说道："这个谁人不知，现在便背给你：无论平地与山尖，无限风光尽被占。采得百花成蜜后，为谁辛苦为谁甜？"

　　跃龙却已微醉，把蜂蜜递给象坤："我小时养过蜜蜂，无论人还是动物，只要靠近蜂箱，这蜜蜂定会奋起驱赶。只是叮了人，自己便死去了。辛辛苦苦酿了蜜，却全被人给吃了。真是可叹！"彭养正见跃龙话里有话，不由心下默然。

　　跃龙又从行囊里掏出一个东西来，却是一包草药，双手呈给彭养正："家父听闻彭将军近日身体欠安，特意命桃源药房配了一剂草药，连同药方一并让我给将军带来。"

　　养正接过拆开，草药倒是寻常药品，只是包药的纸张，却是一幅旧地图。细看之下，认得是旧日两江口地图。再看药方，上写："彭九霄宣慰大人钧启：腿上箭疮，需要……"后面字迹却已模糊。

　　彭养正认出这旧药方，乃是当年西司冉玄公送本司先祖金疮药的底方。

正德十四年间，保靖宣慰使彭九霄与两江口舍人彭惠往复仇杀，数年不息，永顺宣慰使彭明辅多次相助彭惠。幸有大酉宣抚使冉玄公助阵，否则保靖几乎为彭惠和永顺所败。

几十年来，保靖与永顺已是世仇，相互攻杀多次。武陵山群雄并立，永顺司向来野心勃勃，酉司与保靖向来互为依靠，与永顺三足鼎立。彭养正想到这些，不由出了一身冷汗，酒倒醒了一半。

跃龙见彭养正看着药方默然不语，鬓边却有汗珠，心知计策已然奏效。便起身说道："向将军告罪，跃龙不胜酒力，恳请回营休息。"彭养正笑道："贤侄好酒量，倒是老夫已然沉醉。我等便各自回营休息，明早起来再议！"于是各自回营睡下。

且说这边彭廷机派书童将书信送出后，便向营房走去，打算准备弓马，好往三嵝山打猎。刚到营门，迎面撞上彭元锦。原来彭元锦接到密报，知道保靖打死了白邦镇，双方陈兵边境，正要开战。

彭元锦便欲领兵前去，准备来个鹬蚌相争渔翁得利。见了廷机面色可疑，便喝问何事，廷机只得一一道来。彭元锦听完，气得七窍生烟，怒骂道："不成器的家伙，书都读驴身上去了。你还去打猎，让人家给耍了都不知道！"知道此行无望，只得回房休息。

跃龙次日早早醒来，便到帐外散步。杨秀夫在对岸隔河看到一位白衣公子站在河边，想起跃龙临走时说的话来，知道大事已定。便依计而行，命士兵撑了小舟，送象乾到对岸。彭养正心中有事，一夜睡得不好，也是一大早便起来。见了跃龙，也过来一起走走。

正闲聊间，见一位少年弃舟上岸，直奔二人而来。那少年走近前来，见了彭养正纳头便拜："爹爹在上，儿子给您磕头啦！"养正一看，跪在面前的象乾身形瘦弱，眉宇间暗含悲伤，不由心生爱怜，赶紧伸手去扶："好孩子，你长高了，也瘦了。"

"哟，大公子也回来啦？这是看我们和酉司要打仗了，要回来替酉司做说客啦？"远处一位中年妇女走来，人未到话倒先到了。正是彭养正二房彭氏，永顺宣慰使彭元锦之妹。身后彭象坤也说道："大哥怕是不知道自己到底姓彭，还是姓冉了吧？"

"住嘴！休得胡言乱语！"彭养正大怒，冲着彭氏母子二人吼道。原来彭养正昨夜见了跃龙所带药方，吓了一身冷汗，倒把事情想明白了。这象坤母子到酉东驻扎不久，便打死后溪白邦镇，意图挑起保靖与酉司的战争。自己嫡子象乾是冉维屏外甥，如若双方大打出手，势必殃及象乾，袭职宣抚使之位自然无望。自己就这么两个儿子，宣抚使之位便只能给象坤了。养正想到这些，心下愤怒，狠狠瞪了象坤母子一眼。

象乾却不以为意，躬身道："二娘近日安好？酉司苦荞茶，最是安神养胃，我给二娘带了些。"彭氏却一脸嫌弃地说道："什么苦荞茶，我可喝不惯，还是我们永顺的茶好。"

彭养正见象乾谦和恭顺，举止得体，再看象坤母子目中无人，飞扬跋扈。便想起旧日冉氏在时温顺和睦的样子来，自己素来疼爱嫡子象乾。冉氏故去后，这彭氏处处刁难象乾，自己只好把象乾送到酉司念书。养正不由又出了一身冷汗，想起自己差点错信彭氏谗言，贸然与酉司开战，置嫡子于死地。

跃龙笑道："苦荞茶提神醒酒，也有奇效，象坤表弟不妨试试。"彭养正忙牵了象乾的手，说道："走吧，别和他们一般见识。咱们和你表哥一起，去商量商量怎么赔偿白家的事情。"彭氏母子本以为今日便要与酉司开战，欢喜了一晚，听了养正此话，顿时愣在原地。跃龙心知大事已定，便与象乾随彭养正前往营中议事。

此时双方目标一致，很快便谈妥：彭养正交出箭射白邦镇的士兵，由白家处置。所涉五亩河滩地，由白家出资一百两买走。白邦镇葬礼上，由象乾前去送葬，挂礼一千两。象乾年少，依旧随跃龙回酉就读。双方撤兵言和，白邦臣自是厚葬邦镇。

却说维屏入春以来病情日渐沉重，为此加意磨炼诸子。幸喜御龙、跃龙均有上佳表现，因此心下宽慰。这日在来熏阁醒来，见山花烂漫，不由心情大好。恰逢张天师命童子来送桃花，维屏想起来鹇社久未活动，便命御龙召集众人，赴桃花源游玩宴乐。

维屏拄了拐杖，由亲兵搀扶着先往桃花源而去。二人下了来熏阁，沿着街道一直往北走了一刻钟，但见前方群山绵延不绝。路西一座山壁立千仞，当中却有一个三四丈高的洞口。到了洞口边，便觉阵阵凉风从洞中吹出来。

进入洞中，只见洞极高大宽阔，仿佛琅嬛玉洞一般。一条小溪缓缓流出，水深不满三尺，宽约一丈有余，才堪泛舟。水极清澈，游鱼可见。溪旁有一条小径，向前走二百余步，便出了山洞。前方豁然开朗，四周群山环抱，唯有方才洞口可以出入。山皆高耸入云，宛如瓮城，只留头顶一片蓝天。

　　放眼望去，群山之间横卧着一片开阔之地，约有五六十亩。漫山遍野桃花盛开，远看如满山云锦，近看朵朵争奇斗艳，宛如粉蝶翻飞。沿着小溪往前走，来到一方碧潭边。潭中小舟不系，游鱼自在。潭边亭台楼榭，紫藤缠绕。

　　维屏坐在亭上休息，望着林荫深处的吊脚楼。楼前整整齐齐晒着五彩布匹，正是本司染坊。旁边不远处一座道观掩映在桃林深处，张天师推门走了出来，身后跟着一个捧着茶盘的童子。维屏与天师品茶闲聊了一会儿，御龙等人也陆续到来，开始准备果品米酒等物。

　　跃龙素来喜欢诗酒游玩，得知今日来鹇社开张，觉得十分有趣，便信步向桃花源走去。因近几年在大渝府就学，久未到桃花源游玩，便不想走正门，要再探探太古洞。到城门碰到象乾，二人一同来到金银山下。只见群山苍翠，林海茫茫，云雾缭绕。山腰却有一个洞口，高不足五尺，正是太古洞入口，连接金银山与桃花源。二人打了火把，弯腰走进洞口。

　　山洞起初极其狭窄，仅能容一人弯腰通过，两边怪石嶙峋，钟乳丛生，令人目不暇接。前行数百步，溶洞逐渐扩大，脚下暗河奔涌，水声潺潺。眼前奇景迭出，或石笋丛生，或石幔高挂，或石柱巍峨。此时洞内别是一番天地，道路时高时低，时而向上爬至二层，时而又向下仿佛深入地穴。

　　前行一刻有余，二人进入一处洞府。此处洞高近三十丈，宽近二十丈，气势恢宏。洞顶巨大的石钟乳垂下来，仿佛宫殿巨柱。洞内天然平台、石桌齐备，仿佛道家清修胜地。象乾第一次进入此地，不由得说道：“表哥，想来那美猴王的水帘洞，也不过如此吧？”

　　跃龙指着洞壁说道：“你看这上面还有模糊字迹，这里便是先祖铁鹤海阳真人曾经炼丹的地方。”另一边沿着石洞墙壁，却是一道深沟，往下看深逾十丈，令人目眩。沟内暗河流动，往前却蜿蜒至前方洞口。暗河上方有一道天生石桥，二人扶着石桥往上爬，穿过洞口，又进入一个新的洞府。

　　此洞却是上下两层，皆极开阔。象乾赞叹道：“此处真如琅嬛玉洞一般，莫非是哪位上仙的藏书处？”跃龙笑道：“表弟好眼力。当年始皇帝焚书坑儒，几名儒生带了典籍从汉中逃出来，辗转进入武陵山区。这大酉洞二酉洞，便是儒生藏书的地方。”

　　象乾也笑道：“怪不得酉司儒学兴盛，我们保靖、卯洞的子弟都来求学。”跃龙道：“便是现任永顺宣慰使彭元锦，也曾在此求学三年。此地号称武陵山儒学重镇，自然有其渊源。"

　　二人便走边聊，溶洞美景数不胜数，象乾不由连番赞叹。就连跃龙，虽不是第一次游玩，亦是赞不绝口。走了约有五六里路，二人终于走出洞口。这出口却是在半山腰，往下一看屋舍俨然，桃花烂漫，桃花源尽收眼底。

　　二人在洞中走了约半个时辰，突然看到如此美景，更觉犹如仙境一般。沿着小径下山，便是道观、染坊。维屏及经历张岳正在亭内观看白鹇，御龙等侍立在旁。玉梅和玉兰在不远处画画，玉竹却在旁边捉蜻蜓玩。

　　虬龙见了跃龙二人，高声说道："三哥来晚了，我们都等你俩呢！一会儿你俩可得先罚酒一杯。"跃龙笑道："良辰美景，若有美酒，正是求之不得！"

　　众人打过招呼，一起坐下观看美景。只见亭台尽头，是几株高大挺拔的梧桐树，树下有白鹇正在啄食。几只白鹇均体长三尺有余，背部及两翼羽毛洁白如雪，腹部羽毛及头顶长冠却是蓝黑色，头部及长腿均为红色，漫步于林下，甚是优雅。

　　现龙时年十一岁，见了白鹇十分喜爱，早拿了米粒等过去逗乐。向位比现龙小两岁，因其父向明辅兵败于向嵩，近来暂住西司，也跑过去和现龙一起玩。维屏心下欢喜，便拿出一把折扇，说道："你二人谁能背诵一首与白鹇有关的古诗，这把扇子便赏给谁。"

　　向位毕竟大一岁，也不抢先，看着现龙说："表弟先来吧！"现龙说道："那我背一首李白的《赠黄山胡公求白鹇》：请以双白璧，买君双白鹇。白鹇白如锦，白雪耻容颜。照影玉潭里，刷毛琪树间。夜栖寒月静，朝步落花闲。我愿得此鸟，玩之坐碧山。胡公能辍赠，笼寄野人还。"

　　向位见他背完，也说道："我背一首顾逢的《天竺道中》：冲开秋色去，深入万松间。风月无边乐，乾坤几个闲。断云难掩日，急水不流山。树杪忽然响，斜飞过白鹇。"

　　维屏笑道："你二人都背出来了，这扇子给谁呢？"二人均辞让，维屏却掏出另一把折扇，笑道："这是蜀中大儒来知德亲自题写制作的折扇，一共这两把，就送给你俩吧！"伏龙却叫道："爹爹好偏心，这两把瞿塘先生的扇子，我想要很久了，怎么他俩背了首诗就赏出去了。一会儿我作诗也没有盼头了！"

　　维屏笑道："你个惫懒的种子，就知你今日会找借口不作诗了。即便我饶了你，你哥哥们都作诗，你就干看着吗？"这边登龙也说道："爹爹饶了八弟，也饶了我罢。让我作诗，简直比杀头难受。"维屏笑道："早知道不读书的还有你了！也罢，你们两个懒汉自在去吧。"

登龙笑道："诗便让他们做去吧，我与八弟射几个仙桃下来，供爹爹品尝。"

原来这山腰上有一株桃树，据天师说是灵猴吐下的桃核生长而成。桃源中只此一株二月开花，如今桃花源内正是桃花烂漫，这株桃树却已硕果累累。只是这桃树长在山腰悬崖，难以攀登采摘。

登龙便向天师讨了弓箭，瞄准树顶一箭射去，第一箭却把一个大桃射了个透心凉。应龙笑道："四哥，我们可不吃烂桃。"登龙道："瞧好吧你！"又是一箭射去，这次却正好射在果柄上，那大桃应声落下，众人齐声喝彩。

伏龙早在下面拿了一件衣服接住，登龙连着射了几个，伏龙也射了几个下来。二人捧了仙桃过来，维屏笑道："这两位猴王交了功课了，你们也该作诗了吧？只有一点，须以桃源内景物为题。"

御龙忙吩咐下人摆上果品酒茶及文房四宝，众人于是品茶饮酒，赏花赋诗。

第十三回
游仙境兄弟赋诗　　见猛虎真人解惑

维屏与张经历摆了围棋，二人开始手谈。御龙与象乾认真，在桃花下来回踱步，吟咏有声。虬龙似已有了一句，提了笔眉头紧锁。从龙却躺在石栏上，闭目思索。跃龙向来随性，不喜刻苦作诗，见将军二人杀得精彩，倒在一旁看起棋来。

应龙才思敏捷，说道："我先有了。"走到桌前，提笔一挥而就。童子便拿了棕树叶，将应龙诗稿挂在桃树上。众人一看，原来是一首五言："咏白鹇：晴川下白鹇，声震九重天。梧桐本无主，能者居其间。"

维屏素来宠爱应龙，因诸子之中，论品性相貌，唯有此子最像年轻时的自己。但近来应龙性格愈加急躁，暗有夺嫡之意，不由内心忧虑。见他此诗展露心志，有心呵斥他几句，但又不想扫大家的兴致，便说道："老七果然才思敏捷。"只说了一句，便又与张经历下棋去了。

这边御龙也有了，童子挂出来，只见写的是："咏玉盘仙迹：石盘谁琢向山阴，比似蛙尊岁月深。寄语世人如学道，满斟玉液洗凡心。"原来是题写溶洞内玉盘仙迹，倒是符合御龙素来冲淡平和气度。

跃龙见了，提笔笑道："我也有一首，倒是可以和大哥唱和。"众人一看，写的是："咏石鸣钟鼓：双星化作洞天琛，击出鲸龟谱八音。移向景阳宫殿上，尤能警世格人心。"

维屏见了，笑道："到底二人是做哥哥的，诗虽平淡，理倒不差。如今一炷香已过，再做不出来的，便要罚酒了！"

虬龙等三人忙走过来，提笔书写。象乾写的是："咏翠竹：寄身半山坳，风雨苦飘摇。一朝东风至，凌云节节高。"维屏看了诗作，见象乾虽然孤苦伶仃，却心怀大志，心里十分高兴。便对象乾说道："你将这诗再抄写两份，送给你大表哥和三表哥。"御龙、跃龙二人收了象乾诗作，知道父亲苦心，在张经历面前也不好多说，便拍了拍象乾肩膀。

维屏再看虬龙诗作："咏桃花源：不堪逐鹿远纷争，幸得桃源暂栖身。一山岂能隔天地，秦亡之后避何人？"张经历笑道："六公子此诗，倒是颇有宋人风范。"维屏笑道："要论吟诗作赋，还得让他们跟张经历多请教请教才是。"

再看从龙诗作："咏白鹇：圈养在深院，更呼我为闲。为有青云志，郁郁不得欢。"维屏先前见了应龙诗本已不喜，此时见了从龙诗作，愈加不满。便训斥道："我还没死，你们个个就要争权夺利。衙署里虎皮座椅就一把，你们十几个兄弟，能人人都来坐吗？"御龙等见父亲震怒，吓得连忙跪下。

维屏余怒未消，继续骂道："我冉氏祖先，原本是三原布衣。这酉司、沿河、真州、乌罗各司，哪个不是祖宗们一刀一枪打出来的？你们生下来就锦衣玉食，还要得陇望蜀，个个当宣抚使？当今圣上英明，你们年纪轻轻，凭自己一身本事，要么到辽东长枪大马搏个爵位，要么好好念书考个举人进士，也能封妻荫子。都盯着眼前这盆菜，便是金山银山，也要坐吃山空！"说到激动处，气得开始咳嗽。

御龙忙上前帮着捶背，众兄弟吓得赶紧磕头。御龙说道："父亲息怒，十弟一向不擅长作诗，今日作诗又有时限。怕是正好想到了宋人诗句罢了，断无其他意思。"从龙也忙告饶，应龙却只是跪着不语。

张经历见了，忙站起来打圆场："将军快息怒，诸位小兄弟文思敏捷，各有新意，足见将军一向教导有方。诗词本应景之作，一时兴起，不应深究。"

维屏见众人劝解，气消了一些，对着诸子说道："张经历是有名大儒，屈居我酉司，却是你等福气，今后务必多向张经历请教，长长见识气度。"众兄弟忙答道："谨遵父亲教诲！"

那边玉梅三姐妹听到父亲发脾气，忙跑了过来。玉竹天真烂漫，捧了一把树莓送到维屏嘴边："爹爹，你快试试我的神仙果，吃了变聪明哦！"玉梅玉兰也跑了过来，给维屏捶背。维屏吃了一口，甜到心里，对着众人说道："看在三个妹妹给你们求情的份上，饶了你们这帮不争气的小子罢！"

到了晚上，维屏简单吃了两口东西，便早早躺下歇息。刚要入睡，丫鬟来报，彭一丈求见。维屏身子疲乏，便吩咐改天再见。第二日，维屏挣扎着起来，由丫鬟搀扶着在来熏阁下散步。走了几步，见墙角到处是蚂蚁。走近一看，这些蚂蚁都爬到墙上，竟然形成了两个字。

丫鬟也看见了，诧异地说道："怪了怪了，这蚂蚁怎么还会写字了？一个七字，一个一字，这是想说什么啊？"正好彭一丈又在门外求见，维屏便让他过来一起看看。彭一丈看了一眼，对丫鬟说道："你先下去吧，此事你不听为好。"维屏听了，摆手让丫鬟下去。

彭一丈过来扶住维屏，说道："将军看看，这蚂蚁写的两个字，一下七上，正是天意啊！"维屏一看，果然是七在上，一在下。彭一丈说道："对将军心中最关心的问题，恐怕这就是上天给的提示。"

维屏心下明白，彭一丈在暗示废掉老大御龙，扶正老七应龙。但兹事体大，岂能随意而为，便说道："你说的我都明白了，容我再考虑吧。"彭一丈受了彭廷芳等人收买，自然还想火上浇油，接着又说道："八月严寒冬无雪，司主无能冉氏灭。想当年，大公子出生的时候天象异常，正是上天给的警示啊！大公子的才能将军心里最清楚，能不能镇得住酉司，请将军三思啊！"

维屏心下烦闷，说道："这些无稽之谈，你以后不许再提！你也是跟随我二十多年的老人了，要替我分忧才行啊！铜鼓出来之后，各种谣言分起，你还得想法驱邪才是。"彭一丈见他动怒，忙说了两句闲话，告辞出来。

彭一丈出去之时，跃龙正好给父亲送药过来，二人擦肩而过。跃龙走进来，见两名亲兵在墙角指指点点，便走过去一看究竟。仔细看了一番，便问道："昨晚和今天早上，都谁来过这里？"

一名亲兵答道："禀三公子，今天早上除了咱们巡逻的亲兵外，只有将军和彭梯玛来过。"另一名亲兵答道："昨晚只有彭梯玛来过，在这里等了一会儿将军。将军没见他，他就回去了。"

跃龙笑道："怪不得！"说罢，用树枝伸到蚂蚁中刮了一下。拿回来一看，心下顿时明白，便上二楼来找维屏。维屏看了树枝，说道："我也一直在怀疑，但没想到原因。原来是有人故意用糖水写了字在墙上！"跃龙说道："这地方只有彭一丈去过，自然是他装神弄鬼了！如今司城内谣言纷纷，都说您要废掉大哥，如此下去怎么行。爹爹应当把这彭一丈赶走，以正视听！"

维屏说道："龙生九子，各有不同。你们兄弟众多，宣抚使之位只有这么一个，大家都有想法很正常。只要你好好协助你大哥，又有你舅舅协助，军队都在你们手里，他们翻不了天。我选你大哥，是看重他忠厚仁德，可以保你们兄弟一世平安。否则你们兄弟相残，我到了地下也不安心啊！"跃龙点头称是，扶了父亲坐下，陪着坐了一会儿。

一转眼进入六月，维屏病势日渐沉重，走路已不大灵便。这日天气闷热，丫头亲兵们都自忙去了，维屏半躺在藤椅上，看着飞来峰上蜻蜓乱飞。正恍惚间，前方树下出现一头白虎。那猛虎在草丛中翻腾，片刻后翻出一只鼎来。猛虎举爪便拍，将那鼎拍扁后，似乎解了气，在树下来回走动撒欢。那鼎中撒出几粒丹药，猛虎闻了闻，舔了全部吃掉。吃完看见维屏，便缓缓走过来。

维屏腿脚不便，也不敢叫喊。这白虎却不吼叫，温顺地趴在维屏脚下，仿佛大狗一般，用头蹭蹭维屏的腿。一人一虎，四目相对，维屏只觉得这猛虎眼神十分熟悉。突然，白虎低吼一声，好似肚子绞痛，口中流出鲜血，滴到维屏脚上。

维屏睁眼醒来，原来又是南柯一梦。远处雷声滚滚，已经下起雨来，滴了几滴雨在维屏脚上。丫头亲兵忙跑过来，合力把藤椅往后挪。维屏喘了几口气，吩咐道："快去请张天师和桃源真人，到来熏阁解梦议事。"

一盏茶功夫，张天师及桃源真人冉清风陆续赶到，陪维屏坐下。维屏将方才所做之梦讲了一遍。桃源真人听了，凝神说道："夜有纷纷梦，神魂预吉凶。将军此梦，确实大有深意！"这冉清风乃维屏祖父冉仪公童子，早年陪仪公在城南栖鹤庵炼丹修道。仪公仙去后，清风在栖鹤庵继续修道，虽已六十余岁，却是仙风道骨，看着较维屏年轻。

维屏说道："还请真人解惑。"真人早有准备，取出诸葛神签，说道："既是天机，便掣神签罢！"维屏净了手，恭恭敬敬抽出一支签。只见签上写道：中下签，震宫，震六五。真人见维屏失望，便说道："中下签者，乃指所梦之境。解梦之事，则要看判词。"三人于是查看判词，只见签背面写道：春雷震，夏风巽，卧龙起，猛虎惊，风云会全，救济苍生。

真人叹息道："将军想想，梦中之鼎，与何氏铜鼓上的镂，是不是同一个？"维屏细想了想，说道："确实是同一个。"真人道："那就是了，铜鼓预言祸起萧墙，白虎却将此镶拍扁。当是有猛虎出世，拯救家族和百姓于水火之中。从判词看，虽是中下签，却蕴含吉相：卧龙起，猛虎惊，风云全会，救济苍生。"

维屏知道诸子之中，老三跃龙属虎，便说道："听真人所言，此签确是祸兮福所倚。希望天从人愿，佑我冉氏能乱世出英雄吧！不过梦中之猛虎，在我脚边吐血，又是何意？"真人道："神签未提及此事，要天师解惑了。"

天师说道："此梦易解，只怕真人不愿听到。"真人怒道："勿要卖弄玄虚，有话直说罢！"天师道："凡人皆有所好，一旦功成名就，或思虑过重，便会溺于所好。古来帝王将相，无不希望长生不老。此梦并无其他意思，只是提醒后来者，勿要胡乱服用丹药。"

维屏叹息道："儿孙自有儿孙福，莫为儿孙做马牛。他们是要炼丹修道，还是剃度出家，我也管不了那么多啦！"送别天师和真人，维屏合衣躺下，却翻来覆去睡不着。于是叫来白邦铭，为玉柱峰霞峰寺新铸大钟一口，并亲自撰写铭文："丕哉大镛，真彼霞峰。朝撞夕叩，元音是宗。皇图以固，家国以隆。于斯万年，永保厥终。"

第二天午后，舍人冉维桂来到衙署，有些杂务要与御龙商量。进得中堂，不见人影，却听得上堂有人说话。近日维屏病重，已多日不到上堂办公，维桂觉得奇怪，便信步来到上堂。只见桌上放了一件公文，维屏拿了镜子正在看，刘宗清、御龙、跃龙陪在一旁。

维桂笑道："将军终于把宝贝拿出来啦？"维屏笑道："前些年献大木，皇上赏了我这副矮嗛（透镜），一直没舍得用。最近愈发老眼昏花，便翻出来看看。"

维桂走到跟前，见公文用小楷写就，自己看着也是略显模糊。便说道："不服老不行啊，这小字我也看不清了。"维屏笑道："快坐吧。知道你惦记我这副镜子，今天特意拿过来，就是要送你的。如今看几眼公文我就头晕，这镜子我是用不上了。"逵龙便轻轻捧了眼镜和公文，送给维桂："父亲昨晚洗脚洗得好呀，一大早便得了这么个宝贝。"

维桂接了镜子一看，原来这是维屏接任时发布的第一张文告。当年冉玄公任大西宣抚使期间，侵占平茶、永顺土地，与武陵山诸司大战。朝廷震怒，玄公及次子维屏相继外出避祸。嫡长子维翰袭职，后来玄公三弟冉亶谋乱，维翰被害，冉亨公迎回维屏袭职。维屏就任后，发布文告，重用维桂、秀夫、宗清等人，征蛮族、献大木，终得朝廷认可。

维屏说道："四弟你还记得当年跟咱们征讨红苗的彭养士吗？"维桂说道："记得啊！听说他回保靖后从商了，生意做得还不小呢！"维屏笑道："昨天收到他的来信，说他闺女十六了，该出阁了，想让我给他寻一个好女婿呢！"

维桂笑道："这是好事啊！跃龙、从龙他们不都还没成家吗？"维屏也笑道："哪能好事都让他们占了！维镇、翼龙父子久在官坝驻军，军营生活清苦。这翼龙也到了娶妻的年纪了，我看啊，就给他撮合撮合吧！"维桂笑道："那我就先替他谢过将军了！"

维屏感叹道："咱们这一代人都老啦！等这些孩子该成了家之后，都能成熟一些，咱们也就可以功成身退了！就像逶龙，完全可以独当一面了！"逶龙忙说道："将军您还正当年呢！侄儿才疏学浅，跟着学了两年政务，到现在也就弄个略懂。我倒是想替我爹多分担点，但实在是能力不够啊！"

维桂笑道："好小子，你也知道谦虚啦？"维屏说道："你们这一代人总归比我们强，当初我们正年轻的时候，不是在逃亡就是在打仗。哪像你们，还能在学署安安静静念书啊！"维桂说道："字倒是比咱们认得多些，不过见识却未必！"

维屏说道："世事洞明皆学问嘛！逶龙跟着四弟你历练了两年，政务已经通达了，该去军营里历练历练才行。理政的如果全是书生，会出问题的！"宗清笑道："逶龙是个练武苗子，当年骑马还是跟我学的，悟性不错！"

维桂笑道："这小子倒是好福气，就听将军安排吧！"维屏沉吟片刻，说道："正好翼龙该回来娶媳妇了，不如让逶龙和他换换，逶龙去你伯父营里任个副将，翼龙回来跟着四弟熟悉一下政务。正好两全其美嘛！"

逶龙说道："多谢将军栽培！"维屏随口说道："让伏龙跟着你一块去吧！你们哥俩自小要好，去了军营里也有个伴！御龙抓紧起草文书，一会儿盖了大印，请你四叔看一下，就让逶龙他们三兄弟交接吧！"维桂忙说道："将军定了就行了，我还看啥啊！最近我这眼疾又犯了，还得养几天才行！"

刘宗清心里暗自佩服，云淡风轻之间，维屏就完成了一次重大的人事更迭。原来维镇、维桂兄弟借其父扶持维屏之功，一人担任后营舍把，一人担任舍人，风头一时无两。尤其冉维镇在官坝飞扬跋扈，对维屏还敬着几分，但对御龙等人却从未放在眼里，自己也时常为此担忧。

维屏笑道："难得今天大家都在，我请大家看戏！最近戏班新排了几出阳戏，大家一定要看看！"众人一起穿过上堂后门，来到乐坊。

众人先吃了些点心瓜果，不一会儿跃龙便带了戏班子过来，宗清、应龙等人也陆续过来坐下。

班头向将军行了礼，便与来人换上行头，戴上面具登台演出。陆续演了《打求财》《龙王女》等剧目，维屏说道："前日我让你们排的新戏，可熟练了？"那班头禀报道："按将军吩咐，排了几次。"维屏道："让大家看看吧！"

班头领命，戴了面具登台。众人一看，为首一人长髯飘飘，大红面具，一看便知是关云长，原来是一出千里走单骑。这班头从成都过来，川戏和阳戏都会一些，倒把这出戏演得十分精彩。维屏看了一会儿，不觉在靠椅上沉沉睡去。

"快来人啊，抓贼啊！"忽然，内苑里传来一阵喊叫。维屏大惊，这内苑里住的全是女眷和幼子，要有贼人闯入那还了得，忙命身边几名亲兵过去查看。

第十四回
多情人跌落高墙　苦命儿立下大志

花褪残红青杏小。燕子飞时，绿水人家绕。枝上柳绵吹又少，天涯何处无芳草。

墙里秋千墙外道。墙外行人，墙里佳人笑。笑渐不闻声渐悄，多情却被无情恼。

——苏轼《蝶恋花·春景》

这日午后，玉兰三姐妹从学署归来，在将军府花园里荡秋千玩。不远处便是乐坊，维屏等人正在看阳戏。玉竹一边荡秋千，一边远远看着阳戏。玉兰却在旁边石凳上坐着，翻看《西厢记》。

玉梅说道："二妹，你小心点啊！要是让爹爹知道你在看这禁书，小心关着不让你出门啊！"玉兰忙说道："好大姐，你帮我看着点，有人来就咳嗽一声。我还带了《孟子》呢，只要听到你的信号，就把这本换下来。"

玉竹笑道："瞧瞧你们俩，一个个多愁善感的！怪不得爹爹说，过一阵就不让你们去学署了。"玉兰说道："你个小丫头片子，知道什么呀！再不乖，下次不教你放风筝了！"玉竹听了这话，跳下秋千架，开始摆弄风筝。

玉梅刚坐上秋千，就被玉竹推了一把，她却不恼，只是趁着秋千飞起来的时候看着墙外。过了一会儿，那秋千不动了，玉梅喊道："幺妹，再推我一下嘛！"

玉竹过来推了她一把，轻轻问道："他还没来吗？"玉梅问道："谁啊？谁要来？"玉竹说道："别装了！连着三天了，每天这时候你就在秋千上等着，傻子都看出来了！昨天我都看到他了，你就别骗我啦！"

玉梅忙下来捂住她的嘴，求饶道："好妹妹，你可别瞎说！要让爹爹知道了，非得打他板子不可。"玉竹却接着逗她："打就打呗，又不是你疼！"玉梅说道："好啦好啦，下次我给你梳个好看的辫子，行了吧？你才十一岁就懂这么多，将来还了得？"

正说话间，墙外传来马蹄声。玉梅忙坐上秋千架，玉竹用力推了她一把。玉梅随着秋千飘了起来，越过围墙，果然见墙外枣红马上坐着一位剑眉星目的少年将军。这小将虽然看面相只有十五六岁，却身材高挑，正是悍将张柱石。

张柱石骑在马上，焦急地向墙内张望，果然看见秋千架飘起来，上面坐着一位紫衣少女。那少女笑靥如春，二人目光交汇，张柱石的心也跟着荡漾起来。但这高高的围墙，仿佛把他隔在了另一个世界。自从被派到前营，他便一直驻扎在大溪口，很少能有机会来司城，更别说见到玉梅了。

看着玉梅天真烂漫的笑脸，张柱石又想起了四年前的事情。那时候自己刚十二岁，还叫张狗儿。父母都已经饿死，只得跟着逃难的人一路从贵州逃到了酉司。那天自己讨到了两块红薯，准备吃饱了找个地方洗洗脸，再找个酒楼刷碗扫地也行。只要能干点活填饱肚子，等自己长大了有的是办法。

张狗儿找了块干净的石头，把一块红薯放在上面，开始吃另一块。这时，旁边突然窜出来一条狗，一口叼住那块红薯。张狗儿虽然叫狗儿，可是他已经饿了两天，当然不能让这条狗叼走他的晚饭。于是捡起旁边的小石头，向那条狗扔去。

"嘿！你个小叫花子，竟敢打我的狗！"旁边跑过来几个十二三岁的小子，为首的肥头大耳，冲着张狗儿吼道。狗儿说道："是它先抢我的红薯！"那小子喝骂道："吃一块你的红薯怎么了？它没嫌你脏就不错了，你还敢打它？今天非得让你认识认识本少爷！"

说罢，几个人冲了过来，对着张狗儿拳打脚踢。狗儿虽然年幼，却并不服输，和他们厮打起来。奈何年幼力亏，很快便被按倒在地。那小胖子一边打一边喊道："你跪在地上给本少爷磕个头，说一声少爷我错了，本少爷就饶了你！"

张狗儿说道："小胖子，你给我磕一个响头，我就饶了你！"那几人见他嘴硬，打得更狠了。正在这时，一个小姑娘跑了过来，冲他们喊道："冉翼龙，别打了！你们怎么又欺负人啊！"

原来那领头的小胖子叫冉翼龙，他停手说道："玉梅啊，你怎么每次见了我，都不知道叫哥哥啊！"玉梅却说道："翼龙啊，怎么每次我见到你，都是你在欺负人啊！"

翼龙威胁道："你再这么没大没小的，小心我扇你耳刮子！"小玉梅却往前一站，把脸往前一凑，说道："你扇吧！看我三哥一会儿扇不扇你！"翼龙往远处一看，见跃龙果然正往这边走来。虽然跃龙只比自己大一岁，但自己真打不过他，只得悻悻地说道："小子，今天算你走运！下次再让我碰到，见你一次打你一次！"说完扬长而去。

张狗儿躺在地上，感到终于没有人踢自己了，便睁开眼睛。映入眼帘的是一个八九岁的俊俏小姑娘，笑靥如春，狗儿马上觉得自己哪里都不疼了。

"哎呀，坏了坏了，风筝挂树上了！"张柱石正在回忆往事，墙内玉竹突然喊道。柱石定睛一看，见挨着围墙的大树上果然挂着一个风筝。于是站到马上，伸手抓住墙头伸出来的树枝，顺着爬到了墙头。柱石扶着树干站了起来，伸手将风筝取下来，轻轻扔给玉竹。

这时他与玉梅离得更近了，想起一会儿就要回大溪口，距此地上百里路，不知又要什么时候才能回司城，便又多看了两眼。二人四目相对，柱石心中小鹿乱撞。

正在这时，御龙二房夫人彭廷芳到内苑拜见姑姑，看到墙头有人，忙喊道："快来人啊，抓贼啊！"柱石大惊，跌下墙头，摔在了枣红马前。尚未从地上爬起来，几名亲兵已从门口冲了出来，将他胳膊扭住，押到维屏面前。

维屏一看，跪在地上的原来是张柱石，便喝问道："柱石，怎么是你？！"柱石跪在地上连连磕头，说道："将军饶命！"这边玉梅玉竹听见喝骂，忙跑了过来，彭廷芳也跟了过来。

彭廷芳喝问道："这堂堂将军府，是你能窥视的吗？你为什么爬到围墙上去？"柱石忙说道："小人从墙外骑马路过，看到小姐们的风筝挂在树上了，就爬到树上帮忙取一下。"

玉梅忙帮他解围，说道："爹爹，是我们看到他正好路过，让他帮我们取的！"廷芳却不理她，依旧追问柱石："这将军府围墙外面，是你能停留观望的地方吗？"柱石毕竟在维屏身边待了两年，秉性善良忠诚，御龙有心救他一命，便对廷芳说道："这里什么时候轮到你问话了？没事就回房去！"

廷芳听了，只得悻悻地走了。跃龙说道："这挨着围墙的几棵树应该砍了才是，枝条都伸到墙外去了，是个隐患啊！"玉竹也说道："是啊，就该砍了才是，都让我放不了风筝啦！"

维屏心里明镜一样，早看出张柱石对玉梅有意，因此才把他派到大溪口去，也想借此机会磨砺磨砺他。于是说道："你们几个也不要替他遮掩，做错了就是做错了！这将军府重地，要是随便一个人都能翻墙头，那还了得？"

柱石又接着磕头，说道："小人知罪！"维屏叹息道："此前派你到前营，是对你抱有很大期望。你为人忠诚，又弓马娴熟，只要走正路，将来必成大器！今日犯了错，我要饶了你，便是害了你。"柱石说道："感谢将军栽培，小人认罚！"

维屏吩咐道："把他拖出去，责打十大板子，以儆效尤！"两名亲兵拉着柱石出去了，玉梅看着他的背影，急得热泪在眼眶里打转。维屏见了，心里暗自叹息。

维桂等人见维屏已经累了，况且在将军府之内也不便久留，便告辞出去。维屏吩咐跃龙领着人砍树，自己到花园里石凳上坐了一会儿。刚坐下，却发现地上有一本薄薄的小册子，捡起来一看，赫然是《西厢记》。

这时玉竹也发现了，顿时吓得面如土色。原来刚才张柱石掉下围墙，众人一发喊，玉竹慌乱之中将书掉在了地上。维屏见三个女儿垂手站着，便说道："你们都过来吧！"

三人走了过来，规规矩矩站在维屏面前，大气也不敢出。维屏问道："这本书是谁的？"玉竹连忙跪下，带着哭腔说道："我错了，请爹爹责罚！"维屏觉得惊讶，三个女儿中，玉梅和玉竹都有些泼辣，只有玉兰平时乖巧安静，没想到这书倒是她的。

维屏叹了口气，说道："你起来吧！"看着玉梅已经豆蔻年华，身量渐长，玉兰玉竹也逐渐懂事，维屏说道："你们也慢慢长大了，十二三岁的年纪，情窦初开也没什么大不了的。只是这嫁人是一辈子最大的事情，父母管着你们，也是为了你们将来过得好。"

玉梅说道："是，孩儿知道了！"维屏叹息道："恐怕我也活不到你们嫁人那天啦！你们还小，我原本不想过早给你们定亲。可是一旦我归天了，以后是你们兄长和母亲做主，他们要考虑的事情更多，就不一定能像爹爹这么一碗水端平了！"

玉兰听了，趴到维屏膝盖上，哭道："爹爹长命百岁，还是再过两年，由爹爹给我们做主吧！"玉梅玉竹也走了过来，给父亲轻轻捶背揉肩。维屏感慨道："谁不想长命百岁啊！可我这身体，只怕是撑不了那么长时间啊！"

玉梅说道："听说青城山上有仙人，我去给爹爹求仙药吧，行吗？"维屏笑道："这世上哪有仙人，只不过是世人一厢情愿罢了！好啦，说回正事吧！你也十三岁了，过两年也给谈婚论嫁了。如今保靖和永顺的公子都未成亲，听说石砫女宣抚秦良玉的三弟也未成家，也就看看这几家了！"

玉梅说道："永顺的这两个我都见过，彭廷机彭廷虎俩人一个比一个飞扬跋扈，我才不喜欢他们！"维屏笑道："保靖的彭象乾一直在咱们这里读书，人很踏实善良，这个总可以吧？"玉梅说道："哎呀，他这个人平时之乎者也的，像老夫子一样，我可受不了。二妹文文静静的，倒是有可能喜欢他这样的！"

玉兰不依了，说道："大姐，明明是说你的事，扯我干什么！"维屏叹息道："你们三个啊，横挑鼻子竖挑眼的！嫁人是一辈子的事情，最重要的是看品性是不是忠厚善良，不然以后有的是哭的时候！"

玉竹说道："柱石哥可忠厚善良了！"玉梅吓了一跳，紧张地看着父亲。维屏说道："你们自小长在府里头，过惯了锦衣玉食的生活。不说嫁个达官贵人吧，怎么也得嫁个衣食无忧的人家。不然就你们这样，肩不能挑手不能提的，将来喝西北风啊？！"

玉梅问道："那得什么样的才能合爹爹的心意？"维屏说道："我也不求他大富大贵，最起码得有自己的宅院吧？还得有份正经差使，一个月能开几两银子，够你们吃喝花销吧？再说了，恐怕你们的母亲和胞兄，有的还想你们嫁个有权有势的，将来能帮衬他们呢！"

听了这话，三姐妹都默不作声了。玉梅心里想到，好在张柱石才十六岁，还可以攒点军功，自己的月例钱也可以省下来悄悄给他。过几年自己大了，他也能攒够钱买房子，到时候再让他来提亲吧。反正现在别人谁来提亲，自己死活不依便是。

维屏看她们各有心思，便说道："你们终归还小，经历的事情也少，看人看事也没那么准。凡事不要自作主张，多跟爹娘商量才行。爹娘终归不会害你们的！"三人忙说道："是，爹爹！"维屏也累了，便让她们扶着回到房内。

这边张柱石被打了军棍，屁股被打得皮开肉绽。好在他在将军身边待了两年，几个亲兵都认得他，便将他扶到营房里歇息一下。中军营头领李熙见周围无人，便过来在他旁边坐下，说道："柱石啊，你也慢慢长大了，要明白自己的身份地位。不属于自己的东西，不要胡思乱想，免得徒增烦恼！"

柱石说道："知道了，大哥！你们都是为了我好，我心里清楚。"李熙叹息道："你心里明白就好！咱俩都一样，多亏将军赏识，才能在军营里混个差使，看着也人模狗样了。可是咱们心里要清楚，终归咱们是一介草民，将军家的小姐，是要嫁给达官贵人的！"

这时心情放松下来，柱石觉得屁股上开始疼了，轻轻呻吟了一声，说道："多谢大哥指点，我记住了！以后如果能上战场，靠着一刀一枪搏个功名，我就去找将军提亲。不然我就死了这个念头，不去自取其辱了。"

李熙叹息道："你明白就好！"说罢，转身给他拿了水和吃的，自己忙去了。柱石趴在床上，又想起往事来。那天多亏玉梅相救，跃龙又找来了一套他穿过的干净衣服。狗儿在井水边洗了洗，换了衣服后，倒是一个英俊后生。玉梅心地善良，一直缠着父亲，总算让维屏见了他。

维屏见狗儿模样清秀，说话也规规矩矩，经不住玉梅求情，便让他在自己身边做个小厮，在来熏阁帮忙端茶递水、铺纸研墨。谁想这狗儿机灵好学，看着维屏每日看书写字，竟然也学会了不少字。

此后，维屏便有意教他认字读书，偶尔也让他到学署去听听课。过了两年，竟能看懂书信和公文了。就是骑马射箭也逐渐学会了，一身武艺竟不在跃龙虬龙之下。维屏心里高兴，便给他起名"柱石"，不许外人再叫他狗儿。

自从他来到来熏阁后，玉梅便常常过来找他，二人常在一起玩。后来二人渐渐长大，杨夫人觉得总是不妥，便向维屏说了。维屏便让柱石做了一段时间自己的亲兵，后来又命他到前营从军，跟着守备杨秀夫历练。

柱石正在回忆往事，一名亲兵走过来，递过来一包草药，说道："你小子运气倒挺好，这是三公子让给你送的药！"柱石接过来打开一看，见这包着草药的纸上，里面画了一枝淡淡的梅花。知道这是玉梅所送，心里又激动起来。于是暗下决心，决意要混出个人样来，迎娶玉梅过门。

第十五回
病深沉将军托孤　恋权柄公子心忧

却说刘宗清从司城回来后，每天除了打理码头税收及治安杂务，便是到河边钓鱼。这日刚钓上来一条大鱼，便有亲兵前来传话，说万县捎来胭脂鱼和丹桔，将军请刘守备晚上到司城赴家宴。宗清心知有事，便打马奔司城而去。

进了来熏阁，只见维屏坐在靠椅上，须发花白，面容憔悴，刘夫人正在旁边准备饭菜。维屏见宗清上来，用手撑着扶手想要站起来，脚却使不上劲，无奈只得坐着，苦笑道："站不起来啦！老弟，你自己过来坐吧！"

刘夫人忙说道："哎呀我的将军啊，你快好好坐着吧！你自己兄弟，还跟他假客气什么。"话没说完，眼圈已经红了。宗清见了，快步走到跟前，握着维屏的手哭道："姐夫，这才两个月不见，怎么病成这样了？"

维屏笑道："上次还说，等身体好点了，去铁围城和你一起打猎。好兄弟，看来只能下辈子一起打猎啦。"宗清哭道："听说大渝府有个宫里的太医告老回乡了，明天我就背你上大渝吧。"

维屏笑道："我这把老骨头，折腾不到大渝啦。快坐吧好兄弟，一天两天我还死不了。"宗清擦了眼泪，在维屏旁边坐下。

刘夫人剥了两个丹桔，递给维屏和宗清："这丹桔，想来你们也好几年没吃过了，咱们万县老家院里还有好几株呢。"维屏笑道："一晃三十多年啦！那年我逃难到万县，几乎饿死，看到路边的丹桔就偷吃了几个。没曾想树后面站了个小美人，我记得那时妹子你才十三岁吧？"

刘夫人笑道："呸呸，还小美人呢，这一晃都四十多岁了。那时我姐弟二人守着两亩薄田，能卖钱的就这几棵丹桔，没曾想来了个大嘴牛偷吃。"维屏笑道："几个丹桔换了个夫婿，还不好吗？"刘夫人感慨道："你知道就好啊，要多陪我几年，不许扔下我不管！"

宗清也感慨万千："那时候咱们都还年轻，无忧无虑的，只要填饱肚子便是万事大吉。倒是现在什么都有了，操心的事情也多了。"说话间，丫鬟端上烤胭脂鱼，还有炒羊肉、绿豆粉、折耳根等菜。

维屏使筷子已经不太利索，吃了几口，便捧了茶碗，看他姐弟二人吃饭。刘夫人喂了维屏两口菜，维屏倒很倔强："你们快吃吧，我能拿筷子。"

刘夫人转身倒茶，眼泪却滴到茶碗里。维屏看着宗清，问道："兄弟是自己骑马过来的？"宗清道："也大不如前啦！以前这一百里路，我快马加鞭半个时辰就到了。今天实实在在走了一个时辰，中间歇了好几次。"

维屏笑道："当年小西天平叛，你还不会骑马，我教了你两天。不过后来，你这马骑得比我还好，天生是块打仗的料。"宗清感慨道："当年在万县几乎饿死，何曾想到后来跟着姐夫南征北战，封了守备，娶了媳妇，也算光宗耀祖了。"

刘夫人道："说起这事，弟弟你明年得回万县看看了，咱们几年没去扫墓了。"维屏爱怜地看着刘夫人，说道："你姐弟二人，对我冉氏都有大恩啊。你给我生了几个好孩子，宗清陪我大大小小打了多少仗。"

宗清道："姐夫哪里的话，我姐弟在万县孤苦无依，如今在这里开枝散叶，正是前世修来的福分，更是姐夫的厚爱。"维屏道："恐怕我是过不了年关啦！这宣抚使的位置，你们看让虬龙来坐怎么样？"

刘夫人忙跪下说道："大公子一向帮助将军处理政务，不是干得好好的吗？他又是嫡长子，由他继位最是合适。我这几个儿子，也都敬服他们大哥，将军可别吓唬我了！"维屏笑道："都说了是自己家宴，你怎么还跪下了，赶快起来吧。"

宗清也说道："姐夫，虬龙腾龙他们几个，文才武略比御龙跃龙还是要差些。不过他们都是老实孩子，这点让人放心。御龙一向老成持重，又宅心仁厚，有跃龙虬龙他们几兄弟帮衬，您就放心吧！"

维屏说道："这么多年你跟着我南征北战，长期住在军营。你自己治军又严，生活一直清苦。你也该享享福了，回头搬到司城里来住吧，这把年纪了，还住军营里哪行！"

宗清忙说道："姐夫说的是，如今虬龙也能独当一面了，是时候给他压担子了，回头我就将左营的事交他。"维屏笑道："看你急吼吼的，也不急于这几天！回头你看着办就行了！"

刘宗清说道："我明天就回龚滩，和他们办理交割。"刘夫人说道："你一两个月也不回来一趟，先住两天吧。着什么急啊，你是他亲舅舅，他还能翻了天不成。"

维屏也笑道："快趁热吃吧，咱们尽顾着说话，瞧这鱼都快凉了。当年咱们最爱吃这烤胭脂鱼了，咱哥俩去偷了多少回鱼。"宗清也笑道："可不吗，这多少年不吃了，真是馋死我了。"维屏心情大好，又与宗清喝了两口苦荞酒。宗清见天色已晚，便告辞出来，维屏已靠在椅子上睡着。

刘宗清放不下心，第二天一早便回到龚滩。虬龙、从龙知道此番将军必有交代，都过来拜见舅舅。三人喝了几口茶，闲聊了几句，刘宗清叹息道："这个年关将军恐怕是过不去啦！"虬龙问道："病得这么严重吗？前一阵还能骑马呢！"

宗清说道："哎，病来如山倒啊！上次他也是强撑着带你们练兵的，后来又受了风寒，这次我看了，真是大不如前了！"虬龙说道："那我们也得回去看看才是，上次收了几棵老参，正好带过去。"

从龙问道："舅舅这次去，爹爹没有什么交代吗？"宗清说道："虬龙啊，你扪心自问，文才武略和御龙跃龙相比怎么样？"虬龙想了想，说道："实话实说，我自认为和大哥倒是不相上下，与三哥比却还不如。"

宗清说道："既然你才具并不比御龙强，他又是嫡长子，将军会把大位传给你吗？"虬龙叹息道："舅舅说的是，我们确实不该有非分之想！"

宗清叹息道："你们兄弟十余人，又分为四房。将军担心自己百年之后，你们手足相残。应龙虽然处处争锋，毕竟他这房只有自己一人。登龙这房和你们这房，都是兄弟好几个，才是将军最担心的。你们既然没有夺位的本事和野心，就老老实实的，安心辅佐你们大哥。否则，就是眼前的荣华富贵也保不住！"虬龙兄弟二听了，连连点头称是。

　　进入七月以来，维屏病势更加沉重，已经不能下床。这日早上，桃源药房掌柜李半仙为维屏看完病，御龙、跃龙二人送其出门。这位李半仙医术精湛，跟在他身后的爱子李子靖虽只八岁，已有杏林神童之名。

　　出了大门，御龙问道："李大夫，家父已经三日粒米未进，最近瘦得厉害。可有什么法子，能他吃点东西？"李半仙见左右无人，叹了一口气："恕老朽无能，要不再请别的大夫看看吧！"

　　跃龙道："家里还有一些老参，是否能服些参汤？"李半仙没有说话，李子靖却说道："膏肓之疾，非药可救也。"李半仙听了，拍了爱子背上一巴掌："来之前不是跟你说了吗，叫你不要说话！"

　　跃龙说："大夫不必生气，童言无忌。"李半仙说道："子靖话虽直白，但将军确实病已太深。二位公子要早做准备，其他公子还有在外的，要赶紧通知他们回来见一面了。"说完，李半仙父子拱手而去。

　　御龙兄弟二人站在原地，顿时泪如雨下，却又不敢出声，怕惊了众人。正巧杨夫人出来，见两个儿垂头丧气的样子，便说道："你们也不要背着我，我活了大半辈子了，什么事没见过。你们的父亲眼看是不行了，该准备后事了！"

　　御龙垂泪说道："让母亲担忧了！儿子一定处理好。"夫人说道："你是要继承宣抚使之位的人，安排这些事是你的责任。这样大的事情，各路官员、邻近的土司和族人们都会看在眼里，看你是不是个合格的继承人。"

　　御龙回禀道："儿子记住了！"夫人说道："你啊，光靠仁义，是当不好宣抚使的。还要跟你四叔他们，学点手段才行！"又扭头对跃龙说道："你这些兄弟们都不是善茬，各有各的想法。你要好好辅佐你大哥！"不等二人回话，转身进去了。

　　跃龙擦了眼泪，对御龙说道："眼下正是多事之秋，是该大哥勇挑重担的时候了。送信这些杂事我来安排即可，袭职一事大哥要尽快做好准备，司城守备也要加派人手。等众兄弟都到了，只怕就会乱哄哄一片，需要大哥拿主意才行。"御龙道："好，辛苦三弟了。晚间咱们再找舅舅和四叔，一起商议一下。"

　　跃龙拿了御龙腰牌来到营盘，挑选了几名机灵的士兵，派往大渝及大溪口、后溪、龚滩等地送信，请众兄弟及杨秀夫、刘宗清回司城，只说将军有要事相商。安排完毕，又到衙署找白邦铭，安排秘密打扫宗祠，准备寿材寿衣等物品。

到了晚上，杨秀夫、刘宗清及登龙虬龙等都赶回司城，等候将军召唤。此时将军喝了几口参汤，精神略有好转，便吩咐司城及将军府加强守备。并传出话来，没有自己吩咐，众人不得到将军府探望。

原来按本司传统，将军府只有宣抚使及妻妾、小姐居住。男丁十二岁后，生肖满一巡日，便一律搬到营盘居住，清晨与士兵操练，白天到司学就读，放学后方可到内苑探望母亲。到十五六岁往上，便渐次娶妻，在司城拨给房舍居住，并赏赐田产。目下只有现龙、见龙、变龙三位年幼公子住在内苑，其他兄弟均住自家房舍。

四位夫人每日到维屏床前请安，按例只能正房杨夫人留在床前伺候，其他三位夫人都回自己房内。四房彭夫人只有应龙一子，只剩自己一人与丫鬟住在内苑，整日无事。想起维屏虽一向宠爱应龙，但四房夫人中，只有自己这一房没有兵权。如今病房前有杨夫人及御龙守着，只有在维屏归天前，想办法为应龙争取个好的差使。想到这一层，便禀了杨夫人，说要到万寿宫为维屏祈福。

这边应龙正在屋内焦躁，知道父亲病重，却不召见自己。彭廷虎与自己一样，也没什么主意。正没奈何，忽见母亲贴身丫鬟送了一本书过来。拿到手里一看，是一本《弟子规》，初翻了翻没什么异样。

正在纳闷，却见其中夹了一张纸条：得所皈依鸡犬乃仙家种子，果能忏悔铁树即弱海灵槎。应龙认得这是母亲手迹，想起这是万寿宫楹联，便换了便装，趁着夜色来到万寿宫。

进了门，见母亲正在烧香。应龙关上门，来到佛前，低声请个安。彭夫人说道："你父亲怕是不行了，你有什么打算？"应龙道："将军府我也进不去啊，眼前确实没有什么办法。"

彭夫人道："四房之中，长房肯定接宣抚使和中军营了，二房、三房已经接了左营和右营。后营一向是维镇领军，如今只剩前营，又是长房娘家在管。就看你爹能不能放心，把前营交给你吧！"

应龙道："论文才武略，儿子哪样比别人差！就是登龙那样的大老粗，也能管着龙潭重镇，儿子真不服！"彭夫人叹了口气，说道："你啊，和廷芳一样，都是被宠坏了。原本你们俩只要有一个争气的，不论是廷芳替你大哥生个男丁，还是你能掌握一个大营的兵权，你二人今后都不愁没有地位。

谁知道一个个都不争气！"应龙心下焦躁，说道："现在说这些也晚了，只能看看还有什么办法吧。"

彭夫人道："你父亲归天之前，肯定会召见你们兄弟。务必记住，见了你父亲，就说只愿耕田读书，伺候老母。你大哥为人懦弱，你又一向强势。只有你不争，你父亲才敢信任你。"应龙点头称是，二人又商议一番，各自回去休息。

应龙回到住处，与彭廷虎商议一番，终究也没有好的对策。彭廷虎本是庶出，在永顺也一向不被宣慰使彭元锦所重视，因此才到酉司依托姑母居住。一心只想娶了玉梅，再扶持应龙接任，自己将来也能有个好的前程。

第二天一早，二人正在洗漱，有亲兵过来传话，说道："禀七公子：将军有令，请各位公子到衙署等候，将军会依次召见大家。"应龙知道父亲这是要交代后事了，忙匆匆赶到衙署。

第十六回
说后事诸子受教　诵家谱将军归天

万历二十四年七月丁丑，彗星见西北，如弹丸。入翼，长尺余，西北行。

却说应龙匆匆赶到衙署，里面已经坐满了人。跃龙、虬龙等众兄弟都到了，维桂、秀夫、宗清也在一侧等候。没有将军命令，谁也不能进入将军府。一直等到快到晌午，只见亲兵领了李半仙急匆匆走进将军府。一炷香之后，张天师也进去了。众人知事不济，愈发紧张起来。

过了片刻，亲兵来传话："杨守备，将军有请。"杨秀夫忙站起身，随着亲兵进入将军府。进入将军卧室，只见李半仙正在给维屏耳朵放血，杨夫人和御龙站在床前，形容憔悴。

放了血之后，维屏觉得精神稍微好些，便说道："辛苦李半仙了，快回去休息吧，下午再来！"李半仙闻令，收拾了药箱出门。维屏说道："扶我坐起来，和你们说说话。"杨夫人和御龙忙扶了维屏坐起来，用被子枕头靠着背。

维屏看着御龙问道："你担任中军旗鼓和本司总理，有几年了？"御龙道："禀父亲，至今有五年了。"维屏叹了口气："五年也不短了，想来司内大小事务你也熟悉了。你小的时候，为父南征北战，没有时间亲自教你。只有近两年，才有时间带你熟悉政务。无论如何，祖宗四百年基业，便是交到你手中了。"

御龙忙磕头道："李半仙说了，父亲只是风寒虚弱，过几天便没事了。等父亲身体好了，儿子一定跟着父亲好好学。"维屏笑道："不要哄我了，这一关我是过不去啦！"话音未落，又开始咳嗽。杨夫人忙扶了维屏，轻轻为他捶背。

维屏缓了口气，又说道："这些兄弟之中，你才具不及跃龙和应龙，但胜在老成持重、宅心仁厚。一旦接了宣抚使，我相信你会善待你的兄弟。你既是本司宣抚，又是本族宗长，宗族大小事务，本司十万人众吃饭穿衣、行军打仗、内政外交，都要操心谋划。你的这些兄弟，文才武略各有所长，用得好便是你的股肱之臣。用得不好，怕是会让你处处掣肘。如若失之于宽，则难以立威。不能立威服众，则祸乱将至。切莫怀妇人之仁，要懂得恩威并济，既要有菩萨心肠，也要有霹雳手段。切记切记！"御龙磕头说道："儿子记下了！"

维屏又拉了杨秀夫的手，对御龙说道："你舅舅和外公跟着为父南征北战多年，都是从死人堆里爬出来的。你舅舅身上两处箭伤，三处刀伤，都是为我们受的。他就一个闺女，也嫁给了你。论文才武略，你舅舅都有过人之处。以后大小事务，都要跟他请教商量。"

秀夫待要说话，维屏摆了摆手，又对御龙说道："你娘是大家闺秀，最是温良俭让，对大事也极有主见。拿不定主意的时候，先找你娘和舅舅商量。"御龙磕头说道："儿子记住了！"

维屏说道："让跃龙、维桂、宗清也进来吧！"不一会儿，三人走了进来。跃龙见父亲形销骨立，不由垂下泪来，忙跪在御龙旁边，维桂与宗清便站在秀夫身旁。维屏看着维桂等人，苦笑道："老伙计们，我怕是要先走一步啦。下辈子再接着做兄弟吧！"维桂等人与维屏征战多年，感情深厚，也都垂下泪来。

维屏对御龙说道："这几位舅舅叔叔，既是你长辈，更是你将来最重要的依靠。你给他们磕三个响头吧！"御龙闻言转向三人，恭恭敬敬磕了一个响头："以后大小事务，还要请两位舅舅和四叔多多提点。"

待要磕第二个，维桂早过来扶住："家族荣辱兴衰，本是一体。咱们冉氏能在西司屹立四百年不倒，靠的就是家族和睦，彼此扶持。你放心吧，四叔便是只剩一滴血，也会为祖宗基业而流。"

刘宗清也说道："我刘家的荣华富贵，都是跟着将军打下来的，断然不会忘本。不但舅舅，虬龙也会全力辅佐你。"杨秀夫拍了拍御龙的肩膀："祖宗江山基业，本司兴衰荣辱，都在你身上了！"维屏说道："打仗的事情，多问问你两个舅舅。内政外交的事情，多问问你四叔。"御龙磕头称是。

维屏定了定神，对跃龙说道："老三啊，十几个兄弟中，你文才武略都很出众，更难得的是没有野心。你一母同胞就这么两个兄弟，今后务必要好好辅佐你大哥！"

跃龙忙磕头说道："儿子记住了！"维屏说道："这次保靖和白家冲突的事情，你办得很好。武陵山群雄并立，大大小小十几个宣慰司、宣抚司、长官司，几百年来彼此征战厮杀，稍有不慎就会遭致灭顶之灾。只有富司强兵，纵横捭阖，才能立于不败之地。"

御龙和跃龙见父亲又开始咳嗽，不由得眼泪又流了下来，忙说道："孩儿谨记了。父亲先休息一会儿吧！"维屏又说道："老三啊，你也不小了，该娶妻了！"跃龙说道："父亲您是知道的，儿子喜欢诗酒，又爱到处闯荡，因此想找个读过一些书，又没那么娇弱的女子。"

维屏叹息道："你生在宣抚司之家，就要从大处着眼才行。尤其你大哥过于善良，你们的叔叔和弟弟都不是省油的灯，你要再不支持他，将来这位置怎么坐得稳？你啊，夫人还是要娶一个门当户对的。将来再要有什么喜欢的，就纳妾吧！"杨夫人说道："听你爹爹的吧！"

跃龙说道："是！听爹的安排。"维屏说道："本司商人舒问道家境一向殷实，他父亲曾任大渝卫佥事。咱们与永顺、散毛等司常有冲突，在上面没有人照应着，迟早要吃亏。前些日子我碰到这舒问道，听他说起，他家里闺女已经十五岁了，也有与咱们结亲的意思。回头就让你大哥去下聘礼吧！"跃龙只得答道："是，孩儿记住了！"

杨夫人忙端了参汤，维屏摇头说道："喝不下啦！趁我还有口气在，多唠叨几句，盼你们能记着吧。切记，虽然永顺虎视眈眈，邑梅、平茶、散毛等司也不消停，但与周边诸司的关系，一定要斗而不破。木秀于林风必摧之，如若一家独大，仗势欺凌，必然引起朝廷的雷霆之怒。老祖兴邦公在菜市口问斩的教训，务必记住。"

御龙回禀道："孩儿记住了！与周边各司交往之事，孩儿一定多向四叔和三弟请教！"维屏道："常言道：天之所覆，地之所载，人之所覆，莫大于忠。我冉氏以忠孝传家，朝廷差遣、赋税征调务必尽心做好。朝中有司、成都和大渝各路官员，都要随时报告联络，你九弟腾龙在大渝也会尽心帮你。便是本司经历，不要小看他是个从八品小官，就加以轻慢。这些人都是贬谪而来，朝中自有故旧同年，不可小觑。"一口气说了许多话，维屏也感疲惫，却依旧强撑着身体教导御龙兄弟二人。

这边登龙等众兄弟从早上等到晌午，眼见着李半仙和张天师诸人进去许久，却始终没有消息，不由得焦躁起来。登龙一掌拍在桌上，说道："许久没有消息，不知父亲病情如何，也没个人来传话，真是急人！"

应龙心内更加急躁，也说道："老大和老三在里头许久了，有什么消息也不通报一声。父亲要是有什么话留给咱们兄弟，也见不到人啊！"虬龙赶紧劝道："再等一下吧，如今没有消息，肯定是父亲身体没事。"

正在此时，一名亲兵走了过来，对应龙说道："七公子，将军有请。"登龙愈加不满，应龙心内狂喜，却不敢喜形于色，忙跟了亲兵进入将军府。进了将军府，却见秀夫、维桂及御龙等人均在门外站着，李半仙、张天师在隔壁房间坐着。御龙见应龙诧异，便说道："七弟，快进去吧。父亲说要单独见你。"

应龙忙进了维屏卧室，只见父亲正靠着被子闭目养神，面容十分消瘦憔悴。应龙见了，想起幼时父亲教自己读书射箭的事来，跪倒在床前哭道："爹爹，孩儿来了！您怎么瘦成这样了？"维屏睁眼看了应龙，缓缓说道："老七来啦！知道为什么单独召见你吗？"应龙回道："是爹爹疼爱孩儿！"

维屏说道："我这一生，生了十几个儿子。唯独你相貌秉性最像我，我也一向最为疼你。读书射箭，骑马打猎，都只有你是我亲自教的。你也争气，文才武略在兄弟中都很拔尖，这也是我最放心不下的地方。既怕你受委屈，又怕你争强好胜，不服管教。"

应龙赶紧磕头，哭道："爹爹养育之恩，孩儿没齿难忘。今后只愿守着几亩薄田，耕读为乐，侍奉老母。"维屏叹了口气，说道："我案头那串念珠，是你太爷爷赏我的，要我急躁之时，便数数念珠。今天就赏给你吧，望你今后遇到不平之事，也数数念珠，想想为父对你说过的话。"

应龙取了念珠，重又跪下回禀道："父亲的话，孩儿记住了！"维屏说道：

"你还年轻，耕田养老为时尚早。你这一房就你一人，也不能让你太受委屈。今后你就到前营任个副将，好好历练历练吧。杨守备老了，也干不了几年。能不能有所长进，就看你自己造化了。"

应龙磕头谢恩，维屏吩咐道："叫大家都进来吧！"御龙等众兄弟进来，除了腾龙尚在路上，见龙、变龙年幼未至，八位兄弟及玉梅三姐妹齐齐跪在维屏床前。

维屏看了看跪着的两排儿女，眼里既是疼爱，又是担忧。已经连着几日粒米未进，只靠参汤吊着一口气。今日又说了许多话，早就疲乏至极，深感大限将至。只得强撑着身体说道："我这一生南征北战，战功无数，最得意的却是生了你们十几个好孩子，个个都是好样的。便是杨应龙、彭元锦，也是羡慕至极。只是这一生，咱们缘分怕是到头了。今后的路，要靠你们自己走啦！"话音刚落，咳出一口血来。

御龙忙上前扶住，哭道："请父亲保重身体！"登龙站起来，边往外走边喊道："快请李半仙！"现龙跪在后排，虽然年幼却极懂事，伸手拉住了登龙的裤子。

维屏叹了口气："不要叫了，不中用了。就咱们父子之间，说说话吧。你们十一个兄弟，要学那曹操和夏侯众兄弟，相敬相爱、彼此扶持，天下之大，才有你们的一席之地。切莫学那曹丕兄弟同室操戈，骨肉相残。"御龙众兄弟齐声道："谨记爹爹教诲！"玉梅姐妹早已哭成泪人。

维屏喘了口气，说道："老七，我案头有一本家谱。你拿过来，把瞿塘先生做的序，好念一遍。"应龙依言拿了家谱，认真读道："诸山发于昆仑，而五岳三神皆为眷属也；诸水导于岷嶓，而九渎四河皆支派也……"众兄弟凝神静听，维屏也闭目倾听。

念到"冉氏系颛顼流裔，于今代不乏人，忠孝传家，文武继世，祖功宗德，裂土分茅……"，应龙正要接着往下读，维屏说道："念最后一页吧！"

应龙于是翻到后面，正色读道："冉氏之族固多也，冉氏之居固焕也……衮衮公侯，咸有所瞻仰，有所绳武矣。然勿谓我贵也，我富也，族弗我若也。须知晏子之弊车羸马，而父之族无不乘车，母之族无不足衣食，妻之族无冻馁。与夫范文正公分财产于族人，且相率其族于忠孝文武彬彬之业。夫如是，则族睦矣。族睦，则人和矣。人和，则足守我茅土，报效犬马矣。不必如孟尝君之养客三千也，不必如淮南王之延士数百也。内艰不生，外艰不作。斯无负祖宗汗马之勋，及世谱传记之义矣。"

应龙念完，众兄弟等维屏训话。维屏却久不答话，御龙忙站起来，扶了维屏，哪知维屏竟顺势倒在御龙怀里。伸手一探，已经没有鼻息，忙喊道："快请李半仙！"

李半仙慌忙进来，杨夫人及维桂等人也围了过来。李半仙号了号脉，摇摇头对御龙说道："大公子，请张天师进来吧！"杨夫人及御龙众兄弟放声大哭。

张天师领了童子进来，开始念诵，做起法事。杨夫人及维桂忙着为维屏换寿衣，跃龙便出来找了白邦铭，吩咐亲兵准备寿材。天师领头，抬了维屏到城南宗祠，摆起灵堂。一众道士开始做法，彻夜不停。

御龙、跃龙及维桂商量，请秀夫、宗清即回本营统兵，不可懈怠。请天师看了吉日，定在十二天后下葬，火速派人去各处亲戚送信。由维桂任照客师，邦铭协助，张罗葬礼大小事宜，御龙等众兄弟彻夜守灵。

第十七回
吊英雄群雄登场　谋权位小人忙碌

却说腾龙接到父亲病重消息，忙将酒楼事务交代下去，便坐船顺江而下。到了涪陵，再改由乌江乘船至龚滩。从龚滩上岸，却见几名亲兵正在码头登船，问了是赴大渝、石砫、万县等地送信的使者。腾龙顿时如五雷轰顶，顾不得连夜疲惫，打马直奔司城而来。

进得宗祠，见院内排开二十张八仙桌，此时各项差使已忙活完毕，族人们正在推牌九或打马吊。正厅已搭起灵堂，灵牌写道：怀远将军亚中大夫大酉宣抚司宣抚使冉公之灵位。

左右厢房已安排鼓乐，两班人按时奏乐。灵前两排道士正在做法，御龙跪在一旁。贴着正厅东墙，停了一副寿材。腾龙赶上前去跪倒，扶着寿材大哭："爹爹，孩儿回来晚了，连你最后一面也没见到！"

御龙及白邦铭忙过来扶住腾龙，邦铭劝道："九公子为本司事务独自漂泊大渝，将军一直在念叨你。你远来舟车劳顿，切莫悲伤过度。先去中厅休息片刻，今明两晚恐怕都没时间睡觉了。"

腾龙连日奔波，脚下如踩了棉花一般，已是疲乏至极，便随了邦铭来到中厅。只见跃龙与维桂在西厢房议事，四位夫人及登龙等众兄弟都在中厅坐着，众媳妇在东厢房歇着。连续熬了四宿，众人已是满脸憔悴。

腾龙挨个请了安，刘夫人端了面条过来，递给腾龙："你先吃两口吧。

大小事务你哥哥们都已经安排妥当了，明晚亲朋好友都要来了，今晚大家不能太过劳累。"

维桂和跃龙过来，和腾龙打了招呼。维桂道："明晚才是正日子，大家都熬了四天了，今晚要适当休息。几位夫人和侄媳妇们，就各自回去歇息吧。几位公子轮番去灵堂守灵，或到外面招呼族人，也要抽空到后面厢房眯一会儿。"杨夫人知道自己若不走，众人也不敢休息，于是起身回内苑，其他人也各自忙去。

出殡前一日傍晚，夕阳西下，族人在灵堂外聚齐。灵堂布置庄严，维桂领着扯了孝帕，嫡亲子弟及媳妇都穿戴整齐。几位夫人及御龙在灵堂内守灵，跃龙及众兄弟在外张罗，维桂、邦铭两位照客师在门前站定。

少顷，门外响起一阵鞭炮声。一名亲兵过来向维桂小声禀报几句，维桂旋即朗声说道："骠骑将军、四川都指挥使田守常大人，哀悼大酉宣抚使大人冉公千古！"言毕，两名士兵抬着花圈进来，四川都司派来的武官上前站定，打开挽联念道："避大酉洞耕两河口渡三家凵桃源难觅，平九溪蛮炼八卦炉学七步诗忠孝传家。哀悼大酉宣抚使大人冉公千古！"言毕，厢房内唢呐响起回礼。武官到灵前行礼，御龙等回礼。

门外又是一阵鞭炮声，吊孝之人络绎不绝，唢呐之声此起彼伏。杨秀夫、刘宗清、白邦臣等人陆续到来，白邦铭等领了众人及吹打在院内依次坐下，茶水瓜果伺候。

跃龙上前与白邦臣见过礼，却见白再香、再英姐妹也在座，便说道："两位妹妹也来啦？"邦臣说道："这俩孩子既爱读书写字，又爱舞刀弄枪，我是快教不了啦。这次出门，吵着无论如何也要跟来，要在司城官学就读。"

再香说道："三哥是不是学署的先生啊？要是三哥教我们就更好啦！"跃龙见她稚气未脱，清秀可爱，便说道："好好，等三哥有空了教你！"

正忙碌中，维桂高声通报道："真州长官司冉晟大人，哀悼族叔宣抚大人冉公千古！"冉晟等人走进来，接着乌罗长官司副长官冉允忠、龙泉坪百户冉克明、沿河祐溪长官司副长官冉昌明也到了。本司旧俗，本家族人不请吹打等，只送挽联。御龙领了登龙、虬龙、应龙在灵堂内回礼，跃龙领了其他兄弟在院内张罗。

冉晟拍了拍跃龙肩膀："请三弟节哀，这几日已瘦了许多了！"跃龙打过招呼，陪众人坐下，现龙也跟了过来帮忙倒茶。冉克明叹了口气，对跃龙说道："贤侄辛苦，务要节哀。杨应龙久有吞并龙泉坪之心，近日更是大起兵马，恐怕很快就有一战。我们几人稍坐片刻，连夜就得赶回去。"冉晟也说道："我真州司周边，也已驻扎不少播州军队。形势危急，只能对不住兄弟了。"

冉允忠说道："乌罗长官司虽然离播州远些，也是倍感压力。我也得连夜赶回去，就让你弟弟苍龙在这里守夜吧！"跃龙见冉昌明也看着自己，便问道："叔叔你不会也要先走吧？"昌明辈分虽大，年纪比跃龙还小一两岁，忙说道："没事，家里有我爹呢，我在这里帮帮忙。"

"敕授骠骑将军、都指挥使、播州宣慰使杨应龙大人，哀悼宣抚大人冉公千古！"众人正说话间，杨应龙之子杨惟栋领了吹打走进来。行了礼，伏龙领了惟栋在旁边坐下。惟栋见了冉晟等人，态度倨傲，遥遥拱了拱手便坐下。

冉克明也未起身，遥遥拱了拱手，冉晟却哼了一声。现龙忙起身，为克明和冉晟续了一杯茶："叔叔喝茶，这是侄儿亲自摘的宜居茶，您尝尝。"冉克明尚无子嗣，见现龙小小年纪却聪慧灵动，便十分喜欢。冉苍龙是允忠次子，十五六岁年纪，与跃龙倒有相近恨晚之感，二人聊了一会儿。

"敕授宣武将军、保靖宣慰使彭养正大人，哀悼妻舅宣抚大人冉公千古！"正说话间，彭象坤领了几位族人及吹打走了进来，彭象乾走在后面。原来因象乾在西司就读，彭养正便命象坤带了吹打等人到西司，先找象乾再一并前去吊孝。谁知象坤到了司城，却找了客栈住下，并不通知象乾。象乾眼巴巴等了半日不见人影，只得到宗祠门口等候，见了象坤等到来，便随同一并进来。

行礼毕，跃龙领了象乾兄弟坐下。这象坤却趁象乾坐下之时，悄然撤了凳子，象乾差点摔倒，幸得旁边跃龙扶住。象坤说道："君子当终日乾乾，夕惕若厉，方能无咎。哥哥太不小心了！"象乾面不改色，回复道："地势坤，君子以厚德载物。今日是舅舅葬礼，弟弟就不要和为兄开玩笑了。"

这时院内人声鼎沸，唢呐声、牌九声、哭灵声不绝于耳。各路亲朋陆续到来，万县冉维功派了族人前来，冉世荣受石砫佥事冉文爵之命，秦邦屏受石砫宣抚马千乘之命，彭廷机受永顺宣慰彭元锦之命，俱都前来吊孝。

四川巡抚、四川都司、大渝府、大渝卫、黔江千户所等官员此前已送来挽联，卯洞、平茶、石耶也派了子弟前来吊孝，散毛司和邑梅司则只挂了银两。

　　一时亲朋齐聚，族人云集。邦铭早命摆上流水席，众人吃过晚饭，依旧是推牌九、聊天叙旧。各家请的吹打和本司鼓乐班轮番吹奏，道士依旧在厅内做法事。宗祠外大院里早已搭起戏台来，安排了本地阳戏，已经连唱了三天。除了几桌推牌九的依旧还在，族人渐渐散去，亲朋好友也由族人各自安排住处。

　　御龙等兄弟须彻夜守灵，应龙趁着出来小解，到后院找彭廷机。中厅杨夫人领了众媳妇正在说活，应龙没见到自己母亲，便到后厅来。只见一间厢房有灯，敲门进去，正是母亲彭夫人，彭廷机、彭廷虎及御龙二房彭廷芳陪坐在旁边。

　　见应龙进来，廷机笑道："冉副将来啦？"应龙说道："什么狗屁副将，前营还掌握在杨秀夫手里，我这副将就是一个摆设。"廷机说道："表弟莫急，前营挨着永顺呢，咱们有文章可做。"应龙对着廷芳说道："嫂子不陪新宣抚使，跑后厅干什么来啦？"

　　廷芳苦笑道："你大哥素来就不喜欢我，哪儿需要我陪。我还是陪姑姑聊聊天吧。"彭夫人叹息道："人人都羡慕我彭家业大家大，殊不知这也害了你们。永顺和西司斗来斗去，我们做女人的就如浮萍一般，两家和好的时候就用到我们，现在闹僵了便备受冷落。只可惜你俩，一个如花似玉，一个才华横溢，都只能冷坐枯禅。"

　　廷机怒道："我彭家子女，岂能任人宰割！"廷芳道："弟弟尽说胡话。"廷虎道："咱们合力，把应龙推上宣抚使之位，不就什么都有了吗？"彭夫人吓了一跳，忙站起来关紧门窗，见院内无人方才放心。应龙道："说得容易，人家已经袭职，军队也抓在手里，说这些岂不是天方夜谭。"廷机笑道："御龙不喜欢廷芳，却帮了你一个大忙！"

　　廷芳怒道："他不喜欢我，你高兴什么？"廷机道："御龙原配杨氏身子虚弱，多少年了未见怀孕。他又不喜欢你，几年之内恐怕不会有子嗣。这不就是机会吗？"

　　彭夫人叹息道："我就知道，你来了肯定会挑唆你表弟。你父亲一生虽然霸道，但做事一向光明磊落。你们要想更好的东西，就要靠真本事去光明正大赢得。廷芳你看看你自己，这么多年了还是只知道任性，你好好和御龙相处，只要生个男丁，不就母凭子贵了吗？不要走歪门邪道，更不能害人。"正好玉竹过来找她，便一起回去休息了。

　　廷机见姑姑走远，轻声道："如果御龙死了，他又没有子嗣，西司必然大乱。

我再说服爹爹出兵，和你的前营里应外合，就能成就大业了！"原来彭廷机在父亲彭元锦面前失宠，又深知父亲时常觊觎酉司土地，便想挑拨应龙兄弟内乱。

应龙听了说道："我只不过想要自己独当一面，不再做个无事先生罢了。残杀兄弟的事我不愿意干！"说罢起身追母亲去了。廷芳见他去了，冷笑道："老七也忒虚伪了，明明想上位，却又假装仁义。"廷机笑道："他的野心谁都能看出来，咱们把他推出去，到时候就由不得他了！"

廷虎道："咱们外有永顺大军援助，内有应龙和二姐响应。只要杀了御龙，咱们大军一到，何愁大事不成！只有一点，怕二姐你不愿意啊！"廷芳恨恨地说道："我嫁过来这几年，他何曾关心过我！既然他对我不仁，也别怪我不义。"

廷机说道："彭一丈颇有谋略，你们该多找他商议才是。有了万全之策，便知会我一起行动。"众人又商议了一番，直到院外有人喊吃夜宵，才分头出门。

廷芳出了门，迎面撞上冉维桂，忙说道："四叔辛苦！这里的事情有我们小的忙活就行了，下了点雨晚上凉，您快回去休息吧！"

维桂见她天天和娘家人在一起商量，心知没什么好事，便说道："是处青山可埋骨，他年夜雨独伤身。冷不冷，四叔有数。"说罢，转身出了大门。

来到门外，看见两个老汉正在拌嘴。其中一人说道："我哪里说错了？将军才五十岁，这哪里能叫喜丧？还弄这么多唱戏的！"另一个说道："喝你的酒就行了，这事跟咱有啥关系？他们当老爷的，除了丧事要出力的时候叫咱们，平时谁还想得起这些族人？"

维桂听了，忙呵斥道："没事就推推牌九，要不就回家挺尸，明早早点来帮忙。喝了两杯马尿，就敢胡言乱语了？"那两人见舍人来了，方坐下不说话了。

这边冉晟、冉克明、冉允忠已经连夜返回，跃龙陪着世荣及苍龙在中厅厢房喝茶。世荣见杨惟栋依旧目中无人，不由叹了一口气。跃龙问道："三叔何故叹气？"

世荣苦笑道："你们走了之后，这杨惟栋和覃氏、马千驷逃到播州，却还通过马千姿和老太爷联络。老太爷被这狐狸精迷惑的，还偷偷运了银两给千驷。"跃龙大惊，说道："眼看这杨应龙迟早要造反，岂不牵连到你们？"

世荣长叹道："我们轮番劝说，也说不动老太爷。我已打定主意，准备带莲香去乡下买田隐居了。"跃龙问道："莲香？是秦良玉房里那个丫头吗？"

世荣说道："正是！不过父亲见她只是个丫头，不同意这门亲事。我已私下买好田产，和莲香约好，从这里回去就带她去隐居。"跃龙站起来，对世荣拱手道："恭喜三叔！莲香是个奇女子，我三叔也是个血性汉子！"

世荣叹息道："也就你能理解我了！"苍龙说道："如今播州谋反之心，路人皆知，打起来便是我邻近诸司冲在前面。三叔能得一红颜知己，隐居江湖，着实令人羡慕。"

世荣说道："两位贤侄说笑了。说道播州谋反，世洪大哥及绍文身在前线，更是令人担忧。"三人谈论一番，便到院里吃夜宵。跃龙众兄弟一夜不眠，在灵前守到天亮。

第二天一早，天刚发亮，流水席摆开。众人吃过早饭，张天师引着孝男孝女绕寿材三周，御龙扛起灵幡在前，跃龙抱了灵位，众兄弟扛了花圈挽联跟上。唢呐齐鸣，鞭炮震天，族人抬棺出发，百余名道士僧人一路诵唱，五百名黑衣精兵跟随护送。

忙活了一个多时辰，维屏风风光光下葬，长眠青山之上。一代豪杰就此谢幕，唯有清风明月相伴。

第十八回
赴播州忠臣心惊　制龙袍反迹昭彰

维屏下葬后，四方亲朋陆续返程，西司复又恢复平静。御龙在衙署召集众舍把头人、各寨寨主议事，署理本司事务。

按维屏遗志，由跃龙接任中军旗鼓、本司总理，维桂依旧任护印舍人，杨秀夫任前营把总、应龙为副，维镇任后营把总、迻龙伏龙为副，虬龙接替刘宗清任左营把总、从龙为副，登龙依旧任右营把总，白邦铭依旧任家政。

于是请缪天目起草文书，派人分赴朝廷和四川都司、大渝卫告哀，请求依例允许再御龙袭职。腾龙亦赶回大渝，代御龙到各路官员处打点一番。

却说杨惟栋回播州前，到内苑拜见姑姑杨应凤。饮过茶，惟栋说道："姑姑也不疼侄儿们了，四五年都不曾回播州了。"应凤叹了一口气，说道："你这两个表弟，现龙才十一岁，见龙才三岁，姑姑怎么脱得开身？你父亲身体可好？"

惟栋垂泪道："去年二哥在大渝府遇难，官府又时常勒索银两，父亲忧伤过度，身体一直不大好。"应凤也垂泪道："你们八兄妹中，我以前最疼你和可栋，想不到这孩子竟如此薄命。你也长大了，须要替你爹分担一些。"

惟栋道："再过些日子，便是二哥一周年。姑姑这么疼爱他，便和我一起回去看看他吧，顺便在播州住一段时间。"应凤叹息道："我倒是早想回去看一看，只是你表弟离不开我啊！这个才三岁，也坐不了这么远的马车。"

惟栋劝道："二三十天没事的，还有下人看着呢，还能饿着表弟吗。父亲生日快到了，我们也想办一下，让他开心开心。姑姑如果回去，他就更高兴了！"

应凤本也久未回娘家，见惟栋如此说来，便动了回去一趟的心思。于是让惟栋先回播州，自己径往杨太夫人住处禀报，见杨太夫人与维桂、御龙正在品茶闲聊，白再香、再英姐妹坐在旁边。原来姐妹俩喜欢和玉梅等人玩耍，太夫人又喜欢她二人，便时常到内苑来。

听完来意，御龙皱了皱眉，太夫人说道："妹子，回去一趟倒是应该的。只是现龙和见龙都还年幼，怕是离不了你啊！"维桂见御龙满脸忧虑，知道他不便说，于是劝道："三嫂，我就实话实说吧，播州连年叛乱，假以时日必然被朝廷剿灭。朝廷本来就知道咱们是姻亲，如今您再过去，将来恐怕要连累登龙他们几兄弟啊！"

应凤垂泪道："我都十年没回去过了，再不回去，恐怕这辈子再也见不着了啊！"三人知她心意已决，也不好多说，只希望登龙能劝住她。

应凤回屋后，叫了登龙、伏龙商量。登龙听完，马上急了："不能去啊，娘！听说舅舅最近在召集兵马，只怕要造反。您去了，万一困在那里怎么办？"

伏龙也随着登龙说道："您一旦去了，他恐怕还会逼着您来劝我们随他造反啊！到时候您可是想走也走不掉啊！"应凤却说道："正因为如此，娘更得去一趟了！我要好好劝劝你舅舅，不要干对不起列祖列宗的事情来。"

登龙怒道："现在已经势成水火，他能听您劝吗！"应凤道："娘心里有数。你就在家里，好好看着你几个弟弟吧。"说完，转身去里间收拾东西。

登龙气恼，对伏龙说道："这可怎么办！劝也劝不住。"现龙过来拉了拉登龙衣角："哥哥，反正你劝不了娘，就让我也一起去吧！"伏龙怒道："你跟着添什么乱！到了那边兵荒马乱的，娘还带你一个拖油瓶，那不更麻烦了！"

现龙却低声说道："我陪着娘去，娘就一定会想办法带我回来的。"登龙摸了摸弟弟的头，说道："小小年纪，鬼主意挺多。"伏龙也说道："哥，我看老十一说得对，就让他去吧。娘咱们肯定是拦不住了。"

第二天一早，杨应凤便备了马车，准备带现龙赴播州。太夫人及御龙见劝不住，只得备了些西司特产让应凤带着，并再三叮嘱快去快回。正要出发，一个小丫头跑了过来，扶着马车直喘气。

应凤问道："这不维桂家的小丫头吗，有什么事吗？"那小丫头双手捧了一个信封，递给应凤："我家老爷说，知道夫人路途遥远辛苦，送您一道神符。如果遇到困难，可以打开信封，神符会保佑您平安。"应凤笑道："四哥什么时候也信这些了？那你替我好好谢谢你家老爷，我收下啦！"登龙把现龙抱上马车，叮嘱了几句。

正要出发，应龙刚好骑马经过，大声对登龙说道："恭喜四哥啊！"登龙没好气地说道："恭喜我什么？"应龙笑道："恭喜你快成皇外甥了！听说播州龙袍都缝好了，四哥早晚也有好事了！"登龙大怒，大喝道："你给我滚下马来！"

应龙却打马跑了，远远地说道："好心当作驴肝肺！你们就去播州吧，打起来了看你们怎么办！"听了这话，登龙顿时泄了气，未同母亲打招呼，转身拉了伏龙便走。

应凤也不恼，和太夫人告了别，登上马车，直奔播州而去。过了城南，却见惟栋与亲兵在前面等候，马拴在路旁。惟栋见了大喜，说道："就知道姑姑是重感情的人，我在此恭候多时了！"于是合为一路，一起向龚滩码头，换了船顺乌江逆流而上，向播州进发。

虬龙得到消息，早吩咐码头备了上好船只，选了可靠船工，护送三太夫人应凤赶赴播州。乌江素有百里画廊之称，两岸绝壁高耸，山似斧劈，江水如玉。船过荔枝峡、白芨峡、土坨子峡，两岸或古镇连绵，或清泉廊桥，或绝壁悬棺，奇山怪石、碧水险滩，令人目不暇接。间或有水鸟从悬崖俯冲而下，群鱼奔驰，猿啼悠长。现龙第一次出远门，一路兴奋不已。

沿途七百余里水路，到了第六日方进入播州境内，此时已是七月底。三人换了船，改由白沙水逆流而上。走了半日，但见前方群山环峙，山高谷深，雄奇瑰丽。群山之中又有一座主峰，孤峰独立，气势巍峨，险要异常。

惟栋向现龙夸耀道："这龙岩山乃是天赐我杨家的福地，你看这座山三面环水，山下俱是悬崖深沟。山外有众多关隘、屯寨守护，山上有三道城墙、九座雄关。你们铁围城和这里比起来，就是小巫见大巫了！"

现龙笑道："表哥每次外出回家，爬山也得累个半死吧？"惟栋说道："有这天险守护，司城雄踞山巅，易守难攻。你还小，自然不懂这些。"现龙惊讶地问道："这山下都是播州的辖区，播州外面又是朝廷的土地，谁会来攻打司城？"

惟栋一时语塞，应凤笑道："天下至险，莫过于人心。便是如何险峻，也不过孤山一座，不能以此自傲。"惟栋笑道："好啦好啦，表弟教训完我，姑姑又来说我了！咱们下船吧。"

原来船已直抵龙岩山下，白沙河自西向东流过山北，在山东北角转弯南下，在此与山南流过来的腰带岩河交汇。三人下了船，望着山脚走去。此山三面环水、四处悬崖，唯有东侧有一条小道。

沿着小道往上爬了半个时辰，一座雄关挡住去路。两侧俱是悬崖，只有当中一座石墙甬道，高两丈有余，顶上匾额写着"铜柱关"。过了甬道，只见城墙高耸，长一百余丈，连着铜柱关和铁柱关。两关互为犄角，紧扼上山通道，端的是一夫当关万夫莫开。

走出关口，前方是一座平台，青石铺地，旁边立了一块石碑，上书"龙岩屯严禁碑"。惟栋说道："这里就是歇马台了，所有人等都要在此验帖，说明事由，方可上山。"守城士兵看了惟栋腰牌，忙请三人通关。

走出铁柱关，现龙朝前方看了一眼，直接一屁股坐在了地上。原来往上是一条狭长的台阶，十分陡峭，号称"天梯"。天梯上方又是一道雄关，上书"飞虎关"。应凤见现龙已经疲乏，便拿了糕点水果，三人草草用过，接着往前走。

沿着龙虎大道往西，依次过了飞龙关、朝天关，终于登上山顶。在朝天关北侧有一座瞭望亭，惟栋带了现龙上去参观。此处视野极为开阔，西侧连接飞虎关，东侧为飞龙关，乃杨应龙近年来重修，意为"左青龙右白虎"。

朝天关南面是深沟大谷，往北可见衙署宫殿巍峨耸立。站在瞭望亭上放眼望去，只见山顶平坦辽阔，四面俱是悬崖峭壁，宛如一个木盆倒扣在播州大地，端的是一座云端大城，现龙不由赞叹不已。惟栋笑道："后山还有头道关、二道关、万安关，城外有校场坝，再往外还有养马城、养鸡池、养鹅池，改天我再带你游览。"

三人过了飞凤关，接着往前走。片刻之后，看到前面宫殿巍峨，依次坐落在三层平台上，从下往上逐级升高。因上层平台更为宽阔，二三层宫殿也更高大，两侧厢房也更多，望之错落有致。

现龙说道："这是衙署吗？在这里可以俯瞰群山，很有气势。"惟栋笑道："这是老衙署，现在已经改成我们几兄弟的住处啦！新衙署和寝宫在后面呢，是这两三年才修好的，比这里气派多了！"

往北走几百步，是一座军营，并有士兵巡逻。接着向前走，果见前方耸立着一座巨大的宫殿。远远看去，宫墙环绕，殿宇恢宏，气势非凡。与老衙署相比，不但规模更为宏大，建筑亦是更为宏伟华丽，布局更为严谨。从南往北依次为大门、仪门、庭院、大堂、二堂，均在一条线上。大堂、二堂两侧厢房、连廊连接，构成两座大型四合院。三人走到大门外，只见大门前有两组台阶上下连接，门前立着两尊石狮子，从下往上看，显得大门和宫殿更加气势磅礴。

"一二三四五六七八九。"此时现龙已经累了，在爬台阶时便小声数数。走到第二层台阶，又从头开始数："一二三四五。"过了大门，又是一组台阶通向仪门，现龙又开始数："一二三四五六七八九。"

应凤起初并未在意，到后面却听得心惊肉跳。原来这台阶俱是九、五之数，暗含九五之尊之意。

过了仪门，是一个大型庭院，往北便是大堂。应凤一看，这大堂雕梁画栋，多有逾制之处。此时殿内无人办公，三人穿过衙署，出了北门，来到一座寝宫前。门口一副对联："养马城中，百万雄兵擎日月；海龙屯上，半朝天子镇乾坤。"

惟栋走上前去，向守门亲兵亮了腰牌。亲兵却不开门，打开旁边一个小的窗户，对里面说道："叶公公，三公子求见千岁。"话音刚落，开了一扇门，走出来一位华服男子，举止阴柔，面庞白净。

这位叶公公轻声说道："三公子，千岁已经吩咐过，请您带客人到寝宫，一起用晚宴。"原来年前杨应龙谋反，朝廷已将杨应龙免职，命其长子杨朝栋接任宣慰使一职。但杨应龙依旧我行我素，独据寝宫，大权独揽，近年来更让州人称自己为千岁，杨朝栋哪里敢说半个不字？

三人走进大门，现龙低声问惟栋："表哥，他说话声音怎么这么奇怪？"应凤却是心里狂跳不已，想不到自己大哥竟然如此胆大包天，擅自使用阉人。外面到处传言播州谋反，看来所言不虚。

想到此处，忙拉了一下现龙："不要乱说话，要懂礼数。"三人跟着叶公公往里走，这寝宫与西司将军府类似，也是土司楼、乐坊、内苑分开，其间穿插着亭台楼阁、池塘藕榭。只不过雕梁画栋，更加华丽精致，间或有龙凤纹雕饰。

"妹妹回来啦！可想死我了！"四人刚走到寝宫门口，门内传出一阵爽朗的笑声，一个衣着华丽、长相魁梧的男子走了出来。

现龙见此人阔脸虬髯，举手投足之间霸气十足，眉眼之间颇有威严，知道是杨应龙，便说道："给舅父大人请安！"应凤正要请安，却被杨应龙伸手扶住，忙说道："大哥，这是老十一现龙。"

应龙笑道："好小子，和你娘小时候一样机灵。你父亲真会占我便宜，你几个舅舅都是龙，他给你们也起名叫这龙那龙。"现龙脆声脆气地说道："我七哥也叫应龙。"

应凤忙拍了现龙脑袋一下："别瞎说八道。"应龙笑道："童言无忌，童言无忌。不枉大哥小时候疼你，总算知道回来看我了。"说完，拉着应凤和现龙走进寝宫。

进了客厅，只见一位妖艳女子坐在桌前涂抹指甲，见了应凤等进来，笑道："姐姐回来啦，真是贵客呀，有失远迎。"说完，却不起身。应龙笑道："这是大哥这两年给你新娶的嫂子田雌凤，和你一样带个凤字。仗着大哥宠她，倒越来越没礼数了。"应凤笑道："都是一家人，不要兴那些虚礼。"

众人于是坐下，下人端上酒菜，有本地黄牛肉、大娄山羊肉、土鸡、乌江豆腐鱼、各色时蔬及野生蘑菇等。播州的烧酒向来是贡品，应凤也陪着哥哥喝了一杯，雌凤自是殷勤劝酒伺候。

酒过三巡，杨应龙已略有醉意，对着应凤说道："明日是你二侄子的忌日，你既然来了，明日就随我一同去祭扫吧！"应凤垂泪道："可怜这个孩子福薄，这个年纪就没了！我自小疼他，明天自然要陪大哥一起去看看他。"

应龙拍案而起："什么福薄，他是冤死的！朝廷欺我太甚，先是勒索我四万两白银，又要我儿前去做人质。可栋一向身强力壮，在大渝关押没多久人就没了，真是气煞我也！"

惟栋也说道："朝廷屡次言而无信，见王继光打不过咱们就和谈，讲和又不好好讲和，真像黄口小儿一样！"雌凤也附和道："咱们千岁兵强马壮，莫说王继光，哪一任贵州巡抚也打不过咱们呀！"

应龙哼了一声，说道："这些年来，平倭寇、献大木，缴田税、贡珍宝，哪一样咱们都没落下，朝廷还要这般逼迫！你不仁，就别怪我不义了！"应凤忙劝道："大哥别气坏了身子。既然朝廷愿意和谈，就好好谈吧！"

应龙怒道："谈不了啦！树欲静而风不止，朝廷屡次兴兵来犯，我岂能坐以待毙！"说罢，站起身来走向内室，并招手叫应凤及现龙过去。

二人走进内室一看，只见靠墙有一个六尺多高衣架，上面挂了一件龙袍。应凤大惊，应龙却摸着龙袍说道："想当年他朱重八也不过是一个讨饭的和尚，我有精兵十万，永宁、水西、石砫、酉司都是姻亲，只要大家一同揭竿而起，何愁大事不成！"

应凤忙跪下说道："大哥，我们杨家世代忠良，保守播州已经几百年。请大哥三思啊，断不可将祖宗基业断送在这一代人手上！"应龙怒道："王侯将相宁有种乎！我杨家凭什么不能坐拥天下，非得给别人做臣子！"

惟栋过来扶了应凤，说道："登龙表哥他们都在带兵，请姑姑写信回去劝劝大家吧。大哥和四弟他们已经分别在联络永宁、水西、石砫，一旦大家联络好，我们便同时举兵。"

应凤郑重说道："请大哥三思，千万不要走上叛乱这条路！至于写信劝登龙他们造反，绝无可能！"应龙大怒，拍案而起："果然是嫁出去的人，泼出去的水！你小的时候，大哥多疼你！如今全然不顾娘家恩情，只知道向着酉司说话了！"

应凤待要说话，田雌凤忙起身说道："妹妹舟车劳顿，先回房休息。写信的事情，也得等妹妹休息好了再说嘛！将军不要动怒，妾身扶你回去休息。"杨应龙哼了一声，随她回房了。

第十九回
录奇诗夫人明志　祭次子宣慰招魂

花开不并百花丛，独立疏篱趣未穷。

宁可枝头抱香死，何曾吹落北风中。

——郑思肖《寒菊》

应凤见大哥怒气冲冲离去，本想跟上去劝慰几句，但见田雌凤不离左右，只得带了现龙回屋。一时心下有些烦闷，便来到院内纳凉。母子二人正在说话，听到隔壁忽然一阵喧哗吵闹声。

只见一个小厮跪在地上直磕头，田雌凤站在门口责骂道："你个急懒的下贱种子，在内苑里横冲直撞，瞎了你的狗眼！"原来田雌凤酒后回内苑换了衣服，匆匆出门准备去应龙寝宫，却不防旁边一个小厮正端着茶水走来，二人迎面撞上，茶水泼了雌凤一身。雌凤抬头一看，却见远处覃氏走进了寝宫，心里更是气恼，脱了一只鞋照头便打。

应凤见那小厮身形瘦小，与现龙年纪相若，顿时心生怜悯。便走了过去，拉了雌凤的手说道："嫂子莫生气，我从西司给嫂子带了些西兰卡普，颜色布料都是极好的，正好做条新的裙子。"

雌凤因杨朝栋兄弟对自己一向不甚尊敬，见应凤叫自己嫂子，又给自己带了礼品，顿时满心欢喜，便说道："今天有姐姐替你求情，便饶了你，以后机灵点。赶紧滚吧！"那小厮磕了头，爬起身来退下。应凤便回屋取了布料，送到雌凤屋内。二人简单拉了几句家常，应凤便回自己住处，却见廊下站了一个老妈子。

那老妈子见了应凤，双膝跪地哭道："大小姐真是活菩萨，这一回来，又救了我小孙子一命。"应凤扶老妈子起来，细看却是自己未出阁时，自己身边的下人张嬷嬷，便拉进屋说道："这么多年没见，张嬷嬷都添孙子啦？就是刚才挨骂的那个小家伙吗？"

张嬷嬷垂泪道："是啊，都十一岁了，家里也没钱读书，便带进来帮忙端端盘子，混口饭吃。今天幸好有大小姐，不然要被打个半死。"应凤诧异道："这位对下人这么凶吗？"张嬷嬷叹息道："这田夫人仗着千岁恩宠，对下人们动辄打骂，前日子便差点打死一个小丫头。"

应凤心下差异，问道："她如此残暴，我阿兄不管她吗？"张嬷嬷见四下无人，便说道："这些年千岁也变了，自从娶了这位田夫人，便对张夫人冷落了。张夫人又时常劝他不要造反，千岁一生气，竟然趁张夫人回娘家的时候纵火，可怜张夫人一家人都烧死了。现在夫人的叔叔张时照正在四处告状呢。其他几位夫人，谁再敢说半个不字。"应凤听得心惊肉跳，便拉着张嬷嬷，主仆二人聊了半宿。

第二天一早，众人前去祭扫杨可栋。应龙不满爱子冤死，竟命僧道二百余人领路，沿途招魂前行，金钹齐鸣，遍洒纸钱。应龙领了四千士兵在后，浩浩荡荡前行。从司城到轿子山不过八里路，这招魂队伍逶迤前行，应凤等人已到山顶墓前，远远看到士兵尚在山脚。

朝栋等人献了祭品，放起鞭炮来。众僧道在墓前摆下道场，做起法事来。应龙端了一碗酒洒在墓前，又端起另一碗一饮而尽，并将碗摔碎在地："孩子啊，你死得冤枉。爹爹在此发誓，定叫他们血债血偿！"

祭扫毕，应凤与雌凤等在山腰休息，应龙却领兵直奔校场坝而去。这校场便在山脚下，朝栋领了士兵列好队形。只见方阵严整，衣甲鲜明，长枪如林。阵前诸将骑在马上，当先是应龙四位弟弟胜龙、兆龙、从龙、世龙，后排是应龙七个儿子朝栋、以栋、惟栋、良栋、胜栋、堪栋、奇栋，女婿宋承恩、马千驷，次之则是杨珠等其他将领。

杨应龙按剑登上点将台，朗声道："我杨氏数百年来镇守播州，为朝廷立功无数。只恨这王继光言而无信，屡次进兵犯我疆土。就连这小小的余庆、黄平等地，也敢趁乱对我兴兵。是可忍，孰不可忍！今日便要让他们见识见识我播州大军的厉害，要他们血债血偿！"杨朝栋振臂喊道："血债血偿！"四千名士兵也齐声喊道："血债血偿！"

于是应龙点兵，命兆龙和朝栋各领两千人马，攻打邻近卫所、土司。三日之内，劈余庆土吏毛承云棺材，磔其尸。又掠大阡、都坝，焚劫余庆、草堂二司，殃及兴隆、偏镇、都匀各卫。又引兵围黄平，戮重安司长官张熹家，势复大炽。

播州战火纷纷，司城内却是另一番景象。雌凤为讨应龙欢心，命人找了两个戏班子，在戏楼连日打擂。应凤母子虽是依旧受到热情款待，但没有腰牌文书，连飞凤关也出不了，形同软禁。田雌凤及覃氏不时邀应凤宴乐，每每提及请应凤给登龙写信。

现龙毕竟年幼，在屋内憋得无聊，傍晚便在城内闲逛。无意之间，走到一座二层吊脚楼前。这楼建得精致华丽，连窗纱也是彩色。现龙正看着门楣上的雕花发呆，旁边传来一声清脆的声音："这里是三小姐住的地方，男女有别，你要进去的话，小心被打屁股哦！"

现龙寻声一看，只见旁边桂花树下坐着一位穿着淡黄色长裙的小姑娘，清丽之中却带着一丝忧伤。现龙走到她旁边，说道："感谢妹妹提醒，你怎么一个人在这里呀？"

那小姑娘笑道："谁是你妹妹啊，我明明比你高。"现龙忙说道："感谢姐姐！我是冉现龙，从西司过来做客的，姐姐叫什么名字？"那小姑娘说道："我叫怜儿，是这里三小姐的丫头。"现龙在怜儿旁边坐下，问道："你怎么好像哭过呀，谁欺负你啦？"

怜儿见四下无人，轻轻说道："我和三小姐想逃走，可是出不去。"现龙觉得奇怪，问道："这里的将军不喜欢三小姐吗，为什么要逃走？"怜儿说道："你可别告诉别人啊，在这里也没人陪我说话。千岁一向最宠爱三小姐了，什么好东西都给她。"

现龙觉得更奇怪了，问道："那为什么还要逃走？"怜儿再看了看四周，确认没人，才说道："千岁一直想要造反，三小姐劝了好几次，千岁老是骂她。千岁又想把三小姐嫁给水西土司安疆臣做小，以便拉拢水西土司，可是三小姐不愿意。"

现龙叹息道："那确实太可怜了。你也别难过了，我教你吹树叶吧。"说完，从旁边摘下一片叶子，轻轻吹了起来。怜儿听这声音婉转动听，轻轻问道："你吹的什么歌啊？这么好听。"

现龙说道："这是我们西司的山歌，唱的是：一片木叶一片歌，两片木叶过山坡。三片木叶翻岔口，阿妹何时见阿哥。"刚说完，自己倒脸红了。怜儿倒没说什么，只要他多吹几遍。现龙又教她用树叶模仿鸟的叫声，怜儿玩得开心极了。

接下来几天，现龙一有空便跑到绣花楼前找怜儿玩。觉得见了怜儿，什么烦恼都没有了。一天两人正在玩，怜儿忽然问道："你什么时候回去啊？"现龙说："不知道啊，估计过几天吧？"怜儿说："你回去以后，长大一点了来带我逃走好不好？我在这里待得太闷了！"现龙听了这话，幸福得快要晕过去，连忙说道："等我长大一点了，一定来娶你！"

怜儿听了这话，流下泪来，说道："那你说话一定要算话，我就一直在这里等你。"说罢，解下身上的香囊送给现龙。现龙忙贴身收好，把自己佩戴的玉佩送给怜儿。此时丹桂飘香，月满西楼，二人坐在桂花树下，觉得万籁俱寂，只能听到对方的心跳。

这日晌午，现龙在屋内午睡，应凤坐在桌前惆怅。忽然想起维桂送的信封，便从行囊里找出来。打开一看，里面只有一本《佛说鹿母经》。翻开看完，默默坐着想了片刻，提笔写了几行字，依旧放回信封，和经书一起封好。又找张嬷嬷过来说话，悄悄商议。到了傍晚，雌凤依旧请应凤吃饭看戏。

二人各怀心思，只是偶尔交谈几句，只盯着戏台发呆。现龙见母亲连日忧愁，知是众人逼迫写信所致，却又帮不上忙，也是闷闷不乐。戌时三刻，明月初上，清风徐来，倒是一派歌舞升平景象。现龙到底年幼，已在座上睡着。应凤便命人将现龙背回房间睡觉，自己继续陪雌凤看戏。

现龙迷迷糊糊躺下，正要睡着，却被人推醒。睁开眼一看，见是张嬷嬷。待要说话，张嬷嬷伸手按住，轻声说道："小公子不要说话，晌午的时候大小姐找我，吩咐我先悄悄带你出去，明天她再找机会出来接你。"现龙近几日正在惆怅，见母亲已有安排出逃，心内高兴，便说道："那就辛苦奶奶了。"张嬷嬷忙说道："折煞我了，我就是个下人，怎么能让小公子叫奶奶。"

二人依计行事，找了张嬷嬷孙子的衣服给现龙换上，再将头发及脸上抹了些锅灰，看着倒真像个小厮了。应凤早收拾好一个小的包裹，张嬷嬷用背篓背上，上面放了些野菜杂物，二人趁着夜色向后山走去。来到万安关，守城士兵拦住检查。张嬷嬷家就住在山下，隔几日便会回家，因此有通关腰牌。守城士兵见了腰牌，便放二人下山。

走了半个多时辰，下得山来，前方有几户茅屋人家。张嬷嬷说道："前面就是我家了，茅草房子，公子将就着住一晚，等明日大小姐来了就好了。"二人走进屋内，现龙喝了点水，走得困乏，便合衣躺下。

早上现龙醒来，不见张嬷嬷，只见一个五十多岁的庄稼汉在桌前抽旱烟。那人见现龙醒来，端了脸盆过来问道："小公子睡得怎么样？先洗把脸吧。"现龙说道："爷爷好！张奶奶出门啦？"那人笑道："我姓刘，小公子就叫我刘老头吧。老太婆回司城去了，白天还得干活。"现龙洗了脸，刘老头端来一碗苞谷粥，看着现龙吃下。

刘老头话不多，默默地吸了会儿旱烟，便去房前园子里忙活。现龙不敢出门，便坐在床前，把包裹打开。里面除了十余两银子，只有一个信封。

现龙认得是维桂送的信封，便小心翼翼地拆开。见是一本《佛说鹿母经》，翻开看了看，却不大明白。见里面夹了一页纸，认得是母亲笔迹。打开一看，只见上面写着："花开不并百花丛，独立疏篱趣未穷。宁可枝头抱香死，何曾吹落北风中。"

现龙看了信，隐约觉得不好，眼泪却不由自主落下来。再把经书翻了一遍，便觉得母亲恐怕已身陷危险。左等右等，不见母亲前来会合，心知事情不妙。到了傍晚，便倚在床头睡着了。迷糊间听到有人说话，现龙睁眼一看，见张嬷嬷坐在灶台边轻声哭泣，刘老头在旁边低声说话。

现龙忙爬起来，跑到张嬷嬷跟前问道："张奶奶，我娘她怎么了？"话音刚落，自己也满脸泪流。张嬷嬷忙擦了泪，说道："千岁他们看得太紧，大小姐出不来，小公子再等两天，我们好好想想办法。"现龙见她满脸泪痕，眼睛红肿，知道哭过多次，便知道大事不好。正要说话，却听到外面群狗乱吠，忙拿了包袱，钻到床底下藏起来。

几名士兵推门走了进来，喝问道："有没有见到一个十岁左右的小公子？"刘老头不敢答话，张嬷嬷忙答道："十岁的公子？我家那不成器的孙子，还在司城帮工没有回来呢！"那士兵不耐烦，说道："谁问你家孙子了，多事！"

几人看了一圈，走出门上别家搜索去了。那士兵在外面说道："到处仔细搜搜，这大小姐上吊死了，小公子又不见了。咱们要找不到小公子，怕是要吃鞭子了！"另一名士兵低声喝道："嘘！这事千岁不让说，你不要脑袋了？"

现龙在床底下听了，犹如五雷轰顶，顿觉天旋地转。本来一整天只喝了一碗稀粥，又连日担惊受怕，竟在床底下晕了过去。刘老头忙插上门，抱了现龙出来放到床上，一面掐人中，一面让老伴找蜂蜜。

片刻之后，现龙悠悠醒来，喝了几勺蜂蜜，感觉稍微好些。也不敢哭出声来，怕惊动士兵和邻居，只是泪水止不住地往下淌。张嬷嬷也不知道说啥好，在旁边陪着流泪，刘老头拿了烟杆猛吸，却没注意并未点火。

三人默默哭了半宿，现龙突然问道："刘爷爷，从这里去真州和龙泉坪，哪里更近？"刘老头想了想，说道："前些年当背二哥的时候，这两个地方我都走过。这里到真州有四百里路，再往前就是武隆了。到龙泉坪有三百五六十里路，也有水路可通。"

现龙打开包裹，把里面的银子全拿出来，扑通跪在刘老头跟前："请刘爷爷救我！我要留在这里，迟早会被他们搜出来，到时候还会连累你们。这些银两是我娘留给我的，就请刘爷爷帮忙雇一艘小船。只要赶到龙泉坪，那里都是我本家叔叔，我就有救了！"

张嬷嬷忙说道："小公子使不得啊，大小姐对我们恩重如山，怎么能要你的银子。"现龙说道："我娘已经被他们逼死了，他们要抓到我，恐怕也不会放我回去。还得请张嬷嬷帮帮我。"张嬷嬷垂泪道："我和老头子就算拼了性命，也会送小公子回去。小公子你就放心吧。"

刘老头一宿没睡好，次日一早便出来找了本家侄子，只说司城安排到龙泉坪拉桐油，要他划船同去，船费及工钱另算。二人划了小船，带着现龙从湘江顺流而下，直奔龙泉坪而去。一路昼伏夜出，到了第五日傍晚，方赶到龙泉坪。到了码头，刘老头命侄子看住船，与现龙上岸。现龙洗了脸，换上自己衣服，与刘老头徒步前行。

走到城门，早有士兵过来盘问。刘老头说道："两位军爷，这位大酉司城的冉现龙公子，是冉克明大人的本家侄子，请两位军爷帮忙通报一下。"那两位士兵笑道："这武陵山姓冉的多了，都说是大人的侄子，就能打秋风吗？"

现龙见状，从身上摸出一点散碎银子，递给二人："天气这么热，请两位大哥买杯茶喝，千万不要嫌弃。"那士兵说道："既然不是来打秋风的，我便给你通报一声。"说罢收了银两，前去通报。

片刻之后，远处一人打马飞奔而来，几名亲兵在后面跑步跟随。那人到了跟前，跳下马来，笑道："什么风把侄儿吹过来啦？龙泉坪好久没来客人了，稀客稀客！"

现龙一看，正是龙泉坪百户冉克明，忙说道："侄儿给叔叔请安！"正要跪下，冉克明早一把抱住："就你们两个人来的吗？怎么还走路来的？"现龙垂泪道："是这位刘爷爷把我从播州送过来的，就请叔叔赏他几两银子，让他先回去。详情一会儿侄儿再禀报。"

刘老头拿了银子，自去买桐油回乡。冉克明把现龙扶到马上，牵了马回到家里。待现龙坐下，克明忙命夫人张氏拿来温水点心，看着现龙吃完。等现龙气息喘匀了，克明问道："最近播州军队四处出击，到处兵荒马乱的，侄儿怎么一个人从播州来？"

现龙哭诉道："我和娘亲到播州探亲，他们天天逼我娘写信给我哥，要我哥和他们一起造反。我娘让刘爷爷他们送我逃了出来，自己却自尽了。"

冉克明勃然大怒，一掌拍在桌上："这个杨应龙真是蛇蝎心肠，先是烧死自己夫人一家，这次连自己亲妹妹都逼死了！还敢派人追到龙泉坪附近来，我非得去讨个说法才行！"说罢，就要提点兵马，领军出战。

第二十回
不识天上蟠桃园　只见人间米花田

却说冉克明就要领军出战，夫人赶忙劝道："杨应龙谋反之心，路人皆知。只怕他很快就要起兵举事，朝廷定然会派大军进剿，到时候你再和他作战也不迟。如今他虽然兵马到了边境，总归还没有宣战。你要领兵出战，人家反倒可以告你谋反！"克明听了只得作罢。

张夫人见现龙身形单薄，顿时心生爱怜，拉住现龙的手说："真是造孽啊，这么小个孩子，就经历这么多磨难。你先在这里养几天身子，我们再派车送你回去。"现龙小小年纪突遭大难，又连日奔波劳累，心力交瘁，就此大病一场，只好在龙泉坪住下养病，并派人到西司送信。

这边冉御龙自办完父亲的葬礼后，又着实忙活了一些日子，方才将司内外大小事务捋出头绪来。四川都司和大渝卫也派人前来，颁了新的印信号纸，准许冉御龙承袭宣抚使。

这日众人在来熏阁议事，跃龙说道："大哥正式承袭宣抚使，依例要赴京谢恩。如今朝廷虽不再要求宣抚使本人赴京，但这贡品着实不能少啊。大哥要早做安排才是！"

御龙说道："三弟说得好！我这两天也在考虑这事，咱们现在就商量商量进贡物品吧！"白邦铭说道："按惯例，咱们一般都是进贡丹砂、茶叶、麸金、天麻等贡品。当然，最重要的是花田贡米。"御龙说道："这些物品都有现成的，三叔你去筹备就行了。"

跃龙说道："这两天花田就该打谷子了，大哥去开镰吧！正好也让全司的人知道，新任将军关心耕种大事。收完谷子，进贡的稻米就有了。"御龙说道："好！那咱们三天后去花田，开镰收割！"

众人议定后，各自散去。太夫人自老将军去世后，时常郁郁寡欢，御龙兄弟俩便到内苑请安。进了屋，只见玉梅正陪着母亲说话，白再香、再英也陪在一旁。众人见过礼后，闲聊了几句，御龙说了要去花田打谷子的事情。

再香好奇地问道："三哥，大米这么沉，为啥要千里迢迢的运到北京进贡啊？皇帝在京城买不到米吗？"跃龙笑道："京城哪能买不到米，只是买不到咱们花田贡米。皇帝喜欢吃，咱们就得定期进贡啊！"

玉梅自豪地说道："咱们花田米成为贡品，已经快三百年啦！咱们族谱就有记载，元朝延佑七年的时候，载朝老祖接任知州后入朝谢恩，就进贡了花田米。皇上吃了之后龙颜大悦，封老祖为宣武将军，并给予重赏。从此以后，花田米就成为贡米啦！"

再英听了感兴趣，拉着玉梅的手说道："大姐，明天咱们也去花田好不好？"玉梅笑道："我都去过多少回了，明天我就不去了，还是在家陪陪我娘吧！"

再香听了，充满期待地看着跃龙，说道："三哥，大姐不带我们去。你带我们去好不好？"跃龙看了看御龙，御龙笑道："去花田七十里路，得会骑马才行呢！再说了，你们十一二岁了，开镰的时候尽是乡野村夫，白总管能让你们去吗？还是让太夫人做主吧！"

再香忙过去找太夫人撒娇："我们会骑马啊！太夫人最疼我们了，就让我们去嘛！"太夫人拗不过她，笑道："看你俩天天上学也怪辛苦的，就让你们去看看吧。可是说好了，可别跟那些男孩子疯跑啊！"再香姐妹高兴坏了，连连点头说道："您就放心吧！我们一定老老实实的！"

过了三天，一大早御龙等人便打马出发，直奔西北花田而去，伍良臣领了两名亲兵在后面跟着。半个时辰后，众人来到一座山岗上。御龙停了马，以马鞭指着前方说道："咱们脚下是炭山盖，对面是菖蒲盖。这两座山脉都是从南向北延伸，中间的槽谷就是花田镇。对面悬崖下面的梯田，就是咱们产贡米的地方。"

众人放眼望去，只见对面悬崖之下，几面山坡缓缓向下延伸，每面坡上俱是一块块如弯月般的梯田。湛蓝的天空下，金黄的稻浪翻滚，层层叠叠，一片灿烂。再香赞叹道："都说西司有个桃花源，桃源深处是花田。今天看了，果然名不虚传啊！"跃龙笑道："前些年大渝府知府大人来过，看了说道，花田不愧是深山明珠、人间仙境、画中天堂！"

御龙一马当先，打马向梯田奔去，众人也打马跟上。片刻之后，来到梯田外，只见迎面一座寨门，上书"花田贡米"几个遒劲大字。跃龙指着这几个字说道："这几个大字，是这里的稻米被封为贡米后，载朝老祖亲手写的。"再香姐妹驻马认真看了起来。

正说话间，白邦铭从门内走了出来，上前扶住御龙的马，笑道："请将军在此下马，喝拦门酒进寨门！"御龙笑道："你倒成了主人了，上次过来的时候咱俩还一起喝拦门酒来着。"白邦铭笑道："今天得由三老爷陪您喝了！"跃龙听了，片刻之后才想起来是说自己。以前别人都称自己为三公子，自从老将军去世后，现在大家都改口称自己为三老爷，一时还有些不适应。

众人下了马，早有几名衣着鲜艳的姑娘捧了牛角过来，牛角里斟满了花田米酒。为首的姑娘施了一礼，说道："天上蟠桃园，地上米花田。一杯花田酒，赛过活神仙。将军是贵客，请喝了拦门酒再进！"

御龙接过牛角，朗声说道："一杯敬昊天！"说罢伸出右手，从牛角中掬了一些酒出来，洒向空中。复又说道："二杯敬后土！"说罢快速地将牛角倾斜，右手一洒之下，竟将牛角里的酒一大半洒了出去。那姑娘想来是新手，没想到御龙手脚这么快，已经来不及拦着。御龙笑呵呵地举起牛角，将里面的米酒一饮而尽。

白邦铭笑道："将军真是老手啊！洒得这么快！"御龙往前走了一步，第二名姑娘双手握紧了牛角，举到御龙跟前说道："米酒珍贵，都是粮食精华，将军就这么喝吧，可不敢再浪费了！"御龙无法，只得扶住牛角喝完，众人齐声赞道："将军好酒量！"御龙领着众人往前再走一步，第三名姑娘又举着牛角走了过来，一样握紧了牛角。

御龙只得硬着头皮喝了起来，两角酒下去，肚子已经撑满。后面还有两名姑娘捧着牛角站着，饶是御龙酒量不小，也不由面露难色。跃龙见了，走上前去说道："这一角酒我替将军喝吧！"那姑娘有些失望，看了看白邦铭。邦铭说道："将军一会儿还要开镰，就请三老爷代喝吧！"

跃龙一饮而尽，众人接着往前一步，只差一步就能走进寨门。此时只剩一位姑娘手捧牛角，站在寨门前拦住去路。再英轻轻问道："三哥，为什么这位姐姐看到你替将军喝酒，有些不高兴呢？"跃龙笑道："她们打扮得漂漂亮亮地出来，将军喝酒的时候，没准看上眼了就娶了她啦！能嫁给将军，也是一桩美满姻缘啊！"

再香听了这话，不愿跃龙再喝前面姑娘的酒，于是上前一步说道："这角酒，由我替将军喝吧！"白邦铭忙说道："阿香，别胡闹！"再英听了说道："我也想喝我也想喝！就让我和姐姐一人喝一口嘛！"白邦铭经不住她撒娇，只得让她二人一人喝了一口，剩下的自己喝了。

众人进了寨门，沿着溪流向坡上走去。此时微风吹过，稻香飘来，沁人心脾。白邦铭领着众人来到先农坛前，祭坛上已经摆好香案。祭坛前站着一队精甲士兵，手持牛角、锣鼓。见宣抚使大人到来，一时鼓乐齐鸣。乡民们盛装站在后面，见了宣抚使纷纷跪拜。

御龙向来宽厚，忙大步上前将领头的耆老扶起来，连声说道："大家不要拘礼，快快请起！"御龙扶他起来后，问道："何老，看这谷穗都沉甸甸的，今年收成应该还行吧？"何老答道："禀将军，五月间遭了一场旱，所幸时间不长。今年收成总体不错！"

两人聊了几句，御龙走到祭坛前站定。白邦铭在祭坛右侧站好，清了清嗓子喊道："请神！"一名老者走到燔炉前，点燃里面的柴草，一股青烟直冲云霄。身后牛角声响，鼓乐齐鸣，御龙上台上面对谷神牌位站好。再香姐妹站在后面睁大了眼睛看着。

鼓乐停后，白邦铭唱道："献礼！"几名盛装耆老捧着银碗走上祭坛，将泡粑、粽子、炒米等各类米制品献于香案上。鼓乐起时，御龙领众人跪拜。

白邦铭唱道："验法器！"一名耆老手捧镰刀，恭恭敬敬走上前，将镰刀放在谷神牌位前。白邦铭又喊道："敬神！"御龙走到祭坛右侧，净手后接过酒爵，缓步走到案前，将酒爵献于牌位前。然后退后几步，领着众人叩首。

跪拜完毕后，白邦铭唱道："擂鼓，奏乐！"御龙走下祭坛，台下唢呐声响起，吹奏起欢快的音乐来，一改此前肃穆的氛围。八名强壮的小伙子挎着腰鼓走上祭坛，一边敲鼓一边跳舞。

两名身穿对襟红褂的小伙子走到台中间，开口唱起来："我在那——半山腰咯，阿哦。咿呀啦——开口就唱阿啦调，呵哦。花田米——种花田咯，阿哦。咿呀啦——吃了贡米当神仙，呵哦！"这阿啦调唱起来悠长之中自带一种苍凉，几乎每句都有弹舌之音，十分适合抒情比兴。唱到兴起之时，两名小伙子摘下树叶，开始吹奏起来。台下众人也手拉手，跳起欢快的摆手舞来。

一刻钟之后，牛角齐鸣，众人停了下来。白邦铭唱道："请法器！"跃龙走上祭坛，恭恭敬敬从谷神牌位前取下镰刀，双手举过头顶，走下祭坛来。跃龙举着镰刀在前，御龙跟在后面，鼓乐随后，众人绕着祭坛前第一块梯田走了起来。

众人绕了一圈后，走到田边的楠木旁站好。这棵巨大的楠木郁郁葱葱，树根遒劲犹如苍龙。御龙走上前，从旁人手中接过三根香，点燃后恭恭敬敬地插在楠木前的香炉上。

白邦铭唱道："开镰！"御龙从跃龙手中接过镰刀，走进田内，割了一把稻谷。众人齐声喊道："五谷丰登！"一名老者从御龙手中接过镰刀，与乡民们一起开始收割稻谷。其他人则抬了挞斗过来，手持稻穗在挞斗内壁拍打，将稻穗脱粒。

再香见几名老人围着楠木转圈，不时用手抚摸树干，便好奇地问道："三哥，他们在干什么啊？"跃龙笑道："当地人都称楠木为神树，这棵楠木这么大，早已成了树神。他们这么做，就是乞求长寿。"再英听了，也跑过去摸了摸树干。

此时祭坛上香案已经撤走，谷神牌位被送回了后稷祠。御龙在白邦铭带领下，将刚才亲手收割的谷穗敬献到谷神牌位前。回到梯田边，见众人收割正忙，一派丰收景象。御龙心情大好，命农夫拿了一把稻穗过来，和跃龙一起把皮剥开。这米通体细长、质白如玉，闻着略有清香。

再香凑了上来，问那农夫道："大叔，咱们花田这里的米，为什么这么好吃呢？"那农夫看样子有五十来岁年纪，背已经佝偻，回禀道："回小姐的话，小人在官田耕种三十多年了。这里山好水好土好气候好，米肯定好吃。不过小人没有吃过，也说不清怎么个好法。"再香诧异道："你种了三十多年，居然没吃过这米？"

老农叹了口气，说道："这米二两银子一担，是平常大米的四倍，我们哪里吃得起。都是给官老爷吃的。"白邦铭忙喝骂道："别说是你，就是我也是过年才能吃到一回。好好种你的田吧，能吃上饱饭就不错了！前些年红苗大乱，那边饿死了不少人，你都不记得了？"

御龙也叹了口气，说道："能产贡米的，一共就这么五千亩水田，一年也就产一万五千石贡米。听着虽然多，每年给四川、大渝各衙门和都司卫所都得送，时常还得进贡朝廷。各位舍把头人、族人家里也都得适当送一些，还能剩多少啊！便是老将军再世时，也舍不得天天吃这米。"那老农听了，忙去田里收割去了。

再香姐妹自小生在总管之家，何曾听过这些话，听得都惊呆了。再香问道："这里能产一万五千石米，那咱们全司能产多少粮食啊？"跃龙说道："也得看年景好坏，不按鱼鳞图册，从实际来看全司大约水田、旱地超过十七万亩，但是水利条件、土地肥沃程度不同。没有大的灾荒的话，稻米、麦子、玉米等一年一共能产不到六十万石。"

御龙说道："咱们全司有十万人，六十万石看着够大家吃两年了，但是咱们这里是山区，旱灾、洪灾年年有，只是严重程度不一样。再说了，这稻米麦子能卖上价，还得卖一部分交田税。只要旱一年，就得动用库存，旱两年就要饿死人了。"再英听到死人两个字，吓得瞪大了眼睛。

白邦铭说道："好在海外传来的包谷、红苕、洋芋不挑地，山坡上旱地也能种，这几十年人丁才繁衍起来。听老辈人说，一百年前，咱们全司人口还不到六万。"

跃龙说道："这些粮食，不光人吃，还得喂牲口，还要向朝廷纳粮，将军这家也不好当呀！"再香说道："哎呀，这么麻烦呀！"邦铭说道："前几天吃饭的时候告诉你们的：一粥一饭，当思来处不易；半丝半缕，恒念物力维艰。这次能记住了吧！"

再英冲他伸了伸舌头，做了个鬼脸，拉着姐姐去旁边摘刺莓去了。那刺梅长在荆棘之中，一颗颗宛如红色的宝石，香甜可口。二人一边吃，一边互相扔着玩，倒是玩得不亦乐乎。

第二十一回
风雪夜世仇难解　白象岩青春易逝

　　再英玩了一会儿，看见梯田上方悬崖上有人，吵着非要上去看看。跃龙拗不过她，只得带着再香姐妹沿着小道爬上去。御龙带着伍良臣等人，去花田古镇查看稻米市场了。

　　跃龙三人一路前行，走过何家岩村。只见村里屋舍俨然，木屋依山而建，因势而立，特点多样。既有高大的吊脚楼，也有转角厢房、半边厢房这样独特的房屋。板壁上或挂着一串串鲜红的干辣椒，或挂着金灿灿的玉米。村口是一座织女楼，吊脚楼栏杆上挂着艳丽的苗绣。

　　屋前屋后或种几棵辣椒、青菜，或种几株蜀葵。间或有一名老人躺在藤椅上，闲适地用烟杆吸着旱烟。房前空地上或放着风簸，或有石磨、碓等工具。有一家主人看来十分手巧，堂屋前石板台阶上放着编好的竹簸箩，还有一个编了一半的背篓。

　　来到悬崖边，见悬崖上一位老人腰上系着绳子，正在峭壁上采药。再香见悬崖陡峭，不由为他捏了一把汗。跃龙说道："这个悬崖名叫青狮白象岩，相传当年文殊菩萨骑着青狮、普贤菩萨骑着白象路过花田，见此地山清水秀、物华天宝，是一片难得的宝地。于是两位菩萨按下云头，在这座悬崖上驻足观看。妖怪们远远地看见这悬崖上青狮白象雄伟庄严，知道是菩萨在此，从此再也不敢来这里捣乱。从此以后，大家就把这悬崖叫做青狮白象岩。"

再香和再英都感慨道："这么神奇啊！这里真的是个好地方！"三人沿着小路爬上悬崖，见山腰上有一个山洞，山泉汩汩地从里面流出来，犹如琼浆玉液。洞口有一名老者，扶着木桶正在接水。再香问道："老爷爷，听说花田这里到处有溪流泉水，你为什么到这悬崖上来背水啊！这背下去多累啊！"

那老者笑道："这龙洞里的泉水喝了延年益寿，我是专门从十里之外来背的。你看这山下的贡米啊，就是喝着这泉水长大的，要不能这么好吃呢？"再香姐妹走到跟前，用手捧了泉水喝，果然清冽回甘。

三人爬上悬崖，见上方豁然开朗，原来是一片高山草原。跃龙笑道："这里就是菖蒲盖草原了，也是咱们司里的养马场。"再香姐妹自小便会骑马，对养马场倒没那么感兴趣，只是往下眺望着梯田。从山上俯瞰下去，这梯田又是另外一番景象。一坡一坡的梯田从山脚向上延伸，如扇子一般逐步展开，宛如一幅八卦图。

跃龙指着旁边的石头说道："这里俗称打望石，从这里望去，山河尽收眼底。"再香撇撇嘴说道："打望石，好俗气的名字！"再英也说道："就是，俗气得很！"跃龙说道："其实她的本名叫着望夫石，只不过大家慢慢忘了。"

再香问道："望夫石？那肯定有故事了？"跃龙说道："知道下面的村子为什么叫何家岩村吗？"再英笑道："因为村里的人大部分都姓何呀！三哥你看不起谁啊！"

跃龙说道："这里以前是何氏土司的地盘，几百年前冉氏土司和何氏土司在酉司争霸，后来冉思通老祖率大军击败了何氏土司，最后一统酉司。这事想来你们也听说过。"

再香说道："嗯，这个我们是知道的。"跃龙叹息道："这何家岩梯田本来是何氏土司重要的粮仓，思通老祖击败何氏土司后，自然将这里的梯田收归为官田。何氏还有部分族人留守在这里，思通老祖也分了一些田给他们种，大家也基本能够和睦相处。"

再英问道："后来呢？"跃龙说道："过了几十年，族人们都忘了这些争斗之事。何家岩一位小伙子名叫何礼，长得十分俊朗，和旁边生基村的冉家姑娘冉雪梅彼此爱慕。两家门当户对，后来就订了婚。可是天不从人愿，到了冬天红苗造反，震动武陵山区。"

跃龙又叹了口气，说道："这何礼的父亲见红苗造反，便悄悄打造兵器，联络土匪，想要起事造反，自立何氏土司。生基村这里以冉氏族人为主，打听到何家要造反，也只得抓紧上报将军，并整兵备战。"

再香叹了口气，说道："这对鸳鸯怎么这么苦命啊！还没结婚，两家就要打起来了！"跃龙说道："可不是吗！何礼苦劝父亲，却被软禁在吊脚楼阁楼上。冉雪梅晚上偷偷从家里跑出来找何礼，却被何家拒之门外。何礼被软禁在楼上，只能干着急。于是提笔抄写了一首诗，扔了下来。"

再英问道："写了什么？"跃龙说道："雪梅打开一看，只见上面抄了一首唐诗：'事与时违不自由，如烧如刺寸心头。乌江项籍忍归去，雁塞李陵长系留。燕国飞霜将破夏，汉宫纨扇岂禁秋。须知入骨难销处，莫比人间取次愁。'雪梅在楼下大哭一场，拔腿便跑上菖蒲盖，来到了咱们站着的这里。当时大雪纷飞，雪梅在这里站着，冉家人闻讯而来，怕她从悬崖上跳下去，只敢在远处安慰她。"

再香听了，叹息道："好一个刚烈的女子！"跃龙说道："大晚上的这悬崖上火把通明，也惊动了何家的人。何礼从楼上跳下来，当时就摔断了腿，也一瘸一拐地来到悬崖边。雪梅对众人喊道，除非两家罢兵，否则她就要从悬崖上跳下去。何礼的父亲准备了许久，一直想当土司，一时之间舍不得罢兵。就算何礼趴在地上苦苦哀求，也无济于事。大家一直苦劝，雪梅也不愿意下来，大家也不敢上去，就这样耗了一个多时辰。后来悬崖上慢慢没有了声音，大家赶紧上去看。原来雪梅已经冻僵了，化成了石头，就是这块望夫石。"

再香二人听了，眼眶已经湿润。跃龙接着说道："何礼见爱人已经化作石头，悲伤至极，从身边夺过一把长剑，自刎在石头边。"再香听得泪流满面，喃喃说道："事与时违不自由！"

跃龙叹息道："何家本来就这么一个独子，见爱子自刎后，也万念俱灰。于是不再造反，将爱子埋在这石头边，让二人相伴长眠。"再香姐妹抚摸着望夫石，不由一番感慨。

此时夕阳西下，晚霞漫天，倒多了几分凄婉。三人正感慨间，伍良臣爬了上来，说道："三老爷，将军请你们到花田古镇上去，一起吃晚饭。"三人忙随着伍良臣走下去，一起骑马来到古镇。

这个古镇因花田贡米而兴，是武陵山地区重要的稻米集散地，由川盐古道连接着龚滩、龙潭。到了路口，迎面是一面牌坊，上书"官坝"。跃龙说道：

"这块牌坊是永乐五年，时任宣抚使冉兴邦老祖所立。当时皇上准许老祖袭职，并答应了西司设立儒学的请求，老祖于是派家政龚俊入朝进贡。皇上对贡米称赞有加，兴邦老祖高兴，便在这里修建了这座牌坊，并封这里为官坝。"再香诧异道："老司城也叫官坝，这里也叫官坝啊！快让人分不清了！"

四人下了马，牵着马缓缓前行。马蹄在青石板街上发出哒哒的声音，清脆悦耳。这条街道虽不如龚滩龙潭繁华，却也自有一番韵味。街道两侧多是吊脚楼，楼下是商铺，楼上则是自家居住。商铺多与米有关，有米店、磨房，以及绿豆粉店、泡粑店等等，也间或有苗绣店、农具店等。

伍良臣领着三人来到一座酒楼前，早有小二过来牵马。再香抬头一看，只见酒楼大门上悬着一块匾，上书"全米宴"三个字。旁边有一副对联，写道："龙肉海参吃个遍，不如花田全米宴。"再英笑道："有没有这么夸张啊，光吃米，能比龙肉海参还好吃？"

旁边小二笑道："小姐啊，您进去吃了就知道啦！小人就不跟您夸口啦！"伍良臣领着三人上楼，走进雅间，御龙和白邦铭已经在里面坐着了。众人坐下后，再英好奇地说道："将军啊，我们累了一天，您就给我们光吃米饭啊？"

御龙笑道："少安毋躁，今天保证你吃了之后，下次还想吃。"正说话间，小二提着壶过来问道："几位喝点什么？酒还是茶？"再英说道："酒肯定是用米酿的。我偏要喝茶，这下不能叫全米宴了吧！"小二笑道："小姐，这是姜米茶，是用炒米做的，里面加了芝麻和姜，茶叶只是提味用的。这茶最是养胃了，您可以多喝两杯。"

御龙等人要了醪糟酿，再香姐妹要了姜米茶。这醪糟酿喝下去与米酒味道相似，只是含酒更少，并不醉人。再香喝了一口姜米茶，果然喝着暖胃。

这时两名小二端着茶盘过来上菜，满满摆了一桌。御龙笑道："都是自己家人，就不要见外了。我也不陪你们姐妹俩喝酒了，你们就赶紧吃吧，不要拘束了！"

再英见自己面前摆着一盘红色辣椒，夹起来笑道："这不是辣椒吗，哪里是米了？"跃龙笑道："这道菜叫灌海椒，是用糯米灌好后腌制而成，你剥开就知道了。"再英听了，剥开一角，果然见里面灌满了糯米。轻轻咬了一口，软糯酸爽，不由得食欲大动，多吃了几口。

再香见自己面前是一盘米豆腐，用辣椒、葱花、酱油等拌好，看着十分可口。于是拿了牙签扎了一块送入口中，果然润滑鲜嫩、酸辣可口。跃龙笑道："两位妹妹都爱吃酸辣的啊！"说罢，夹起一片米粉片吃了起来。这米粉片炸得酥脆可口，嚼起来嘎嘣脆。

御龙夹了糯米团子吃起来，这糯米团子上撒了野生的树莓，吃起来清香扑鼻，酸甜可口。伍良臣早就饿了，直接拿了米灌肠吃起来。桌上还有鱼头泡锅巴、粉蒸肉、兰花根、炸油香、桂花糕、糯米丸子等各色米制品，花样繁多，形态颜色各异，令人眼花缭乱。

跃龙等人忙了一天，早就饿了，此时早已顾不上说话，纷纷大快朵颐。过了一会儿，小二过来问道："几位客官，主食吃点什么？吃面食、米饭还是甜点？"

再香问道："面食都有什么呀？"小二说道："面食有绿豆粉、米线，米饭有白米饭、八宝饭、社饭、蛋炒饭、竹筒饭等等，甜点有汤圆、糍粑、粽子、泡粑、汽汽糕等等，还有各种粥。"于是每人选了一样。

众人边吃边聊，忽然听到门外小二喝道："去去去，上别的地方说书去，将军没空理你！"对方想来是个说书人，声音苍老："这位小哥，你就让我进去吧！给将军说几句好听的，还能赏我几口吃的！我都饿了两天了。"御龙向来心软，忙高声说道："小二，让老人家进来吧！"

那老人推门进来，跃龙见他虽然衣服破败，却长相儒雅，不像个叫花子。便问道："看老先生的面相，不像个粗人啊！"那老人叹了口气，说道："不瞒各位官爷，小人本来是一名秀才，在播州教书为生。如今杨应龙大肆兴兵，小人的村子已成废墟，只好逃了出来，流落到花田这里已经十多天了！"

御龙忙说道："既是如此，便请老先生坐下一起吃饭吧！"老先生赶忙摆了摆手，说道："小人虽是讨饭，却还是有骨气的。小人就斗胆说几句书，老爷们要是听了高兴，赏我口吃的就行。"再英说道："你都饿成这样了，说书多累啊！不如夸一夸咱们的花田贡米吧！"御龙笑道："这个好！"

那老先生略一思索，开口说道："花田米、米花田，好米出在何家岩。皇帝见了流口水，神仙吃了想下凡。"跃龙拍手叫道："好！老先生这话说得着实好！"再香忙递过去两个泡粑，老先生接了，几口就吃掉，显然是饿极了。

再英倒了姜米茶递过去，老先生忙说道："已经吃了泡粑了，再要喝茶，我得再说几句才行！"御龙忙说道："老先生就坐下吃吧，不用这么见外！"

老先生说道："咱们就说说这米吧！俗话说，吃饭吃米、说话说理，这米啊真是管了人的衣食住行、生老病死。"

伍良臣笑道："这米有这么大用处吗？"老先生说道："这人一生下来，要是奶水不足，便是米汤也能养大。长大后更是离不了米，天天吃得起米的那更是达官贵人。饿了吃米饭，渴了喝米汤，胃疼了喝姜米茶，高兴了喝米酒。到了死去，更要手握一把米下葬，到了阴间好打赏小鬼。这从生到死，都离不了米啊！"

再英问道："衣食住行，这只说了吃啊！"老先生笑道："我们穷人穿的草鞋，披的蓑衣，都可以用稻草来做。这住的地方，房上可以盖稻草，睡的床上可以铺稻草。"再香心地善良，忙一边端茶给老先生喝，一边赞叹道："老先生说得真好啊！"

伍良臣笑道："要是有个北方贵人，不爱吃米饭，也不穿草鞋，不用稻草盖房铺床，那不就和米无关了吗？"老先生笑道："那他也躲不过米的道理。不管是做官的还是做买卖的，有几个不为五斗米折腰？夫妻相处，又常说'有柴有米是夫妻、无柴无米各东西'。勾心斗角的，要防止'偷鸡不成蚀把米'。居家过日子，又是'当家才知盐米贵，养子方知父母恩'。不论是谁，哪里能离开这些道理！"

御龙连连赞叹，说道："老先生洞明世事，学问精深，不如到咱们司城官学去教书吧！"老先生连连摆手，说道："我教的几个学生，这次都参与播州叛乱了。我已经发了毒誓，这辈子就算饿死，也再不教学生了！"

一旁的酒楼老板笑道："我倒有个主意，我这酒楼里正缺个管账的人，老先生要是愿意干，薪水都好商量，就是有些屈才了！"老先生忙说道："小人求之不得，还望老爷成全！"

御龙也觉得有些屈才，但人各有志，也不好强求。便强留老先生坐下，一同吃了几口，又问了问播州战局。得知杨应龙军力强盛，不由心下担忧。

第二十二回
播州乱兄弟猜疑　中秋夜公子赋诗

却说杨应龙连番攻打周边诸司、卫所，早已震动西南。新任大西宣抚使冉御龙得到消息，便派出亲兵，召集众舍把头人到衙署议事。秀夫、虬龙等人得到消息，星夜赶回司城。

冉应龙虽任前营副将，却未赴大溪口就职，只在司城每日吟诗作画。这日接到御龙议事命令，并不着急，只等彭廷虎消息。原来播州兴兵后，冉应龙与彭廷虎商议，料定杨应龙必派人招降登龙，便由廷虎到龙潭悄悄住下，以打探消息。

这日果见两名播州口音的人进了登龙府第，廷虎立即打马回城报告。听廷虎说完，应龙皱眉道："就算有播州人探望，也不能断定是招降啊！"廷虎笑道："匹夫无罪，怀璧其罪。现在播州造反，又有人来拜访他，他再怎么解释，也很难洗脱嫌疑了！咱们要的就是天下大乱，你才能乱中取胜。"

于是应龙赶赴衙署议事。进了衙署，见御龙坐在大位上，冉维桂、杨秀夫、刘宗清坐在一侧，另一侧坐着跃龙、虬龙及缪天目。应龙对秀夫说道："舅舅从大溪口都赶回来啦，辛苦啦辛苦啦！四哥从龙潭回来近多了，还没到吗？"御龙说道："七弟坐吧！四弟在来的路上了。"应龙挨着虬龙坐下，御龙于是说起播州兴兵之事。

众人正在议论，登龙走了进来，拱手说道："大哥，营内有些琐事，耽搁了一会儿。"御龙尚未搭话，应龙却哼了一声，说道："琐事耽搁？四哥是在接待播州来的使者吧？"跃龙喝道："兹事体大，七弟不得瞎说！"登龙大怒："老七！你胆敢监视我！"应龙也站了起来，说道："你看，这就承认了吧？播州封你什么官，大将军？"

登龙怒道："播州是派了人来招降，已经被我拒绝了！他是我舅舅，可我还知道自己是冉氏子孙！"御龙道："好，四弟做得好，我冉氏世代忠良，岂能助纣为虐，随他造反。"维桂道："来人现在何处？"登龙道："我已经让他们回播州了。"

应龙道："此前总督邢阶已经向朝廷举报我酉司与播州是姻亲，如今播州派人来招降，你就这样让使者回去了？这下真是黄泥巴糊裤裆，不是屎也是屎了！应当杀了来人，这样朝廷追查的时候，咱们才能洗脱干系。"

登龙大怒道："我娘和弟弟还在播州，你让我杀了使者，是要害死我娘和弟弟吗？"跃龙忙隔开两人，说道："四弟息怒，老七你也别再拱火了。这事既然发生了，咱们就想想看怎么解决吧，再追究也无济于事。"

秀夫说道："杀人不可取。不过放他们回去之前，应当打一顿板子，既向播州表明了态度，也向朝廷洗脱了嫌疑。"登龙苦笑道："舅舅说得有理，当时我没想到这么多。"御龙也说道："以后这种事情，先找大家商量商量，就知道怎么办了。"应龙却说道："没想这么多？这种大事你不跟大哥报告？怕你是想着做播州的大将军吧？"

登龙大怒，站起来大吼道："老七！你存心要把这屎盆子扣在我头上是吧？"应龙毫不示弱，说道："播州兵强马壮，一路打过来，就到了本司西部。你手握重兵守在东部重镇，东西夹击，我们不都成了瓮中之鳖？"维桂和宗清等人心知应龙虽然夸大其词，却有一定道理，万一登龙响应播州叛乱，后果不堪设想，于是都不说话。

登龙见应龙一味诋毁自己，却无一人帮自己说话，越说越气，愤然说道："我兄弟几人镇守龙潭，素来恪尽职守。如今就因为播州造反，便无一人肯信我。我不干了还不行吗！"说完用力扯下腰牌，扔在地上，转身拂袖而去。跃龙追上去拉，登龙力气极大，哪里拉得回来。

御龙叹息道："七弟你何苦如此苦苦相逼，四弟他不是这种人。"应龙道："大哥你太仁慈了！他们如果联手东西夹击，咱们能承受这种风险吗？"维桂说道："让登龙回去冷静一下也好。播州兵强马壮，四处出击，咱们还得提前准备才好。"

众人商议一番，鉴于龚滩离播州最近，由跃龙抽调中军营五百名士兵进驻清泉，与虬龙互为掎角之势，以防边境有乱。各营头领注意联络士兵，以便随时征兵。御龙则派人前往播州及大渝卫打探消息，等候朝廷指示再做行动。

虬龙从司城回到龚滩，抓紧训练士兵，做好布防。过了两日，龙泉坪冉克明家中仆人吴伯前来送信。虬龙看后大惊，不敢擅自做主，火速派人护送吴伯到司城报告。

御龙读了来信，忙召登龙兄弟议事。这几日登龙赌气未到龙潭军营，只在司城自己府第内生闷气，听闻有播州消息，忙赶往衙署。伏龙也从官坝赶了回来。进了衙署，见御龙及维桂、缪天目已在，旁边站着一名老人。御龙见登龙二人进来，便吩咐道："吴伯，辛苦把你知道的事情，都跟大家好好说说吧！"

吴伯把包袱递上，禀报道："禀将军和各位大人，前日现龙公子从播州逃出来，到龙泉坪投奔我家百户大人。小公子亲口说，播州杨应龙谋反，日夜逼迫三太夫人写信劝降登龙大人。三太夫人偷偷请仆人护送现龙公子出逃，自己却上吊自尽了。听说上吊前，还留了一封信劝杨应龙不要造反。这是三太夫人让小公子带出来的经书。"

登龙大哭道："娘为什么这么傻，不写信就不写吧，为什么要自尽呢？"伏龙看了那经书和信封，对维桂哭诉道："这不是四叔送给我娘的信封吗？说是遇到困难的时候拆开看。为什么她看了就自尽了？"维桂叹息道："想不到三嫂这么刚烈！我给她看《鹿母经》，是想告诉她先安排现龙偷偷逃出来。杨应龙毕竟是她亲哥哥，断然不会下手杀她的。想不到事情变成这样啊！"

御龙也说道："是啊，既然现龙已经逃出来了，三太夫人为什么还要自尽啊？"缪天目见登龙兄弟二人又伤心又迷惑，便说道："四公子，夫人这么做，不是为了现龙公子，而是为了你和伏龙公子啊！"

登龙怒道："你是什么意思？"天目缓缓说道："夫人这是为几位公子留条后路啊！将来一旦朝廷剿灭播州，必然追究所有亲戚朋党责任。如今三太夫人以死明志，朝廷将来自然不能再追究你们了！"登龙、伏龙听了伤心欲绝，二人大哭一场，几乎昏厥于地。

天目及维桂忙扶了二人坐下，温言劝慰一番。御龙问道："吴伯，小公子病情怎么样?"吴伯答道:"小公子伤心过度,卧床不起,恐怕要将养个把月才行。目前杨应龙严密封锁消息,播州内外都还不知道三太夫人的事。我家大人说,请将军要早做准备。"御龙于是吩咐亲兵领了吴伯下去休息,并赏了些银两。

维桂说道:"此去播州七百余里,又是酷暑,三嫂怕是只能安葬在播州了。登龙你俩暂时还不能去播州,否则又是羊入虎口。征讨播州之事,还得等朝廷旨意。"天目也说道:"咱们和播州之间,还隔了其他宣抚司和卫所,没有朝廷旨意,确实难以直接兴兵征讨。请四公子忍耐一段时间吧。"

御龙过来扶了登龙,叹息道:"四弟请务必节哀,我们定会向播州讨个公道。另外,老十一还在龙泉坪,就请四弟派个得力的仆人,随吴伯前去探望,待他好点了再接回来吧。"登龙悲痛欲绝,已不想说话,只是点了点头。

御龙掏出此前登龙扔掉的腰牌,递给登龙:"右营还是请四弟带着吧,我已经说过七弟了,四弟不要和他一般见识。"登龙一把推开腰牌,怒道:"前日没一个人信任我。此番我娘死了,再说信任我们有什么用!右营还是大哥自己管带吧,播州哪一天没了,就没人怀疑我们了!"

维桂劝道:"老将军去世之前,最担心的就是你们兄弟不和。大家不要闹脾气,都互相担待着点儿。四叔知道,登龙伏龙你们心里有气。事情既然已经发生了,只能朝前看了。先回去休息几天,平息一下心情再作打算吧!"登龙二人听罢,只得起身回家,烧了纸钱,遥遥祭拜母亲。

御龙与维桂商议后,请缪天目撰写公文,弹劾播州杨应龙谋反。一面派人赶赴播州,指责杨应龙逼死三太夫人,索要遗体归葬。然而路途遥远,三太夫人已在播州下葬,终究未能迁回西司。

现龙在龙泉坪养病数日,听到吴伯及登龙府上仆人回报,知道家里兄弟猜忌,胞兄登龙已经辞去右营之职,心内五味杂陈。见冉克明夫妇对自己视如己出,又无子嗣,便生出不再回西司的念头来。一时想念母亲,一时又惦记怜儿,心里只盼自己赶紧长大。

且说杨应龙大肆劫掠周边各司及卫所,贵州巡抚因所辖人众及兵马颇不及杨应龙,又有前任王继光惨败覆辙在前,便不敢擅自兴兵,只是奏报朝廷。四川巡抚向来主抚,又收了杨应龙银两,便置之不理。

到了年底,朝廷在朝鲜与倭人谈判失败,倭寇出动十四万兵力,水陆并进入侵朝鲜。朝廷急于征倭，便命四川巡抚对杨应龙进行招抚，又从西南大肆征调兵马赶赴朝鲜。杨应龙因此更加肆无忌惮，不断出兵攻打周边，势力急速扩大。西南局势日益恶化，各土司只得扼守关隘，自保为上。

转眼便过了两年，万历二十六年正月，援朝军队在蔚山大败。到了六月，经略杨镐罢职听勘，一时朝野震动。刘綖奉命率川军赴朝，西南守备更加空虚。

这日冉应龙与彭廷虎在家中宴饮，酒至半酣，廷虎说道："恭喜表兄，近来院内喜鹊纷飞，看来表兄好事将至啊！"应龙笑道："这才两杯下去，表弟就醉啦？喜从何来啊？"廷虎说道："当下朝廷用兵辽东，西南又有杨应龙为乱，朝廷顾不上管西司，正是表兄做大事的时候啊！"

应龙叹息道："你说得轻巧，就凭我一个前营副将，做什么大事？"廷虎道："如今跃龙领了中军在清泉驻扎，司城守备空虚，只有百名巡防士兵。表兄虽只是副将，总可以带些士兵。待我再从永顺借兵进来，里应外合，就可以一举拿下司城了。"应龙叹息道："终究是兄弟相残，我还是下不了决心。过两日再商议吧。"

廷虎劝道："表兄，要想重振西司，就不能妇人之仁。机不可失，失不再来，切莫优柔寡断。"应龙只推脱道："且容我再考虑几天吧！"

从应龙家中出来，廷虎偷偷找了丫头通报，请御龙二房夫人彭廷芳到万寿宫商议。廷芳问道："这么晚了，三弟找我什么事啊？"廷虎说道："好事啊，二姐。如今司城守备空虚，正是咱们干大事的时候啊！"廷芳笑道："你整天大事大事，就算应龙当了宣抚使，于你有什么好处？我看你这真是，皇帝不急太监急。"

廷虎说道："咱们虽是永顺子弟，但宣慰使一职肯定是大哥继任了，其他好点的职位恐怕也没我什么事。咱们要帮应龙当了宣抚使，又有永顺大军在，要他封我个金事不为过吧？"廷芳笑道："果然是无利不起早，你这如意算盘打得倒是挺好。那你找我干什么，这对我有什么好处？"

廷虎笑道："姐姐如花似玉，偏这御龙瞎了眼不识货。应龙要是当了宣抚使，让他娶了你不就行了吗？"廷芳讥笑道："你倒是替他全都做了主。"廷虎满不在乎地说："没有咱们支持，他能坐得稳？他敢不听话吗？"

廷芳想了想，说道："你说得倒是有一定道理。不管怎么样，总比现在这条笨龙不理我强。"廷虎见廷芳同意，高兴地说道："姐姐想通了就行。明日姐姐便跟御龙说，要回永顺去看望父亲，顺便过中秋，他肯定能同意。

姐姐回去后，便劝父亲派兵到边境驻扎。咱们约好中秋举事，里应外合，定能成功。"二人商议一番，各自回去。第二日，廷芳果然禀过御龙，带了丫鬟回永顺探亲。

应龙在前营挂了个副将，却不愿随军驻扎大溪口，只是每月到杨秀夫帐前点个卯。所部四五百人，大多在官田内耕作，只是农闲操练一番。应龙也不大管事，每月到了营内，只是与几名旗头饮酒。

应龙向来不爱聚财，时常帮衬几人一些银两布匹。几人见应龙并不约束众人，又出手大方，便刻意与他亲近。平日在司城时，彭廷虎日日在旁边聒噪鼓动，母亲彭夫人却时常告诫规劝。应龙心下烦躁，便抛开琐事，时常到栖鹤庵闲坐，与桃源真人冉清风炼丹论道。

应龙与清风学了几个月，炼丹功夫竟大有长进。到了中秋日，应龙炼了些上品丹药，心下十分欢喜。见当日天气晴好，便邀请御龙、跃龙兄弟等人到丰泽楼品酒赏月，顺便赠送丹药。

到了晚上，御龙、跃龙、应龙及缪天目四人齐聚丰泽楼。此楼乃一座二层吊脚楼，楼下酉司河缓缓流过。明月初上，清风徐来，四人品酒吟唱，好不惬意。酒过三巡，御龙笑道："听说七弟近日炼丹修道，颇有进益，让人羡慕啊！"应龙笑道："不敢不敢，道学绵长，弟弟也只是略窥一二。"说罢，拿了丹药分与三人。

应龙素来喜穿白衣，此时月光从窗外照进来，正洒在他身上，愈发显得风采照人。跃龙见了，不由感慨道："七弟自从跟了桃源真人修道后，举止更加恬淡从容，竟是有些仙风道骨了！"应龙笑道："三哥谬赞了。不过跟着桃源真人修炼，确实修身养性。"缪天目笑道："既然如此，便请应龙真人点化点化我们。"御龙也笑道："缪兄提议甚好，七弟就来一段吧！"

应龙不好推辞，便站起来，吟诵道："返照人间，忙忙劫劫。昼夜苦辛无歇。大都能几许，这百年有如春雪。可惜天真逐爱欲，似傀儡、被他牵拽。暗悲嗟、苦海浮生，改头换壳，看何时彻。听说古往今来，名利客，空有兔踪狐穴。六朝并五霸，输他水云英杰。一味真纯为伴侣，养浩然、岁寒清节。这些儿、冷淡生涯，与谁共赏，有松窗月。"众人齐声叫好，连那廊上递送茶水的小丫头也听得痴痴如醉。

四人重又饮酒，吃了几只螃蟹。缪天目饮了几杯，感到肚胀，便外出如厕。

维屏在时，应龙向来喜欢与御龙争长论短，近几个月修道以来竟变得冲淡平和，御龙十分高兴，便多饮了几杯。

正畅饮间，彭廷虎推门进来，叫道："好啊几位表哥，饮酒赋诗这样的好事，居然不叫我！"应龙诧异道："昨日你不是去龙潭了吗？还以为你今日不回来了。不要挑我们的理了，快坐下，此时饮酒正好。"

廷虎于是挨着应龙坐下，吃了一只螃蟹，举杯起身说道："良辰美景，我敬三位表兄三杯酒！"御龙笑道："敬三杯酒，你可有说辞？"廷虎笑道："这第一杯酒，祝太夫人和我姑姑福如东海，寿比南山！"跃龙笑道："这酒确实该喝。"四人于是干了第一杯。廷虎倒满酒，说道："这第二杯，祝大表哥三表哥早生贵子，祝七表哥早日迎娶佳人！"四人再干一杯。

廷虎又倒了一杯，大声说道："这第三杯酒，要请大表哥三表哥安心上路！"应龙诧异道："廷虎，你喝多了吧！"跃龙大怒，摔了杯子："彭廷虎，两杯酒就胡言乱语了？！"

话音刚落，十余人冲了进来，前面几人手持弓弩对着御龙兄弟，后面几人手持弯刀。跃龙等人大惊，但手边也没有兵器，仓促之间如何御敌，不由得心里暗暗叫苦。

第二十三回
云遮月祸起萧墙　计中计世仇未了

　　御龙见众人手持兵器闯进来，怒喝道："彭廷虎，你要做什么？"应龙也说道："表弟不可胡来！如今天下太平，咱们兄弟怎能自相残杀？"

　　廷虎对应龙说道："表哥啊表哥，你文才武略，哪点比这御龙差了？有你坐镇，西司才能振兴。你和姑姑太过仁慈，这恶人便由我来当吧！你前营的二百人我已领到城外，永顺大军也已抵达大溪口外，一切准备妥当。今日杀了御龙和跃龙，我们便扶你登上宣抚使之位！"

　　跃龙大笑道："就凭你这几个人，便想杀了我们？"廷虎笑道："知道三表哥身手好，不过你能快得过这强弩吗？"御龙认得这伙人领头的乃是酒楼老板，便喝问道："戴复金，本将军一向待你不薄，你为何要助纣为虐？"

　　廷虎站了起来，走到戴复金身边说道："人为财死，鸟为食亡。我给了他大把银两，他自然就听我的了。戴老板，杀了他们，荣华富贵还在后面！"

　　戴复金笑道："这个自然，谁能跟钱有仇呢？"说罢，一脚踹倒彭廷虎，大喝道："你也滚过去，一起受死吧！"廷虎措不及防，额头在桌角磕得鲜血直流，大喊道："戴复金，钱也给你了，不够还可以加！你怎能言而无信？"

　　此时月亮钻进云层，外面一片漆黑，只有桌上烛光照在戴复金长满络腮胡的脸上，愈发显得面目狰狞。戴复金大笑道："瞎了你们的狗眼！爷爷行不更名坐不改姓，金洞州何氏后人何猛是也！我在此经营十几年，日思夜想便是杀了你们替我祖先报仇。想不到你们不成器，竟然自相残杀，这是天亡你们，不能怨我！哈哈哈哈！"

跃龙说道："何猛兄，你我祖上争斗，已是几百年前的旧事。如今天下太平，如果再起纷争，只会让百姓遭殃。再说了，司城内还有百名精兵，凭你这几个人也成不了事啊！"御龙也劝道："只要何猛兄肯放下屠刀，我可以将细沙河一带山林土地划给你，封你为百户。这一带本是你何氏旧地，又紧邻黔江千户所，我自然不能兴兵征讨你。"

何猛笑道："我便要了细沙河，迟早也被你吞并。我只要你等性命，为我祖宗报仇雪恨，荣华富贵于我何益！你们几个站一起去，爷爷我心情好，便给你们留个全尸！"御龙等四人只得退到桌后，背对着窗口站立。

正说话间，楼下一阵跑步声越来越近，听声音便知是司城巡防精兵。原来缪天目外出如厕时，见厨房有人正在准备弩箭，心知有变，却不敢打草惊蛇。便偷偷溜出门，到营盘找伍良臣前来救援。

跃龙听到援兵到来，与御龙对视一眼，起身掀了桌子。原本房间内只有桌上一对蜡烛，外面月光又被乌云挡住，此时蜡烛掉到地上熄灭，四下便一片漆黑。

跃龙兄弟二人竖起桌子，蹲下躲在桌面后，应龙与廷虎也躲了进来。戴复金等人一时伸手不见五指，便按了弩箭对准窗口乱射，却全钉在桌上。戴复金大喝道："蠢材，赶紧掌灯！"

跃龙等人听得弩箭几声响，便将桌子扔向戴复金等人，翻了窗户便跳下去。幸好楼下便是河水，四人跳进去便往岸边游去。伍良臣听得有人跳河，便命士兵冲上楼去，自己领了几人来河边拉人。

御龙与跃龙爬上岸，与天目等人会合，却不见应龙与廷虎，想是趁乱逃走了。只听楼上喊杀声一片，片刻之后火光烛天，原来戴复金见复仇无望，便下令纵火。火势太大无法抢救，御龙忙传令众人退下来，不到两刻钟一座酒楼便烧得只剩断壁残垣。

御龙叹息道："知人知面不知心啊，想不到这彭廷虎竟然如此蛇蝎心肠！"跃龙也说道："咱们须得赶紧召集士兵守城，并通知舅舅在大溪口抓紧布防。这彭廷虎有备而来，咱们不可轻敌。"缪天目也感叹道："想不到几百年了，这何氏土司竟然还不死心！"

正感慨间，只见旁边传来一阵哭声，原来是这丰泽楼平日端茶的小丫头，正对着余烬哭泣。一名士兵喝问道："这丰泽楼里一干人都是反贼，你哭什么！"那丫头哭诉道："我只是个端茶递水的小丫头，上月才来这里，哪里知道他们要造反！"御龙素来仁慈，便说道："休得无礼！让她说罢！"

那丫头跪下哭诉道："禀将军，奴婢名叫月桂，本来是彭水人氏，只因年初大水，家里老母亲饿死了，我就逃荒到了这里。酒楼里烧饭的大爷看我可怜，便收留我在这里端茶洗碗。如今这酒楼没了，我又要到哪里讨生活！"说罢又哭了起来，此时火光映在月桂脸上，这丫头本来长得标致，此时梨花带雨，愈发显得楚楚可怜。

御龙叹息道："罢了，你也别在到处逃难了。我夫人那里正缺个丫头，你在酒楼里想必也练得手脚勤快了，便去伺候夫人吧。"跃龙大惊，把御龙拉到一边低声说道："大哥，画虎画皮难画骨，知人知面不知心。你是一司之主，身边人必须知根知底，还是谨慎些才好。"天目也觉不妥，一起来劝御龙。

那月桂虽听不见跃龙说什么，但料想是在劝御龙不用自己，便大声哭起来："娘啊，你为什么抛下我一个人就走了啊！我一个人孤苦伶仃，如今不知道又要去哪里逃难啊！"御龙听了不忍，便说道："罢了，你一个小丫头，能有什么危险，你便随我去吧。"

跃龙无法，只得召集众人紧闭城门，一面派人搜捕应龙等人，一面派人赶赴清泉，命本部中军营两千人火速赶往司城。御龙命亲兵拿了令牌，立即赶往大溪口，请秀夫抓紧召集兵马御敌，又命龙潭、官坝各营拔营向西东进发。

这边应龙与廷虎趁着夜色翻墙逃出司城，与本部士兵在城南会合。二人查看一番，应龙并未受伤，只有廷虎肩膀被弩箭擦过，掉了一块皮，所幸并无大碍。本部士兵，连同几名百户、旗头，到了二百人。

廷虎劝道："表哥，开弓没有回头箭。如今司城只有一百名巡防士兵，逺龙、虬龙士兵离司城还有一百余里路程，登龙又闲居在家，龙潭兵马暂不会出动，正是天赐良机。我已和廷芳姐约好，今夜她必领两千精兵从西东杀进来，杨秀夫仓促之间，来不及召集兵马，定然抵挡不住。只要我们控制住司城，里应外合，大事一举可定！"

应龙听了，点点头拍了拍廷虎肩膀，从身旁士兵手中夺过长剑，朗声说道：

"诸位兄弟，王侯将相宁有种乎？只要大家助我拿下宣抚使之位，荣华富贵就在眼前！"几名百户和旗头一起跪下，齐声道："愿听公子差遣！"众士兵见了，也一起跪倒："愿听公子差遣！"应龙振臂说道："向城门进发！"

众人趁着夜色，悄无声息来到城南大门外。应龙命众人躲在一旁，先将飞虎爪扔上墙头，与几名矫健的士兵越墙而入。几人冲到城门边，两名守门士兵见是应龙，虽已接到搜捕命令，但平时一向熟识，仓促之间哪敢出手攻击。

应龙更不搭话，领了人上前将刀架在二人脖子上，快速打开城门。不远处巡逻士兵见城门打开，忙领了人冲过来。此时应龙二百人队伍已经冲入城内，应龙大喊道："都是自己人，不要滥杀无辜！快快放下刀剑，不要做无谓牺牲！"

此时御龙与跃龙正领了士兵巡逻，听到喧哗声忙冲了过来，正碰上应龙的队伍。双方剑拔弩张，相互对峙。跃龙大喝道："列位兄弟，不要被奸人所惑！中军营队伍正在赶来的路上，你们放下武器退出城去，我保证绝不追究！"廷虎喊道："各位兄弟不要听他胡说，清泉到此一百余里，他们明日才能赶到。我永顺大军白天便已从边境开拔，正向司城赶来，断然比他们先到！此刻咱们人多势众，只要拿下司城，富贵就在眼前！"

应龙大声说道："四百年前，何氏土司以自己鲜血立下毒咒：八月严寒冬无雪，司主无能冉氏灭。前些年铜鼓现世，大家也是看到了的！大哥你出生时正是八月严寒，随后冬月无雪，这些在桃源真人的天象记录都有据可查！此乃天意，大哥你就让位于我吧！"跃龙说道："宣抚使之位，自有父亲遗言，更有朝廷公文印信，岂能容你颠三倒四、胡作非为！"

双方剑拔弩张，但都知道一旦谁放了第一箭，恐怕一刻钟之内，几位兄弟就要殒命当场，因此倒各自后退了一步。双方士兵俱是土民子弟，彼此大多认识，也不愿放冷箭。御龙喊道："七弟，你我母亲俱在内苑，一旦厮杀起来，你怎么忍心连累她们？"

应龙说道："我也不忍伤及无辜，我的人远多于你，只要你们投降，我绝不杀一个人！"跃龙大声笑道："老七你怕是还没醒酒吧？这是我中军营最精锐的士兵，真要厮杀起来，你就算多一百人，怕是也讨不了便宜！"

应龙见伍良臣等人雄壮威猛，恶狠狠地盯着自己。本部士兵向来缺乏训练，原本指望突袭获胜，正面厮杀肯定两败俱伤。要是登龙或虬龙赶来，怕是要渔翁得利。便说道："不要无谓厮杀，咱们先控制住南门。他们就这点人，犹如瓮中之鳖，只要我大军到来，便一举拿下！"于是应龙便领了本部士兵，在南门口驻扎，守住城门，坐等永顺大军来援。

跃龙对御龙说道："大哥，为今之计，咱们只有守住将军府和北门。只要我中军营赶来，谅他们翻不了天。"御龙叹息道："如今别无良策，只看谁的援兵能先到了！"

话音未落，维桂领了几名家丁赶来，对御龙说道："想不到老七胆大包天，竟敢勾结外人叛乱。四叔今日就算拼了老命，也要溅他一身血！"御龙大为感动，说道："四叔有这份心，侄儿就算丢了宣抚使之位，也无憾了！"

缪天目劝道："离司城最近的是右营，将军应立即派人赶赴龙潭，请登龙公子率军来救。所谓擒贼先擒王，只要拿下应龙，内外马上安定。"御龙叹息道："我何尝不知如此。只是我兄弟争斗，毕竟谁赢了江山都还在自家人手里。要是让永顺趁乱侵夺我酉东土地，怕是永远也抢不回来了。我已经派人拿了我的兵符，命右营火速往酉东支援前营。"

跃龙叹息道："既然如此，兄弟们便拼了性命，斗他个鱼死网破！"二人正要领兵赶回将军府，却听得城外一阵马蹄声越来越近。御龙与应龙听了，均是心内狂跳不已，不知来人是敌是友。

来人飞马赶到门口，开始叫门。应龙在墙头喊道："我是七公子应龙，来者何人？"那人不知城内叛乱，大声禀报："禀七公子，小的是前营哨兵。杨守备命小的前来送信，永顺大军压境，请司城加派援军！"应龙听了，心内狂喜，却见御龙等人也在前方侧耳倾听，便大声问道："战况如何，大声说说！"

那士兵禀报道："禀七公子，杨守备事先已侦查到永顺大军动向，提前召集了一千名士兵守住关隘。永顺虽然人多，但是一时之间也攻不过来，请七公子禀报将军，抓紧派军支援！"

原来杨秀夫日前见应龙所部士兵失踪，心知有变，立即召集重兵驻守关隘，并派人飞马来报。应龙不由心下黯然，知道如此耽搁，怕是跃龙的中军营要先赶到司城了。

正说话间，又一阵马蹄声来到城门外。来人尚未下马，廷虎向下喊道："来者何人，赶紧通报！"来人禀报道："禀报大人，右营士兵已经从龙潭镇开拔，火速赶往酉东驰援。小的特地前来复命！"应龙听了，心知永顺援军无望，一屁股坐在地上。廷虎恶向胆边生，拔剑说道："表哥，富贵险中求。如今援军不来，咱们只有拼死杀了御龙，事情才能有转机。"

应龙正要说话，只听见前面传来一阵咳嗽声，自己母亲彭太夫人及杨太夫人拄着拐杖走了过来，身后跟着玉梅三姐妹。原来两位太夫人在内苑听到城内喧哗，急传人问话，方得知御龙应龙兄弟相残，忙赶了过来。杨太夫人说道："一帮不成器的东西，你们的父亲尸骨未寒，便急吼吼地打起来了。好在还没死人，就赶紧罢手吧！有我老太太在，担保你们谁都没事！"

彭太夫人喊道："老七你个逆子！我平日怎么教导你的？你爹爹向来以忠孝立身，自小便手把手教你读书写字。你这么做，对得起你爹吗，对得起列祖列宗吗？"说罢，又开始剧烈咳嗽，原来彭夫人近日受了风寒，已病了多日。廷虎大喊道："姑姑，刀剑无眼，你赶紧走远点。事已至此，我们只有拼死一战了！"

玉梅三姐妹站在前面，隔开御龙和应龙。玉竹冲着应龙喊道："哥，求你了，别打了！都是一家人，为什么要自相残杀啊！"应龙大怒，喝道："你是我胞妹，怎么跑来帮助外人？赶紧闪开！"

玉竹毫不退让，大喊道："好！既然你一心想要兄弟相残，就先杀了我吧！"这时玉竹已长到十三岁，微风吹来，秀发和白衣一起飘动，更显英姿飒爽。

玉竹往前走了一步，彭廷虎正举着长剑，这一步踏过去，剑尖正好抵到她胸口。玉竹毫不退让，接着往前走。剑尖划破皮肤，渗出鲜血来，将白衣染红。彭廷虎头皮发麻，只得往后退了一步。

彭太夫人把拐杖在地上跺得咚咚直响，怒喝道："孽障！我素日教你背诵的诗，都背到驴身上去了吗？今日我再念给你听听：种瓜黄台下，瓜熟子离离。一摘使瓜好，再摘使瓜稀。三摘犹自可，摘绝抱蔓归。"说罢，急怒攻心，竟一头栽倒在地。

第二十四回

游乌江故人到访　联佳句情愫暗生

应龙见母亲倒地，忙扔了刀剑跑下城楼，过来查看情况。其他人只得纷纷扔下刀剑，等候御龙发落。彭廷虎见大事不妙，直接跳下城楼，夺了马匹落荒而逃。应龙和玉竹忙扶了母亲回内苑，传李半仙前来救治。

御龙见一场大祸消弭于无形，内心松了一口气，便与众人商议如何处置应龙。跃龙愤然道："老七勾结外人造反，几乎让他得逞。此次绝不能轻饶，否则后患无穷！"御龙叹息道："所幸老七及时收手，如果真正厮杀起来，后果怕是不堪设想。既然大家都没事，便饶了他，只是削去他的职务吧！"缪天目说道："上无威，下生乱。威成于礼，恃以刑，失之纵。将军断不可行妇人之仁啊！"

维桂也说道："如果留他在司城，迟早也是祸患。不如让他回万县看守祖坟吧！"御龙叹息道："此次平息内乱，多亏有四娘挺身而出。如今四娘身死未卜，怎能让应龙远走他乡。还是让他先照顾四娘，等四娘病好了，罚他到栖鹤庵修道炼丹吧！"

众人见御龙态度坚决，倒也不好再多说什么。于是再商议调兵布防，支援西东等事宜。御龙便传令下去，收押应龙部下几名旗头，其他人概不追究，只是重新领取腰牌，编入其他各营。命中军营进驻威勇关，扼守司城与龙潭之间通道，等酉东消息再做安排。

次日傍晚，杨秀夫派人来报，称贼已退去。原来永顺军队本打算中秋日突袭前营，却被张柱石领兵迎头痛击，一时之间不能前进。到了第二日，见酉司大军云集，知道偷袭不成。又怕朝廷责罚擅自兴兵，只得引军撤退。御龙便命各营各回驻地，勤练兵马以备征召。

第二日晌午，御龙与跃龙安排好各营布防事务，便赴太夫人处请安。此时太夫人刚探望彭夫人回屋，母子三人经此一乱，恍如隔世，自是一番感慨。太夫人听了御龙禀报，心下不由有些担心，于是再三嘱咐加强司城守备和内外治理，切不可重蹈覆辙。御龙听了母亲教导，此后更加勤勉政事，跃龙及维桂等人也竭力辅佐。

是年灾害频发，内外纷扰。年初，四川、辽阳、广宁、京师、宣府、蓟镇等处相继地震，杨镐兵败朝鲜。四月，土蛮犯辽东，总兵官李如松轻骑出塞，遇伏力战身死。六月，紫禁城三大殿被雷击焚毁。此后泰宁部长炒花勾结土默特部侵犯辽东，入沈阳，大杀掠八日始去。而朝廷及各地官员多有空缺，各路税使、矿使横征暴敛，大扰商民。

而皇帝依旧深居内苑，不理朝政，有识之士无不忧心忡忡。南京刑部右侍郎谢杰上疏直谏，言皇上"十不如初"。翰林院庶吉士刘纲上疏，冒死进谏："皇长子冠婚册立，久不举行，是积典；大小臣僚，奏请公事，多半不理，是积牍；地方司府，有官无人，是积缺；被斥诸臣，概不起用，是积才；外有倭患，内有'盗贼'，是积寇；守边治河诸臣，虚词罔上，恬不为怪，是积玩。诸种所积，陛下不能明断，内阁首辅赵志皋不敢执争，势必引起天怒民怨！"皇帝皆不理，自此政事日坏。

且说自应龙事件后，跃龙深感司城守备职责重要，便欲将司城巡防事宜交回御龙亲自管理，以便统揽做好将军府及司城巡防。这日在营盘内议事完毕，信步走到衙署外。却见一名书生站在衙署门口，正在品读楹联。跃龙认得是大渝府的同学蹇明宇，不由大喜过望，笑道："这不是去年新中的举人老爷吗，什么风把你吹到我们这穷乡僻壤来了？"

明宇听到跃龙说话，转过头来笑道："跃龙兄又拿我打岔。小弟赴京参加会试回来，乘船过涪陵时，想起许久未见兄台，便换了船来找你讨杯茶喝了。"跃龙埋怨道："你从龚滩上岸的时候，就应该让他们通报一声，虬龙他们自然会派车马送你，你也太见外了！"明宇笑道："还是我自己一人一马自在些，可以趁机饱览大好河山。"

跃龙拉着明宇的手说道："既然来了，怎么也得住上些日子才能回大渝，正好看看我酉司风光。"于是领了明宇先去拜见太夫人及御龙，两家原本是世交，太夫人见了明宇品貌俱佳，也是十分喜欢。

回到跃龙住处，二人彼此说了说近况。跃龙说起应龙造反之事，说到彭太夫人和玉竹挺身而出，才避免一场兵祸，寨明宇拍案说道："酉司向来多有慷慨悲歌之士，想不到还有这等奇女子！改天一定要让我见见这位玉竹妹妹！"

跃龙感慨道："出了这事后，我原本几次去安慰玉竹，可她小小年纪，竟能做到不怨天不尤人，还是对生活充满希望，实在是难能可贵！"二人感慨一番，一直聊到深夜，而后抵足而眠。

正好近来无事，秋意渐浓，次日上午，跃龙便带着寨明宇准备出城游玩。白再香、再英二人已经长到十二三岁，平日与三叔白邦铭夫妇同住，读书习武都十分用功，难得出去玩一次，便缠着跃龙要一起去玩，跃龙只得答应。

四人正要出城，撞见玉竹骑马回来。玉竹与再香同岁，自从前些日子母亲去世、应龙避居栖鹤庵后，只剩自己住在内苑。身边丫鬟都劝她离哥哥应龙远一点，她却说道："就算我不理他，他也还是我胞兄。他要胆敢再谋反，我依然还会冲上去阻止他。他只要老老实实修道，我就还当他是哥哥。"别人都同情她的境遇，只有跃龙认为她"千磨万击还坚劲，任尔东西南北风"，愈发敬她疼她。

玉竹见跃龙等人要出去游玩，便说道："三哥好偏心，出去玩也不带我！"跃龙笑道："这不临时想起来出去玩吗，所以就没叫你们。倒是玉竹你，一大早干什么去啦？"玉竹叹息道："还能干嘛啊！给我那不成器的哥哥送吃的去了！"

寨明宇听了，拱手说道："原来这位就是玉竹妹妹啊！果然巾帼不让须眉！"玉竹对面马上坐着一位俊朗青年，但素未谋面，听他夸赞自己，倒有些不好意思。

跃龙笑道："这位是我的府学同学，新中的举人老爷寨明宇。论起来，你该叫四哥才是。"玉竹听了，忙说道："原来是寨大哥呀！听我三哥夸你好多回了，说他和你感情要好，在府学无话不说，简直比和他妹妹我还要好。又夸你才华横溢，我们都以为是个老夫子呢！"

　　蹇明宇说道："不敢当不敢当！既然妹妹想出去玩，那就一起去吧，多一个人也热闹些。"白再香和玉竹同岁，平时就相处融洽，也说道："好啊好啊！玉竹妹妹和咱们一起去，太好啦！"跃龙听了笑道："咱们走吧，玉竹！"五个人于是打马出城，一同出去秋游。

　　几日下来，桃花源探幽，乌江画廊泛舟，龚滩龙潭古镇揽胜，铁围城射猎，栖鹤庵炼丹，五个人玩得不亦乐乎。同行路上，跃龙与明宇二人或谈古论今，或吟诗作赋，听得三位姐妹痴痴如醉。

　　这天晚上，五人泊舟乌江。左岸龚滩古镇依山而建，吊脚楼鳞次栉比，此时华灯初上，有如仙界天街。右岸绝壁千仞，直插云霄。大家吃了些本地豆腐干、酥食，饮了些米酒。此时明月照人，再香说道："美酒美景，两位才子哥哥要做首诗才行。"

　　蹇明宇笑道："妹子快饶了我吧，这两年考试考得我都要吐了，动不动就要作诗。"跃龙笑道："这写明月的诗，都让李太白做尽了，就别难为哥哥们了。三位妹妹还上学呢，你们背两首关于明月的诗来听听正好。"

　　玉竹不服气，说道："三哥就是想偷懒。就算李太白是诗仙，写明月的诗哪里就让他写尽了。《静夜思》我也会背，这首诗有那么好吗？"跃龙笑道："太白此诗流传千古，此后不管男女老少，只要见到明月便会想到家乡，漂泊之人便会有思乡之情。寥寥数句，已经融入一代又一代人的血脉，还能说不好？"再香听了，想起久未回后溪，而父母已魂归仙界，不觉怅然若失。明宇沉吟道："那是自然，杜老夫子有诗为证：白也诗无敌。"

　　白再英笑道："那得谢谢杜老夫子了，夸我们姓白的写得好。"再香笑道："妹妹好不害臊，你会做几句啊，还夸你写得好。不过我有个主意，两位哥哥也不用自己作诗了，就接着这句，用古人写过的诗来联诗。"明宇笑道："你个小丫头鬼主意多，这个比作诗还难！"玉竹拍手道："这个主意好，开始吧。白也诗无敌。"跃龙笑道："那我先来一句吧：再听乡心起。出自白居易的《早蝉》。"

　　明宇笑道："那我赶紧捡个便宜，这句不用押韵。香桂月中攀，出自冷朝阳的《送唐六赴举》。"跃龙想了想，说道："美人湿罗衣。语出孟郊《清东曲》。"再英说道："白也诗无敌，再听乡心起。香桂月中攀，美人湿罗衣。白再香美，好啊你们，还用藏头诗夸我姐姐。那你们也得夸夸我才行。"

明宇笑道："又要古人的诗，又要押韵，还得夸你，难为死我们算了。"

再香说道："刚才明宇哥哥的那句可不需要押韵，已经占了便宜，这回你得说两句。开始吧，白也诗无敌。"明宇想了想，说道："再说可双璧。语出陈造《再次赠张学录韵十诗》。"再英说道："这韵是对了，可听不懂意思。"明宇说道："我巴蜀人杰地灵，苏东坡才华横溢，《水调歌头·明月几时有》一出，号称余词尽废，自然可与李太白并称双璧。"

跃龙道："那我接兄台的意境吧：英雄不世出。语出顾禧《不寐》。最难的一句，还是明宇兄来吧。"明宇笑道："这句太难了，只想起新罗僧人金地藏的一句来：懒于金地聚。"再英便要上来打明宇："好啊你，夸我姐姐美，却说我懒，好偏心。"明宇赶紧求饶道："我又想起一句来了：俊爽凌颢气。出自苏轼《巫山》。"再香拉着妹妹的手笑道："夸你俊呢，以后可少跟男孩子打架吧。"

玉竹娇嗔道："好啊！原来两位哥哥都嫌弃我！"跃龙笑道："这倒怪罪上我们了！三哥就不夸你了，这位举人老爷昨天就在夸你是个奇女子。现在就给他个机会，当面好好夸夸你吧！"玉竹听了，依在白再香肩上，痴痴地看着蹇明宇。

蹇明宇笑道："元代有一位诗人做的诗，就提到了玉竹，我念给大家听：莲花池畔暑风凉，玉竹回文宝簟光。贪倚画屏调翡翠，误开金锁放鸳鸯。轻绡披雾誇新浴，堕髻欹云衔晚妆。笑语女牛私语处，长生殿下月中央。"

再香笑道："哎呀，又是鸳鸯，又是牛郎织女的，玉竹妹妹都脸红了！"再英也笑道："这可巧了！前几天我还听说廷芳嫂子来信，要替永顺来向玉竹姐提亲呢！"听了这话，玉竹却呆住了，伏在再香肩上，眼里流了下来。

跃龙慌了，忙安慰道："我的好三妹，你别哭啊！有什么事说出来，三哥帮你想办法！"蹇明宇也柔声劝道："是啊妹子，不要哭，有什么事大家一起想办法！"

玉竹叹息道："如今我母亲去世，胞兄又在栖鹤庵修道，彭廷芳既是我嫂子，又是我表姐，所以处处要替我做主。她已经谋划了许久，就想要把我嫁给她娘家弟弟廷臣。"

再香说道："嫁给宣慰使家的公子也不算差啊！只是不知道这廷臣人怎么样？"玉竹苦笑道："这永顺一直对本司虎视眈眈，老想挑动咱们发生内乱，他们好趁机侵占土地。我可不想嫁到永顺，最好是离他们越远越好！"

跃龙安慰道："既然如此，我回去就给大哥说，不让你嫁到永顺便是了！再说了，玉梅玉兰都还没出嫁呢，还轮不到你。"蹇明宇也说道："妹妹能想到这一层，实属不容易！"四人又安慰一番，玉竹方破涕为笑。

盘桓了几天，明宇想起还有要事在身，只得告辞。原来此次春闱有一千四五百名举子参加，明宇洋洋洒洒做了一篇文章，却因讽刺朝政太过，并未得中。近年来朝政废弛，便是中了进士也是多年不得授官。蹇家在朝中多有故旧，便筹了银两，准备先为明宇谋个官职，派人催明宇回家议事。跃龙不便强留，只得约了本司经历张岳及缪天目为明宇饯行。

张经历旧日原在户部做官，只因上奏弹劾税监纵人行凶，被贬至酉司。因此对户部及吏部倒颇为熟悉，为明宇一番解说。明宇见张经历说得翔实，感谢道："有张经历刚才一番教导，今后行事便方便了许多。"张经历叹息道："小友本是忠良之后，又有举人出身，进入仕途倒是容易，难的是把这官做好。"

明宇慨然说道："如今朝政荒废，小弟虽然不才，也愿拼将一腔热血，鞠躬尽瘁，死而后已。"张经历喝了一口酒，感慨道："野夫怒见不平事，磨损胸中万古刀。兄弟便如我年轻时一般，眼中揉不得沙子，见了不平之事，便是要弹劾讽谏。只是至刚易折，我这前车之鉴就在眼前，兄弟可不能糊涂啊！"

缪天目劝道："要成大事，光凭一腔忠义是不够的！本朝文官时常互相弹劾，又喜欢联合制约皇上，所以皇上和大臣常常不能齐心干事。心中固然要有浩然正气，还要协调各方的本事才行。不然最后都是互相吵架，谁也干不成事。"

跃龙也说道："缪先生此言有理！还是先多看看，少讽谏吧！"明宇叹息道："天性使然，只怕我这性子是改不了啦！"四人饮酒畅谈，只是天下没有不散之筵席，过了未时，只得送蹇明宇启程。

走到南门，却见玉竹和丫头站在门口。玉竹说道："蹇大哥要走，我没有什么可送的，笨手笨脚地做了双布鞋，希望大哥不要嫌弃！"说罢，命丫鬟将布鞋奉上。明宇接过布鞋，说道："多谢妹妹！"

跃龙笑道："愿你穿上这双布鞋后，能够平步青云！"玉竹却说道："别穿上之后跑得太快了，再不认得我们了！"明宇忙说道："不会不会，哪能忘得了妹妹，忘得了咱们大家！"说罢，与众人依依惜别，转身打马而去。

跃龙和缪天目一直往南送到接官坪，方才返回司城。

　　謇明宇走了一程，下马拿了布鞋细看，发现鞋里藏了一张纸。打开一看，上面画了一丛玉竹，旁边题了一首诗："莲花池畔暑风凉，玉竹回文宝箪光。贪倚画屏调翡翠，误开金锁放鸳鸯。"明宇认得是玉竹的字迹，不由得心内一阵激动。

第二十五回
兴司学群英荟萃　访道观偶遇谪仙

　　第二天早上，缪天目过来向跃龙辞行。原来是近日司内无事，缪天目想回广陵探亲。但本司官学只有督工儒学教授王之潘与自己二人，怕王之藩忙不过来，因跃龙在大渝府就读多年，便请跃龙代自己上几天课。跃龙本欲推辞，但念及司学内都是本司子弟，不想误了功课，便应了下来。

　　第二日一早，跃龙信步来到司学，先与老夫子王之藩聊了几句，便来到课堂。见屋内已坐了十余人，前排坐着保靖司嫡长子彭象乾、卯洞司嫡长子向位、宜居头人冉维伦之子冉人龙，之后一排坐着前酉东总管白邦镇遗孤白再香、白再英，旁边坐着本司桃源药房李半仙之长子李子靖。玉梅姐妹已经逐渐长大，太夫人已让她们从学署退学，只是在家写写字，做做女红。

　　后面坐着数人，都是本族子弟。有的想认真读书考个功名，有的想结识将军子弟，好今后在衙署或军营谋个事做，因此与前排诸人神态举止大不一样。

　　跃龙看了这群学生，男女混杂而坐，年纪大小不一，心思各不一样，不由哑然失笑。每日教这些人，真是难为了王之藩和缪天目两位教师了。

　　好在此前已问清楚，缪天目只负责讲解古文及诗词一类，四书及八股文俱是王老夫子亲自教授。跃龙见今日秋高气爽，便说道："你们平日上学辛苦，今日缪先生告假，正好让你们放松放松。咱们去桃花源，今日主讲《桃花源记》。"

　　众人欢呼起来，一起出发，步行一刻钟便来到桃花源。众人在回廊上坐定，跃龙问道："都有谁读过《桃花源记》？"只有彭象乾及冉人龙举手，跃龙说道："那你二人每人背诵一部分，先让大家听听。"冉人龙先站起来背诵，背到"黄发垂髫，并怡然自乐"就背不下去了。跃龙夸赞道："你才十一岁，能背得这许多，已经不错了。象乾你接着背吧。"

象乾于是站起来背诵，背到中间，却不时皱眉，到后来更是背一句话便移动一下。跃龙觉得奇怪，便假装喝水，往侧面走了两步，却看见白再英拿了一根小木棍，在后面偷偷捅象乾后背。看样子用力较大，捅得象乾甚是疼痛，只得不时往旁边移动一步躲避。

跃龙恍然大悟，怪不得学署内象乾一直皱眉头。这时再英看见跃龙在注视自己，便把木棍扔在地上，假装专心听课。

等象乾背完，跃龙对着众人讲道："李太白有诗云：弃我去者昨日之日不可留，乱我心者今日之日多烦忧。人生不易，或如杜子美颠沛流离穷苦一身，或如李后主国破家亡不能终老，或如李广英雄盖世终不得志，或如屈子忧国忧民最后自沉江底。世事艰难，世人便想找一个世外仙境，可以远离战火纷争，可以自给自足悠然自得。这便是《桃花源记》得以流传千古，其根源所在。"

白再香此时已是十三岁，到了情窦初开的年纪，见跃龙侃侃而谈，风度翩翩，不觉看得有些痴了。

象乾说道："如表哥所言，那桃花源便是大家心中的意境，不是世间真实所在了。陶渊明也未必真到过此地，只是假托武陵渔人之口描述心中仙境罢了。"

跃龙笑道："《方舆记》云：有大酉小酉二山，山下有石穴，中有书千卷，秦人避地隐学于此。梁元帝为湘东王时，镇荆州，好聚书，赋有'访酉阳之逸典'语。此地大酉二酉山，几百年前我祖入酉前便已叫此名，洞中也确实藏有古书。种种迹象表明，陶渊明应是到过此地，有感而发写了此文。"

人龙说道："就是，桃花源当然是我们酉司的。"象乾却爱较真，说道："听说永顺也有个桃花源，只是没这里大。"再英大怒："彭象乾，你找打！"说罢便冲上去要打象乾。

再香见妹妹动手，也上前一人抓了象乾一只手。只因白邦镇被彭象坤纵兵打死，二人便迁怒于象乾，时常找他麻烦。象乾心里也知道这一点，平时便让着她俩。人龙和向位等人忙上来拉，一时乱哄哄一片。

跃龙忙劝道："两位妹妹，指使打人的是彭象坤，不是象乾。他们哥俩还水火不容呢，你们可别把气撒到他身上。"象乾却说道："两位妹妹别使劲打就行，我扛得住。"

再香毕竟比再英大一岁，见跃龙劝解，也知道非象乾之过，便停了手。再英却依旧拽着象乾不撒手，嘴里喊道："今日非和你见个输赢！"象乾已经十五岁，比再英高了一头，只是不愿还手，被她拽着衣服，十分尴尬。

李子靖年仅十岁，本要劝架，却被再英推倒在地。跃龙笑道："既然要分高低，咱们便到营盘里比箭，堂堂正正比试可好？"再英喊道："比就比，谁怕谁？"众人于是来到司城中军营盘，摆起箭靶，备好弓箭。跃龙说道："你二人各射三箭，谁输了，便要向对方道歉。说好了，要愿赌服输，只比这一回，以后可不许再打架。"

再英虽然年幼，平时却与姐姐勤练弓马，当下说道："好，那我先来！"张弓搭箭，头两箭正中靶心，众人见了，齐声喝彩。再英一鼓作气，再射一箭，却擦着靶子飞过，便有些懊恼。

再香安慰道："你力气还小，第三箭想是没劲了，已经不错了。"象乾走到前面连射两箭，也是正中靶心，便回头看了再英一眼。再英气鼓鼓地说道："你也未必能全中！"象乾听了，故意瞄着靶子上方射去，第三箭果然也是擦着靶子飞过。

象乾把弓箭放在一旁，说道："我与妹妹平手，便就此讲和吧！"再英却喊道："不行，再来比过！"再香劝道："妹妹，他让着你呢！"再英说道："谁要他让！"跃龙笑道："你二人箭法都好，这样比下去，到天黑恐怕也难以分出胜负，不如咱们让上天来决定吧！"再英问道："三哥又拿我当小孩，上天怎么决定？"

跃龙指着河对岸的石榴树说道："这棵石榴树距此地有二百多步，已是普通弓箭射程之外。你看右边这一枝结了四个石榴，如果我能把中间这个最大的射下来，便是上天要你俩和好。如此可好？"再香心知父亲遇难时，象乾本在西司读书，此事本与他无关，自己姐妹二人平日已经找了他不少麻烦。此时倒担心他射不中，便说道："准你射两箭吧！"

跃龙说道："那就一言为定。"于是换了硬弓，搭箭射去，一箭正中石榴。众人一起喝彩，再香更是看得痴了。象乾说道："既然是天意，我便在此立誓，今后定与两位妹妹和睦相处！"再香也说道："天意难违，我们姐妹也不再找哥哥麻烦。"再英却恨恨地说道："只怪我自己箭法差。算了，以后就饶了你吧！"

再英输了比箭，不想回内苑写字，便顺着大街往南随意溜达。平时除了上学只在内苑玩耍，不曾出来闲逛，不知不觉间竟走了四五里路。忽见前面道旁一座小山，青松翠竹，甚是清幽。

爬上山来，只见山顶竹林深处道观掩映。走近一看，并无三清殿等大殿，只有木屋三四间，供人清修炼丹。正房上挂有一块牌匾，上书"栖鹤庵"。绕着走了一圈，却不见有人，想是真人外出采药了。

正要离开，却听到屋后传来洞箫声，清幽凄婉。再英于是循着箫声向屋后走去，见屋后竹林更密，只有小径蜿蜒。沿着小径往前走了数十步，见前面竹林间有一块巨石，一位白衣青年正站在上面吹箫。旁边有两棵高大的桂花树，此时金桂飘香，沁人心脾。清风徐来，桂花飞舞，翠竹轻摇，白衣飘飘，恍如韩湘子下凡。

再英看了，不觉心内小鹿乱撞，脚也不听使唤，仿佛鞋子有千斤重一般不能挪动。便静静地站在树下，看着那人发呆。那青年吹奏完一曲，见前面一位背着弓箭、长相清秀的小姑娘盯着自己，便问道："这位姑娘是打猎迷路了吗？"再英此时大脑一片空白，并没有听到对方说话。

那青年见她不说话，微微一笑，拿出一本书坐在石头上看了起来。再英见了，鼓起勇气走上前，却说出一句胡话来："大哥哥，你是韩湘子吗？"

那青年笑道："姑娘说笑了，我只是此间修行的一名道人，道号亢龙。"再英见他语气温和，此时也不紧张了，便说道："我还以为你是天上的神仙呢！亢龙哥哥，这里可真像仙境一样。"亢龙说道："此地清幽静谧，确实适合修行。"

再英好奇地问道："修行？都是干什么呀？"亢龙笑道："就是修身养性，每天看看经书，打坐养气，采药炼丹。"再英更加好奇了，说道："亢龙哥哥，能不能带我参观参观？"

亢龙见她秀气可爱，正好自己无事，便说道："好吧，我就带你转转。这座道观，为本司第十七世宣抚使冉仪公所建。相传仪公曾在桃花源大西洞修道，洞内有一个天然形成的石鹤。仪公几次梦到石鹤振翅南飞，后来洞中石鹤果然不见。仪公觉得奇怪，就派人向南寻找，终于在此地发现了一群栖息的仙鹤。"

再英觉得有趣，说道："这也太神奇了！"亢龙笑道："是啊，仪公觉得这是天意。就在此修了栖鹤庵，在庵前铸造了两只铁鹤道，并自号铁鹤海阳真人，长期在此修道。"

此时二人已走到庵前，再英问道："不对呀，这里没有铁鹤呀！"亢龙指着庵前一个块平整的空地说："你看，这里就是当年铁鹤站的地方。传说仪公过世的当晚，那两只铁鹤就飞走了。"

再英感慨道："那他肯定是得道成仙了！"亢龙微笑道："也许是吧！"二人又看了炼丹炉及丹砂等物，说了一会儿话，再英恋恋不舍地辞别亢龙，回到司城。

此后连续几天，再英放学后都到栖鹤庵找亢龙。再香觉得奇怪，便拉着再英问道："这几天你老是放学了就没人影了，老实交代，干嘛去了？"再英支支吾吾说道："就在司城里面晃悠啊，没干嘛。"

再香不信，说道："你骗谁，司城就这么大，我能看不见你？快老实说，不然我告诉太夫人去。"再英只得说道："好姐姐，你可别去告我状。这几天我是到城南栖鹤庵玩去了？"

再香觉得奇怪，问道："你到栖鹤庵找谁去了？"再英一下子脸红了，吞吞吐吐地说道："那里，那里有个亢龙哥哥，长得可英俊了。"

再香说道："栖鹤庵除了桃源真人冉清风和罚去修道的冉应龙，剩下的只有一个十二三岁的小道士。你看到的，肯定是应龙吧？"

再英仔细回想，此人和跃龙倒有几分相像，便轻声说道："可能是吧！"再香担心地说道："我的好妹妹啊，应龙是谋反之人，你怎么能去找他玩啊！平时你除了学署，也没去过别的地方，不认识他也不能怪你。以后可别去找他了！"

再英一时语塞，觉得气恼，恨应龙骗自己。嘴上却不愿认输，说道："那你还每天盯着跃龙哥哥发呆呢！他都定了亲啦，你老盯着他干嘛？"再香听了，脸一下子通红。

再英却气鼓鼓地往南跑去，一路来到栖鹤庵。此时应龙正坐树下看书，再英到了跟前，却不说话，只是气鼓鼓地看着他。应龙笑道："瞧你气成那样，和谁打架了？"再英盯着他，说道："骗子！你是应龙，不是亢龙。"应龙说道："应龙是我以前的名字。自从到这里修道之后，我的道号便是亢龙了。"再英一时语塞，呆了一会儿，又说道："你谋反，你是坏人。"

应龙叹息道："他们已经把事情做到这个份上了，箭在弦上，我不得不发。"再英怒道："什么箭在弦上！你射了箭，就会有人中箭！"应龙反问道："他们有谁受伤了？除了我娘因此去世，其他人都好好的。"

再英一时不知道怎么反驳他，就站在那里发呆。应龙又叹了一口气，说道："人生在世，孰能无过？我为自己取名道号亢龙，所谓亢龙有悔，便是后悔以前年轻骄傲刚直，做事冲动。如今我在此炼丹修道，已经不问世事。"

再英见应龙年仅十九岁，便只能在此炼丹修道，倒觉得他有些可怜。因为与他在一起有趣，此后仍然常来找他玩耍。又喜欢金桂花香，时常由应龙折一枝与她带回。

这天再英正要去找应龙，刚走到衙署门口，听到亲兵说道："禀将军，播州杨应龙谋反，率领十万大军四处袭击。真州司冉晟大人、龙泉坪冉克明大人都派人来送信了！"再英听了这话，忙回去找再香。

第二十六回
杨应龙广掠四方　李化龙大集诸军

却说冉御龙得知杨应龙此次集结大军，心知早晚必有一战，便召集各营将领到司城议事。次日午后，御龙来到衙署，见诸将已到，独缺登龙。

正要询问，只见一名士兵捧了木盒前来，跪地禀报："启禀将军，登龙大人说：一不愿受人猜忌，二不愿亲戚相残，只愿赋闲在家做一名农夫。命小人将兵符送来，交还给将军。"御龙说道："回去禀报你家大人，本将军近日将亲自登门探望。"那士兵领命而去。

御龙看着诸人，说道："想必大家都知道了，近来播州起事，边境告急。今天召集大家前来，就是想商议一下布防事宜。大家都议一议吧。"虬龙见大家都不说话，便说道："龚滩离播州最近，我先说说边境情况吧。探子回报，此次播州十四岁以上男丁全部充军，集结兵力在十二万以上。听说杨应龙连龙袍都做好了，这次肯定是要真反了！"

维桂问道："乌罗、龙泉坪、真州等司情况如何？"虬龙叹息道："他们每个司兵力不过千余人，平素又与播州交恶。一旦杨应龙兵临城下，恐怕难逃一死。"御龙向杨秀夫问道："舅舅在酉东，红苗情况怎么样？"秀夫回复道："红苗目前只是零星暴乱，还未形成气候。不过红苗向来是五年一小反、二十年一大反，此次有杨应龙为声援，如若全部揭竿而起，后果不堪设想。"

白邦臣说道："酉东地处川、楚、黔交界，各土司又各自为政，朝廷卫所兵力也不多。红苗一旦起势，酉东就将势若累卵。以我之见，还是要加强酉东兵力。"杨秀夫也说道："在西南地区想要成就霸业，历来必须以成都为根基。其他地方不论人口粮食还是地形条件，都不足以成就霸业。当前杨应龙虽然在劫掠周边，但最终目标必定是成都，大军也会集结在成都方向，不会对本司造成多大威胁。我赞成先防酉东，酉西可随机应变。"

跃龙听了，拱手说道："舅舅言之有理！目前川军在朝鲜作战，杨应龙自然是想趁西南守备空虚之机，尽快向西攻取成都。播州以东地区向来贫瘠，于霸业无济于事，杨应龙短期内应该不会大举向我边界进军。红苗则缺乏领头人物，只是零星暴乱，又有永顺、保靖及周边卫所弹压，决计难以成事。我们不如静观其变，舅舅依旧驻防大溪口，其他各营暂时不用集结，等待朝廷征召。"

缪天目也说道："杨应龙之病，在于首鼠两端、犹豫不决。十年来屡次叛乱，又屡次请降。若杨应龙此次真想成就霸业，必定孤注一掷全力攻打成都。如若杨应龙只是四处劫掠，则不足为患，朝廷一旦平定朝鲜，定然集结大军进剿。"

白邦臣担心地说道："彭元锦一直对本司虎视眈眈，他若借镇压苗民之机侵夺我酉东土地，我们不得不防啊！"维桂笑道："这点你就杞人忧天了！彭元锦虽然狂妄残暴，但毕竟不傻。此次播州叛乱，朝廷迟早会召集大军平叛。他要敢不老实，朝廷顺便就把他一起收拾了。"

御龙见大家意见逐渐一致，便说道："诸位所言极是，我也赞成重点布防乌江，全力守土安民。一旦朝廷有令，再随大军平叛。"众人各自散去不表。

一直到了次年正月，杨应龙大军依旧驻扎在播州境内，只是不时派偏师到处劫掠。因刘綖领川兵援朝，此时川内各卫所兵员不整，四川总兵官万鏊只得传令各自扼守关隘。成都左卫处在前线，冉世洪百户、冉绍文父子枕戈待旦，全力备战。

二月初，贵州巡抚江东之整顿兵马，令都司杨国柱、指挥李廷栋进剿杨应龙。杨应龙遣其子杨朝栋、其弟杨兆龙领大军，于飞练堡迎战。此时跃龙正与御龙等人品茶对弈，听到探子来报，叹息道："哎，恐怕本月之内，江东之就要罢官了！这下把綦江也连累了。"御龙也叹息道："是啊！这江东之也太沉不住气了！"

象乾在旁问道："表哥，江东之本月之内就会溃败？有这么快吗？"虬龙在旁边听了，说道："三哥你说得也太绝对了吧！听说江东之以前领军剿过苗人，也立过战功。怎么也不会这么快就脆败吧！"

跃龙感慨道："说一个月已经是抬举他了！真是没想到，这是两个臭棋篓子遇上了。杨应龙坐拥十万大军，却不知进取，还是如土匪一般只知劫掠。他拖的时间越长，越有利于朝廷集结大军。江东之不知利弊，却想贪天下之大功，以他那几千兵力进剿，真是以卵击石！"

象乾问道："那为何说要连累綦江？"跃龙笑道："杨应龙虽然一直犹豫不决，可不代表他的士兵没有战斗力。杨应龙打败江东之以后，肯定会乘势进军。不过以他那犹豫的性格，应该不敢直接去打成都，只会先打綦江，再想办法打大渝。"象乾恍然大悟："原来如此！"

缪天目说道："听闻邢玠大军即将班师回朝，朝廷肯定会征调各地土司进剿播州。象乾公子已经十五岁了，到了立功的年纪了。"象乾闻言说道："感谢缪先生指点，我明日便启程回去，向父亲请命出征。"

到了月中，江东之果然大败，都司杨国柱战死。朝廷震怒，以浪战之罪罢免江东之，以郭子章代之。游击梅鼎臣奉四川总兵官万鏊之命，进驻西司练兵。梅鼎臣到任后，只是与西司儒学教授王之藩等人游玩，练兵一事全由御龙自理。

四月，援朝大军班师，朝廷起用前都御史李化龙兼兵部侍郎，赐尚方宝剑，节制川、湖、贵三省兵事，决意进剿播州。杨应龙听闻李化龙前来进剿，心知只有背水一战，便领军进驻赶水、猫儿冈，趁李化龙未至，全力攻打綦江。官军参将房嘉龙、游击张良贤战死。播州军大肆抢掠，尽杀老弱，投尸蔽江。杨应龙在綦江周边立石为界，号称"宣慰官庄"，并扬言江津、合江皆播州故土，即将全力攻打。

朝廷震怒，将四川巡抚谭希思、前贵州巡抚江东之罢为平民，命李化龙兼任四川巡抚，抓紧进剿。李化龙抵达成都，连日征调汉、土各兵守大渝，并分兵守南川、合江、泸州，军声渐振，杨应龙不敢前进。李化龙又致信杨应龙，假意招抚。杨应龙素知李化龙善战，便退屯三溪，请求招抚。

冉御龙接到李化龙调令，奉命率军进驻南川，于是与跃龙先到内苑与太夫人辞别。兄弟俩向太夫人请过安，说明领兵进剿事宜。太夫人说道："咱们祖宗基业，就是从平叛起家的。播州势力再大，也大不过天去，迟早会被朝廷剿灭。你们要尽锐出战，建功立业，才是冉家大好男儿！"御龙回禀道："这个自然，儿子定当尽忠竭力，不辱门楣。大军进驻南川后，司城守备就由舅舅负责了。如若播州大军进犯沿河，就请娘和舅舅带人往西东暂避吧。"

太夫人说道："覆巢之下，岂有完卵？你们大军要是败了，家邦都没了，我们还躲什么？我和你父亲患难几十年，什么乱臣贼子没见过，你们不要为我担心，就在前线安心杀敌吧！"跃龙见母亲和哥哥说得凝重，便安慰道："娘您就放心吧！李化龙总督正在各路征调兵马，杨应龙必败无疑，您就等着我们的捷报吧！"御龙也说道："就是，娘您就放心吧！"

跃龙见玉梅和再香姐妹手里拿着针线，便问道："妹妹们在做什么女红呢？"再香说道："跟太夫人学做布鞋呢，我们也不太会做。"再英却取笑道："你不是想知道三哥哥脚有多大吗，现在去量呀！"再香脸红了，掐了再英胳膊说道："死妮子，不要胡说八道！"原来西司此地风俗，女子有了心上人，便会为他做布鞋棉鞋。

玉梅笑道："你叫我一声好姐姐，我就告诉你三哥脚多大！"再香过来挠她咯吱窝，不依道："连姐姐也一起来取笑我！"太夫人笑道："你们三个啊，都快到出阁的年纪了，还这么没规矩。大户人家的小姐都是大门不出二门不迈，就算咱们这里不太讲究这些，往后也不能再往男孩子堆里去了。"

再香往太夫人身上一靠，撒娇道："我不嫁人，就要一直陪着太夫人！"再英也说道："哎呀，我也不想嫁人，嫁人有什么好啊！"太夫人笑道："我的儿啊，我是疼你，不过哪有不嫁人的道理。今天既然提起来了，就索性说开了吧。你们在司城也住了三年了，学也上了不少。白总管已经几次派人来要接你们回去了，如今都到了快嫁人的年纪了，我老太太再强留你们也不像话。你们再住一段时间就回去吧，要是还记得老太太我，就常来司城走走。"

跃龙也笑道："嫁人的时候可得告诉我们呀！三哥肯定也给你们准备一份厚礼。"再香听了，眼圈快红了，憋了半天，只说了一句话："刀剑无眼，你们一定要好好的回来！"话音未落，再英却冲再香做了个鬼脸，再香一下子又脸红了，便不再说话。

御龙说道："原来也是要送两位妹妹回去的。这次杨应龙声势浩大，周围各家都要参战，象乾、向位都回去了，其他本族子弟也有不少要随军征战。只有几个要参加明年秋闱的学生，在和王老夫子学做八股文。你们在这里，也无学可上了。"再香姐妹二人心知势不可违，只得听命。

太夫人又吩咐道："这仗打起来，打的是粮草和银子。再过一两个月就是秋收了，要提前做好准备。你们带领的这些士兵，都是各家的壮劳力。这么多人上战场，人吃马喂的，不能坐吃山空。"御龙兄弟听了，满心佩服，一起说道："还是娘考虑得周到！"

跃龙说道："这次维桂叔不和我们一起出征，司城也有守备人马。大哥可以找维桂叔商量商量，请他时常派人到各地督促大家做好秋收，舅舅的前营士兵农忙时也可参加耕种。"二人又陪母亲说了一会儿话，便起身告辞。

刚出了门，玉梅追了出来，塞给跃龙一个包袱，说道："三哥，里面有两双鞋，一双是再香妹妹给你做的。"跃龙笑道："还有一双呢？"玉梅却红了脸不说话。跃龙心下明白，说道："放心吧，我会交给他的！希望这次他好好立功吧！"御龙笑道："真凄凉，没人给我送鞋！"玉梅笑道："两个嫂子都给你做了，大哥就别臭美了！"

御龙二人到了龚滩，大会诸军。此时中军营、左营、右营、后营兵马俱到，白邦臣总管也带着族人子弟，领二百士兵前来会合。御龙留下二百人驻守龚滩，带领四千士兵出征。二人领兵出发，过彭水、武隆，半月后抵达南川，与参将周国柱会合。此时杨应龙已撤离綦江，御龙于是在南川南郊扎营，领兵每日操练，并派出探子四处打探军情。

到了七月，兵巡上川东道副使莫睿奉命在巴县募兵。把总高逢胜送建武县募兵至，名册有二千余人，清点实际人数只一千零七十名，且多有老弱不堪者及本地流民充数。莫睿亲验后，以实到人数发饷。高逢胜乃奉四川总兵官万鏊之命行事，见冒领军饷不成，便纵容手下士兵打人。万鏊亦指使陕兵二百余名沿街抢劫，打伤官吏及平民五十余人，抢夺财产无数，并命士兵包围县衙及莫睿住处，一时巴县大乱。

李化龙大怒，见万鏊守綦江不利，如今又纵兵行凶，便奏请罢免万鏊职务。又命酉司、石柱土司领兵进驻巴县，平定内乱。二司士兵刚出发，莫睿已平定巴县。于是命冉御龙率军进驻狮子岩，马千乘率军进驻金佛山邓坎寨，控遏南川通往播州的要道。

如此过了两个月，李化龙只是假意招抚，各路援兵不断到来。杨应龙也假意请和，十万大军云集，只是纵兵抢掠。

跃龙见近期无事，便与御龙商议，赴大渝打探一番。跃龙骑了快马，不到半日便到了大渝。到了自家酒楼下面，只见大门紧闭。敲了一会儿门，楼上窗户打开，腾龙探出脑袋一看，见是跃龙，忙下来开了门。

兄弟二人依旧反锁大门，到楼上相叙。腾龙端上茶点，跃龙边吃边说道："我看这大渝府逃亡的人不少啊！"腾龙说道："能跑掉的也都是富商财主，平头老百姓能往哪里逃啊！綦江一败，大渝卫确实折损了不少人马，现在人心惶惶，只怕杨应龙来攻城。"

跃龙说道："当下各处兵马正在赶来，杨应龙迟早必败，不用担心。"腾龙说道："我倒没事，年轻力壮的，真有事跑就是了。只是这酒楼里的厨子小二，男女老少的，不好安置。"跃龙笑道："不用跑，再过段时间，该杨应龙跑了。"二人闲聊一番，说了说各自近况。

到了晚间，明月初上，跃龙到街上散步，不觉信步来到府学前。只见大门敞开，进去走了一会儿，四下并无人影。走到花园边，却见一人正在舞剑。跃龙走近一看，原来是段世图，心下大喜，喝彩道："段兄好身手！"

段世图忙收了长剑，拱手笑道："几年不见，冉兄别来无恙？"二人到旁边石凳坐下，跃龙问道："怎么偌大学署，只剩段兄一个人了？"段世图说道："这些胆小鬼，见綦江城破，一个个都跑回老家了。几个教授，也假意到成都报告，借故不回来了！"

跃龙笑道："那段兄为何还不走？"段世图慨然道："我辈饱读诗书，无非是想有机会尽忠报国。如若杨应龙兵临城下，我便前去投军杀敌。"跃龙赞叹道："如此甚好，咱们就可以并肩作战了！我西司大军也在东南集结，只等朝廷征召。"

二人闲聊一番，段世图又舞了一回剑。看得跃龙兴起，从段世图手中接过长剑，在月下舞起来。跃龙近年来久在军营，剑法更加精进，只见长剑翻飞，寒光闪闪，矫若惊龙。

"好剑法，好身手！"门口传来一声喝彩，一名中年文士走了过来。跃龙收起长剑，拱手说道："兄台谬赞了。我们不过聊以助兴，倒是贻笑大方了。"

那人说道："在下李在田，从綦江逃难至此。两位气质不凡，想是这府学的生员吧？"段世图也拱手道："李兄客气了！在下段世图，正是本府生员。这位兄台乃是冉跃龙，前几年已经退学回家。"

跃龙问道："李兄从綦江来，不知綦江现在形势如何？"李在田叹息道："杨应龙在綦江大肆抢掠，杀人无数，江水为之变色，真是惨不忍睹。我看这学署里其他人都逃走了，二位兄台为何不走？"

段世图说道："沧海横流，方显英雄本色。当此危难之时，正是我等报效朝廷之日。岂能只顾区区性命，苟活于世！"

李在田赞叹道："段兄正气凛然，令人佩服！不过在下亲眼所见，杨应龙兵强马壮，只怕难以抵挡啊！"段世图说道："萤火之光，又怎能与皓月争辉！朝廷只要统筹四川、贵州、湖广兵力，集结各卫所土司兵力稳步进剿，并以安氏、奢氏土司兵力断他后路，以播州的人口粮食，断然支撑不了一年！"

跃龙笑道："段兄言之有理！杨应龙志大才疏，残暴贪婪，并非王霸之才。集结十万大军，却不敢趁西南空虚，尽快攻取成都，只是四处劫掠。其军队虽颇有战力，但其才智不过是一山大王而已，又何足道哉！"李在田赞叹道："两位兄台见识过人，在下佩服！"

三人正说话间，一名官员带着两名士兵跑了进来。为首的官员累得气喘吁吁，躬身说道："下官大渝知府刘明善，不知总督大人驾到，有失远迎，还请大人恕罪！"

跃龙与段世图听了大惊，原来这位中年文士便是兵部侍郎、总督四川贵州湖广军务的李化龙。二人忙整理衣冠，准备给总督大人行礼。

第二十七回
品美酒双英献策　论英雄虎将归心

　　李化龙一向爱才，忙让二人免礼，又转身对刘知府说道："知府大人无须客套。本督特意微服前来，便是想查看一下大渝守备情况。我看你城墙倒是修葺了，士兵也都齐整，只是城内乱哄哄的像什么样子！如今本督亲自坐镇渝州，你要赶紧贴出安民告示，安定民心。"

　　刘知府还要说什么，李化龙不耐烦地说道："你快去忙吧！我这里不用你管，明早自然找你议事！"刘知府只得领人走了。

　　跃龙二人正要行礼，李化龙笑道："快免礼！与两位小兄弟交谈，今日大有所获。本督承蒙朝廷启用，新近抵达渝州，身边正好缺少幕僚。不知两位兄弟能否屈尊相助？"段世图说道："大人行事果决，礼贤下士，小人愿意效劳！"跃龙说道："段兄文才武略俱是一流，如能跟随总督大人历练，正好一展所长！"

　　李化龙问道："你姓冉，可是酉司冉氏？"跃龙回禀道："回大人，宣抚使冉御龙正是家兄。小人排行第三，领司内中军营，奉家兄之命来渝城禀报。目前我司四千人马驻扎南川，等待大人调遣。"李化龙笑道："原来是故人之子，怪不得如此才华横溢。你既然来了，便在我身边帮我出谋划策吧。等仗打起来了，你再去带领中军营不迟。"跃龙回禀道："谨遵大人吩咐！"

　　二人于是随总督大人回到衙署，刘知府早已安排好住处。李化龙拉着跃龙二人秉烛夜谈，研究平叛之策。到了亥时，腾龙安排送来美酒小菜。李化龙笑道：“一旦战事开启，恐怕几个月都不能饮酒了，今日就承了跃龙的美意，小酌几杯吧！”三人饮了几小盅，借着酒意畅谈大事，甚是畅快。

酒至微醺，李化龙笑道：“今日你我三人，前后畅谈了一个多时辰，想必大家心中都有了平叛之策。不如我们每人写一个字，提出自己的对策纲领。”跃龙笑道：“大人风雅之极，我们便班门弄斧了。”段世图也笑道：“好极了，正好向大人请教。”三人于是用手蘸了水，各在桌上写了一个字。

李化龙一看，段世图写了个“势”字，跃龙写了个“稳”字，便说道：“世图先说说，这势字做何解？”

段世图缓缓说道：“天下大事，要在一个势字。杨应龙十余万大军，不能乘势而起，最终必然招致败局。我们则要因势利导，徐徐图之。此前西南守备空虚，势在播州一方，而杨应龙不能当机立断全力攻取成都，已失去成就霸业之机。当前朝廷大军未至，势依然在播州，要继续麻痹杨应龙，令其不能大举进攻。同时严禁诸军贸然进击，避免徒然损耗力量，并联络永宁、水西诸司进行牵制。待各路大军到来，势就全然在我，以优势兵力泰山压顶，杨应龙覆灭指日可待。”

跃龙赞叹道：“段兄条理清晰，兄弟佩服！”世图接着说道：“此前播州侵凌，川黔各地贫瘠，各地官吏常十缺四五。各路官员有暗通款曲者，有昏聩无能者，尚待大人选贤用能、澄清吏治，以凝聚川黔之力共同进剿。”

跃龙笑道：“吏治确实需要整治了！远的不说，就说这广元县知府卿一鸣，行事颠三倒四，问断略不分明，人称‘糊涂虫’。左右官佐各用其权，人称‘满堂官’。”世图也说道：“前日我也听说，德阳知县史载经常召集妓女至府内宴饮，以致官印被盗。为掩人耳目，又多贿赂左右官员。真是愚昧可笑之极！”

李化龙赞许地说道：“好！本督明日便上疏朝廷，着力整顿吏治。跃龙也说说你的方略吧。”

跃龙说道：“我的策略与段兄有异曲同工之妙。我以为，进剿杨应龙之策，要坚守一个稳字。要稳民心，将杨应龙乞求招抚、总督大人进驻大渝及援朝大军正在回川等消息，尽快广泛散布，并罢矿税、酒税及采大木；稳播州，请总督大人亲自与杨应龙书信往来，大谈招抚，令其不能妄动；稳安奢，以水西兵力控遏播州联络苗人通道，用永宁兵力牵制防其西进；稳诸将，川、贵、湖广及周边土司大军陆续到来，要做好分画布置，防止彼此掣肘混乱，对守城不利、暗通播州的要处置；稳进剿，播州军战力不可小觑，且占有地利，不能重蹈江东之覆辙。总而言之，速战对播州有利，我们应当稳扎稳打。"

李化龙听了大喜，举起酒杯说道："果然英雄所见略同，你我三人想到一起了！有你们在，本督便如虎添翼了！这杯酒，敬两位贤弟！"原来李化龙也写了个"稳"字，此时字迹已干。化龙不说，跃龙二人也不好提起。于是三人继续饮了几杯，又换了清茶，一直聊到子时方睡。

第二日一早，李化龙在衙署召见大渝知府及卫所将领，对现有人口、士兵、粮草情况进行盘点，就布防事宜进行简要安排。总督大人写信送与安疆臣及奢世续，贵州巡抚郭子章亦亲自上门拜会安疆臣，二司人心归顺，局势逐渐稳定。

十月，各路大军逐步到来，李化龙便召集诸将到大渝府议事。湖广总兵官陈璘已年近七十，又距大渝路途遥远，便派了副将前来。贵州巡抚郭子章、贵州总兵李应祥、参将朱鹤龄先后抵达，四川左布政使程正谊亦从成都赶来。四川总兵官万鏊已罢官，刘綎以备倭总兵一职领川军援朝，此时授都督同知，与总兵吴广、参将周国柱一起前来议事。

见众人坐齐，李化龙朗声说道："本督奉旨平叛，节制四川、贵州、湖广诸军。还请列位鼎力支持，克日平叛，上报朝廷，下安百姓。"众人齐声道："谨遵总督大人差遣！"

四川左布政使程正谊起身说道："禀总督大人，下官自到任以来，遍访各地，遍访诸路险隘，制成《西蜀土夷考》。现在呈送给列位大人，希望对平播有所裨益。"李化龙说道："好，程大人有心了！"程正谊于是拿了图册，分发给众人。李化龙一看，图册绘制详细清晰，川黔各处道路、关口、村寨、江河、山峡、要塞、洞穴一一标注，心下大喜，说道："平播头功，当记在程大人名下！有此图册，杨应龙便再无地利了！"

程正谊回禀道："下官近日已召集官兵及民夫，清点各县粮仓，将存粮运抵成都附近，川内粮草大抵也就这些了。"李化龙赞叹道："程大人运筹帷幄，犹如孔明在世。我川黔官员要是都像程大人一般，便是十个杨应龙又何足道哉！"

程正谊回禀道："下官职责所在，大人言重了！"在场众人亦是满心佩服，跃龙及世图也是连连点头。李化龙又问了问各家士兵集结情况及粮草准备情况，由段世图做好记录。

李化龙心下高兴，便说道："如今各路大军正在集结，进剿指日可待。湖广士兵依旧由陈璘总兵官统领，一旦兵马集齐便可进军。贵州总兵官童元镇、合江游击曹希彬四月与本督及郭大人同时受命，至今未能赴任。沈尚文原为贵州总兵官革职候代，所谓候代者，既是准其照常行事，在新任总兵官来到前仍有权办事。而尚文自罢任之后，拥兵三千偏居同仁，杜门称病，一事不理。郭大人有何意见？"

郭子章回禀道："禀大人，下官以为，此事必须严加惩治。"李化龙说道："好！本督今日便上表，将沈尚文逮捕，解送京师治罪。童元镇、曹希彬革职充为事官，令其戴罪立功，以儆效尤。另有游击梅鼎臣，春间令其坐镇西司则欣然而往，夏间令其防守彭水则郁郁求归，只因彭水离播州更近。后贼破綦江，本督以万人付之，令其入守南川，他又畏缩不进，现革职发回原籍。今后诸将但有畏惧不前者，一律严加惩治！"在座众将听了，无不暗自心惊。

李化龙又说道："此次进剿，川军是主力。只是四川总兵官万鏊已经罢官，川军目前尚无统领，还要诸位推举一位贤能。"总兵吴广随刘綎征战朝鲜，对刘綎向来服膺，便起身说道："末将推举刘綎将军暂代四川总兵官一职。"程正谊也说道："刘将军乃本朝名将，在川中素有威望，足以当此重任。"

贵州参将朱鹤龄朗声道："刘将军固然神武，但与杨应龙一向交往频繁。末将以为不妥！"李应祥也附和道："末将也以为不妥！"原来杨应龙十年来屡叛屡降，贵州一直主剿，四川却力主招抚，双方颇多龃龉。且刘綎以总兵官一职镇守四川时，多方贿赂御史，并多次收受杨应龙厚礼，因此被降为副总兵官。

刘綎大怒，说道："朱鹤龄！你一个败军之将，天天被杨应龙追着屁股打，也敢在此胡言乱语！"朱鹤龄也怒道："我不管你打了多少仗，反正打播州这事，老子信不过你！"郭子章说道："下官以为，皇上钦命李大人总督军务，不如由总督大人亲自监领川军。刘将军英武，便与吴总兵等人各领一军，一同进剿播州吧！"

刘綎听了更加火冒三丈，便说道："播州之事，哪里就缺我一个刘綎了！既然诸位都信不过我，我这就上表辞官，回家养病！"说罢，转身拂袖而去。跃龙起身挽留，却哪里拉得住他。李化龙见状，对众人说道："兹事体大，且容本督再考虑几日。接下来便有劳诸位辛苦，各司其职，做好进剿筹备了！"

众人于是各自散去。

李化龙回到住处，召程正谊及跃龙、世图商议。李化龙说道："千军易得，一将难求。川军士兵最多，战力又强，是平播主力，急需一名统帅。诸位有何提议？"程正谊说道："下官依旧推举刘綎。此人虽好钱财，但统兵极有章法，战功卓著。川军诸将，唯有刘綎能够服众。"跃龙也说道："当此用人之际，须不拘小节。杨氏经营播州数百年，根基深厚，凭借天险据守，需要由刘綎这样的猛将领兵方可。"

段世图说道："刘綎素爱功名，虽然辞官，却是以退为进。总督大人亲召，他必然领命。"李化龙也感慨道："本督巡抚辽东时的旧将，有不少赴朝鲜作战，都说刘大刀有勇有谋。此次平播，确实需要这样的人才。既然如此，待时机成熟，本督就亲自出马，保举刘綎出征。"

第二日，刘綎果然上奏辞官。崔景荣任平播监军，便参议刘綎曾接受杨应龙贿赂，应剥官职，随军戴罪立功。朝中亦有言官一起弹劾刘綎，建议调任南京右府金书。

十余日下来，朝廷并无回应。刘綎见事情闹大，内心焦急。李化龙便备了好酒，请刘綎前来赴宴。酒过三巡，李化龙与跃龙、世图三人只是谈论诗酒。刘綎近日被言官弹劾，想向总督求教，见跃龙等人在座，又不好开口。李化龙却故意不理他，问跃龙和世图："你们二人虽不曾征战，却熟悉兵法。不知平常学习什么兵书？"

世图说道："小人最爱读戚少保的《纪效新书》。"跃龙也说道："本朝名将，当推戚总兵第一。其兵法注重实用，于练兵、结阵、作战、火器均有独到之处。"李化龙笑道："戚少保确实是一代名将。不过说到战功，当时还有俞大猷、刘显、谭纶等诸位名将可以匹敌。"

刘綎听到李化龙提及自己父亲，便凝神细听。李化龙接着说道："谭少保曾亲口与俞总兵品评四人：节制精明，公不如纶。信赏必罚，公不如戚。精悍驰骋，公不如刘。"刘綎感慨道："家父从行伍出身，战功都是一刀一枪打出来的，殊为不易。"

李化龙打断他的话，接着说道："昔日刘太保在四川平九丝蛮，拓地千里，有气吞山河之势。真是令人佩服！"刘綎还要说话，李化龙却举杯说道："喝酒，喝酒！"跃龙等也开始敬酒。刘綎本来心中有事，此时提及父亲，心情激动，不觉喝得大醉，趴在桌上睡着。

　　第二日一早，刘綎一觉醒来，发现卧室极其陌生。再一看，自己睡在大床上，门口墙边却并着两张条凳，李化龙合衣躺在上面。刘綎大惊，忙爬起身来，见李化龙仍未醒来，又不敢说话。环顾一周，只见窗边有一张书桌，上面有一封书信。

　　刘綎好奇，见总督仍在睡觉，便站起身来走到桌前。原来是一份奏章，乃总督亲笔所写，向皇上举荐刘綎暂代四川总兵官一职。刘綎大为感动，不觉垂下泪来。此时李化龙也醒过来，坐起来问道："老弟睡得可好？"

　　刘綎听了，扑通一声跪在地上，说道："蒙总督大人错爱，末将即便粉身碎骨，也难报万一！"说罢眼泪横流。李化龙见了，忙过来扶刘綎："老弟将门虎子，智勇双全，是我心仪的平播主将。如果老弟不嫌弃，你我便齐心协力平定播州！"

　　刘綎依旧跪在地上，大声说道："末将愿追随大人，万死不辞！"李化龙大喜，扶刘綎站起来，说道："有你这员虎将，平播大业便成了一半！"

第二十八回
龙泉坪烽烟四起　邓坎寨总督劳军

　　红藕香残玉簟秋。轻解罗裳，独上兰舟。

　　云中谁寄锦书来，雁字回时，月满西楼。

　　花自飘零水自流。一种相思，两处闲愁。

　　此情无计可消除，才下眉头，却上心头。

——李清照《一剪梅·红藕香残玉簟秋》

　　却说冉现龙自从播州出逃后，在龙泉坪转眼住了三年，已长到十四岁。因冉克明时常带着骑马射箭，不但身高窜了一大截，体魄也日益强健。此前因身子不好，现龙虽几次想去播州替母亲扫墓，但克明及夫人均不允许，只得在住处摆了母亲牌位祭奠。后来又不时想起怜儿来，身边只有怜儿赠送的香囊，只能睹物思人。克明几次派人到播州打听，却听说绣花楼的三小姐并无贴身小丫鬟，只有一个嬷嬷。后来杨应龙起兵，交通阻塞，只得作罢。

　　这日现龙在家中晨读，看到李清照的《一剪梅·红藕香残玉簟秋》，不觉垂下泪来。心中想念怜儿，又想到杨应龙已经起兵，怜儿处境必然更加凶险。心想自己已经十四岁，曾经答应怜儿自己长大后带她逃走，便收拾了行囊，留书一封，悄悄出城去往播州。

　　现龙怕克明发现，不敢在龙泉坪雇马或坐船，只得徒步出行。知道播州在西南方向，乌江及湘江沿线都有播州士兵把守，便向西往婺川而去，打算到了婺川再雇马匹。

走了两个时辰，只见路上行人越来越多，不时有人拖家带口迎面跑来。现龙心下狐疑，便对着一位迎面走来的老翁拱手行了个礼，问道："老伯，前面发生了什么事？怎么这么多人拖家带口跑出来？"

那老伯停下脚步，匆匆说道："小伙子，你是要去婺川吗？赶紧扭头跑吧，杨珠大军来了！"现龙说："不瞒老伯说，我到播州有要事，准备从婺川借道呢！"老伯叹息道："小伙子，啥事儿也没命重要！前面各个路口都是播州的士兵，凡是有财物他们都要抢走。十四岁以上的男丁都要拉去充军，女的就拉去做饭砍柴。你过去了，只会让他们拉去打仗，快跑吧！"现龙正要回话，那老伯早拉着孙子往前跑了。

现龙心下想着怜儿，便接着往前走。走了不到一刻钟，前方逃难的人越来越多，有牵着牛的，有抱着孩子甚至鸡鸭的，道路几乎阻塞。现龙见大路不通，便钻进旁边树林，爬上一座小山。

从山上望去，只见前面尘土飞扬，播州士兵正在骑马纵横抢掠。各处路口均有士兵把守，断然无法通过。现龙知道往西已无路可走，只得寻了一条小道，往南走去。谁知走了半个时辰，前方一队士兵正打马冲过来，忙闪身躲进旁边树林。

那队骑兵冲过来，路上几名行人不及躲避，早已被抢去行囊。一名老伯舍命护着背篓，里面看样子也就是半袋粮食和一床已经发黑的破被，却也被那些士兵抢夺过去。老伯跪在地上不住磕头，哭着喊道："求求各位军爷，家里就这点粮食了，你们要是抢走，明天我们就饿死了啊！"

一名士兵踢了他一脚，喝骂道："哭什么丧！看你还有把力气，去给老子砍柴做饭吧！"老伯只是不住磕头，哭道："我孙女还在家里饿着肚子，我不能跟你们去啊！"旁边一名头目模样的人早已不耐烦，对着旁边士兵说道："把这几个赶紧拉走，接着往前去抓人！"

现龙知道播州已经去不得，否则只是徒劳送了性命，只得起身从小径赶回龙泉坪。回到克明府上，却见张夫人正在门口焦急张望。见现龙回来，张夫人垂泪道："我的好孩子，现在到处兵荒马乱的，你可别乱跑了！我和你叔叔派人找你半天了！"

现龙心下感动，忙跪下说道："侄儿鲁莽，让您和叔叔担心了！"张夫人叹了口气，将现龙扶起来，说道："孩子，我知道你想着怜儿，可是也不能这样去白白送了性命。等外面不打仗了，咱们再想法子罢！"

现龙见克明不在家，便问道："叔叔去军营了吗？"张夫人叹息道："安长官找他，一个时辰前就到衙署去了。哎，只怕是要打仗了！"正说话间，冉克明一身戎装走了进来。现龙问道："叔叔，要打仗了吗？"

克明摸了摸现龙的头，叹息道："杨珠恐怕很快就要打过来了！龙泉坪怕是保不住了，明天你就回西司吧。"现龙坚定地摇了摇头，说道："我哪里都不去，就在这里陪叔叔婶婶。再说了，我也长大了，可以上阵杀敌，替我娘报仇了！"

克明赞许道："好孩子，有志气！不愧是咱们冉家的男子汉！"张夫人担心地问道："龙泉坪怎么守不住吗？"克明叹息道："杨珠带领一万精兵来袭，咱们就四五百士兵，这仗怎么打啊！"张夫人说道："不是还有官军吗？"克明说道："杨维忠一向胆小如鼠，顶不了什么用。再说了，他就两千人马，也是无济于事。"

现龙安慰道："我大哥带了四千人马驻扎在南川，铜仁府也有官兵，他们会赶来帮忙的。大不了，咱们就拼死跟他一战！"克明大笑道："说得好！大不了咱们就跟他拼了，没什么大不了的！"

说到这里，三人反倒觉得放下心来，现龙便将自己路上所见告诉二人。克明叹息道："乱世之中，人不如狗。此次杨应龙到处抢掠，不知又有多少人家破人亡！"聊了一会儿，克明便带了现龙去军营，带领众人操练。如此过了一月，官坝方向却一直没有动静。

且说杨应龙十一月率大军进驻官坝，控遏播州往綦江、南川要道，尽将连界房屋烧光。连日来四处劫掠，转眼便到了年底。这日，杨应龙在中军升帐，召集各路将官前来议事。杨应龙坐在虎皮交椅上，对着众人说道："李化龙这厮实在可恨！一边派人招抚，一边却不断从各路调集大军，真是反复无常的小人！诸位都说一说，我们应该怎么办？"

杨朝栋也愤愤不平地说道："爹爹说得对，朝廷言而无信，我看只能打了！咱们应当先下手为强，占据思南、偏桥沿路关隘，堵住湖广军队入黔之路。湖广官军进不来，李化龙孤掌难鸣，不管是要打还是要和，咱们都不怕他了！"

杨惟栋也说道："就是，朱鹤龄这帮人就更不值一提了，哪次不被咱们打得落花流水！"杨兆龙却担心地说道："这次朝廷已经从朝鲜撤军，集结了四川、湖广、陕西各处兵马来犯，兵力远胜往日，我们切不可轻敌啊！"

军师孙时泰说道："禀千岁，下官以为，朝廷既然已经打定主意开战，咱们不宜退守。当乘李化龙大军未至，率军攻占大渝。"杨应龙听了，内心更加犹豫，见义子杨珠似乎有话要说，便说道："珠儿你说说吧！"这杨珠乃播州头号猛将，十余年来少有败绩，因此被杨应龙收为义子。

杨珠起身说道："禀义父，如今我大军集结超过十万人，请义父早做决断，亲率大军由桐梓、合江一路向西北进军，早日拿下成都，一举成就霸业！孩儿率偏师由真州进攻大渝，以牵制李化龙。"杨兆龙说道："川军向来善战，我们未必能拿下成都啊！"杨珠大声说道："川军再凶悍，此时不过两三万人。我十万大军以雷霆之势进攻，拿下成都又有何难！"

杨朝栋却说道："兄弟你说得容易！十万大军都去打成都，那童元镇和陈璘要是乘虚而入，播州不就没了吗？我祖宗经营几百年的基业，就这么拱手让人吗？"杨珠说道："成都沃野千里，坐拥天险，正是成就霸业的好地方，刘邦、刘备都是在蜀中起家！将军要成就霸业，就不能一直屈居在播州。请将军不要犹豫，一旦李化龙各路兵马到齐，咱们就将失去攻取成都的良机！"

杨惟栋不以为然地说道："你说得轻巧，要是拿不下成都，我们将死无葬身之地！"杨珠大声说道："目前朝廷大军尚未集结，正是咱们成就大业的机会。多耽误一天，官军便多集结一些人。目前各路官军源源不断涌过来，人数越来越多。咱们播州就这么大，还能征召多少士兵？跟他们消耗得起吗，死守播州怎么守得住？"

大总管何汉良在旁说道："杨珠啊杨珠，每次议事你都喊打成都。知道你祖籍成都，就这么想衣锦还乡吗？"杨朝栋等人听了，哄堂大笑。杨珠恨恨地说道："竖子不足以谋！一群夯货，一点志气都没有！"

杨应龙的幺叔杨亿一直与杨珠友善，便开始和稀泥："诸位不要吵了！我看还是稳打稳扎更为妥当，咱们先控制住贵州与湖广之间的官道，扫平附近土司，堵住陈璘和陈良玭。其他队伍则守住南川和綦江沿线关隘，如此可保万无一失。来日方长，再找机会夺取成都也行嘛！"杨兆龙也说道："幺叔说得对，只要我们扼守关隘，官军哪次进剿，不是被咱们大败！"杨珠见杨家三代人都不想进取成都，知道说不过众人，便不再作声。

杨应龙见众人均无进取之心，心里对攻取成都也没有把握。自己向来不爱做没有把握之事，便心生退意。心想黔中各地已开始下雪，再有几天就是除夕，不如回播州过年。于是采纳杨亿之计，命众将各自依令行事，自己却拔营回播州。

张佑、谢朝俸、石胜俸等人奉杨应龙之命，领军两万向东南掠取余庆、黄平。官军守备杨维忠本来领了两千人驻扎在龙泉坪以东，见张佑大军到来，不战而走，退至思南鹦鹉溪。张佑于是领了大军沿途抢掠，阻塞贵州通往湖广官道。附近黑苗有不少加入播州军，张佑势力更加强盛。

杨珠奉命扫平周边土司，兵锋直指真州。这真州虽只是个长官司，领地却堪比两个小县，境内有冉、郑、骆、韩四大土司。几百年来四大土司相互攻伐，至本朝韩氏土司已不存，郑、骆土司据真州南部，冉氏土司据真州北部，俱自称真州长官司长官。南部郑、骆与杨应龙友善，归播州统辖，有杨应龙颁发的大印和号纸。北部冉晟却割据一方，与播州势同水火。杨珠领兵前来，正长官郑葵、副长官骆麟便开门迎接播州军入驻。冉晟见播州势大，便率军退入彭水。

杨珠于是在真州扎营，准备攻打龙泉坪。探子回报，龙泉坪周边锡落关、龙洞哨、穿阡哨、三跳哨、绥阳哨均有官军驻扎。杨珠用兵谨慎，便命偏将朱敬领兵先行，扫除前方关卡，自己领了大军及辎重在后。

这边李化龙总督坐镇大渝府调集兵马粮草，见杨应龙退守播州，知道杨应龙已转为守势，心下长舒一口气。连日来冉跃龙、段世图等人与贵州卫所密集联络，查实贵州合省二十卫所，官军应支粮饷竟有八九个月拖欠者。又查得湖广各县及川黔土司欠税银合计十余万两，由总督下令欠银全部清缴，正可补现有缺额饷银。然而新募之兵粮饷没有着落，便上疏奏请朝廷拨库银三十万两支持。又有矿使、税使扰民，奏请停征矿税及酒税，但朝廷终未应允。湖广、贵州又在黑苗处广征马匹、民夫，黑苗颇有怨言。

此时四川、湖广、陕西各路兵马均已在路上，军中暂时无事。李化龙念及各地汉土官兵守卫辛苦，便想趁春节到军中慰劳。于是留四川左布政使程正谊坐镇大渝，带了大渝府推官高折枝及冉跃龙、段世图，到南川看过参将周国柱等官兵，随后一路南行向邓坎寨而去。

万历二十八年正月初一，李化龙抵达邓坎寨，马千乘、秦良玉、秦邦屏等人亲到关前迎接。石砫士兵均挎腰刀，手执白蜡杆长枪，人称"白杆兵"。

此时天气寒冷，众将及士兵却都精神抖擞。李化龙见石砫兵军容严整，心下高兴，夸赞道："马将军治军有方，颇有伏波将军风采啊！"

马千乘忙躬身答道："感谢总督大人夸赞！我石砫将士一定惟总督大人马首是瞻，随大人早日荡平播州！"李化龙看见秦良玉一身戎装，英姿勃发，便问道："这位就是尊夫人吧？早听说石砫有一位女将军，今日一见，果然风采照人，不让须眉啊！"

秦良玉拱手答道："妾身只是领兵督运粮草，大人谬赞了！报效朝廷，何分男女！"李化龙笑道："说得好！要是川黔官兵都像秦夫人这般担当，杨应龙如何敢造反！"马千乘笑道："大人可别再夸她了，我们巴蜀男人本来就是耙耳朵。您再把她夸上天了，我日子就不好过了。"李化龙笑道："好一对神仙眷侣，令人羡慕！"

李化龙见诸军在外劳苦半年，便传令下去，初三晚间在军中大摆筵席，犒劳三军。又得知播州三路大军出击，便派人送信至贵州巡抚郭子章及贵州总兵官童元镇、湖广副总兵陈良玭，命立即调集兵马遏制张佑大军，并派兵驰援龙泉坪。

第二十九回
畏强敌将军退缩　尽忠心百户整军

　　郭子章接到李化龙来信时，杨应龙大军已撤回播州。此时贵阳府泥菩萨过河，自顾不暇，哪里能拨出兵马北援。广东名将陈良玭驻守偏桥，亦假托禀报湖广总兵官陈璘，只是拥兵不出。贵州总兵官童元镇坐镇铜仁府，却忌惮张佑大军，只能拥兵不出。接到李化龙指示，便召集众将议事。

　　副总兵官李应祥已经憋了半年想打仗，便说道："杨应龙大军撤回播州，此时只有杨珠一万人马来袭。请总兵官下令，末将愿领五千精兵前往破敌！"童元镇却说道："李将军不要急。张佑等人领了两万大军，就在附近驻扎。如若你领军前去，铜仁何人来守？况且杨珠一向善战，你孤军前去，也未必能胜。"

　　参将朱鹤龄说道："大人，陈良玭率领湖广官军就驻扎在偏桥，陈麟大军也在路上。只要我军攻打杨珠，相信湖广大军也会一起向前进攻张佑。如此一来，何愁铜仁不保！"童元镇不以为然地说道："陈良玭要是按兵不动，我们拿什么和张佑打仗？一旦铜仁失守，朝廷追究下来，你我担待得起吗？龙泉坪重要，还是铜仁重要？"

　　李应祥说道："杨应龙祸乱贵州已经十几年，咱们也受了他十几年的鸟气！听说总督大人已经到了邓坎，如今朝廷各路大军正在赶来，正是我们反攻之时，岂能再让播州攻取州县。"童元镇说道："那大西宣抚司和乌罗长官司、真州长官司，都是龙泉坪的本家，他们自会去支援龙泉坪。这些人领军驻扎半年了，早该打仗了！"

李应祥大声道："我们贵州的事情，自然应该由我们贵州大军冲在前面！恳请大人拨一支队伍给我前去平叛，哪怕三千人也行！"童元镇说道："李将军少安毋躁，我等守住铜仁才是正事。如今大军分守在铜仁、凤岗、贵阳各地，不能贸然出击，白白损耗兵力。既然要支援龙泉坪，就派人督促杨维忠前去吧！"朱鹤龄叹息道："杨维忠要有这血性，也不会从龙泉坪撤回来了！"二人见童元镇态度坚决，心下虽然着急，却也别无他法。

杨维忠见童元镇派监军督战，不敢抗命，却只推脱准备箭矢，迟迟不愿出发。私下却派了亲兵，将即将领兵出发的消息透露给城中商人。这日杨维忠见监军催得急了，便骑了马，领兵假意出发。那些商人士绅听了，早已聚集在城门口，当街跪下，拦住杨维忠一行。领头商人哭道："将军，思南全城百姓的性命，都在将军身上啊！将军如若领军外出，贼人一旦来袭，叫我们如何是好！"

众人也一起磕头，哭求杨维忠留下。杨维忠见了，叹息道："各位父老乡亲，本将军也很为难啊！龙泉坪告急，本将奉命前去支援啊！"那商人哭道："将军，龙泉坪人的命是命，我们思南人的命也是命啊！怎能弃我们而去！"

杨维忠心下高兴，却假装为难，对监军说道："你看，百姓强求，我们也不能违背啊！"说罢，竟打马折返。回到住处，又命人将一些银两送与监军。那监军收了好处，也不再催促，只是派人回报童元镇，说贼人滋扰思南，大军不得出行。冉昌明等人也在军中，只能干着急。

这边冉御龙也探知杨珠进军龙泉坪，忙请虬龙及缪天目等人议事。虬龙担忧地说道："克明叔只有五百守军，周围关卡驻扎的官兵也不到千人，龙泉坪断然是守不住的。只是龙泉坪离此地七百余里，咱们也无法支援啊！"天目忙说道："官军在思南、铜仁都有驻军，同为贵州都司管辖，听闻总督大人已经命他们前去支援。"

御龙叹息道："只是杨维忠已撤守思南，黔军看来是想避战啊！"从龙说道："我最担心的是，如果杨珠拿下龙泉坪，就可以沿乌江而上，打进咱们酉司。"天目说道："公子不用担心。杨珠深谙兵法，绝不会孤军深入酉司。我们牵制住杨亿大军，黔军便可安心对付张佑及杨珠，对龙泉坪就是最好的支援了！"

虬龙叹息道："只能如此了！"

天目说道："如今杨应龙大军撤回播州，官军逐渐赶来，估计李化龙总督很快就会进剿。只要官军一起进攻，杨珠就会撤回播州，如此龙泉坪之围就解了。"御龙叹息道："只怕龙泉坪支撑不了这么久啊！"

安邦臣劝道："吉人自有天相，将军不要担心。况且我等身受皇恩，为国尽忠原是本分，克明老兄自然也明白这些道理。"众人议了许久，一时之间也无良策，只能寄望于童元镇及杨维忠前去增援龙泉坪。

龙泉坪长官司安民志见杨珠率兵前来，心下大惊，忙召集百户冉克明、舍人刘玉銮等人议事。安民志叹息道："这一天终于来了！几位老兄弟，能跑的都跑吧！跑不了的，只能和我一起赴死啦！"刘玉銮气愤地说道："杨维忠这厮，居然带着两千官兵不战而逃，留下我们五百人跟杨珠一万人作战！我就算是死，临死前也要先参他一本！"

冉克明笑道："这种鼠辈，就算现在不跑，打起来也会跑，要他何用！我们这五百精兵，人虽然少，却也是南征北战打出来的。杨珠想要吃掉我们，也得硌掉他几颗牙！"

安民志大笑道："好兄弟，不枉我们并肩作战二十年！既然如此，咱们就跟他大战三百回合！"刘玉銮也慨然说道："捐躯赴国难，视死忽如归！我虽一介文人，也要拼死一战！"三人均已年近半百，但此时纵声大笑，豪气干云，旁边士兵听了也觉得豪气顿生。

三人又商议了一番守城事宜，便各自前去准备。冉克明心知此番必死无疑，便先回家安顿。进得屋来，只见夫人与现龙均在等他。克明叹了口气说道："想必你们也听说了，此次杨珠来袭，恐怕龙泉坪即将沦为焦土。一会儿现龙你带着你婶子，往西司方向逃走吧！"

张夫人却淡淡地说道："一会儿现龙骑马跑吧。我就不走了，一家人死也要死在一起。"现龙大声说道："侄儿早就等这一天了，要和叔叔一起上战场，为我娘报仇雪恨！"

冉克明叹息道："何苦都死在这里！"但素来知道二人性格倔强，知道劝不走，只得罢了。克明带着二人来到堂屋，在祖宗牌位前站好，上了一炷香，恭恭敬敬说道："列祖列宗在上，不肖男克明再上最后一炷香。今日敌军来犯，克明定当拼死一战，绝不让祖宗蒙羞！"张夫人和现龙也上了香。

冉克明和夫人简单聊了几句，便与现龙披挂整齐，来到军营。本司只有士兵五百人，妻子田产俱在本地，见播州军一路烧杀抢掠，自然是同仇敌忾。克明传令下去，五百名士兵列好队伍，军容肃穆。虽然人不多，倒有骑兵十余名，弓箭手一百人，长枪兵近四百人，俱斜挎弯刀。刚列好队伍，安民志和刘玉銮也到了。

安民志见众人列好队伍，便拔出腰刀，高声讲道："各位兄弟，播州悍然谋反，朝廷大军即将进剿。如今杨珠领兵来犯，我龙泉坪没有别的，只有五百铁血男儿。杨珠想要过去，除非踩着我们的头颅！今日我在此立誓：只要我安民志还有一滴血，也要与叛军拼杀到底！"冉克明听了，举起腰刀喊道："拼杀到底！"众人一起喊道："拼杀到底！"

且说朱敬奉杨珠之命，领一千五百精兵先行。这朱敬年方十八，素来作战勇猛。知道龙泉坪城墙年久失修，守城士兵又少，此番初次独自统兵作战，便想速战速决，早立战功。朱敬带领本部人马轻兵向前，沿途官军早已撤走，一路畅行无阻。第二天傍晚，便赶至绥阳哨附近，距龙泉坪只有四十里地。

一名头人见天色渐晚，便对朱敬说道："将军，天色已晚，大军自昨夜出发，已行军七十余里，都很疲乏。不如就在附近安营扎寨，明天再攻进去吧！"朱敬不满地说道："白天已经休息了两次，如此行军，何时能赶到龙泉坪？翻过这座山，再赶十里路扎营吧！明晚必须拿下龙泉坪，在城中过夜！"于是勒兵继续向前。

此时两侧俱是高山，只有一条小路从中间穿过。朱敬只得下了马，牵马前行。正行进间，山上号角齐鸣，弓箭齐发。原来冉克明深知龙泉坪城墙失修，不便坚守。又探知朱敬轻兵前来，便不退反进，尽数领了五百士兵，前来与绥阳哨把总冉文灿会合。双方合兵，在山上设伏。果然出其不意，打了播州军一个措手不及。

朱敬心下大惊，此时夜色掩映，不知周围埋伏了多少敌军。拔出刀来正要喊话，早被一箭射中胳膊，旁边士兵忙喊道："保护将军！"一时乱作一团。山上又射下火箭来，此时乃是正月，士兵穿着俱厚，一下便烧着数人。后面士兵见了，以为是官军大军埋伏，转身便跑。

朱敬见道路狭窄，敌军居高临下，又不知有多少人马，只得忍痛大喊撤退。众人往后逃窜，见敌军不再追赶，方才停下脚步，此时已跑了五里地有余。点验人马，折损了接近一半士兵，多有乘乱走脱的。知道凭借剩余人马，难以再去攻打龙泉坪，只得含恨扎营，再作打算。冉克明也忙喊穷寇莫追，点验人马，只有十余人受伤，缴获刀枪弓箭无数。

克明清点完物资，对文灿说道："明日杨珠必然带大军前来。他有四千人马，且知道朱敬在此遇伏，必然刻意防备，绥阳哨是守不住了。不如和我一起撤回凤凰山营盘，合兵迎敌吧！"文灿笑道："你撤吧！离开了绥阳哨，我还能叫绥阳哨把总吗？我就在此等着杨珠，与他大战三百回合。"

现龙也劝道："九太爷，敌众我寡，还是一起撤回去吧。咱们一共就这么点人，不能再分散兵力了啊！"文灿摸了摸现龙的头，笑道："小小年纪，倒知道兵法了。孩子，有些事，明知其不可为，而不得不为之啊！你长大了就知道啦。"克明与现龙见文灿执意留守，只得带了龙泉坪士兵，往凤凰山营盘出发。

现龙心下不解，走出绥阳哨便问道："叔，我们能撤，为什么九太爷不能撤？"克明叹息道："冉文爵金事大人一向与马千驷、杨应龙有来往，此次播州造反，石砫一脉怕是要受牵连了。你九太爷在这里多立一分战功，石砫便少一分罪责。想不到他年纪轻轻，竟如此有担当！"二人感慨一番，回营盘驻扎不提。

杨珠从真州尚未拔营，便得到朱敬兵败的消息，心下大怒，亲领大军直扑龙泉坪。这龙泉坪地处大娄山南麓，从北进入龙泉坪，只有一条道可通。朱敬虽已在绥阳哨遇伏，杨珠也只能走这条道。于是先派出斥候，前后打探军情，以防再次中伏。

杨惟栋与杨亿奉命领兵六千继续驻守官坝，这官坝位于横山与金佛山之间，乃南川、綦江通往播州必经之路。杨惟栋探得知西司、石砫兵至，便与杨亿分兵据守。由杨亿领三千人守官坝，自己领了三千士兵进驻金筑关。

金筑关乃播州北大门，距邓坎不到十里。这日细作回报，李化龙总督从南川出发，向邓坎寨而来。惟栋亲自召见细作，问道："消息是否确实？你如何探到的消息？"那细作回禀道："小人奉将军之命，平日在南川县城屠宰场做活，并打探消息。前日官兵到屠宰场把所有的羊肉猪肉都买走了，那官兵头领与小人认得，说是总督大人要到邓坎寨劳军，要小人找人帮忙推车，每人赏一两银子。"

惟栋问道："你们一共来了多少人？"细作回复道："官军只有十余人，另有十几个民夫。到了邓坎寨山下，小人偷偷跟那头领说回家探亲，溜出来的。"正说话间，又有探子来报。那人一身农夫打扮，说道："小人是大湾人，今日官军到村寨里向头人征用桌椅，说是正月初三晚上要摆宴席。得亏小人在村西头干活，偷偷绕路跑了。小人从山上远远看见，官军已经封了路口，不让村里人往关口外来了。"惟栋听完，赏了二人一些碎银，并吩咐众将前来议事。

片刻之后，众将在惟栋帐中聚齐。惟栋看了众人一眼，说道："探子来报，正月初三李化龙要在邓坎大摆官宴。各位兄弟，咱们立功的机会来了！"副将梁本先说道："将军的意思，是咱们趁他们宴会之时，前去劫营？"惟栋笑道："正是如此！等他们酒足饭饱之后，咱们连夜杀进去，一举斩杀李化龙、马千乘等人，就会扭转西南战局！"

另一名头人娄起国担忧地说道："将军，邓坎地形险要，易守难攻。咱们虽然比他们多一千人，恐怕也不是轻易能攻下来的。一旦周国柱从南川来援，咱们就陷于被动了！"惟栋笑道："要想立下不世之功，怎能前怕狼后怕虎！南川县城离此地尚远，咱们一鼓作气拿下邓坎，周国柱也只能望洋兴叹了！再说了，如若咱们攻击不利，可以退守金筑关。"

梁本先也说道："咱们身后各关隘都有重兵把守，西南三十里有何廷顺将军领兵一万扎守扶欢寨。再往南五十里，有朝栋大人领兵一万驻扎丁山坝。可谓进可攻退可守，正是我等立功的大好时机！"众人议定正月初三前去劫营，接着派人前去打探消息。

第三十回
劫大营悍将遇伏　战播州群龙起舞

　　正月初三傍晚，李化龙在邓坎寨大摆筵席，犒劳三军。此时巴蜀地区尚有些寒冷，众人在一旁燃起篝火，烤起羊肉，煮上米酒。马千乘见众人坐齐，便起身说道："诸位兄弟，今日总督大人亲临我军大营，是我石砫将士之幸。我们请总督大人训话！"说完，牛角齐鸣。

　　李化龙站起来，看着马千乘、冉跃龙等人，举起酒碗说道："本督奉命调集各路兵马，进剿播州逆贼。石砫和西司大军镇守要冲半年，将士齐心，军容严整，叛军不敢丝毫进犯，不愧为西南柱石。这碗米酒，敬我三军将士，预祝大军旗开得胜！剿平播州，我请大家喝仁怀烧酒！"

　　众人齐声喊道："剿平播州！"李化龙举起碗来，一饮而尽，众人也都干了。众士兵驻扎已久，平时极难吃肉饮酒，此时大碗喝酒，大口吃肉，好不畅快。酒过三巡，便有士兵表演摔跤、击剑，李化龙等人看得十分尽兴，亥时方回营休息。

　　且说杨惟栋在金筑关坐等劫营，不时派探子来回打探消息。到了傍晚，果然得知李化龙在邓坎大宴官兵。于是下令合营休息，丑时三刻造饭。到了寅时，亲率大军轻兵前行，半个时辰便抵达邓坎南侧。

　　此时东方微白，惟栋传令下去，灭了火把。人衔枚，马勒口，借着晨曦前行。这邓坎寨位于金佛山南麓山坡上，从南川至播州只此一条官道，乃是兵家必争之地。播州兵长期驻扎山地，善于攀援，惟栋领了队伍不走官道，绕到邓坎寨东侧，往后山而去。

石砫兵重兵集结于关前，后山却守备空虚，沿路有几名岗哨，被副将杨元奇领人轻松拿下。绕到后山来，早看见石砫大军营帐在山脚平坝依次排开。营外扎着木栅栏，门口摆着一排拒马。营门外岗哨看见播州前军，忙喊道："叛军来袭！"话音未落，早被一箭射倒。旁边另一名哨兵忙吹牛角，只吹了一声，也被按倒。

杨惟栋拔刀喊道："兄弟们，活捉李化龙，赏银一千两！给我冲！"说罢率先冲进营盘，却不见石砫兵杀出来。但身后士兵一齐涌进来，停不下脚步，只得杀进营中。却见营内空无一人，心知中计，待要大喊，脚底一轻，已掉进陷阱中。

此时李化龙等人领兵正埋伏在山腰，见播州大军果然前来劫营，便对着马千乘赞叹道："幸亏马将军及时探明播州军动向，我等提前做好埋伏，否则真要让杨惟栋这小子得逞了！"马千乘忙谦让道："大人过奖了！此事全仗跃龙兄弟及时发现，末将岂敢抢功。"

李化龙问道："你如何得知播州要来劫营？"跃龙回禀道："小人在南川已暗中清点过民夫人数，到邓坎一数，却少了一人。唯恐是奸细，便请马将军派人打探军情。昨日上午，果然见杨惟栋进驻金筑关。因此才禀报将军，在此设伏。"

播州大军冲进营内，却纷纷掉进陷阱。陷阱中插了削尖的竹子、木棒、硫磺等，一下死伤无数。李化龙大手一挥，山上又射下火箭来，顿时火势大起。杨惟栋好不容易在亲兵帮助下爬出陷阱，背上已经血肉模糊。忙领兵冲出营帐，此时火势凶猛，播州军乱作一团。

马千乘领了石砫士兵，吹起号角，举起长枪冲下山来，播州兵纷纷溃逃。杨惟栋领了亲兵，拼死向外突围。所幸梁本先勇猛，与几名亲兵挥舞腰刀，力保惟栋等人冲出重围，一路往南退去。马千乘等人忙领兵围剿，一时间溃逃、投降者不计其数。

秦良玉带了秦邦屏、秦邦学、马廷培、马忠等人，领了八百士兵一路追杀，杨惟栋只得且战且退。然而石砫白杆兵甚是勇猛，秦良玉一马当先，奋勇冲杀，杨惟栋根本扎不住阵脚。播州军一路溃逃，沿途趁乱逃散者不计其数。

杨惟栋一路溃逃至金筑关前，尚未入关，秦良玉一杆枪已经杀到眼前。

梁本先慌忙接住厮杀，跃龙等人也已跃马杀到。梁本先虽然勇猛，哪里敌得住众人合力冲杀。战不几回合，早被秦良玉一枪刺于马下，石柱兵一拥而上捆了。

杨惟栋远远望见大将被擒，慌得领了十余名亲兵一路难逃，到青杠林方停下脚步，与当地头目寨主会合。秦良玉占住金筑关，清点人马，生擒了梁本先、梁廷耀、娄起国、陈家付、张曰旺等头目。于是传令下去，抓紧救治伤员，打扫战场。

李化龙见石砫军得胜，便命马千乘领军进驻金筑关，并命周国柱派一千名官兵挺进邓坎寨，以为后援。安排妥当后，总督大人便启程回大渝府。冉跃龙见金筑关离九龙庙不远，且久未见兄长御龙等人，便与总督告假，打马向九龙庙而去。

却说冉御龙与虬龙等人奉命驻守九龙庙，此地正是播州军北进南川门户，杨亿领军驻扎在南面不远处官坝，往南更有何廷顺及杨朝栋大军。御龙丝毫不敢怠慢，领军登高拒险，结下硬寨，枕戈以待。这日跃龙前来相会，兄弟几人久别重逢，自是不胜欢喜。

正月十三日下午申时，御龙兄弟领了五百士兵出寨探路。众人一面探路，一面记下沿途地形，补充行军地图。走了五里路，到了干溪口附近。

御龙抬头一看，已经远远能能看到老瀛山了，便命众人原地休息，不得喧哗。这一带为横山和金佛山余脉，两条官道分别从南川、綦江往南而来，在老瀛山下相汇。山前便是官坝，杨应龙大军此前便在此驻扎。杨应龙撤走后，杨亿便领军在老瀛山上扎营，控遏官道。

御龙等人休息片刻，正待起身回营，听到前方传来战马嘶鸣。御龙一挥手，众人忙爬上道旁山丘，借着树丛隐蔽下来。过了片刻，只见一群播州兵迤逦而来。跃龙大略点了一下，约莫有三百人。领头一人骑着战马，对旁边亲兵吩咐道："前方五六里地，便是酉司大营了。我等再打探一里路便返回，不可轻敌冒进。"

御龙听了，知道此人不可小觑，便示意众人保持镇定。待播州兵到了山前，御龙一挥手，众人箭如雨下。那头人机警，听得弓弦响动，大声喊道："有埋伏，快撤！"但为时已晚，身旁士兵早被射倒一片，胯下战马也被射伤。那头人临危不乱，翻身跳下战马，大喊一声"结阵！"，身旁士兵一齐举起藤牌，结成方阵。

跃龙发了几箭，便挥刀领军冲下山丘。酉司士兵居高临下冲下来，前面播州兵抵挡不住，早被冲散。只有那头人领了不到一百人，兀自结阵抵抗。跃龙高喊道："这位头领，我们大军在此，凭你这点人万难抵挡。我看你也是条汉子，何苦跟逆贼造反，不如早早归顺朝廷，一同建功立业！"

那头领大喝道："我许朝用身受杨家恩典，岂能背信弃义！不要多言，咱们今日便好好厮杀一番！"从龙焦躁，领了士兵奋力向前厮杀。播州兵抵挡不住，但许朝用甚是英武，连斩两名酉司士兵，稳住阵脚。播州兵一时士气大振，方阵结得更牢，从龙一时倒也攻不进去。

这边早急恼了张柱石，与冉虬龙一起杀向前去。二人俱是威武雄壮之士，领了一队精兵向前，气势十足。张柱石长枪过去，一枪刺破前面藤牌，那士兵仍死命抓住藤牌。

柱石此时已经十九岁，膂力惊人，竟用长枪把那士兵挑起来，摔到一旁。虬龙与伍良臣也各砍倒一人，播州军本来只是探路，所带藤牌不多，此时方阵便露出一个缺口。御龙领了众人向前冲杀，播州战阵片刻便被冲散。

许朝用见势不妙，忙领了亲兵向南逃跑，御龙领了众人一路追杀。跃龙忙喊道："穷寇莫追！"但此时人声鼎沸，御龙并未听见，仍旧向前追赶。跃龙唯恐有失，便拉住一名头人，命其赶回九龙庙禀报白邦臣等人，火速领大军前来增援。

众人一路向前，不知不觉便追至老瀛山下。跃龙在石砫营中时，便探知老瀛山是杨亿营寨，忙令众人停下。

许朝用见御龙等人不再追赶，便领兵在二百步外站定。自恃到了大本营，指着张柱石大喊道："兀那汉子，看你有几分力气，杀我亲兵数人。来来来，你我再大战三百回合！"身后亲兵牵了马来，许朝用翻身上马，跃马持枪而立。

柱石笑道："你既然这么着急上路，爷爷便送你一程！"说罢挺枪上前。跃龙将自己战马牵过来，柱石却摆了摆手，拿过身旁士兵手中长枪，一手握了一杆枪踏步向前。许朝用见他徒步前来，心下大怒，大声喝道："大胆狂徒，竟敢藐视于我！"说罢催马挺枪杀来。

柱石并不着急，待那马冲进一百步左右，也往前跑了几步，顺着前冲的势头，右手使劲，将那长枪扔了出去。

许朝用见他未带弓箭，未提防长枪扔过来，不及躲避，那长枪早刺中坐骑右眼。战马虽然吃痛，仍借着惯性向前冲来。许朝用久经战阵，知道战马必然摔倒，早从马上跳下来，居高临下借着势头一枪刺向柱石。

柱石不敢硬接，忙翻身向侧面一滚，堪堪避过长枪。那战马也正好在身后轰然倒下，柱石顺势拔下长枪。二人持枪站定，心内均暗自佩服对方。许朝用见柱石站的地方较低，便持枪刺来。

柱石却是拼命三郎打法，并不闪避，也是持枪刺去。许朝用骂了一句棒槌，心道要是都不躲闪，两人身上都会是一个窟窿。忙侧身躲开，一枪正好刺在旁边巨石上，震得手臂发麻。柱石一枪刺空，借着势头往前两步，在前面土坡前站定。

这边刚刚站稳，许朝用长枪又已经刺到。柱石待那长枪刺到身前，方侧身闪开。许朝用力大，一枪刺中柱石身后土坡，枪头贯入两寸有余。柱石早算准这一步，不等许朝用拔枪，一枪刺向他面门。许朝用赶紧闪身，堪堪避开枪头，来不及拔出长枪，便伸手抓住柱石的枪头。

二人各抓住长枪一头，奋力夺枪。但二人力气相若，一时之间谁也夺不过来。御龙唯恐柱石有失，忙领了众人杀将过来。许朝用身后却只剩十余名士兵，无人敢冲过来帮忙。柱石爱惜英雄，便说道："乱刀之下无英雄，许把头是条汉子，咱们来日再战吧！"说罢撒了手，许朝用见了，朝他拱了拱手，转身向山上跑去。

御龙见白邦臣已领了大军来援，便领了众人随后追杀，准备一举攻上山去。到得山脚关前，山上杨亿等人早看见西司兵马来袭，指挥士兵坚守。一时梭镖礌石如雨，御龙只得领兵后撤。

御龙撤至山南一里处，在坡上扎下阵脚。伍良臣等人带了俘虏上来，跃龙见他军服下露出藏青色裙摆，知是黑苗。便问道："你是嘎脑吧，为何参加播州造反？"

那苗人回复道："我们穷人，家里没有地，又没有产业，当兵还能混口饭吃。你们谁当皇帝，跟我们有什么相干？"跃龙说道："天下太平，才能安居乐业。跟着造反，就是把脑袋别在腰带上，有什么好？"

那苗人却甚是桀骜，反驳道："安居乐业那是你们官老爷！打不打仗，我们穷人哪天不是为一顿饭发愁。就是你们西司，不也有人逃难到我们村里吗？说人家媳妇是白无常，吓着你们官家的孩子了。我们穷人的命，自然不是命了！"

伍良臣忙喝道："休得胡说！"御龙听了，忙问道："你说这人是杨五得吧？他现在何处？"那人说道："还能在何处？也在山上后厨帮忙，那孩子刚七岁，也跟着一块烧火。"

御龙吩咐道："各位头人都传令下去，大家不要伤及无辜。凡是民夫及帮工人等，不得随意打杀。"御龙问道："山上共有多少兵马？"

那苗人见御龙仁慈，便说道："山上是杨亿领兵，共有三千士兵，今天又折损了三百人。不过往南扶欢寨和丁山坝，都有播州大军。"御龙说道："看你本性正直，我便放你回去。朝廷大军马上就会全力进剿，你千万不要再回播州军营了。"

那苗人听了，磕头说道："感谢大人慈悲！小的名叫周大可，就是回去也没有地方混饭吃，愿投身大人帐下效力！"御龙笑道："你愿弃暗投明，我们自然欢迎。"于是吩咐伍良臣领他下去换衣服，并详细询问山上布防情况。

御龙待伍良臣等人退下，向众将说道："山上有杨亿驻军，咱们是一鼓作气进攻，还是撤回九龙庙驻守，大家都说说吧。"虬龙说道："这杨亿、许朝用都是能征善战之辈，老瀛山营盘又居高临下，易守难攻。我们只比播州多一千人，只怕不容易攻上去。"

白邦臣向来老成持重，也说道："我也以为撤回比较妥当。待官军一起进剿，再集中兵力攻打老瀛山不迟。"

跃龙说道："老瀛山易守难攻，如果强攻肯定会折损自家兄弟。不过这老瀛山有绵延数里，杨亿只有两千余人，必然不能分兵把守所有关隘。若能找到薄弱环节，倒可以试试攻打。"缪天目也说道："三公子言之有理。老瀛山三条山脉皆可攀援，咱们可以兵分几路，只要有一路攻上去，里应外合就好办了。"

御龙听了，说道："官坝是南川、綦江通往播州的门户，咱们又是挺在最前面的队伍。攻取老瀛山营盘，迟早还是我司的任务。此次既然大军已经来到山下，倒也可以试试进攻。如果啃不下来再撤不迟，总之不能白白折损兵力。"

跃龙说道："杨亿用兵一向谨慎，知道咱们大军在此，必然不会舍弃天险，贸然领兵下山来决战。咱们可以在正面一直佯攻，吸引播州兵力。而把主力放到其他几路，出奇兵突破他的防线。"

此时已经天黑，御龙便传令下去，大军造饭，原地扎营休息。到了凌晨寅时四刻，天已微亮，御龙将兵马分成四路，由跃龙、虬龙、白邦臣各领一千人，分别绕到山后从小径攀援而上。自己领了一千人，多配长弓劲弩，从正面开始仰攻。杨亿果然早有准备，双方互掷标枪，弓箭对射，一时之间谁也奈何不了对方。

却说杨亿在山上督兵守寨，见西司兵虽然势大，但自己坐拥天险，倒不担心。许朝用又提出，要领兵下去冲杀一番。杨亿笑道："许把头不要急，西司四千人来袭，断然不会只在正面仰攻。后面有你打仗的时候。"

许朝用听了，拱手说道："还是老祖考虑周到！"西司士兵甚是彪悍，借着后面弓箭掩护，几百士兵覆了藤牌不时向前冲锋，几次冲到关前，杨亿只得不断加派人手增援。

过了一个时辰，有士兵跑步前来禀报："报——西司士兵从后山攻上来了！"许朝用问道："有多少人马，领头的是谁？"那士兵回答道："密密麻麻的，看着恐怕有一千多人。领头的极其雄壮，十八九岁年纪，甚是勇猛。"

许朝用笑道："定是张柱石那小子领兵攻上来了！昨天与他杀得还不过瘾，请老祖准许，让我再与他会会！"杨亿道："你领八百人前去吧！"

许朝用领兵急行，果在后山看见柱石领兵杀过来。柱石也远远看见了许朝用，便喊道："许把头也来了，昨日已经比过兵刃，今日咱们比比拳脚吧！"许朝用听了，哈哈笑道："我这双铁拳，打遍播州无敌手，只怕你小子吃不消！"

柱石扔了手中长枪，卸下腰刀，指着前面平地说道："如此甚好！咱们让士兵各退二百步，不许暗箭伤人。就你我二人，在这里一决雌雄！"

二人于是摘下头盔，扔了刀剑，徒手一番大战。这许朝用果然了得，铁拳生风，柱石被他一拳砸中右肩，顿时感到右臂发麻。但柱石曾在军中学得北派腿法，近来又从伍良臣处学了相扑摔打技巧，许朝用刚一近身，便被摔了出去。

许朝用借着后摔之力，左手扶了身后大树，右手点地站了起来，随机又揉身攻上前来。二人你来我往，战在一处。

第三十一回
绥阳哨小将尽忠　龙泉坪忠臣殒命

且说许朝用和张柱石二人战作一团，两边士兵无不喝彩。柱石并不着急，沉着应战。原来出发时跃龙及天目已有交代，但遇播州大军抵挡，拖住敌人便可，不要苦战，自有其他几路大军攻进去。

此时白邦臣也已领兵从西侧攻上山来，而山前冉御龙领兵攻得正急，杨亿只得亲自领军前去御敌。白邦臣正在厮杀，见一名须发俱白的老将领兵杀来，知道是杨亿亲自来了，便抖擞精神，奋力向前冲锋。双方俱是精锐，顿时杀得难分难解。两名老将厮杀正酣，猛听东侧山头号角齐鸣，原来是跃龙领兵杀到。

跃龙却不理杨亿，领了大军径向山前冲去。杨亿心下大惊，知道山前关卡要是失守，营盘便会丢失，忙领兵去救。但白邦臣见跃龙已经攻上来，更加死命冲锋，杨亿哪里能够走脱。跃龙领了伍良臣等人奋力向山前冲去，一面吹角呐喊。山下御龙听了，也死命狂攻。两军前后夹击，播州军抵挡不住，纷纷溃散，跌崖死者无数。

御龙兄弟二人攻下山前关卡，合兵向杨亿杀来。此时西司兵已共有三千人攻上来，士气正盛，杨亿只有一千余人，只得结阵拼死抵抗。伍良臣甚是勇猛，领了二百死士反复冲杀。这边白邦臣之子再连、再浩二人也奋起精神，领兵向前冲锋。播州兵被两面夹击，便开始溃散，有不少士兵趁乱逃走。

这边许朝用与柱石正在抱摔，听到山上号角震天，心知不妙。忙甩开柱石，领兵来救杨亿，柱石率军随后追赶。许朝用刚赶到战场，杨亿大军已被冲散，只剩杨亿领了三四百人尚在苦战。许朝用只得领了一百余名死士，奋力冲进重围，与杨亿并肩作战。

此时酉司兵三面夹击，不时向前冲锋。许朝用知事不济，只得死命保了杨亿，向山下撤退。然而四面皆是士兵，几次冲杀皆不能突围。跃龙在高处看准时机，一箭射去，杨亿顿时应声而倒。播州兵见主帅战死，斗志顿失，纷纷扔下刀剑投降。外围的播州士兵见了，成队往山下逃去。许朝用虽然勇猛，哪里敌得住酉司士兵潮水般地涌过来，被张柱石用枪杆打倒，众人一拥而上捆了。

御龙见播州兵已经溃败，便命人打扫战场，守住关隘。果然在民夫中，找到杨五得父子，赏了几两银两，命其到邓坎附近村寨暂时安身。柱石亲自来劝许朝用，但许朝用家小俱在播州，哪儿敢投降。正好跃龙要赴大渝府见李化龙，便将许朝用押解至大渝听候处置。兄弟几人又担心现龙及克明等人，便派人绕道至龙泉坪打探消息。

此时龙泉坪已是四面受敌，安民志与冉克明领了五百士兵困守孤城。安民志早派了人到铜仁及思南求救，等了两日也见没有回信，知道援兵无望。只得与冉克明及刘玉銮商议，将五百士兵守住凤凰山营高地，东西城门则只能由家丁民夫把守，并动员百姓日夜加固城墙。就连安、冉、刘三人的夫人，也领了一众妇孺，帮助准备箭矢等物。

杨珠领了一万大军一路杀过来，知道龙泉坪仅孤城一座，并不急着攻城，不如趁此扫清婺川、龙泉坪至播州沿线哨卡。于是兵分五路，每路两千人，分别从锡落关、龙洞哨、穿阡哨、三跳哨、绥阳哨向龙泉进逼。杨维忠已率大军撤走，此时每哨仅有官军二三百人，如何能抵挡杨珠大军。锡落哨把总喻兴时、哨官司于荣费、杨廷贵，三跳哨把总萧才一、郭明选先后战死，龙洞哨、穿阡哨也陆续陷落。

杨珠亲领两千人马，从正面进攻，向绥阳哨杀来。把总冉文灿见播州大军来袭，知道仅凭自己这三百人马，断然无法挡住杨珠。若撤至凤凰山营与冉克明合兵，播州兵毫无阻挡四面袭来，自己与克明也是死路一条。倘若绥阳哨及锡落关几个关卡都能拖住敌军，思南与铜仁官军来援，龙泉坪倒有一线生机。文灿抱了必死之心，先点了一炷香，朝石砫方向磕了三个响头，说道："孩儿虽然无能，也断不敢辱没先人。今日便要战死在这玛瑙山上了！"焚完香，领了士兵加紧备战。

绥阳哨建于玛瑙山上，从婺川方向过来只有一条官道从哨卡下通过。官道旁两座山，均是悬崖绝壁，极难攀援。杨珠领了兵马来到关前，也不由赞叹一句："好一座雄关！"朱敬此前中伏，此次想要戴罪立功，便申请打头阵，杨珠应允。

朱敬此前在绥阳哨吃了大亏，此番更加谨慎。见山路促狭，又是仰攻，便命二百士兵佩长弓，只在山腰对准关上齐射，作为掩护。自己亲自带了三百精兵，举着藤牌向前，向关口大门杀去。山上却静悄悄一片，仿佛无人一般。朱敬等人顺利前行，直抵门前。正要攀援，关上巨石、滚木齐下，关前又是斜坡，播州兵顿时倒下一片。

几名彪悍的播州兵顶了藤牌奋力向前，手搭石墙准备攀爬。谁知文灿昨晚已经在墙上泼了几遍冷水，此时尚在正月，天气严寒，墙上已冻成一片。石墙光滑无比，哪里爬得上去。关上石头、标枪不断扔下来，朱敬只得领兵撤回。

朱敬清点人马，折损了四五十人。身旁士兵献策，当用大木撞门。于是就地伐了一株圆木，选了十名壮汉扛着圆木上前，其他士兵用藤牌遮蔽。

文灿在关上见了，心知不妙，忙领兵奋力御敌。巨石、羽箭、标枪齐发，那十名壮汉顿时被打倒。但朱敬已立下重赏，又有杨珠在后督战，播州兵倒下一片，后面又有人上前补上。如此几次，折损了一百余人，尽让朱敬等人扛了圆木爬到门前。众人一起抱了圆木，使劲撞门，那门虽然结实，只几下便已有了裂缝。

这时关上抛下干草硫磺等物，朱敬大惊，但后面士兵拥挤，一时之间回撤不及。山上火把抛下来，播州兵手持的俱是藤牌，身上又穿了棉衣，顿时烧成一片。朱敬等人连滚带爬，退到山脚，杨珠忙命人赶紧帮忙扑火。朱敬所领五百士兵已折损大半，自己也烧伤胳膊。杨珠亲自下马扶起朱敬，说道："朱将军英勇，没有为我杨珠丢脸，先到后面歇息片刻吧。"

杨珠命人赶到附近村落，拆了七八扇门板回来。将门板捆上绳索，用水反复泼湿，选了十余名悍卒顶着门板前进，其他人弓箭掩护。关上虽然依旧巨石、弓箭如雨下，间或有士兵被砸到，马上有其他士兵顶上。这些士兵顶了门板，很快攻到山门边。杨珠笑道："朱敬，现在去吧！就这么一扇山门，你们就是用拳头砸，也砸下来了！"

山上文灿见了，虽然着急，却也没有什么办法，只能拼命往下射箭及扔石头。播州兵刀砍斧劈，片刻之后便将山门砍倒。朱敬大喜，领了众人挥刀冲了进去。里面文灿也领了一彪军杀了过来，与朱敬杀做一团。官军毕竟以逸待劳，又有地利，文灿亲手格杀数人，众人奋力向前，将朱敬等人打出山门。

杨珠在后面督战，见朱敬等人不敌，便亲率大军向山门冲锋。播州兵源源不断地从山门冲进来，此时文灿等人箭已射光，只得与播州兵贴身肉搏。然而毕竟敌众我寡，数倍之敌不断冲过来，文灿很快便陷入重围。

杨珠在山坡上见文灿虽只剩数十人，但左冲右突，甚是勇猛，便喊道："将军少年英武，我杨珠一向识英雄重英雄，请小将军归顺于我，我等共创大业吧！"

文灿更不答话，砍倒身旁一名播州士兵，从他身上夺过弓箭，看准杨珠一箭射去。杨珠措不及防，那箭正中头盔红缨。杨珠叹息道："我播州要有这等猛将，何愁大事不成！"

话音未落，文灿已被打倒，杨珠忙喊道："留下活口！"然而已经来不及，文灿已被乱枪刺死。绥阳哨就此陷落，杨珠并不停留，接着领军向龙泉坪扑去。

龙泉坪地形险要，乌江从城南面而来，绕城西向北流去，成为天然一道护城河。城东及城北背靠大娄山，城南由安民志亲率家丁守着跨河吊桥。冉克明与刘玉銮领了全数五百士兵，在城北凤凰山营守备，抵御杨珠大军。

杨珠领了大军，在凤凰山前扎下阵脚。此时其他几路播州军也陆续到来，把龙泉坪围了个水泄不通。朱敬经过绥阳哨一战，对杨珠心生佩服，便问道："将军，这凤凰山营居高临下，易守难攻，我们应当用什么计策？"

杨珠笑道："以八九千人打他五百人，还要什么计策！四面一起向前冲锋就行了，不消半个时辰，他的箭就要射光了！这么多人和他打白刃战，他便有三头六臂，也只能受死了！"

杨珠传令下去，谁先杀入凤凰山营盘，赏银二百两。播州兵漫山遍野攻上山来，凤凰山营盘只有一堵一丈高石墙，并无其他依托。克明等人在墙上居高临下射箭，但播州兵四面涌来，不时有人爬上墙来。克明领了亲兵各处迎敌，击杀逾墙之敌。

过了半个时辰，克明等人虽然每人准备了四五十支箭，但终究耗光。播州兵见了，士气大振，死命往前进攻。克明见了，命人打开门，领了众人一齐往外冲杀。克明与现龙冲锋在前，斩杀数人，播州兵被气势震慑，纷纷往后退让。克明等人冲杀一阵，又退回营盘。

杨珠在后看到士兵退避，便吹起号角，播州兵复又向前。克明又领了士兵冲杀几次，然而播州士兵越来越多，克明虽然勇猛，但身边士兵却越来越少。朱敬等人在后面又放起箭来，克明身边只剩下现龙、刘玉銮等十数人。知道营盘已经守不住，只得拼死往后山突围，一路退回龙泉坪城内。杨珠知道龙泉坪只是孤城一座，并不十分紧逼，只是以大军四面围住。

克明与安民志等人在城内会合，此时士兵多已战死，只剩不到五十名士兵及家丁。知道城破只在旦夕之间，也只得整军备战，守住城门。此时夕阳西下，余晖照在城内，乌江流水轻轻拍岸，播州兵暂未攻城，四下一片寂静。突然，江上飘来两条战船。克明忙领了士兵冲过去，却见那些人并非播州兵装束。

领头士兵跪下说道："大人，我等是乌罗司允忠大人的亲兵。我家大人知道杨珠攻打龙泉坪，命小人前来接应，接各位大人出城。我家大人在城东北江上等候。"

克明道："辛苦几位兄弟了！只是我等作为主将，怎能弃城而去！"刘玉銮说道："乌罗司既然来人了，安长官幼子才六岁，现龙侄子也还年幼，就让他们逃出去吧！也给大家留个后。"

克明听了，说道："刘兄说得是，就让他们两个娃娃走吧！"安民志听了，让夫人牵了幼子过来，交到克明手上。现龙却说道："我不走，播州人害死我娘，我要和叔叔一起杀敌！"

克明夫人走过来，拉住现龙的手，说道："好孩子，留得青山在，不怕没柴烧。你得活下来，杀到播州去，给你娘祭扫，也救出怜儿。"克明从腰上解下一把短剑，递给现龙："快走吧，一会儿播州士兵看到了，就走不了啦！叔叔与你相处三年，也没啥可送你的，就把这把贴身短剑送你吧！"

现龙听了，扑通一声跪在地上，说道："如果二老不嫌弃，就让现龙给你们做儿子吧！如果此次侥幸不死，我愿侍奉二老一辈子！"冉克明大喜，连忙把现龙扶起来，说道："苍天有眼，赐我这么好一个孩子！"张夫人已经流下眼泪，取下手上的镯子交给现龙："好孩子，这个镯子是咱们祖上一代代传下来的。日后你要娶怜儿，就送给她吧！"现龙接过镯子，重又跪下磕了两个响头，叫道："爹，娘，孩儿给你们磕头了！"

克明与夫人忙把现龙扶起来，却忍不住一直擦眼泪。刘玉銮知道形势危急，忙让众人乘船离开。播州兵见了，纷纷弯弓搭箭，准备射击。

杨珠说道："算了，让他们走吧！张佑等人四处抢劫杀戮，我们播州名声已经不好了。如此下去怎能成就大业，不要再滥杀无辜了。"命人将弩箭绑上一块白布，射入城内。又命人在城外大声喊道："城内的人听着，杨珠将军有好生之德，只要你们竖起白旗，打开城门，我们定然不滥杀一兵一卒！"

那弩箭落入城内，正射在一名士兵腿上，顿时鲜血直流，将那白布染得通红。刘玉銮取下红布，在篝火前烤干，取了毛笔写下几行字。安民志及冉克明见了，纵声大笑，豪气干云。

片刻之后，杨珠看见城头果然升起一面旗帜，却是红色，上面写道："孤城一座压重兵，焉能城失我偷生。一夫舍死万难挡，虽置死地也要生。"

杨珠知道招降无望，便下令攻城。播州兵一起涌上，片刻便攻破城门，不少人逾墙而入。安民志及冉克明等人殊死拼杀，但身陷重围，纷纷战死。龙泉坪诸位忠臣赶赴黄泉，只有乌江依旧滚滚流淌。

第三十二回
乘东风王师进剿　破巫术叛军败退

李化龙在大渝府听闻龙泉坪陷落，又得知张佑等人肆虐楚黔官道，而童元镇等人拥兵不前，心下忧惧。好在延宁四镇、豫、鲁、津、滇、浙、粤等各地援兵陆续到来，与川、黔、湖广土司兵会合，一时大军云集，总数计十六万，号称二十四万人。于是选定吉日，准备祭旗点兵，克日进剿。

正月十五日，李化龙率文武官兵在大渝府校场点兵。卯时三刻，明日初升，三军齐聚校场。刘綎、马孔英、吴广诸将衣甲鲜明，方阵严整，旌旗蔽日。程正谊、张文耀、徐仲佳、高折枝等文官亦冠带齐整，在旁伺候。三声炮响，鼓角齐鸣，李化龙持尚方宝剑登台。

李化龙祭过天地、日月、雷电、山川、社稷、先圣、先贤神位，朗声盟誓："盖闻春秋之义，人臣无将。汉法所诛，大逆不道。逆贼杨应龙者，世侧汉官，被我冠裳，守彼爵土，敢忘天朝豢养之恩，资鬼国凶残之性。初但殃及骨肉，继乃祸遍蒸黎。婴儿孕妇，概被诛夷，杀将屠城以为常事。虐焰燔乎五司七姓，淫毒渐于九溪三巴。天地不容，人神共愤。皇上痛兆民之失所，杜绝其他部落效尤，遂伐暴以安民，乃兴师而问罪。化龙等共以职守，皆在戎行。义当戡乱成平，势须同舟共济。三省之中文武将吏，以及四海之内汉土官兵，应坚除凶雪耻之图，奋戮力同心之谊，庶几可共扶王室。乃可必得罪人，兹将告诫义师，对神明而发誓。且曰：唯忠可以报主，唯公可以服人；唯致死不二，可以殉国家之意；唯精白无欺，可以树掀揭之勋。凡在行伍间，请记斯语。如其无二心，克勤王事，神亦阴为庇护，俾享成功。惟军中之事，非明罚敕法，乃可用众，乃为军令。本部院钦承上命，讨逆遄方，自非三五申令，以齐乌合之情，何能亿万同心，以奋鹰扬之气。今颁军纪十九条，特用申明，法在必行，将无回令，各以早计，庶免后难。"

言毕，又命张文耀读军纪：第一，定有师期，迟后不进，当开刀不开刀，当合哨不合哨者，主将以下皆斩。第二，临阵退缩不前者，当时立斩以徇。第三，前锋破敌，后锋割级，分三七给赏，若前锋贪功割级致贼逃逸或为所乘者斩。第四，争抢割级者斩。第五，临阵在逃及诈称疾病而求免者斩……凡此种种，共十九条。

又命程正谊读升赏条款十二条：第一，不论大小文武汉土官兵军民人等，但有能擒斩杨应龙正身者，除照兵部原赏格外，再加赏银一万两。第二，各土司有能督率部兵，擒斩杨应龙者，除照兵部原格升赏，及瓜分地土外，其本官为宣慰者，加副总兵衔，给蟒衣玉带。第三，不论汉土官兵军民人等，有能奋勇先登入关者，升三级，赏银一千两。有奋勇先登打破播州城者，升五级，赏银三千两。有能奋勇先登，打破海龙屯，升七级，赏银五千两。第四，应龙手下军师、谋士、督军总管、内司总管、提调、苗头总管、各里头目等，及其余但系领兵议事之人，若有能率众来归，或携家归附者，以前罪恶，尽除不问。原有官者，仍以原官守土，原无官者，授以指挥千百户职衔，令立功自效……并将升赏条款制成文告，在黔中各地广为散布。

程正谊宣读毕，李化龙在台上坐定，分画进剿事宜。授下令旗、令牌，兵分八路，进剿播州。川兵分四路：总兵官刘綎由綦江入，以参将麻镇、坐营王芬等隶之，冉世洪百户也随军征战；总兵官马孔英由南川入，以参将周国柱、宣抚冉御龙等隶；总兵官吴广由合江入；副将曹希彬由永宁入。

黔师分三路：总兵官童元镇由乌江入；参将朱鹤龄受童元镇节制，统宣慰使安疆臣由沙溪入；总兵官李应祥由兴龙入。楚师一路分两翼：总兵官陈璘由偏桥入，陈良玭受陈璘节制，由龙泉入。每路兵号称三万，李化龙自将中军策应。

李化龙又行文湖贵二省抚镇要员，命其以二月初三日，亦如大渝式誓告文武及三军士卒。约定二月十二日一齐并进，开刀剿杀。又命张文耀、梅国楼、高折枝、史旌贤等人分赴各路，随军监察，督粮纪功。并传令下去，以抵娄山等关为期，在关外则且战且招降，因贼多不可胜诛也；关内则疾战勿受降，因师不可久老，贼诈不可信也。

点兵已毕，众人各自领命出发。冉跃龙见军中诸事分画妥当，便想赴南川与本司兵马会合出征，于是到李化龙府邸辞别。恰逢成都府快马来报，都江堰外玉垒山忽然垮塌开裂。

知府刘明善在座，便说道："大人，玉垒山突然开裂，恐为不祥。下官以为当设坛做法，祈福消灾。"李化龙心下不喜，说道："休得胡言乱语！蜀中多山，常有地动，垮一座山何足为奇！"

跃龙笑道："总督大人明鉴，小人前日查阅先父文稿得知，本朝平九丝蛮前，蜀中也曾地动数日。今日玉垒山地动，正是大人平定播州的吉兆！"程正谊也说道："下官也曾在蜀中档案内，见过此事记载。"李化龙大喜，又与众人就各路兵马传令事宜进行商议。跃龙辞别出来，已是正午。

跃龙回到军中与兄长会合，次日便收到总兵官马孔英进剿之令。原来马孔英奉命出南川进剿，查得真州方向播州兵力空虚，便要速战速决，当即命各路人马在真州一带集结。参将周国柱、大西宣抚司冉御龙、石砫宣抚司马千乘、平茶长官司杨光祖、邑梅长官司杨光斗、石耶长官司杨光郁、真州司冉晟陆续领兵前来，汉土官兵合计达三万余人，军容甚壮。

马孔英二月初三誓师，用真州土官郑葵、路麟为向导，领军向南而来。酉司、石砫兵日前在官坝及邓坎大破敌军，此时士气正盛，而马孔英、周国柱所领陕西宁夏兵亦彪悍，三万兵马势不可挡，一路扫荡赤崖、清水坪、封宁关等四寨，只用四日便抵达桑木关前。于是令大军在关前扎营，并派人四处投递文告，关内土民不时有人来降。

桑木关乃播州东北大门，建在大娄山上，高数百丈，两边悬崖如天梯笔立，中为千寻鸟道，有一夫当关、万夫莫开之势。杨世龙亲领两万人坐镇桑木关，杨珠领一万人在东侧龙泉坪为援。这杨世龙乃杨应龙五弟，一向骁勇善战，军中号称"五相公"，战功仅次于杨珠。杨世龙将精锐尽数屯在桑木关上，凭高据险而守。

马孔英命周国柱领中军正面进攻，杨世龙居领兵高临下，标枪箭矢如雨下。播州兵箭头皆涂蛇毒、蛙毒，官军中者皆吐白沫。山上又有女巫做法，披头散发，貌甚可怖。周国柱虽殊死奋进，但几次冲锋都被打退。马孔英见进攻不利，便命冉御龙、马千乘分兵出击，从桑木关东西两侧小径攀援而上。

此时正值仲春，大娄山已是苍翠欲滴，山花怒放。大军虽然静默前行，也不时惊起飞鸟、松鼠。跃龙虽提刀急行，也不由得多看了几眼美景。

行至山腰，山上扔下标枪石头来，众人忙举盾结阵。御龙命从龙带领弓箭手齐射，伍良臣领了陷阵营往前突击。好在关上播州兵不多，伍良臣冲杀几次，顺利夺下关口。众人接着攀援，很快便翻上山头。前方豁然开朗，乃一片开阔平地。

酉司兵刚有一半翻上山头，对面便有一队骑兵掩杀过来。众人措不及防，前面已有十余人被砍倒。原来此关由播州名将杨淳把守，杨淳为发挥骑兵优势，便故意放酉司士兵上来，自己亲率骑兵冲杀。

御龙忙喊道："列阵！"从龙等忙架起藤牌和长枪，对抗骑兵冲击。然而战阵匆匆结成，又无拒马，几十名播州骑兵往来冲杀，后面步兵也掩杀过来，酉司士兵渐渐有些不敌。

跃龙心知若大军后退一步，便会兵败如山倒。见地上有一段被雷劈断的两三丈长圆木，便与伍良臣一人抱了一头向前冲去。张柱石见状，从身旁士兵手中夺过旗杆，一起往前冲。此时骑兵正好冲过来，正面两匹马直接撞到圆木上，顿时人仰马翻。

旁边一名骑兵一枪扎中伍良臣左肩，伍良臣却咬了牙抱紧圆木，并不撒手。柱石正好冲上来，一杆戳倒那名骑兵。柱石顺势翻身上马，手持旗杆乱戳。酉司士兵顿时士气大振，有了这片刻功夫缓冲，方阵便已结成，盾牌如墙，长枪如林。后面弓箭手也稳住阵脚，开始放箭。

杨淳毕竟只有几十名骑兵，面对方阵已经冲杀不动，便退回本方步兵阵中。见对面汉子勇猛，便喊道："马上那方脸汉子，可是酉司张柱石？"柱石见杨淳虽已须发花白，却依然雄壮威猛，便说道："既然你知道我的威名，便赶紧下马投降！"

杨淳说道："你能与我徒弟许朝用捉对厮杀，想必有些本事。今番你自己撞上来，老夫便让你知道杨家枪的厉害！"说罢催马上前，柱石也换了铁枪，拔马杀上前去。一时烟尘四起，二人杀得难分难解。

跃龙说道："马孔英将军正在关前苦战，我等不能恋战，须要赶紧攻过去才是。"白邦臣也说道："正是如此，大军作战，不是街头搏命。此时杨淳在前，播州兵不敢放箭，我们正好一起冲杀过去。"御龙于是命人吹响牛角，擂响战鼓，跃龙与伍良臣在前，领兵一起向前冲锋。播州兵接住厮杀，大娄山上顿时杀声震天。

杨淳与柱石缠斗十余回合，依旧难分难解。又见西司士兵凶悍，而杨世龙还不派人来援，心下焦躁，当即大喊道："快请法师出战！"播州兵阵后擂起鼓来，一群身着白衣的士兵推出一辆马车来。一名头戴高帽的白衣女子盘腿坐在车顶，手执手铐脚镣，大声说道："白无常在此，今日奉阎罗王之命，特来夺取西司士兵魂魄！"说罢，将一个布袋递给身旁士兵："这是不死之药，服用之后前去杀敌吧！"

那群白衣士兵服用之后，随着鼓声跳起舞来，渐渐变得越来越兴奋，以至癫狂状态。然而距离在弓箭射程之外，跃龙等看了也无法阻止。那白无常喊了一声："杀！"白衣士兵纷纷杀向前来，与西司士兵战在一处。

这群白衣士兵仿佛入魔一般，就算身上中了刀剑，却似感受不到疼痛，依旧死命向前冲杀。西南一带本来就迷信鬼神，西司士兵见这些白衣士兵如不死一般，顿时感到惊恐，开始往后退。播州兵士气大振，御龙等心下大惊。

跃龙眼尖，仔细看了一下，说道："大哥，这位白无常，看着像咱们将军府外边那位白大嫂子啊！"御龙也打量了一番，说道："虽然改了装束，细看确实是她。"跃龙于是大声喊道："前面可是白大嫂子？你家孩子和杨五得大哥，我们已经帮你找到啦！"

那白无常听了，身躯一震，站起来喊道："三公子不要骗我，你们在哪里找到的？"跃龙闪过刺过来的长枪，一脚踢倒那名播州兵，喊道："前几日我们在官坝剿灭杨亿，你家杨大哥就在军中当伙夫，孩子也跟着他，已经七岁啦！"

白氏听了激动不已，大声说道："三公子，我哪里会巫术，是他们逼我装神弄鬼。这些人只是吃了毒蘑菇，所以神志不清。你们不要和他们打，他们自己会往前一直乱打乱舞的。"白氏话音未落，早被杨淳身旁一名士兵射倒。

缪天目听了这话，带了几名士兵在前面敲锣狂舞，那群白衣士兵果然跟着去了。伍良臣与虬龙见了，重新领着死士往前突击。西司士兵本来多于杨淳，播州兵便渐渐招架不住。

杨淳且战且退，只听得关东侧突然鼓角齐鸣，原来马千乘也领军杀上来了。

杨世龙只得分了一千余人前去截击，但秦良玉兄妹勇猛，播州兵抵挡不住。

周国柱听得山上杀声震天，知道酉司、石砫已经登顶，便领了众人更加死命冲关。杨淳败退至关口，与杨世龙合兵一处。官军三面杀到，播州兵节节败退，周国柱终于破关而入。杨淳见大势已去，只得左右冲杀，保着杨世龙突围，一路向南退往金子坝。

马孔英命平茶、邑梅兵守桑木关，王之翰守白玉台，扼守粮草辎重要道。自己亲率大军进军金子坝，一路连破九杵、黑水、苦竹、羊崖、铜鼓等关口及山寨，距海龙屯仅一百二十里。

杨应龙大惊，命杨珠与杨世龙合兵一处，抵御马孔英大军。杨珠探知王之翰运粮路线，与杨世龙合兵前来劫粮。王之翰抵挡不住，折损许多粮草及人马。平茶兵来援，马孔英也领兵合击，杨珠与杨世龙只得引兵退走。

大军一路进剿，杨珠处处设伏，迁延抵挡。此时湖广、贵州等各路大军尚在苦战，只有南川路马孔英孤军突前，面对的播州兵越来越多。杨珠又善战，多次领兵劫营，虽被冉御龙、马千乘等人奋力杀退，但官军终究折损不少人马。

杨珠在养马城扎下大营，与杨世龙合兵，凭借天险据守，控制进军海龙屯要道。马孔英见难以攻打，便命大军到养马城东北面十里扎营。八路大军中南川路与綦江路最近，便派人打探刘綎大军进展。

第三十三回
逢春汛黔军败绩 中冷箭英雄早逝

南川路烽烟四起，綦江路亦是战火连绵。二月十二日，刘綎在綦江誓师，领了川军三万人从东溪进入播州。此处崇山峻岭高耸入云，到处皆是悬崖峭壁。杨兆龙、张汉清、郭通绪、母柱、穆炤、周奉祖等六位提调，奉命领一万余播州兵守楠木、山羊、简台等三洞。

杨应龙知道刘綎善战，乃李化龙最为仰仗的主力，必须全力击退。于是命三弟兆龙全力迎敌，自己亲统四万大军前来支援。

刘綎探知播州大军前来，心知必须在杨应龙达到前攻克三洞。于是令周敦吉、冉世洪攻山羊洞，把总赵奇领兵攻楠木洞，都司王芬领兵攻简台洞，刘綎亲统大军为后援。

此地山洞均绵延数里，张汉清、穆炤等人据险而守，周敦吉等三路大军一时难以攻入。杨兆龙亲领三千精兵在山前扎营，镇守李汉坝。刘綎亲自领军进攻李汉坝，前军几次冲锋，均被杨兆龙打退。

刘綎心知若不能抓紧前去支援周敦吉等人，三洞一时拿不下来，一旦杨应龙大军赶到，官军将进退两难。于是命人搬出几箱白银，在阵后一列排开。并在阵后架起弓弩，手执尚方宝剑大喊道："杀敌一人，赏银二十两！杀敌三人，官升一级！敢有后退者，当场格杀！"

说罢，从亲兵手中接过大刀，打马向敌阵冲去。刘綎领兵一路砍杀过去，官兵一边冲杀，一边喊道："刘大刀杀过来啦！"杨兆龙见播州兵后撤，也亲自领兵向前抵挡。但刘綎势如破竹，一路杀将过来，播州兵纷纷溃逃。杨兆龙无法，只得带领残余士兵退回山洞。

刘綎领兵直捣山羊洞，见冉世洪等正在奋力攻打，便命人绕到另一个洞口放火。此时东风正劲，火势凶猛，播州兵伤亡惨重，纷纷从洞口逃出来。刘綎拿下山羊洞，又合并支援赵奇，一日内顺利拿下楠木、简台两洞，匪首穆焀等人投降。

杨应龙得知三洞被克，又见南川路官军攻势渐缓，于是命女婿宋承恩领兵前去支援杨世龙，命杨珠移师来与自己会合。杨应龙命长子杨朝栋领军一万人从松坎出击，惟栋领一万人从鱼渡出击，杨珠领一万人从罗古池出击，自己领一万人殿后，准备攻击刘綎大营。

杨珠只领了五名亲兵，星夜从养马场赶来与杨应龙会合。此时朝栋、惟栋已领兵出发，杨应龙也正要拔营。杨珠忙向应龙说道："义父，刘綎老成持重，我们几万大军前去劫营，必然会被他探知。我们据险而守，兵马又比刘綎多，占据天时地利人和，为何弃关而出，冒险前去劫营啊？"

杨应龙醒悟，忙说道："珠儿说得对，只是朝栋他们已经出发了，这可如何是好？"杨珠说道："既然如此，我这就领军前去接应两位公子。请义父领军在石虎关驻守，这样进可攻退可守。"杨应龙说道："好！就按你说的办。"

这边杨朝栋、杨惟栋分兵出击，连夜来劫刘綎大营。二人分头突进，刚进入刘綎营区，一声炮响，伏兵四起。刘綎、周敦吉、王芬等人率兵从四面杀将过来，播州兵劫营变成中伏，顿时乱作一团。冉世洪父子勇猛异常，率军一路杀至朝栋大旗边。刘綎远远看见，亦领兵纵马杀来。朝栋大惊，只得领兵往外突围。

刘綎率部出击，斩首数百人，追击逃敌五十里，乘势拿下娄山关。正碰上杨珠领军前来，双方截住厮杀。朝栋、惟栋见了杨珠，心下稍定，与杨珠合兵迎敌。刘綎忙喊道："穷寇莫追！"于是鸣金收兵，杨珠等人也撤至石虎关。刘綎见杨应龙大军守住关隘，知道难以孤军深入。于是扎下营寨，挖掘战壕，只待各路大军抵达再一同进剿。

到了三月初，李化龙坐镇中军，各路消息陆续传来。綦江路刘綎、南川路马孔英皆进军顺利，合江路吴广、永宁路曹希彬攻入播州后，连战红碗、水土崖、分水关皆捷，合兵在水牛塘扎营。湖广军陈璘、陈良批亦击退张佑、谢朝俸等人，进抵苦练坪。只有黔师忌惮播州军，久驻铜仁不进。李化龙大怒，连发三道令牌，令童元镇统领永顺、镇雄、水西等军从乌江进军，立即进剿播州。

杨应龙听闻童元镇兵发乌江，忙召集众人议事。杨朝栋、外司大总管何汉良等人都主张分兵据险而守，军师孙时泰说道："兵分则力薄，官军八路进发，我们不如先集中力量击破其最弱者。此时刘綎、马孔英等几路与我军陷入僵持，只要守住关隘即可。请千岁亲领大军出击乌江，击退童元镇。"

杨珠也说道："黔军屡次被咱们击败，此次童元镇更是畏缩不敢前进。只要义父大军一到，定能一举击败黔军。我们再顺势打退湖广军队，其他几路官军恐怕就会知难而退了。"

杨应龙大喜，说道："还是你二人合我心意！"于是传令下去，令何汉良协助杨朝栋扼守石虎关，杨世龙领杨淳守养马城，大总管杨明镇守海龙屯，自己与杨珠、孙时泰领兵去打童元镇。从乌江渡往北至播州，只有一条官道可通，沿途有老君关、蜂子坡、望金山等关隘。杨应龙与杨珠等人商议，准备引诱童元镇先渡过乌江，再领兵击之。

童元镇领了三万大军进发，沿途播州张佑大军已被陈璘的湖广官军牵制，再无大军阻拦。黔军一路进击，直抵乌江渡。杨珠派了一千多名老弱士兵，隔着乌江叫骂。彭元锦领了三千永顺兵在黔军前哨，见播州兵辱骂不堪，心下大怒，领了永顺兵奋力夺桥。

播州兵并不恋战，一触即溃，童元镇于是领了大军顺利渡江。监军杨寅秋苦劝，此时黔军孤军深入，一旦与杨应龙大军遭遇将孤立无援，不如等其他几路大军到齐再进行决战。童元镇一路进军顺利，此前又屡次被李化龙催促，此时只想乘势进剿，一概劝解置之不理。

前哨参将谢崇爵领水西、泗城兵、云南兵四千人，一路向北进击，再夺河渡关。杨应龙计策正是诱敌分兵，见谢崇爵孤军深入，正是歼敌良机。于是命杨珠亲率精锐出击，先以八百骑兵冲击水西军，步兵在后列方阵前进。

安疆臣在水西军中，见前线退却，于是命云南象兵出战。几匹大象冲出来，横冲直撞，领头的播州兵被拱倒一片。谢崇爵带了百余把火铳，一时火器齐发，大象嘶鸣，播州兵开始败退。

杨珠见了，弯弓搭箭，一箭将一名象兵射下来。那头大象无人指挥，顿时左右乱走。杨珠等人弓弩齐发，将几名象兵射倒。杨珠手下把总彭永寿骁勇异常，领军直冲火铳兵。这火铳填充弹药需要时间，见骑兵冲来，匆匆填充弹药发射，却不小心击中一匹大象。大象受惊，掉头向本阵冲去。杨珠乘势冲杀，谢崇爵大军阵型大乱。

大象横冲直撞，泗城兵抵挡不住，率先退往江边，从浮桥逃往对岸。安疆臣、谢崇爵也只得后退，几千人争夺浮桥过河。那浮桥哪里禁得住，片刻即从中折断。杨珠在后不断冲杀，谢崇爵几乎全军覆没，溺死者千余人。

谢崇爵在河渡关大败，而此地离乌江渡黔军大本营尚有六十里，童元镇尚不知前方兵败。参将杨显奉童元镇之命，领三百永顺兵往北探路。

此时杨珠已剿灭谢崇爵大军，悉数换了水西兵装束往南而来，与永顺兵迎头相遇。杨显见对方是水西兵装束，并不设防，杨珠掩杀过来，三百人悉数被杀。杨珠领了三千人在前，着水西兵、永顺兵服装，直趋乌江，杨应龙亲领大军殿后。

到了乌江渡，见童元镇背靠乌江扎营。杨珠大笑道："童元镇愚昧，今日合当丧命于此！"守军见对面皆是水西、永顺军装束，并不设防。杨珠大军冲杀过来，砍倒一片，黔军方才反应过来。童元镇大惊，领兵拼死抵抗，然而阵型尚未结好，杨应龙大军就已杀到。杨珠领了骑兵往来冲杀，黔军抵挡不住，纷纷往后退却。彭元锦见势不敌，便领了永顺兵率先冲过浮桥逃走。

杨珠手下大将彭永寿见状，领了一队人马杀至江边，黔军都在逃命，并不抵抗。彭永寿等人来到桥边，几人抢起大斧，砍断浮桥。此时童元镇已冲过浮桥，黔军群龙无首，被杨应龙大军掩杀，如砍瓜切菜一般。黔军近三万大军，只有不到三千人逃到对岸，士卒大多溺死在乌江中，江水为之不流。

童元镇大军溃败，一时远近震动，贵阳等地居民纷纷逃难。李化龙大怒，将童元镇押解至京师问罪，并用尚方宝剑斩杀谢崇爵，以定军心。命李应祥代替童元镇职务，整顿黔军再战。

李化龙亲自传书镇雄土官安尧臣，命其领军来援。隔日又收到湖广路总兵陈璘文书，称水西土司安疆臣私通杨应龙，为其提供火器等物资；其弟安尧臣入赘镇雄土司，改名陇澄，亦有通敌之嫌。李化龙于是亲拟文书，派人送至安氏兄弟。

陇澄接信大惊，恰逢杨应龙爱妾田雌凤派人上门送礼，当即将来人斩首辕门，并将礼品验明送李化龙处。第二日，陇澄领镇雄士兵进驻大水田，与其兄安疆臣水西兵合兵一处，播州兵一时不敢进击。

杨应龙在乌江大胜，击溃南面过来的黔军。此时官军各路均与播州兵陷入僵持，只有马孔英、刘綎大军声势极大，为海龙屯肘腋之患。杨应龙与杨珠、孙时泰商议，准备借乌江大胜余威，再重挫官军。正商议间，有细作求见。

原来穆炤被擒后，假意投降官军，随都司王芬在松门垭扎营，扼守要冲之地。穆炤悄悄派人来禀报杨应龙，准备里应外合，拿下松门垭。杨应龙大喜，命第五子杨良栋领兵驻守，自己与杨珠亲率大军，前来攻打王芬。

这边再御龙已经提前侦查到播州兵动向，忙派张柱石快马去给王芬送信，又赶紧向马孔英报告。马孔英大营与松门垭王芬大营有四十里路，只得立即整军前去救援。

这王芬年少轻狂，勇猛有余但计谋不足。每次出战王芬都请求充当前锋，入播州连战连捷，于是变得骄横轻敌。杨珠已从穆炤处得知王芬布防情况，领了前军急行军而来。

张柱石打马直奔松门垭而去，路上想起自己最近战功不少，按杀敌记功应该能赏不少银子。回头还要攻打杨应龙老巢，只要自己率先攻上海龙屯，估计能封个副将什么的，自己就能名正言顺娶了玉梅。想到这里，心里高兴，不觉哼起了小调。

正得意间，被路上横出来的一根树枝扫中，差点摔下马来。连忙收敛心神，打马前行。到松门垭见了王芬，刚说了杨珠要来偷袭的消息，关前已响起号角。王芬忙领军出击，与杨珠军队前部迎面撞上，双方接住厮杀。张柱石跃马挺枪，连杀数名播州骑兵。官军士气大振，结阵死守。激战半个时辰，播州军不能前进。

双方正在苦战，杨珠亲领一彪人马冲了出来。领头的几十匹战马蒙着虎皮，人马俱着重甲，身后五百步兵身披锁子甲，正是赫赫有名的播州"老虎兵"。杨珠见对面一员骁将勇猛异常，便喊道："对面那汉子，莫非就是张柱石？"

柱石喊道："凡是问过我名字的播州人，都已经倒在这条枪下了。今天轮到你了！"杨珠大怒，拍马杀来，二人捉对厮杀。杨珠身后的"老虎兵"盔甲精良，箭射不穿、刀砍不透，王芬抵挡不住。此时杨应龙大军也已经杀到，官兵将领陈大刚、杨愈相继战死。

穆炤又领了降卒纵火，王芬所部战死、逃跑两千余人，只剩张柱石和王芬仍率残余士兵苦战。片刻之后，播州猛将彭永寿击杀王芬，打马过来，与杨珠一起双战张柱石。

柱石毫不畏惧，抖擞精神与二人厮杀，一杆长枪上下翻飞，丝毫不落下风。三人激战正酣，突然一支弩箭飞来，正中柱石后背，将他射落马下。

杨珠大怒，勒马喝问道："是谁乱放冷箭？"话音未落，山前号角大作。原来是刘綎领大军杀到，双方大军战作一团，战局甚是艰苦。恶战一个多时辰，马孔英也领了酉司、石砫兵杀到，官军开始两路夹攻。但杨珠与彭永寿勇猛彪悍，双方好一场混战。

这边虬龙、伍良臣领了陷阵营一路冲杀，秦良玉兄妹也死命向前。刘綎见援军到来，一时精神大振，手舞大刀领军奋力厮杀，播州军渐渐不敌。

虬龙与良臣领兵厮杀过来，正撞上彭永寿。二人早知此人勇猛，便不啰嗦，双枪直取彭永寿。三人杀成一团，彭永寿哪里敌得住两员猛将冲杀，顿时难以招架。

杨珠见了，忙杀过来救援，伍良臣接住厮杀。虬龙连刺两枪，彭永寿堪堪避开。虬龙见他灵活矫健，便一枪劈头砸下来，彭永寿举枪来挡。虬龙力大，竟将彭永寿枪杆砸断，再一枪将其刺下马来，身后士兵一拥而上捆了。虬龙打马向前，与伍良臣双战杨珠。杨珠招架不住，只得往后退却，播州兵阵型便被冲散。

冉跃龙见前方一人身着锦袍，骑一匹高头大马，身旁亲兵俱是衣甲鲜明。知是杨应龙，便与御龙一起杀过去。那边秦良玉夫妇也看见杨应龙，奋力杀将过来。杨应龙左右亲兵拼死抵挡，众人一时不能前进。跃龙弯弓搭箭，一箭正中杨应龙坐骑。

那马吃痛，一下将杨应龙甩下来。播州兵大乱，拼死上前护主。御龙等人领兵杀过去，差点生擒杨应龙。杨珠在远处看见，忙撇下虬龙，领兵来救主子。此时官军势大，杨珠只得保了杨应龙，奋力突出重围，向养马城退去。

跃龙等人打扫战场，到处寻不见张柱石。正焦急间，听见枣红马在土坡边嘶鸣。跃龙过去一看，只见张柱石躺在地上，浑身是血。原来枣红马见主人重伤，便将他拖到了土坡边，以防被大军踩踏。跃龙忙扶起柱石，见他已经奄奄一息。

随军大夫忙过来抢救，柱石悠悠醒来，见是跃龙，吃力地说道："三哥，我不行啦！请你转告玉梅，这辈子能够认识她，我死而无憾。请她好好活着，找个好人嫁了，我在地下才能安心！"

跃龙听了这话，马上掉下英雄泪来，说道："好兄弟，你挺住！我们一起打到海龙屯去！"柱石微笑道："这辈子多谢三哥照顾，只有来生再报了！我死了之后，帮我穿上玉梅给我做的布鞋，就埋在这里吧！"说罢，就此魂归九泉。

那枣红马见主人离世，竟长嘶一声，扭头飞奔而去。一路不停奔跑，第三日上午竟跑回了西司司城。守门士兵拦不住，枣红马一路冲到将军府围墙外，累得摔倒在地，冲着将军府内悲鸣不已。

玉梅与玉兰等人正在花园里坐着，一边闲聊一边做鞋。听到墙外马嘶，走到门口查看。玉梅认得是张柱石的枣红马，忙跑来蹲在战马旁边，用手抚摸它的头。

那战马看着她，眼里竟然流下血泪来，呜咽一声伏地而死。玉梅知道她的柱石已经战死，心内大恸，顿时晕倒在战马身上。

第三十四回
降将巧夺渡上关　群雄挥泪养马城

唱彻阳关泪未干，功名馀事且加餐。

浮天水送无穷树，带雨云埋一半山。

今古恨，几千般，只应离合是悲欢？

江头未是风波恶，别有人间行路难！

——辛弃疾《鹧鸪天·送人》

且说冉现龙投奔乌罗长官司副长官冉允忠后，恰逢李化龙点兵八路进剿，于是与冉允忠父子一道，随黔师李应祥路一同出击。李应祥率黔师及各路士兵，连破漩水屯、天邦屯、三百落屯，并在四牌大破播州大将谢朝俸，乘势抵进乌江河畔。然而隔日便传来童元镇兵败消息，李应祥见播州军势大，只得拥兵固守。

这日现龙在军中无聊，翻到辛弃疾的《鹧鸪天·送人》，又想起母亲及怜儿来，心里万分惆怅。冉苍龙见了，安慰道："十一弟不要太忧虑了，只要咱们剿灭杨应龙，你就能见到怜儿啦！"

现龙忧虑地说道："这童元镇在乌江大败，听说王芬在松门垭也败了，咱们不知何时才能打进海龙屯去！"苍龙说道："放心吧，大哥他们其他几路进军都很顺利，杨应龙迟早会覆灭的。"

二人正说话间，外面一阵吵闹。原来是童元镇兵败，李化龙命李应祥接任，并派人将兵符、令牌送了过来。苍龙听了，兴奋地说道："八路大军进剿，只有我黔师作战不利，真是窝囊之极。现在由李将军来统领，我们黔师总算迎来出头之日了！"现龙也高兴地说道："是啊，总算有盼头了！"

李应祥上任后，会合陈寅、刘效节、蔡兆吉等各地黔师，并四处召集童元镇所部溃兵，着力整顿军纪。几日之后，兵马亦有一万余众，声势渐振。李应祥知道此时需要一场胜利来提振士气，于是不再贸然出击，先派兵四处打探敌情。

这日苍龙、现龙二人领了一百余人过江探路，走了两三里路，远远看见前面有人马过来，忙领军在道旁小山上设伏。播州兵逐渐走近，只有二十余人。苍龙领人杀出，当先砍倒一人，现龙也擒住一人。

那群播州兵背靠背站着，手持腰刀，尚要负隅顽抗。内中一名身着藏青色衣裙的播州兵冲同伴使了使眼色，二人一起将前面两人打倒。苍龙等人一拥而上，片刻便将播州兵拿下。

领头的播州兵被捆得难受，冲着那名身着藏青色衣裙的播州兵骂道："唐荣智，老子一向待你不薄，你为什么造反？"唐荣智不怒反笑："你个瞎眼的逆贼，你们白泥司自己随杨应龙造反就算了，还把我们苗人抓去送死。你竟敢大言不惭，说对我有恩情？"苍龙笑道："唐兄英武过人，不如投靠官军。如今李应祥将军率大军进剿，以唐兄的本事，定能一刀一枪搏个功名。"

唐荣智听了，跪拜道："感谢将军信任！这里有十多人都是我们苗人子弟，都愿在将军帐下效力！"苍龙忙扶起来，问道："茅坪还有多少播州兵驻守？"唐荣智说道："茅坪现在由白泥司长官杨正边父子镇守，有播州兵一千余人。杨正边抓了我们苗人一千多人，男的一律充军，女的帮忙运粮打水、洗衣做饭。杨正边对我们动辄打骂，大家都恨不得剥了他的皮！"

现龙见唐荣智说得真切，便说道："我倒有个主意，不如请唐大哥带着你的十多个弟兄回茅坪，我和苍龙大哥回去带领大军前来，大家里应外合，一定能顺利拿下杨正边。"

苍龙拍了拍现龙的肩膀夸道："兄弟好计策！不知道唐兄是否愿意？"唐荣智拱手说道："只要两位将军信任，我们愿意回去。里面还有其他熟悉的叔伯兄弟，都可以作为内应。"三人于是商定，当晚丑时三刻，以吹角为号，一齐起事。

苍龙等人回营禀报，李应祥派中军孙仲谟、旗鼓徐一夔等人领军，与苍龙等人一起子时出发，到茅坪外一里地埋伏。到了丑时三刻，里面果然吹起号角，复又火光大作。众人一起发喊，挥刀冲进去。一番激战，擒获杨正边、杨通汉父子。首战告捷，李应祥大喜，犒赏三军，一时士气大振。

此时已进四月，杨良栋与王大安、王爱率一万播州兵驻黄滩关，为李应祥进攻播州必经之地。陈三保、张贵銮率两千播州兵扼守黄滩关上游渡上关，石胜俸领两千播州兵驻老鹰屯，与杨良栋互为犄角。李应祥只有一万余人，虽新近取得胜利，见杨良栋等人兵强马壮，亦不敢孤军深入。于是遍发招降文书，着力整顿兵马备战。

四月十三日晚，大雨初停，月上三竿，陈三保带兵在渡上关巡逻。这渡上关雄踞湘江边上，关卡建在山腰上，关下是一片河滩。江上原有一道铁索桥，早被播州兵拆掉。副将张贵銮说道："这雨下了十多天了，总算是停了。这么下着，感觉人都快发霉长毛了。"

陈三保笑道："你就烧高香吧，这一下雨，官军也不来进攻了，咱们正好歇几天。"张贵銮说道："童元镇才被咱们击败，他们在乌江折损了两万多人，一时半会儿是不敢来招惹咱们了。"陈三保说道："听说这新任总兵李应祥可是个厉害人物，前些年在松潘等地立了不少战功，不能小瞧了他。这一接手，就把茅坪拿下了。"

张贵銮笑道："他要进播州，总得先过黄滩关，离咱们三十里远呢。横竖咱们不去招他，在这里守着就行了。"陈三保也笑道："这才是正话。咱们不求有功，但求无过就行了。这张佑他们去年领了两万人到处打仗，倒是夺了不少地盘。那又有什么用，这回被陈璘击败，张佑和谢朝俸连小命都丢了。石胜俸倒是跑了，现在天天担心被千岁惩罚呢。"

二人正说话间，忽然听到关前河滩上人声鼎沸。借着月色探头一看，只见一大群着本司军服的士兵涌过来。陈三保忙命士兵连发几箭，令关下众人后退，并喝问道："来者何人，赶紧报上姓名来！"下面士兵散开，一名虬髯大汉在马上拱手说道："陈将军，不认得石胜俸啦？"陈三保笑道："石将军不是在老鹰屯镇守吗？这是专程来找我喝酒吗？"

石胜俸苦笑道："还喝什么酒啊！这李应祥大军攻打老鹰屯，我被他们打出来啦。他们一路追赶，我们从坟林抢了船过来。败军之将，还请陈将军收留啊！"陈三保一向与石胜俸并不熟识，但见他带兵来投，也不好倔强，便吩咐道："开关，请石将军等入关！"石胜俸等上得关来，陈三保见了不由哑然失笑："石将军你这土财主当的，逃命还带着羊呢！"

石胜俸笑道："我来投奔陈将军，总不能空手而来啊。再说了，留在那里也是便宜了李应祥，还不如带过来咱们烤了吃了。"张贵銮笑道："这雨也停了，天气也凉快了许多。把这羊烤上正好，哈哈哈！"于是吩咐士兵将羊牵下去烤了，石胜俸也向陈三保等人介绍手下王志虎、王志龙等头领。众人倚在关上看着湘江月色，一番闲聊不提。两边士兵也多有故旧，三三两两在一起叙旧。

众人聊了片刻，陈三保见关门外依旧有士兵源源不断进来，诧异地问道："老石你到底有多少人马啊？你这士兵进来这许多了，恐怕早有两千人了，怎么还有人进来？"

石胜俸笑道："不多不多，共有四千人。只是你这门小，每次就能进那么几个人，自然要过很久了！"陈三保笑道："早听说你善于招兵买马，这在老鹰屯才驻扎多久，就从苗民那里抢了两千名壮丁了？"石胜俸说道："打仗还能给口饭吃，他们还得感谢我才是。"

张贵銮突然说道："不对啊，怎么后面还有官军服装？"石胜俸听了，拔出腰刀架在陈三保脖子上："老陈，对不住啦！"王志虎、王志龙兄弟也拔出刀，抵住张贵銮。陈三保大惊，喝问道："石胜俸，你要做什么？"

石胜俸笑道："实话跟你说了吧，我已经降了官军啦！杨良栋隔三差五找我要粮食银子，还动不动说要治我的罪，老子早就想反啦！"陈三保怒道："你反你的，何故专门跑来坑我？"石胜俸笑道："老陈啊，识时务者为俊杰，我劝你也一起降了吧！现在只能先委屈你，把你捆了。李化龙到处贴了文告，说了只要能率众归降，以前罪恶尽除不问，原有官者仍以原官守土。你要想通了告诉我！"

下面播州兵见主帅被擒，无不目瞪口呆，尚未反应过来便被石胜俸部下控制住。官军纷纷冲进关内，部分播州兵负隅顽抗，亦被官军拿下。石胜俸兵不血刃拿下渡上关，命王志虎领一千人驻守关口，看住陈三保等人。自己领了三千士兵，连夜向黄滩关后山进发，并派骑兵火速向李应祥报信。

这边李应祥早已到处收集大小船只，并星夜搭设浮桥，在鲤鱼塘渡过湘江。得到石胜俸来信，便挥兵从黄滩关正面发起进攻。杨良栋居高临下，与官军好一番恶战。官军士气正盛，张奇胜、吴文秀、宋世臣诸将领兵轮番冲锋，屡次杀到关下。但播州兵强弓劲弩，连番将官军打退，攻城云梯亦被掀翻。守将王大安、王爱甚是勇猛，在墙头亲自举了礌石往下扔。

双方苦战两个时辰，俱是筋疲力尽。李应祥也拔出长剑，亲自率队上前督阵。正在焦急，忽然听到关内牛角齐鸣，石胜俸终于从后山攻入。官军士气大振，纷纷杀至关下，搭起云梯。冉苍龙、现龙兄弟身手矫捷，率先攀上墙头。众人一拥而上，打开山门，官兵如潮水般涌进来。石胜俸也从后面引兵冲杀，官军前后夹击，播州兵顿时不支。杨良栋忙领了亲兵从侧门杀出，逃往张王坝。王大安、王爱等人苦战被擒，李应祥终于攻破黄滩关。

李应祥在黄滩关大战杨良栋，当天养马城也战火熊熊。养马城离海龙屯只有二十多里地，一旦攻破养马城，一日内大军便可进抵海龙屯。此时"五相公"杨世龙已去西面阻截永宁兵，养马城由播州第一名将杨珠驻守，虎将杨淳、提调董鳌等协助。杨应龙也抽调士兵支援，养马城播州军达两万余人。

这养马城乃杨应龙平时牧马之地，群山绵延，绿草如茵。群山东侧深谷悬崖相连，杨珠大营便扎在群山之巅。马孔英兵分三路，自领中军与周国柱等人正面进攻，命冉御龙、马千乘各领五千人从左右两侧攻击。

杨珠在山上探得官军动向，亲领大军正面迎敌，命董鳌领军截击石砫兵，杨淳截击酉司士兵。双方从早上混战至下午，依旧不分胜负。官兵几次沿着山坡向上冲锋，均被播州兵打退。周国柱亲领一队精兵在山腰集结，准备再次强攻。

突然山门大开，杨珠亲领"老虎兵"杀了出来。这"老虎兵"盔甲精良，杨珠又勇猛无敌，所到之处人仰马翻。马孔英领军后退三里，方才扎住阵脚。杨珠不再追杀，领兵撤回山上，准备驰援杨淳等人。

这边冉御龙领军与杨淳激战正酣，杀得天昏地暗。杨淳长枪无敌，虬龙力能扛鼎，二人再次激战，杀得难分难解。跃龙见播州兵早有防备，知道难以此处难以强攻。便与御龙商议，且战且退，准备找寻其他地方再行上山。此地是一个山谷，御龙等已撤至身后山坡，虬龙尚在山谷与杨淳厮杀。

此时杨珠领着"老虎兵"冲了下来，酉司士兵纷纷后退。白邦臣见虬龙被围，与伍良臣等人奋力向前去救。正遇杨珠战马冲来，一枪将白邦臣刺于马下，白再连兄弟二人大恸，一起来救父亲。伍良臣与虬龙拼死冲杀，背了白邦臣退回身后山坡。御龙等也从山上杀下来相助，但山谷狭窄，容不下太多士兵，急切之间都冲不进去。杨珠见砍了对方大将，此地又不便大军厮杀，便领军回营。

白邦臣当胸被长枪刺中，军医急忙上前包扎，但鲜血如泉水般涌出来，哪里止得住。再连、再浩二人已在旁边哭成泪人，邦臣知道命不久矣，便微笑着说道：“你们不要哭啦！男儿当死于边野，以马革裹尸还葬。我辈从军出征，能够战死沙场也是一件幸事。再说了，此处十里杜鹃，群山绵延，即便葬在此处，也是很好的。”

再连见伤势太重，知道此时再安慰也无用，便跪着含泪问道：“爹爹还有什么话，要嘱咐孩儿的，我和再浩都听着呢。”邦臣微笑道：“好孩子，你们一向恭谨孝顺，爹爹都很满意。你们三弟依然年幼，以后兄弟之间要和睦相处，切勿彼此争斗。”

再连、再浩垂泪说道：“孩儿记下了！”邦臣继续说道：“当今天下动荡，西东群雄环伺，你们兄弟三人历练尚浅，难以担当西东重任。总管一职，就请你们三叔来干吧！”言毕，竟撒手归天。

再连兄弟痛哭一场，众人也暗自抹泪。此时夕阳西下，群山静穆，只有漫山遍野杜鹃怒放，绚丽如锦绣。跃龙靠在树上，远看美景醉人，近看军中将士鲜血洒满征衣，不由垂下英雄泪来。自己族人都在战场博命，就连现龙、象乾等十四五岁的孩子也上了战场。播州之乱以来，烽烟四起，生灵涂炭，不知多少人枉送性命。

连着几日，杨珠都带着“老虎兵”下山冲锋。马孔英组织精锐，配骨朵、金瓜锤以破重甲，总算止住颓势。然而杨珠扼守雄关，侧面几处可攀援的地方也布置重兵，官兵多次进攻都被打退。这日一早，官兵组织发放冲锋银，马孔英、周国柱等将领亲冒矢石冲锋在前，冉御龙、马千乘也领兵从侧面进攻。

攻到山门前，杨珠果然又领了“老虎兵”冲出来。杨珠尚未冲到跟前，官兵便纷纷后退。播州兵士气更盛，纷纷鼓噪起来。杨珠心下诧异，突见对面山坡上人影闪动。

正要细看，对面突然大炮轰鸣，瞬间炮弹便劈头盖脸砸了过来。战马受惊，几乎将杨珠掀下来，旁边已有不少播州兵被炮弹击中。原来李化龙见各路大军逐渐向海龙屯靠拢，早调集了一批红夷大炮，送至綦江路及南川路军中。

马孔英接到大炮欣喜万分，今日果然一炮而响。

播州兵人马大惊，杨珠只得领兵退回。马孔英命人推着大炮往前，继续轰炸山门，片刻便将山门击碎。周国柱领兵一拥而上，左右两侧酉司、石砫兵也已攻上山来。播州兵此时惊魂未定，被官兵三面夹击，渐渐开始显出颓势。

冉虬龙和伍良臣领军冲上来，正撞上杨淳。二人挺枪上前双战杨淳，此时播州军大乱，杨淳心绪不定，被虬龙打下马来。杨珠见大势已去，只得领兵西撤。马孔英领军追杀，南川路大军率先进抵海龙屯前。

第三十五回
叹兵败应龙自焚　叙功劳化龙铸鼎

　　合江路吴广大军在水牛塘扎营，距海龙屯只有四十里路。此处关隘由播州大总管杨明领一万人镇守，杨明见敌众我寡，忙向杨应龙求援。近来石胜俸等播州将领不断有人投降，杨应龙对手下将领逐渐失去信任，指派自己兄弟及子侄到各地统军。见杨明求援，便命杨朝栋领兵支援。二人合兵后拥三万之众，便连夜造饭，天刚发白即领军来劫吴广大营。

　　吴广治军甚严，在营外二里即设哨卡，早看见大军来袭。吴广坐镇中军，守备江万化、周大谟、邓起龙等人坚守营垒拒敌。杨朝栋领骑兵数次冲击，但官军营外设置了连排拒马，江万化等人列长枪阵在前，邓起龙领弓手在后射击，杨朝栋多次冲击均被打退。水牛塘本是山间坡地，甚为开阔，杨朝栋三万大军从三面攻来，双方陷入苦战。从凌晨一直混战到傍晚，直杀得尸横遍野，双方犹在苦斗。

　　杨明见战局焦灼，便用牛车拉来银两，现场发放冲锋银。杨明亲领死士，头戴鬼脸面具，从西面山坡俯冲下来。此时夕阳西下，官军又是逆光，看着播州兵面具甚是可怖。杨明舍命冲锋，吴广等人抵挡不住，阵型稍稍后撤。杨朝栋见了也疯狂督战，吴广且战且退，往背面垭口而去。

　　杨朝栋见官军退却，一马当先领军追击。杨明见吴广大军虽然后退，但阵型不乱，忙喊道："穷寇莫追！大公子小心啊！"杨朝栋已经杀红了眼，只是领军奋力追击。进得垭口，两旁枪声大作。原来吴广在援朝时即有一支四百人火铳兵，此时一齐射击，声势惊人。朝廷向来禁止土司私造火器，西南少有火器作战，播州兵瞬间人马大惊。杨朝栋被战马掀至马下，慌忙换了一匹马，吴广回军追杀，播州兵纷纷后退。

杨明虽领军往前奋力冲杀，但播州兵纷纷后退，颓势难止。此时东面山谷传来阵阵牛角声，杨明与吴广心均提到了嗓子眼上，不知道是谁援军到来。播州兵在东南侧，率先有探子来报，是刘綎大军赶来。原来刘綎大营在水牛塘东四十里处，中午方探得杨明大军袭击吴广，知道步兵来不及救援，便命冉世洪率骑兵救援。众人快马奔赴水牛塘，在三里外便吹起牛角。

此时天已泛黑，山谷牛角声回荡，杨明不知刘綎多少人马来袭。唯恐陷入重围，只得领兵南撤。吴广领兵一路追杀，冉世洪也领骑兵相助，播州兵纷纷退走。杨明几次想借山头扎住阵脚扼守，都被官军冲散，竟被一路驱赶退回海龙屯。

一月之内，杨应龙最为倚仗的两名大将杨珠、杨明均吃了败仗，播州军心大乱。杨应龙见各个关隘陆续被破，知道大势已去，便着力加固海龙屯，准备死守孤城。又制作投降文书，派人递送给各路官兵，以延缓官兵进展。

进入五月中旬，八路大军均进抵海龙屯。杨应龙虽已折损不少人马，但四处抓壮丁，此时尚有八万精兵。海龙屯坐拥天险，飞鸟难逾。官军几番仰攻均被打退，一时僵持不下。李化龙亲领中军前来，命大军挖战壕、筑长围，将海龙屯围得水泄不通。命马孔英率大军在海龙屯正面进攻，其他几路从屯后分兵进击。

从月中以至月底，播州连日大雨，山洪暴发。官军仰攻更加艰难，火器亦无法使用。这日李化龙正在中军帐中筹划方略，忽有家丁来报，化龙家中老父病逝。李化龙闻言泪如雨下，命人制备孝服，同时上表恳求归家奔丧。但大敌当前，新任总督到任前，只得着力治军攻城。

六月四日，下了半个月的苦雨终于停下，天气忽然放晴。李化龙一身白衣素服，手执尚方宝剑亲自祭旗誓师，准备赏银，命八路大军着力攻屯。綦江路大军在西侧头道关攻城，刘綎身先士卒攻城，甚是勇猛。杨珠见战局僵持，亲率"老虎兵"迎敌。冉世洪等在山下看得真切，推出红夷大炮，连番炮火轰炸，竟将杨珠打落马下。

　　身旁亲兵奋力将杨珠救回，背到屯上，杨珠已然咽气，播州一代名将就此陨落。杨应龙见杨珠战死，父子抱头痛哭。加之连月围城，海龙屯内粮草已然严重短缺，顿时人心惶惶。大总管杨明与长子杨七亲自到关前督战，播州兵士气稍定。然而八路官军昼夜攻城，火炮鸟铳齐发，破城只是旦夕之间。

　　到了夜间，后面伙夫背上来窝头、炒米，官军草草用过，继续着力攻打关口。冉现龙、苍龙兄弟在南侧攻城，越过白沙水攻到山脚。寅时三刻，现龙见四下一片漆黑，趁乱躲进旁边一处巨石后面。此时只有一条小径上山，李应祥正督军往上攻打，其他地方均是悬崖。现龙顺着悬崖往西，抓着树枝草丛攀援。爬了许久，四面依旧是绝壁怪石，连树也极少，极难攀援。

　　现龙休息片刻，见头顶上方一丈远处有一棵松树，顿时计上心来。在身旁找了葛藤，并剥了些树皮，搓成一根长绳。用绳子绑了石头，向上扔去。扔了几次终于挂在松树上，石头垂下来，现龙用将绳子两头牢牢抓在手里，奋力向上爬去。

　　好容易爬到松树上，如法炮制，继续向上攀爬。到了离山顶还有几尺远的地方，却再也找不到大树可以着力，只有几根爬山虎的藤蔓从上面垂下来。用力扯了一下，藤蔓倒是挺牢固。

　　现龙见此时进退两难，一咬牙，抓了藤蔓就往上爬。刚要爬到山顶，"噗"的一声，那几根藤蔓竟然被拉断。只剩一根尚未折断，这根藤蔓根须在右侧，现龙顿时被拉着朝右侧下方甩了出去。

　　所幸迎面撞上一根树枝，死命抱住了，顺着爬到树上。定睛一看，心下大喜，原来顺着这棵树往上爬，就已经到了一个小斜坡上。现龙爬上山坡，穿过荆棘往前，来到一堵石墙边。

　　此时东方已经发白，石墙边已能听到巡逻士兵的说话声。现龙忙脱了军服，待巡逻士兵走远，悄悄翻进海龙屯内。避开几拨巡逻士兵，现龙凭着记忆来到绣花楼后面。现龙见绣花楼大门紧闭，没有人影，一时不知道怎么去找怜儿。只得靠着金桂坐下，打算观察一番再做打算。

　　坐了片刻，现龙从旁边摘下一片树叶，吹起那首山歌来："一片木叶一片歌，两片木叶过山坡。三片木叶翻岔口，阿妹何时见阿哥。"此时屯内外战火连天，人声鼎沸，哪有人有闲工夫来理他。现龙吹了一会儿，因连着两日没有合眼，竟靠在树上睡了过去。

恍惚间，突然觉得脖子发凉。现龙久在军营，心知不妙，睁眼一看，果然一把明晃晃的宝剑架在脖子上。一个少女声音喝问道："你是何人？从实招来？"

现龙看了过去，见是一位身着淡黄色长裙的漂亮少女，金簪玉镯，甚是贵气，忙说道："请问你是绣花楼的三小姐吗？"那少女见他脸上手上都是细小的伤口，看着像是荆棘划过，一时心软，说道："我确实是这里的三小姐。你是何人？"

现龙听了，不管脖子上的长剑，直接跪倒在地，说道："三小姐好！我是西司的冉现龙，你是不是有个丫头叫怜儿？她现在在哪里？"三小姐笑道："你乖乖叫两声表姐，我就告诉你。"现龙闻言，叫了两声表姐。

三小姐却道："谁知道你是不是现龙，没准是什么小蛇呢！"现龙忙把腰牌掏出来："表姐你看，这是我的腰牌。我是从悬崖下面爬上来的，怜儿在哪里，你带我去见她好吗？不然一会儿巡逻的士兵过来了。"

三小姐看他猴急的样子，噗嗤一声笑了："怜儿上个月就回村里去啦，他们那里好像一直在打仗，不知道她是不是还活着。你有什么东西要给她的，可以由我帮你转交。"现龙忙从贴身衣服内掏出一个香囊来，说道："烦请表姐将这个香囊交给怜儿。就说西司的现龙来履行四年的诺言了，要娶她回去做夫人。"

现龙越说越急，又担心怜儿在战火中遭遇不测，竟不由自主垂下泪来。三小姐接过香囊，也满脸垂泪，从脖子上取下一块玉佩递给现龙。现龙看了，正是自己交给怜儿的那块玉佩，不由得看呆了。三小姐扔了宝剑，搂住现龙的脖子说："我就是你的怜儿啊，苍天有眼，你总算来接我了！"原来几年不见，双方容貌均已大变，骤然之间未敢相认。一旦辨明身份，真是喜极而泣，抱头痛哭。

此时天已大亮，官军大炮齐鸣，一起攻屯。刘綎身先士卒，亲率死士冲锋，率先攻进头道关。冉御龙等人也攻破铜柱关，李化龙亲自督战，八路大军一起奋力攻打海龙屯。播州军抵挡不住，杨明、杨世龙、杨朝栋、戴贵等人都赶到关前作战。

杨应龙在坐在王宫宝座上与众人议事，孙时泰、何汉良、何廷玉、马忠等谋士，罗江元、张守钦、马腾汉等将领济济一堂。正说话间，亲兵来报："报——

刘綎攻进二道关了！"

　　话音未落，另一名士兵来报："报——马孔英攻进飞虎关了！"杨应龙大怒，命宦官叶进喜带人搬来几个大箱子，打开一看全是金银珠宝。杨应龙手提大刀，说道："诸位将军舍把在此，谁能召集死士前去拒敌，这些财宝全数赏给谁！"

　　一连说了三次，俱无人回话。杨应龙又说道："谁领兵前去御敌，升大总管，赏土地一千亩！"叶进喜见依旧无人应答，大声说道："海龙屯还有男人吗？"说罢，竟捡起地上的长剑，领了内侍冲出去御敌。

　　杨应龙见叶进喜一介阉人说出这话来，竟不由流下泪来。知道众人无法倚仗，自己提了大刀走出王宫。刚跨出门，远处士兵喊道："刘綎攻破万安关，杀入内城了！"

　　杨应龙知道大势已去，提刀来到寝宫附近，要召集妻儿赴死。刚走到绣花楼前，看见三小姐正与一名少年说话。怜儿见父亲提刀过来，忙把现龙拉到自己身后。杨应龙叹了口气，说道："三丫头，官军已经杀进内城了。朝廷断然不会放过咱们，与其让他们羞辱，不如咱们自行了断。"

　　现龙大声说道："你自己造反，怜儿不会跟你去送死的。我要娶她回去！"杨应龙怒道："你是何人？"现龙说道："我是酉司的冉现龙！我现在就要带怜儿走！"杨应龙怒道："你是我亲外甥，我几次好心拉拢，你们都不识好歹。如今还领了大军前来攻打我，我怎能把女儿嫁给你！"现龙说道："怜儿是怜儿，你是你！今天我就要为我娘报仇！"说罢，拔出腰刀就往前冲，与杨应龙厮杀起来。

　　怜儿哭道："别打啦！你们不如杀了我吧！"现龙闻言，愣在原地。杨应龙一脚踢倒现龙，身后播州士兵冲上来，将现龙捆起来。杨应龙说道："你小子自己前来送死，那就怨不得我了！如今正好拉你陪葬。"怜儿听了，爬上旁边石墙说道："爹爹，求求你放了他吧！我听你的话，不嫁给他就是了。"

　　杨应龙急怒攻心，大喊道："当初让你嫁给安疆臣，还能助我一臂之力。你不愿意，爹爹也没有勉强。这酉司士兵一路杀了我多少播州儿郎，我怎能饶了他！如今海龙屯已经被攻破，朝廷不会放过爹爹，你终究也难逃一死，还惦记他干嘛？！"

　　怜儿说道："孩儿知道难逃一死，只请爹爹放了他！"杨应龙大怒，拔刀就要砍现龙。怜儿跪下磕了三个头，说道："怜儿什么也不懂，只求我的爹爹和我的郎君不要自相残杀！"说罢，纵身一跃，跳下悬崖。

现龙又气又急，大喊一声"怜儿"，顿时昏死过去。杨应龙见怜儿跳崖，一时愣在原地。前面已经杀声震天，官军已经纷纷涌进内城，播州兵纷纷投降。又有人趁乱放火，一时之间火光烛天。

杨应龙只得提刀冲进内苑，见田雌凤等妻姜俱在自己寝宫，全都满面愁容。应龙长叹道："事已至此，不要坐等朝廷羞辱。黄泉路上再见吧！"说罢，打翻灯烛，将被褥点着。又解下腰带挂在梁上，一代枭雄自缢而亡。

李化龙攻下海龙屯，将杨应龙尸首及杨朝栋等六十九名播州乱党押解至京城。同时收集各军铜锅，铸造铜鼎十余个，铭文曰："惟星拱北，惟水朝东。惟天王御极，八方会同。惟西南夷，各世其封。惟敬天念祖，庶以不坠厥宗。顺天者吉，逆天者凶，以为不信，视杨应龙。万历二十八年六月吉日，钦差总督川湖贵军门右都御史李造。"将铜鼎赠予西南各土司，以儆效尤。

又将"海龙屯"更名为"海龙囤"，为困龙之意。拨官银造铜柱一根，长一丈三尺，立于海龙囤之巅。铭文曰："皇帝二十有八年，播人内讧。天王赫怒，爰整六师，以诛不供。百十有四日，尽俘群丑，遂潴其宫。设吏治之，方三千里，始入皇封。载勒铜标，永镇西南。臣李化龙。"

第三十六回
叙恩荣土司集敕　排相思玉人炼丹

　　李化龙扫平播州后，辞官回乡丁忧。临行前，组织各路监军起草《叙功疏》，冉跃龙及段世图亦从旁协助。冉御龙领兵回西，组织论功行赏，抚恤遗孤。

　　到了八月，圣旨下来，进御龙为怀远将军。冉世洪因战功晋升千户，冉晟改授真州同知，冉克明追赠忠显校尉，白邦臣追赠毅武校尉，其他将士各有封赏。

　　过了几天，跃龙亦赶回西司。太夫人高兴，亲自置办家宴，邀兄弟杨秀夫及御龙兄妹赴宴。太夫人近来潜心向佛，做的全是素食，有大脚佬、羊肚菌、鸡油菌等野生蘑菇或炖或炒，清炒豌豆苗、青菜头等时蔬，凉拌蕨根粉、薇菜、米豆腐，另有荞麦面、绿豆粉等主食。众人饱餐一顿，端上宜居清茶，开始闲谈。

　　太夫人担心现龙，便问道："老三你在大渝待了两个月，有没有打听到现龙的消息？"跃龙回禀道："找到啦！前几天他回龙泉坪了，说是要给克明叔接续香火。"

　　御龙叹息道："那天我带兵冲到绣花楼，看见现龙晕倒在城墙边，忙让士兵赶紧抢救。等我前面打完仗回来，亲兵说现龙醒来就失魂落魄地跑了，拦都拦不住。后来知道，原来杨家三小姐为他跳崖了。没想到他小小年纪，竟然遭受这么多挫折。"

　　跃龙说道："他是去找三小姐尸首去了，但是始终没有找到，就在播州流浪了两个月。后来想起要给克明叔修坟扫墓，才回了龙泉坪。"

众人一番感慨，太夫人说道："以后你们替我去龙泉坪看看他吧，难为这孩子了。听说朝廷要追究石砫那一房，不知道怎么样了？"

跃龙叹息道："朝廷已经查实，文爵老太爷多次送银子到播州，这马千驷全拿来支持杨应龙造反了。马千驷已经被押到京师问罪，文爵老太爷被革除佥事一职，贬为平民了。"

太夫人叹息道："石砫这一房，到此算是败了。有这次革职在，恐怕累世难以翻身。"御龙也说道："这次龙泉坪、真州被攻破，这两个地方都改设流官了。石砫又被革职，如今只剩咱们西司和乌罗司这两房能世袭了。"太夫人说道："还是那句老话，千要万要，忠孝为要。只有尽忠朝廷，守土安民，才能世代长久啊！"

跃龙叹息道："可惜如今朝廷奸臣当道，让人扼腕叹息啊！此次平定播州，四川左布政使程正谊调运粮草，督办军械，又绘制了《西蜀土夷考》，可谓劳苦功高。谁知道竟然因为向朝廷进贡扇子不及时，在围攻海龙屯前夕被罢官！"众人一番叹息。

杨秀夫问道："听说刘綎又被弹劾了，这次是为什么事啊？"御龙感慨道："这次征讨播州，刘綎率领大军攻破娄山关，又率先攻进海龙屯，理应战功第一。我也不理解，怎么又被弹劾了？"

跃龙笑道："哎，这仗刚打完，刘綎老毛病又犯了，派人给监军御史崔景荣、总督李化龙送大礼，希望论功行赏的时候替他多说几句好话。这崔景荣转头就上奏朝廷，弹劾刘綎行贿。李化龙见了，也只好将刘綎行贿自己一事上报。现在还不知道朝廷怎么处理呢！"

御龙叹息道："岳武穆说过，文臣不爱钱，武臣不惜死，天下太平矣。本朝这些武将，不惜死的不多，爱钱的倒是挺多。"杨秀夫说道："行贿就不用说了，就是滥杀平民冒领军功之事，本朝也是屡见不鲜。"

跃龙也感慨道："是啊！其实这次湖广总兵官陈璘也派人去送礼了，远远看到李化龙正在驱赶刘綎派去送礼的人，赶紧溜回去报告陈璘。幸亏这人机灵，不然陈璘也一并被弹劾了。"

御龙夫人杨若兰说道："这陈璘命倒挺好！刘綎倒救了他了。要是他先去送，倒霉的就是他了！"太夫人说道："你们还年轻，终归要走正道才是。不能学这些小聪明小心思，歪门邪道的东西必然不能长久。"御龙兄弟点头称是。

跃龙见玉梅在旁边默默坐着，知道还在为张柱石的事情伤心。于是劝说道："妹妹喜欢骑马，明天三哥陪你去菖蒲盖骑马吧，顺便抓几只螃蟹。"玉梅淡淡地笑了一下，说道："谢谢三哥，我不去啦！"此时玉梅已经十七岁，出落成一位亭亭玉立的大家闺秀。但自从柱石之事后性情大变，一直寡言少语，眉目间总带着淡淡的哀愁。

太夫人叹息道："哎，这么多天过去了，你还是没有走出来。孩子，你还年轻，将来的路还长着呢！"玉梅说道："长还是短，那又有什么区别！"若兰轻轻抚摸着她的肩膀劝道："总得要一段时间来缓缓，过一阵就好啦！你还是要多出去和玉兰她们走走才行！"

玉梅微笑道："我好好的，你们大家都劝我干嘛啊！"众人见她虽然面带微笑，但眼里依然略带忧伤，知道短时间难以恢复。又不敢苦劝，生怕勾起伤心之事，反而适得其反，只得慢慢再想办法。此后太夫人时常温言宽慰她，但这孩子不哭不闹，只是忧伤，也没什么太好的办法。

接下来几日，御龙兄弟按照太夫人的意思，集中整理历代皇帝颁给酉司的诰敕，编印为《敕诰恩荣录》。又请太史邹廷彦做序，极尽忠孝之辞，以供后人遵循。

因朝廷曾查得酉司、石砫、永宁等与播州为姻亲，虽未追究酉司之责，但登龙终不愿再掌管右军营。登龙同母胞弟中，登龙在龙潭赋闲、伏龙在官坝，现龙又在龙泉坪，只有七岁的见龙无所依靠。长兄如父，御龙便将见龙留在自己身边，由夫人杨若兰抚养。并由见龙接替登龙掌右营，伍良臣代管日常事务。跃龙辞去中军旗鼓一职，请御龙亲自执掌，自己则四处游历名山大川，问道访友。

时光荏苒，匆匆便过了一年。到了次年四月初，夏天初至，这天玉竹和玉兰在花园里荡秋千。玉梅在旁边不知拿了本什么书在看，其实大部分时间在发呆。玉竹看到旁边李子已经成熟了，便爬上树摘李子吃。一边吃一边喊道："大姐二姐，你们也爬上来吧！"

玉兰笑道："幺妹，你都十五岁了，还爬树！"玉梅却仿佛没听到一样，还在那里盯着书。玉竹叹息道："哎，你们俩越长大越不好玩了，成天垂头丧气的！"玉兰笑道："你这叫没心没肺！咱们都大了，哪里还能像小孩那样瞎闹。"

玉竹怪她："谁让你把《西厢记》给她看的，现在愈发不爱说话了！"玉兰说道："这书外面到处有卖的，你还能拦得住她看啊！"玉竹笑道："知道了，你们都长大了，都盼着张生来找你们呢！"

玉兰摘了一颗李子，砸向玉竹，笑道："瞧瞧，狐狸尾巴漏出来了吧？你自己不也看了吗？"玉竹不理她，摘了一颗李子扔向玉梅，正好砸在她腿上。玉梅看了她一眼，笑了一下，又低下头看书去了。

玉竹从树上跳了下来，说道："你们俩啊，没劲透了！跟个老先生一样，每天除了吃饭睡觉，就是在这院子里耗着。走吧，咱们去栖鹤庵炼丹去，可好玩了！今天正好他们都出去采药去了，咱们随便玩！"

玉兰毕竟才十六岁，也觉得好玩，便说道："你要能说动大姐，我就跟你去！"玉竹听了这话，过去拉着玉梅的手便走。玉梅问道："干嘛去啊，小丫头？"玉竹说道："把你拖出去卖了，走吧！你要不跟我出去玩，我就告诉太夫人你在看禁书！"

玉梅心想，要是太夫人知道她看这书，又成日沉默寡言的，肯定会好一顿唠叨。便说道："好吧好吧！死丫头，走吧！"三人戴了面纱，悄悄从侧门出来，骑马往栖鹤庵而去。

上了山，果然庵内悄无声息，一个人都没有。三人随意走了走，翻了翻经书。玉竹走到炼丹炉旁，笑道："今天本仙姑准备炼制仙丹给你们俩吃，不要太感谢我哈！"玉兰笑道："仙姑准备炼什么丹药？"

玉竹故作神秘，说道："这是我跟真人学的，名叫'相思大还丹'。你们俩吃了，就会变成正常人，不会每天尽想着张生！"玉梅轻轻打了一下她的背，骂道："死丫头，又瞎说八道！"

三人终究童心未泯，于是架起火，随意弄了些丹砂、雄黄、硝石放进去，装模作样炼起丹来。玉竹在旁边掌火，还假模假式地运功做法，嘴里念念有词，玉梅和玉兰在旁边看热闹。

突然，嘭地一声，炉子里的"丹药"炸了，一股黑烟升了起来。玉梅大惊，慌乱中一手抓住一个人，向后倒去。待那黑烟散去，起身查看，所幸炉子里的东西并没有炸出来，三人并未受伤。再一看，玉竹因为离得最近，脸已经变成黑猫。她又伸手抹了一把，更显滑稽，连玉梅都忍不住笑了。

玉竹笑道："我的好姐姐，快一年了，你终于笑了。"玉兰也说道："就是，大姐都一年没笑过了！真是多亏了幺妹了！"玉梅见玉竹满脸黑烟，第一句话却是在关心自己，心下大为感动，拉着她的手说道："多谢幺妹！这一年来，反而是你像姐姐一样照顾我！"说完又垂下泪来。

"哎呀，好不容易笑了，怎么又要流泪啊！那我再炸一回吧！"玉竹急了。玉梅笑道："好妹妹，我怎么舍得你这样！"玉兰打了水过来让玉竹洗脸，又说道："就是嘛，高高兴兴的多好！哪有什么过不去的难关啊！"

玉梅叹息道："我知道你们为我好。可我就是忘不了他啊！"玉竹说道："柱石哥说了，要你好好地活着，找个好人嫁了，他才能安心。你何苦折磨自己呢？他要是知道了，肯定不愿意看到你这样！"玉梅说道："谈何容易啊！"

玉竹说道："过去的事情咱们左右不了，就是咱们现在天天哭，也改变不了结果。就像我，别人看到我都会想到我哥是反贼，不管我做什么也改变不了这一点。我娘还因为这事没了，可是我能怎么办？如果我愁死了，那不就辜负了我娘的一片苦心吗？还不如高高兴兴过好每一天，才能对得起关心自己的人，对得起自己在世上走这么一回。"

玉梅叹息道："想不到幺妹小小年纪，竟然想得如此通透！妹妹自己也遭遇了这么多事情，可是还能这么乐观向上、坦坦荡荡，真是令人佩服！"玉兰看玉竹坐在桃源真人日常坐的蒲团上，便冲她鞠躬笑道："听真人一席话，胜读十年书。请真人受小女子一拜！"

玉竹笑道："既然女施主垂询，那贫道便为你算上一卦。敢问你是要求富贵，还是姻缘？我看你面犯桃花，近日可能要遇到你的张生啊！"玉兰伸手来挠她："你个小道姑，满嘴胡言乱语！"

玉梅也笑道："你还不是在等着你的塞明宇哥哥吗？这都来回通了多少信了！不过从这里到京师相隔几千里路，就这么通信有什么用啊！"玉竹笑道："他如果需要我，自然会跨越千山万水来找我。如果他不来，人生这么漫长，自然还会有另一人在等着我！"玉兰笑道："哎呀呀，了不得啦！真要开悟了！"

三人正在逗乐，忽然听到山下传来战马嘶鸣。出门一看，自己所乘战马好好地拴在一旁。到了山脚下，见官道上一匹骏马正在嘶鸣，地上躺着一位少年。姐妹三人走了过去，玉竹拿了根棍子捅了他一下。玉兰轻轻打了她一下，说道："没有流血，人活着呢，别乱捅！"

玉兰心地善良，走到那少年身边蹲下，用手指伸到他鼻孔前，感到呼吸均匀，知道没有大碍。于是在他旁边喊道："喂，你醒醒啊！"喊了几声，那少年悠悠转醒，看到一位少女正关切地看着自己，见她温婉秀丽，不由得看呆了。

玉竹见他只是睁着眼睛看着玉兰，却不说话，轻轻问道："这小孩长得倒是挺精神的，不过傻傻的，是不是摔坏了啊？"那少年听了，不服气地说道："谁是小孩啊！你比我还小呢！"说完，估计是摔下来的时候嘴里进了沙子，咳嗽了几声。玉梅从山上取来一瓢水，递给他喝了。

那少年喝完精神了许多，起身拱手说道："小生还有要事在身，十万火急。三位的救命之恩，只能改天再报了！"说罢翻身上马，打马向司城而去。玉兰见他裤腿上有血迹，说道："你腿受伤了，山上庵里有草药，敷上再走吧！"谁知那少年心急，早已跑远了。

御龙兄弟和缪天目正在来熏阁品茶议事，忽有亲兵来报："禀将军，保靖来人送信，宣慰使彭养正大人病逝。"御龙大惊，忙吩咐道："快将信使请进来！"

一名少年快步进来，见了御龙纳头便拜："保靖大乱，还望表哥鼎力相救！"

第三十七回
双象逐鹿保靖城　诸司大战武陵山

　　御龙定睛一看，原来是彭象乾异母弟彭象洲，忙扶起来："快快请坐！姑父前年还率军征讨播州，那时看他尚且生龙活虎，怎么就病倒了？"

　　彭象洲喝了一口茶，回复道："父亲已经病了半年了，到处请了名医看病，都不中用。昨晚突然仙去了，只有彭氏在场。她和象坤把持了兵权，不让发丧。大哥让我偷偷溜出来报信，请表哥做主。"

　　跃龙见他年仅十四五岁，却勇敢聪明，便问道："表弟慢慢说，象乾现在何处？"彭象洲回禀道："父亲过世时，只有百余名亲兵在司城巡防，彭氏连夜调遣象坤的前军营入城。等大哥和我知道消息的时候，前军营已经控制了司城。我只好与几名亲兵护送大哥逃了出来，到后营里落脚。"

　　御龙问道："后营有多少人马？"彭象洲回禀道："后营在播州损失了许多人马，现在只剩二百多人，尚未来得及补充士兵。"御龙说道："此事关系重大，我们还要好好商议一番。你随他们下去吃点东西，包扎一下伤口。就住在来熏阁这里，不要出去走动，以免走漏了风声。"

　　彭象洲随亲兵走下楼，却见楼下站着一位绿衣少女，正是刚才在官道上救自己的少女。忙拱手说道："感谢姑娘救命之恩！我刚办完事，正想着如何去寻找你们呢！"

　　玉兰递过来一小包药草，说道："你怎么跑得这么猴急！这些药草，拿去敷一下伤口吧！你既然到来熏阁来了，想来和本司有关，就不要见外了！"

彭象洲见她举手投足之间，处处透出一种温婉恬淡的气质，心里十分爱慕，便问道："小生斗胆，请问姑娘芳名？"玉兰见他温文尔雅，倒也不反感，于是说道："我是玉兰。你好好养伤吧！"但终归男女有别，说完便要转身离去。彭象洲忙说道："原来是二表妹啊！我是彭象洲，咱们从小虽没见过，可是老听象乾大哥说起你们！"

玉兰笑道："原来是三表哥，怪不得玉竹说，你和象乾表哥长得有点像！"象洲说道："大哥回到保靖之后，一直对你们念念不忘。今天一见我才明白，原来三位都是天仙一般的人。"玉兰笑道："这是摔傻了吧？开始说胡话。"二人又聊了几句，直到亲兵端了饭菜上来，玉兰才离开。

御龙等人在楼上商量保靖之事，缪天目说道："看来此番围绕宣慰使继任人选，保靖必然要掀起一番腥风血雨，将军要早做安排才是！"御龙正要说话，丫鬟前来报信，说御龙二房夫人彭廷芳从永顺归来。御龙吩咐道："夫人车马劳顿，先请她休息吧。就说老爷现下公务缠身，晚间再见她。"

待那丫鬟下去，御龙怒道："早不回来晚不回来，这彭养正一死，她就回来了！明摆着是要给她表弟彭象坤做说客来了！她已经嫁到我冉家来，象乾也是她表弟，跟着瞎掺和什么！"

跃龙劝道："大哥自己有主见就行了，她愿意说什么由着她说去吧！她在娘家也待了好几年了，老不回来也不像话，就让她住下吧。"御龙本来宅心仁厚，便不再纠结此事，与跃龙及天目又商议了一番。

到了晚间，彭象乾也快马赶来。御龙忙命人端来点心茶水，象乾吃了点东西，说道："这象坤母子太欺负人了！父亲去世，他们秘不发丧，又派兵攻打我的后营。我只好逃出来找表哥了。"

御龙问道："你那二百多人呢？都打散了吗？"象乾道："那倒没有，兵符还在我手上。我让他们转移到山上，拿着兵符正在征兵呢！"二人正在说话，彭廷芳派丫鬟过来请御龙共进晚饭。御龙说道："你也远道而来，咱们先吃了晚饭再说吧！"

二人来到内苑，廷芳已经命人摆好酒菜。象乾见了廷芳，虽知她一向心里祖护象坤，但也面不改色，坐下一起用餐。廷芳倒甚为热情，不断劝酒，陪着御龙及象乾喝了好几杯。

酒过三巡，丫鬟进来说道："将军，保靖派人来报丧了。人在将军府门口等着呢，说有信捎给将军。"御龙便说道："表弟你先吃着，我去去就来。"廷芳也说道："将军先去吧，妾身先陪表弟吃着。"说完，又拿酒来敬象乾。

御龙来到将军府，见两名保靖信使站在门口。御龙心下纳闷，为何送信要两人前来。进了将军府，御龙刚坐定，来人说了彭养正出殡日期，御龙也道声节哀。

来人又打开一个木箱，呈上来说道："禀将军，听闻杨太夫人近来患了风湿，我家夫人特命小人带了上好天麻过来，还望将军不要嫌弃。"御龙笑道："那我就不客气了！彭夫人派你二人前来，想是有事要商量吧？"

来人满脸堆笑，回禀道："将军英明。实不相瞒，我家将军归天后，全族上下都希望象坤公子继任。听说将军的妹妹已经到了出阁的年纪，我家夫人想替象坤公子结下这门亲事。"

御龙笑道："玉梅确实也不小了，不过这样大的事情，我还得禀过太夫人才行。"来人说道："象坤公子已经控制了保靖几个大营，永顺彭元锦大人也派兵相助。就差将军您支持了！"御龙问道："永顺派了多少兵马？"另一人回禀道："小人就是永顺的把头。我家将军此次派了两千兵马，在酉水河边扎营。"

御龙尚未说话，小丫头月桂慌慌张张地跑过来说道："将军，出大事了！"刚说完，看到屋里还有外人，便赶忙住嘴。御龙说道："二位贵使稍候，本将军出去处理一下事情再回来。"御龙出门来到院里，月桂便开始禀报。

那两名保靖使者见了，偷偷趴到窗边偷听。只听月桂说道："将军出来之后，象乾公子又喝了几杯，想是有些喝多了。夫人起来给他倒酒，他竟然一把拉住夫人的手，开始调戏夫人。"御龙素来最重人伦之礼，怒道："大胆小子！竟敢做出这等悖逆之事！"

月桂忙说道："将军息怒！夫人已经命亲兵捆了他，正在给他醒酒呢！"御龙怒道："不成器的东西，几杯酒就不知道自己姓什么了！把他丢到马棚里，明天便找人给他送回保靖。"

说完，御龙怒气冲冲地回到将军府，对使者说道："你家夫人的美意，我明天会禀报太夫人，再做定夺。你们回去之后，替我向夫人致谢。"那两名保靖使者见御龙正在气头上，不敢再说什么，便告辞出来，快马赶回保靖报告。

御龙来到内苑，见廷芳正在桌边抽泣。便说道："别哭了，他既然如此任意妄为，明天就把他送回保靖吧！"廷芳闻言转悲为喜，说道："还是夫君疼爱我。原以为他在酉司读了几年书，会有长进了，哪想到比畜生还不如。"

御龙说道："他来求我，原本是想让我出兵帮他争夺宣抚使之位。才喝了几杯酒，就敢在我的内苑乱来，看来的确是成不了大器。既没有定力又没有德行，我何苦为了他，和永顺、保靖兵戎相见！"廷芳说道："将军英明，象坤凡事也听我姑姑的，说到底和咱们还是一家人。就让象坤接任，对咱们也没有坏处。"

第二天上午，御龙余怒未消，便命人将象乾锁进囚车，准备派人送回保靖。彭廷芳说道："妾身好久没有见到姑姑了，不如由我领人押送象乾回去。正好也领着吹打，替将军前去送葬。"御龙说道："还是你考虑得周到，那就辛苦你一趟吧。近来杂事不少，我就不亲自去了。象乾的右军营还有不少士兵流窜在外，我派三百名亲兵护送你前去吧，以防在半路被他们劫了去。"

廷芳受命回来劝说御龙支持象坤，本来心里没有一点把握，准备了无数说辞。没想到事情如此顺利，心里十分欢喜，便坐了马车，领兵押送象乾赶赴保靖。

此时已是初夏，彭廷芳虽然急着赶路，毕竟天气闷热，随行又以步兵为主，第三日傍晚方抵达白云寺，离保靖尚有几十里路。这座寺院建在山上，因苗蛮及土匪出没，寺院早已荒废。随行士兵疲惫，廷芳便命稍事修整，再行赶路。

彭象坤提前得到彭廷芳赶来的消息，已领了人悄悄来到白云寺，与廷芳会合。廷芳见象坤前来，说道："表弟何必亲自来迎接啊，我们反正要到司城去的。"象坤忙屏退其他人，说道："我的好表姐啊，这次你拿下象乾，帮了我的大忙！不过这人咱们不能押到司城去啊。"廷芳觉得奇怪，问道："这已经押在囚车上了，怎么不能送到司城去？"

象坤叹息道："象乾毕竟是嫡长子，父亲在时也透露过，以后要让他袭职。这要是把他送回司城，我怕族人不服，跳出来支持他啊！"廷芳说道："这一点我倒是没想到。但是人已经送到这里了，现在怎么办啊？"象坤恶向胆边生，说道："事已至此，索性一不做二不休，趁乱杀了他。"

廷芳说道："就这么杀人哪行啊！且不说官府追究，就是酉司这帮人也不会放过我。"象坤笑道："这事还不容易，这里离宋农寨不远，这些苗蛮最喜欢夜间打家劫舍。你们就在这里扎营，晚间我找人假扮苗蛮，乱箭射死他就行了。反正我最近抓了几个土匪，让他们冲在前头就是了。”

二人又商议一番，象坤告辞出去准备。廷芳便命军士在白云寺扎营造饭，又按象坤要求，特意将象乾移至后院一间单独的茅屋关押。到了夜间，象坤等人果然扮着苗蛮模样前来劫营。

象坤领了人从后山杀上来，直奔关押象乾的茅屋，一起放出火箭，顿时火势熊熊。西司士兵奋力还击，射倒领头几人。众人忙来救火，但火势极大，哪里能救。象坤领兵退去，又命人喊道：“贼人从后山走了！”西司士兵见火已不能救，便纷纷去后山追赶，只剩十余人护住彭廷芳。

彭廷芳见火势极大，假装喊道：“象乾还在里面呢，快救火啊！”说罢，端起一盆水便要上前。旁边把总赶忙拦住：“二夫人，这火是救不了啦！好在这里已经是保靖的地盘，出了土匪也是他们自己的事。此地苗蛮众多，他们都追土匪去了，咱们就剩这十几人，要是再来土匪，咱们可低挡不住。我看咱们还是先护送夫人往回走吧！”

廷芳见死了象乾，不敢直接回西司，便说道：“这兵荒马乱的，这里离永顺近，还是送往先去永顺吧！”这把总得令，于是领了十余人送廷芳回永顺。

彭象坤在对面山坡停下，见火势凶猛，知道象乾万难逃脱。等了半个时辰，见大火渐渐灭了，方才领兵赶回保靖司城。尚未走到城门，一名亲兵骑马赶来，在马上喊道：“公子，不可回城！司城已经被西司士兵控制住了。”

象坤大惊，自己本部大营已派出追剿象乾残余士兵，司城守备空虚。今晚为劫象乾，自己又带了一百人出来，司城只有一百人，没想到被西司抄了后路。

不过想到象乾已经烧死，西司士兵就算控制了司城，也做不了什么。只要自己大军回来，便万无一失。于是带人来到城门外，正要喝问，却见城门大开，彭象乾领着队伍冲了出来。原来此前彭廷芳宴请象乾时，设计陷害象乾，多劝了象乾几杯。并趁御龙出去时，死命抓住象乾的手，诬陷其非礼。

御龙知道象乾断不会做出逾矩之事来，悄悄问了象乾果然如此。找了跃龙、天目与象乾商议后，决定将计就计，命跃龙等混在队伍中，护送象乾回保靖。又让彭象洲拿了象乾的腰牌，悄悄提前赶回保靖召集军队。到了白云寺，跃龙见彭象坤领人来劫营，便赶在象坤之前，趁乱护送象乾赶回司城。

象坤见象乾骑马站在城门口，犹如晴天霹雳，吓得几乎摔下马来。又见自己人少，打马转身就逃。象乾在后面喊道："不要放箭，抓活的！"象坤打马拼命逃亡，直奔永顺而去。象乾领兵追赶，终究没有追上，于是领兵回城。

彭象洲说道："大哥你太仁慈了，不让放箭，他在白云寺还想烧死你呢！这回他逃到永顺，肯定会找彭元锦出兵，来跟你争夺宣抚使之位。"

象乾叹息道："事已至此，如若他真要领兵前来，咱们也只得跟他大战一番了！好在兵符印信都在我手上，你快与众位舍把头人拿了兵符，召集各营领兵赶来吧！"

彭象洲等人领命，连夜前去召集人马。跃龙说道："你是嫡长子，又掌握着司城和兵符印信，朝廷必然支持你。如今之计，除了抓紧召集兵马外，还要赶紧向湖广都司报告，争取朝廷支持。否则各军云集，大战在所难免。"

象乾道："大管家彭养理是我授业恩师，近年来一直被象坤母子排挤。本司一向由他联络都司，正好派他前去活动。"跃龙说道："好，事不宜迟，就请他抓紧赶去吧。辰州离此地最近，知府瞿汝稷深明大义，又与彭元锦家祖上有交情。我这就去拜访他，如若他能从中加以调解，那就更好了！"说罢，连夜骑马赶往辰州。

第二日，彭元锦果然领了两千大军进抵保靖边界，扬言驱逐彭象乾，扶象坤袭职。彭象乾连夜征兵，领了两千人在对面扎营，两军隔河相望。彭象乾、象坤兄弟隔河对骂一番，彭元锦挥军从大桥杀了过来。双方刚刚交兵，大酉宣抚司前营守备杨秀夫、卯洞安抚司向位分别领军赶到。彭元锦唯恐有失，便鸣金收兵。

次日早上，散毛司率军来助永顺。彭元锦身披重甲，身后士兵衣甲鲜明，长枪劲弩在手，端的是杀气腾腾。彭象乾、杨秀夫、向位领军对峙，双方剑拔弩张，只待主帅一声令下，便要冲过去厮杀。

第三十八回
瞿汝稷片言止戈　白再香芳心暗许

　　且说彭元锦拔出剑来，正准备下令擂鼓进军，只见远处两人打马而来，边跑边喊道："朝廷有令，赶紧住手！"彭元锦一举手，大军压住阵脚，暂时不往前冲锋。

　　那两人快马跑到阵前，彭元锦认得领头之人是冉跃龙，怒喝道："冉家的三小子，你跑过来添什么乱？"跃龙拱手说道："问将军好！外甥奉辰州府瞿大人之命，特来为大家解斗！这位是瞿大人身边的刘师爷，有瞿大人亲笔信呈给宣慰大人。"刘师爷催马上前，将书信递上去。

　　彭元锦打开书信一看，先是一些客套话，后面写道："窃闻宣慰悦礼乐而敦诗书，数奏肤公，不自矜伐。苟循是道，先祖世麟之贤声，可跂而及也。乃以挟立彭象坤一事，啧有烦言。夫立后自有成法，抚、按、司、道诸臣，孰肯从宣慰而紊国家之法耶？宣慰自恃富强，谓朝廷莫如我何？宣慰自计，孰与播之杨氏哉？播州之役，宣慰尝驰兵而与之角矣。往者万人，丧者八千，盖十不存二。其强岂后宣慰？播地之险且广，又孰与永顺也？安疆臣九域土司之冠也。以女女应龙子，岂不念其亲姻，而从大军共灭应龙？计一失足于应龙，且与应龙同祸，故忍情决爱，以图自保也。今宣慰衅端尚浅，翻然知悔，白圭可全。若不良图，而逡巡护前，噬脐无及，窃为宣慰惜之。宣慰诚能听本府之言，尊国家之法，保靖立后，一从汉法，请力任其无咎。

不然，宣慰所树碑家庙，以播事垂戒子孙，后事之师，岂遽忘之也？"

彭元锦向来以先祖彭世麟自许，看完来信，汗如雨下。那名师爷拱手说道："请各位大人周知：小人临行前，知府大人交代，朝廷以各土司守境安民，最重稳字。嫡长子继承，向来为本朝成法，望诸位三思，休要擅动刀兵。否则，瞿大人将上奏朝廷，并请湖广总兵前来镇压。"

跃龙见彭元锦面色转换，便说道："保靖宣抚使之位之争，没想到惊动了这么多人。保靖已经派人禀报湖广都司，想来也该回信了。本朝因国本之争，累计已有一百多名大臣被贬谪。以皇上九五之尊，想要废长立幼尚且不能。舅舅处事一向公道，想来不会为难象乾。"

彭元锦笑道："感谢两位前来送信。我此次率军前来，原来是为了镇压红苗。没想到前线士兵认错人，与保靖发生了一点冲突。下面把总头领们已经搞清楚是误会，我们这就撤兵了。"说罢，转身打马而走。

彭象乾拱手喊道："感谢宣慰大人罢兵！"酉司、卯洞、散毛等司见永顺军撤，也各自撤兵，一场大战消弭于无形。彭象乾归司顺利袭职，象坤母子只得寓居于永顺，终日郁郁寡欢。

跃龙与象乾话别，又到杨秀夫军中小坐了一会儿。想起酉水河一带盛产灵芝等各类药材，太夫人近来又患风湿，便告辞出来，信步到山上采药。

此时正值初夏，山花烂漫，松林清风，锦鸡漫步，令人沉醉。跃龙采了些天麻、灵芝及其他草药，到酉水河边稍事休息。河边有一片石榴、山茶，开得火红一片。河水宽阔澄净，清风徐来，甚是惬意。

跃龙想起白乐天的诗句："日出江花红胜火，春来江水绿如蓝。"忽然，河上传来一阵山歌声，空灵悠远。跃龙听了，歌声有如天籁，顿觉心旷神怡。

片刻之后，一人一篙从山后划过来。跃龙放眼看去，只见一位白衣少女手执长篙飘然而来，脚下却不是小舟，只踩了一根翠竹。看那竹子也就碗口般粗细，但这少女站在上面却宛如平地，偶尔用竹篙点一下水面，那竹子便载着少女向前漂去。

这少女长相极其清秀，微风吹来，白衣飘飘，宛若凌波仙子。跃龙看了不由得迷住了，又觉得这姑娘有些面熟。尚未想起来是谁，一人一篙已经远去了。跃龙心里怅然若失，在河边徘徊许久，那少女却并未回来。

第二天，跃龙又到河边采药。这天却没什么兴致，随意采了几味药草，便来到河边。等了两个时辰，没有半个人影。闲得无聊，便从身上掏出埙来，吹了一曲《春江花月夜》。吹完倒来了兴致，又吹起别的曲目来。山长水阔，一时物我两忘。

这时，一叶竹筏徐徐划过来，竹筏上正是昨日那名白衣少女。那少女听到乐声，循声看来，只见岸边石榴树下一位书生正在吹埙。那书生面如冠玉，衣袂飘飘，神采飞扬。

少女心下大喜，手中长篙一点，竹筏便向岸边漂来。跃龙此时正在忘情吹奏，待那竹筏到了岸边，溅起水花来，方才发觉。跃龙抬头一看，正是自己苦等的少女，顿觉心神荡漾。四目相对，跃龙不觉看呆了。

那少女叫道："三哥哥，你怎么来这里了？"连叫了两声，跃龙方才醒悟过来，赶紧收敛心神。那少女见他不解，便说道："三哥哥不认得我了？我是再香啊！"

跃龙大喜道："原来是妹子你啊！我说这么眼熟呢，又想不起来是谁。两年不见，你长高了这么多。"白再香不依道："三哥哥，你怎么还拿人家当小孩子！"跃龙笑道："你如今出落得像天上的仙子一样，凡人看了你只会失魂落魄，谁敢拿你当小孩！"

再香笑道："三哥哥失魂落魄了吗？"刚说完，自己倒脸红了。跃龙一时语塞，却又不想否认。再香忙岔开话题，问道："三哥哥采了这些药草，准备做郎中啦？"

跃龙说道："我也只是略懂，反正采回去，请李半仙看着用吧。"再香见此时夕阳西下，便问道："三哥哥今晚准备睡河边吗？"跃龙笑道："那倒也行！"再香娇嗔道："到了酉东，还能让你风餐露宿不成！回头太夫人知道了，该骂我们不懂得待客之道了。快上船来吧！"

跃龙闻言，跳上竹筏。跃龙便伸手过去拿竹篙，再香却说道："哪能让客人划船呢，还是我来吧！"跃龙说道："那怎么好意思，让仙子给我划船。"

再香笑道："那你就吹埙给我听吧！"跃龙听了，又吹起埙来。再香便撑了长篙，往白家寨而去。划了两刻钟，前面岸边吊脚楼鳞次栉比，白家寨到了。二人心里都觉得竹筏太快，希望就这么一直划下去。

此时酉东总管白邦铭正在岸边散步，见一叶竹筏缓缓飘来。竹筏上一对璧人，俱是白衣飘飘，男的气宇轩昂，女的清丽脱俗。白邦铭不由得赞叹道："好一对神仙眷侣！"

这时竹筏已到岸边，白再香听了这话，不由得满脸绯红，娇嗔道："三叔！"跃龙见了，忙拱手道："白总管，许久不见！"白邦铭见了跃龙，也拱手道："听说三公子在酉水河边，只言片语，便说退彭元锦两千雄兵，叫人好生敬佩！"

跃龙忙说道："白总管过奖啦！退兵之事，乃辰州府瞿大人之功。跃龙哪儿敢抢功啊！"邦铭拉了跃龙的手，笑道："管他什么大人，你在我们这里就是最大的大人！今天可不许走了，咱们一醉方休！"

到了晚间，白邦铭命准备了晚宴，并命众位子侄都来作陪。邦铭之子再龙、再凤、再兴，邦臣之子再连、再浩、再衍，邦镇之女再香、再英俱在，济济一堂。众人好一番热闹，喝至沉醉方散。

次日跃龙醒来，已是日上三竿。再连等诸兄弟已经外出，跃龙辞别邦铭，信步来到河边。看到四下无人，心下怅然若失。往前走了片刻，却见再香撑了竹筏在岸边站着。跃龙心下欢喜，问道："妹子要去哪里？"

再香问道："三哥哥酒醒了吗？今天还去采药吗？"跃龙大着胆子问道："妹子在等我吗？"白再香闻言说道："等了你半个时辰啦！"刚说完，脸又红了。

跃龙上了竹筏，从再香手中接过长篙，二人向前划去。来到山上，跃龙不急着采药，只是信步闲逛。再香找到一丛刺莓，本地又叫插秧范，红红的一串串长在荆棘中，有的已经熟透发紫。刺莓香甜可口，二人边吃边摘，吃得不亦乐乎。

过了一会儿，跃龙找到一窝野鸡蛋。刚捡了两个，却见一只红腹锦鸡在不远处看着，又不敢走过来。再香忙说道："三哥哥，把蛋还给它吧，过一个月又是一群呢！"

跃龙听了，小心翼翼地把蛋放回去，转头却不见了再香。往前走几步，见再香站在一丛金银花旁边，用金银花三两下编了一个花环。戴在头上，绿叶间金黄色、银白色小花相间，映衬着粉脸更加动人。

再香又编了一个花环，给跃龙戴上。问他道："三哥哥，你知道这花叫什么吗？"跃龙笑道："金银花呀，这谁不知道。"再香轻轻说道："我们这里管这花叫鸳鸯藤，因为她的花都是成双成对的。"话未说完，早已羞红了脸。

跃龙正要说话，却见一只蜜蜂飞来，便伸手驱赶。蜜蜂又朝着再香头上的金银花飞去，跃龙忙过来帮忙驱赶。那蜜蜂却绕着她的头飞舞，再香吓得花容失色，尖叫一声，躲入跃龙怀中。跃龙伸手搂住，只觉一种从未有过的眩晕感涌上头顶。此时酉水河不再流淌，蝉不再鸣叫，连风也似乎停住了，只能感觉到对方的呼吸和心跳。

那蜜蜂盘旋了一阵，往旁边飞走了。再香猛地惊觉，忙轻轻推开跃龙，脸上还泛着红晕。二人此时心意相通，却谁也不愿意说破，只是随意走走，不时摘点野果野花。前面山上长了一大片野生茶树，此时茶叶新绿，空气中洋溢着茶叶的芬芳。二人采了一布袋茶叶，又摘了一些金银花，方才满载而归。

"好啊姐姐，三哥来了，你就不带我玩啦！"二人刚走进寨门，就听到有人说话。循声望去，见再英正吊脚楼上整理箬叶。跃龙笑道："幺妹，你包了粽子给我吃，我们就带你玩。"

再英说道："呸呸呸，我要真去了，到时候你们肯定嫌我碍眼。"再香骂道："小丫头片子，什么时候变得这么牙尖嘴利了！我们做金银花茶去啦，你下不下来？"再英笑道："等你拿金银花茶，找我换粽子吃吧！"

二人进了门，架起铁锅，先把茶叶杀青。再香拿来木匣子，仔细擦净。又找来几个麻线做的香囊，将金银花分开装好。在匣子内放一层茶叶，就放一个香囊。如此放了五六个香囊，方把茶叶放完。再香把盖子盖好，仔细进行密封。跃龙感慨道："想不到做金银花茶，还有这么多工序。真是不易啊！"

再香笑道："我的官老爷呀，这才第一步呢。后面每隔一个时辰，还得换一次金银花，才能把香气全都吸进去！"跃龙惊讶道："那晚上才能喝到了？"再香说道："等茶叶把金银花香吸收后，明天还得把金银花拿出来暴晒。最后把晒干的金银花放到茶叶里，才算大功告成呢！"

跃龙感叹道："这么麻烦啊！那我以后要喝金银花茶，只能靠你啦！"再香轻轻说道："谁知道你以后会不会嫌弃我！"

二人正在说话，忽然有人敲门。再香开了门，一看是白再连夫人董氏。白家再字辈兄妹中，以再连最年长，董氏也已年近三十。再香父母俱已仙逝，董氏作为长嫂，做人又极稳重，因此偶尔也约束一下再香姐妹。

董氏却不进门，在门外说道："妹妹在家啊？嫂子带着你侄儿读《三字经》呢，有个字不认得，快去帮嫂子看一下。"再香笑道："这里现坐着一位秀才呢，嫂子拿来给他认吧！"

董氏却说道："还是妹妹过去吧，你侄儿想你去教他。"再香正要说话，跃龙说道: "大嫂是有话要跟妹妹讲吧？我知道你想说什么,没关系,进来吧！"

董氏只得进了门，说道："三公子绝顶聪明，自然知道我要说什么。天见可怜，我伯父伯母都去得早，就留下这两个天仙似的妹妹。我这当大嫂的，自然要多操点心。"话未说完，眼圈倒先红了。再香听了，也不由得神色黯然。

跃龙说道："确实是我的过错，妹妹已经到出阁的年纪了，我不该如此不清不楚地缠着妹妹厮混，坏了妹妹的名声。"董氏闻言说道："多少女人，都是凭了父母之命、媒妁之言，成亲之前连自己丈夫多没见过，还不是过了一辈子。难为你们两人互相喜欢，妹妹要是嫁了你，想来也不会受委屈。"再香娇嗔道："大嫂，谁一定要嫁给他了！"

董氏笑道："既然这样，我本家弟弟也十七了，明天就让他们来提亲吧！"再香急道："那可不行！"刚说完，才知道上了当，便走过去要挠董氏的痒。

跃龙见了，便说道："既然妹妹和大嫂都不嫌弃，我回去便禀报太夫人，请人过来提亲！"再香羞红了脸，只是低头收拾金银花。

第三十九回
湄苏河龙舟竞渡　土司城佳偶天成

第二天一早，御龙派人传话，过两天就是端午节，准备在龙潭赛龙舟，太夫人也前去观看，请白家寨也派人参加。白再香等人雀跃不已，和跃龙骑马赶赴龙潭镇。

这龙潭处在一条南北走向的巨大山谷中，西有伏龙山、东有木桶盖，街道依湄苏河而建。此地乃西东商业重镇，货通巴蜀湖广，与龚滩并称"钱龚滩、货龙潭"。近日因赛龙舟，九溪十八洞有头有脸的士绅、商人都涌过来，附近村寨民众也来看热闹，熙熙攘攘，一派繁华景象。

众人来到街口，早有士兵看见跃龙，过来牵了马。几人沿着石板街前行，一路闲逛。街道全用方块青石砌成，历经岁月洗礼，青润如玉，光可鉴人。两旁吊脚楼翘角飞檐，四合院古朴清幽，巷道纵横交错，人来人往，好不热闹。此时天空偶尔飘来一点毛毛细雨，再香姐妹一人选了一把油纸伞，在雨中撑着伞缓缓而行。跃龙却不打伞，任细雨落在身上，又是另一番清爽。

此次赛龙舟，太夫人特意要求由登龙张罗，伍良臣等从旁协助。女眷都住在登龙府邸，跃龙兄弟在客栈住下。玉梅姐妹已经十七八岁，太夫人看管看管更加严格。虽同意她们来看龙舟，但命她们戴着面纱，只能在太夫人身边待着，不许随意走动。

接下来两天，跃龙找不到再香，又不好意思找太夫人询问。虬龙的龙舟上正好有一人扭伤了胳膊，便请跃龙代替。跃龙再三推辞不得，只好与虬龙等抓紧训练。

端午节当日，跃龙早早来到河边。见河边早已搭起高台，御龙夫妇陪了太夫人坐在正中，杨秀夫、刘宗清等人也在座。跃龙忙上前请安，众人坐定。太夫人笑道："今天凉爽得很，倒是很适合赛龙舟！都有几条船啊？"御龙说道："前些日子已分队比赛，今日是最好的六条船抢状元。虬龙、伏龙、舒泰、白家寨兄弟分别有一条船，还有两支是湄苏河、甘龙河的百姓。"太夫人笑道："好啊！今年热闹啊！"

跃龙陪着太夫人聊了几句，便来到虬龙船上，与众人开始准备。不远处舒问道家也撑了几把大伞，舒问道夫妇在伞下坐着，准备给爱子舒泰助威，闺女舒眉在一旁陪着。因维屏去世前，已让人为跃龙和舒眉换了生辰八字。太夫人命御龙夫妇过去打了招呼，舒问道又亲自过来向太夫人问好。

吉时一到，只听岸上鞭炮声大作，接着牛角齐鸣。跃龙与虬龙忙握紧船桨，见龙也拿好鼓槌。牛角声忽然停住，只听一声铜锣响，众人划桨出发。六条金龙奋力向前，一时间船桨上下翻飞，浪花翻涌，谁也不肯落后。

划了约有十丈远，岸上的人喊道："歪了！歪了！"原来伏龙船上两边水手劲使得不一样，龙舟开始斜着往前走，旁边龙舟不及躲避，撞在一起。两边赶紧撑开，却已稍稍落后。伏龙却不气恼，自己在众兄弟中聪明才智并不出众，反正图个热闹，并不太在意输赢。前面四条船略微领先，也都拼命擂鼓划桨，交替领先，岸边众人纷纷喝彩。

见龙年方八岁，却并不怯场，大鼓擂得十分熟练。跃龙一边划桨，一边用余光打量旁边三条船，看到白再香倒坐船头，原来是白家寨船队的鼓手。再香鼓槌上下翻飞，长发和红裙随风飘动，真是巾帼不让须眉。

太夫人在台上看了，连连赞叹道："好一个木兰再世！"玉梅夸赞道："韩世忠大战金兀术时，梁红玉擂鼓退金兵，也就是这样了吧！"玉竹也笑道："白家姐姐确实活脱脱一个梁红玉转世，不过我看这划船的真还有个韩世忠呢！"

杨若兰说道："哎，你们尽顾着说韩世忠梁红玉了！看看那边舒家大闺女也不小了，眼睛也是一直盯着三弟呢！"太夫人摇头笑道："老三这风流样子，倒随了他爹了！"玉兰没有说话，脑海里却突然想到了彭象洲，不知道他们今天有没有赛龙舟？

　　正说话间，河面上局势已变。舒泰的船队毕竟常年跑货运，彼此配合默契，离终点还有不到十丈远时，已领先了一丈的距离。舒泰年少气盛，对着虬龙等人大喊道："你们是来争夺第二的吗？"

　　虬龙听了，扬起桨来的时候加了力气，一片水花向舒泰飞去。舒泰伸手来挡，却不小心将鼓槌掉进水中，一下慌了神，鼓点顿时乱了。其他三条船奋力向前，片刻之间，便超过了舒泰。

　　河面上三条金龙你追我赶，交替领先，精彩之极。跃龙等人已经感到手臂微微发酸，见旁边龙舟咬得甚紧，更加咬紧牙关一起划桨。再香与见龙也凝神聚气，奋力擂鼓。眼看要抵达终点，最外侧那条船上的水手一起发喊，率先撞线。

　　跃龙朝那条夺魁的龙舟看去，见那鼓手是一名十一二岁的少年，长得英气逼人。便说道："小兄弟，你叫什么名字？"那少年答道："我叫冉文焕，甘龙河来的！"

　　正要详谈，岸上扔过来红绸做的大红花，那少年忙接了绑在龙头上。跃龙见他没空，便说道："好兄弟，有空到司城找我！"那条船早掉转船头，到河面巡游庆祝去了。

　　跃龙和再香上了岸，太夫人笑道："花木兰凯旋啦！"再香拉着太夫人的手，笑道："太夫人赏我点什么呀？"太夫人笑道："赏你个如意郎君吧！"再香把头埋在太夫人怀里，羞得不再说话。那边舒眉看了，独自黯然神伤，舒问道也无可奈何。

　　伍良臣命人端了粽子过来，请众人品尝。再香接了粽子，先给太夫人剥了一个，众人也都开始品尝。再香又拿了一个粽子，转头却不见再英。看了一圈，见远处树下有一顶粉色油纸伞，伞下一男一女正在聊天，正是应龙和再英。

　　赛完龙舟，登龙又请众人到府上吃了午饭。饭后跃龙正要出门和再香游玩，太夫人让丫鬟来唤跃龙。进了屋，见太夫人正在品茶，跃龙笑道："娘这是收到什么好茶啦？还叫我来品尝。"太夫人笑道："我要再不看着你点，过一阵恐怕就不是喝茶，是该喝喜酒了。"

　　跃龙诧异地问道："喜酒？谁的喜酒啊？"太夫人叹息道："你可别揣着明白装糊涂！你喜欢再香这孩子，难道我还看不出来吗？白家在西东毕竟也是一方领主，人家姑娘还没出嫁，你可别老跟人眉来眼去的！"跃龙说道：

"那娘就给我做主，帮我娶过来嘛！"

太夫人说道："你可别忘了，你爹临走前交代了，要你娶舒家闺女。今天舒家小姐也在，看到你和白家走得近，能高兴吗？这门亲事一早你爹就和舒家定了的，如今人家姑娘都十九了，再不去下聘礼，人家会以为你要悔婚了！回头亲家再变成仇家了！"

跃龙说道："这不是没有正式下聘礼吗？为什么非要娶她？"太夫人垂泪道："本来娘也不想逼你，但是前一阵应龙谋反，永顺也虎视眈眈的。你和你大哥没个帮衬的人怎么行？你这门亲事，事关家族兴衰，怎么能由着你胡来？"跃龙见母亲哭了，只得说道："是！就按娘的意思办吧！"

太夫人叹息道："你也别不情愿！这一大家子人能够锦衣玉食，靠的是什么？穷人家的小子连饭都吃不饱，别说娶媳妇了！再说了，娶了舒氏后，你要真喜欢白家姑娘，到时候再娶进门也行嘛。只要你自己能一碗水端平，也委屈不了她！"

从太夫人屋内出来，跃龙心中有愧，到河边坐着发呆。再香赶了过来，见他从太夫人屋里出来后便闷闷不乐，又想起上午舒家姑娘的神态，便猜到了七八分。于是问道："三哥，是太夫人让你娶舒家姑娘了吧？"

跃龙苦笑道："是啊！这是父亲在世的时候定下的，我本想把这事拖黄了，谁想到太夫人又提起来了。"再香劝道："那怎么行！你要是悔婚了，这对人家不是奇耻大辱吗？人家姑娘不得上吊啊！"跃龙垂泪道："可我想娶的人是你啊！"

再香叹息道："我早就知道你和舒家有婚约，可我就是管不住自己，不由自主地喜欢你。嫂子也劝我几次了，让我找个好人家嫁了，可是我一闭上眼睛，心里就是你。"

跃龙说道："我又何尝不是这样！心里面只有你，所以不想娶别人！"二人就这样坐着，听着河水拍打着岸边。忽然，再香下定决心，说道："哎，你就娶了她吧！不然你没法向将军和太夫人交代，更会毁了人家舒家姑娘的！"跃龙说道："可是咱俩怎么办？"

再香叹息道："哎，谁让我离不开你呢？罢了，只要你以后还能像从前一样待我，我也不想争什么了。你先娶了她，回头再娶我吧！"跃龙垂泪道："只是这样委屈了妹妹！"跃龙满心愧疚，就这样陪着她聊了许久。

第二天，御龙便派人到舒家下了聘礼。舒问道见闺女已经十九岁，早到了嫁人的年纪，又与老将军昔日有约定，便当即应允。过了一个多月，便为跃龙和舒眉举办了婚礼。

御龙疼爱弟弟，将中军营盘南侧府第着力整修一番，供跃龙夫妇居住。入了秋，又风风光光办了一场婚礼，帮跃龙迎娶再香过门，一对佳偶终成眷属。再香不放心妹妹一个人在白家寨，便将花园内两间小厢房收拾一番，供再英居住。

到了年底，再香有了身孕，跃龙大喜，更加殷勤伺候。御龙此时年富力强，兄弟众多，又有舍人冉维桂、舅父杨秀夫、谋士缪天目等人尽力扶持。跃龙便辞了大小事务，在家陪着两位夫人。平日以琴棋书画为乐，偶尔携妻在桃花源附近游玩，享起齐人之福来。再香性情直爽善良，一向对舒眉甚为尊重，怀孕后更多了一份恬淡，二人相处颇为融洽。

再英性子好动，不愿陪姐姐天天闷着，便时常到栖鹤庵找应龙。跃龙本想让再英嫁给彭象乾，再英却死活不愿意。再英素来刚烈，只得由着她。栖鹤庵有几株四季桂，有时天气不佳，或再英有事不至，应龙便摘一两枝桂花托童子送来，有时附一首自己手书的小诗。

这天应龙在栖鹤庵炼丹，再英在旁边看了一会儿，突然说道："姐夫想让我嫁给彭象乾！"应龙说道："能当上宣慰使当夫人，荣华富贵都有了，很好啊！"再英狠狠瞪了他一眼，大声说道："我不嫁他！"应龙忙说道："好，不嫁不嫁。"再英不再说话，只是盯着炼丹炉发呆。

过了半晌，再英突然说道："我十六了，他们迟早还会给我说媒的。"应龙笑道："是啊，你迟早也得嫁人啊。难道学我一样出家吗？"再英一直盯着他，说道："别的人我谁也不嫁，我只嫁你！"说完眼圈泛红，几乎要落下泪来。应龙叹了一口气："你我相识多年，妹妹的心思，我何尝不知道。只是我是戴罪之身，在此犹如坐牢一般。况且我这兵权和土地都被收回去了，如何养得了妹妹！"

再英说道："我有手有脚，即便嫁给你，也不会吃白食。咱们相识这么多年，你也不知道提亲，反要我来捅破这层纸。只怕是你想娶个高门大户的小姐，看不上我吧？"应龙见她如此说，不知如何辩解，忙说道："我要是辜负你，便让我万箭穿心而死！"再英听了，也举手发誓："我要是不嫁给你，也让我万箭穿心而死！"

应龙忙拉了再英的手，说道："好妹妹，等我境况好些了，便娶你过门。"再英叹息道："我要嫁给你，便是粗茶淡饭也欢喜，又哪里要你境况多好。"应龙说道："总得有份事做，哪能让你跟着我受苦！"再英叹道："我本来不在乎这些。如果你真想找个差使，只要能转了性子，将军为人一向宽厚，想来肯定能接纳你。"二人此时心意相通，就是闲谈絮语，写字听箫，也觉得比往日多了几分意思。

寒来暑往，转眼入了秋。石砫宣抚使马千乘派人到酉司，为秦良玉三弟秦家屏提亲。御龙和跃龙在石砫时曾见过秦家屏，知道人品相貌都不错，当然愿意撮合这门亲事。

玉梅心里虽然一直不能忘记张柱石，但见母亲常为自己的事情垂泪，心下也是不忍。想起柱石要自己好好活下去，又不忍辜负两位兄长的期望，便答应了这门亲事。双方互换了生辰八字，石砫下了聘礼。

这日上午，再香在卧室小睡，跃龙便靠在院里的藤椅上看书。正看得入迷，忽听半空一声霹雳。跃龙抬头一看，却是晴空万里，并无一片云彩，哪里像有打雷下雨的样子？以为自己听错了，复又埋头看书。片刻之后又听到一声霹雳，跃龙抬头看了，天空依旧万里无云。心下诧异，四处一看，只见墙头上趴着一头白虎。那猛虎将前爪搭在墙上，似要逾墙而入。

跃龙心下大惊，此时再香已怀孕十月，哪能让这猛虎进来惊了她。忙要起身取剑，才刚站起来，看到墙头只有大花猫一只，原来是做了一场梦。刚把书放下，只听厢房一阵喧哗，丫鬟跑过来说道："老爷，夫人羊水破了，就要生了！"跃龙忙吩咐道："快去请产婆！"自己便要进去。

那丫鬟忙拦住道："老爷，生孩子不要男人看的，您就在外面等着吧！"跃龙听了，只得在院内等着，却是坐立不安。好在产婆片刻即赶了过来，丫鬟婆子在里面一通忙活。

过了快半个时辰，里面依旧没有消息。只听产婆在喊"夫人使劲"，以及再香痛苦的呻吟。跃龙焦急万分，不知不觉长衫便已汗透。正没奈何，突然听到里面"哇"的一声婴儿啼哭。

跃龙听了，胜过世间最动听的音乐。产婆出来贺喜道："恭喜老爷，生了一个大胖公子！"跃龙大喜，拿了银两赏了众人，又吩咐亲兵前去给太夫人及长兄报喜。

跃龙进了厢房，到床前坐下，一手拉了再香的手，一手却来摸儿子的鼻头。再香忙伸手推开，笑骂道："都当爹了，还这么淘气！"话音刚落，只听门外丫鬟说道："老爷，张天师来了！"跃龙忙来到前厅。

天师见了，满脸笑道："贫道适才在镇妖塔前做法，听到铜鼓鸣响，算准今日将有将星转世。果然贵府就添了公子，真乃天意也！"跃龙笑道："这孩子出生前，我正在院里纳凉，梦到白虎在墙头咆哮。醒来这孩子便出生了，看来他竟有些福分。"

天师见左近无人，便正色说道："小公子和三老爷一样都是属虎，又是梦虎而生，定然是白虎星转世。不过此事断不可向他人提起，以免泄露天机。"说罢，又问道："可取了名字？"

跃龙拿出一张纸来，说道："此前倒是想了几个，尚未定下来。"天师看了纸上的几个名字，说道："此子造化非凡，乃上天所育。依贫道看来，天育二字为最佳。"

跃龙笑道："既然天师说了，那就叫天育吧！希望他以后能配得上这个名字。"天师又拿出一把桃木剑，说道："请将此剑挂在墙上，自然保佑小公子平安。"说罢，便起身告辞。

跃龙接了木剑，说道："天师再喝口茶啊，这话刚说了半截，怎么就要走？"张天师一边往外走，一边说道："风云全会，救济苍生。天机不可泄露，贫道去也！"

第四十回
添子嗣喜事连连　出闺阁飘零四方

　　听说跃龙喜得贵子，御龙夫妇、玉梅姐妹都陪着太夫人都赶了过来。女眷们到厢房陪再香说话，跃龙陪着长兄在前厅喝茶，御龙笑道："三弟弄璋之喜，咱们晚上得好好喝一杯啊！"

　　跃龙笑道："好啊！我让他们请舅舅去了，晚上就咱们几个人，在这里喝一杯吧！"兄弟二人又闲聊了一番，跃龙见兄长心情好，便说道："大哥，兄弟也有句话要说啊！最近我看大嫂气色越来越好，大哥也该要孩子了！"

　　御龙笑道："你说得对，等你嫂子再养几个月身子，我就准备要孩子了！"跃龙正色说道："大哥是宣抚使，你这一脉关系到咱们家族的兴衰，还是要子嗣繁盛才好！不行再娶一房吧，这二嫂在永顺是指不上了！"御龙说道："让她在永顺好好反思吧！花花肠子太多了！"

　　跃龙劝道："她毕竟嫁过来了，长期待在娘家也不好。亲家不能变成世仇啊！"御龙叹息道："让我再考虑考虑吧！"二人又聊了聊众兄弟近况，又是一番感慨。

　　御龙坐了一会儿，见天色尚早，离晚饭还有一两个时辰，便告辞出来。出了大门没走几步，对面一人匆忙奔来，差点迎面撞上，那人手里的纸稿撒了一地。御龙定睛一看，原来是白再英，便弯腰帮她捡东西。捡起来一看，字体遒劲，便说道："这不是应龙的笔记吗？"再英红了脸，说道："是他抄写的诗歌，我带回来习字的。"御龙笑道："你姐姐生了，快回去看看吧！"

再英忙收了东西，飞奔回房。御龙想起许久未见应龙，便牵了马，扬鞭向栖鹤庵而来。到了山前，先拴了马，信步走到庵前。到了门口，见桃源真人冉清风正在打坐，童子歪倒在蒲团上，早已睡着。便不打扰，来到应龙房前，却不见人影。御龙见门开着，便走了进去。

只见案头上放了不少纸稿，抄的俱是《孝经》。旁边又有一摞纸，皆是蝇头小楷。御龙拿起来一看，上面写道："与夫范文正公分财产于族人，且相率其族于忠孝文武彬彬之业。夫如是，则族睦矣。族睦，则人和矣。人和，则足守我茅土，报效犬马矣。"乃是家谱中瞿塘先生所作序文，而应龙反复抄写的这一段，正是先父维屏公去世前，让应龙为众兄弟念诵的一段。

御龙见应龙在此修道有了进益，心下甚是欢喜。起身准备离开，又看见镇尺下压着一封信，隐约看出是自己二房彭氏的手迹。一时没忍住，便拿来看了。

彭氏只是略通文墨，写信也如日常说话，前面无非是说说近况。后面写道："七弟，听说你在栖鹤庵修身养性，甚有进展，我也十分欢喜。近来母亲也常告诫我，既然嫁了人，就要恪守妇道，相夫教子。我也深自悔恨，以后定然要洗心革面……"御龙看完将信放回原处，起身出来，骑马回到将军府。

进了门，丫鬟过来说道："禀将军，二夫人从永顺托人捎来果品，还有一封信，已经放在桌上了。"御龙走到桌边，拆开信看了一遍，也是说了些悔恨的话，不该吃里爬外，请御龙原谅等等。御龙看完，又想起跃龙的话，便提笔写道："陌上花开，可缓缓归矣！"写完封入信封内，命人送去永顺。

御龙又处理了几件事务，看天色渐黑，便来到跃龙府上。此时杨秀夫已经赶到，晚饭已经置备齐全。跃龙见御龙前来，便请众人入座。酒过三巡，御龙见在座都是家人，便说道："托父亲和四娘在天之灵保佑，近来廷芳和应龙性子竟大有转变。"说完，又将在栖鹤庵所见及彭氏来信跟大家说了说。太夫人听了，心下高兴，说道："他们二人要是真心悔过，那就太好了！"

跃龙也说道："二嫂要是真的洗心革面了，那大哥应该接她回来。"御龙说道："我已经写了信派人送去，请她最近就回来。另外，应龙还这么年轻，一直在栖鹤庵修道也不像话，我看还是让他官复原职吧！"跃龙忙说道："让他协助处理家政倒是可以，但要让他重新担任前军营副将，还是不妥。不要让他再执掌兵权，免生祸端。"

杨秀夫却说道："我也同意跃龙的话。这几件事怎么都这么巧？让你在一个时辰内全碰到了！我看啊，还是要听其言、观其行，不可操之过急，过早将兵权交给他。"再英听了，忍不住说道："你们就是不相信他！犯了一次错，一辈子便不能原谅了！"

跃龙叹息道："敌之大，无过不知；祸之烈，友敌为甚。永顺和咱们争斗了多少代人了，彭元锦也一直想要通过二嫂和七弟来制造内乱。他们二人再悔改，架不住后面老有人怂恿啊。咱们让七弟帮忙处理政务就行了，你再给他兵权，那不是诱惑他捣乱吗？千万不能考验人性啊！"

舒眉却说道："你们哥俩都一样，家里不能一碗水端平。你一直嫌弃我不太识字，大哥眼里也只有大嫂，对二嫂从来不管不顾。我们都嫁过来了，你们真心对待我们了吗？"说完，竟抽抽搭搭哭起来了。

玉兰心软，扶着舒眉的肩膀安慰道："大嫂别哭啦！三哥要敢欺负你，我们给你做主！"玉梅听她这么说，忙拉住了再香的手。再香却并不介意，冲她微微一笑。

太夫人叹息道："家和万事兴啊！这宣抚使之位是祖宗留下来的几百年基业，总得有个人去主持大局。可是独木不成林，你们都得互相帮衬着才行，否则这家业如何保得住！如果家里人斗来斗去，一旦出了乱子，别说荣华富贵，恐怕想当个平民老百姓都是奢望了！"

玉竹说道："就是！大哥虽然是将军，这顿饭他也不能比咱们多吃两碗，衣服也不能多穿几件。争来争去有什么意思！"御龙本来心软，便说道："前军营驻扎在酉东前线，离永顺又近，让七弟去前军营确实不太合适。不如就让他去右军营任个副将吧，反正那里由见龙和伍良臣做主。七弟去了管个两三百人，也就领点俸禄补贴家用，出不了什么乱子。"

杨秀夫和跃龙虽然心里担心，见御龙如此说了，也不好再多言。玉梅见御龙吃饭的时候，不时看自己一眼，一副欲言又止的样子，便说道："好了大哥！知道你要说什么了，又要催我们三个出嫁了！太娘好不容易不催了，你又开始了！"

御龙笑道："其实我也想三位妹妹一直在家里陪着我们，一家人永远在一起多好！可是毕竟你们都长大了，迟早还得嫁人嘛！"

刘太夫人感慨道："你们大哥多仁义了，从来没有逼迫你们三个嫁给谁。

你们生在宣抚使这样的家庭，婚姻大事还能让你们自己做主，实在太难得了！远的不说，播州杨应龙势力够大了，但是他为了造反，逼着自己女儿嫁给水西土司安疆臣做小，多造孽啊！"

太夫人笑道："她们三个，哪个不是咱们的心头肉！谁敢逼迫她们，老身就跟她拼了！"众人吃完饭，怕再香太累，于是各自告辞回家。

天育满月的时候，秦家屏从石砫赶来贺喜，顺便也想定下与玉梅的大喜之日。太夫人对这个未来女婿很满意，知道玉梅也不反对，便破例允许他二人一起出游，到桃花源散散心。

秦家屏见玉梅虽然和自己并排而行，却有意保持一步距离，一副心事重重的样子，便说道："我这次来，确实是想和妹妹定一下婚期。婚姻是一辈子的大事，妹妹一定要想好了再决定，切不可草率。如果对我不满意，可以直接告诉我，这都没有关系。"

玉梅忙说道："你样样都好，又懂得体谅别人，我怎么会不满意呢？可是不管我怎么努力，我怎么也忘不了柱石。如果就这样嫁给你的话，也太对不住你了！"

家屏说道："柱石是一条顶天立地、重情重义的汉子，你为什么要忘记他呢？你们曾经生死相许，也都没有辜负对方，所以为什么要去忘记他啊？记住那一段美好的时光，记住他对你的好，好好活下去不是更好吗？你们的事情我也听说了，你们虽然两情相悦，但连手都没拉过，我又有什么好介意的呢？"

玉梅叹息道："就算你不介意，可我还是觉得对不住你啊！"家屏说道："我喜欢你，就是因为你重情重义。如果你很快就忘了柱石，我反而会瞧不上你。你应该记住他，但这并不影响你对我好，并不影响咱们将来婚姻美满，对不对？"玉梅垂泪道："想不到你这么体贴，这么善解人意！"

家屏笑道："我要是不好，就配不上你了呀！将来再生一个像你一样的闺女，我就更开心了！"玉梅说道："生儿子呢？"刚说完，发现自己上了当，脸色马上变得绯红。

到了腊月，玉梅和秦家屏成亲。秦家屏带人上门娶亲，玉梅与玉兰、玉竹依依惜别。跃龙陪着太夫人、杨秀夫等人，一直送到石砫。太夫人更是住了几天，方才和玉梅洒泪而别，与跃龙一起回到西司。

　　四月底，蹇明宇从京师回到大渝，派人到西司提亲，想要尽快迎娶玉竹过门，再一起赴京师任职。太夫人却不太高兴，说道："我们玉竹也是千金小姐，哪有不提定亲，直接迎娶过门的道理！我老太太只要还在，就得帮她做这个主，什么礼数都不能少，必须让她风风光光出嫁！"

　　杨若兰也说道："就是嘛！虽然他俩自己通了几年书信，可这必要的礼数总是不能少嘛！"跃龙却说道："君亲自然，匪由名教。敬授既同，情礼兼到。最好当然是能情和礼都兼顾，但明宇在京师任职，往来上万里路。他二人两情相悦，只要在一起相敬如宾，把日子过好就行了，不要太拘泥于这些礼数了！"

　　御龙也说道："三弟说得有理！咱们要这些礼数，无非也就是让蹇家知道玉竹是咱们家掌上明珠，以后能敬她爱她。不能反而因为礼数，把这姻缘给阻拦了。"太夫人叹息道："我何尝不懂这些道理！只是咱们不能因为礼数不周，让玉竹寒了心，更不能让蹇家小瞧了玉竹。"

　　再香说道："咱们都是为了玉竹好。这些事还是听听玉竹自己的意思吧！"玉竹在旁边听了，垂泪说道："自从我娘没了之后，太夫人一直对我视如己出，我心中只有感激。按说婚姻大事，但凭太夫人和大哥做主就行了。不过大家既然问我，我就说说我的想法。蹇公子是三哥的同学，又到过咱们这里，也算个知根知底的人。他为人很好，对我也算有情有义。有这样的姻缘，只要太夫人同意，我自然是愿意嫁过去的，礼数都是人定的嘛！"

　　舒眉说道："我们就是担心，要是礼数不周，让人轻慢了，将来到了婆家受欺负啊！"玉竹说道："蹇家也算是书香门第，蹇公子为人也忠厚。他既然愿意不远万里来娶我，自然愿意敬我疼我。至于以后能不能把日子过好，也不在于他一个人，还得看我自己是不是贤惠贴心。"

　　太夫人一把将玉竹搂在怀里，垂泪说道："我的儿啊！想不到你小小年纪，居然这么懂事，倒胜过我这一把年纪的老太太了！只是你一个人远嫁京师，亲人们都远隔山海，让老太太放心不下啊！"

　　跃龙忙劝道："娘啊，这大喜的事，怎么还哭了呢？玉竹还是可以回来看您的嘛，而且我们也能去京师，替您老人家看望她。"众人又商议一番，答应了这门亲事。

　　过了十多天，蹇明宇骑着高头大马，带着仪仗来到司城。这边婚宴结束，还是由跃龙等人送玉竹到大渝婆家成婚。玉兰陪着太夫人等一众女眷一直送出城门，玉竹见众人均满含热泪，心里既是感动又是不舍。便说道："大喜的日子，大家别哭啦！我会回来看大家的，也希望大家去京师看望我！"

玉兰拉着她的手，垂泪说道："大姐远嫁石硪，你又要到京师去了，不知道何年何月，咱们姐妹三人才能重逢！"玉竹说道："别哭啦二姐！你和象洲结婚之后，一起到京师看我嘛！保靖隔几年就得去京师进贡，咱们有的是机会见面。"

这时，一阵微风刮来，一朵蒲公英飘来，落在玉竹的肩上。玉兰拿起蒲公英，感慨道："咱们做女儿的，就像这蒲公英一样，起初虽然在一起，可是一旦长大，一阵风吹来就得飘零四方。"

玉竹安慰道："这蒲公英飞走之后，每一粒种子都会找到自己的土壤，在那里生根发芽，找到自己的快乐，它们并不会孤单的。好了我的二姐，我就要走啦，给我笑一个吧！"玉兰听了这话，冲她笑了一个，却是笑中带泪。

跃龙看众人送了许久依然舍不得走，便说道："送君千里，终须一别。大家都回去吧，我会好好把玉竹送到大渝。明宇为人这么好，玉竹会过得开心的！大家都回去吧！"

太夫人拉了明宇的手，含泪说道："我的儿啊，玉竹是我的心头肉，我把她交给你了！老身身体也不好，不知道这辈子还能不能再见，只盼你对他好点！"明宇听了，赶忙和玉竹跪倒在太夫人面前，磕头说道："娘，您放心吧！我一定会对玉竹好的！"众人忙搀着太夫人和明宇夫妇起来。

众人只好放手，和玉竹挥手告别。玉竹笑道："那我就在京师，等着大家来看我啦！"说罢，转身上了花轿。进了花轿里，玉竹再也忍不住，眼泪滚滚而下。但她咬紧了牙关，终究没有哭出来。众人于是起轿上路。走了半里路，太夫人拄着拐杖和众人又跟着走了半里，玉竹又下轿宽慰一番，方才洒泪惜别。

转年二月，天育还不到半岁，再香竟又怀孕。跃龙更顾不上其他事情了，只是在家照顾妻儿。到了七月中旬，御龙夫人杨若兰也有了身孕。这边御龙二房彭氏、跃龙夫人舒眉肚子却迟迟不见动静，心下有些着急。

第四十一回
犯天命飞来横祸　争土司大起刀兵

万历三十二年二月丁酉，荧惑，退入角。

这日，桃源真人冉清风在栖鹤庵夜观天象，看得荧惑之象。第二天一早，便到衙署找御龙，说了天象之事。真人说道："荧惑法使，司命不祥。荧惑多主刀兵，此次星象凶险，还望将军提早防备。"御龙说道："播州已经平定四年，周边永顺、散毛等司如今也相安无事，想来不会有战事啊！"

真人道："将军，贫道说句不该说的话，要防止祸起萧墙啊！"御龙叹息道："近几年水旱相继，百姓贫苦。要防止祸起萧墙，只能裁撤驻军，减轻百姓赋役。"真人说道："天机难测，无论如何，将军要注意自身安危才是。"二人又聊了些炼丹打坐之事，真人方告辞出去。接下来一个月，御龙果然着力整顿军务，又时时到各地劝耕，大小事务渐有起色，心下稍安。

三月三十日，御龙从衙署忙完司务回到将军府，径直来到夫人房中。此时杨若兰已经怀孕接近十月，即将临产，太夫人在旁边陪她说话。御龙请了安，刚聊了几句，月桂过来禀报："将军，二夫人说将军近日辛苦，备了些小菜，想请将军过去喝一杯。"御龙说道："这边马上就要生了，再说大中午的我也不喝酒，改天再说吧！"

若兰劝道："你就去陪她吃吧！也耽搁不了多久。"御龙无法，只得随月桂一同出来。彭氏见御龙前来，欢喜不胜，拉了御龙的手说道："知道将军政务繁忙，姐姐又要生了，肯定忙得不可开交。但是越忙越得吃饭休息啊！"

御龙说道："难为你一片心意了！"彭氏说道："我也帮不上什么忙，现在姐姐身子不方便，我照顾好将军也是应该的。"

彭氏拉了御龙坐下，倒了一杯酒，月桂在旁殷勤伺候。彭氏见御龙高兴，举杯说道："将军一个月也和妾身吃不了几次饭，今天难得喝一杯。其实我和七弟都已经悔改了，往后肯定安分守己，将军一定要原谅我啊！"

御龙见她说得可怜，便连喝了两杯，又说道："既然如此，去把应龙也请来吧。想必他还没有赴龙潭上任，正好给他钱行。"过了片刻，应龙果然前来。应龙和彭氏二人一面悔恨自己做了错事，一面又敬酒，御龙不觉多喝了几杯。

御龙见他二人都真心悔过，心下十分宽慰。见旁边案桌上笔墨齐全，便提笔道："《金陵望汉江》：汉江回万里，派作九龙盘。横溃豁中国，崔嵬飞迅湍。六帝沦亡后，三吴不足观。我君混区宇，垂拱众流安。今日任公子，沧浪罢钓竿。七弟应龙雅正，御龙亲笔。"应龙看了，连声赞叹："大哥写得真好，太白这首诗也好！就送给我吧！"彭氏忙吩咐下人，前去请人来装裱。

此时微风吹来，酒意上涌，御龙觉得有些头晕。彭氏说道："您天天忙坏了，又睡不好，就在这里躺会儿吧！"应龙见了，便告辞出来。彭氏关了门，扶御龙躺下。自己也躺到御龙身边，伸手来抱御龙。御龙已经醉了，想是嫌热，一把推开，复又沉沉睡去。

这边太夫人及若兰见御龙去了半日，天黑了也不见回来，心下诧异。过了一会儿，月桂过来禀报："禀太夫人，将军吃过饭后，在那边睡了一会儿。后来有人来找，将军就骑马出去了。"太夫人怒道："这黑灯瞎火的，又吃了酒，还骑什么马！"

到了亥时三刻，御龙尚未回来，若兰担心太夫人身体吃不消，便说道："已经不早了，姑姑先回去睡会儿吧！羊水还没破呢，今晚也不一定能生，产婆和丫鬟在这里就行。"太夫人说道："这御龙怎么还不回来！"若兰说道："怕是衙署里有事耽搁了，估计也快回来了。"又再三相劝，太夫人只得回去休息。

若兰肚子疼，迷迷糊糊躺在床上，也没大睡着。到了丑时，羊水破了，丫鬟婆子赶紧伺候着。正忙着，月桂慌慌张张跑来，哭道："夫人，不好了，将军骑马摔了！"若兰强忍着疼痛，问道："摔得怎么样？人在哪里？"

月桂回禀道："在二夫人房里躺着呢，郎中正在看。"若兰用手扶了床沿，想要起身，却哪里动得了。旁边丫鬟婆子忙拦住，说道："夫人您这眼瞅着就要生了，可不敢乱动了。那边有郎中，就让他们医治吧。"若兰无法，又问道："太夫人知道了吗？"

月桂回禀道："二夫人说，太夫人近来身子不大好，好容易睡下了，就别打扰她了。横竖还有一个多时辰就天亮了，到时候再禀报吧。"若兰心里虽然担心，但此时已经疼得汗如雨下，只得跟着产婆示意用力，希望早点生下孩子。

卯时刚过，外面天已微亮。若兰疼痛更加难忍，眼看要生了。外面突然一阵喧哗，月桂匆匆跑来哭道："不好了，将军归天啦！"若兰听了，泪水顿时淌下来。又恨自己动弹不得，只得说道："赶紧禀报太夫人！"说未说完，几乎疼得晕死过去。

太夫人刚洗漱完，正要过来看若兰，听到月桂喊"将军归天啦"，顿觉眼冒金星，一屁股坐在地上。旁边丫鬟忙过来扶了，喝了口蜂蜜水，扶了太夫人来到彭氏房前。尚未进门，见应龙从远处匆匆赶来。太夫人大为惊讶，怒道："你怎么来得这么快？没有令牌，这将军府你怎么进出自如？"彭氏早已听见，出来扶了太夫人，说道："娘，是我派人送信让他来的。"

太夫人大怒，一把推开彭氏："这么大的事，你不先禀报我，不先通知各位舍人把总，叫他一个副将来做什么？"也不理他二人，径直走进屋内，见御龙躺在床上，衣上血迹斑斑，一名郎中跪在旁边。太夫人更加恼怒："昨天下午还好好的，这么大个活人，一晚上说没就没了？看流了这么多血，为什么不提前禀报我？为什么李半仙和张天师都没有过来？"

彭氏吓得大气也不敢出，忙跪下禀道："昨天夜里将军骑马摔了，抬回来的时候已经半夜，就没敢惊动夫人。这位郎中也是我一向用着的名医，一直在这里医治。终究是失血过多，刚刚看断了气，就赶紧禀报太夫人了。"太夫人握了御龙的手，顿时老泪纵横。强忍着悲痛吩咐道："把所有的丫鬟婆子都给我叫来！快去请李半仙和张天师！"

正说话间，刘太夫人也赶了过来，一起帮忙张罗。又命下人赶到中军营盘，火速通知跃龙等众兄弟赶来议事。彭氏从案头拿了一张纸过来，对太夫人说道："这是将军昨晚写的纸条，说请七弟接任。"

太夫人大怒："你就这么想你的夫君去死？这刘半仙还没过来抢救，你就想安排后事了？"刘太夫人一看，纸上写着："三六九弟不足，我亡后望应龙回任。御龙亲笔。"伸手要拿，彭氏却递给了应龙。

还好这李半仙就住在城里，马上就赶了过来。见了御龙病情，忙取了金针施救。太夫人指着彭氏说道："你先出去，回头再追究你不禀报的罪过，不要在这里碍眼！"刘太夫人也说道："这里大事由太夫人做主，容不得你们胡来。其他事情，等跃龙、虬龙他们过来一起商量，不是老七你一个人能定的。"

彭氏听了，便与应龙退了出来。二人走到花园僻静处，彭氏将纸条递给应龙："你大哥既然将大位传给了你，你就放心大胆坐吧。"应龙接过来一看，确实是御龙亲笔手迹，诧异地问道："大哥怎么会想起来传位给我？"彭氏说道："这白纸黑字，还能有假吗？"

应龙叹息道："话虽如此，兵权都在他们手里，他们未必同意啊！"彭氏说道："你拿着这任命去召集兵马就是了。我已经派人快马赶往永顺了，请爹爹派兵来帮忙。"

应龙说道："既然如此，那我就不管了，这大位我坐定了！"彭氏又说道："我从永顺回来的时候带了十几个家丁，就在城里住着，让他们协助你。前院杨氏快要生了，你们趁乱赶紧除掉她。要是她生下个男孩，恐怕还轮不到你继位！"应龙说道："这孤儿寡母的，如何下得了手！"丫头月桂却在旁边讥笑道："忘了上次夺权是怎么失败的了？老是妇人之仁，还想继承大业，做梦去吧！"

应龙听了这话，咬牙出了门。先命亲兵拿了自己的副将腰牌，到龙潭召集本部人马。又带了一名永顺家丁，潜入杨若兰房后准备放火。打算火起后再杀了这名家丁，只说是土匪行凶纵火。

正要动手点火，只听屋内一声婴儿啼哭。凝神一听，只听婆子喊道："恭喜夫人，生了一位千金！"就这一声喜报，救了几条人命。应龙听见生的是女婴，领了人转身就走，准备等兵马到来再做打算。

却说再跃龙近日因大舅哥白再连添丁，到西东吃了满月酒，回来路过龙潭，顺便看望登龙兄弟。这天早上，众人正在吃早饭，有亲兵从司城飞马来报。

跃龙听闻长兄去世，心下大惊，忙问道："前几日还好好的，怎么突然就没了？"那亲兵回禀道："详情小的也不知道，只听说是骑马摔坏的。"见龙由御龙及若兰养大，听了这消息，早哭成泪人。跃龙问道："太夫人怎么样？还有谁在跟前？"那亲兵说道："听说太夫人急得吐了血。还听说将军临走之前，亲笔写了遗书，要七老爷应龙接任。"

跃龙说道："你快去大溪口告诉杨守备，请他抓紧整顿军队，防止永顺偷袭。"来人走后，登龙说道："此事大有蹊跷，应龙此前已有过叛乱，大哥怎么会轻易让他继任！"跃龙说道："确实如此，此事疑点重重。眼下众兄弟除了应龙外，只有变龙在司城，他又年幼。咱们得马上赶回司城才行！"

登龙说道："我如今只是一介平民，又有播州之事牵连，说话别人也只当是放屁。我陪见龙领军回去，不过我就不进城了，还是让见龙出面吧！"

兄弟几人商议一番，决定由伍良臣赶赴西东协助杨守备，防止永顺趁火打劫。仓促之间来不及召集大军，见龙领现有二百步兵赶赴司城，跃龙则领了右营几名骑兵先行。跃龙在路上想起幼时大哥教自己认字和骑马的事情来，不觉泪流满面。

快到司城时，不提防路边有一根树枝伸到路中来，马虽然过去了，却把跃龙扫了下来。几名亲兵忙把跃龙救起来，胳膊上划了一道口子，所幸没有大碍。跃龙命人简单包扎了一下，打马进了南门，守城士兵却将身后骑兵拦住。跃龙喝问道："李熙，不认得我了？"

李熙拱手说道："禀三老爷，今日一早，七老爷应龙手持将军亲笔信接手了中军营，命外来兵马一概不得入城。末将虽是三老爷一手提携起来的，但将令在身，也只好因公废私，望三老爷体谅。"

跃龙说道："很好，如今正是危难之际，正该打起精神加强巡逻防卫。我也不为难你们，不过希望你一视同仁，所有外来兵马都要拦在城外。"李熙说道："这个自然！请三老爷放心！"

跃龙命骑兵在城外等待见龙等人，自己打马来到将军府。刚进门，听到内苑有哭声，便循声来到彭氏住处。见御龙依旧躺在床上，尚未入殓。太夫人在旁边客厅坐着，满脸泪痕，刘太夫人在旁劝解，彭氏和变龙在后面站着。跃龙小跑过去，跪在太夫人面前："娘，儿子回来晚了。您千万节哀，保重身体！"

太夫人说道："现在到处都乱哄哄的，你回来了就好。"彭氏接口说道："三弟一向精明能干，你回来了就好了。将军已经定了让七弟接任，你正好协助他处理好这些事情。"

跃龙朗声说道："虬龙、见龙等诸位兄弟正在往司城赶来，众位舍人把总也在路上。这些大事，等大伙到了一起商量吧！"刘太夫人也说道："老三说得对，还是要大家商量才行。"

彭氏还想说话，但见太夫人和刘太夫人面色都不大好，不敢再说继位之事，便说道："死者为大，三弟是不是先叫人赶紧准备寿材寿衣，总不能让将军这么一直躺在这里啊！"

跃龙又说道："众位兄弟和大哥感情深厚，总得等大家看大哥一眼，再行入殓。好在现在天还不算热，我让他们从地窖搬点冰块来。"太夫人说道："就按老三说的办吧！"跃龙又说道："这两天二嫂就先搬到以前四娘的房间去吧，这里人来人往，住着也不方便。"

跃龙担心太夫人悲伤过度，便请太夫人和刘太夫人先回房休息，吃口热饭。又命下人守好彭氏住处，保护好御龙遗体及屋内物品，严禁闲杂人等入内。好在冉维桂和刘宗清从旁协助，司城才没有陷入混乱。

突然，一名亲兵飞马前来禀报："禀各位大人，虹龙老爷领了三百士兵到了司城北门，守城士兵不让进门，双方起了冲突。"跃龙大惊，忙对刘宗清说道："舅舅德高望重，这事还得您出面才行！"

刘宗清忙赶到北门，把虹龙从龙拉到僻静处，说道："你捣什么鬼？要带士兵进城干什么？"从龙见四下无人，低声说道："舅舅，如今大位空缺，应龙手里的遗书未必是真的，跃龙也不一定认可。他俩都各有兵马支持，打起来肯定两败俱伤。到时候我们再坐收渔利，六哥不就有机会了吗？"刘宗清问虹龙道："你也这么想？"

虹龙："我接不接任，倒没那么重要。只是这应龙和彭廷芳屁股一直坐在永顺，要是他接了大位，不得把祖宗基业给败光了？我们肯定不能同意！"

刘宗清说道："你们兄弟几个自相残杀，带兵打起来，祖宗基业就振兴了？前营在跃龙手里，右营见龙也支持他，你们和应龙谁能撼动他？没有造反的实力，就别胡思乱想。本本分分做人，不然连眼前的东西都守不住！"虹龙说道："我听舅舅的！我倒没那么想做宣抚使，只是不愿意他们捣乱！"

正说话间，一名亲兵跑来传话："禀各位老爷：七老爷应龙请大家赶赴宗祠，宣布他继任大位之事！"虹龙大怒："大胆！他还敢自作主张，到宗祠兴风作浪！"宗清说道："先不要慌张！咱们去宗祠看看便是！"三人于是一起赶往宗祠。

第四十二回
破悬案逆贼伏法　贪大位悍将攻城

却说刘宗清与虬龙、从龙来到宗祠，见应龙赫然坐在主位上，杨太夫人、刘太夫人在旁边坐着，维桂、跃龙、见龙、变龙、彭廷芳在两侧陪着。

见众人到齐，应龙说道："将军突然归天，留下千钧重担。今天太夫人和各位舍人把总都到了，正好宣布一下继位之事。"说罢，将御龙手书呈给维桂，说道："将军亲笔信在此，请大家过目。"

维桂仔细看了，不发一言，众人也依次传阅了一遍。应龙问道："四叔，这可是将军手迹？"维桂只得回答道："看这字迹，确实像是将军所写。"

应龙说道："本朝以来，所谓天下书法尽归吴门，咱们这些人自小便是学二王，兼及祝、文等。大哥却一直偏爱碑体，又练了多年，颇有自己的特点。没有几十年功力，谁能模仿得了？"彭氏说道："妾身亲眼见将军写的，怎么会错。"

跃龙问道："这些字笔法严谨，一丝不苟。大哥能有精力把字写得这么有力，显然当时精力充沛，怎么会突然去世？"彭氏说道："写字的时候他还有些力气，后来又吐了血，就不好了。"太夫人厉声问道："既然摔成这样了，为什么不禀报我们？城里这么多名医，为什么不去请？"

彭氏说道："将军说大晚上的，就不打扰大家了，所以就没有禀报。"刘宗清呵斥道："将军是一司之主，关系到家族和全司的安危。这么大的事情，你怎么能自作主张！"

应龙说道："人死不能复生，我们能做的，就是厚葬将军。请太夫人将兵符给我，以便约束士兵，免于内乱。"原来太夫人见御龙暴亡，疑点重重，便命丫鬟婆子看住了御龙住所，自己亲自进去拿了兵符收好。应龙虽接管了中军营，但知道军队都掌握在跃龙、见龙、虬龙等人手里。虽然对兵符觊觎已久，但终归不敢强闯将军府，以免引起众兄弟不满。

太夫人说道："等大家商量好了继位人选，兵符再拿出来不迟。如今御龙突然去世，疑点重重，怎么能轻易就算了！"应龙大声说道："将军亲笔信在此，还有什么可商量的！"跃龙说道："将军的死因，直接关系到继位之事，当然要先查清楚再说！"见龙也说道："就是！应该先查清楚！"

应龙说道："十二弟，你是大哥亲自养大的！难道大哥的遗命，你也要反对吗？"见龙说道："所以我更要知道，大哥到底是怎么死的！"众人见他年仅十一岁，说话却思路清晰，且面对应龙的质问毫不退缩，无不暗自称奇。反观同岁的变龙，却只是在一旁瞪大眼睛看着。

虬龙也说道："此事大有蹊跷！是不是你们趁大哥醉酒，逼迫他写的这书信？否则他好端端的，怎么会突然去世？"彭氏怒道："他是将军，大权在握，我一个女流之辈，拿什么逼迫他？况且写了这么多字，能像是被逼着写的吗？"

从龙冷笑道："哼哼！我就是一百个不相信！老七你一个曾经谋反的人，将军没要你的命，那是他仁慈。怎么可能还会把千钧重担交给你？眼前这些兄弟，论文采你比得了三哥吗？论武功你比得了六哥吗？"

应龙怒道："老十，你不要太猖狂！这将军的亲笔信，我能造假吗？我知道你一向不服我，将军没有传位给你们兄弟，你当然是不满了！可是规矩还是要有的，将军的遗命，谁敢不遵从？如今中军营已经被我接管，谁要胆敢犯上作乱，休怪我刀剑无情！"

虬龙大笑道："你刀剑无情？我的兵马就是吃素的吗？想我在播州征战的时候，你还在栖鹤庵炼丹玩呢！"刘太夫人猛地一拍桌子，喝骂道："你们大哥尸骨未寒，这就要打起来了？"虬龙见母亲发火，只得回身坐下。

跃龙心知就这么争论下去，也不会有什么结果，便说道："继位一事关系家族安危和本司兴衰，还是要慎重考虑。如今前营、后营头领都未赶来，还是等大家到齐了共同商量吧！"

维桂也说道："正是如此！凡事还是要讲规矩才行，就等头领们到齐了再说吧！"应龙怒道："你们就拖着吧！反正有将军遗嘱在此，你们还能翻了天不成？"

跃龙说道："这封遗书事关重大，七弟就不要随身带着了。就好生放在宗祠香案上吧，由中军营李熙派人看守。众兄弟和头领可以查看，但谁也不能带走或者损坏！"应龙说道："这有何妨，放这里还能变了不成！"众人于是散去。

跃龙先送太夫人回房，再来到内苑。此时已经掌灯，虬龙从龙在一旁闲聊，只有见龙在御龙床边哭泣，彭氏和月桂在外屋坐着。跃龙把见龙拉过来，说道："十二弟，大嫂刚生了孩子，身子虚弱，我怕她伤心过度，你去陪陪她吧！"见龙赶紧去了。

彭氏说道："三弟啊，还是要赶紧入殓才行啊。天气越来越热了，老这么拖着也不行啊！"跃龙道："好，晚上再请大伙商议一下吧！"彭氏说道："那也把人先抬到宗祠吧，陆陆续续有人要看的，都到内苑来多不方便。"

虬龙说道："这倒也对！"于是将御龙盖上白布，安排家丁趁着夜色抬到宗祠。跃龙看见床底下有一幅字，看着像是新裱的，于是翻了出来。彭氏见了脸色骤变，忙过来说道："这幅字是你大哥送给老七的，我一会儿给他吧！"

跃龙见她神情紧张，不由觉得奇怪。于是随手递给家丁，说道："先一并放到宗祠，回头再一起交给七老爷。"彭廷芳只得作罢，悻悻地说道："谁都不拿我当回事！"跃龙不想理她，于是出了将军府，沿着街道随意走走。

此时月色朦胧，跃龙不觉走到桃源药房门口。却见药房大门紧闭，只有一位老仆在旁边扫地。往前走了几步，来到本司唯一的一家书画店负笈堂门口。此时店门敞开，里面东西散落一地，看样子店家已经连夜跑了。跃龙心知有事，便回到家中，把情况跟白再香说了说。

再香说道："这件事确实透着古怪。把人找来当面问问，或许就有答案了。"于是命家丁去寻找李半仙和负笈堂店家。跃龙思来想去，总觉得有问题，便派人请了缪天目过来商议。

三人正在冥思苦想，舒泰过来说道："姐夫，大事不好！冉维镇带了后营一千人到了南门外，扬言要进城清剿叛贼，和守城士兵发生了冲突！"

跃龙大惊，忙问道："翼龙呢？"舒泰说："前些日子去保靖，看望老丈人去了！"缪天目问道："舍人冉维桂呢？"舒泰说道："门口亲兵请去了。"

跃龙吩咐道："我和缪先生去南门看看，你看好院子。如果找到李半仙等人，赶紧请到宗祠去。"

　　二人到了城门上，果然见城外黑压压的一片军队，正是后营的人马。跃龙在城门上大声问道："大伯为何率军前来？"维镇一身重甲，在马上高声说道："听说司城有宵小之辈作乱，本将特地提兵前来，扶助新主继位！"

　　跃龙说道："继位之事，自有祖宗成法，一家人岂能刀兵相向！大伯既然来了，就请只身入城，到宗祠议事。队伍就请回吧！"这时应龙也来到南门边，说道："大伯是我请来的！请入城吧！"

　　冉维镇手按长剑，迈步便往里走。李熙却将他身后士兵拦住，双方开始推搡。跃龙大喝道："老七，城里都是自己族人，你让他大军进来做什么？"应龙也觉得不妥，便说道："大伯还是将军队驻扎在城外吧！"冉维镇只得作罢，只身进入城门。

　　众人在宗祠坐定，冉维镇说道："老七，你不是有将军的遗嘱吗？就在这里当众宣读吧！"应龙将遗嘱递给他，说道："昨天已经在这里，当着列祖列宗的面给他们看了，可他们还是不服！"维镇冷哼道："那就由不得他们了！"

　　维镇将遗嘱展示给大家，说道："你们再看看，要是没别的问题，今天咱们就请老七继位！"说完又转交给刘宗清，让大家传阅。太夫人怒道："这里什么时候轮到你做主了？！"冉维镇说道："我按照将军遗命，扶持老七接任，有什么问题？"

　　维桂说道："大哥不要冲动！兹事体大，还是要从长计议！"跃龙看了遗嘱，猛然想起在御龙床底下找到的那幅字来。于是将遗嘱放到案桌上，将那幅字也拿过来放在旁边。

　　彭廷芳见了，过来就要拿那幅字，说道："这幅字是将军生前要给老七的，就让老七收起来吧。"跃龙见她屡次阻止自己细看这幅字，觉得必有蹊跷，伸手拦住她："是他的自然会给他，也不急于一时。就让我们看看再说！"

　　应龙走过来看了这幅字，说道："这是大哥请我喝酒的时候，现场写给我的字。大家要看就看吧，这有何妨！"彭廷芳却恨恨地瞪了他一眼。

　　缪天目也走过来看了看，突然问道："敢问七老爷，将军写这首诗送你的时候，是不是嫌第一遍写得不好，又写了一遍？"彭廷芳抢着说道："没有！"

应龙却说道："确实如此！"众人一片哗然。缪天目说道："这就解释得通了！请大家都来仔细看看，是不是遗嘱里的字，在这首诗里都有？"

众人一看，只见题诗上写着："汉江回万里，派作九龙盘。横溃豁中国，崔嵬飞迅湍。六帝沧亡后，三吴不足观。我君混区宇，垂拱众流安。今日任公子，沧浪罢钓竿。右录《金陵望汉江》一首，七弟应龙雅正，御龙亲笔。"遗嘱上写着："三六九弟不足，我亡后望应龙回任。御龙亲笔。"果然遗嘱上每个字都在题诗里有。

跃龙看了看，恍然大悟，说道："大家再看看，是不是每个字的写法，也和题诗里的字一样？"彭氏怒道："都是你大哥写的，同样的字当然笔法一样了！"跃龙说道："你没练过书法，不怪你说出这样的话来。见龙变龙，去打一盆水来！"

见龙和变龙转身到隔壁端了一盆清水过来，跃龙将遗嘱放进水里，说道："大家看好了！"应龙怒道："老三，你做什么？你胆敢毁灭大哥的亲笔遗书！"跃龙说道："好好看着吧！"

只见那张纸慢慢吸了水，每个字之间显现出些微缝隙。跃龙看时间差不多了，把纸拿出来放到油灯前，说道："大家仔细看看，是不是每个字都单独在一张方块纸上？"众人一看，果然每个字都像是认真裁剪下来，重新粘贴上去的。

跃龙说道："负笈堂的这位装裱师傅虽然手艺精湛，但他也知道这种把戏很难蒙骗行家，所以连夜逃走了。毕竟这些字从诗里抠出来组合在一起，和单独书写的笔法大不一样，很容易露出破绽。"

应龙仔细看了两遍，顿时变得脸色惨白，对彭廷芳大吼道："我的好表姐，好二嫂，你弄这么个假的遗嘱出来，可把我害惨了！"彭氏恨恨地说道："什么真的假的？别人能做将军，你就做不得？"冉维镇也说道："御龙已经写明是你继任，你大大方方继任就行了！这遗书在这里放了这么久，只怕是被他们做了手脚，你管这些干什么？"

应龙苦笑道："这遗嘱一直在我身上放着，后来放到宗祠香案上也一直有人看守，怎么会有人做手脚。罢了，我不该不加核实，便许给你金事之位，让你领军前来！"说罢，仰天大笑出门而去，冉维镇也沉着脸走了出去。李熙怕他们捣乱，领兵跟了出去。

正在这时，舒泰带着李半仙走了进来。跃龙说道："既然李半仙来了，将军死得蹊跷，就请你再检查一番吧！"李半仙环视一圈，说道："小人当夜便检查过了，无须再看。只是不知道各位老爷，是否能保老朽一命？"太夫人怒道："你就把你知道的说出来，谁敢难为你？"

李半仙说道："实不相瞒，小人赶到内苑时，将军身体已经凉透了。决计不是二夫人说的刚刚断气，而是至少死了一两个时辰了。"跃龙心下大惊，问道："你既然如此肯定，为何当初不说？"李半仙说道："小人在去将军府的路上，便有士兵拿刀威胁。小人哪里还敢说实话！"

太夫人拍案而起，怒喝道："彭氏，是不是你害死了我儿？"彭氏说道："他自己骑马摔坏了，能怨我？"跃龙说道："多说无益，凡事要讲证据。舒泰，你领人去衙署把仵作叫来。"

片刻之后，两名仵作赶到，到里屋检查。检查完毕，为首仵作说道："启禀各位大人，经小人反复勘验，将军应是窒息而亡。脖子上的勒痕虽然被伤口掩盖，但仔细查验还是能看出来。身上各处摔伤的地方，血迹发黑，显然是死后再摔的。"

听了这话，彭廷芳还不认罪，嚷嚷道："你不要瞎说八道，他是骑马摔下来的时候，被缰绳勒到了脖子！"跃龙尚未说话，丫头月桂却哈哈大笑起来："彭廷芳，成王败寇，事已至此，你就认了吧，还有什么可辩解的！"

彭廷芳大怒："你个下贱丫头，你也敢背叛我！"那月桂哈哈笑道："呸！谁天生就是丫头的命？睁大你们的狗眼看清楚了，我是丰泽楼何猛的妹妹。我跟你一样，也是千金小姐！"

跃龙怒道："这两家争斗都是几百年前的旧事了，你们兄妹二人为何如此执迷不悟！你兄长害了不少人，自己也枉送性命，你怎么还步他后尘！"月桂大笑道："我杀了你们的将军，如今你们顶多也就是再杀了我。哈哈哈，我一点也不吃亏！怪只怪你们自己兄弟相残，什么十三条龙，我看十三条狗还差不多！上次已经狗咬狗一次了，还不长记性！哈哈哈哈！"

太夫人大怒，喝骂道："彭氏！我们一向待你不薄，你为何做出这种悖逆之事！"彭氏连哭带笑地说道："哈哈哈，待我不薄？我嫁过来多少年了，拿我当过夫人吗？我就跟活守寡一样！好不容易低三下四请他喝酒，在这边睡下了，我就抱了他一下，就一把推开我！杨氏又有了子嗣，以后哪里还有我的活路？"

　　跃龙忙说道："来人啊，赶紧把这两个逆贼绑了，不要听她们啰嗦！"亲兵上来捆了彭氏和月桂。又从彭氏房中搜出许多信件，果然有不少与彭廷机等人商议谋反的书信。内中更是翻出几封以老四登龙的名义，与马千驷来往的书信。

　　跃龙看了大怒："怪不得马千驷在石硅伏击我兄弟二人，原来是这妖妇冒用四弟的名义，勾结外人谋害我等！"维桂叹息道："自然是彭一丈这厮的毒计！当时播州正在谋反，他们冒用登龙的名义联络，马千驷自然深信不疑。如果成功了，他们正好在酉司掀起内乱。就算不能害了你们兄弟二人，他们也可以嫁祸给播州和登龙，真是恶毒啊！"

　　刘宗清说道："除恶务尽啊！这彭一丈恶贯满盈，决不能放过他！"身旁亲兵忙领了人去抓彭一丈，却哪里还能寻得他的踪影。众人正叹息间，李熙匆匆跑了过来，说道："不好了，冉维镇领兵攻打城门了！"

　　维桂大惊，说道："想不到我大哥这么偏执，竟敢做出这等不忠不孝之事来！我这就亲自前去，与他拼个你死我活！"说罢抢过李熙的铁鞭，转身冲出大门。

　　刘宗清说道："虬龙，你还在等什么？此时此刻，你们兄弟还不能同仇敌忾吗？你们要是再不齐心协力，只怕江山就要变色了！"虬龙闻言，拱手说道："我愿追随三哥，齐心平叛！"从龙、见龙、变龙也说道："追随三哥！"

　　跃龙说道："好，咱们兄弟齐心，一起平叛！"众人于是到中军营盘披上铠甲，领兵杀到南门。此时冉维镇领了一千人队伍，在南门外列阵准备攻城，中军营及虬龙、见龙所带士兵合计六百人，双方在城门口对峙。此时黑云压城，一场大战一触即发。

第四十三回
禀忠良大义灭亲　平内乱贤人继位

且说冉维桂打马走出城门，走到维镇阵前，大喊道："大哥，你这么做对得起父亲吗？趁大错尚未铸成，你赶紧迷途知返吧！"众人见他一袭布衣匹马而出，长须飘飘，说话间浩气凛然，心下暗自佩服。

维镇大笑道："王侯将相，宁有种乎！既然应龙不成器，我索性不要做金事了，直接做宣抚使吧！如今我大军在此，一举杀进去，抢了兵符印信在手，大事可定！"

维桂大怒，说道："咱们家世代忠良，怎能做这种不忠不孝之事！我等自相残杀，只能是亲者痛仇者快，甚至被朝廷削去职位。我再叫你一声大哥，请你率军退回官坝。否则，今日你我就要兵戎相见了！"维镇大笑道："我大军在此，就凭你们拼凑的这几百人，挡得住我吗？"

跃龙拍马上前，拱手说道："大伯，这两军一旦开战，只能是两败俱伤。死的全是族人子弟，咱们于心何忍！趁早各自罢兵吧！"维镇大笑道："当年我打仗的时候，你还在裹尿布呢！就凭你们，也妄想挡住我？"说罢拔出长剑，就要率军冲锋。

跃龙虬龙见状，只得举起长枪，大战一触即发。此时天空一道闪电划来，紧接着轰隆一声，大雨倾盆而至。

正在这时，逵龙、伏龙从远处打马而来，大喊道："住手！"原来维镇为防二人碍手碍脚，率军出发时命二人留守。二人知道必有大事发生，便随后悄悄赶来。

逮龙大喝道："后营将士听着：今日我和伏龙两位副将在此，你等休要参与叛乱，免得骨肉相残！不愿自相残杀的兄弟，统统后退一步！"伏龙也大喊道："战死沙场，还能光宗耀祖。如今自相残杀，只会留下骂名！大家三思而行！"

后营士兵一时大乱，一些士兵往后退了一步，但不少人还是原地不动。维镇回身挥剑喊道："兄弟们，不要听他们胡言乱语！跟我一起冲锋，杀了这些人，咱们共享荣华富贵！"

话音未落，冉维桂已经催马冲过来，到了维镇身边。维桂平时常以文士形象示人，维镇没想到他竟敢匹马冲过来攻击。一时措不及防，电光火石之间，铁鞭已经砸下来，将维镇打落马下。

跃龙大喊道："首恶已经伏法，其他人赶紧放下刀剑，绝不追究！"众人纷纷扔下武器。大家长舒一口气，总算免于兄弟相残。

却说城门外剑拔弩张的时候，再英正在屋内发呆。忽然听到花园内传来吹木叶的声音，知道是应龙，忙循声而去。刚走进花园，应龙一曲已经吹奏完毕，翻了围墙走远了。再英走到假山旁，看到旁边石凳上放了一枝桂花，下面压着一封信。

拿起信来一看，只见上面写道："世无桃花源，只有相思客。吾敢负天下众生，独不愿亏欠你一人。然经此一乱，已无面目立于你身旁。此生情缘已尽，愿来生再报。"再英看了，跌坐在地上，手里的纸飘飞到一旁。就这么背靠在石凳上，眼泪肆意流淌。雨水从头上淋下来，脸上已经分不清是雨水还是泪水。

跃龙等人回到府上，已是掌灯时分，家里已经安排好了晚饭。外面依然细雨纷纷，却不见再英。再香知道再英与应龙素来要好，心下担忧，亲自撑了伞来到后花园。只见再英房门半掩，屋内却没有人。转身来到假山边，见再英靠着石凳坐在地上，两眼看着前方，无力无神，浑身早已湿透。地上有一张纸，虽已湿透，但依稀能看出是应龙的字迹。

再香心下明白，忙来扶妹妹。哪知再英已心如死灰，一个人根本拉不动。只得叫了丫鬟婆子过来，众人将再英背回屋内。再香扶了妹妹躺到床上，亲自为她换了衣裳。又命丫鬟端来热汤，但无论再香如何劝说，再英始终不张嘴，只是怔怔地发呆。再香无法，只得命丫鬟在旁边看着，自己先回去哄孩子。

用过晚饭后，跃龙陪着再香来看再英。刚走进花园，便听见屋内有喊声。二人忙跑进去，只见再英拿了剪刀要剪自己的长发，丫鬟在旁边阻拦。但再英自小弓马娴熟，丫鬟哪里拉得住她，再英早剪了一段头发下来。再香大惊，忙跑过去抱住妹妹，跃龙过来夺了剪刀。再英搂着姐姐，放声大哭。再香边抚着妹妹的背，一边说道："哭吧，哭出来就好了。"

哭了半宿，再英已经累得没有丝毫力气，只是躺在床上，两眼看着上方。跃龙还有好多事要处理，况且终究不方便一直在小姨子房间待着，便先回到前院。到了后半夜，再英发起烧来，浑身烧得滚烫。再香忙派人找李半仙开了药，好说歹说总算让妹妹服下。待再英睡着后，天已微亮，再香方回房歇息。

第二天一早，跃龙先到太夫人处请安，陪母亲吃了早饭。又随太夫人去看了杨若兰母女，好生安慰一番，请大嫂好生保重身体。忙完后，便赶到宗祠，与冉维桂、刘宗清等人筹备葬礼。过了一会儿，虬龙等众兄弟也陆续过来，由维桂安排，各有差使去忙。

到了午后，杨秀夫从大溪口派人飞马来报，永顺趁乱派兵侵占了西司鲁碧潭等地，跃龙忙召集众人商议。虬龙大怒，说道："是可忍孰不可忍！永顺这是欺我西司无人吗？必须血债血偿，召集大军把鲁碧潭夺回来！"从龙也说道："永顺屡次挑拨应龙叛乱，如今又趁乱占我土地，我也认为应该打回去！"

维桂担心地说道："如今永顺势大，所辖地盘、军队都远甚于我。咱们自己又刚经历内乱，各项事情还没有理顺，不可贸然开战啊！"刘宗清说道："现下龙潭、大溪口大军都已经在西东集结，又有朝廷剿平播州的事情在前头，相信彭元锦也不敢真正派大军来攻打。他只是趁乱侵占一点蝇头小利，就看咱们是派兵反击，还是跟他谈判了。"

跃龙见大家各有意见，便对缪天目说道："缪先生怎么看？"天目说道："永顺之所以敢趁火打劫，无非是欺负咱们发生内乱，群龙无首。只需推举一位德才兼备之人主持大局，外患自然会消退。"维桂也说道："缪先生言之有理！不管是反击永顺，还是接下来御龙的葬礼，都得有个人主持张罗才行。"

跃龙环视了一周，缓缓说道："如今大哥不幸离世，又没有子嗣。登龙归隐，现龙远在龙泉坪，腾龙素来不喜政务。祖宗几百年基业，偌大一个家庭，十几位兄弟，如今就剩咱们在座的六位兄弟可以依靠了。只是先得说好了，无论谁来继位，其他人都得尽心辅佐。要是再出一位应龙，祖宗基业恐怕就败了！"跃龙说完，众人无不感慨。

虬龙想起刘宗清的嘱咐，于是抢先说道："爹爹在世时，我也和应龙一样想过，为啥别人能做宣抚使，我就不能？但这几年下来，我自己几斤几两也算搞清楚了。要说冲锋陷阵我还有两下子，但处理内政外交却非我所长。再说了，做了司主又有什么好，不过是多了处理不完的大小事务。四哥现在在龙潭，每天无事一身轻，就是打打猎钓钓鱼，岂不是真正的桃源中人？还是请三哥来遭这份罪，担当大任吧！"

宗清说道："说得好！难为你能有这份见识。"伏龙也说道："我算看出来了，旁边各司都惯会趁火打劫。如今大哥刚去世，永顺就来抢夺鲁碧潭。咱们一共就剩这么几兄弟了，如果再自相残杀，恐怕祖宗基业真要败在这一代人手里了！"众人见他言辞恳切，无不赞叹。从龙也说道："我自然也是全力支持三哥的。"

维桂正色说道："本司向来是嫡子继承，就是皇家也是如此。这几年来，跃龙无论是内政外交还是从军打仗，都有显示出了非凡的才能。不管怎么说，都应该是跃龙继位！"

宗清说道："既然如此，就请跃龙抓紧走马上任，还有不少大事等着你处理呢！"跃龙听了，便说道："既然大家都推举，我便不再推辞。咱们在座的都是一家人，荣辱兴衰都是一体的。个人权位事小，祖宗几百年基业事大。如果江山在咱们这一代人手里败了，咱们到了九泉之下，又有何面目去见列祖列宗？今日我便在此立誓：今后我定当勤勉治事，善待族人，与众兄弟一起光耀祖宗基业！"

接下来几日，众人齐心协力，将御龙风光大葬。不久朝廷和大渝卫来令，封跃龙为新任宣抚使，并颁了新的号纸印信。跃龙又状告永顺侵占土地，官司一直打到兵部，也迟迟不能结案。

这日跃龙处理完公务回到将军府，见夫人舒眉正坐在桌前垂泪。跃龙一向与她交流较少，继位之后忙起来就更少了。此时见她垂泪，便倒了杯茶递给她。问道："这是怎么了？好好的哭什么？"

舒眉便抽抽搭搭说道："你老丈人的船，在西水河又被人扣了。自从嫁了你，别人都说我们攀龙附凤，上了高枝了。谁想着你既不理我，家里船被人扣了也不管。"跃龙道："船被谁扣了？永顺还是保靖？我托人去说说就行了，有啥好哭的？"

舒眉却不接话，只说道："想我爷爷当初也是大渝卫佥事，只可惜人已经过世了，我爹和二叔又没做官，如今便处处受人欺负。因此我爹想让你帮忙，给舒泰捐个官。"

跃龙笑道："你弟弟不爱读书，只能捐个军功了。可是一旦打起仗来，要上战场可不是闹着玩的。"舒眉怒道："别尽说我们的不好了，你只说帮不帮忙吧？"跃龙拗不过，便说道："这事我不好直接出面，现在最忌卫所和土司结交。张经历还欠我人情，他和大渝卫指挥使有交情，可以去找他帮忙。"舒眉听了，满心欢喜，出门找父亲舒问道商议。

此日一早，舒问道便到张经历住处拜访。张经历见是跃龙岳父，倒也不敢怠慢。便迎接屋内，命人看茶。舒问道喝了一口茶，说道："小人最近在大渝府贩丝绸时，与大渝卫指挥使麾下的张师爷品茶。听他说与经历大人是旧识，托小人回来之后，无论如何要来大人府上问好。"张经历笑道："论起来，张师爷与我确实是本族兄弟，年前我还与他在丰都同游。"

舒问道夸赞道："听张师爷称赞，说经历大人近年来游历名山大川，眼界更加开阔，丹青妙笔也更加精进了！"张经历笑道："张师爷是本府有名的书画大家，我与他确实多有切磋。"舒问道原本随身带了一个木盒，此时便放到桌上，说道："我家的丹砂向来都是贡品，作画、炼丹都是上品。大人如果能用这些丹砂作画，那我家丹砂的名气就更大了！"说罢，把木盒呈到张经历面前，回身坐下。

张经历看这木盒做工精致，应是本地金丝楠木所做，里面用小盒盛着几色丹砂，晶莹剔透，果然是妙品。细看之下，盒子下面还铺了一层薄薄的草纸，隐约看到纸下是码得整整齐齐的银锭。张经历笑道："在下何德何能，受舒员外如此大礼？"舒问道忙起身回禀道："不瞒大人说，小人确实是有三件小事相求。"张经历心里一惊，说道："本官位卑言轻，恐怕帮不了员外什么大忙。"说罢，便将盒子盖上，往舒问道座位前推过去。

舒问道满脸堆笑，说道："第一件小事，确实有些冒昧。小儿舒泰自幼喜欢写字画画。听闻大人妙笔丹青，极想请大人得空指点一二。"张经历一听，脸色转喜，笑道："这个容易，令郎喜欢作画，得空送到我这里来，一起切磋切磋便是了。"舒问道笑道："那就有劳大人了。咱们依旧按大渝府旧例，每年为大人奉上五十两西宾之礼罢。如此一来，倒是小人僭越了。"张经历笑道："你又哄我，大渝府聘个教师，一年也就二十两纹银。"舒问道急道："大人是有名的大家，五十两小人都觉得太少了。"

张经历笑道："那便依你。第二件事是什么？"舒问道笑道："是小人一位世交，一直在涪陵做丝绸生意的。听闻大人书法雄健，想请大人题写一块牌匾，润笔费改日专程送到大人府上。"张经历未贬之前在户部任六品主事，每年俸禄不过十石。自从贬到西司任八品经历，俸禄更是微薄，全靠西司周全，见舒问道如此着意结交自己，便问道："舒员外这第三件事，想来是大事了吧？"

舒问道叹气道："这第三件事，确实非求大人不可。久闻大人在户部时，各部同年故交极多，与大渝卫指挥使大人也有交情。小人因只是个平头百姓，商船时常受到周边诸司骚扰，因此想请大人帮犬子捐个官。"张经历笑道："这倒不难，大渝卫指挥使大人确实与我有交情，只是费些银两罢了。"舒问道闻言大喜，说道："银两自是不在话下，事成之后小人还有重谢。"

张经历向舒问道要了两千两银子，亲自到大渝卫找了指挥使大人，送了一千两银子，再加上跃龙的面子，替舒泰谋了个从七品经历一职。自己又添了些银子，凑够一千五百两，让侄子到户部上下活动。过了两个月，为自己谋了个知县之职。跃龙等人便备了厚礼，择日送张知县赴任。

第四十四回
贺大寿免税恤民　说旧事教喻子孙

　　跃龙自接任以来，不敢有丝毫懈怠，一心整顿内外事务。闲暇时则在家教子，侍奉老母。又整修文庙，重振官学，命宗族子弟一律入学。这一年跃龙又娶了刘宗清之女，生一子天胤。玉兰也嫁给了保靖彭象洲，刘太夫人过去陪着住了一个月方才回来。

　　转眼到了万历三十四年，立秋后不久便是太夫人六十大寿，又恰逢秋社。因御龙去世后，太夫人一直郁郁寡欢，跃龙便想好好庆贺一番，趁此热闹热闹。于是安排下去，命众兄弟提前准备。

　　再香这日无事，便邀了杨若兰过来一起做酥食，作为太夫人大寿的贺礼。二人将糯米和绿豆先后炒熟，再用石磨分别磨成粉，用筛子仔细筛过两遍。又将芝麻炒得喷香，混入糯米粉中，加入蜂蜜和糖，反复搅拌、揉匀。

　　若兰拿了印台过来，将揉好的糯米粉装进印台的模子内，按压紧实，并用筷子把表面擀得光滑平整。再将印台翻过来，用擀面杖轻轻拍打印台背部，一个个如象棋棋子一般的酥食就排在桌上了。

　　天育、天嗣此时分别四岁、三岁，也在旁边学着装印台。若兰女儿天霖年方二岁，见酥食摆好，伸手抓了便要吃。若兰忙伸手拦住，笑道："小馋猫，还没有蒸呢，瞧你那猴急样儿！"

　　天霖瞪大了眼睛，问道："娘，我都让你说糊涂了，我到底是猫还是猴呀？"

天育伸手刮了妹妹的鼻子一下，说道："你是猴急猴急的小馋猫！"众人大笑不已，一家人其乐融融。

忙了半个时辰，糯米粉都压制成型，整齐地排在案桌上。再香又将剩余糯米粉和绿豆粉掺好，一样加入芝麻、蜂蜜等，换了印台，压制成蝴蝶、金鱼等形状。这边丫鬟烧起火来，再香和若兰二人将酥食装好，下锅开始蒸。片刻之后便出锅，厨房里顿时热气腾腾，香气扑鼻。

一时案板上、大箩上全是蒸好的酥食，白色的、黄绿色的，各种花色形状，让人目不暇接。天育兄妹三人早已等不及，纷纷拿起来开始吃，杨若兰在旁边急忙说："慢点，别烫着嘴！"刚说完，再香早塞了一个在她手里，忍不住咬了一口，果然香甜可口。

到了晚间，待蒸好的酥食全都晾干，再香拿来油纸，五个一封，仔细将酥食分别包好。天育问道："娘，干嘛要一封一封地装起来啊？"再香说道："这样方便保存和携带啊！当年你爹爹在大渝府读书，就经常带过去吃呢！"说完，让天育拿了几封给舒氏和刘氏送去，自己又亲自拿了几封给再英送去。

原来自跃龙接任后，再香等人搬进了将军府。再英却不方便一起搬进去，依旧住在旧日府邸花园内。正好白再连到司城担任家政，协跃龙处理日常事务，便请再连一家三口住在前院，也好有个照应。再香拉着天嗣的手走过营盘，径直来到后花园内。见再英又在舞剑，再香说道："幺妹，快过来歇会儿！"天嗣举着酥食喊道："姨娘，吃甜甜！"再英放下剑，走过来抱起天嗣，吃了一口酥食。

再香看了，忍不住说道："好幺妹，你平日也出去走走吧，别整天憋在家里。"再英说道："外面有什么好看的，你也知道，我现在不喜欢凑热闹。"再香叹了口气，说道："你也不小了！"再英马上拦住，说道："打住打住，别再劝我嫁人了！"再香知道妹妹性子刚烈，只好停嘴，让天嗣陪她玩了一会儿。

立秋后第五个戊日，白再连一大早便与冉维桂等人开始张罗，杀猪宰羊，准备社日活动。到了午后，跃龙领了舍人把总来到五谷祠，献上猪头羊头及各类果品，以及谷穗、麦穗等收获。再净手整冠，对着土地神焚香礼拜，诵读祭文。

见龙拉了天育天嗣在后面站着，听跃龙念道："土地神灵，位安为上：

今率子民，虔诚供奉，诵念恩德，献礼敬香。恭请神灵，永驻宝地，惠施西司，荫庇一方。广施恩露，五谷丰登，扶正祛邪，吉泰安康。佑我宗族，丁财两旺，千秋万代，吉运绵长。"言毕，复又敬香，率众人一起行礼。

祭拜完毕，跃龙领了众人来到衙署前广场上。白再连等人早已准备妥当，广场上摆起几十张圆桌，祭祀后撤下的猪肉、羊肉、鸡肉已经分至各桌。本族男女老少连同周边乡民都赶了过来，一起围坐在桌前，好不热闹。

广场北面搭了一座台子，为社戏做好了准备。跃龙登上高台，李熙命人吹起牛角来，广场瞬间安静。跃龙朗声说道："托皇上洪福，神灵庇佑，本司今年风调雨顺，五谷丰登。今日带领大家祭拜神灵，祈福消灾，望大家今后更要好好耕作，勤俭持家，过好太平日子！今天米酒烧酒管够，大家吃好喝好！"话音刚落，下面早已欢声雷动。

这边变龙领人放起鞭炮来，本地戏班子上台开始奏乐。一时唢呐齐鸣，锣鼓喧天，热闹不已。跃龙走到桌前，陪着太夫人坐下。

刚刚坐定，一群小伙子托着茶盘，端了社饭、米酒等上来。这社饭乃是用木甑将糯米、籼米蒸熟，再加入野香蒿、野葱、腊肉丁、豆腐干等，配以大蒜、生姜等作料精心炒制而成。真是异香扑鼻、软糯可口，连太夫人也忍不住多吃了两碗。

流水席吃了几轮，众人都吃上了社饭。台上撤了戏班，铺上垫子，表演起摔跤来。跃龙举起酒杯，对太夫人说道："娘，今日是您六十大寿，我率领大家给您祝寿：祝您福如东海，寿比南山！"说罢，领着众人干了一杯米酒。太夫人高兴，也喝了半杯。天育和天嗣兄弟走了过来，拿着一包东西递给太夫人，脆声脆气地说道："给奶奶拜寿啦！"太夫人接过来打开一看，原来是两封酥食。

天育将酥食摆在桌上，原来每个酥食上都有一个字，合起来是"西华之至妙"。天育指着酥食说道："奶奶，我们这酥食是用西华至妙之气做的，王母娘娘就是这个化生的，吃了可以益寿延年！"太夫人摸了摸天育的头，笑道："小小年纪，倒会哄骗奶奶了。只给奶奶一个人吃吗？"再香早命人搬了两箱过来，见太夫人发话，便每人发了一封。

众人也各有寿礼，纷纷呈上来。舒眉娘家家底丰厚，给太夫人打了一对金镯子，刘氏送了织锦。虬龙、从龙、变龙送了珊瑚、佛珠，登龙人虽不至，托见龙送了一尊形似南山不老松的湄苏河凸纹石，以及一棵老参。织女楼献了各色西兰卡普织锦，甚是精致艳丽。连张天师也献了桃花源大蟠桃，甚是香甜可口。

杨秀夫送了一身衣裳，又命一位老伯捧出一个包裹来，说道："前几日按您吩咐，我派老李去了一趟龙泉坪接现龙。这小子不愿意回来，倒是给您送了寿礼。"太夫人问李伯："辛苦李伯跑了一趟啊！现龙那边怎么样啊？"

李伯回禀道："禀太夫人，现龙老爷已经长大啦，都二十一岁了。还住着昔日克明老爷的宅子，守着几十亩田过日子，每天就是看书作画。只是不愿意娶妻了，为给克明老爷这一脉延续香火，从乌罗司过继了一个一岁的男孩。"太夫人垂泪道："这孩子自小孤苦，经历了这么多挫折，真是难为他了！"

再香忙过来劝解，跃龙打开包裹，里面是一件狐狸皮坎肩。另有一幅画，画的像是大娄山风景，满山杜鹃开得烂漫，枝头有一只鸟。旁边题了一首诗："百啭千声随意移，山花红紫树高低。始知锁向金笼听，不及林间自在啼。"太夫人看了，又叹息一番。

维桂见太夫人难过，便说道："大嫂，我也有寿礼！"说罢，呈了一本经书上来。太夫人接过来翻了翻，原来是一本《仁王护国般若波罗蜜经》，笑道："四弟有心了！字很好，经也好！"逵龙也呈上一本来："太夫人，侄儿的字写得不好，您可别嫌弃啊！"原来逵龙手抄了一份来知德的忠孝谱序，字虽然一般，写得倒是整整齐齐。

太夫人对跃龙说道："老三啊，给你四叔磕个头吧！"跃龙听了，跪下就要磕头，维桂连忙扶住："你是宣抚使，哪能给我磕头！"跃龙忙扶着维桂在太夫人旁边坐下。

太夫人感慨道："老三啊，趁我还没老糊涂，再给你们兄弟几个说说旧事。当年本司与永顺、保靖等司因为边界纠纷，在武陵山展开大战。不料逆贼冉亶叛乱，你们爷爷玄公只得外出避祸。你们大伯维翰继任，不久又为贼人所害。幸好你们二爷爷冉亨公主持大局，迎接你们父亲回来继位，才有今日之局面。从冉亨公到你们四叔维桂、再到逵龙，一家三代都是忠义之士，你们一定要尊重、善待他们！"

维桂也说道："大嫂言重了！当年本司势力庞大，永顺、保靖原本处于下风，只可惜发生了内乱。这一战之后，咱们现在依然在永顺面前处于下风。今后大家更得齐心协力辅佐跃龙，才能振兴宗族，光耀祖宗基业！"虬龙、从龙、见龙、变龙、逵龙等纷纷说道："谨遵教诲！"

天育问道："爹爹，我们可都送过寿礼了。您给奶奶准备了什么寿礼啊？"跃龙笑道："好好听着吧！"说罢，命身后亲兵吹起牛角。广场上众人马上静下来，只听城内大钟响起，连响了六下。刘太夫人笑道："听这声音，当是万寿宫的大钟吧？"

跃龙说道："是的，还有呢！"话音未落，城内轩辕庙、火神庙、禹王宫、龙王庙、三抚庙、骑龙庵等十八个庙，十八口大钟一起鸣响，连响了三声。这边天育和天嗣掰着手指头，数一共响了多少下。跃龙笑道："别数啦，前后加起来一共是六十下，祝太夫人六十大寿福寿安康！"

杨若兰笑道："这礼物好是好，就是没花钱，三弟你可真会过！"跃龙笑道："你们花的都是小钱，看我花一次大钱，保管太夫人满意！"说罢，扭头说道："呈上来！"白再连捧了鱼鳞图册过来，说道："禀将军，本司所有山林、池塘、田地均登记在此。"

跃龙问道："今年当纳税多少？"再连问道："将军是问本司当向朝廷缴纳的赋税，还是今年咱们应当征收的赋税？"跃龙笑道："嗨！不用去算了，近年来并无战事，官仓坝的粮食够吃两年了。传我命令下去：今年所有民田一律免征钱粮！"

白再连听了，登台大声说道："传宣抚使大人命令：为给太夫人祝寿，今年所有民田一律免征钱粮！"广场上顿时欢声四起。此时明月初上，广场中央点起篝火，台上锣鼓牛角助阵，众人手拉手跳起了摆手舞。几百人环绕在一起，一圈围着一圈，围着篝火又唱又跳，直到亥时方散。

入秋以来，各地灾害不断。跃龙心知百姓乃为政之根本，流民乃战乱之首因，更加勤勉治事，时常到司内各地督促耕织。如此忙忙碌碌，匆匆便又过了一年。

万历三十五年冬，因三大殿焚毁后久未重建，内监陈永寿命湖广、四川、贵州三省采大木，并派太监前来监督。四川巡抚乔壁星得令，亲自会同左布政使汤日昭、右布政使王应麟、署印按察司刘禹谟，督促各县及土司采大木。

跃龙得令，召集众人到衙署商议。跃龙说道："近日接到上司命令，要本司采楠木二十根，并押送至京师张家湾。此事关系重大，所以把大家从各地召回来，好好商议商议。"虬龙问道："朝廷准备拨给多少银两？"跃龙说道："据腾龙打听，每根大约给银一百六十两。"

见龙说道："一根一百六十两银子？前些日子听舒泰哥说，本地买一根大楠木，只要十几两银子啊！"维桂笑道："这砍伐的费用只是零头，运到京师还有五千多里水路呢。这点钱啊，连运费都不够。"

从龙说道："这么麻烦，不如补贴点银子，包给商人去采办运送。"维桂说道："以前也试过由商人来采办大木，但这些人往往借采大木之机，将自己私下售卖的木材、货物夹带其间，以逃避沿途税收。且砍伐和运输大木时，民夫多有死伤。江上又容易碰撞民船，一遇到这种事商人都跑了，只能由官府来擦屁股。所以现在还是由官府负责，组织民夫砍伐运送。"

杨秀夫说道："是啊，从嘉靖以来，本司已经多次献过大木。如今靠近河边的楠木都已经砍光了，要到深山才能找到符合规格的大木了，又平添了许多运送的麻烦。"跃龙说道："如今只有乌江和酉水两条水路最为方便，楠木也数这两个地方最多。就请虬龙和舅舅抓紧安排人进山寻找大木吧！"

众人又商议一番，各自回去安排。跃龙拨了银两，分别交给虬龙和杨秀夫，以便招募民夫前去采木。忙活了一段时间，因龚滩前几次献大木砍伐较多，虬龙并未找到几棵大的楠木。在林坎寨倒是找到几棵大楠木，但是当地乡民视之为神木，时常有人祭拜，自然不能砍伐。幸好杨秀夫在酉东找到二十余棵大楠木，只是已近年关，便先找好木匠、民夫，准备工具，只待过了春节再入山砍伐。

跃龙见已到腊八，便暂将采大木等事放在一边，安排大家过个好年。再香也领着丫鬟婆子们准备各种小吃，舒氏、刘氏从旁协助。除夕晚上，一家人热热闹闹吃了年夜饭。天育、天嗣、天霖、天胤兄妹四人围坐在太夫人身边，听太夫人讲各种跟过年有关的掌故。

太夫人说道："春节期间走亲戚的时候，知道怎么才能吃到好吃的吗？"天育说道："给大人说好听的呗！"天嗣也说道："说好听的，拜年！"天霖也说道："拜年拜年！"

太夫人笑道："大家都说，走亲戚前，把脚洗得越干净，越能吃到好吃的。好啦好啦，你们都去洗脚吧！"天育和天嗣都拉着太夫人的手，撒娇道："不嘛，我还要听奶奶讲故事。"太夫人想了想，说道："知道春节的时候，做什么才能财源滚滚吗？"

天霖说道："拜财神！"太夫人说："不对！"天育说道："我知道了，

像四叔那样，打马吊赢钱！"太夫人笑道："都不对。告诉你们吧，初一早上的时候，能打到水井的头三桶水的人，当年就会财源滚滚哦！"

天育不解地问道："那一年只能有三个人财源滚滚呀？"再香笑道："天下水井多了，光咱们司城就有好多水井呢！再说了，大家除夕都会守岁，初一早上真能起来挑水的没有几个人啦！要特别勤快才行。"天育转头对跃龙说道："爹爹，咱们明早去挑水吧！要早点哦！"

跃龙笑道："你个小财迷，外面怪冷的，多睡会儿觉不行吗？"天育说道："我就要去！"再香说道："好了好了，快洗脚睡觉吧，明早看你能不能起床！"听了这话，天育果然洗脚睡觉去了。

第四十五回
迎财神巧遇旧人　采大木历尽艰辛

　　第二天一早，天刚蒙蒙亮，跃龙还在睡觉，天育跑过来捏父亲的鼻子，喊道："爹爹，天都亮啦！快起来咱们挑水去！"跃龙无法，只得起来，一边穿衣服一边说道："走吧走吧，小财迷。"说罢挑上担子，和天育一起往雅浦泉走去。

　　到了跟前，只见对面一个小伙子抢先走到水井边，将一簇纸钱挂在井栏上。天育见了，也跑过去把手里的纸钱挂在旁边，说道："财源滚滚！"那小伙子已经打好水，两桶水挑在肩上依然健步如飞。跃龙看着面善，便说道："小兄弟留步，咱们好像在哪里见过？"那小伙子把担子放下，拱手说道："在下是甘龙河冉文焕，大哥怎么称呼？"

　　跃龙大喜，说道："原来是当日赛龙舟的魁首啊！怪不得看起来眼熟。我是冉跃龙。"冉文焕听了，忙说道："给将军请安！"就要跪下行礼。跃龙一把拉住："无须多礼！几年不见，小兄弟已经长得这么高大威猛了。你在司城做何营生？"

　　文焕说道："小的家里只有两亩薄田，父母除了伺候这两亩田，平时在官田里帮工。我在家里无事，就到司城来，凭着一身力气到处打零工。"

　　天育指着井栏上的纸钱说："你是状元，今年会财源滚滚！"文焕笑道："这打零工哪来的财源滚滚啊！拼了命一个月也就挣一两银子，吃喝拉撒还得花销，一年也攒不了多少钱。这都十七了，媳妇都不好找。"

跃龙笑道："小兄弟如果不嫌弃，本司要砍伐楠木到京师进贡，此事虽然辛苦，但是报酬丰厚。你要愿意，可以过了元宵节后，到衙署找我。"文焕回禀道："小人的胞弟文光也在司城，等我回去商量商量，再禀报将军。"说完告辞而去，跃龙也和天育挑了水回将军府。

过了元宵节，冉文焕兄弟果然带人来找跃龙禀报。当下正是用人之际，跃龙便交代一番，命其到酉东找杨守备领差使。天育生性好奇，整日缠着跃龙，要到酉东看伐木。正好再香也想回白家寨看看，二人便带了天育、天嗣赶到酉东。好在刘宗清夫妇已从龚滩搬回司城，可以时常帮刘氏管带天胤。

第二天便是伐木之日，跃龙一大早便带着天育，与杨秀夫、冉文焕等人进山。天嗣却生来文静，在家陪着再香。一行百余人先撑了几艘船，沿着酉水河走了半个时辰，上岸后又走了半个多时辰山路。

天育毕竟年幼，已经累得走不动了，说道："怎么还没到啊？这楠木跑哪里去了？"杨秀夫笑道："咱们现在要去砍的这两棵已经是最近的了，其他的更远呢！"

文焕过来背上天育，往前又走了一刻钟，终于看见前方悬崖边有一棵巨大的楠木。这楠木长得枝繁叶茂，树干上长满了苔藓，巨大的树根盘在石头上，犹如苍龙抱石。微风吹来，树身传来淡淡幽香，宁神静气。

跃龙见众人到齐，便问道："哪位是领头的师傅？"一位木匠走到前面，回禀道："小人张有财，负责今日福事。"跃龙道："辛苦张师傅了，开始吧！"

张木匠得令，与徒弟将树前石头打扫干净，仔细铺上红布，摆上酒水果盘，点好香烛。张木匠亲手焚化长钱十枚，再净了手，恭恭敬敬手持三支香，口里赞颂道："伏以，弟子顶敬，开山祖师，焚香秉烛，酒礼献祭。姜太公在此，诸神回避，天煞地煞年煞月煞日煞时煞，一百二十四位凶神恶煞各归方位。山前山后，山左山右，有人祭祀，五姻五姓，男女孤魂，同来领受钱财。有堂归堂，无堂归殿，四方显化，到处现身，休在此境侵害良民。弟子开山伐木后，天地无忌，年月无忌，日时无忌，上上大吉。"

言毕，大家一起喊道："上上大吉！"张木匠献上香烛。弟子又提了一只公鸡过来，张木匠抓住鸡翅膀，说道："此鸡不是非凡鸡，二十八宿卯日鸡。降落人间有灵气，身穿五色大花衣。今日主家来用你，鸡血落地无禁忌。"

众人一起喊道："百无禁忌！"张木匠杀了鸡，命人将斧锯拿过来抹了鸡血，说道："放心使用吧，山神会保佑大家平安！"

天育在一旁看了觉得惊奇，悄悄拉着杨秀夫问道："舅公，咱们是来砍树嘛，怎么这么多名堂啊？"杨秀夫郑重地说道："这些树都是几百年的大树，都有了灵性了，万不可随意砍伐。再说了，这么大的树，砍伐的时候特别容易蹦断大锯和斧头，倒下来更是不得了，容易伤人。所以一定要请求神灵保佑。"

做完福事，命徒弟领了一半人到前面砍另一棵树，自己亲自领了人来伐面前这棵楠木。张木匠围着楠木转了一圈，对跃龙说道："将军，这棵楠木树干挺拔齐整，看着没有雷击和虫害痕迹，是一根上好的顶梁柱啊！"

跃龙说道："好是好，就是长在悬崖上，不太好砍啊。这要掉下去，到酉水河又得多走几里地。"张木匠说道："是啊，是得多费点时间了。"

众人先把楠木大的枝丫砍掉，再架了大锯，开始锯楠木。张木匠领了众人开山垫路，挖坎打桩。天育觉得诧异，又问道："舅公，他们在做什么？"秀夫笑道："咱们把树砍下来之后，是不是得运到河边啊？这几千斤的大木要运走，要几十个人手拉肩扛，不把路弄好哪儿行啊。"天育目不转睛地盯着众人锯木头，不一会儿就睡着了，跃龙忙搂在怀里。

也不知睡了多久，一阵喧哗把天育吵醒。睁眼一看，原来是张木匠的徒弟等人走了回来。张木匠见了，连连叹息道："哎，肯定是白白浪费半天时间了！"刚说完，他徒弟说道："太倒霉了，这都锯了一半了，才看见里面有胳膊粗一个洞，树中间已经空心了！"杨秀夫说道："往前五里路还有一棵楠木，快去吧！"这些人只得拿了工具重新出发。

说话间，这根楠木已经被锯进去大半，树开始微微有点晃。众人在后面拉着绳子，张天师喊道："都拉紧了，这树要是掉到下面去，明天一天大家就去下面拖吧！"那边锯木头的也喊道："使劲拉紧了，别把老子一起砸到悬崖底下去了！"

这边树越锯越深，众人拽着两根棕绳使劲往里拉，大树开始往里面倾斜。二人忙把锯子拿出来，换了斧子砍了几下。杨秀夫喊道："两队人站分开一点，别倒下来砸着人！"话音刚落，众人一起发喊，楠木轰然倒下，将下面几棵小树拦腰砸断。众人将楠木上的枝丫全部砍掉，锯成一段五丈长的圆木。又在一端凿孔穿鼻，套进棕绳，以便拖运。

跃龙怕天育着凉，便与杨秀夫带着他先往回走。天育却说道："我不走，我要和大家一起回去！"杨秀夫说道："这楠木几千斤重，从这里到河边还有十里地，有的地方需要大家抬着走，碰到悬崖还要打桩架桥，用缆绳牵引。他们天黑也到不了，咱们先回去吧！"天育惊讶地说道："真是太辛苦了！"两名亲兵陪着三人回到河边，摇船回到白家寨休息。

　　第二天，跃龙见伐木进度较慢，便与杨秀夫商议，又加派了一百多人进山伐木。在白家寨住了几日，跃龙等人回到司城。过了一个月，杨秀夫派文焕到司城报告进展。一个月下来，有几天下暴雨不能动工，运送到河边又极耗时间，所以两百多人只砍了十棵楠木。跃龙说道："只能再加派人手了，争取三月底开始往外运吧。人都怎么样，没事吧？"

　　文焕叹了口气，说道："今日来就是为这事。前几日从山上往下运木头的时候，后面的人一不留神脚底下打滑，木头窜下去砸死了一个在前面拉的人，砸伤两个。"跃龙也叹息道："哎！不论怎么小心，每次采大木都会出人命。一会儿你去找白再连领银子，好好抚恤家属吧！"文焕说道："其他还有摔伤的、砸伤的，吃错东西或淋雨生病的，被蛇虫咬伤的，啥样的都有。"

　　跃龙问道："保靖和永顺那边怎么样了？"文焕说道："碰到过好几次他们伐木的人。也和咱们差不多，都有死伤。永顺有一批人胆子太大，到深山伐木，晚上就在山里搭棚子，结果被老虎吃了两个。"跃龙叹息道："这一根根楠木，都是拿命换来的啊！你们千万小心啊！"两人又聊了一会儿，文焕告辞出来，回酉东接着伐木。

　　到了四月底，四五百人前后辛苦了三个多月，总算砍够了二十多根楠木，运送到了酉水河边。期间和永顺为争夺一棵楠木，双方发生械斗，各有几人受伤。好在杨秀夫及时与彭廷机联络，又有当年争夺大木引发武陵山大战的教训在前，双方才没有大打出手。

　　跃龙与杨秀夫、冉维桂商量后，决定招募二十条好汉运送大木到京师。重赏之下必有勇夫，虽然路途遥远、运送艰辛，也有五十余人应征。杨秀夫仔细挑选了十五名身强力壮、熟识水性的好汉，每人先发二十两银子作为盘缠，拿着交接文书回司城每人再领八十两。文焕身手矫捷，为人豪爽仗义，所以被推为头领。

　　众人用篾条、棕绳等将楠木六根一排连在一起，扎成木排。二十四根楠木首尾相连，形成了一条宽两丈、长十余丈的巨大木排。

文焕站在木筏上，对着众人说道："各位弟兄，接下来两年时间，这艘木筏便是咱们的家，咱们的身家性命、荣华富贵，都在这艘木筏上了！大家想想，一共一百两银子，你要打多少年零工？这些银子够在司城旁边买一处房子了，在酉东也够买七八亩中等水田了。大伙都动起来，每一根绳子、每一根篾条都给我检查仔细了！"众人士气高涨，仔细检查了半日，确保万无一失。

第二天一早，跃龙亲自为文焕等人送行，摆上香烛、祭品，亲自祭奠河神。又在木排前方拴上红绸布，在木排上搭的棚子上贴了神符。见诸事齐备，跃龙举起大碗，对文焕等人说道："干了这碗米酒，诸位壮士就起程吧，祝大家一路顺风，凯旋归来！"文焕等人一起说道："感谢大人！"举起大碗一饮而尽。岸边锣鼓齐鸣，爆竹声响起，文焕等人登上木排，撑了长篙出发。

走水路从酉东到京师，先要从酉水至沅水，再经洞庭湖进入长江，到镇江后由大运河运至通州张家湾，全程五千多里。文焕将十五人分成两班，轮班撑篙。木排上搭了简易棚子，无事的人尽量休息。又推选了一人做饭，定期上岸采买。

好在连日阴雨连绵，水位大涨，木排一路顺风顺水。这日傍晚到了保靖境内压龙滩附近，文焕换下班来，在木排上搭的棚子里凑合睡下。正梦到木排抵达京师，突然地动山摇，仿佛发生了地震。文焕吓得一机灵，忙翻身起来，大喊道："撞哪里了？都起来，拿长篙！"

仔细一看，原来此处是一个急弯，木排转弯过程中撞到了礁石。最后一节边上的一根楠木卡在了礁石上，木排动弹不得。文焕喊道："把这根楠木解下来，放木排过去！"文光等人听了，跳下水去。但是篾条绑得极紧，根本解不开，只得用刀砍断。篾条一断，旁边两根楠木都掉了下来。文焕等人见了，忙用力撑开木排。

此时水流很急，两根掉下来的楠木失去束缚，一下子冲了出去。文光等人见了，赶忙抱住楠木尾端，随着大木在水里浮沉。文焕忙喊道："小心啊，不要被大木撞到！"文光抱紧了楠木，喊道："这根木头要冲下去，咱们就跟不上啦！两根就是三百二十两银子啊，都抱紧啦！"众人听了，纷纷跳下水去抱住楠木。

文焕只得稳住木排，先往岸边撑。见旁边有一棵大树，忙跳上岸去。木排上扔过绳子来，文焕接了绑在树上。众人一起发喊，把木排撑到岸边停住。又从木排后面解下小竹筏来，撑了竹筏去追赶众人。前面水流很急，两根楠木已冲出去十几丈远。

文光抱着头一根楠木，见前面有一快大的礁石，大声喊道："推到石头上去！"众人一起发喊，楠木轰的一声撞上礁石，总算停了下来。这时第二根楠木也冲了下来，文光等人又不愿意撒手，后面的人死命抱住楠木也没有拦住。第二根楠木重重地撞在第一根楠木上，发出一声巨响。文光躲避不及，左手被撞得血肉模糊。旁边另一人后背撞在礁石上，一下子晕了过去。

好在有礁石挡住，两根木头总算停了下来，文焕等人忙把两位伤员抬上岸。好在提前已有考虑，找了一位略通医术的赤脚郎中张麻子随行，赶忙给文光等人救治。此时已经天黑，又有伤员，众人只得拴好木排睡觉。

第二天醒来，两名伤员略有好转，但依然行动不便。二人又不愿意回去，文焕只得留下些盘缠，要二人伤好些了再来追赶木排。走了一天，远远能看见保靖司城了，此时水流变得平缓，但河上多了些来往的商船。文焕忙向众人交代："大伙打起精神，小心前行！否则撞翻一艘商船，又要折损许多银两。"

旁边一位大哥说道："这银子真是不好挣啊！一山放过一山拦啊！"文焕苦笑道："容易挣的银子，轮得到咱们老百姓吗？咱们这样的人不拼了命出去，吃饱饭都难，天上也不会掉银子啊！好在咱们还有一膀子力气！"旁边一人也说道："这还没出酉水，后面难关多着呢！大伙小心着吧！"于是众人更多了一分小心，撑了木排向保靖而去。

第四十六回
神木厂小吏索贿　织女楼绣女倾心

> 汴河通淮利最多，生人为害亦相和。
> 东南四十三州地，取尽膏脂是此河。
>
> ——唐·李敬方《汴河直进船》

且说冉文焕一行押着大木，历经磨难，辗转五千余里行至京师通州张家湾。木排刚抵达码头，旁边客船上一名书生见了，缓缓吟出一首诗来。文焕哪有功夫理他，径直来找神木厂官员办理交割。

这神木厂在码头管事的是一名四十来岁的肥胖中年人，手里转着两个铁球，走过来看了一眼，打了个哈欠，对旁边手执文书的随从说道："写：入库楠木二十根！"这边文光早急了："我们是二十一根楠木，请大人再仔细清点！"其他水手也纷纷说道："对啊！我们是二十一根！"

那中年人眼睛也不抬，说道："既然你们信不过我，就等工部的大人们来了，再来清点吧！"说完转身就要走。文光一把抓住那随从问道："工部的大人们什么时候来？"

那人笑道："少则半月，多则两个月来一次。你们在此慢慢等着吧！"说罢，随那管事的人一并走了。

文焕心想，这么多人在码头上就这么干等着，白白浪费时间和银两。且这神木厂的既然是这态度，工部的来了又能好到哪里去。忙追了上去，喊道："大人留步！"那两人反而走得更急了。

文焕情急之下，大声说道："大人，您东西掉了！"那两人听了，方转过身来，看地上却空无一物。文焕走近了，从身上掏出一个小布袋递给那管事的人："大人，您走得太匆忙了，这是您刚才掉的东西。"

那管事的人接了过来，略一过手，知道大约有五两纹银，脸上便有了笑容："想不到你这小伙子倒是个拾金不昧的人！"文焕忙说道："大人，小的们从川东而来。本来运了二十四跟楠木，中途丢了三根，还死了两名兄弟。求大人体谅体谅，受累帮我们清点一下，我们好早日回家。"

旁边那随从说道："你说这做什么？哪家运大木来，路上不死两个人，不丢点东西！"那管事的人说道："你说的这是什么话！你我既然吃着朝廷俸禄，自当替百姓分忧！他们都是奉朝廷之命，一路辛苦运送神木到此。我等应当鼎力协助，早日为他们办好交割！"那随从忙说道："是，是！大人公正无私、一心为民，小的佩服！"

文焕又说了许多好话，总算按二十一根楠木办了交割。众人见天色已晚，只得在码头上睡了一宿，第二日启程回乡。为节省银两，晴天便在野外背风处搭帐篷歇息，自己生火做饭。即便是下雨天，也只敢在客栈花些铜板，和牲口挤在一起避避雨，断不敢花钱住店。一行人风餐露宿，整整走了四个月，八月初方回到西司。远远望见司城了，众人先洗了洗脸，从包袱里取出干净衣服换了，方赶往司城。

来到南门外，见墙上贴了一些告示。文焕略认识些字，看着告示念道："钦赐飞鱼服色、怀远将军、亚中大夫、酉司等处军民宣抚使司宣抚使冉：为饬理宗政事，照得本司家传带砺，族衍椒聊，非求尧舜之贤，莫董唐虞之治。看得官弟贡士冉逵龙，治国能文，经邦善武，睦族播贤良之誉，保邦承忠孝之谟。是用选授本司舍人，襄予庶治，务以殚辅弼之任，持听断之平，使纪纲肃于人宗，则富贵绵之万祀矣。可不慎欤！尚其敬哉！万历三十八年七月二十日。"

文光说道："这冉逵龙，就是驻扎咱们甘龙河那边的后营头领吧！这就担任舍人啦？"旁边一名看热闹的说道："他爹就是前任舍人冉维桂，如今想是年纪大了不干了。他不接任舍人，难道由你这平头百姓来干？"郎中张麻子忙说道："都小点声，这些事跟咱老百姓有啥关系。咱们只管去办了交割，领了银子走吧！"

旁边另一个看热闹的胖子说道："你只看到了新任舍人，却没看到咱将军的官职有变化！"那人再看了看，说道："老兄说的，是不是这钦赐飞鱼服色？"

那胖子说道："还算你有点眼力！听说将军献了二十一根楠木到京师，皇上龙颜大悦，钦赐了飞鱼服。"文光愤愤地说道："我们送楠木的还没回来，飞鱼服倒先到了！"文焕忙掩了他的嘴，拖着他进了城门。

守门士兵听了文焕等人来意，赶紧禀报白再连。再连看了交割文书，为文焕等人兑了银子，死伤人员各有抚恤。跃龙又亲自设宴，为文焕等人接风。

酒过三巡，跃龙说道："各位运送大木到京师，为本司立下汗马功劳。如今功成归来，也领了银子，不知今后有什么打算？"文光已经喝得微醺，说道："将军啊，我们还能有什么打算！这银子买了房便买不了田，买了田便买不了房，先尽着一样办，其他的慢慢再挣钱吧！"

张麻子说道："我就买房！买了房挂旗行医！"旁边另一人说道："买了房没营生，等着饿死啊？依我看，还是回乡下买几亩田，老婆孩子热炕头，比啥不强？"跃龙见文焕不说话，便问道："文焕兄，你有什么打算？"

文焕忙说道："禀将军，我领了这二十位兄弟运送大木，便如西天取经一般，历经九九八十一难。死了的两位兄弟，将军都有抚恤。但剩下的人也都人人有伤，还有摔断腿的兄弟，他们光靠一百两银子，下半生可怎么过！小人无能，没有把他们平安带回来，打算把银子分给他们，自己再重新挣吧！"

跃龙笑道："兄弟仗义疏财，是条汉子！不过你这一百两分给他们，也养不了他们一辈子。再说了，这赏你们的银子，也都是本司自己出的。朝廷并没有拨钱，只不过是免了些钱税，本司也拿不出太多银子给你们。我看你们几位有伤的兄弟，不如把本钱凑到一起，到龚滩或龙潭开个买卖。这守着店铺，也不用到处跑来跑去，你们下来慢慢琢磨吧！"文焕忙说道："感谢将军指点！我们会好好商量的。"

跃龙又说道："我看你为人仗义，身手又好，不如到中军营，让他们给你安排个差使吧！其他兄弟有想投军的，也可以跟白总管说。"文焕忙谢了将军恩典。跃龙高兴，命士兵取了军服，让文焕现场换上。常言道人靠衣装马靠鞍，文焕换了军服，旁边众人都纷纷赞道："好一个威风凛凛的少年将军！"众人又饮酒谈笑，从中午吃到傍晚方散席。

　　文焕喝得微醺，趁傍晚凉快，与文光、张麻子等几人在司城内随意闲逛。司城内众人知道文焕等人便是送大木的少年英雄，一时倒有不少人远远观望，或上来闲聊。

　　学署南面不远便是织女楼，几名绣女也倚在吊脚楼上，看着文焕等人闲聊。一名身材微胖的绣女说道："还是中间穿军服的哥哥好看，一看就是个当官的料！"另一名绣女说道："旁边那个哥哥长得虽然黑点，可是身强力壮呀，干活持家肯定都是个好手！"

　　旁边胖大婶说道："瞧你们一个个的，口水都要流下来了！不过这几个小伙子现在确实都很抢手啊！要我去给你们说媒吗？"楼上说得热闹，文焕等人在楼下也听见了，便停下脚步，抬眼看着楼上的绣女。

　　那绣女回头冲织布机边一名少女喊道："小昭，快过啊，看看有没有你喜欢的哥哥！"这小昭回应道："小兰你好好看吧，赶紧挑个如意郎君。我还是织布吧！"

　　小兰笑道："哎哟，小昭你可别害羞！旁边那个小伙子脸上虽然有些麻子，但是一看就是有本事的人，要不我给你撮合撮合吧！"旁边几名绣女都笑了起来。

　　小昭笑骂道："你个死丫头！"抄起身边的线团朝小兰扔了过去。小兰侧身避开，那线团直接飞了出去。文焕在楼下看得真切，往前跑了两步，借势跳起来，一把抓在手里。文光跟着起哄："楼上哪位姐姐抛的绣球，出来和我大哥相见吧！"

　　话音刚落，吊脚楼上跑出来一位蓝衫少女，抓起旁边柱子上的长绳，双脚一荡，整个人便飘了出来。那少女复又松了一段绳索，单脚在楼外大树上一点，轻轻落到楼前。

　　胖大婶忙不迭地喊道："哎呦我的姑奶奶，你小心点啊！上次你不是再三保证，不再从这绳子下去了吗？"小兰也说道："这小昭属猴的呀，什么时候又悄悄把绳子拴上了，我都不知道！"

　　文焕眼前一花，便见面前多了一位十三四岁左右的少女。这少女发髻高耸，蓝衫白裤，腰缠玉带，倒像一位俏公子。小昭见他只是痴痴地看着自己，便说道："把线团还我！"小昭见他还是傻站着，伸手便抢。文焕反应过来，将线团举高，说道："妹妹告诉我名字，我就将线团还你！"

小昭见抢不着，只得说道："好吧！我叫……"话未说完，却冲着文焕身后弯腰说道："将军好！"文焕等人扭头去看，小昭却一把抢了线团。文焕知道中计，说道："妹妹玩赖啊！你得告诉我名字。"小昭笑道："你就用这根绳子上去，要是比我先到楼上，我就告诉你！"说罢，转身向楼上跑去。文焕笑道："一言为定！"

小昭跑上楼，却见冉文焕果然在织布机边站着，便说道："看来这几年树没白砍呀，上楼倒是挺快！"文焕笑道："这回妹妹可以告诉我名字了吧？"小昭说道："还怕告诉你不成！你听好了：我叫杨延昭。"

文焕笑道："杨延昭？这不是杨家将吗，妹妹不是哄我吧？"旁边胖婶忙说道："小伙子，她确实叫杨延昭。你快下去吧，她们都是未出阁的小姑娘，你一个大男人在这里像什么话！"

文焕笑道："婶子，我这就走！"又转身对小昭说道："我记住啦，那就先告辞啦！"说罢转身下楼。到了楼下，忍不住回头看了几眼，见小昭等人也在楼上看着他，但不好久留，只得与文光等人走了。

此后，文焕便在中军营投军。此时虬龙已经长大，在龙潭自领右军营，伍良臣便回到司城，与李熙一起带领中军营巡防。伍良臣膂力过人，善于步战。李熙却精于骑术，马上功夫仅次于虬龙。文焕并无其他事情，便整日随二人在营中打熬筋骨，勤练刀枪。

后来成都有令，锦官城奉命进贡蜀锦，也命西司一并进贡西兰卡普。白再连见文焕机灵，便命他时常到织女楼查看进展，征收织锦。文焕倒与小昭多了见面机会，二人互有好感。只是小昭此时只有十四岁，家里兄长尚未娶妻，文焕也想再攒几年钱，因此二人并未谈婚论嫁。

一年倏忽而过。这日午后，正值初夏，白再连正在查验文焕带来的西兰卡普，朝廷驻成都的税监派人过来，摊派各种贡品。送走使者后，再连见摊派数量较大，心下犯愁，便到学署来找将军。

进了大门，只听里面传来读书声："一切言动，都要安详。十差九错，只为慌张。沉静立身，从容说话。洪钟无声，满瓶不响……"再连走近，隔着窗户一看，只见跃龙坐在前面看着众人读书。前排坐着天育、天嗣、天胤等人，后面坐着天霖、白再筠及族中其他子弟。白再筠乃酉东白邦铭总管之女、白再连堂妹，年方六岁。

　　跃龙知道再连有事禀报，便命天育领着众人一起读书，自己出来与再连议事。再连说道："将军极力整顿司学，如今看来大有成效啊！"跃龙笑道："如今司内太平，族人繁衍昌盛。本族子弟得有志气才行，要么读书考个功名，要么从军一刀一枪博得封妻荫子。要是大家都守着官田，迟早坐吃山空。"

　　再连说道："将军考虑深远啊！按将军要求，虬龙、见龙等人都回到司城，每日在校场坝带子弟操练兵马。希望来年武举本司也能出几个将才吧！"

　　这时缪天目也走了过来，白再连便详细说了朝贡之事。跃龙叹息道："普天之下莫非王土，率土之滨莫非王臣。既然朝廷有令，再苦再难，也得凑齐这些贡品啊！"再连说道："说是太平盛世，如今这税收和贡赋怎么一天比一天重啊！原以为这朝鲜和播州战事结束后，朝廷能减税呢！"

　　天目也叹息道："听说屯田衰败了，西北和辽东兵马又不能减少。加上如今又修三大殿，朝廷开销越来越大，减税恐怕是不能了。记得上次皇上重病，用了各种汤药、丹丸不见好转，于是听从谏言，裁撤各地矿监、税监。第二天果然病愈，皇上却又反悔了，马上废止撤回矿监税监的命令。这都是什么事啊！"

　　跃龙说道："这矿监税监咱们哪里惹得起！石砫马斗斛怎么死的，咱们可别犯糊涂，该准备的一样不能少！"三人又商议一番，吩咐下去好好筹办。跃龙惦记贡米之事，正好各地也该插秧了，便想到先农坛祭祀。于是定了三日后祭祀，派白再连先去花田筹备，跃龙自己则虔诚地斋戒了三日。

　　第四日一早，跃龙、再香带着天育、天嗣、天胤兄弟，打马直奔何家岩梯田而来。冉文焕和冉人龙腰挎弯刀，打马在后面护卫。司城至何家岩七十里路，众人半个时辰便赶到菖蒲盖脚下。远远望去，在巨大的山谷中，层层叠叠的梯田顺着山坡缓缓向上延伸，在云雾间若隐若现。而菖蒲盖绝壁千仞，直插云霄，山顶完全隐没在云雾中，望之宛若仙境。

　　天嗣问道："怎么没人呀，舅舅在哪儿呢？"天育已经十岁，脱口说道："只在此山中，云深不知处！"众人下了马，牵着马缓缓前行，顺便欣赏花田美景。

　　"花径不曾缘客扫，蓬门今始为君开！有失远迎啊，各位！"走了片刻，只听前方传来一阵爽朗的笑声，白再连从寨门走了出来。跃龙笑道："兄弟在花田住了几日，越发像个桃源散仙了！"白再连笑道："将军要是疼我，就让我在这里再住个一年半载的吧！"

　　白再香笑道："你倒是想得挺美！你在这里修仙，他只怕就要累倒在司城了！"再连感慨道："人家都说：天上蟠桃园，人间米花田。这花田能出产贡米，就是因为这里山好水好，连吸两口气都跟仙气一样！要不这里的人长寿啊，妹妹你也该来这里住几天！"

再连一边说着，一边引着众人顺着梯田间的小路往上走。片刻之后，来到一座方形祭坛前。坛高二尺一寸，宽二丈五尺，坛上摆好案桌，供好神位，旁边有几人正在忙碌。再连牵着天育的手说道："你们小哥仨没来过，这个就是先农坛，是咱们祭祀的地方。"又对着坛后的房屋说道："中间这屋供奉的是后稷，别的地方祭祀神农的多一些。花田这里以种稻米为主，百姓对谷神最为崇敬，你们也要入乡随俗。"

跃龙说道："要记住舅舅的话，对谷神要尊敬。就是不能高声喧哗，更不能到处指指点点。要不然百姓会生气，谷神也会不高兴！"天胤吓得吐了吐舌头，说道："知道了！"再连领着大家走进右侧屋内，说道："妹妹和外甥们先在这里休息一下吧，祭祀在两刻钟后开始。"

正说话间，外面脚步声、说话声逐渐多了起来，附近的村民都陆续赶了过来。再连出去带着人张罗，再香则帮助跃龙换上官服。天育兄弟三人毕竟年幼，哪里坐得住，也跑出去看热闹了。

此时旭日东升，四下云开雾散，一片豁然开朗。这梯田犹如一面巨大的折扇倚着菖蒲盖展开，扇面上画着水墨画，扇骨则是梯田间的溪流或小道。为了准备插秧，田里已经灌满了水，在阳光下波光粼粼。溪流边、田埂上长满了不知名的野花，煞是好看。

附近村民知道今日祭祀谷神，都赶了过来，田间小路上、田埂上站满了人。此时正值初夏，草长莺飞，山花烂漫，四面八方的青年男女都过来看热闹。田间小路上、田埂上不时传来木叶声，还有莺歌燕语，情人呢喃。父母们的心思都在土地上，此时也睁一只眼闭一只眼。

天育兄弟正在斗草，只听祭坛边传来一阵牛角声，四下里霎时一片安静，刚才还在欢声笑语的村民们全都肃然而立。天育兄弟也停了下来，向祭坛望去。

第四十七回
祭谷神将军教子　遭冷落舒父劝女

　　天育兄弟放眼看去，只见头人舍把、耆老们整齐地站在祭坛前，垂手而立。台上正中香案庄严，供着谷神牌位；右侧站着引赞官白再连，旁边站着司爵、捧帛等人；左侧站着虬龙、逶龙、人龙等人。

　　一队精甲士兵列队从后稷祠向祭坛走来，领头的几人吹着牛角，后面的士兵奏着鼓乐。这队士兵走到头人舍把后站定，继续奏乐。白再连衣冠肃穆，朗声唱道："请宣抚使大人！"

　　大酉宣抚使冉跃龙身着四品官服，神情肃穆地向祭坛走来，身后跟着几名精甲士兵。祭坛前的方阵分为两队，正中间留出一条道路直通祭坛。跃龙等人走到祭坛前站定，鼓乐停住。

　　白再连唱道："请神！"声音悠长肃穆，鼓乐再起。冉文焕手持火把走到祭坛前，将燔炉里面的柴草点燃。片刻之后，一股烟雾直通云霄，抵达神灵所在。

　　鼓乐停止，白再连唱道："奠帛！"冉跃龙缓步走上台，在案前站定。一名老者从坛右侧走来，将素帛呈给跃龙。鼓乐起，跃龙走到案前，恭敬地将素帛放在谷神牌位前，复又后退几步站定，鼓乐停止。

　　白再连唱道："叩首！"跃龙跪下行跪拜之礼，耆老、村民们也都一同跪下磕头。天育等人在旁边看了，不由心中一凛，也跟着跪下。跪拜完毕后，跃龙等人起身。白再连唱道："进俎！"几名老者手捧银碗，将猪头等祭品献到香案上，依然是鼓乐齐鸣。

"初献！"白再连唱道。初献官冉虬龙走到祭坛右侧，在盆中净了手，小心翼翼地捧起酒樽。司樽为他斟满酒，虬龙将酒樽奉献至谷神牌位前，再退回祭坛左侧。鼓乐停后，白再连唱道："读祝！"众人一起跪下。按理应有读祝官宣读祭文，不过本司将军向来喜欢亲自读祝。

跃龙向前一步，接过祭文，朗声读道："维神肇兴稼穑，粒我蒸民。天生桃源，物华天宝，供我族人生息繁衍；又赐花田，谷物繁茂，助我族人免受饥寒。臣大酉宣抚使冉跃龙，敬守酉土，常思昊天好生之德，敬谢后土载物之厚，感怀圣上爱民之诚。唯有恭膺守土，勤于农事，常祭神灵。今谨奉仪章，聿修祀事，唯愿风调雨顺，人寿年丰。神其有灵，佑我生民！敬陈祭祀，伏惟尚飨！"

言毕，将祝词敬献于谷神牌位前，退后几步，率众人叩首。之后则是亚献、终献，由逶龙、人龙分别捧爵献酒。终献毕，白再连唱道："饮福受胙！"初献官冉虬龙走过来，引着跃龙走到案前。再连唱道："跪！"跃龙领众人跪下。一名老者捧爵走来，虬龙接过来奉给跃龙。

再连唱道："饮福酒！"跃龙一饮而尽，再叩谢神灵。跃龙起身，命人盛酒送给头人舍把、耆老。其他人也忙活起来，帮忙分酒，在场的乡民都分到了米酒。

众人将祭坛前空地让出来，一队村民走到坛前，头戴面具，手持农具起舞。这些村民袒胸露腹，因常年劳作身体强壮，配合着鼓点声齐声呐喊，展现着原始粗犷之美，表达着自己对谷神的原始崇拜。众人一边饮酒一边谈笑观看，全没了刚才祭拜时的肃穆气氛。

片刻之后，引赞官白再连唱道："撤馔！"初献官冉虬龙上前象征性地移动了一下酒爵。随后是辞神，并将素帛、祝文焚烧祭奠。随后，再连唱道："礼成！"虬龙等人将鼎中的肉分给舍把头人和耆老，乡民们则开始准备农具。

跃龙回到殿内，脱下官府，换上短衣短裤，来到梯田边。早有老农牵了耕牛在田里等候，一人牵着耕牛，一人扶着铧犁。跃龙脱了鞋走进田里，右手扶住犁把，左手接过鞭子。白再连唱道："耕田！"

老农在前面牵着牛，跃龙扶犁在后跟着，开始犁田。这一片梯田早已犁过，今日便要插秧，此时只是象征性地犁一下。这块田不大，很快便来回犁了三次。

老农将牛牵走，将铧犁、鞭子放回后稷祠左边的库房。

一位农夫挑了秧苗过来，遙龙拿了一把秧苗递给跃龙。跃龙便弯腰开始插秧，插了一行后，众人也都过来一起插秧。此时日上三竿，四下梯田里全是插秧的人，更有人唱起插秧山歌来。

天育兄弟三人也有样学样，跟着插了几棵秧苗。天胤不小心弄了一脸泥，把众人逗得哈哈大笑。三人终归年幼，插了几棵便不耐烦，跑到旁边小溪里摸鱼去了。众人插完一方梯田，跃龙便洗脚上田，到屋内换了衣服，和着老们说了说农事。

聊了半个时辰，跃龙出门一看，漫山遍野都是一片插秧景象。此时艳阳高照，梯田里一片忙碌景象。前面几块梯田已经插满了秧苗，一行一行十分整齐，沐浴着微风暖阳。放眼望去一片青绿，与早上的水墨画相比，又是另一番景象。

众人忙碌完毕，准备返程。天育、天嗣单独骑了马，天胤年方七岁，只能与跃龙共乘一匹马。天胤见两位哥哥跃马扬鞭，十分羡慕，便嚷嚷着自己也要一匹马。跃龙见天色尚早，便牵了马爬上菖蒲盖养马场。

众人登上峰顶，但见山势连绵起伏，山顶平坦开阔，绿草如茵。倒流水、龙洞坪、大槽坪等上百块草场彼此连接，每块纵横三四里地，中间又有溪流奔腾、碧潭镶嵌。草原上散养着一些骏马，或低头吃草，或追逐嬉戏，或静静地卧在草地上。天嗣羡慕这些马儿自由自在，对再香说道："娘，我要做一匹马！"

再香笑道："你现在看它们自在，一会儿不知道谁就会变成你三弟的坐骑啦！"兄弟三人在草地上尽情玩耍，一会儿在草地上打个滚，一会儿在草丛里找野鸡蛋。天育摘了一些野花，编了一束花环给母亲。再香接过来戴上了，感慨道："现在只有儿子给我弄花环啦！将军大人我是指望不上啦！"

跃龙听了笑道："这满鼻子的青草香气中，怎么突然有点酸味了？哈哈哈，我也给你编一个花环吧！"再香笑道："那可不敢劳烦将军大人！你现在一房接着一房娶媳妇，都六个老婆了，有我口饭吃就行了！"跃龙过来挨着再香在草地上躺下，说道："那我也还是最喜欢你啊！"再香哂笑道："你喜欢我？你是喜欢多几个老婆！"

天育听了，问道："就是啊，爹爹，你为什么娶这么多老婆？"跃龙说道：

"你还小，长大了就懂了。你有这么多叔叔，又掌握着兵权，周边其他土司也虎视眈眈。爹爹要不给你们多生点弟弟，将来你们长大了，怎么坐得稳江山啊！"再香听了，心下烦躁，说道："天天就是江山江山，好容易出来一次，好好玩会儿吧！"

跃龙感慨道："你们以为我当了宣抚使，天天快活得很啊？人人都以为我风光得很，哪知道我背后的苦啊！就说这永顺，趁大哥去世的时候抢占了咱们鲁碧潭，我恨不得现在就提兵荡平他们。可是终归有朝廷律法在，只能等着兵部这群官僚慢慢调解。家里这些叔伯兄弟的，也有些自私自利的人，还有不少游手好闲只等着吃官田的，我不也得天天赔笑脸。每天我得处理多少大小事务，累得跟三孙子一样，还得担心将来孩子们坐不稳位置。"再香笑道："你倒成了怨妇了！"

正在这时，天育和天嗣过来按住跃龙，伸手挠痒痒。跃龙想要起来，却被再香抱住，不能动弹。天胤心思只在马上，早跟着白再连选马去了。过了一会儿，挑了一匹白马，由养马人教他骑。天育兄弟玩累了，躺在父母身边，看着远处蓝天白云、绿草茵茵，说道："这里真好，要是天天能来就好了！"

天胤骑了一会儿，嚷嚷着不许人再牵着马，要自己独自骑。不想养马人刚一放开缰绳，那白马奋起前蹄，竟将天胤摔了下来。跃龙夫妇忙跑过去看，所幸只是胳膊蹭破了一点皮。再香心疼，忙搂在怀里，让天育找来青蒿擦拭。又说道："好孩子，骑马得慢慢来，你两个哥哥也不是一天就学会的。这要摔坏了，回去我怎么跟你娘交代！"

跃龙说道："今天先不练了，明天接着骑吧！"哪知天胤十分倔强，接着上马练习去了。跃龙便带着几人去旁边树林里摘了蘑菇、树莓等，又去小溪里摸了会螃蟹，看太阳快要下山，方打马回城。

却说舒眉在内苑一天没见到跃龙等人，到了掌灯时分方见跃龙带着再香等人回来，心下便有些落寞。正好最近父亲住在司城，便与丫头出了内苑，来找父母诉苦。

舒问道听了女儿哭诉，叹息道："夫妻之道，在于相互尊重，相互扶持。你不能整日愁眉苦脸的，他喜欢的东西，你不能样样都不懂啊！骑马射箭现在是来不及学了，下棋作画这些事，小的时候爹也请人教过你，你也该捡起来。他喜欢这些事情，你总得跟他有点共同爱好吧，不然他跟你说话总觉得索然无味。他是宣抚使，要世袭下去，肯定得个三妻四妾，才能子嗣繁盛。你不能完全怨别人。"

舒问道夫人也说道："再怎么说你也是正房夫人，将来你添个儿子，就是嫡出，宣抚使之位也得由他继承。抱怨有啥用，你自己得有点手段才行。"舒眉听了，说道："女儿记住了，以后我自己多用点心吧。哎，真是难为死我了，自从嫁过去，他就没有重视过我！"

舒泰说道："不就是狗眼看人低嘛！当初定下这门亲事的时候，爷爷还在大渝卫的任上。如今爷爷过世了，爹爹和二叔都没有做官，他们自然是瞧不上了。"

舒问道喝骂道："老子给你攒下这么大家业，也给你捐了个官，原指望着你能光耀门楣。谁想到你只是一味好吃懒做，到现在也不去赴任，还好意思在这里瞎咧咧！"

舒泰听了这话，吓得默不作声。夫人心疼儿子，便说道："咱们家里就这么根独苗，要真去投军了，回头打起仗来，你真想绝后吗？"舒问道听了，叹息道："自古慈母多败儿，你就这么惯着他吧！"

舒眉又与父母聊了一会儿，方起身告辞。舒问道到底疼女儿，追了出来，从怀里掏出几张银票，要舒氏拿去帮跃龙赞助军费。舒氏知道父亲近年来帮舒泰捐官已花了不少银子，近来生意也不大好，父亲手头也不宽裕，含泪接了银票。

此后舒氏果然留心改变，开始学做工笔画。自己虽无子嗣，对天育兄弟也刻意关心。跃龙看在眼里，对舒眉态度也大为好转。

时光飞逝，一晃就过了四五年。万历四十四年八月，冉跃龙在将军府摆满月酒，宴请亲友。跃龙、杨秀夫、刘宗清、冉维桂在主桌坐了，天育此时已经十四岁、天嗣十三岁、天胤十二岁，与桃源真人冉清风一起在下首陪着。

正房夫人舒眉另坐了一桌，怀中抱着年仅一岁的嫡子天麒，旁边坐着五岁的女儿天霓。右手坐着五房王氏，怀中抱着刚满月的天德。王氏父亲乃彭水富商，年事已高，派了王氏的弟弟过来祝贺。旁边坐着六房李氏，怀中幼子天泽比天德晚生三天，因此一起办满月酒。李氏父母已病逝，长兄中军营李熙带着夫人在旁陪坐。

旁边另一桌坐着二房再香、三房刘氏，再筠陪在旁边。再香左侧坐着四房杨氏，乃平茶长官司杨光祖之妹，三岁儿子天机在旁边坐着。天霖挨着母亲杨淑人若兰坐着，玉兰也从保靖赶了过来。

酒过三巡，跃龙这桌谈兴正浓，众人又频频敬酒，跃龙已经喝得半醉。桃源真人见了，劝说道："将军还是少喝点酒吧，如今儿女成群，又有千钧重担在肩，还得注意养生才行！"跃龙笑道："难得今天高兴嘛！"维桂笑道："真人倒是说说，将军如今七个公子，有没有什么说法？"

真人说道："将军七位公子，皆是人中龙凤，又以天字为辈分，正合北斗七星之说。《甘石星经》有云：北斗星谓之七政，天之诸侯，亦为帝车。以此来看，七位公子必将成为将军的左膀右臂，成长为本司柱石啊！"跃龙听了心下高兴，举杯说道："借真人吉言，希望家里能出文曲星、武曲星吧！"众人又开始饮酒。

再香见杨淑人等只顾听跃龙等人闲聊，便说道："一聚到一起，就非得喝醉！咱们别管他，好好吃饭吧！"玉兰也说道："我看三哥这酒瘾是越来越大了！"杨若兰笑道："妹妹这次回来，倒比以前更俊俏了，看来象洲是个耙耳朵啊！"玉兰笑道："耙耳朵倒不是，我们小门小户的过日子，他也还算个老实人。"

杨若兰叹息道："你算嫁得不错啦！听说象洲很受象乾器重，人对你又好，知足吧！女人这辈子还图什么！"玉兰对着天霖说道："我大侄女也十二了，转眼就长这么大了。这次我从保靖来，听说你未来夫君最近可威风了！"

天霖听了，羞红了脸，拉着杨若兰的胳膊说道："娘，你看她！"原来向位回卯洞司继任后，生一子向同廷，和天霖同岁。跃龙和向位书信来往，彼此均有为二人定娃娃亲的意思，司内已尽人皆知。

再香笑道："哟，向同廷干什么了？说来听听！"玉兰说道："上个月向位带着军队，七路兵马讨伐向嵩，以报当年之仇。听说向同廷虽然才十二岁，也骑马参加了战斗。你说威不威风？"刘氏笑道："那当然，这才配得上咱们天霖呀！"天霖只好把脸埋在母亲怀里。

玉兰又问道："嫂子，我英姐怎么没来吃饭？"再香叹息道："你可别提她了！她现在是大门不出二门不迈，每天就躲在花园里练剑，都成了武痴了！这三妹都到嫁人年纪了，我这二妹还死活不愿意嫁人。"再筠听了，说道："你说二姐就说呗，怎么又扯到我了！"

杨若兰笑道："你也十六了，可不该嫁人了！"再筠说道："我可不想这么早嫁人。真嫁了人，马上就是生小孩养小孩，一辈子围着灶台转了。"
再香说道："三叔都派人来几次了，催你回去嫁人，这能拖到什么时候去啊！"

再筠笑道："等我成为绝世名医了吧！"再香说道："你一提名医，我更得管管你了！你来了几年了，天天往桃源药房跑。那李子靖二十七八的人了，也不娶妻生子。你们虽是师徒，终究男女有别，你老跟着他干嘛！"

再筠笑道："我师父说了，他偏不娶妻生子，再有人逼他，他就再出去云游。"再香叹息道："这李半仙父子，也真是一对冤家。李子靖才高八斗，李半仙却既不许他投军也不许他参加科考。李半仙想抱孙子吧，这李子靖又死活不娶妻。真是造孽啊！"再筠说道："所以你们也别急着逼我嫁人，对吧？要怪只能怪我师父教得不好！"

天霖突然说道："三姨，最近十二叔看你的眼神，也是很迷离哦！"再筠伸手揪了天霖的耳朵，说道："小鬼头，小小年纪倒学人絮叨这种事了！"杨若兰伸手搂了再筠，笑道："十二弟一表人才，又是我亲自养大的，配不上你吗？"

这边再香等人聊得热闹，跃龙那桌仍在推杯换盏。跃龙对着杨秀夫等人说道："如今太夫人也去世一年了，以后司里面大小事务，您三位老人还得帮我掌掌舵才行啊！"杨秀夫说道："一代人有一代人的责任，我们也老啦！如今你处理事务，比我们想得还周到，我们就享享清福吧！"

刘宗清笑道："让虬龙他们给你好好出力就行啦！我现在每天钓钓鱼，打打猎，你可别拿那些俗事烦我。"维桂也笑道："如今天下不太平，就得你们年富力强的才应付得过来，我们是折腾不动啦！"

跃龙叹息道："今年山东、河南一带，常州、镇江、淮安、扬州，先是旱灾接着又是蝗灾，黄河又在开封决口。陆续又有苗民造反，西北河套鞑靼进犯，辽东努尔哈赤又自称大汗。如今这局面，咱们就踏踏实实保境安民吧！"

维桂说道："不管怎样，宁可咱们自己节衣缩食，朝廷上下可得打点好了！腾龙在大渝，该送的一个也不能少。尤其是矿监税监，哪里得罪得起！"

跃龙说道："您说得对啊，听说石砫又在这事上摔跟头了！税监邱乘云去石砫游玩，宣抚使马千乘借口中暑，不亲自出来宴请，只派他大舅哥秦邦屏去接待。好巧不巧，第二天被邱乘云撞见他骑马。这邱乘云大怒，回去就诬告马千乘私开矿场，把马千乘下了大狱。"

刘宗清说道："这是马千乘第二次下大狱了吧？我记得第一次下大狱也是因为得罪了矿监？"跃龙叹息道："可不是吗！这次马千乘直接在大狱里就死了。后来家里又送了银子，朝廷才没有怪罪。因为嫡子马祥麟年幼，让秦良玉袭了宣抚使一职。"

杨秀夫赞叹道："这秦良玉倒真是个奇女子！"众人又聊了一会儿，直到跃龙大醉方才散去。

第四十八回
宴桃源飞花泛酒　赴龚滩公子求贤

万历四十六年季春，大酉宣抚使冉跃龙见诸子逐渐长大，族中子弟越来越多，有心崇文振武，便挑了一个天气好的日子，在桃花源内召集来鹔社相会。

是日天朗气清，桃花烂漫，众人游览桃源胜景后，在溪边依次坐下。跃龙说道："难得今天风和日丽，来鹔社已经许久没有开张了，咱们就来一次曲水流觞吧！范经历是大才，正好给大家指点指点！"

范汝梓拱手道："将军才学过人，小人一介小吏，哪敢在将军面前献丑。不过既然将军有雅兴，小人便跟着开开眼界吧！"

跃龙忙说道："您中进士的时候，这天霖刚出生呢！可别再谦虚了！"原来这范汝梓原为工部主事，因在万历庚戌年弹劾太监陈永寿等人巧取豪夺等事，被贬为酉司司经历。范经历为人正直，忧国忧民，与跃龙倒是谈得来。

缪天目知道将军有意考较诸子才学，便说道："将军如此风雅，在下也斗胆献丑，为大家抚琴吧！"跃龙笑道："那就有劳先生了！"见龙不愿与天育等子侄辈一起作诗，也说道："那我也吹洞箫，与缪先生相和吧！"跃龙笑道："琴箫合奏，清雅无比，大家有福了！"

旁边又有人举手，跃龙说道："别再说了，剩下的人不许偷懒，都得作诗！"再香看举手的是再筠，便笑道："三妹一向喜欢学医，对作诗本来也不太上心，就让她播鼓吧！"跃龙见是再筠，便点头应允。再香命人上了米酒，跃龙等人先饮了一杯。

缪天目轻抚琴弦，一段天籁缓缓流出。见龙听出是《阳关三叠》，也拿出洞箫相和。跃龙听得沉醉，乘兴念道："蜀僧抱绿绮，西下峨眉峰。为我一挥手，如听万壑松。客心洗流水，余响入霜钟。不觉碧山暮，秋云暗几重。"天霖说道："三叔您这诗作得可真好，我们都不敢作诗了。不过现在不是春天吗，为什么说秋云？"跃龙哑然失笑："我的好侄女，这是李太白的诗！"

天胤笑道："缪先生也不是和尚呀！"众人也纷纷笑了。跃龙说道："好了好了，你们琴也听了，酒也喝了，该作诗了吧！擂鼓吧！"再筠转过身躯，开始擂鼓。再香取了酒杯，倒满放入溪水中。再筠擂鼓片刻，突然停下。众人一看，那酒杯刚好漂到李子靖身边。

李子靖笑道："幸好我已经有了！"站起身来，到石桌上提笔写道："石壁绝句：洞前流水渺漫漫，洞里桃花渐渐残。曼倩不来渔父去，道人闲倚石阑干。"

跃龙笑道："药师兄果然才思敏捷！这几年游历下来，又多了些仙气。"李子靖笑道："将军抬爱了！小人就识这么几个字，不过抛砖引玉罢了！"

再筠重又擂鼓，这次酒杯漂到天胤和天霓中间时，鼓点刚好停住。天霓年仅七岁，害羞地说道："我刚想出来两句。"天胤笑道："这杯子离我更近，妹妹再想一会儿吧！"

舒眉在旁边看了，对着怀中两岁多的天麒说道："你以后可得好好读书，不然作诗也作不了，更别说继承大业了！"天麒哪里听得懂，只是跟着说道："大业大业！"

天胤听了默不作声，到桌前提笔写道："题大酉洞：鬼斧何年劈，诗人此日来。石门无铁锁，千古为谁开？"缪天目也过来观看，夸赞道："二公子作诗越发有宋人韵味了！"

跃龙笑道："十五岁了，读了这么些年书，该有点长进了！"天胤听了这话，把酒杯拿起来一饮而尽："孩儿以后一定更加刻苦攻读！"

再香把酒杯接过去，说道："喝酒倒是随了你爹！"说罢，洗了酒杯，重新添了酒放到水里。转到天育这里，天育也作了一首："咏大酉洞八景：万山嶙峋洞天幽，结驷联翩作胜游。霄际松风青霭霭，洞边桃瓣水悠悠。云梭雾縠劳天姥，匝地有声震钟鼓。泉飞断续落珠玑，石室藏书真太古。玉盘注水何晶莹，饮之年如龟鹤龄。炎蒸消尽还堪赏，莫使烟岚枉闭扃。"

跃龙笑道："你倒是会偷懒，一首诗把八景都写了！"天目说道："大公子才华横溢，作诗一向很好，这首诗也是佳作！"天霓过来看了，皱着眉头说："好几个字不认识！"众人听了，不觉莞尔。

随后再筠继续擂鼓，再香留神一看，发现冉见龙、李子靖二人目光均在再筠身上，不由心生感慨。随后变龙、天胤等人都作了诗，连天霓也作了一首。

只有一位族中子弟平时读书偷懒，只写了两句便接不下去了。跃龙问了见龙等人，知道此子平时在校场坝练武也是时常偷懒，便命人拖下去打了二十大板，以儆效尤。

缪天目见将军动怒，便和冉见龙重新合奏了几曲，李子靖和天育也吹了两首埙。众人听得痴痴如醉，多饮了几杯。天胤乘兴舞了一回剑，倒也舞得像模像样。

见龙夸赞道："这小子再长几岁，只怕我也不是他对手啦！"跃龙笑道："就你成天惯着他！读书不大用功，将来要能考个武举，也算不枉你和六弟成天教导了！"

酒至半酣，范经历说道："今日良辰美景，大家一共作了十来首诗，不如集结成册，也是雅事一桩。"跃龙笑道："范先生言之有理！不如就请您作序吧！"范经历笑道："还是将军作序吧！小人最近受了寒，这手握笔困难得很。"

跃龙听了不再推辞，起身提笔写道："大酉洞题记：季春，偶游鹿鸣草堂，饮于大酉洞天。飞花泛酒，松翠滴衣，好景娱人，不觉浮白大醉。时同游者为广陵缪天目、清江李子靖，各有题咏。斯游诚一乐也。"众人复又饮酒谈笑，品评诗歌，至午后方散。

这日跃龙正在校场坝看伍良臣训练族中子弟，接到成都左卫冉世洪千户来信。跃龙看完来信，召集把总舍人商议。跃龙见众人到齐，说道："辽东努尔哈赤造反，发布'七大恨'告天，已经攻占抚顺。朝廷起用杨镐为兵部左侍郎兼右佥都御史，经略辽东，定了要从川、陕、浙等地征兵援辽。咱们要提前准备，请大家都议一议！"

虬龙问道："这努尔哈赤，和那位建州左卫都指挥使努尔哈赤是同一个人吗？还是重名？"跃龙叹息道："可不就是同一个人！不过人家现在已经自称'覆育列国英明汗'了，国号'大金'。这努尔哈赤受封建州左卫都指挥使后，从十三副铠甲起兵，一步步吞并了女真各部，辽东诸将还浑然不觉。就在努尔哈赤自立大汗前夕，蓟辽总督薛三才还向朝廷奏称其'唯命是从'。真是可叹！"

逵龙也叹息道："以前播州之乱不也这样吗，杨应龙拖拖拉拉十几年，时反时降，朝廷也是一味纵容。最后酿成大祸，调了二十万大军才剿灭。"见龙说道："也不知道要从咱们这里征调多少兵马，如今各营士兵都回田耕种了，恐怕得提前打算才是！"

从龙说道："最近苗民又叛乱，真是多事之秋啊！咱们是得整顿整顿部队了。"跃龙见缪天目不说话，便问道："缪先生怎么看？"天目回禀道："回将军，在下以为，如今征兵令未至，可先将什长以上军官召集起来训练，等上头有了命令再征兵不迟。"

虬龙笑道："还是缪先生想得周到！"跃龙看了看虬龙的大肚子，笑道："六弟啊六弟，咱们西司第一猛将，怎么肚子这么大了！这怎么还上得了战场啊？"虬龙不服气地说道："三哥啊，这每次喝酒也有你啊！怎么这肉都长我身上来了？现在只能让天胤把我这身本事学过去了，我是不成了！"

天胤过来摸了摸虬龙的肚腩，笑道："六叔，本事教给我就行，肚腩我可不要！"天育看了，笑道："以前杨守备老说，一代人有一代人的责任。如今我们这代人长大了，自然该有三弟这样的猛将成长起来。不过光靠三弟一人还不够，咱们还得再培养一批猛将才行！"

逵龙夸赞道："到底是将军家的长子，这见识就是不一样！自从播州之战后，咱们久未打仗，大家胖的胖、老的老，是该再找一批年轻人了！"跃龙笑道："回头什长以上都集结起来训练，你们好好再发掘一批悍将吧！"

伍良臣听了，拱手说道："禀将军，末将倒有一个主意。"跃龙说道："不要拘礼，有什么妙计赶紧说出来。"伍良臣说道："将军还记得当年在万县码头遇到的冉曰钦吧？他长期在龚滩码头，结识了一帮扛包拉纤的水手，还有一帮在川盐路上讨生活的背二哥。这些人里尽有一些身强力壮的虎狼之士，如果能招过来，将军肯定如虎添翼。"跃龙大喜道："如此甚好！只是这几日范汝梓经历要与我商议田税及朝贡之事，我怕是走不开了！"

天育起身说道："爹，不如让我去吧！"虬龙说道："天育，你可想好了！这码头上有码头的规矩，可不是那么好打交道！"天育笑道："六叔，您放心吧！

我知道，到哪个山头就唱哪个山头的歌！我去之前，肯定先向您和伍良臣大叔请教。"跃龙笑道："你也十六了，该去历练历练了！龚滩就由你去吧！"

第二天午后，天育与虬龙骑马来到龚滩。到了铁围城附近，左营士兵看见二人，过来牵了马。虬龙说道："这里都能看到古镇了，估计冉曰钦等人就在码头上。六叔就不陪你去了！"天育说道："一路上六叔已经说了不少了，伍大叔也交代了不少事情。管他是龙潭还是虎穴，侄儿就去闯闯吧！"

当天细雨蒙蒙，天育信步向镇上走去。此地为武陵山余脉，高山连绵，大江奔涌，在雾气中更显得更为雄奇壮美。乌江对岸高山蔽日，壁立千仞，山后乃沿河司土地。江这边山势稍微平缓，古镇依山而建，吊脚楼鳞次栉比。青石板街在山坡上蜿蜒曲折，层层叠叠，时而爬坡上坎，时而古桥飞架。

街边三角梅、小凤仙怒放，犹如云锦一般。吊脚楼一面临街，一面斜倚到江上。仿佛一砖一瓦、一草一木，都在争相向人诉说着这千年古镇的风韵。天育要了一壶茶，凭窗而坐。看着远处高山苍翠，脚下大河奔腾。因近日连日暴雨，江水汹涌，浪花拍打在礁石上如同雷鸣。

看了一会儿，天育诗兴大发，朝店家要了纸笔，提笔写道："龚滩：裂石轰雷水势雄，浪花千丈蹴晴空。轻舟未敢沿流去，人鬼鱼龙一瞥中。"

坐了一会儿，天育看到雾气逐渐散开，便信步向码头走去。码头上人头攒动，有大腹便便的商人，也有背着行囊前来搭船的客人，更多的是在搬货卸货的汉子。

天育见一位汉子将一大包货放下，在台阶上坐着歇脚，便走过去问道："这位大哥，您认识冉曰钦吗？"那汉子看了他一眼，说道："卸货还是拉纤？"天育说道："小弟是他一位远房亲戚，不知道在哪里能找到他？"那汉子指着不远处说道："那群汉子，就是惯常跟着曰钦大哥拉纤的，你去问嘛！"

这群汉子个个长得精壮结实，晒得如黑塔一般。看天育走过来，都上下打量他。天育尚未开口，内中一位虎背熊腰的中年大汉问道："卸货还是拉纤？"天育说："这位大哥，我找人！"那大汉说道："我们这就要去拉纤，没工夫跟你这公子哥儿闲扯，你走吧！"

天育忙说道："大哥留步！我是伍良臣大叔身边的亲兵，他说他有一位结义大哥冉曰钦，是一位英雄好汉，就在这码头上做事。所以我特地赶来拜访！"

那大汉停下脚步，眼睛如雄鹰一般盯着天育，说道："码头上讲话就是直来直去，别在这里拿我们打岔！伍良臣和我们一样是糙汉子，身边怎么会有你这样文绉绉的秀才？"

旁边另一名汉子说道："这条大船要十个人拉，刚好差一个人。要去就一起，不去就赶紧起开。"天育说道："好，算我一个！"那大汉说道："你这身衣服恐怕得值二百文以上吧？这一趟拉纤就挣六文钱，半个时辰爬坡上坎，下来这衣服早磨坏了，值吗？"

天育一看，众人都赤裸上身、打着赤脚，下半身也只是一条短裤，甚至还有一丝不挂的。

天育说道："你们能做到，我自然也能！"于是脱了上衣和鞋子，那大汉说道："看身上还有点肉，不像个穷酸秀才。把衣服放这里，拿那根木棍压着，没人敢拿。"天育脱了上衣和鞋子，看旁边果然有一根刻着"钦"字的木棍，依言放好。

众人往彭水方向走了三里地，果然看见一条满载的大船停在江中。这龚滩乃是乌江上重要的码头，货通川、黔、湖广，但此段有无数激流险滩，过滩如过鬼门关。尤其是从涪陵方向来的船是逆流而上，需要拉纤方能通过。

众人从船上绑了一条极粗的纤绳下来，又在纤绳上结了绳子，绑成绳套，套在右肩和左肋上。天育也走过去，依样拿了一条绳子开始绑。那大汉到底于心不忍，把旁边汉子头上裹的白布拿下来递给天育："垫肩头上吧！"

众人绑好纤绳，大汉唱道："三尺白布嘛——"众人一起喊道"嗨哟"。随着这一声"嗨哟"叫出来，众人一起使劲，那条大船在浅滩上开始往前走。众人一边往前拉，依旧由那大汉领唱，其他人跟着唱和："四两麻呀嗬嗨！脚蹬石头嘛嗬嗨，手刨沙呀嗨咗！面朝黄土嘛嗨哟，背朝天哟嗨咗！"

如此往前拉着大船走了十几步，纤绳已经在天育肩上、胸前勒出了一道红印，肋骨处甚至擦破了皮，火辣辣地疼。

天育突然想起在花田看贡米的时候，旁边地里耕地的牛，那重重的辕套在牛脖子上，农夫甩一鞭子，那老牛便向前走两步。江边的鹅卵石虽然虽然光滑，但光着脚走过依然很硌脚。放眼望去，不知道终点究竟在何方，只觉得背上的纤绳越来越沉。

第四十九回
走乌江纤夫有泪　洗耕牛壮士惊人

　　挨着走了一会儿，天育感到肩上越来越沉，脚底也越来越疼，心想什么时候才能歇一下。但眼看旁边的人只是使命往前拉，遇到有坡坎则开始齐唱。天育生性要强，便强忍着往前拉，愣是一声也没吭。

　　走了一刻钟，来到了悬崖边。这悬崖壁立千仞，只在边上人工凿出一条一肘宽的小路，高低不平。就算一人通过，也得双手使劲抓住上面的石头，不然摔下去就会粉身碎骨。旁边一人看出天育害怕，沉声说道："盯着前面，不要往下看！"天育听了，只管跟着一步步往前走。

　　众人小心翼翼，总算顺利通过这段悬崖。天育松了一口气，看右手已经划了一道小口子，渗了一些血出来，刚才尽顾着紧张了，没感到疼。又走了一段，江面忽然变窄，前方出现一道险滩。此时水流汹涌，大船逆水而行，饶是众人使劲向前拉，船还是停了下来。

　　那大汉见了，忙说道："你们这帮娘们！赶紧拉，非得船翻了，掉下去摔死吗？！"船上的人也大声骂道："你们这群王八羔子没吃饭吗？这船货要是翻了，杀了你们也赔不起！"旁边一个纤夫回骂道："只管瞪大你的狗眼，把舵掌好了，岸上的事不用你瞎操心！"

　　大家用手抓着前面的石头，用尽全身力气往前爬，大船总算开始往前动了。这时天育已经累得两眼发黑，但水势太过凶猛，大船一直过不去这个险滩。这时不远处几名纤夫正往回走，见这边吃紧，忙跑了过来。众人也不废话，直接拿了纤绳捆在肩上。

大伙一起唱道："哎咗唻，哎呀啊咗唻，哎咗唻——"众人一起发力，大船终于缓缓前行。船上的人也拿了长篙拼命往前撑，总算越过了这个险滩。几名帮忙的纤夫解开纤绳，说了句"走了！"，转身就走。这边领头的大汉喊道："回头见！"天育见那群人走远了，忍不住说道："他们帮了这么大忙，咱们不感谢一下吗？"

那大汉说道："下次他们要帮忙，你莫拉稀摆带就行！说一万句感谢，顶个球用！"众人又往前拉了一段，总算看到龚滩码头了。天育见了，简直比看到自家将军府还要高兴。前后用了半个多时辰，天育几乎累得抽筋，大家总算把大船拖离浅滩区域。此时江面平缓，水也变深，无须再拉纤。众人累得原地坐下，只喘粗气。

船上抛了一团黄纸下来。那大汉伸手接了，打开一看，不多不少，每人分了六文钱。天育忍着疲乏，又添了些钱，在码头上买了几碗水酒，和大家一起喝了。

那大汉盯着天育看了几眼，说道："你娃儿这长相、这说话办事的样子，和你爹太像了！"天育想起那根刻着"钦"字的木棍，问道："您就是曰钦叔吧？"那大汉笑道："你爹上次就派人来找过我。不过这当官的找我们老百姓，准没啥好事，肯定是在打我这些兄弟的主意！我哪能轻易答应你们。"

天育笑道："叔，瞧您说的！如今中军营缺人，想招募一些英雄好汉，我爹就派我来找您啦！"曰钦笑道："我是老啦！你问问他们吧！"旁边有人问道："当兵一个月多少钱？"天育答道："一个月饷银一两。"

那人说道："那和拉纤差不多嘛！还要把脑壳拴裤腰带上，划不来！"天育说道："以各位的本事，稍加训练就是精兵，过几年当个什长，饷银就多了。要是上战场杀敌，还能加官进爵啊！"

曰钦冷笑道："阳戏早唱过了：一将功成万骨枯！上了战场，能把小命保住就行了，还指望封妻荫子呢？"旁边一名汉子说道："总在这里拉纤，也没个头啊。我三爷在这里拉了三十年纤，才攒钱给儿子盖了两间房。六十多了还得去给王财主种地，不然就得讨饭去。"

另一名汉子说道："董老三，你三爷那算好的了！我老表拉纤把腿摔断了，没两年饿死了。自古哪有拉纤发财的！咱们几个村寨，在这里拉过纤的也有一二百人了，有几个人盖房买地了？"

曰钦叹息道："你们想出去闯荡一番，在刀口上搏个富贵，我也能理解。不过你们要想好了，只怕你们八个人去从军，最后能有四个人活着回来就不错了！"

董老三说道："这拉纤，不也是把脑壳挂在裤腰带上吗，又有什么盼头？只要能从战场上活下来，说不准还能有个前程。"曰钦对着天育说道："我要让他们跟着你，就是把他们的命交给了你。上了战场，你们当官的不会先跑了吧？"

天育急了，起身说道："叔，我能是那种人吗？"曰钦说道："空口白牙的，我从来不信。这里正好有一批盐巴和茶叶，要背到庙溪去。你跟我们走一趟，回来就知道你是什么人了！"天育拱手说道："叔，那咱们一言为定！"

此时已是傍晚，众人先打好包裹，将盐巴和茶叶整整齐齐捆在高脚上，又在后面覆上蓑衣。这高脚是背二哥背货物的工具，是在两根四尺多长的木棒中间，拼接了两块一尺多长的木板而成。在两根木棒上下又绑了用棕树皮搓成的背带，设计虽然极为简单，却又极其实用。大伙捆好货物，准备好干粮、水等物品。

天育见众人都捆了二百斤，自然不甘落后，也要背二百斤。曰钦说道："你头一次背脚，千万莫要贪心，二百斤你肯定背不了。你就背一百斤吧！"天育听了，蹲下来把背带放到肩上，喊了一声"起"，背着二百斤货物稳稳地站了起来。

曰钦笑道："不听老人言，吃亏在眼前。在平地背起来有什么用，这一路有八十里山路，背到庙溪主人家点了货物，才能拿得到钱。要是半路背不动了，把货物扔了，还得赔人家钱。"

天育说道："我能背二百斤，相信我吧！"董老三也劝道："哥儿，背一百五十斤嘛！我第一次背的时候，一百五十近都没背拢地方。"天育听了，才不情愿地卸了五十斤下来。曰钦看了，也把自己的货物卸了五十斤下来。

第二天一早，天刚蒙蒙亮，众人便背了货物出发。天育背上高脚，带上小斗笠，背上的货物犹如一扇门那么宽，又有宽大的蓑衣盖着，从后面只看到一双腿在行走。出古镇前，天育留心问了一下更夫，此时才寅时四刻。

走了有半个多时辰，天育渐渐觉得背上的货物越来越沉。但曰钦等人却不说歇息，自己也不好张嘴。此时已经来到了大岩门脚下，一座大山挡住去路。此山与铁围城、大银坡一脉相连，悬崖绝壁，是当年金头和尚起义的重要关隘，真是"蜀道难，难于上青天"。

众人走到山脚下，曰钦把手里的丁字拐往屁股后面一放，高脚上的货物正好搭在丁字拐的横梁上，所有的重量都转移到了丁字拐上。曰钦说道："都歇歇脚吧！"众人从高脚上扯下竹筒来，歇脚喝水。

歇息片刻，众人开始爬山。天育平时喜爱爬山，但今天背着一百五十斤货物，肩头开始火辣辣地疼，脚底好像也磨破了，感觉向上每爬一步都是煎熬。好容易爬到半山腰，前面有一个坎，天育一脚踏上去，还没站稳，后面一百五十斤的货物往下坠，顿时把天育掀翻。

天育忙伸手抓住前面的大石头，但人和货物的重量一起下坠，根本抓不住。心想这一身滚下悬崖，此命休矣！电光火石之间，后面一人伸手托住高脚，天育一把抱住旁边的大树，总算没有摔下去。原来冉曰钦刻意少背了些货物，见天育步伐混乱，一直跟在后面保护他。

二人缓了缓心神，曰钦说道："爬坡的时候，要往前弯着腰，一手抓着前面的石头，一手拉着千斤坠才行。"天育看了，原来头顶上方高脚上有一条绳子，上面系着一个篾条编成的圆环。用手抓住圆环，慢慢往前走，果然保持了平衡，身后的货物也不再往后晃荡。

歇了片刻，众人又接着往上爬。天育中途又休息了三四次，才爬上山顶，众人已经等了他许久。天育将高脚顺着土坡放好，用丁字拐顶住，坐下来休息。

从山顶往远处看，对面贵州沿河方向也是高山绝壁，云雾缭绕。脚下是乌江奔腾，让人顿生侠气。山坡上还有金头和尚遗留下来的碉楼，断壁残垣，满眼苍凉。冉曰钦掏出烟杆，装了旱烟开始抽，又说道："董老三，来一段吧！"

董老三听了，放声唱道："乌江哟，大银坡，我是那个龚滩的背二哥！背茶叶，背粗盐，背着家当嘛背着那个天！爬坡哟，翻大山，何时走到我的那个阿妹前！"歌声苍凉悠远，在群山间回荡。天育看了看这群背二哥，从聊天得知大部分人根本娶不上媳妇，听了这歌声几乎要垂下泪来。

众人重又启程，见天育渐显疲惫，董老三安慰道："咱们已经上了沿岩，这沿岩就像个木盆倒扣过来，往四面八方下去，都是悬崖。现在上了大岩门，就没有悬崖爬了。"

往前又走了半个时辰，果然是没有大山了，但是一个丘陵接着一个丘陵，依然是爬坡下坎。天育已经疲惫不堪，只是下意识往前挪动脚步，走了一阵见前面又是一个陡坡，顿时走不动了。

曰钦早已料到这点，过来从天育这里卸了五十斤下来，放到自己高脚上。这下少了五十斤，天育总算能跟上众人的步伐了。到了巳时，太阳已经一丈多高，众人翻过一座山头，在山顶休息。突然听到林子里传出来一阵歌声："乌江哟，大银坡，我是那个龚滩的背二哥！"歌声粗狂雄壮，和董老三唱的大不一样。

董老三笑道："钦大哥，这一吼吼起来，真是大山都要抖一抖啊！"曰钦笑道："长这么大个子，一顿要吃几个人的饭，声音能不大吗。还好自己也能拉纤了，不然我都养不起了！"天育好奇道："钦叔，这唱歌的是您家孩子吗？"

曰钦笑道："正是！"董老三夸赞道："他是龚滩码头有名的好汉，平时扛大包我们扛二百斤，他要扛四百斤，就是六百斤也能背起来。再重的东西，只要一声大吼，就扛起来了。所以大家都叫他冉一吼，到现在本名叫啥都没人知道了！"

天育更加好奇，说道："钦叔等等我吧！我就去一刻钟，去看看一吼大哥。"说罢，循着歌声走去。原来这小山如仙桃一般坐落在此，两边都是密林，在山顶正中间却是一个阔十余丈的天坑，深不见底。在天坑侧面，有两块梯田，一名赤膊大汉正在耕田。天育一看，果然一条威风凛凛的黑汉子，身长九尺左右，膀大腰圆，头上青筋暴露，歌声穿云裂石。

"是一吼大哥吧？我是天育，和钦叔一起背脚过来的。"冉一吼见他说话客气，便说道："我这里也耕完了，你等一下！"说罢，接着扶犁往前。那耕牛却不太熟练，一脚踩在旁边石头上，差点摔倒。冉一吼一手扶着犁，一手伸过去扶住牛背，稳稳将牛按住。但这么一折腾，泥水溅了一吼和耕牛一身。

一吼骂道："这畜生，弄这一身泥，一会儿怎么还给人家！"说罢，解下辕头和犁，走上田坎。见旁边水潭里的水甚是清澈，一吼一弯腰，竟把那头四五百斤的耕牛抱了起来。走到水潭边，就这么抱着牛，给它洗了洗身上的泥。

天育在旁边看了，惊讶地张大嘴说不出话来。一吼洗完牛，自己又洗了洗，扛着犁说道："走吧！"二人牵了牛出来，与冉曰钦等人会合。原来此处村寨叫水坑子，只有二十来户人家。曰钦有个码头上的兄弟是这个寨子的人，因这里田土便宜，曰钦便将所有积蓄拿出来，为一吼买了两块水田。但耕牛还是向人借的，在此也还没有买房。

一吼问道："爹，你们是要下庙溪吗？等我还了耕牛，随你们去吧！不然棒二溪沟的那些棒二土匪，又要收买路钱了！"曰钦道："他们也不是每次都来，就算来也是收点茶酒钱。你去了肯定跟人家打起来，咱们要受了伤，弄坏了货物，损失更大！"一吼怒道："那就任由他们这么吸咱们的血？"

天育惊讶地问道："这里的寨主头领都不管吗？这条道这么重要，每天来往这么多人，就任由他们抢劫？"董老三叹息道："这棒二溪沟四面都是大山，只有一条小道从那条大沟里通过。这群棒二从大山里钻出来抢了就走，根本逮不着他们啊。"天育怒道："朗朗乾坤，怎么能由着他们胡来！今天我非得把这棒二溪沟变成阳关大道！"

曰钦赞叹道："这是天大的好事！把你的货分给我们背着，让一吼陪着你去吧！"天育带着一吼，到村寨里找了寨主，亮了腰牌说明来意。又派人到龚滩领了兵过来，在棒二溪沟设了埋伏。第二天那群棒二蛮子果然出来劫掠商队，被天育等人拿下。

天育将为首二人押送至衙署审讯，其他从犯充军。又请虬龙从龚滩官税中拿钱，在棒二溪沟修了一道关卡和两间小屋，命债主派人看守。天育手书"幽谷关"三个大字，挂在关上。此后果然盗匪绝迹，川盐大道更加兴旺。

过了两天，天育回到司城。此次收获颇丰，冉一吼及几名大汉一起投军，中军营又多了几员猛将。尤其冉一吼力大无穷，又是个武痴，就连虬龙和伍良臣也惊为天人。跃龙自然十分满意，对天育连加赞赏。

第五十回
遭变故英雄历劫　辞故土求学北监

这日傍晚，冉一吼从校场坝练武回来，走到司城南门，门口士兵缠着看他新配的狼牙棒。原来一吼力大，长枪大戟都用过了，总感觉不趁手。虬龙想起征讨播州与老虎兵大战时，杨珠所用狼牙棒威力惊人，攻破海龙囤后那条狼牙棒正好为自己所得。于是从武库中找出来，一吼试了一番，果然如虎添翼。

"让一下，让一下！"一吼与士兵正在闲聊，城外一辆板车疾驰而来，拉车的大汉边跑边喊。一吼忙避开，那大汉拉着板车飞奔而过，车身刮倒了旁边的士兵，还好没有受伤。

一吼见那大汉依旧向前奔跑，心下大怒，喊道："你给我站住！"说完向前跑了两步，伸手抓住板车。那大汉正拉着车狂奔，忽然感到车身传来一股巨大的力量，只得停了下来。扭头一看，一条铁塔一样的壮汉正怒目而视。那大汉冲着冉一吼抱拳说道："抱歉，在下有急事，如若撞了人，回来再赔偿！"说罢又要拉车离去。

一吼一边伸手过去抓那大汉的肩膀，一边说道："撞了人就跑，没门！"那大汉见一吼力大，一拳向他面门攻去。一吼见拳势凶猛，只得撒手放开，说道："好小子，原来是个练家子！今天爷就会会你！"说罢，提起铁锤般的拳头，向那汉子打去。这左拳只是虚招，只待对方迎面进来，便要用右手将他抓住，顺势摔倒。

那汉子识得他的套路，一手扶了身旁大树，借势双腿连环踢出。一吼见这腿照着面门踢来，忙侧身避开，那一腿正扫中右肩，一吼右拳也砸在对方右腿上。二人各退一步，重又攻了上去。一吼力大无穷、重拳惊人，对方却身手矫捷，攻守有度。一时之间拳来脚往，二人打得难分难解。

"两位好汉快停手，都是中军营自家兄弟！"二人正在激斗，旁边有人喊道。原来天育正要到来熏阁拜见将军，见二人相斗，忙出来劝解。一吼听了是自家兄弟，忙收了拳脚，那大汉也回身扶了板车。

天育见守城门的士兵也只是在旁边看热闹，便喝骂道："好小子，你也跟着看热闹！两位中军营的头领打起来了，他们彼此不认得，你不知道劝解一下？"

那士兵听了，忙禀报道："禀大公子，一吼大爷小的是认得的。只是这位却不太认得，听大公子这么一说，看着倒有些像文焕大爷，却又不大像。"天育笑道："这倒也不全怪你，焕叔半年没到中军营来当值了。这半年因为家里的事情，头发也白了一些，模样也变了。"

一吼纳头便拜，说道："原来是运楠木的文焕叔！我是冉一吼，常听良臣叔说起您的壮举，今天真是冲撞了！"文焕忙扶起一吼，笑道："莫非你就是那位，抱着耕牛洗脚的大力士冉一吼？"天育笑道："可不就是他吗！你们二位可真是不打不相识，要不是看焕叔急着有事，我就在旁边多看你们打一会儿了！"

文焕感叹道："一吼只是习武不久，现在我还能跟他斗一斗。日后要是拳脚精熟了，我哪里能是他的对手！"一吼说道："日后还请焕叔多多指点！"

三人聊了几句，天育见文焕面有异色，便问道："焕叔急着要去哪里？"文焕叹息道："你婶子病重，正要去桃源药房寻李半仙呢！"

天育一看，果然见板车上躺着一位病人，正是杨延昭。前年二人成亲的时候天育也去了，小昭只比文焕矮半个头，灵动中更透着一股英气，连再香见了也夸她有自己年轻时的样子。谁曾想这两年不见，竟已一病不起。满头秀发也已经剃掉，只戴了一顶线帽。

天育生来心软，见了几乎垂下泪来，忙说道："婶子病成这样，不能再劳顿了。咱们先推她回家，我让亲兵把李子靖叫家里来看。"

　　说罢，天育和一吼帮着文焕推着板车出了城门，往南郊文焕家中而去。走了三里地，来到一处院子前，进门有几间房，正是文焕前年新购。里面文焕老母出来打了招呼，众人一起扶小昭进屋躺下。天育这才看见，小昭肚子已经很大，看着起码有八个月身孕。片刻之后，李子靖赶了过来，进屋给小昭诊治，由文焕老母陪着。

　　文焕陪着天育、一吼在外间闲聊，天育问道："焕叔，我记得年前婶子还好好的，怎么就病成这样了？"文焕叹息道："自从年初她有了身孕，便时常闹病。起初还好，只是偶尔不适。最近两个月却严重了，离不了人。还好将军体恤，准我在家照顾。"

　　天育说道："焕叔不要担心，中军营近期也没什么大事，您只管照顾好婶子。"文焕说道："这几天愈发不好了，已经连着发烧五六天，每次吃药也就管用一个时辰。"正说话间，李子靖走了出来，文焕忙请他坐下。

　　李子靖叹息道："焕兄，棘手啊！"文焕说道："大夫，就请你实话实说吧！"李子靖说道："嫂夫人服了不少药物还不能退烧，这么一直烧下去，大人孩子都受不了啊！可是要下猛药退烧，不但对肚子里的孩子不好，大人也有危险啊！"天育问道："那可如何是好？"李子靖说道："眼下还是只能服用温和的药物退烧，同时勤用温水擦拭身子，不到万不得已，还是不能下猛药。"

　　文焕问道："只保大的，不保小的，有没有办法？"李子靖想了想，说道："胎儿已经这么大了，保大保小都是一体的！《史记·楚世家》有记载，吴回生陆终。陆终生子六人，坼剖而产焉。医书上也曾有过剖腹而生的记载，但谁也没亲眼见过，我走了七八个省也没见过。真到万不得已再说吧！"

　　文焕也叹息道："司内的郎中也都请过了，现下也没有别的法子了，只能请您多来看看了！"李子靖说道："以后让再筠每天过来看看吧，如今她算是得了我的真传了！"众人聊了几句，李子靖又开了些药。

　　天育见自己也帮不上忙，只得与李子靖一同告辞。临走前，浑身上下摸了一遍，有二两银子，偷偷放在桌上，拿蒲扇挡了。一吼刚到营中一月，只发了一两饷银，也一并放在桌上。

　　天育告辞出来，想起父亲召唤，便辞别李子靖和冉一吼，径向来熏阁而去。进了门，见父亲及本司经历范汝梓在座，缪天目、天嗣在旁边陪着，心知有事。天育打过招呼坐下，喝了一口茶，跃龙说道："老大，你今年十六了吧？

该出去闯闯了！"天育忙问道："爹爹有什么吩咐？"

跃龙说道："早上大渝府来信，说要平定辽东努尔哈赤之乱，需饷银三百万两，如今尚缺七十万两。朝廷已经下令裁掉全国衙役一半的工食钱，并要各地捐监生以筹备银两。本司也得捐，因此找你商量。"天育回禀道："咱家向来不是要去国子监，就要去成都官学的，这次不过多捐些银子。我去不去都行，全凭爹爹吩咐，也看二弟意愿。"

天嗣说道："我就比大哥小一岁多，不用太照顾我。听爹爹安排吧！"跃龙笑道："你二人知道相互照顾，为父很欣慰。此次要求到京师北监入学，背井离乡的，就老大去吧，毕竟你岁数大些。"天育说道："是！到了国子监孩儿一定加倍用功！今天既然范大人和缪先生也来了，正好要请两位前辈多指点！"

范汝梓谦虚道："下官乃是流放之人，哪里敢指点大公子！"跃龙笑道："范大人在京师为官多年，国子监和官场都很熟悉，定要好好指点指点他才行。不然他一个十几岁的娃娃到了京师，像没头苍蝇一样乱撞，岂不是要闹笑话！"范汝梓说道："既然将军抬爱，那下官就斗胆说几句。这国子监是青年才俊聚集之地，又是言官爱去的地方。下官便是因为弹劾宦官被贬至此，虽不后悔，但终究仕途受挫。大公子血气方刚，断不可学我意气用事，否则自己受到贬斥事小，连累了将军事大！"

跃龙说道："范大人句句肺腑之言，老大你一定要铭记在心！"天育回禀道："是，孩儿记住了！"范汝梓又说道："朝廷最忌朝中官员与地方大员勾结，大公子去了要低调行事，不要大张旗鼓结交各路官员。"天育说道："是！感谢范大人教诲！"跃龙说道："缪先生也嘱咐他几句吧！"

缪天目说道："岂敢岂敢！倒是有一句话提醒大公子，国子监生向来有到各部历练的安排。大公子书已经读得不少了，能借此机会历练历练更好！"跃龙夸赞道："说得好！如果不能考个功名，学点真本事回来协助我也行。靠吟诗作画，哪能治理一方！"

天育问道："那孩儿何时启程？"跃龙说道："此次辽东战局不利，朝廷征召杨镐大人经略辽东。刘綎也被征召为左府佥书，率川军出征。刘将军征播州时见过咱们西司的军威，点名要你六叔虬龙和伍良臣头领随军。你过两日和他们一起去大渝府吧！"天嗣笑道："六叔已经胖成那样了，还能上战场吗？"

跃龙笑道："我已经回禀过了，就由伍良臣带冉一吼去，这两员大将刘将军一定喜欢！"众人又聊了一会儿辽东之事，天育便辞了出来，到内苑向母亲禀报。再香虽然不舍，但见天育已经长大，且又是庶出，终不能在家坐吃山空，只能放他出去闯荡一番。

过了两日，跃龙设宴为天育、伍良臣、冉一吼送行。用过晚宴，又领了三人到武庙祭奠。一吼第一次到武庙来，左看右看觉得新鲜。天育便为他读了大门楹联："庙貌近宫墙，明大义于春秋，圣源一脉承山左；英灵同宇宙，载精忠为纲目，精神百倍镇西蜀。"关圣像旁楹联则是："匹马斩颜良，河北英雄齐丧胆；单刀会鲁肃，江南名士尽低头。"

上完香，众人来到衙署前广场上。跃龙说道："当年先父出征马湖，曾在这广场上点兵封将。此次虽然只有你二人出征，本将军也专门在此为你们送行。望你们奋勇杀敌，为本司增光！"说罢，命亲兵奉上两幅崭新的铠甲。伍良臣说道："末将一定谨记将军教诲，奋勇杀敌，为本司增光！"一吼也说道："将军放心，我一定多拧几个脑袋下来！"天霓在身后伸舌头说道："哎呀，好血腥！"

跃龙转身对天育说道："当年兴邦老祖送璿公援辽时，曾在此赋诗。天育你也是监生了，为两位猛将作一首诗壮行吧！"天育笑道："我的亲爹啊，我这都要远行了，还临时考我一把！"话音刚落，旁边亲兵已经送上纸笔，并从中军营搬了一张小茶几过来，看来跃龙早有安排。

天育略加沉吟，就着火把，提笔写道："出征感怀：提封远览壮怀开，趑趄貔貅拥将台。胸次虽无韩范略，肯教仇葛犯边来。"不想亲兵准备的是一张大纸，初时拖在地上没看清。待写完四句，才发现后面尚有一半空白。天育只得提笔继续写道："其二：雄边千里暮烟开，仗节重登点将台。曾是先人题咏地，编头儿女诵诗来。"

众人看了，连连叫好。跃龙说道："明天一早出发时，我就不再送你们了！此去一别，恐怕将有一两年不能见面，你们各自保重！"天育来向母亲辞行，又和天嗣、天胤等兄弟话别。伍良臣爱女云英年方十岁，正随再筠学医，虽有万般不舍，也只得再三叮嘱一番。一吼预支了两个月饷银，准备路过龚滩时捎给父亲。

第二日一早，三人骑马直奔龚滩，和曰钦等人话别，转了船向大渝而去。

到了大渝，伍良臣和冉一吼自去刘綎处投军，随军赶赴辽东。天育来自家酒楼找九叔腾龙，用了晚宴。腾龙自然又是一番叮嘱，又教了许多接人待物之道，天育连连点头称是。腾龙又说道："常言说得好：逢人且说三分话，未可全抛一片心。你还年轻，要知道祸从口出，一个人出门在外千万要慎之又慎。"

天育笑道："知道啦九叔，你怎么现在比我娘还唠叨了。"腾龙笑道："嫌唠叨你也得听着，到了京师可没人管你了！"第二天，天育到府学报到，此次捐监生的人倒不少。内中有三位名唤孟文学、萧长生、刘大可的，与天育谈得颇为投机。四人便约好，一同从长江顺江而下，再换舟从大运河奔赴京师。

四人均是十五六岁的少年郎，又是初次远行，一路饱览大好河山，偶尔吟诗作对。虽然舟车劳顿，旅途倒也不寂寞。到了扬州，见运河上往来船只如云，往北的船队大多在运送粮食。看样子各路援军正在向辽东聚集，粮草也在加紧运送。

扬州是十里繁华之地，舟行至此已是傍晚，船家要修整船只。四人于是下了船，登岸游览一番。走了几步，天育忍不住赞叹道："夜市千灯照碧云，高楼红袖客纷纷。扬州果然名不虚传啊！"孟文学说道："腰缠十万贯，骑鹤下扬州！此地确实让人流连忘返啊！"刘大可也说道："要不古人都爱到扬州来做官呢？等咱们取了功名，也争取来这边走走！"

四人游览了一个多时辰，饮了些薄酒，方回船上躺下。看着满天明月，一江星河，天育吟唱道："天下三分明月夜，二分无赖是扬州。"萧长生接着说道："二十四桥明月夜，玉人何处教吹箫！"说了几句话，四人酒意上来，便沉沉睡去。

第五十一回
访亲友畅谈时政　征辽东随军历事

　　第二天一觉醒来，船已向北出发。船家昼夜兼程，几天后便进入山东境内。天育正在闭目养神，忽然听到旁边有人说道："真是怪了，怎么一眼看去，尽是灰蒙蒙的。这八月应该正是割稻子和麦子的时候啊！"天育闻言向岸边看去，果然满田里只剩枯枝败叶，断然不是收割后的景象。

　　船走了一个多时辰，众人正在猜疑，突然看见前方天空黑压压一片，遮天蔽日。有眼尖的喊道："蝗虫！"众人凝神一看，果然是满天飞蝗，如一片片巨大的乌云向前移动。蝗虫所过之处，只剩光秃秃一片。旁边一位水手感慨道："这一带今年是绝收了，不知道要饿死多少人！"

　　一位老者感慨道："水旱灾害，还有可以幸免的。但是这蝗虫纵横几千里，草木一空，祸害太大啊！"孟文学说道："希望各州县齐心，动员老百姓一起捕蝗，尽快扑灭蝗灾吧！山东河北诸县，恐怕是需要朝廷救济了！"天育感叹道："辽东十万大军集结，所需粮草饷银无数，只怕朝廷没有那么多粮食来救济啊！"

　　正说话间，周围成群的蝗虫飞过，不少蝗虫向船上扑来。众人忙拿了衣物、书本，拼命扑打蝗虫。水手也奋力划桨，半个时辰后，方避开蝗虫。此时天空没有蝗虫蔽日，阳光照下来，秋风送爽，众人方透过气来。前几日在扬州，尚是一派繁华景象，此地却是千里赤贫，天育等人不由感慨万千。

天育等人到了京师，已是十月初，四处一片初冬景象。几人先到国子监报道，分了宿舍住下。天育又去拜访了姑父蹇明宇、三姑玉竹，在家里住了一宿。玉竹久未见到亲人，一番感慨激动，三人聊到深夜。第二日回到国子监，天育便牢记父亲嘱咐，认真投入学习。

此次朝廷为筹集辽饷，大开捐监之门，南北二监之监生数量竟达到数万人之多。国子监自然无力接纳所有人入学，北监入学人数达四千人，不少人分不到住宿之地，只得在外租住，甚至只挂个虚名，不来入学。虽有绳愆厅、典籍厅、典簿厅、掌馔厅、博士厅管教，看似制度森严，实则学风已然混乱。

按惯例，国子监官吏师生共同在监内就食。三月至十月每日三餐，每人每日支米一升；十一月至次年二月每日两餐，每人支米八合五勺；夏、秋、冬各赏银一次，置办衣被。然而今年刚到十月，因辽东军情，国子监便改为每日两餐，置备冬衣、被褥之银两也迟迟不发。加之近年来圣上懒政，不少监生就读多年不能补缺。有的监生便开始聚集议论，甚至鼓动闹事。好在临行前已有范汝梓等人叮嘱过，天育便静下心来，与孟文学等人潜心攻读。

十月十五日，国子监照例放假一天，天育便到姑姑家拜访。恰好兵科给事中熊明遇也在座，彼此通了姓名。天育说了说西司近况，以及国子监内就读情形。蹇明宇笑道："你和你爹简直是一个模子刻出来的，一副忧国忧民的心肠！"天育笑道："这脾气随了我爹了，改不了啦！不过姑父不也这样吗？"

蹇明宇叹息道："食君之禄，忠君之事，原应如此！"三人又聊了聊时局，熊明遇问道："如今清河堡已经被努尔哈赤攻陷，辽东屏障尽失。此次朝廷会集大军进剿，以贤侄之见，成败之关键在什么？"天育答道："愚侄以为，不战而屈人之兵方是上策！"蹇明宇诧异地问道："哦？说来听听。"

天育说道："辽东各方势力盘根错节，总归还是朝廷驻军最强。不过近年来努尔哈赤势力大增，断然不可小觑。此外还有海西女真、朝鲜两股势力为我盟友，蒙古炒花部、科尔沁部、喀尔喀部则各怀鬼胎。此次大军云集，我军携军力之盛、大炮之威、盟友之势，只要稳打稳扎，努尔哈赤必然只能采取守势。接下来大举屯田养兵，再逐步进剿，方为上策。若要仓促进军，此时临近隆冬，努尔哈赤占有天时地利，则胜败尚未可知。"

蹇明宇叹息道："你说得固然好，可惜不合圣意，断难施行啊！十余万大军云集，每日耗费的粮草和银两如流水一般。朝中不少大臣主张速战速决，杨镐再想稳扎稳打，只怕是难以如愿啊！"

　　熊明遇叹息道："世事岂能尽如人意，但求尽心尽力而已！我所忧虑者，不在辽东，而在萧墙之内啊！近日我正在起草奏疏，准备以八忧、五渐、三无之说劝诫圣上：今内库太实，外库太虚，可忧一。饷臣乏饷，边臣开边，可忧二。套部图王，插部觊觎，可忧三。黄河泛滥，运河胶淤，可忧四。齐苦荒天，楚苦索地，可忧五。鼎铉不备，栋梁常挠，可忧六。群哗盈衢，讹言载道，可忧七。吴民喜乱，冠履倒置，可忧八。至于五渐、三无，尚在思索，等我写完了，再与二位讨论。"

　　蹇明宇叹息道："良孺兄字字珠玑，饱含忧思，希望陛下能听进去吧！我所忧虑的，也在于此。其实一个努尔哈赤不可怕，即便此次进剿失败，朝廷尚可再调集大军进剿。然而如今各地灾害相继，赋税沉重，倘若再出几个杨应龙，那就难以挽回了！"

　　熊明遇说道："如今朝廷下令开海运，以通辽东饷银，希望再进一步整顿屯田吧。如果屯田不兴，十余万大军云集，迟早会把朝廷拖垮。"蹇明宇说道："是啊！近日乃蛮等七部归降，但东海虎尔哈部却向努尔哈赤投降。大军如果不能重振声威，如果朝鲜等盟友背叛，辽东局势将更加危险。必须步步谨慎，妥善谋划啊！"

　　天育叹息道："听两位世叔所言，辽东战局，又不是杨镐所能左右的。需要朝廷再出一位张居正，居中统筹，全局谋划才行啊！"蹇明宇笑道："这话当年你爹也跟我说过，可见虎父无犬子啊！"三人满怀忧虑，用过午饭后又讨论良久，至申时方散。

　　天育起身告辞，玉竹亲自送出来，说道："你既然来了，就好好读书用功。毕竟你才是个监生，掺和朝廷这些事有什么用？将来真要有个功名在身了，有的是你施展的机会。"天育说道："是，侄儿好好用功，将来要是留在京师任职，和三姑也能有个照应。"

　　玉竹说道："明白就好！你虽是长子，但毕竟不是嫡出，本朝又看重这个。还是多谋一条出路好些，别都在家里抢食吃，最后又是兄弟相残。"天育感慨道："叔伯兄弟们要都有三姑这见识，家里就太平了！七叔叛乱后不知道逃到哪里去了，三姑您一个人远在京师，真是不容易啊！"

　　玉竹感叹道："这也不能怨天尤人，父母、兄弟姐妹能陪你一段时间，但谁能陪你一辈子。大家都有自己的命运，家人能帮你一些事情，你也能帮家里人一些事情，但终究每个人的命运要由自己来决定。改变不了的事情就不要去发愁，就做好自己能做的事情吧！"天育说道："侄儿记住了！以后会经常过来听三姑教诲的。"

从寨家出来后，天育顺道前往四川会馆，来寻伍良臣等人。因此次援辽，主要从川、甘、浙、闽等省抽调兵力。刘綎率川军抵达通州后，率几名将领到兵部报到，暂住在四川会馆。

伍良臣见了天育，心下大喜，忙唤了冉一吼一同过来见面。三人喝了茶，彼此说了说近况。天育问道："你们到京师已经两三天了吧？什么时候去辽东啊？"冉一吼说道："幸亏你今天来了，不然咱们这次就碰不上了，我们明天一早就出发了。"

天育问道："军中情况怎么样？"伍良臣说道："皇上已经赐给杨镐尚方宝剑，总兵以下武官可以直接斩杀。听说杨镐到了辽东，先斩了清河逃将陈大道、高炫徇，军心才稍稍安定。如今各路大军正在向辽东聚集，努尔哈赤短期内应该不会再次进攻，朝廷也暂时不能进剿。"天育说道："刘綎在援朝征倭和播州之战中都立了大功，是本朝第一猛将。你们能随同他出战，倒是一件幸事。"

伍良臣笑道："刘大刀的勇猛，在播州我早已见识啦！此次杨镐领兵，点的都是朝中名将。杜松人称杜太师，镇守陕西时，与胡人大小百余战，战无不胜。李如柏是李成梁之子，乃是将门之后。你就等着我们凯旋归来吧！"

冉一吼说道："管他什么哈赤哈蓝，还能长了三头六臂不成。这次到了辽东，定要会他一会！"天育笑道："努尔哈赤原本是建州左卫指挥使，只是奴儿干都司下三百八十四卫之一，又哪来三头六臂。只不过李成梁守辽东时，一直骄纵他，致使他吞并了女真各部。不过女真人骑兵勇猛，咱们在西南以步兵为主，你们还得留心才是！"

伍良臣说道："一吼好容易学会了骑马，不过还是习惯步战。好在临行前，将军专门给他配了铠甲。我自然会留心照顾他的，你就放心吧！"天育说道："刀剑无眼，伍叔也得照顾好自己才是！"

三人又聊了一会儿，每人饮了一杯浊酒。第二日伍良臣等人还要赶路，因此不敢多喝。天育见夜已深沉，便告辞出来，回国子监点卯。回到房内，想起离家已经三个月有余，便提笔写了一封家书，托人带回酉司。

此后天育仍是每日便在国子监内苦读，除四书五经外，兼及说苑、律令、九章算法、御制大诰，乃至骑马射箭等。每日习书二百余字，每月又有试经、书义各一道，诏、诰、表、策论、判、内科二道。每班选一人充斋长，督促诸生工课。

国子监又分六堂：凡通四书未通经者，居正义堂、崇志堂、广业堂；一年半以上，文理条畅者，升修道堂、诚心堂。又一年半，经史兼通，文理俱优者，乃升率性堂。至率性堂后，每季度考试三次，其中孟月试本经义一道，仲月试论一道，诏、诰、表、内科一道，季月试经史策一道、判语二条。每次考试，文理俱优者给一分，理优文劣者给半分，纰缪者无分。年内积八分者为及格，可以充任一定官职，不及格者则坐堂肄业。

天育功底本就深厚，又极其用功，到年底与孟文学等数人升入修道堂。然而私下观察，见诚心堂、率性堂监生积压甚多，有人甚至已经读到两鬓斑白。原来当今圣上久居深宫，朝中各部及地方官员多有空缺，却久不补缺，以致率性堂不少人已经合格，仍无法选官就职。于是率性堂监生越来越多，而诚心堂不少人也灰了心，不再苦读。

转眼到了春节，国子监放假，近处的监生便回家过年。天育与孟文学等人凑了份子，一起把酒言欢。正饮酒间，听到楼上雅间有歌女唱道："燕雁无心，太湖西畔随云去。数峰清苦，商略黄昏雨。"孟文学笑道："就这么喝酒没意思，咱们每人便依着这首《点绛唇》，填一首词吧！以楼上歌女唱完下一曲为限，填不出来的便罚酒一杯如何？"

众人皆应允，边饮酒边沉吟。楼上一曲终了，孟文学说道："时间已到，咱们轮着吟诵自己的词吧！大生兄坐在上首，就先来吧！"天育在西司时，少有人称呼自己的字，到了国子监两个月才习惯。见孟文学如此说，也不好推辞，便说道："那小弟就斗胆抛砖引玉了！"说罢，吟诵道："点绛唇·春怀：频眺蓉楼，望断江山音信杳。花研卉巧，只恐朱颜老。人在天涯，许多归梦绕。春光好，祖鞭应早，莫使迷芳草。"

众人齐声叫好，接下来都吟了自己的填词，倒真有一位仁兄没有做出来，罚了一杯。酒过三巡，一位华服监生说道："听我表叔说，正月里朝廷要选一批监生到各部历事。大家可以提前琢磨琢磨了！"孟文学笑道："那得恭喜周兄了，咱们这群人只有你在国子监时间长，进了率性堂。我们进国子监都在三年以内，还混在修道堂以下呢，哪能参加历事！"

周思进说道："孟兄有所不知，虽然历来是从率性堂选人历事，但是如今辽东战事吃紧，去了恐要上前线，只怕报名的人不多。估计最后会放开限制，别的堂也有机会去。"

天育笑道："恐怕上面吩咐下来，去与不去，也不是监生自己能说了算的吧？"周思进说道："嗨！这些年能进国子监的，谁家里没个在朝中做官的。但凡能去活动活动的，肯定都不会去兵部。剩下的可不就听天由命了！"

萧长生说道："要是能去辽东见识见识，我倒是愿意去！"刘大可也说道："投笔从戎，愚之所愿也！"孟文学忙说道："喝酒喝酒，历事的事，过了年再说吧！"众人一直喝道微醺，才回到国子监。

过了正月初六，朝廷果然命国子监选人历事。率性堂众人都各显神通，纷纷上下活动，都想到吏部、户部、工部等地方历事。兵部果然无人问津，最后只得从率性堂强行分配了一些监生。冉天育、萧长生、刘大可血气方刚，却反其道而行之，主动申请到兵部历事，果然得偿所愿。

天育到了兵部，有机会看到舆图及各都司卫所布防情况，大为兴奋，在打杂跑腿之余，便随时留心观察学习。到了正月十五，才历事几天，人头还没完全认清，兵部尚书黄嘉善嫌杨镐行动迟缓，准备派人到辽东督促。

众人皆知到了辽东，便可能回不了京师，都称病不行。兵科给事中赵兴邦只好带了冉天育、萧长生、刘大可出发，一起到辽阳传令。赵兴邦连夜返程，却留下天育等三人随军听用。

这边天育等人已经到了辽东，跃龙在西司方收到天育寄来的家书。得知天育在国子监甚为用功，跃龙与再香也感到欣慰。只是最近司务繁忙，朝廷又因平辽加征田赋，只得与白再连等人抓紧筹备。

第五十二回
急圣令四路出击　轻冒进先锋败绩

万历四十七年正月，彗星现东南，长数百尺，光芒下射，末曲而锐，未几现东北。

却说兵部左侍郎兼右佥都御史杨镐奉旨经略辽东，手持尚方宝剑坐镇辽阳，着力整顿军纪，辽东形势稍定。到了正月，川、甘、浙、闽等地援军抵达，与宣化、大同等九边骑兵会合，兵力达八万八千人。海西女真叶赫部贝勒金台石率一万人抵开原，朝鲜元帅姜弘立也率一万三千人至宽甸。

杨镐见大军云集，心下稍安。但诸军甲具军械不齐，且又缺乏训练，女真兵将彪悍，眼下还不能贸然开战。为拖延时日，又亲自修书商议罢兵，被努尔哈赤拒绝。

到了二月中旬，辽东大军尚未发起进攻。大学士方从哲、兵部尚书黄嘉善、兵科给事中赵兴邦纷纷派人手持红旗前来，催促杨镐进军，言辞一次比一次严厉。

杨镐无法，只得召集众将前来商议。见众人到齐，杨镐说道："我军云集辽东已经两个月，是时候扫荡奴贼老巢了！今日召集大家议事，就是要商量进剿方略。大家都说说吧！"

总兵官李如柏问道："敢问大人，不知我等何时进军？"杨镐说道："我与汪大人等几位已经反复商议过，定于二月二十一日进剿。"话音刚落，总兵官刘綎激动地站了起来："大人，距二十一日只有十天准备时间，目下器械甲具都不齐全，士兵也未严加训练。如此仓促进剿，后果难以设想啊！"

总兵官马林也说道："请诸位大人三思啊！每年三月中旬前辽东都有大雪，近期天气寒冷，恐怕要下暴雪。我军棉衣不足，南方士兵又多，末将以为推迟到三月中旬以后进军，方是上策啊！"

监军陈王庭说道："朝廷已经派了五六批人来催促进军了，光红旗就来了好几面。再不进军，恐怕就要摘你我的乌纱帽了！"刘綎还想说话，杨镐厉声说道："国家养士，正为今日。谁再敢临机推阻，军法从事！"说罢，命人将尚方宝剑悬挂于军门上。

蓟辽总督汪可受见气氛尴尬，便摊开一张行军地图，缓缓说道："日前经略大人已与我等反复商议，定下进军方略，由我向几位将军详细说明：二月二十一日起，四路大军分头出击。总兵官杜松率西路军三万人，从沈阳出发向东进剿；总兵官马林率北路军一万五千人，辖叶赫部一万人，出开原向南进攻；总兵官刘綎率东路军一万人，会合朝鲜军从宽甸出发，向北进军；总兵官李如柏率南路军二万五千人，出清河向东进击。"

杨镐接着说道："老夫坐镇沈阳，居中指挥。官秉忠、张承基等人驻守辽阳，伺机增援；窦承武驻前屯监视蒙古各部；管屯都司王绍勋总管运输粮草辎重。以本月二十八日为限，四位将军务必率军抵达赫图阿拉，一同攻城！"

刘綎腾地一下又站了起来，拱手说道："经略大人忒偏心了！就给了我一万人，这要是碰上奴贼主力，我拿什么和人家打！"辽东巡抚周永春知道刘綎在朝鲜作战期间，即与杨镐屡有矛盾，便赶紧和稀泥："刘将军不要激动，这不还有朝鲜盟军配合你一起行动吗？"刘綎不怒反笑："这朝鲜军能为咱们拼命吗？再说了，如此分兵进击，不是等着人家各个击破吗？！"

汪可受说道："只要四路大军如期抵达赫图阿拉，四面合围，努尔哈赤便是瓮中之鳖。目前各军分别驻扎在开原、沈阳、辽阳等地，若要合兵，又得耽搁许多时间。"杜松也说道："末将也以为，我军当合兵一路，鼓行而前，一举捣毁贼巢。兵分四路只是白白削弱力量，请大人三思！"杨镐大怒："难道我大明只有你二人会打仗？老夫受命经略辽东，进剿方略已经与几位大人反复商议过，你等休要妄加议论！"

众人听了，不敢再说话。大战在即，杨镐内心兴奋，提笔写道："本帅奉旨讨逆，定于三月十五日出发，亲领王师四十七万众，分四路抵达赫图阿拉，盼与君城下一晤。"命士兵前去投递战书。众将见杨镐心意已决，只得各自回营准备。刘綎也打马赶往宽甸，率川军与朝鲜军合兵。

杨镐回到住处，亲兵呈上来一封书信。拆开一看，信上写道："马林为人平庸懦弱，不足以独当一面。请经略大人更换主将，否则恐遭至败绩。"落款是开原兵备佥事潘宗颜。杨镐不以为意，说道："这潘宗颜不过督运过几次粮草而已，也敢来议论军中大事！"说罢，将信丢在一旁不理。

冉天育等三人本在巡按陈王庭身边做些公文办理事务，此次分兵进击，陈王庭便将他三人派到各军，协助各路监军工作。冉天育被派往刘綎军中，萧长生被派到了杜松帐下，刘大可到了马林身边负责文书。

三人分别前，天育说道："两位兄台保重！咱们赫图阿拉见，一起喝庆功酒！"萧长生笑道："到时候咱们看看，是谁先抵达赫图阿拉！"刘大可说道："一言为定！咱们赫图阿拉见！"三人满怀豪情，都想建功立业，虽是离别却没有愁绪。天育快马加鞭，赶到刘綎军中。刘綎见他是故人之子，又弓马娴熟，倒是十分喜欢。

从十八日起，连日天降大雪，到了二十一日竟越下越大。杨镐见大雪封山，只得将进军日期改为二十五日，并限各路大军三月初二前抵达赫图阿拉。

二月二十五日，杨镐在辽阳演武场誓师。十尊大炮鸣响过后，牛角齐鸣，杨镐率领众将登台。冀辽总督汪可受宣读"擒奴赏格"：擒斩努尔哈赤者赏银一万两，升都指挥使；擒斩其八大贝勒者赏银二千两，升指挥使……

杨镐亲自宣读军纪十四条，号召三军用命，奋勇杀敌。并取尚方宝剑，将抚顺逃将白云龙推出，当场问斩示众，一时三军肃穆。军中早竖起牙旗，士兵牵过水牛来，准备屠牛祃牙。

三声鼓响，一名魁梧的军汉提着大刀走过来，喝了一碗酒，提刀砍去。哪知一刀下去，水牛依然在鸣叫。军汉忙砍了第二刀，那水牛兀自哀嚎不已，第三刀方才毙命。往常祭旗，都是一刀毙命，今日连斩三刀方才成功，合军上下皆惊。杨镐心里失落，但面上丝毫看不出来，恭恭敬敬祭了黄帝、蚩尤。

祭旗已毕，杨镐领军赶赴沈阳。刚出城门，一位老者从旁边冲了出来，一把抓住杨镐胯下战马的缰绳。旁边亲兵忙冲出来，准备将其拖走。杨镐见是军中文书，便说道："老先生拦住去路，有何见教？"

那老者跪地大声说道:"近日蚩尤旗长竞天,彗现东方,星陨地震,乃是败军之兆。恳请大人回师,另选吉日出征!"说罢,在地上连连磕起头来。杨镐闻言大怒,拔出长剑呵斥道:"这些都是无稽之谈,不再胡言乱语!再有乱我军心者,休怪我尚方宝剑无情!"说罢,拔马便走。旁边士兵一顿乱棍,将那老者打出。

杨镐在沈阳坐镇中军,派出监军分赴各军督战。又派出斥候哨探,四处联络,并打探敌情。杜松、刘綎等按战前部署,分头率军向赫图阿拉进发。

二十九日,努尔哈赤探得明军动向,在兴京赫图阿拉召集众人议事。额亦都、费英东、何和礼、扈尔汉、安费扬古等五大臣,诸贝勒及降将李永芳等在列。努尔哈赤说道:"探子来报,杨镐分四路向赫图阿拉开进,诸位都说说如何迎敌吧!"费英东骁勇善战,人称"万人敌",满不在乎地说道:"明军外强中干,早已不是我大金的对手。况且杨镐劳师远征,分兵而进,我们只要集结兵力,以逸待劳,定能将其击溃!"

安费扬古向来以谋略著称,缓缓说道:"四路明军彼此相隔几百里,我军正好分兵痛击,御敌于国门之外!一旦四路军队抵达兴京,形成合围之势,我们就被动了!"一时之间,主张分兵进击和据守迎敌的人都不少,分成两派开始辩论。

努尔哈赤见李永芳不说话,便问道:"李将军怎么看?"这李永芳此前是抚顺千户所备御官,抚顺城破时投降,博学聪明,为努尔哈赤所器重。李永芳说道:"末将以为,任他几路来,我只一路去。明军北路和东路距兴京最远,沿途翻山越岭,如今又大雪封山,恐怕十天也到不了此地。西路和南路预计会先期抵达,我们不如趁其兵力分散,集结六万大军攻其一路,各个击破方为上策。"

努尔哈赤闻言大喜,说道:"好一个'任他几路来,我只一路去!'此计大妙!"众人又商议一番,决定以五百兵马在阿布达里岗迟滞刘綎,集结八旗六万大军向西北抚顺方向进发。

大军开拔,刚越过苏子河,即有哨探来报,李如柏率军从清河方向而来。四贝勒皇太极说道:"从清河过来,还要翻越鸦鹘关等地,沿途地形狭隘险峻,难以急行军,短时间内到不了兴京。我们应先集中兵力,攻打杜松大军。"代善、额亦都等人均表示赞同,于是领军疾行。

二十九日晚，杜松率军手持火把，冒雪轻军抵达浑河北岸。龚念遂率三千人运送大炮等辎重，进军缓慢，已远远落后。此时探子回报，女真兵在界凡城修筑防御。这界凡城形势险要，位于浑河南岸、苏子河东岸，是通往赫图阿拉的要冲。苏子河西岸为萨尔浒山，则是从苏子河西面通往赫图阿拉的必经之地。过了界凡便一马平川、无险可守，杜松便决意分兵，命总兵王宣、赵梦璘率两万人在萨尔浒山麓扎营，自己亲率一万人渡河攻打界凡城。

总兵赵梦璘说道："将军，龚念遂车营尚未抵达，如果轻军渡河，遇到女真主力骑兵，我军无法结阵，恐怕难以抵挡啊！"王宣也说道："我军是主力部队，稳打稳扎更为妥当。末将以为，待马林及叶赫部到来后，合兵进击方是上策。"

杜松不以为意，说道："马林此人胆小如鼠，等他的队伍赶来，黄花菜都凉了！要想立下头功，就不能过于小心谨慎，必须大胆进击才行！"

三月初一凌晨，杜松轻军渡河，顺利拿下两座营寨，生擒数十名女真士兵，乘势进攻界凡城北的吉林崖。此时吉林崖只有数百名女真兵防守，杜松率军奋力仰攻。但吉林崖地势险峻，堡垒坚固，顷刻之间难以攻下。

此时努尔哈赤也率大军抵达界凡城南面，探得杜松分兵行动，便命大贝勒代善、三贝勒莽古尔泰率二旗一万五千人增援，自己亲率其余六旗四万五千人进攻明军萨尔浒大营。崖上女真兵见代善领军来援，一时士气大振。杜松此时才发现女真主力部队在此，只得咬牙奋战。又见女真大军向萨尔浒进军，但自己也是泥菩萨过河，哪有能力前去增援。

官军将领王宣、赵梦璘都是久经战阵的猛将，在扎营时已在营外挖壕立栅，构筑防御工事。但龚念遂辎重部队未到，没有战车，抵御骑兵终究有所不足。王宣见女真大军来袭，下令布列火炮，严阵以待。

努尔哈赤大军集结，鼓角齐鸣，骑兵如潮水一般冲过来。明军早有准备，大炮轰鸣，头几排骑兵顿时被炸得血肉横飞。但女真兵勇猛异常，依然前赴后继往前冲锋，大军排山倒海一般涌过来，箭矢如雨而下。

明军倚仗栅栏和壕沟坚守，以大炮和火器御敌，女真兵则凭借兵力优势源源不断冲锋。双方血战一个多时辰，互有损伤，但女真依然没有突破壕沟。皇太极与费英东、扈尔汉亲率死士向前冲锋，明军渐渐感到吃力。

到了中午，天空乌云密布，又起了大雾，四周犹如黑夜一般。明军依赖大炮火铳，只能点起火把照明，以便放炮御敌。努尔哈赤见状，命集结所有弓箭手瞄准火把处射击。一时箭如飞蝗，女真由暗击明，大批明军被射杀，阵型开始松动。

皇太极等人率军拼死向前，越过壕沟，拔掉栅寨。女真骑兵没有了阻挡，纷纷冲进明军大营。王宣、赵梦麟奋力抵抗，相继阵亡，大军被努尔哈赤击溃。萨尔浒山下尸横遍野，血流成河。

努尔哈赤攻破萨尔浒大营后，率军到吉林崖合攻杜松军。此时杜松与代善正杀得昏天黑地，努尔哈赤大军一到，明军顿时陷入绝境。杜松见形势危急，将参将柴国栋、游击王浩、张大纪等人召集在一起，拔出砍刀大声说道："奴贼势大，如今只有拼死一战，才有存活之机。大家跟我冲锋，拿下吉林崖！"

柴国栋大喊道："跟他们拼了！"众人一起发喊，重新向山顶冲去。然而此时女真军已尽占河畔、莽林、山麓与谷地，杜松大军被数倍于己的兵力围住，难以突出重围。杜松与柴国栋等人左冲右突，冲杀十余次，总算冲出包围，几百人向山头攻去。眼看要攻到关前，旁边树林里伏兵尽出，代善领兵杀到，将杜松等人团团围住。

杜松勇猛异常，手持大刀亲手斩杀数人，柴国栋等人也结阵拼死抵抗，代善等人一时难以攻进来。厮杀一刻钟后，柴国栋等人箭已射光，只能持刀肉搏。

女真兵将杜松等人围困在一角，调集弓箭手射杀，杜松身中十八箭而死。萧长生十分勇猛，挥着杜松的大刀，阻止女真兵过来抢尸首。但他终究只是一介书生，很快便被打倒，以身殉国。西路军除龚念遂辎重部队外，在此全军覆没。

第五十三回
潘宗颜苦战南山　刘大刀血洒旷野

　　却说北路军马林行军至尚间崖，得知杜松军战败，不敢再往前推进。于是就地扎营，在营外挖掘三层堑壕，将火器部队列于壕外，骑兵继后。又命部将潘宗颜率三千人到大营南侧雯芬山驻守，此时龚念遂也北撤至大营东南侧五里外斡浑鄂谟扎营，三处大军互为犄角。

　　努尔哈赤在歼灭杜松军后，即将八旗主力转锋北上，去尚间崖方向迎击马林军。三月初二上午巳时，皇太极率前锋部队抵达斡浑鄂谟山前。龚念遂用战车环绕大营，架好火炮鸟铳等准备御敌，并派骑兵至马林处求援。

　　潘宗颜见敌人势大，便派刘大可快马向马林请示，是否合兵进击。马林以女真骑兵擅长野战为由，严令固守大营，结阵待敌。此去龚念遂营地步兵急行军半个时辰即可赶到，副将麻岩、郑国良等请求前去支援，马林不为所动。

　　刘大可只得回雯芬山复命，行至一座小山前，被山上女真哨探骑兵发现，一箭射中后背。刘大可忍住剧痛，勒紧缰绳继续打马前行。但后面又飞来几支羽箭，将他射落马下。可怜刘大可自来到辽东，连女真兵的面都没见着，就此含恨归天。

　　这边皇太极见龚念遂以辎重部队为主，便命骑兵冲击阵营。龚念遂只有三千人，好在有车营在此，便命战车环绕四周，依托大炮与数倍于己的敌军作战。龚念遂火器虽然威力惊人，但女真兵源源不断冲锋，近战之中反而没有弓箭射速快。苦战一个时辰，皇太极突入龚念遂阵中，双方短兵衔接，明军顿时不支。

此时已到中午，代善等人率两个旗的骑兵抵达尚间崖附近。努尔哈赤也率亲卫军赶到，见马林营垒坚固，便与代善领军向东进发，准备先占领东面山坡，再居高临下冲击马林大营。马林见女真只有两旗兵马，行军中阵容不整，不成队列，正是攻击良机。便亲率主力部队一万人出营，急行军前来决战。

努尔哈赤来不及登山，马林大军已与女真兵先头部队混战在一起。代善只等亲自率骑兵接战，马林部队以骑兵为主，并有鸟铳营配合，双方混战在一起。山谷里杀声震天，鼓角齐鸣，双方骑兵来回冲杀，火器与弓箭齐射，直杀得尸横遍野。

马林与代善杀得难分难解，皇太极已经歼灭龚念遂余部，急行军向马林大营赶来。此时大营中只有游击丁碧率两千步兵及少许鸟铳手固守，面对莽古尔泰大军冲击，只坚持了不到半个时辰便全军覆没。皇太极随即率军攻击马林后方，女真兵前后夹击，明军顿感不支。

代善、阿敏、莽古尔泰、皇太极等人越杀越勇，四大贝勒争先恐后，不断率军发起冲锋。马林二子马燃、马熠及副将麻岩等人相继战死，明军开始败退。马林见大势已去，便率亲兵突出重围，向开原逃去。努尔哈赤乘势掩杀，明军大部阵亡，只有马林率几名亲兵逃走。此时前来支援的叶赫贝勒金台吉、布杨古刚到二里地之外，听到马林溃败，立即率军逃走。

努尔哈赤吹起号角，聚集人马，三面合围斐芬山。潘宗颜本是文官出身，但颇有胆识，将战车环绕在外，守住山上各路关口。又以大楯结阵，命士兵躲在后面以大炮、鸟铳御敌。

代善、皇太极等人分别领军仰攻，斐芬山崎岖陡峭，战马不能攀援，女真兵只能步行进攻。潘宗颜指挥若定，大炮火器凶猛，打得女真兵血肉横飞。莽古尔泰等几次冲锋，都被打退，死伤过千。鏖战了一个多时辰，女真兵竟然不能前进半步。

努尔哈赤大怒，喝骂道："以几万大军围剿几千人，竟然一个多时辰拿不下来，我养你们有何用！"说罢，亲自领了亲军卫要去攻打。四大贝勒感到汗颜，亲率死士往前冲锋。又苦战了半个时辰，天色已晚，潘宗颜炮弹用尽，弓箭射光，只能拔出刀剑与女真兵近战。潘宗颜部本是辎重部队，盔甲不如女真兵精良，肉搏战处于下风。

潘宗颜见贼势大，拔出长剑大喝道："养兵千日，用兵一时！诸位兄弟，今日唯有以死殉国了！"说罢持剑向前冲去。众人见他一个文官尚且如此勇猛，也一同上前奋力厮杀。然而终究寡不敌众，潘宗颜手刃数人，终被敌人砍倒。女真兵蜂拥而上，潘宗颜部就此全军殉国。

东路军在刘綎带领下直奔赫图阿拉，但沿途山路崎岖，积雪甚深，大军进展缓慢。努尔哈赤主力在北面作战，因此刘綎沿路只遇到零星哨所抵抗。大军行至董鄂路时，追上努尔哈赤派来延阻东路军的五百骑兵，刘綎击溃这支骑兵继续前行。随即又遇到由牛禄额真托宝、厄里纳布防的托宝大营阻击，双方发生激战，刘綎所部作战勇猛，击溃托宝大营，女真兵死伤两千余人。

三月初三日晚，刘綎率军抵达富察。朝鲜军以粮草不继为由，行军缓慢，刘綎派人再三催促方才赶来。此时西路军、北路军已全军覆没，但四路大军彼此相隔数百里，往来联络困难，刘綎并未得到消息。而努尔哈赤在歼灭潘宗颜余部后，命代善、莽古尔泰、皇太极等人急行军向阿布达里冈附近驰援，自己则领两旗人马回到赫图阿拉，以防李如柏来袭。

三月初四一早，代善等人领军抵达阿布达里冈附近，此地距赫图阿拉仅一百里。代善与皇太极商议，派士兵身着杜松部队服装，手持杜松令旗至刘綎军营，谎称杜松大军已抵达赫图阿拉，催促刘綎领军快速进击合围。刘綎因沿途未遇到大规模抵抗，信以为真，便拔营出发。此时朝鲜兵尚在二十里之外，刘綎只得命康应乾率五百人留下监军，以督促朝鲜军火速前行。

冉天育及伍良臣、冉一吼紧随刘綎身后，向阿布达里冈行军。此时积雪未消，放眼望去，白茫茫一片，一派北国风光。不远处成片的树林挂满积雪，遍结银花，晶莹闪烁，好一个"千树万树梨花开"。大军走了两个时辰，天育忽然猛省，说道："不对啊！我们一路行军过来，凡是山口必有女真岗哨，为何今天沿路如此安静？"

伍良臣说道："莫非杜松攻城势大，这一路女真士兵都回撤，支援赫图阿拉去了？"天育说道："不应该啊！努尔哈赤颇知兵法，听说熟读《三国演义》，按理不会将六万大军龟缩在城中等着被围。他知道咱们从南面攻来，定会在重要关隘派军扼守。"

刘綎听了，也说道："前面阿布达里冈是通往赫图阿拉的要冲，如若我是努尔哈赤，定然在此伏兵。"于是传令下去，派出斥候前出打探消息，并派人催促朝鲜军前来会合。

大军抵达阿布达里冈，果然探知八旗兵就在附近。此时天色已近黄昏，刘綎忙命大军就在山岗上扎营，在营外深挖壕沟，广置拒马。并以鹿角枝、铁枪、削尖的木头环绕在壕沟边沿，打桩结成栅栏。在壕沟旁布置大炮、鸟铳、弓箭手，步兵则结成战阵，防止马队突入。

刘綎刚扎好大营，代善与皇太极已领兵杀到。女真兵士气正盛，兵力又远甚明军，便直接发起攻击。刘綎营寨坚固，代善等人发起几轮冲锋，也冲不过壕沟。大战两个时辰后，双方各有损伤，但明军营盘依然岿然不动。刘綎胸有成竹，将士兵分成两队，轮番出战，以保持连续作战。

午夜时分，代善见一味冲锋不能奏效，与皇太极商议后，命大军稍事修整，只派小股骑兵袭扰明军。皇太极自请领一旗士兵到阿布达里冈山顶扎营，居高临下冲击明军大营。

刘綎在营中见女真兵停止大规模进攻，便传令大军造饭修整。天育说道："将军，咱们大营在此，北面才是阿布达里冈主峰。一旦奴贼抢占制高点，咱们就被动了！"刘綎叹息道："我何尝不想夺取这个山头！但我等只有一万人马，朝鲜兵又没有拼命的意愿，迟迟不来支援。如果再分兵前去抢攻山头，更容易被各个击破。如若我军合军出击，没有营垒拱卫，哪里能抵挡住女真骑兵的冲击！"

刘招孙启禀道："义父，我愿领五百精兵，前去攻取山头。"刘招孙是刘綎的义子，弓马娴熟，勇冠三军。天育和伍良臣、冉一吼说道："我三人愿一同前往！"

刘綎拍了拍天育的肩膀，夸赞道："果然虎父无犬子！当年平定播州时，你父亲英姿勃发，颇有小霸王孙策的风范。有你们几个在，奴贼不足为惧！"

四人领兵悄悄往阿布达里冈山巅爬去，刚到山头，与皇太极的前军迎面撞上，双方展开厮杀。刘招孙和冉一吼都是不世出的猛将，伍良臣和天育也极勇猛，片刻之后便将皇太极前军几十人歼灭。但皇太极志在夺取山头，命令部队不断抢攻。刘招孙和冉一吼在前，一个使马槊一个使狼牙棒，女真兵一片一片地倒下，不能近身。

双方恶战半个时辰，天育眼看着带来的五百士兵不断倒下，身边士兵越来越少，而女真兵依旧源源不断地攻上来。此时天育的剑已经折断，从地上捡了一把大刀继续战斗，而伍良臣的刀口已经砍卷。天育与伍良臣合力杀至刘招孙身前，说道："少将军，咱们撤回大营吧！女真兵太多，这山头咱们拿不下来，不能白白在此丢了性命！"

四人一起奋力，带了士兵合力杀出重围，借着夜色向大营撤去。皇太极命士兵占住山顶，抓紧扎营筑垒，把制高点控制住再说。天育等人退至营中，刘綎刚和衣躺了片刻。见众人回来，刘綎说道："事已至此，唯有坚守营垒苦战，等待援军了！到天亮奴贼就会发起抢攻，大家先休息一会儿吧！"

三月初五日凌晨，代善果然领兵杀到，刘綎沉着迎敌。双方正在苦战，皇太极领兵从山顶杀下来，居高临下发起俯冲。女真兵本就三倍于明军，此时前后夹击，明军渐渐不支。鏖战一个时辰之后，大炮弹药用尽。皇太极见没有火炮的威胁，更加死命狂攻。但骑兵冲至鹿角栅栏前，一时无法突入。

皇太极见了，将一批战马集结在前，命骑兵在后拼命驱赶。战马向前狂奔，那些鹿角枝、枪头扎在战马身上，战马依旧向前奔逃，正好将栅栏拔起。皇太极趁势挥兵进击，突入刘綎阵中。代善也在另一侧狂攻，刘綎顿时抵挡不住。南京六营都司姚国辅、山东管都司事周文相继战死，一万大军已折损近半。

宽甸游击都司祖天定大喊道："将军，再不撤离，就要全军阵亡在此了！"浙兵备御周翼明也喊道："突围吧将军，撤出去和朝鲜军会合，才有一线生机啊！"刘綎听了，挥舞镔铁大刀砍翻身前的女真兵，大喊道："大军突围！"

刘招孙、冉一吼等死命护着刘綎，杀开一条血路，奋力向外冲杀。众人突出重围，点验人马，只有不到两千人冲出来。而朝鲜兵依旧不见来援，刘綎恼怒至极，却又无可奈何。

却说杨镐坐镇沈阳，得知杜松、马林两军战败消息，忙传令刘綎、李如柏回师。李如柏大军从清河出发，原本离赫图阿拉最近。但李如柏心存畏惧，行动迟缓，三月初五仅行军至清河堡东面虎拦岗。

收到杨镐撤退命令，李如柏立即下令全军回师。前方山上有女真兵哨卡，见李如柏撤军，便吹起号角来。李如柏已知杜松、马林战败，听到号角声，以为女真兵主力来袭，立即惊恐溃逃。狂奔几里路后，见女真兵并未来袭，方才收住脚步。点验人马，队伍自相践踏，竟然死伤千人。

此时刘綎刚退至瓦尔喀什山前，得到杜松、马林战败消息。刘綎仰天长叹，复又垂泪说道："两路大军五万五千人，竟然两天就败了！杨镐你个老匹夫，只因为你我不和，就只给我一万步兵！要是把杜黑子那三万精兵给我，奴贼安敢如此猖狂！"刘招孙劝道："义父不要伤心，咱们抓紧撤军，与朝鲜兵会合再做打算吧！"

天育苦笑道："听闻努尔哈赤吞并女真各部后，多次派使者到朝鲜会谈。此次朝鲜兵屡屡借口粮草不济，行军缓慢，自然是出发前得到了命令。他们探知我军战败，肯定也接到了杜松、马林战败消息，更不会前来接应咱们了！"

正说话间，山上伏兵尽出。原来阿敏率军在此埋伏，双方接住厮杀。刘綎身陷重围，竟越战越勇，一把镔铁大刀舞得虎虎生风。冉一吼大喊道："挡我者死！"说罢，竟用狼牙棒将一名士兵挑到半空中，再摔到地上。

刘綎率军且战且退，到了山南旷野上。此时辎重尽失，难以构筑大阵，只靠盾牌长枪结阵。皇太极领骑兵杀到，冲入明军阵中。刘綎军以四川兵、浙江兵为主，甚是彪悍，被骑兵反复冲击，仍在奋勇杀敌。但终究寡不敌众，又以步兵迎战骑兵冲击，不断有人阵亡。

天育见敌人势大，忙喊道："将军，突围吧！"刘綎苦笑道："三路大军都战败了，还往哪里撤？你们几个突围吧，不要枉死在这里。老夫大军已败，今日唯有以身殉国了！"话音刚落，一阵飞箭射来，正中前胸。刘綎不以为意，继续舞刀杀敌。

刘招孙见了，大喊一声，杀到刘綎身边。父子二人并肩作战，又格杀数人。但箭矢如雨而下，二人均身中数箭。刘綎血流如注，终究被人砍倒。刘招孙拼命护住刘綎尸体，冲过来的士兵纷纷被他打倒。女真兵继续放箭，刘招孙身中十余箭，被射得如刺猬一般，仍手握马槊站立不倒。女真兵一时不敢近身，良久见刘招孙站着不动，杀至身前，才发现刘招孙已然气绝多时。

冉天育和伍良臣、冉一吼并肩杀敌，见刘綎父子陷入重围，无奈敌人太多，始终无法杀过去帮忙。三人见刘綎父子也已战死，知道大势已去，只得拼命杀出重围，向富察方向逃去。

刚进入康应乾营中，代善、皇太极大军也已杀到。康应乾率军在山前列阵，以突火枪及鸟铳迎敌，朝鲜元帅姜弘立命五千人与康应乾结阵，自己率剩余兵马在山上死守。双方厮杀半个时辰，康应乾占据地利，加之火器凶猛，与代善杀得难分难解。

然而天公不作美，突然刮起大风来。康应乾逆风迎敌，风势太大，突火枪的火焰反而被刮入明军营中。一时烟雾弥漫，加之狂风大作，火器营不能御敌，代善大军冲入阵中。康应乾见女真兵蜂拥而来，心知不敌，竟率先逃走。

代善立即领军向朝鲜兵发起进攻，朝鲜兵没有火器支援，阵型不久便被冲散。姜弘立见康应乾已经逃走，女真兵又源源不断攻来，想起国主曾嘱咐不必死战，便竖起白旗，率军下山投降。天育等人见了，只得趁乱杀出重围，夺了快马往沈阳方向逃去。

第五十四回
稳军心经略巡城　援辽东士兵出塞

　　　　客途萧索梦难成，况听蒲牢八百声。
　　　　比似闻鸡仍起舞，迩来烽火近边城。

　　且说天育等人一路西逃，好不容易逃到沈阳城外，已是第二天晚上。天育和伍良臣背上都被流矢射中，好在有棉甲护住，箭伤不深。三人简单包扎了一下，胡乱吃了几口干粮，在兴隆寺找了间屋子和衣躺下。

　　然而每次刚睡着，昨日战场上的喊杀声便在耳边响起，天育一宿也未睡好。到了凌晨，寺里钟声响起，天育再也睡不着。见旁边桌上有和尚抄经用的笔墨，便提笔在墙上写下一首七言诗。

　　三人回到沈阳，见城内乱纷纷一片，有不少民众往辽阳逃去。杨镐自知难辞其咎，只得联络马林、李如柏等人，希望守住开原、抚顺。巡按陈王庭等人初步统计，五天之内三路大军覆没，损失近五万人，战死将领三百余人，丧失骡马两万八千匹，损失枪炮火铳两万余支。消息传至京师，顺天府米价立即大涨。

　　辽东之事大坏，举国哗然。六月，朝廷起用熊廷弼为兵部右侍郎兼右金都御史，经略辽东。熊廷弼尚未入京陛见，努尔哈赤已攻陷开原，马林战死。熊廷弼本是武举状元出身，弓马娴熟，一心以做将军为己任。但常被文官讥笑为莽夫，一怒之下苦读几年，考取了进士。此人文武双全，又曾巡按辽东，因此对辽事颇有见地。

七月下旬，熊廷弼入京陛见，献《敬陈战守大略疏》，提出经略辽东方略，主张巩固辽沈重镇、恢复开原，行"坚守进逼"之策。皇上完全赞同，对调兵、筹饷等事一概应允，并赐尚方宝剑。国子司业张鼐疏谏简选京营三千精兵随行，然而京营久已空虚，只选得八百人。

熊廷弼刚出山海关，辽东重镇铁岭又被攻克。途中不断有逃亡的军士和百姓，熊廷弼将士兵收编，流民则劝其返回辽东。一路星夜兼程，八月初三抵达辽阳，连夜召集众将议事。巡按陈王庭介绍了辽东形势，熊廷弼说道："辽东形势危急，诸公以为我等当如何处之？"

开原道佥事韩原善说道："末将以为，努尔哈赤此时兵强马壮，我等应当先坚守辽阳，再徐徐图之。"分守道佥事阎鸣泰也说道："末将也以为，应当坚守辽阳！"

巡按陈王庭诘问道："沈阳尚有我军驻守，怎能困守辽阳，弃沈阳于不顾！"铁岭游击王文鼎说道："大人，开原、铁岭已经失陷，沈阳怕是守不住啊！"游击刘遇节等人也随声附和。

熊廷弼拍案而起，厉声说道："王文鼎！你身为铁岭游击，享受高官厚禄，铁岭失陷时竟敢弃城逃亡！是谁给了你胆子，还敢在此胡言乱语，乱我军心？来人啊，把这几员逃将给我捆了！"话音刚落，几名亲兵冲进来，将王文鼎、刘遇节等人拿下。

熊廷弼起身说道："本官面见圣上时，奏称辽左为京师肩背，河东为辽镇腹心，而开原为河东根底，各地重镇均需徐徐恢复，圣上亦深表赞同。如尔等所言，困守辽阳，朝廷养你我何用？"众将不敢再提退守之事。

第二天一早，熊廷弼在辽阳演武场点兵。先命陈王庭宣布王文鼎、刘遇节、王捷诸将临阵脱逃罪状，并公布游击陈伦贪污军饷三千二百四十两事宜。熊廷弼拿出尚方宝剑，命将几人当众斩杀。一时全军震动，军纪为之一振。熊廷弼又亲自设坛，躬祭死难军民。

点兵之后，熊廷弼命加固辽阳城墙，并命开原道佥事韩原善领军前去抚慰沈阳军民。韩原善立即称病，熊廷弼改命分守道佥事阎鸣泰前往。阎鸣泰勉强前行，到沈阳南十里外虎皮驿，见有女真兵出没，大哭而返。熊廷弼大怒，将二人重打五十大板，亲率官兵前往沈阳。

沿途不时见到逃亡的士兵和百姓，各关卡哨所也空无一人，熊廷弼内心不满。来到沈阳城外，见城头有士兵守卫，心下稍安。行至城下，见城门口站着三条威风凛凛的大汉，当先一位少年将军英姿飒爽，身后一条汉子尤其高大魁梧，顾盼之间雄姿勃发。这三人正是冉天育等人，此时雪花纷纷扬扬飘落身上，更添一分苍凉雄壮。

"来将何人，请通姓名！"天育见一彪人马来到，忙喝问道。熊廷弼身旁亲兵大声说道："新任经略大人到，速速通报！"天育大喜，说道："原来是经略大人到，沈阳军民已苦盼多时，快快请进！"说罢，与冉一吼挪开拒马，并请伍良臣前去通报。

熊廷弼见天育谈吐不凡，便在马上拱手问道："这位小将军怎么称呼？"天育拱手说道："小人冉天育，本是国子监生，在兵部历事期间受命随刘綎将军出征。如今败退至此，无事可做，便自请来此看守城门。"熊廷弼问道："你既是随军历事，如今东路军已败，为何不回兵部复命？"

天育回禀道："听闻朝廷已经下令从西南土司调兵，估计再过几个月我父亲便会率西司精兵前来。我等便决定在此等候，待与本司兵马会合后再上阵杀敌。"熊廷弼赞叹道："原来是将门虎子，怪不得有这番胆识！要是辽东将士都如你这般，努尔哈赤岂敢兴风作浪！"

说话间，总兵柴国柱、副总兵贺世贤等人赶到城门迎接。熊廷弼对天育说道："你既在兵部历事，就随我一起前去议事吧！"天育领命，随熊廷弼等人一起入城。

熊廷弼查看完沈阳城防情况，对众将说道："沈阳原本是一座金城汤池，只是如今年久失修。如今当务之急是加固城墙，并着力整顿兵马，你等休要懒惰，务必抓紧行动！"

镇守辽东总兵官李如桢说道："大人说的是！只是如今百姓逃散，修筑城墙的民夫不太好找啊！"熊廷弼厉声说道："当官的不跑，老百姓会跑吗？令尊李成梁将军英武一世，怎么养了你这么个败家子？你家祖坟都在铁岭，你手握大军，竟然龟缩在沈阳，眼睁睁看着铁岭失陷？"李如桢大窘，不再说话。

副总兵贺世贤忙出来打圆场，说道："大人，沈阳重镇，我等自当誓死守卫。不过目前兵不满万，还请大人增兵，方可安定军心。"熊廷弼说道："你就是贺世贤？铁岭被围，唯有你敢领兵支援，是条汉子！甘肃总兵官李怀信已领援军至沈阳，本官就命他率军前来支援。"贺世贤大喜道："太好了，感谢大人体恤！"

熊廷弼说道："你等只管守好沈阳，本官要去抚顺走走！"贺世贤忙劝道："大人，末将从铁岭回来途中听说，抚顺已是一座空城。且此地离敌太近，大人是三军统帅，还是不要以身犯险罢！"熊廷弼不以为意，说道："本官受命经略辽东，岂能只顾自身性命，在城中避死！此行正好收集流民，恢复抚顺！再说了，外面冰雪满地，奴贼岂会想到我等前去巡城！"

天育也说道："大人胆识过人，令人佩服！小人以为，大人不但要去，还要率领大军大摇大摆前去。沿途还要鼓角齐鸣，让官兵和百姓放心回城，不再往关内逃跑。"熊廷弼大喜，说道："小子所说，甚合我意！"

众人于是冒雪领军前行，沿途果然鼓角齐鸣，耀武耀威直奔抚顺而去。进了城内，命官兵抓紧整修城墙，加固城门。住了一日，城内百姓见经略大人在此，不再逃亡。各地百姓陆续向城内迁来，在外散兵也陆续回城，抚顺城渐渐热闹起来。

熊廷弼又在抚顺城内大阅诸军，守军士气大振。并亲自设坛，祭奠抚顺阵亡官兵。天育也作诗一首："从征辽左经阵亡将士处举杯酹之：日惨风更号，千军血一刀。黄沙平地起，白骨比山高。国帅生为戮，健儿死亦豪。裹尸何处所，薄莫借村醪。"

回到辽阳，熊廷弼上书弹劾李如桢"十不堪"，罢免其职务。以甘肃总兵官李怀信为镇守辽东总兵官，同时升贺世贤为总兵，同领四万人守沈阳。又打造重二百斤大炮数百门，七八十斤大炮数百门，百子炮千门，三眼铳、鸟铳七千余支，盔甲、盾牌数十万件。沈阳、奉集堡、宽甸等城防日益加强，各地援兵陆续到来，辽东局势大为改观。

熊廷弼见天育颇有见识，便命其跟在身边，帮助起草文书。天育得以了解其经略辽东之方略，自然大有长进。但熊廷弼为人孤傲，且刚直易怒，虽然见识过人，却与巡按陈王庭等人相处不睦。就连总兵柴国柱等人，也对其霸道作风颇有微词。天育看在眼里，急在心里，数次侧面进言规劝，但收效甚微。

而努尔哈赤携萨尔浒之战余威，仍在四处征战。八月初，在辽河岸边击败蒙古喀尔喀部，生擒宰赛父子。八月下旬，吞并叶赫部女真，金台石自焚。朝鲜国主光海君也致书努尔哈赤，愿保持中立，大明痛失盟友。

熊廷弼见兵力仍然不足，便奏请征调西南土司援辽。兵部也多次奏请，但因调兵数量久议不决。

到了十一月，辽东战事危急，朝廷终于下令征调土司兵援辽。调湖广永顺宣慰司兵五千，都指挥使彭元锦亲统；调保靖宣慰司兵五千，宣慰使彭象乾亲统；调大西宣抚司兵四千，石砫宣抚司兵四千，以副总兵童仲揆统之。并升副总兵陈策为援辽总兵官，统领各路士兵出关。

冉跃龙接到命令，便命各营召集人马。按朝廷命令，跃龙需亲自领军出关。跃龙将四千人分为四营，由冉见龙、冉天彝、伍良臣、李熙各领一营。冉天彝乃舍人逵龙长子，算是替父出征；而伍良臣尚在辽东，其营暂由彭遐龄代领。

酉东总管白邦铭也命侄子白再连、再浩率二百酉东士兵，一起随跃龙出征。白再香三姐妹一再要求出征，跃龙拦不住，只得由着她们。而虬龙已胖得不能骑马，登龙、伏龙、从龙也不愿出征，均留下协助杨秀夫镇守酉司。倒是宜居头人冉维伦之子冉人龙，专门从官坝赶过来投军，令人感动。

跃龙在衙署商议完出征之事，刚回到将军府，舒眉便抱着天麒过来哭诉。舒眉劝道："听说女真兵凶猛异常，杨镐十万大军几天就被打败了，将军您就别亲出征了，让其他人去吧！"跃龙叹息道："我何尝不知道辽东这仗不好打，只是朝廷已经下令让我亲自出征。要是抗命不去，只怕会受到严惩啊！"

舒眉见跃龙执意要去，便说道："刀枪无眼，您要是有个三长两短，天麒虽是嫡子，可是毕竟才四岁，别人怎么会服他？怕是又会出现大乱子啊！"跃龙听得焦躁，说道："你盼我点好吧！这还没出发，就算准我要战死在辽东了？"舒眉听了，哭诉道："你兄弟子嗣这么多，哪用你亲自上战场？没有你坐镇，再出一个应龙可怎么办？"

天麒见母亲哭泣，不明所以，瞪大了眼睛看着父母。跃龙见舒眉说得有理，叹息道："征讨播州时，大小战事我也经历过不少。只管宽心吧，我自有分寸。倒是你弟弟舒泰，你得好好劝劝他，既然捐了武官，就要上战场。否则白花钱捐个官，不但没有长进，反而连累家里受惩罚！"

正说话间，亲兵来报，石砫冉天载求见。跃龙心下诧异，石砫这支许久已没有联系，不知何故突然来访，忙请亲兵请进来。舒眉见有客来访，只得带着天麒回到内苑。片刻之后，一位戎装少年走了进来，说道："侄儿天载，叩见将军！"正要跪下，跃龙忙伸手扶住："快快请坐，千万别客套！"

二人饮了茶，跃龙问道："家里都还好吧？我这里忙，也没有时间去万县看看你们。"天载回禀道："家里自从被革除佥事之后，都搬到上溪源里居住了。幸好有文灿公在绥阳哨立下战功，家产才没有被完全查抄，留了一些祖田供族人耕种，糊口倒是没问题。"

跃龙说道："几亩耕地一头牛，老婆儿子热炕头。其实这也挺好，在朝做官又能怎么样，每天明枪暗箭的，还不如耕读传家为好！"

天载叹息道："这一旦没了权势，一个平头百姓想要田园之乐又谈何容易！马家恨我们支持马千驷，马将军倒还公道，但底下人时常欺负咱们，也是一大麻烦啊！"

跃龙也叹息道："你说得也对，世态炎凉啊！"天载说道："侄儿这一辈兄弟也不多，又以侄儿为长。总得有个人出来闯荡闯荡，搏个一官半职才行，不然家里就这么衰落下去了！因此侄儿便与家里商量后，冒昧来投靠将军了！"

跃龙笑道："你既然有这份心，便跟在我身边吧！到了辽东，一刀一枪搏个功名，也不枉来世上走一回！"天载大喜，说道："我就知道来找您就对了！将军放心，侄儿一定不给您丢脸！"

跃龙说道："前两天乌罗长官司来信，你苍龙叔也要率兵出征。成都左卫那边，你绍文叔估计也会出征。这样在辽东咱们又聚齐啦，正好并肩杀敌！"二人又拉了拉家常，跃龙便命天载去找见龙，安排好住处。

过了两天，队伍渐渐齐整。援辽总兵官陈策派永宁参将周敦吉到酉司，协助跃龙统兵赴京师，到通州与石砫兵会合一起出关。周敦吉乃永宁宣抚司猛将，在征播州时便与跃龙认识。跃龙大喜过望，连着几日都请周敦吉宴饮。二人议定，待备好棉衣棉甲、马匹粮草后，正月初六再出发，并命白再筦协助家政白再连准备随军药品。

第五十五回
避出征土司坠马　抢物资两军械斗

再筠这天拟好药品清单，便来桃源药房找师父李子靖过目。李子靖看完，刻意多加了些止血消毒、防冻止泻之药。又说道："辽东寒冷异常，在野外作战防冻是大事，马虎不得。"再筠问道："师父你不和我们一起出征吗？"

李子靖看了看在屋外躺椅上晒太阳的父亲，说道："说过好几回了，我爹总是不同意。"李半仙听见这话，说道："你就死了这条心吧！再提这事，我就请你几个表哥过来，把你捆床上。"李子靖说道："听见了吧，我怎么能去啊！倒是你，十八岁了还不嫁人，还要去辽东，白总管不得被你气死！"

正说话间，冉文焕走了进来。李子靖问道："大渝府来的大夫怎么说？"文焕回答道："和你说的一样，是石疽之症，药方也和你开的差不多。"原来文焕夫人小昭怀孕七个月时一病不起，在李子靖这里看了许久也不见好。到了去年六月，终于产下一子天润。文焕不愿认命，用板车拉着小昭到处看病，一年来走遍了龚滩、彭水、黔江。近日又特意赶赴大渝府，花光积蓄请了一位名医前来看病。

李子靖接过药方一看，写着党参、焦白术、全当归、炒白芍、制半夏、蛇舌草等药材。便说道："前后你也看了几十位大夫了，依我说，你别再把银子浪费在到处看病上了。就让她在家安生待几天，好好服药吧！"文焕叹息道："我就这能力了，也没法子上京城请大夫来给她看了！"

再筠也说道："就是啊，还不如把这钱省下来买药呢！每天都吃这些药，也是一笔不小的开支啊！"文焕说道："是啊，积蓄都花光了。我打算把孩子托付给老爹老娘，自己随将军出征辽东，不然真吃不起药了！就这样，已经是文光帮衬我不少了！"说罢，抓了药回去了。

看文焕走远，再筠说道："这文焕哥真是条有情有义的汉子！要是在其他人家，恐怕小昭早就没了！"李子靖也叹息道："这一年多他真是不容易，当初小昭病重的时候，他老丈人还来大闹一番。说小昭原本身体极好，就是怀孕后文焕家里没照顾好，才得了重病。好在这一段时间文焕东奔西走，他老丈人也看在眼里，终于肯帮衬他一把了！"

再筠叹息道："要有这样一位有情有义的郎君，即便是清苦一点，也是心甘了！"话没说完，自己倒脸红了。她也知道李子靖和冉见龙都喜欢自己，但这二人都极含蓄，也不曾提亲。父亲想让她嫁给见龙，她心里却不知道自己到底喜欢哪一个。

且说舒眉听了跃龙的话，第二天便到娘家来劝舒泰。进了门，见舒泰正在逗小猫玩，胳膊上腿上都缠了白布。听见有人开门，舒泰忙跑过去躺在床上，扯了被子盖好。

舒眉纳闷，问道："阿泰，你这弄的又是哪一出？"舒泰见是姐姐，松了口气，说道："哎呀大姐，你下次进门的时候说句话行吧？还以为周敦吉又派人来了，吓我一跳。要是让他们发现我装病，我就得去辽东了！"舒眉怒道："爹爹好不容易给你捐了个官，你怎么能装病当逃兵！不说去辽东拼个封侯拜相吧，你总不能连累家里啊！"

舒问道在旁边听了，无奈地说道："生来就是这么个败家子，指望不上了！"舒眉哭道："我虽然嫁出去了，但是咱们荣辱都是一体的。如今天麒只有四岁多，我们虽是正房嫡出，在那边一直是人微言轻。天育已经入了国子监，这次又要到辽东去立功，他娘舅也都一直帮衬中。这么下去，将来天麒怎么袭职啊！"

舒泰怒道："我去辽东了，天麒就一定能袭职了吗？你就知道想着自己，我要是死那里了，咱家不就绝后了吗？"舒眉说道："家里要是没有一官半职行吗，不靠天麒还靠谁啊？就如今这世道，你再大的生意，迟早要也被盘剥没了！只恨我自己不是个男儿身！"

舒问道听他姐弟二人吵起来，叹息道："罢了罢了，你们吵来吵去，最后也是娘老子受着。我就攒下这么点家业，最后也都是你们受用。既然你不愿意去，我再舍出去点家当，给你两个堂弟捐个官。让他们到大渝卫任职，要是到辽东能有点出息，将来也能帮衬帮衬你们！"舒眉知道父亲一向把银子看得很紧，赶紧破涕为笑，上去给父亲倒茶，说了好一会儿话方才回内苑。

过了春节，诸事齐备。万历四十八年正月初六一早，跃龙祭了宗祠和武庙，点兵出发。舒氏、刘氏等眼泪汪汪地一直送到司城南门外，沿途也有不少百姓来送子弟。酉司境内养马较少，只有跃龙等人骑马，士兵均步行前进。四千兵马一路向南，准备过龙潭往东进入湖广境内，再向北走官道至京师。

下午申时四刻，太阳已经偏西，大军行至龙潭。在过一座古桥时，树上一群老鸦惊起，振翅齐鸣。跃龙胯下战马受惊，长嘶一声，把跃龙摔到马下。再香、见龙等忙下马来救，将跃龙背到旁边民房内躺下，命随军大夫过来医治。

跃龙躺在床上，已经晕了过去，随军大夫忙喊道："留两个人协助我即可，其他人都出去，不要在此影响施救！"周敦吉、冉见龙等人只得退出房间，留下白再香和缪天目在内。

过了一刻钟，天目出来说道："将军醒了，周将军进去看看吗？"周敦吉和冉见龙走进房内，见跃龙躺在床上，手上、腿上都缠了白布，床上到处是血迹。跃龙见周敦吉进来，叹息道："让周将军见笑了，想不到我骑了一辈子马，倒让这畜生给摔了！"再香忙说道："你可别乱动啊，腿都摔断了，肋骨也断了一根，老老实实躺着吧！"

周敦吉说道："没想到摔得这么严重啊，将军就好好养病吧！"跃龙叹息道："大军还得继续前进啊，就别等着我了。等我养好了，我再骑马来赶吧！"周敦吉说道："伤筋动骨一百天啊！将军就养好了再去吧，我会跟陈策将军禀报的。"

跃龙说道："我不能亲自领军了，那就只能辛苦见龙和周将军多操心了！"周敦吉说道："将军放心吧！到了通州，就和陈策将军会合了！"说话间，登龙也带人过来了，说道："诸位放心吧，我带人把将军抬到我府上养病，一定尽快把他养得白白胖胖的！"一边命人来抬跃龙，自己却到后院找水缸喝水。进了后院，只见石磨边放着一只刚杀的公鸡，不由得哑然失笑。

冉见龙和周敦吉继续领军前行，到了晚间方才扎营休整。吃饭的时候，再香看见不远处一个少年士兵身形有些熟悉。待想仔细看一眼，那士兵却将帽子拉下来挡住了脸。再香走过去一把将帽子揭下来，看了原来是冉天胤。再香说道："好啊老三，你竟敢偷偷跑出来参军！你娘这会儿在家找不到你，估计已经哭晕过去了！"

天胤满不在乎地说道："我留了封信，让天霓晚上给我娘，她这会儿应该已经看到了。"再香说道："你爹没让你出征，你还是回去吧，不然回头我和你十二叔都要受埋怨了！"天胤急了，说道："大哥去年才十六岁，也去辽东杀敌了！等走到辽东，我也十六了，如何不能杀敌！"

见龙也说道："别胡闹，回去吧！"天胤站起来，走到见龙旁边，说道："十二叔你看，我只矮你这么一点了，明年就和你一样高了！反正你们要送我回去，我也偷偷跑出来，到通州和你们会合！"见龙知道他一向刚烈，肯定犟不过他，便说道："好吧，你保证听话就行！"

正说话间，白再筠看见天胤后面坐着的人也眼熟，走过去一看，果然是李子靖。便笑道："好啊，原来这里还有一个偷跑出来的！"李子靖笑道："我可以做军医，大家可别赶我走，好不容易才偷跑出来的！"

周敦吉见天色不早，便说道："大家吃了饭，就回帐篷里早点睡吧！此去京师几千里路，要走三四个月，这才刚刚开始，大家一定得吃好睡好，千万不要生病！"见龙也说道："周将军说得对！大家都早点休息！"众人听了，各回营房睡去。

众人一路风雨兼程，到四月份方抵达通州。因辽东不断有战事消息传来，沿途有几十名士兵逃跑。又因长途跋涉艰辛，有不少士兵生病，好在随军有大夫，大部分都能治好。饶是如此，也病死了两人。

兵部查验过人数后，酉司兵马在通州扎营休整。旁边就是浙江兵军营，由戚继光后人戚金统领。到了第二天，石砫兵也赶到，由秦良玉之兄秦邦屏、弟秦民屏统领。

白再香无事，与再筠在帐外闲聊。此时天色已晚，远远看见一位青年将军走过来。尚未走近，那青年早已跪下喊道："娘！"再香一看，原来是天育，忙说道："快起来吧，跟你爹一样没良心！出来快两年了，也不多写几封信。"

天育站了起来，比再香已经高了一头。再香说道："看来在军营倒吃的不错，还长高了！"天育笑道："军营里老是跑来跑去，吃得多，长得就快些。"再香嗔怒道："还好意思说呢！不问问爹娘，自己就敢上战场！几万大军都没了，还好你活着回来了。"天育笑道："得亏小时候捅马蜂窝娘老追着我打，所以跑得快！"

二人正在说话，见龙和缪天目从外面走回来。众人一见，大喜过望，一起到见龙帐中坐下。见龙问道："天育，你不是一直在辽东吗？这是要回国子监继续读书了？"天育说道："上个月底国子监让历事的监生都回来报告情况，我就回来了。又听说十二叔率大军过来了，就索性在这里等，再一起去辽东。"

天目笑道："大公子在兵部历事，又参与了杨镐出征，正好给我们开开小灶，说一说辽东情况。"天育笑道："各位长辈在这里，我哪儿敢造次！"再香笑道："这孩子，还得大家求你才说是吧？"

天育忙说道："不敢不敢！我上个月刚从辽东回来，如今熊廷弼大人经略辽东已有八个月，坚守进逼之策初见成效，辽阳、沈阳、奉集堡等重镇日渐稳固。不过努尔哈赤已经今非昔比，所辖兵力、人口日渐庞大，不时派兵袭扰劫掠。接下来要打的，肯定都是恶仗！"

天目赞叹道："努尔哈赤已成气候，确实不是一两年能够剿平的。早就听说熊大人有大谋略大见识，只要能按这个方略多经营几年，辽东之事肯定会有起色！"天育叹息道："哎，熊大人才具过人，可惜脾气暴虐，不太尊重同僚和下属。如今已开始有人弹劾他，希望朝廷能明辨是非，以大局为重吧！"

见龙叹息道："这些事咱们也左右不了，只管练好兵，打好仗吧！不要徒增烦恼了！"天育问道："听说十二叔去见了陈总兵官，不知道各路援军到得怎么样了？"见龙感慨道："也不怎么样啊！彭元锦率永顺兵刚过南京，晚上雷雨，士兵竟然连夜逃走，只剩七百人。刚才听说，兵部已经奏请罢去彭元锦宣慰使一职，让其长孙袭职，并立即补充兵员赴辽。"

天育笑道："彭元锦一向勇猛霸道，这次怎么这么怕死！"再香叹息道："到处人心惶惶的，保靖宣慰使彭象乾率领五千士兵前来，都走到涿州了，结果彭象乾生了一场病，当晚就跑了三千人。"天育惊讶地问道："那朝廷也不会放过他吧？"

缪天目笑道："他自己上书请罪，让你姑父彭象洲带着剩余两千人过来了，又立即让两个儿子彭鲲、彭天佑另行招募了士兵送来，应该没事了。"

见龙说道："如今大敌当前，岂能贪生怕死。越是往后缩，朝廷越要严惩。

大是大非问题上,糊涂不得!"众人聊了几句,见天色不早,因第二天还要赶路,便各自回营休息。

第二天一早,兵部派人通知陈策,要酉司、石砫、浙江等各自派人到仓库领取被子、棉甲等物资。天育领了一百人前往,远远便听见前面一片吵闹声。走近一看,原来是石砫兵和浙江兵为排队吵架。天育忙挤过去,喊道:"大家不要吵,上了战场都是兄弟,有话好好说!"发放物品的士兵也喊道:"排好队,一个一个来吧!"

里面一个石砫兵说道:"你哄鬼吧!早听说这批东西不多,排后面就领不到!"旁边一个浙江兵说道:"我们戚家军才是主力,你们跟我们抢什么?"那石砫兵嘲讽道:"别往自己脸上贴金了行吗,到底是不是戚家军,自己心里没点数吗?"那浙江兵回击道:"那也比由女人率领的队伍强!"原来这批浙江兵虽由戚继光侄子戚金统领,但都是新募之兵,与当年的戚家军并无关系。

旁边石砫兵听了大怒,一拳将那浙江兵打倒,双方顿时打成一团。浙江兵本来以火枪兵为主,来的人又没有石砫兵多,顿时处于下风。领头的浙江兵吃了亏,喊道:"你们等着!"此时秦邦屏及戚金等人都在陈策帐中议事,不知道双方士兵已经大打出手。双方士兵没有主帅约束,各领了一二百人在街上对峙,天育等人哪里拦得住。

石砫兵人称"白杆兵",全都手持长枪结好阵型,将领头几名浙江兵打伤。浙江兵见讨不了便宜,竟推出一门大炮来,朝前面放了两炮。这两炮没打中石砫兵,却将前面一间民房打烂,瓦石掉下来,砸伤了两名看热闹的平民。

陈策等人正在议事,忽然听见两声巨响,都吓了一跳。众人忙出来询问,知道是石砫兵和浙江兵闹事,秦邦屏和戚金忙各自前去领军回营。然而这两声炮响,声音竟传到了紫禁城内。皇上震怒,命兵部严加惩治。并命各军立即赶赴辽东,再有逗留,一律严惩不贷。

第五十六回
守虎皮将军练兵　遇敌军小试牛刀

长城临海复依山，万马萧萧晓度关。
警报频闻休细问，男儿死国当生还。

且说大军拔营出征，过山海关时，天育见万马晓度、雄关如铁，于是乘兴赋诗一首。大军风雨兼程，十余日后，酉司士兵与石砫兵同日抵达辽阳。

熊廷弼见川军虽历经长途跋涉，但军容齐整，心里十分满意，便在行辕接见诸将。四川援辽总兵官陈策首先启禀道："大人，酉司、石砫士兵八千人今日您已检阅，再过几日吴文杰等人也将率川军七千人抵达。不知我等驻扎何处，还请大人吩咐。"

熊廷弼说道："辽东诸镇，最重者为辽阳、沈阳。而虎皮驿居于其中，距二城各六十里，为南北要冲。其东北方向三十里为奉集堡，是奴贼进攻沈阳、抚顺必经之地，二镇互为犄角。川军一向能征善战，心力也齐，好钢要用在刀刃上，就驻守虎皮驿吧！"

陈策说道："末将当年援朝时虽曾途径辽东，但对虎皮驿并不熟悉。对于守城方略，还请大人提点一二。"熊廷弼笑道："你旁边这位小兄弟天育，是国子监派到兵部历事的，曾经随刘大刀在辽东征战，前些日子也曾在我身边听用。他在辽东也有一段时间了，正好可以随你一起去虎皮驿，遇到事情也有个人商量。"陈策对天育说道："当年征讨播州时，我与你父亲就已经相识。既然要你一起前去驻守，你就当着大人的面，说说咱虎皮驿还缺啥，请大人一并支持！"

天育起身说道："既然如此，末将就斗胆说一说了。虎皮驿为辽东要冲，但绕城一周不过一里多，城墙不高且年久失修。倘若贼人来袭，城墙不足以坚守，需要出城迎敌。而川军以步兵为主，面对贼人骑兵冲击，须得有战车结阵方可。"陈策听了，忙说道："请大人拨给末将一批战车！"

熊廷弼说道："战车现在是金疙瘩，谁都想要，不过仓促之间本官上哪里弄那么多战车。也罢，明天浙江兵就到了，他们以车营和火枪兵为主，就随你们一起驻守虎皮驿吧！"陈策大喜，说道："末将叩谢大人！"

第二日，陈策率军抵达虎皮驿。这城池建在一个土坡上，四面只是一望无际的平原，确实无险可守。城墙破败，杂草丛生，只有南面开了个城门。往南不远为十里河，是辽阳、沈阳分界，但水量不大，不足为守城之凭借。

虎皮驿城池较小，陈策命大军在城外扎营，自己带五百士兵住进城内。并安排士兵抓紧整修城墙，在附近广设岗哨，做好拱卫。酉司士兵在城东扎营，扎好帐篷。白再香三姐妹带了十余名女兵，便紧挨着见龙、天育等人帐篷扎营，外面环绕白家士兵，往外才是本司其他士兵。伍良臣、冉一吼也过来相会，众人见面大喜。

天育见扎营已毕，便与见龙等商量防御事宜。天育说道："女真兵以骑兵为主，时常前来骚扰劫掠。咱们没有车营拱卫，夜间如果骑兵来袭，顷刻之间难以抵挡。应当挖壕沟、结栅栏，方是长久之计。"再香也说道："虎皮驿只是一个驿站，就是修好了城墙，也住不下多少人。咱们肯定要一直在城外扎营了，确实要抓紧做好防御。"

众人于是连夜在营外挖了壕沟，布下拒马。到了中夜，三军睡下，四野一片寂静。天育正睡得迷迷糊糊，猛然听见营外鼓响，知道有敌情，忙提了枪冲出营外。见中军帐外立了一座瞭望塔，塔上士兵将望旗指向东方。

天育等人提枪来到战壕前，众人弯弓搭箭，严阵以待。说话之间，一队女真骑兵冲到壕沟前。但壕沟前已有拒马和栅栏，一时之间冲不过来。酉司兵马上放箭，当先两名骑兵掉下马来。女真兵见官军已有防备，便打马转身离去。

冉一吼看见女真骑兵逃走，大喊道："把命留下！"提了狼牙棒，和冉文焕等人就要追出去，伍良臣赶忙拉住。见龙说道："穷寇莫追！咱们是步兵，哪里追得上！"

再香叹息道："哎！这么一股几百人的骑兵，就敢这么四处袭扰，想不到辽东的守备已经松弛到如此地步！"说话间，陈策等人也到了。天育说道："总兵官大人，咱们得有骑兵才行啊！这队人就这么轻易跑掉了，咱们追之不及，拿这里当菜市场可不行！"

陈策说道："只能等吴文杰率领的川军到了之后，再做打算了！以目前形势看，咱们以步兵对战骑兵将是常态，今后得多加训练才行。"一面吩咐说好营垒，一面回营睡觉去了。

第二日一早，见龙在帐中召集众人议事。见龙说道："如今咱们既然到了辽东，就不比在西司时候了，要抓紧操练起来才是。将军虽然吩咐由我执掌军务，但我自己也没有上过战场。这里有嫂子坐镇，伍良臣、李熙你们不少人是在播州用过命的，天育、一吼你们和女真兵也交过手，军中之事咱们要多商量才是！"

再香说道："十二弟刚毅稳重，由你统领最为合适。都是一家人，有什么事大家一起商量。"天育笑道："有十二叔坐镇中军帐，大家都觉得心里有底。"见龙笑道："你小子，别寒碜你十二叔了！你在辽东这么长时间，说说咱们下一步该干啥吧！"

天育正色说道："侄儿这次来辽东，最大的感受是女真绝非一般流寇能比。相信伍叔和一吼也有这种感觉，女真兵和播州兵、红苗不一样，乃是以骑兵为主，最大的特点是快、准、狠。快，就是行动迅速、出其不意，这是咱们步兵比不了的，几百人、一千人的骑兵就敢到处劫掠；准，就是能够迅速集结大量兵力对咱们进行围攻，去年咱们就吃了这个亏，被努尔哈赤集结重兵各个击破；狠，就是骑兵冲击力强，经常与咱们发生遭遇战，如果没有车营结阵，往往在骑兵冲击下一触即溃。"

伍良臣也说道："是啊！千军万马冲过来，要是阵型结不稳，就会变成对方的屠杀操练。"李熙说道："但是咱们没有战车，这如何是好？"天彝说道："浙江兵有车营，来了就好办了！"缪天目说道："即便浙江车营来了，也未必会时时和咱们一起出动，咱们必须做好在没有车营的情况下结阵的准备。只能就地取材，用拒马、盾牌结阵了！"

　　见龙说道："既然如此，咱们就先练结阵吧！"众人又商议一番，依旧由冉见龙、冉天彝、伍良臣、李熙各领一营，加紧进行操练。每营精选一百人，配一人高的大楯，身后配长枪兵、藤牌兵，专练结阵。又选出膂力较佳的士兵勤练射箭，其他人则练长枪刺杀。正好十里河不远处又一片树林，于是就地取材，选了中等木材砍了削尖，三根捆成一簇做拒马。

　　见龙知道天育颇知兵法，又在辽东征战过，便将本营士兵交给天育带着操练。又将本司所有战马集结在一起，挑了一些骑术好的士兵，由自己和再香等人带领，时常到各营督促操练。

　　天育见天载、文焕、天胤等都在自己这营，十分高兴，连夜便聚集众人议事。天育说道："咱们明早就操练起来吧！大家也说说，看有什么要注意的。"

　　天胤说道："大哥你白天说先练结阵，这和六叔教我武艺时，说的想练打人先学挨打是一个道理。我自告奋勇，要一面长楯。"天育笑道："你和六叔学了这么久枪法，你还是带大家练长枪吧！结阵的事，由焕叔负责！"

　　天载说道："那我呢？"天育笑道："哪能饶得了你！你箭术好，就带大家练箭吧！"文焕说道："还有一条，咱们不少士兵都是新募的，要尽快严明号令才是。不然到了战场上，都是无头的苍蝇。"

　　天育说道："焕叔说得有理！"于是命人将操敌号令条款抄了几十份，分发给旗头、什长，要求每晚组织本队士兵熟读。又要求三日之后，由天育等人亲自听各旗头背诵，如有一条记不住，责打一军棍。若士兵有犯小过该责打之时，能背一条者免打一板。

　　次日一早，天育带了本营士兵操练。先练金鼓号笛、旗帜，凡喇叭吹单摆开，是要各队即便挨队甲疏疏摆开；凡旗点过，只吹喇叭一长声，是要各兵转身，照旗所向转过；凡打铜锣，是要各兵坐地休息；凡吹字罗，是要各兵起身，执器械站立……如此种种，好在大军在西司时已操练过几个月，众人都能做得有模有样。伍良臣、冉天彝、李熙等人也带了本营在不远处操练。

　　练了一个多时辰，天育见众人开始有些怠懒，个别士兵开始有些恍惚。便命鼓手开始擂鼓，这是要众人小跑前进，准备与敌交锋。众人听到鼓声，持枪便往前冲。因为昨夜有雨，前方有一片浅水塘，众人蹚水而过。外侧几名士兵正在水塘边缘，不想湿鞋，便绕开水塘向前跑。

　　天育命众人立定，大声说道："各位兄弟，咱们几千、几万大军出击，要是没有严明的纪律，大家都各行其是，岂不是等着敌人来屠杀？古今中外练兵，首要便是严明号令。你们的耳朵只许听金鼓，眼睛只许看旗帜。如擂鼓该进，就是前面有水有火也要前去；如鸣金该退，就是前面有金山银山也要依令退回。只要大家齐心，共同进退，即便对面有千军万马，咱们又有何惧？"

说罢，命人将那几名士兵拖过来，每人重打十板。众人为之一震，再不敢有违号令。练了几日，天育便命众将各司其责，带领士兵操练结阵扎营、舞枪射箭。如此操练了一个多月，总算略有小成。陈策、周敦吉等人来看过，也赞不绝口。

这日天彝奉命领了本营一千名士兵，在虎皮驿以东五里处操练，至傍晚方领军回营。此时下着蒙蒙细雨，天色较暗，天彝正领军前行，后面突然传来一阵马蹄声。

天彝大惊，忙喊道："有敌情，结阵！"众人忙转身立定，手持长楯结好阵型。"拒马！拒马！"前面士兵不见拒马，纷纷喊起来。天彝大怒，喝问道："拒马呢？"旁边一名什长怯生生地说道："明天还要过来操练，又下着雨，小的们就把拒马留在那里了！"天彝大怒，一脚将他踹翻："你这是要把咱们的命留在这里！"

话音未落，那队骑兵已冲到眼前。天彝等人阵型尚未结好，便被骑兵冲开，前面几名士兵被马蹄踩倒。这队骑兵从天彝军中直接冲过，复又掉头冲过来。天彝只得大喊结阵，握紧长枪准备苦战。

谁知那队骑兵快到身前时，一起勒住了缰绳。领头几人扯下脸上蒙着的黑布，原来是见龙、再香、再连等人。天彝大为惭愧，拱手谢罪："十二叔，我甘愿受罚！"见龙说道："我找陈策将军借了些战马，才凑够这一百名骑兵。你这阵型连这点骑兵冲击都抵挡不住，将来怎么作战？平时操练不流汗，上了战场流的就是兄弟们的血！"

再香也说道："天彝你也是熟读兵法之人，岂不知号令严明是统兵第一要务！在辽东与骑兵作战，咱们又没有车营，拒马和长枪大楯就是咱们的性命所在。怎么能把拒马丢了自己回营？"

天彝说道："末将知罪！我们这就回去取拒马，再加练一个时辰！"天目拱手说道："小将军也不必过于自责，咱们的士兵大多是新募的，没有和骑兵打过仗，都还比较生疏。以后好好操练就是了！"天彝也拱手说道："是！"说罢，领了兵转身回去继续操练。

　　天彝等人刚操练一会儿，一里外岗哨忽然开始摇旗，旗帜指向东方。身边亲兵忙喊道："东边有敌情，准备御敌！"众人忙架起拒马，排好长楯，结起战阵来。片刻之后，一大片骑兵从东面杀过来。

　　前面哨兵边往回退，边喊道："女真兵！"天彝喊道："不要动，结好战阵，报步数！"前面士兵喊道："五百步！"天彝喊道："架长枪！"前面士兵喊道："三百步！"天彝喊道："拉长弓！"前面又喊道："二百步！"天彝喊道："放箭！"

　　女真骑兵成队冲过来，正赶上满天箭雨，顿时摔下来不少人。冲到阵前，又撞上拒马和长楯长枪，前面一排骑兵瞬间被掀翻。女真骑兵见酉司士兵阵型正面稳固，便绕到侧面发起冲击。好在天彝等人近一个月时常操练，侧面也迅速结好阵型，女真兵一时不能冲入阵中。

　　双方正在僵持，远处突然响起号角，一阵马蹄声传来。原来是见龙等人听到喊杀声，率骑兵来援。天育等人也在附近操练，远远听见喊杀声，在来援途中便先吹起号角。女真兵听出是明军号角，忙率队逃走。众人见女真兵退去，也率队回营。

第五十七回
用红丸皇帝驾崩　陷纷争经略去职

　　众人回营后，见龙与天育等人商量，派天育去总兵官陈策处报告情况。陈策正在与童仲揆、周敦吉、吴文杰等人议事，听了天育述说，陈策说道："酉司士兵初次出战便有斩获，实在可喜可贺！"天育忙说道："都是大人统兵有方，我等才能不辱军威！"

　　陈策说道："本镇也是刚得到消息，此次奴贼兵分两路，各有一万人。一股从抚顺出关袭击沈阳，被何世贤击退；一股杀向奉集堡，被柴国柱击退。但这次女真兵并不打算攻城，刚一接战，一发现我军有准备就退走了，转而在周边各处袭扰。这次你们碰到的，想必也是其中一部。"

　　天育说道："王大人屯、百官人屯等地方驻军不多，离咱们各处大营较远，女真兵恐怕是想逐步扫清这些地方，让咱们几处重镇孤立无援吧？"陈策说道："你说的是啊！不过没有经略大人的命令，咱们不能贸然出击。虎皮驿连接沈阳、辽阳，如果此地被攻破，两座重镇彼此孤立无援，就更麻烦了！咱们首要任务，还是要守住这里。"天育原想请令出战，听总兵官这样说了，只得告辞回营。

　　过了几天，王大人屯、百官人屯等十一个屯果然被攻破，女真兵将城墙砸坏，房屋尽数烧毁。游击祖大寿、周守廉、冯大梁等人带领残兵退回沈阳，女真兵见沈阳、奉集堡等地难以攻破，于是从容撤军。

巡按陈王庭见十一个屯被攻破,于是上书朝廷,奏请查核失事游击祖大寿、周守廉、冯大梁等人,要求降职处理,以儆效尤。熊廷弼则上书求情,不赞成降职。二人意见相左,议事便常有争吵。

兵部又派了新任主事刘国缙到辽东参与军务,刘本是辽东人,因此力主招抚逃散的辽人为兵,熊廷弼等人不赞同。刘国缙不为所动,招募了一万七千人,自己亲自带领操练。谁知仅过了半个月,辽人乘夜逃散,只剩三四千老弱之兵,银两、武器都被卷走。熊廷弼连夜将此事上报兵部,刘国缙受到责罚,只得灰溜溜回到兵部。刘国缙以前本和熊廷弼同为御史,没想到熊不念旧情,便深为怨恨。

如此匆匆到了七月底,这日早上天育与见龙正在议事,陈策派人来传话,要西司、石硅各派一名将官,着素服、黑角带,随陈策等人到辽阳接诏书。见龙说道:“看这情形,估计是皇帝驾崩了。天育你去吧,正好你和他们也熟悉。”天育知道见龙生平不喜欢凑热闹,便不推脱,回营换了衣服,骑了快马随陈策等人赶赴辽阳。

众人直奔辽阳城南郊外接官亭,在熊廷弼身后站好,静候赍诏官到来。近一个月来,辽东忽遭大旱,午后极其闷热。众人等了一个多时辰,一个个等得嗓子冒烟。正等得着急,只听南面官道上传来一阵马蹄声,一名传令兵飞马来报:“赍诏官大人马上到!”

众人忙整好衣冠,跪地等候。片刻之后,赍诏官一行抵达,与熊廷弼寒暄几句,众人复又上马,一起奔城内行辕而去。到了行辕内,众人依次跪好,赍诏官将遗诏恭恭敬敬放到堂上。

众人行三跪九叩后,赍诏官上前取了遗诏,恭恭敬敬宣读道:“遗诏曰:朕以冲龄缵承大统,君临海内四十八载于兹,享国最长,夫复何憾?念朕嗣服之初,兢兢化理,期无负先帝付托……皇太子聪明仁孝睿德凤成,宜嗣皇帝位,尚其修身勤政亲贤纳谏,以永鸿图……”

天育在后面跪地细听,听到“皇太子聪明仁孝”一句,知道太子朱常洛继承大统,心里松了一口气。本朝国本之争历经多年,至今总算尘埃落定。赍诏官宣读完,廊后奏哀乐,众人再拜。

众人拜完,赍诏官说道:“熊大人,太子念大家征战辛苦,特地吩咐,熊大人等不必再赴京致祭,以守好辽东为要。”熊廷弼听罢,叩头说道:“臣领旨谢恩!”陈策等人回营,带了誊写好的遗诏副本,在虎皮驿也组织众将官跪听宣读，并哭灵三日。

连日下来，众人心思浮动，颇有担忧，不知新皇对辽东有何安排。过了两日，兵部派人传令，太子爷在未登极前，于七月二十二日和二十四日，从内帑各发银一百万两犒劳辽东及九边将士。又拨给运费五千两白银供沿途支用，银子押解到达后立刻下发。

八月初一，朱常洛登极，国号泰昌。旋即罢免矿税、榷税，撤回矿税使，增补阁臣，一大批因上疏言事而罢免的官员纷纷起用。一时万象更新，朝野感动。

熊廷弼、陈策等辽东各级将官无不深受鼓舞，更加勤练兵马，加固城防。天育也收到父亲来信，谈及新政也是满心欢喜，并勉励天育恪尽职守，尽忠报国。天育等人自然更加勤勉，每日操练兵马。

如此过了一个月，这日天育和见龙等人正在练箭，陈策又派人来传话，依旧要求派人素服前去接遗诏。天育等人大惊，说道："皇上不是才登极一个月吗，怎么就没了？"来人忙说道："冉将军，小的们可不敢妄议朝政。"天育没办法，只得换了素服，随陈策等人赶赴辽阳。

到了晚间，陈策又在虎皮驿内组织祭拜。天育、见龙等人拜完回到营内，无不扼腕叹息。见龙叹息道："哎！好不容易盼来一位明君，对辽东又极为重视，怎么一个月就没了！"

天育也叹息道："听人私下说，皇上是纵欲过度，不久便生了病。司礼监秉笔太监崔文升本不懂药理，却受郑贵妃指使，以执掌御药房太监的身份进献'通利药'。皇上服药之后，一天之内连泻三四十次，以致衰竭。无奈之下，服用了两粒鸿胪寺丞李可灼自制的丹药，第二日凌晨五更就驾崩了。"

再香说道："可见这丹药是害人的！你们以后可别走这条路，有多少叔伯大爷都是吃了丹药，全身长疮，最后也没见谁成仙。"众人点头称是。天彝说道："这一年三个皇帝，年号都乱了！"

天育说："已经听说了，新皇帝年号天启，不过要等明年正月初一起才用。今年剩下的时间，还是用泰昌这个年号。"李子靖问道："不知这位新皇情况如何？"

天育说道："我在国子监时，倒是略有耳闻。先帝在万历年间，陷入国本之争，太子之位不保，哪有时间和心情管教子嗣。听说这位新皇年方十六，认不得几个字，只是喜欢木工，做的木工就是连宫廷里的不少木匠也不如他。"

缪天目叹息道："这么说来，只怕不妙啊！辽东战事，要害在方略不能摇摆。若是一朝天子一朝臣，动及战守根本，祸事就不远了啊！"伍良臣终究岁数大些，忙说道："人穷不说话，位卑莫劝人。咱们还是安心练兵，不要妄议朝政，免得遭致不必要的祸端！"

李熙也说道："伍兄说的是！朝廷的事情咱们管不了，就管好自己吧！"众人于是各自回营休息，依旧每日操练兵马。李子靖因主管随军医疗，与再筠时常见面，心下自然欢喜。见龙几天也见不到再筠一次，但每天军务缠身，也无暇他顾。

过了几天，吏科给事姚宗文奉首辅方从哲之命，到辽东检阅兵马。到了辽阳后，熊廷弼在演武场组织城内军队演武，供姚宗文检阅。姚宗文看后，不置可否，又要去到虎皮驿检阅。熊廷弼只得陪同前往，到虎皮驿沙场点兵。

此时虎皮驿驻兵一万余人，已在辽东操练五个月，因此无论是结阵还是射箭比武，都颇有章法。熊廷弼见军容齐整，演武颇有声势，便问道："姚兄看了两次演武，我辽东军容如何？"姚宗文说道："辽东兵强马壮，实乃国家之幸！"

熊廷弼大喜，说道："那就有劳姚兄在方大人面前，为我辽东将士多多美言了！"姚宗文并不接话，而是转头问陈王庭道："陈大人，王大人屯、百官人屯等十一个屯被攻破，是在熊大人经略辽东之前，还是之后的事情啊？"

陈王庭说道："这就是两个月前的事情，那时熊大人已到辽东接近一年时间。"姚宗文说道："朝廷视辽东为头号大事，就是皇上也节衣缩食，亲自从内帑拨付巨款襄助。熊大人坐拥十几万大军，兵强马壮，却不断丢失城池，地盘越来越小，不知是何打算？"

熊廷弼也有些尴尬，说道："姚兄有所不知，本督上任前赴京面见皇上，面呈'坚守进逼'之策，皇上当场赞许。努尔哈赤早已今非昔比，应当徐徐图之，不宜仓促进剿，以免重蹈杨镐覆辙。"

姚宗文冷笑道："好一个'坚守进逼'！现如今抚顺、铁岭等重镇都已经失陷，各处堡垒也不断丢失，恐怕只能称为'困守退却'吧？我大明十几万大军，就没有与奴贼一战的勇气了？"

熊廷弼也动了气，说道："经略辽东大计，不是几句话能说清楚的，还要从长计议！"姚宗文说道："六月份以来，奴贼大军每个月都出来抢掠，懿路、蒲河、抚顺纷纷遭殃。甚至杀到了沈阳城下，还能安然退回！这是什么大计？"

新任辽东巡抚袁应泰见二人争执不休，忙劝说道："姚大人连日奔波，路途辛苦，陈策将军已在虎皮驿内备了薄酒，请姚大人先进去休息休息，吃点东西再说吧！"众人也一起来劝，姚宗文和熊廷弼方才起身进城。袁应泰自然是殷勤劝酒，熊廷弼与姚宗文却依旧面带怒色，一顿饭吃得也是索然无味。

天育见熊廷弼与姚宗文争吵不休，心下有些担心，便来到城内打探情况。进了虎皮驿内，远远看见熊三在树下擦拭佩剑。这熊三是熊廷弼远房侄子，常年跟随在熊廷弼身边。天育忙过去打招呼："三哥，怎么没进去吃两口饭？"熊三见了，拍了天育肩膀一下，说道："小兄弟，好久不见啊！那里面气氛尴尬，我就不进去凑热闹了！"天育低声问道："这姚大人什么来路，怎么说话这么冲？"

熊三叹了口气，说道："说来话长啊！这姓姚的以前和熊大人曾经一起担任御史，二人略有些私交。但这姓姚的仕途不顺，丁忧后一直不能补官。见我家大人起用为辽东经略，便多次写信请求大人帮他疏通，谋个一官半职。但我家大人知道他品性一般，就没有给他说情。谁想这家伙不知怎么攀上了首辅大人，来辽东检阅兵马来了！"

天育叹息道："有这故事在里头啊，那这事可不好办了！"熊三叹息道："我早听说这姓姚的喜欢银子，我几次跟大人说该送还得送，谁知道熊大人就这么刚直，偏偏不送他。听说这姓姚的过山海关时，已经收了不少银子。到了这里啥也没捞着，还能给咱好脸吗？"

二人正说话间，姚宗文从里面走了出来，袁应泰在旁边陪同，熊廷弼和陈王庭在后面不紧不慢地跟着。姚宗文也不多说，命人牵了马来，打马便往辽阳而去。天育见这顿饭只吃了一刻钟，心知不妙，却也无能为力，只得回营歇息。

姚宗文回到京师，果然弹劾熊廷弼一味困守孤城，大军久不操练，疆土日渐减少，唯有罢免熊廷弼，辽东之事才有望好转。姚宗文本是刘国缙的门生，二人互相勾结，竞相弹劾熊廷弼。

熊廷弼为人向来刚直火爆，虽有大才但轻视同僚，手握重权却不结交官员，因此在朝中缺乏支持。御史顾慥、冯三元、魏应嘉纷纷弹劾熊廷弼，指责其拥兵自保、欺上瞒下、缺乏规划等等。皇上将冯三元的题本发给朝臣议论，熊廷弼大怒，上书为自己辩解，并请求罢官回乡。

御史张修德也上书弹劾熊廷弼破坏辽阳，言辞更加激烈。熊廷弼更加愤恨，再次上书自白，说道："辽东现已转危为安，为臣却要由生向死了！"于是缴回尚方宝剑，竭力请求将自己免职罢官。朝廷终于准许熊廷弼去职，提拔袁应泰经略辽东。

第五十八回
易方略兵行险着　收流民危机四伏

元嘉草草，封狼居胥，赢得仓皇北顾。四十三年，望中犹记，烽火扬州路。可堪回首，佛狸祠下，一片神鸦社鼓。凭谁问：廉颇老矣，尚能饭否？

　　——辛弃疾《永遇乐·京口北固亭怀古》

却说袁应泰接任后，上疏奏称："臣誓与辽东相始终，更愿文武诸臣不怀二心，与臣相始终。"并提出统兵十八万、用大将十人，收复抚顺、清河之方略。十六岁的新皇帝十分高兴，赐袁应泰尚方宝剑，但增兵之事议而不决。

这晚天育正在营中翻看辛弃疾词章，听到文焕、天胤等人议论袁应泰之方略，不由心下担忧。文焕说道："袁大人接替周永春担任辽东巡抚后，粮饷和兵马转运都安排得极好，为人一向精明能干。想必也是考虑再三，才提出攻打抚顺吧！"

缪天目叹息道："兵法有云：昔之善战者，先为不可胜，以待敌之可胜。努尔哈赤已经定都建元，创设八旗制度，女真人兵强马壮，士气正盛，不是轻而易举就能战胜的。熊大人深得兵法之妙，所以提出以守为攻、坚守进逼之策。袁大人上任伊始就提出进取之策，想打仗固然好，关键是怎么打赢啊！"

天胤说道："那也不能总是缩着头被人家打啊，咱们也好好打两场打仗吧，不然憋死了！"天育叹息道："三弟啊，这仗一旦真正打起来，再想挽回就来不及了！杨镐大军十一万进剿，那时努尔哈赤才六万多人。五天之内几路大军就兵败如山倒，我们在刘綎军中，眼看着周围的士兵一个个倒下。以伍叔和一吼这样的身手，也做不了什么。在大军面前，个人就如蝼蚁一般！谋划方略，怎么能不慎重啊！"

天彝说道："咱们与女真人也算交过几次手了，他们也没有三头六臂！我倒是赞成袁大人的方略，十余万大军在这里驻扎着，老不打仗怎么行！女真人老是派兵不断来袭扰，真把咱们当泥人捏了！"

天育叹息道："怕就怕在这里，从上到下都还是拿努尔哈赤当流寇！如今辽东形势已经转变，不再是咱们去进剿女真，而是女真占据攻势，迟早要集结大军攻打沈阳。一共十几万人，辽东有大小城市、堡垒、营寨七十余座，每个地方能有多少人，岂不犯了分兵大忌？以我之见，沈阳、辽阳相距不过一百二十里，又控扼住了辽东要冲，应当将兵力集中在这两座大城附近。只要女真来犯，在两天之内即可动员所有兵力与之决战。"

见龙也深以为然，不由一声长叹，说道："自萨尔浒兵败后，我军士气低迷。就怕抚顺一败，各路大军又纷纷逃散。这沈阳到辽阳才一百二十里路，马上就陷入危局了！"李熙说道："事情都坏在朝廷里那帮人手里，辽东战死五万人，也不会溅一滴血到他们身上。小皇帝上来，当然是愿意听大话，最好是一个月就平定辽东。你要是说固守辽阳，没人爱听啊！"

伍良臣说道："咱们还是少议论这些事吧，要是让经略大人听到，少不得要论罪了！"再香也说道："就是！这些事情让朝廷操心去吧，咱们只管练好兵。真打起来，别丢了西司的脸就行了。"正说话间，熄灯号吹响，众人各自回营睡觉。

这一年辽东大旱，蒙古各部遭遇大灾，又被女真欺压，很多灾民到沈阳乞讨，不少灾民更是涌向关内。袁应泰下令接纳辽人中青壮年者，编入各军。沈阳总兵官尤世功并不赞同，拒绝大量招收辽人入城。袁应泰知道后，亲自带人赶到虎皮驿查看情况，并命尤世功来见。

袁应泰坐镇中军帐，见尤世功进来，未等其落座，便问道："以辽守辽，是本督平辽大计，兵部也都认可。尤将军为何抗命？"尤世功见他兴师问罪，不敢落座，拱手回禀道："禀经略大人，这些辽人投军只为饷银，行军操练、砍柴修墙之事一概不愿意做。一遇到打仗，就一伙一伙地连夜逃跑，甚至还有女真奸细混在其中。沈阳重镇，怎能用这些人！"

袁应泰呵斥道："如你所说，辽人就没一个靠得住的了？他们就全都是好吃懒做之人？"陈策忙说道："大人息怒！如今前线军情紧急，女真人经常大军来袭。咱们若真到抚顺筑城，确实要由可靠的士兵才行。"

四川援辽副总兵官童仲揆也说道："禀大人，如是带着妻儿老小逃难来的，自然是可以收留的。最怕就是成群结队全是青壮年的，确实不堪重用，只有发饷银的那几天稍微干点活。以前李如桢、刘国缙大肆招募辽人，给我派了几百个，末将吩咐他们去砍树回来结栅栏。结果去了一个多月，回来点验，每人每天就砍了一根胳膊粗的木头！"

袁应泰大怒："那是你等治军无方，岂能怪罪于辽人！如今辽东饥民遍地，咱们要不接收，他们都跑去投靠努尔哈赤了，这笔账算不过来吗？站后面那小伙子，你说说看！"

天育本来站在后面一言不发，见袁应泰点自己，忙回禀道："禀大人，末将以为，辽东饥民不少，应当有序接收。可分别派往宽甸、清河等距敌较远的地方效力，严加训练后方可大用。沈阳、奉集堡等重镇关系辽东安危，确实不宜贸然大量接收辽人。"

袁应泰哼了一声，说道："你们都只记得前任经略的话，把本督不放在眼里。前几日奴贼来犯三岔儿堡，辽人冲锋在前，二十多人阵亡。岂是你们口中的贪生怕死之人？朝廷命我等明春到抚顺、清河筑城，援军迟迟不能到来，咱们不招募辽人，如何补充兵员？招募辽人关系到平辽大计实施，你等休要再推脱阻挠，否则一律军法从事！"

尤世功、童仲揆等人不敢再说话，袁应泰又查看了城墙情况，方才起身回辽阳。此后，各军大肆招募辽人，尤其沈阳涌入大量辽人。然而不少人未加训练即入伍，行为散漫，更有人暗中奸淫抢掠，军纪大为败坏。而袁应泰为吸纳辽人，为辽兵开支军饷每人每月三两，高于其他士兵，令各级将官大为头疼。

到了年底，朝中关于如何处置熊廷弼争论不休，便派兵科给事中朱童蒙到辽东调查。朱童蒙在辽阳与众将详谈一番，听到各种声音，有夸熊廷弼指挥若定、力保辽东不失的，有讽刺其畏缩不前、只知固守的，也有说其脾气暴虐的。

来时给事中杨涟便已说过，朝中大臣及各级将官对熊廷弼评价不一，有弹劾的，也有夸赞的，应当多方了解情况才能判断。朱童蒙与袁应泰等人谈过后，见如今平辽方略与熊廷弼时已大为不同，不少将领对熊廷弼的看法自然也会改变。心下一时难以决断，便决定带人到前线看看，于是冒雪来到虎皮驿。

朱童蒙与陈策、周敦吉诸将均作了详谈，又命酉司、石砫各派一人前去谈话。天育奉命前来，在帐外等候。见秦邦屏也在旁边等候，便上前攀谈了几句。

秦邦屏担忧地说道："如今朝廷主战，从兵部到袁应泰大人都力主要到抚顺、清河筑城。熊廷弼大人却一直主张坚守进逼，恐怕这次没几个人为他说好话了！"

天育叹息道："我也和世叔一样担心，熊大人治军有方，只可惜朝廷不给时间啊！"邦屏说道："所谓人走茶凉，熊大人平时脾气又大，容易得罪人，只怕情况不妙啊！"

天育说道："公道自在人心，熊大人在辽东这一年多，功绩不容抹杀。咱们自当秉公直言，朝廷既然来调查，我就不信他们只听一家之言！侄儿曾在兵部历事，回头再写封书信，将我等知道的情况递上去。子规夜半犹啼血，不信东风唤不回！朗朗乾坤，我就不信世上还没有公道了！"

正说话间，一名将领从帐中走出来。二人认得就是那称病不敢到沈阳安抚军民的韩原善，便扭过头去假装没看见，不与他打招呼。韩原善却不以为意，拱了拱手转身离去。秦邦屏奉命走进帐中，谈了片刻出来。这时浙江兵统领戚金也走了过来，看到秦邦屏，便站在天育身后假装整理铠甲。

原来浙江兵与石砫兵在通州乱斗，通州兵吃了亏，有几人受伤。但兵部追究下来，却是通州兵放炮误伤民房及平民，又惊动了圣上，所以领头的浙江兵被斩，石砫兵却被打了板子了事。因此戚金大为不满，与秦邦屏有了隔阂。秦邦屏见戚金如此，也哼了一声。

天育正想拉住秦邦屏问几句，站在帐外的士兵说道："冉将军，里面请！"只得迈步走去。进入帐内，见主位上坐着一位相貌魁伟的官员，知道是朱童蒙。旁边坐着一位中年文士，却是蹇明宇。天育心下大喜，却也不好打招呼，便说道："两位大人，末将酉司冉天育，前来听大人问话。"

朱童蒙客客气气地说道："冉将军请坐！你既然曾在兵部历事，咱们就开门见山，不再绕圈子了！本官奉圣上之命，前来核查前任经略熊廷弼之事，还望将军据实详谈。"天育说道："是！末将定当如实禀报！"说完轻轻坐下。

塞明宇问道："冉将军到辽东多久了？对熊大人印象如何？"天育说道："末将去年正月到兵部历事，随后即到辽东，如今已接近两年。三任经略大人杨镐、熊廷弼、袁应泰，末将虽有接触，但了解不多，不敢妄加议论。"

朱童蒙见他不做评价，便问道："有人弹劾熊大人，说他经略辽东一年，丢失了十一处堡垒，你怎么看？"天育说道："熊大人刚到辽阳时，铁岭、抚顺已经被努尔哈赤攻克，沈阳军民逃走大半。不少人都往关内逃走，还有将领建议大军撤回山海关。熊大人经略一年，如今沈阳、辽阳已是金城汤池，奉集堡、虎皮驿等重镇也有大军驻守。大人说的十一处堡垒，又怎能与沈阳相比。况且这些堡垒，也是熊大人到了之后才有士兵进驻的。"

塞明宇听了，问道："那为何朝中有人弹劾他畏缩不前，拥兵困守孤城？"天育慨然说道："熊大人进抵辽阳后，派佥事韩原善到沈阳安抚军民，这位韩大人称病不出；又改派佥事阎鸣泰前去，结果这位阎大人率军走到咱们虎皮驿这里，看到远处有女真兵，就大哭而回。熊大人亲自冒雪到沈阳和虎皮驿慰问军民，又冒险进入抚顺查看。如今别说率领大军，就是一个普通老百姓也敢从辽阳走到沈阳。这怎么能说熊大人胆小？眼下不少人弹劾熊大人不能占领抚顺和清河，可是又何曾想到，当初不少将军连沈阳也不敢来？"

朱童蒙问道："听你这么说，你是赞同熊大人的'坚守进逼'之策了？"天育忙说道："辽东方略，向来由经略大人请示朝廷后定夺，末将岂敢妄议。不过殷鉴不远，杨镐大人兵败就在去年，进剿之事自然要慎之又慎。"

塞明宇说道："照你这么说，熊廷弼岂非没有丝毫过错？"天育说道："末将以为，人无完人，熊大人自然也有错。错在于朝廷危难之际，辞职乞归，有负君恩。错在身为辽东统帅，身负国家重任和辽东军民安危，不能忍辱负重，而以意气用事。至于其他过错，末将实在不知。"

朱童蒙听了，起身说道："感谢冉将军畅所欲言，今天就谈这些吧！"天育说道："辽东稳固来之不易，剿平女真更非一朝一夕之功，望大人明鉴！"说罢起身告辞。朱童蒙与塞明宇又找其他将官详谈，并亲赴沈阳和奉集堡查看，在辽东调查十余日方回京师。

过了十几天，天育收到塞明宇来信，说了自己调任兵部之事。又提到朱童蒙已递交报告，全面评述了熊廷弼镇守辽东的功绩。御史吴应奇、给事中杨涟也为熊廷弼说话，皇上已决定不再追究其过失。

天育见熊廷弼无事，心情大好。闲来无事，想起父亲常说众将齐心方能立于不败之地，最近石砫统领秦邦屏与浙军统领戚金彼此不服，但上了战场还得彼此依靠，便想居中做个和事佬。见龙等人从西司带来了一些花田米酒，正好今日不用操练，天育便派人去送信，请戚金和秦邦屏晚上过来喝米酒。

大家营地都不远，过了片刻秦邦屏便打马前来，天育忙迎了上去。邦屏笑道："世侄风雅，如今天气转凉，喝两碗米酒正好！"天育笑道："世叔赏脸能来，咱们米酒管够啊！"邦屏面露难色，手摸着肚子说道："实在不巧啊，昨晚喝了些凉水，今天一直闹肚子，米酒我恐怕是无福消受了！"

天育说道："喝点热的正好嘛！您难得过来一趟，一会儿成都左卫的冉绍文将军也过来，大家正好叙叙旧！"邦屏说道："好啊，我正好去拜会一下令堂和见龙，大家同在辽东杀敌，彼此有个照应才是。"天育笑道："世叔请坐，我让人请他们来我营中便是！"说罢，吩咐亲兵去请。

过了片刻，再香和见龙等人来到天育帐中。石砫和西司两司向来交好，彼此详谈甚欢。不久冉绍文也赶了过来，绍文与跃龙乃是至交，与见龙、天育等人见了也是大为亲热。宜居茶清香扑鼻，众人一边品茶一边闲聊，倒是在军旅中偷得半日闲暇。

聊了一会儿，秦邦屏起身告辞，说道："难得和大家坐一坐，聊得很是高兴。只是我这肚子不争气，得回去让郎中再瞧瞧才行！改日我请大家去我营中坐坐吧！"天育等人极力挽留，但秦邦屏还是竭力推辞，出了帐篷打马回营。

到了傍晚，戚金派了亲兵过来回话。那亲兵说道："禀将军，我家将军偶感风寒，这会儿外面又在刮风，怕出来再吹坏了。我家将军说，今日抱歉不能前来，等他病好了，亲自请冉将军过去喝花雕！"天育只得说道："有劳了！就请你代我慰问戚将军吧，让他赶紧好了，我还等着喝花雕呢！"

那名亲兵连连点头，转身回去复命。天育见两家都不愿言和，虽然有心促他们和解，暂时也没有什么好办法。倒是与绍文聊得颇为投缘，叔侄二人聊了许久方散。又得知绍文要随川军调至沈阳，便约了接下来几日时常见面畅谈。

第五十九回
离大营女将遇险　审逃民众人叹息

进入十月以来，辽东逐渐转冷，到了年底更是天寒地冻。大批驻军每日生火做饭、烧柴烧炭取暖，要耗费不少木头。这天见龙和天育见连日来北风挺紧，担心要下暴雪，便安排众人抓紧深挖壕沟，加固营防，又派人外出砍柴、取水。

白再英自打到辽东后，每日只是默默练剑。大姐再香时常去与天育等人谈论排兵布阵之事，她也懒得掺和；堂妹再筠整日捣鼓那些草药，李子靖屁颠屁颠在旁边陪着，她更不愿靠过去。接到烧炭之令，再英带了二十几个人出发。因为今天外出砍柴烧炭的人多，再英不愿大家挤在一起，便往东多走了几里路，来到一座小山坡上。

众人砍了一片小树，聚在一起点燃，待火烧尽后用枝叶盖上，再泼了些冷水。过了一会儿，红色的碳冷却下来，一堆一堆如墨玉一般。大家便开始装袋，准备运回营房。这一队人除再英外，只有七八个是从西司来的士兵，其他都是近期招募的辽人。这些人喜欢偷懒，再英也不怎么管，大家倒是相安无事。

这里面有一个驼背张老三，平时负责喂马喂骡子，又是个哑巴，这些士兵时常拿他取笑。张老三正在装碳，旁边一名络腮胡子的辽人笑道："张老三，你是老三，你家老大老二不驼背吧？"张老三好似没听到，继续装他的碳。

一名西司士兵说道："他是哑巴，你还指着他回答你啊？你别看他驼背，力气倒挺大，你可别惹他。"那络腮胡子满不在乎地说道："他力气大，他这样的老子能收拾十个！"说罢，看张老三脸上包着一块黑布，只露出眼睛鼻孔，便骂道："你个死驼子，还缠块布干啥，没脸见人啊！"说完便动手去扯张老三脸上的布。

那黑布从下往上刚掀开一点，只见下巴上胡子拉碴，却也掩不住嘴巴附近全是烧伤痕迹。那辽人待要把黑布扯下来，张老三一把抓住了他的手。

"住手！他愿意包着就包着，你欺负他干嘛！"再英见张老三又驼背又哑巴，脸上还烧伤，动了恻隐之心，赶紧喝止住。那辽人已感觉手腕上传来一股极大的劲力，抓得自己生疼。听再英如此说，倒是给自己找了个台阶下，赶忙放开了手。张老三不以为意，继续弯腰收拾地上的木炭。

突然，再英听到不远处传来树枝摇动的声音。侧耳再听，有树叶被踩碎的声音。浑身顿时汗毛倒竖，忙喊道："戒备！有敌情！"话音未落，几支箭已经射了过来，两名士兵被射倒。再英忙拔出剑，躲到大树后面，与众人一起准备迎敌。

顷刻之间，二三十名女真士兵围了上来。那群辽人见了，扔下手里的东西撒腿就跑，只剩再英等不到十人迎敌。女真人士气大涨，不再放箭，持刀杀了过来。再英一剑刺倒一个，又一脚踢翻一人，率队和对方厮杀在一起。张老三却不慌不忙，从身边掏出一只牛角，用劲吹了起来。牛角声十分雄浑，顿时传遍四野。

酉司士兵虽然彪悍，毕竟对方士兵数倍于己，不久便处于下风。再英等人杀死了七八名女真兵，但自己也被女真兵逼退到土坡下面。再英环视一圈，见自己身边只剩三名士兵，其中一个还是那驼背的张老三，而对面还有二十人左右。

再英心想，今天恐怕要丧命于此了，只得与张老三等人背靠土坡，四人同仇敌忾，手持盾牌严阵以待。一名女真兵率先持刀冲过来，一刀劈在盾牌上，被再英一剑刺倒。其他女真兵不再单独冲锋，转而持刀步步紧逼过来。对面领头的女真兵笑道："兄弟们，这个女的有几分姿色，给我抓活的！"说罢带人冲了上来。

再英只得拼死苦战，不久身边两名士兵相继倒下，只剩再英和张老三并肩作战。那张老三却突然好像不再驼背了一样，十分勇猛，瞬间格杀两名女真兵。女真兵将他二人围住，一时却也拿不下来。远处的女真兵放箭，再香与张老三举着盾牌护住，箭纷纷射在盾牌上。

张老三突然轻轻哼了一声，再英一看，张老三右脚中了一箭。张老三怒吼一声，右手拔出长箭扔了出去，正中对面女真兵的面门。原来张老三拼命用盾牌护住再英，那盾牌不大，自己右脚便挡不住了。再英心下感动，又见这张老三虽然驼背，大敌当前却并不慌乱，脚上鲜血直流却持盾屹立不倒。被他感染，再英心想横竖不过一死，也镇定了下来。

正在危急之间，远处突然飞来一阵箭雨，女真兵纷纷倒下。白再香一马当先，带人领兵杀了过来。原来再香也领兵在附近打柴，听到号角便领兵来援。再香见妹妹身陷重围，纵马直奔过来，手里长枪直接将前面一人刺倒。再英等人此前烧炭已将前面树林砍掉，正好方便再香等人跃马冲来。

女真兵见一队骑兵杀过来，哪里抵挡得住，早被再香等人打倒。剩余几人转身就往树林深处跑，再香等人下了马，提枪一起追击。追了一里路，再香等人赶上，将几名女真兵生擒。再一看，不远处有几人正在砍柴，便一并拿住。

原来是这队女真兵也是过来打柴，看到再英人少，便领兵前来偷袭。幸好再香带人来援，否则不管再英如何勇猛，今日恐怕要战死在此地了。再香命人捆了这队人，准备押回营中再做定夺。

再英转头去看张老三，见他又恢复了平时驼背的模样，坐在地上自己在包扎伤口。再英走过去要帮忙，张老三啊啊啊地说了几声，摆手示意不用她帮忙。见他包扎好，再英便伸手想扶他起来。张老三没有管她，自己挂了一根树枝站了起来。

再香将自己的马牵了过来，对张老三说道："今日多亏了你，不然我就再也见不到我妹妹了。你受了伤，骑我的马吧！"张老三不断摆手，自己挂了树枝走了。再香等人见他态度坚决，只得由他去了。众人押了女真兵，运了木炭一起回营。

天育见母亲俘虏了一批女真兵及逃民回来，正想了解女真那边的情况，便亲自带人询问。缪天目也感兴趣，过来一起提审。天育先命人将领头的女真兵押上来，天育上前将其松绑，说道："兄台不必惊慌，我们请你过来，就是问问话。你如实答来便是！"

　　这女真兵满脸络腮胡，虽然被俘，却不失傲气，抬头看了天育二人一眼，哼了一声。缪天目突然拍了一下脑门说道："嗨，忘了！听说二十年前努尔哈赤便创造了满文，这位兄台肯定是说满文，听不懂咱们的话，得找个会说满文的来才行。"

　　女真兵说道："不用费那劲了！我是汉人，你们有话尽管问吧！"天育问道："你既然是汉人，为何投靠了女真人？"那人仰天大笑，笑声中却透露着悲凉，而后缓缓说道："《水浒传》看过吗，逼上梁山听过吧？"

　　缪天目说道："此书在本朝风行已久，我等自然看过。你就直说，为何投靠女真吧！"那人说道："我姓杨，在家中排行第三。祖上原是一方县令，永乐年间被充军发配到铁岭，从此便被划为军户，世代在此过活。到了我这一代，我父亲和大哥都在军营里，饷银经常不发，还得我和二哥种地供养他们，最后他俩都在萨尔浒战死了。后来我和二哥也被抽到开原修城墙，每天当牛做马，饷银都被克扣殆尽。可怜我的老母带着小孙子在家，粮食吃完了，最后活活饿死。"

　　天育叹息道："想不到张兄还有这一段经历，我一定如实禀报上去，免去你投敌之罪。反正都是打仗，你以后就跟着我们吧，弃暗投明不是更好吗？"杨三苦笑道："你们官老爷说得好轻巧，免了我的投敌之罪！我家附近有上百户军户，不是战死就是饿死。你们一打仗就败，我们有什么盼头？"

　　缪天目说道："你随官军作战，凭你的本事定能立下战功。以后朝廷赏你土地，为你加官进爵不好吗？你在女真那边，始终背着叛乱的罪名有什么好？"杨三哂笑道："我如今手底下只有十几人，连个牛录都不是，但是他们也赏了我土地。我娶了媳妇，他们在家种地，能够养活自己，也不担心有人去抢掠，有什么不好？"

　　天育见他顽固，便说道："人活在世上，始终要靠忠孝立身。你是大明的子民，投靠女真始终是不妥。"杨三说道："大明又怎么了？太祖不也是和尚出生，造反起家当的皇帝吗？许这姓朱的造反，就不许别人造反了？"

　　缪天目说道："女真终究是蛮夷，不是正统啊！"杨三说道："想当年周文王还是西夷呢，又怎么了？秦始皇一统六国前，大家用的文字、钱币不也不一样吗？建州三卫原本也是天朝子民，我原本也是军户，我们就生来该当奴仆？"

天育大惊，说道："想不到你倒读了不少书！不过这等大逆不道之言可不要乱说，否则我们也保不了你！"杨三哼了一声，说道："我家世代是军户，就算读再多书又有何用？家里的男丁一旦成年，全都抓到军中效力，想我读了多少年书，只盼参加科考，最后还不是去修城墙了？"

天育叹息道："你在我们这里说倒没事，不过我们也不敢私自放了你，只好把你交给陈策大人。你到时候可别说这些混账话了！"杨三说道："被你们抓了之后，我就没想能活着回去了！我要投靠你们，我妻儿在那边怎么办？原本开原城破时我就该死了，如今多活了快两年了，还有了子嗣，死了也没什么遗憾了！"

缪天目说道："既然你执意如此，我们也不劝你了。你和我们说说，今年辽东大旱，女真那边情况怎么样？"杨三说道："天灾哪里又比得了人祸？辽东原本屯田超过两万五千顷，可如今有几人在种？努尔哈赤建立大金后，境内比沈阳、辽阳安全多了，种田放牧的人越来越多。受到天灾的影响，又哪里有你们和蒙古部落严重？"

见天育二人沉吟不语，杨三又说道："抚顺千户所备御官李永芳投降后，娶了贝勒阿巴泰之女，比在抚顺过得还痛快。就连范文程都主动投靠了大金，他一个范仲淹后人都这样，我为何不能投降？"

二人见他无所顾忌，侃侃而谈，倒拿他没办法，只得命人将他押下去。天育长叹一声，说道："想不到辽东之事，比我想象中还要难啊！"缪天目也叹息道："看样子，在辽东努尔哈赤已深得人心，如今又兵强马壮，恐怕袁应泰大人筑城抚顺之计，是兵行险着了啊！"

天育说道："原本辽东有大量军户和屯田，种地可以收不少粮食，军户又可以补充兵员。如今军户逃散，屯田败坏，兵员和粮草都要完全靠关内提供。辽东已经成了朝廷的负担，所以朝廷日思夜想的便是尽快进剿，不想持久作战啊！"

正说话间，见龙等人也走了进来。众人听天育说了大致情形，纷纷摇头叹息。天育更是满心忧虑，直到深夜方睡。

第六十回
援奉集士兵扬威　忧战局将军献计

岁暮远为客，边隅还用兵。

烟尘犯雪岭，鼓角动江城。

天地日流血，朝廷谁请缨。

济时敢爱死，寂寞壮心惊。

除夕夜，陈策城中宴请虎皮驿各营将领。见诸将坐齐，陈策举起酒碗说道："本镇奉命驻守虎皮驿，靠诸位将军鼎力支持，半年来大小数战小有斩获，力保重镇稳固。岁至除夕，我等虽然身在军旅，也要庆贺一番。这花田米酒是冉将军从酉司千里迢迢带来的，我借花献佛，敬大家一碗。来，干了！"

众将一起说道："干！"一起举碗一饮而尽。喝完坐下，士兵方端上菜来。众人围着篝火边吃边聊，倒不觉得冷。这花田米酒清香扑鼻，入口圆润，喝下去并不十分醉人，大家都是微醺陶然之态。陈策心里高兴，命人拿来纸笔，乘兴写下了杜甫的《岁暮》。陈策和熊廷弼一样，是武举出身，后来又考中进士，端的是文武双全。众人见陈策笔走龙蛇，笔力雄健，无不交口称赞。

陈策指着一旁的铜鼎说道："为防奴贼偷袭，咱们大伙不能醉酒。但这酒鼎里还有些余酒，谁要想喝，可以凭本事来取！"游击周敦吉笑道："总兵官大人文武双全，吟诗作对末将是不敢献丑了，不过蛮力还有些，就抛砖引玉，先献献丑吧！"说罢，命人取了自己的强弓来。陈策笑道："早知道周将军射术无双，就让我们开开眼吧！"

周敦吉起身站定，弯弓搭箭，瞄准一百五十步外槐树上挂着的灯笼一箭射去。这箭不偏不倚，射在灯笼上方的绳子上，灯笼飘然而下。陈策夸赞道："好箭法！"亲自拿牛角斟满酒，送给周敦吉。周敦吉接过一饮而尽，笑道："痛快！"

秦邦屏说道："既是射箭，那末将也试试！"说罢，与秦民屏一起站到前面。陈策笑道："你们兄弟二人要一起射箭？这倒有意思了！"秦民屏弯弓搭箭，也是瞄准远处槐树上的灯笼，如周敦吉一般将那灯笼射了下来。

童仲揆笑道："这不是模仿周将军吗？"话音未落，只见秦邦屏一箭射去，正中灯笼上方。这一箭势头未减，射在槐树上，将灯笼又重新挂在了树上。陈策笑道："好！这铜鼎里就剩两角酒了，正好赏了你兄弟二人！"

"请慢！别人用弓箭射灯笼，你们也射灯笼，那有什么稀奇？这酒不该给他们！"戚金在旁边叫道。秦邦屏冷笑道："那我倒要看看，戚将军有什么本事来喝这酒了！"

戚金不慌不忙，取了鸟铳来，一枪将秦邦屏射中的灯笼打了下来。秦民屏说道："你不也是射灯笼吗，我还以为有什么新鲜的！"戚金哼了一声，说道："你不知道火器比弓箭更难瞄准吗？"秦邦屏笑道："到了战场上，只问你能不能打中，谁管你难不难！"

三人争执不下，均要饮那剩余的酒。天育见双方又起了争执，便起身说道："三位将军射术精准，都该饮这酒。依我看啊，不如三位均分吧！"陈策笑道："这倒也是个办法！"天育回头对冉一吼说道："你给三位将军分一分吧！"

冉一吼起身取了三支牛角，分别递给秦邦屏等人。戚金问道："酒呢？"一吼并不答话，转身走到铜鼎前，弯腰运力，竟将那铜鼎抱了起来。这铜鼎有五尺多高，阔三尺有余，少说也有五百斤，他竟毫不费力地抱了起来，众人无不大惊。

白再香笑道："这是我们酉司的项羽，曾经把水牛抱起来洗脚，抱个铜鼎不算多难！"陈策夸赞道："小将军真神力也！"众人也都叹服。

一吼抱起铜鼎走到秦邦屏等人身前，将铜鼎歪过来，直接就往牛角里倒酒。铜鼎本来极沉，他抱着这么倒酒，居然一滴也没洒出来。片刻之后，三支牛角都已经倒完。戚金等三人见他如此神力，哪还有心计较谁的酒多还是少，都举起来说道："多谢将军倒酒！"说罢一饮而尽。一吼将铜鼎在放了回去，再坐回天育身后，依旧面不改色。

陈策夸赞道："几位将军各自身怀绝技，实乃我军之福啊！"众人又聊了聊辽东局势。童仲揆说道："最近听福余卫的头领说道，其家奴到赫图阿拉贸易时，见奴贼正在准备粮草，据说二月要来攻打沈阳。"

周敦吉也说道："末将也曾向总兵官大人禀报过，前天有几名辽人从赫图阿拉逃回来，说贼奴正在制造云梯、楯车等各式攻城器具。只怕不久之后，贼奴真要进攻沈阳了！"

陈策说道："我已经报告给经略大人，就看袁大人怎么筹划了！此前袁大人提出开春要到抚顺、清河筑城，不过朝廷答应的援军一直没到，新招募的辽人也不堪用。恐怕筑城之事，不是那么容易了！不管怎样，咱们还是好好操练士兵，为打仗做好准备吧！"

众人说道："是！"陈策说道："时候也不早了，晚上风大，大家各自回营歇息吧！"众人于是辞别陈策，各自回营歇息。

天育回到帐中翻了一会儿书，正要歇息，突然听到营中箫声幽咽。出了帐篷过去一看，只见李子靖正在吹洞箫，见龙以埙相和。再筠、再英、天胤、天载、天彝等人在旁边坐着烤火，张老三也在不远处打瞌睡。此时天空只有一轮新月，这箫声又满是离情，天育想起离家已久，便回营提笔给父亲写信。

海上生明月，天涯共此时。此时酉司土司冉跃龙也在来熏阁凭窗眺望，杨秀夫、刘宗清等人在一旁坐着，已经喝得微醺。原来再香、天育、天胤等人援辽后，跃龙时常担忧。除夕日接到此前天育寄来的书信，看到新任经略大人力主进剿，心下更加担忧。

酉司风俗，年夜饭在下午酉时前便吃完，剩下时间则是守岁、吃夜宵。跃龙吃了年夜饭后，到底心里不安，便请了杨秀夫、刘宗清来坐。酒至半酣，跃龙说了新任辽东经略袁应泰的平辽之策。

杨秀夫叹息道："听这意思，这位袁大人倒是位精明能干、善于揣测圣意之人。不过经略一方，需要的是李化龙这样胸有城府、敢于决断的帅才。朝廷养着辽东，自然想速战速决，可是也不能一味迎合啊！"

刘宗清说道："听说杨镐当日冒险进军，也是被朝廷多次用红旗催促，实属逼不得已。如今经略换了又换，自然是想早日平辽了。"跃龙叹息道："当年戚少保平倭寇、御鞑靼，离不开首辅张居正的大力支持和运筹帷幄。后来张居正病逝，从此戚少保便被贬官以致罢免。如今朝中不缺名将，独缺一位张居正啊！"

杨秀夫说道："张居正能做到这一点，又岂能说是他一个人的功劳。罢了，再说下去就是犯忌了！喝酒吧！"三人举杯再饮，不再议论朝政。

过了一个多月，天启元年二月十一日，努尔哈赤亲率四万大军从萨尔浒出发，向奉集堡开进。此时总兵官李秉诚、朱万良率两万余人驻守奉集堡，忙一面派兵到辽阳禀报袁应泰，一面向沈阳总兵官贺世贤、虎皮驿总兵官陈策求援。

外出求援的骑兵刚出发，皇太极已率正白旗骑兵抵达奉集堡以东二十里外。李秉诚亲领三千骑兵出城六里安营，并派二百骑兵前去打探敌情，与女真骑兵迎面相撞。女真兵一阵冲杀，这二百人哪里能够抵挡，只得拔马逃回。

皇太极乘势掩杀，冲到李秉诚大营附近。李秉诚看对方势大，只得拔营入城。皇太极亲自斩杀几名明军，一路追至奉集堡城下。朱万良在城上见女真大军到来，忙命士兵开炮。一时炮火齐鸣，人仰马翻，打死女真参将一人，打死打伤士兵数百人。皇太极并未带攻城器械，只得领军后撤三十里。

此时陈策得到袁应泰增援命令，已率军抵达奉集堡附近，在城外十里扎营。陈策此时已经六十九岁，虽然身体依然健壮，但觉却少了很多，到凌晨便睡不着，和衣侧卧在床上养身。正在想着如何却敌，突然听到好像有马蹄声，忙提刀出门查看。

走出帐外，看见瞭望塔上灯笼明亮，士兵正在打旗语：敌人从东面攻来。童仲揆、周敦吉等人已经来到陈策身边，陈策喊道："不要慌乱！守好营垒，车营稳住！"原来之前扎营时，陈策已命浙江兵车营在外环列，西司士兵和石砫兵在其后结阵。

片刻之后，女真骑兵呼啸而来。陈策命营中火把一概熄灭，只留营外三百步远的火堆。女真兵原本以夜色为掩护，朝着火光方向冲过来踏营，此时明军大营漆黑一片，只有营外远处火堆燃烧，倒变成女真兵在明处、明军在暗处了。

待女真骑兵冲过火堆，明军营内火器、弓箭齐发，冲在前面的骑兵顿时倒下一片。后续骑兵冲到明军大营前，遇到战车挡住，一时难以逾越。浙江兵火器凶猛，发射起来响声大作、火光迸射，女真战马不敢前进。

女真骑兵久经战阵，遇乱不慌，见正面车营坚固，便绕道攻击侧面。这一面正是酉司士兵阵地，酉司士兵早已扎好拒马，配合浙江兵调来的几辆战车，营垒也十分坚固。天育在里面看得真切，对见龙说道："十二叔，这支不是女真主力部队，看样子只有不到两千人。咱们一万大军在此，不能由着他们来去自如！"

见龙说道："我也正有此意！"于是命前面士兵撤掉一辆战车，留出一个缺口来。女真骑兵正在冲阵，马上发现了这个缺口，一队骑兵大喊着冲了过来。天育等人并不阻拦，让开一个缺口任其往里面冲杀。

伍良臣和冉文焕在外围守住，看到已进来二三百名骑兵，推着战车朝那缺口冲过去堵住。众人一拥而上，长枪盾牌结好阵型，后面的骑兵再也冲不进来。冲进来的骑兵心知中计，拔马便要退走。

说时迟那时快，冉一吼早憋了半天，挥舞狼牙棒便冲了上去，一下将领头的骑兵打下马。剩下的骑兵还想靠着战马的冲击力冲杀，哪知酉司士兵这半年多来练的就是结阵，大方阵里面还有整齐的小方阵，放眼望去长楯如墙，长枪如林。女真兵进了铁桶阵，顿时失去了威力，纷纷被打落马下。

外面的骑兵冲杀了一阵，见明军营垒坚固，火器弓箭凶猛，只得领军撤走。陈策命打扫战场，继续坚守营垒。第二天一早查看战果，共斩杀女真兵三百余人。从俘获的士兵口中得知，斩杀将领包括甲喇额真布哈、石尔泰及牛录额真郎格。

探子回报，努尔哈赤已率大军撤走，陈策于是率军回到虎皮驿。五天之后，代善率领一支骑兵来袭击虎皮驿。短暂交锋后，代善见虎皮驿营垒坚固，又有车营、火器助阵，便引军退去。双方各折损几十人，战斗只持续了不到半个时辰。

又过了几天，皇太极领军袭击奉集堡东北方向王大人屯。李秉诚等人尚未增援，皇太极在附近抢掠一番即已撤军。女真兵忽东忽西，往来无定，四处袭扰明军。

如此到了二月底，明军已经习惯了女真兵的袭扰。这日陈策召集众将议事，天育和见龙一起来到陈策帐中。陈策说道："诸位，女真人近来频繁袭扰，怕是要有大动作啊！大家怎么看？"

戚金满不在乎地说道："末将以为，兵来将挡，水来土掩！咱们和女真人交手多次了，在咱们的战车、火炮面前，女真人也只有乘兴而来败兴而去！"周敦吉也说道："只要咱们守好营垒，女真人也不难对付。"

童仲揆说道："倒是这袁大人说要去抚顺筑城，给陈总兵官和我都拜了将。到现在三四个月了，怎么一点动静也没了！"吴文杰在旁边也叹息道："可不嘛！我从四川带来的一万多人都去了沈阳，就留我在这里，搞得我倒成光杆一个了！"

陈策叹息道："皇上本来应允帮助袁大人增兵到十八万人，但是各地援军一直没来。袁大人白封了十个将军，兵员不够，怎么去筑城啊！再加上最近努尔哈赤频繁派军袭扰，抚顺更是一时半会儿去不了啦！"

天育说道："总兵官大人，末将也担忧，努尔哈赤恐怕迟早要率大军前来攻城啊！咱们得早作打算才是！"秦邦屏说道："只是这女真兵忽东忽西，不知道他要主攻哪里啊！"天育说道："末将以为，他肯定还是要攻打沈阳！如若贸然攻打辽阳，咱们沈阳、奉集堡、虎皮驿各地大军南下，与辽阳守军南北夹击，他定然吃不消。且辽阳为经略大人驻地，城池最为坚固，他一时半会儿是拿不下来的！"

陈策点头说道："努尔哈赤建国后，野心极度膨胀，以吞并辽东甚至进取中原为目的。他迟早肯定要攻打沈阳，若能得手，再一路挥军南下。本镇近期已经多次派人向经略大人报告这些情况，希望经略大人能早作安排吧！"

天育说道："末将斗胆说句不该说的话，如今沈阳、奉集堡、虎皮驿三处大军驻扎，但各由总兵官统辖。咱们虎皮驿和王大人屯全是步兵，奉集堡也只有三千骑兵，三处大军既不能统一指挥，行军速度又慢。一旦女真大军兵临城下，难免不被各个击破啊！"

陈策说道："你说的有道理！努尔哈赤如今兵力已经有十余万人，如果真要决意攻城，肯定会率领不下于七八万主力到来。咱们四处加起来虽有七万人，却不能全数倾巢而出，确实容易让敌人有机可乘啊！那你有什么对策吗？"

天育回禀道："不敢！咱们辽东大军虽然以步兵为主，但各地骑兵加起来也有四万人。末将以为，应当将这些骑兵调集在一起，形成两支大军，各两万人驻扎在沈阳和辽阳，各城池、寨堡则以步兵、大炮拱卫。不管女真人攻击沈阳还是辽阳，两支骑兵一日内即可抵达。袁大人则亲率中军前往指挥，有四万骑兵加本地步兵配合，其他地方陆续增援，可立于不败之地！"

童仲揆说道："按照你的计划，除袁大人总体负责外，沈阳也应有一位将军坐镇，可节制奉集堡、虎皮驿、王大人屯更好了！"陈策赞叹道："天育计策本是很好，不过只有袁大人才能决策，也不知他是否有此气魄！"众人又商议了一番，各自回营操练。陈策又修书一封，派人送至辽阳。

第六十一回
袁应泰画地为牢　贺世贤浪战失守

三月初十，努尔哈赤亲率八万大军进攻沈阳。又造船十余艘，运载云梯、楯车等各类攻城器具，顺浑河而下。女真兵水路并进，浩浩荡荡直扑沈阳而来。沿途明军寨堡探知，一时狼烟四起，各地明军加紧备战。

周敦吉、冉天育、秦邦屏等人得到消息，纷纷向陈策请战，希望前去增援沈阳。陈策说道："本镇理解诸位的心情，我已派快马到辽阳向经略大人禀报。快的话今日就有回信，只要经略大人一声令下，咱们就拔营出发！"众人知道军令如山，只得耐心等候。

沈阳城经熊廷弼苦心经营，城防颇为壮观。袁应泰上任后，亦命贺世贤、尤世功等人加固城防。入冬以前，贺世贤已命人将护城河排干填平，并以木石在距城墙五丈远处修筑一道拦马墙，战时在拦马墙和城墙之间可以布置大量兵马。往外又挖了两道又宽又深的壕沟，里面插满削尖的木桩，壕沟外分别以木头结成高一丈多的栅栏环绕。沈阳城上则环列红夷大炮，守卫森严。

贺世贤得到女真人来袭的消息，一边派兵到各地求援，一边整军备战。命部将贺兰率战车到护城河上方列阵，每一丈五尺布置战车一辆，每辆战车配灭虏炮两门、火铳四把。战车之间再布置两纵队火铳手十名，分为五排，轮番装填弹药上前射击。

尤世功见女真大军来袭，担忧地说道："据探子回报，此次努尔哈赤大军有八万之众，云梯、楯车等攻城器具齐全，看样子是铁了心要全力攻打沈阳啊！咱们虽号称有三万人，但其中近一万人是新招募的辽人，不堪大用。骑兵、车营、火枪兵、步兵各只有几千人，各地援军要是不抓紧赶来，沈阳怕是危险啊！"

贺世贤不以为意，说道："女真人也不过一个脖子架着一个脑袋，有什么大不了的！咱们几次和他们交手，不也没吃亏吗！再说了，奉集堡、虎皮驿离沈阳很近，援军很快会来的，你就放心吧！"

十二日早晨，努尔哈赤率军抵达沈阳城东七里的浑河北岸，在此安营扎寨。所有船只在此靠岸，各类攻城器具运抵岸上，做好攻城准备。此时奉集堡、虎皮驿、王大人屯均已知道女真大军抵达沈阳城东，但袁应泰尚未传令增援，又担心女真兵转头攻击自己驻地，因此并未拔营出发增援。

努尔哈赤派数十名骑兵抵进沈阳城下侦查，女真骑兵见明军营垒森严，却固守不出，于是隔着壕沟挑衅。此时贺世贤正在部署车营结阵，来不及理他，女真骑兵于是退回营内。

十三日上午，努尔哈赤见诸事齐备，于是准备大军攻城。为应对明军炮火攻击，女真兵有备而来，每一牛录配十二辆楯车，即每一百人即配备四辆楯车。这些楯车由双轮战车为基座，前面竖立一块高达丈余的厚木板，上面包覆牛皮、铁皮。楯车十分厚实坚固，小砖石击之不动，大砖石击之滚下，柴火掷之不焚。

女真兵以楯车在前，缓缓向前推进，在城东四里停下。努尔哈赤知道沈阳乃金城汤池，不想一味强攻。于是命骑兵上前挑战，想引诱明军出城迎战。数十名女真骑兵受命抵达城外，隔着壕沟挑衅。这些骑兵在火器射程范围外，以大炮轰击却没有必要，明军便坚守不出。

这些骑兵见明军不动，便吹起牛角来。副总兵官尤世功乃陕西榆林人，是武举出身，向来作战勇猛。在东门城楼上看见女真骑兵挑衅，心下大怒，亲率一千余骑兵出战。尤世功亲手格杀数人，追逐女真兵至北门。明军见主将得胜，纷纷呐喊起来。

却说冉天育等人探得努尔哈赤已经抵达沈阳城下，一大早纷纷到陈策帐中请战。陈策见众将急躁，无奈地说道："本镇已经两次派快马去辽阳禀报了！已经三天了，才六十里路，袁大人一直不派人来传令！我也想赶紧出战啊！"

　　童仲揆说道："听探子回报，这奉集堡、王大人屯的驻军，也都没有去增援。奉集堡离沈阳更近，他们也在等啊！"周敦吉焦急地说道："大人，不能再等了！努尔哈赤八万大军进攻，沈阳不到三万人，没有援军哪里守得住！"

　　陈策说道："三万大军守城，沈阳城池又坚固，还有大炮配合，三五天总是坚持得住吧！"天育说道："沈阳总兵官贺世贤、尤世功都是行伍出身，作战确实勇猛。但这二人都不是帅才，为人也比较急躁，就怕他们不甘于固守啊！一旦沈阳沦陷，女真势必挥师南下，那咱们虎皮驿想守也是守不住的啊！请将军下令出征吧！"

　　陈策叹息道："我又岂是贪生怕死之辈！只是经略大人不统一指挥，奉集堡等各路援军都不去，就咱们这一万人，去了也是于事无补啊！罢了罢了，养兵千日用兵一时，大军拔营出征吧！"

　　此时袁应泰坐镇辽阳，也在焦急地等待兵部的命令。原来三月初袁应泰即已探知女真兵要攻打沈阳，便派快马赴京师报告。有杨镐萨尔浒兵败的覆辙在前，袁应泰便小心谨慎，凡辽东方略、大军调动都先请示兵部。总兵梁仲善请示道："大人，奴贼大军开往沈阳，末将愿率两万骑兵北上增援！"

　　巡按御史张铨也说道："据各地探子来报，此次努尔哈赤主力尽出，咱们要不派兵前去增援，恐怕沈阳守不住啊！"袁应泰说道："再等两天吧，咱们辽阳大军出动，需要兵部指示才行。再说了，沈阳周边有七万驻军，坚守七八天没有问题！咱们如果大军出动，万一留守的女真军直扑山海关，则会危及京师安全，那咱们罪过就大了！"

　　袁应泰因此瞻前顾后，一直不敢定夺。直到十三日贺世贤部已与女真兵接战，方才派人传令，命奉集堡、虎皮驿驻军增援沈阳，自己却依旧按兵不动。

　　这边努尔哈赤见明军只有数百人出城，未能达到引蛇出洞的目的，一时也没有好的办法。莽古尔泰作战勇猛，便请命率军前去攻城。努尔哈赤说道："明军火炮凶猛，咱们不能蛮干，否则白白葬送性命！"

　　李永芳说道："沈阳城由贺世贤、尤世功二人统领，此二人我有所耳闻，俱是有勇无谋之辈。如今尤世功已经杀到北门外，可派人拖住他，不让他回城。再派老弱残兵继续到东门挑战，引诱贺世贤出战。只要他一出来，沈阳城群龙无首，就好办了！"皇太极笑道："李将军此计甚妙！"

　　努尔哈赤于是命皇太极率一千余名骑兵，前往沈阳城东门外挑战。皇太极先命五十名老弱残兵前去挑衅，贺世贤在城楼上看见，命百余名家丁纵马出战。贺世贤的家丁是其从西北老家带来，都是久经战阵的彪悍之士，一出战就斩杀数人，冲散女真骑兵，方才回城。贺世贤在楼上看了，哈哈笑道："奴贼不过如此，不足为患！"

皇太极见了，继续派人到城外挑战，并命人用长枪挑起一件女人衣服，讽刺贺世贤不敢出战。贺世贤大怒，喝令道："牵我的战马来，待我前去杀他个片甲不留！"冉绍文在旁边忙劝道："将军，您是主帅，不能轻易冒险啊！如今尤将军尚未回城，您应当坐镇城中指挥才是啊！"

贺世贤笑道："就这么几个蟊贼，我去去就来，不耽误守城！"部将张贤也劝道："将军，就这么几个虾兵蟹将，就由末将带兵前去剿平吧！您还是守城吧！"此时亲兵已经牵了战马过来，贺世贤哪里听劝，跨上战马便走。

到了城门口，贺世贤喊道："拿酒来！"身旁骑兵递来酒壶，贺世贤接过，一口气喝了半壶，再扔给其他人喝。此时已经开春，微风轻拂，贺世贤略有酒意，于是仰天长啸，众人士气大涨。贺世贤大喊道："兄弟们，随我出城杀敌！"一马当先，手持铁鞭冲出城门，一千余名骑兵紧随其后。

女真骑兵见明军杀过来，便催马迎上来交战。贺世贤勇猛无匹，手持双鞭上下翻飞，这铁鞭专克重甲，转瞬间便将几名女真兵打下马去。皇太极且战且退，贺世贤一路紧追不舍。一直追出二里路有余，此时努尔哈赤见诱敌成功，命一队精兵前去增援，将贺世贤等人团团围住。

努尔哈赤自己亲率大军，命楯车在前掩护，向沈阳城发起进攻。护城河上的明军看到大军来袭，灭虏炮、鸟铳齐发，一时浓烟大作、火光满天。女真楯车极其坚固，士兵虽有损伤，但依然向前推进。张贤在城上看了，忙命红夷大炮还击。

这大炮果然威力惊人，将不少楯车打坏，女真人被炸倒一片。护城河上的明军士气大振，鸟铳齐发，女真人不能前进。如此激战了半个时辰，双方各有损伤。

女真兵与明军交战多年，已摸清大炮规律。城上大炮虽然威力惊人，但移动不便，且装填弹药较慢。每次发射后，又要将炮身归位，重新进行瞄准。女真兵以楯车为掩护，等城上大炮填装弹药时便往前推进，慢慢从城东北角抵近第一道壕沟。女真兵一拥而上，以盾牌为掩护，将壕沟内木桩推倒。并以楯车运送土石，填充壕沟。其他女真兵则以楯车为掩护，运用长弓与明军对射。

护城河上的明军以灭虏炮和鸟铳还击，在对射中占据上风，不少女真兵被射倒。但女真兵毕竟有楯车掩护，人数又数倍于明军，依旧源源不断地涌上前。不到一个时辰，女真兵便将两道壕沟填平。大军推进至拦马墙外，几万大军围住城池与明军对射，并用楯车冲撞拦马墙。

城上张贤看了，忙派兵往护城河增援。冉绍文说道："张将军，如今两位主帅都在城外苦战，咱们得派人将他们救回来才是啊！"此时城上群龙无首，其他将领都与张贤平级，张贤也不能全数调动。好在骑兵都是榆林调来的，是贺世贤、尤世功老部下，有两名将领自告奋勇，各率一千人分头去支援二位主帅。

此时贺世贤依然在和皇太极苦战，见女真大军抵近城墙，心知不妙，忙想杀回城中。无奈女真骑兵源源不断涌上来，出城援救的骑兵也被分隔开，不能杀过来会合。贺世贤只得且战且退，向东门方向退却。皇太极见了，命人堵住东门方向的退路。贺世贤无法，只得往南门而去。

但沈阳城东、城南俱有大量女真兵聚集，贺世贤从南门也不能进，只得往西门杀去。此时贺世贤所带骑兵已经大部阵亡，只剩二三百人仍在苦战。尤世功从北面杀来，见贺世贤身陷重围，想领兵过来增援，但被女真兵拖住。

双方鏖战了一个多时辰，城上大炮连续炮击后，炮筒炽热。但女真兵八万人已经将城池团团围住，大炮哪有时间冷却，只得继续发炮。战至后来，大炮已经不能使用，装填弹药便会自燃，甚至爆炸。女真兵见城头大炮沉默，顿时士气大振，一起呐喊往前冲锋。

张贤已经将士兵都派到护城河上增援，冉绍文等人所率领的川军已全数到城外御敌。此时城中只有数千士兵，大部分都是新募的辽人。见贺世贤身边已经只剩数十名骑兵，恐怕支撑不了多久了。张贤把心一横，和冉绍文领了数十人从西门杀出去。守城士兵待他出城，赶忙将城门闭紧。

张贤领兵杀至贺世贤身边，冉绍文喊道："将军，赶紧撤回城中吧！咱们据城坚守，还能坚持一段时间！"贺世贤见援军到来，精神大振，铁鞭上下飞舞，又打死数人。但女真兵甚是骁勇，奋力将退往西门的路堵住。皇太极在不远处看得真切，弯弓搭箭，一箭正中贺世贤左肩。

贺世贤见女真骑兵如潮水一般涌过来，知道对方原本兵力数倍于己，今日恐怕要命丧此地了。于是伸手将肩上的箭拔了出来，顺手将身边女真兵打倒，对着张贤喊道："好兄弟，你们快走，快去找援军！贼人势大，咱们回不了城啦！"

张贤哭喊道："不！将军，今天就是死，咱们也要死在一起！"贺世贤喊道："这是军令！你快走，请来援军咱们才有活路！"说罢奋力向西门冲杀。张贤听了，只得与冉绍文打马向西面人少的地方杀去。女真兵并不管他们，只是将贺世贤团团围住。

片刻之后，贺世贤身中十余箭，跌落马下而死。尤世功在不远处看到贺世贤身死，心下焦急，也被打落马下。城内此时大部分是新募的辽人，见贺世贤、尤世功等主将战死，于是纷纷哗变。辽人很快便控制了城楼，将吊桥绳索砍断，放下吊桥，打开城门。

皇太极见了，领军直冲城门。努尔哈赤在远处看到西门攻破，命人吹起号角，亲自擂响战鼓，女真兵如潮水般涌向城下。一部分从西门冲进去，其他人则搭起云梯，向城上攀援。明军纷纷溃散，兵败如山倒。

偌大一座沈阳城，号称金城汤池，不到一天时间便被努尔哈赤攻破。而此时奉集堡、虎皮驿、王大人屯等各路援军还在路上，袁应泰依旧稳坐在辽阳城中。

第六十二回
思故乡众将赋诗　遇强敌血战浑河

芦苇萧萧吹晚风，画船长在雨声中。
浮生厌足江湖味，好在溪边旧钓筒。

陈策一大早便领军赶赴沈阳，急行军至浑河南岸十里地外时，大军疲惫不堪，只得扎营修整片刻，命冉见龙领十余骑往前查看情况。见龙等人打马直奔沈阳，远远看见大河流淌，岸边金色的芦苇绵延不绝。虽然历经霜雪，芦花依旧迎风傲立。此时微风吹起，见龙不由自主地吟诵起彭汝砺的《行舟芦苇中》来。

天育知道他平素并不爱吟诗作对，于是笑道："十二叔今天怎么这么好兴致！要是不用打仗，咱们就在这河上泛舟，随便钓两尾鱼倒是极好！"见龙笑道："是啊，在辽东待了这么长时间，打仗都打疲沓啦！等我回到湄苏河，一定先连着钓三五天鱼再说！"

天育笑道："我看啊，你是想着娶了我三姨，再归隐江湖吧！"见龙认认真真地说道："你知道十二叔嘴笨，一直也没跟你三姨明说。等打完仗，回去之后你求求你娘，帮我去白家提亲吧！"天育大笑道："那以后湄苏河上钓鱼，恐怕就没我的份啦！"

文焕看着远方，轻轻说道："我要回去了，只愿天天陪着我的小昭和儿子。"

白再连说道："是啊，要是再打几年仗，孩子见面都不认啦！"

天育笑道："瞧你们一个个儿女情长的！我现做了一首诗，念给大家听：黄云黯黯北风凉，浩瀚江流出大荒。元菟郡邻增杀气，白狼河近惨天光。雄兵引我三边远，瘦影偎人万里长。遥指皮船催竞渡，大旗一角映斜阳。"

见龙笑道："好诗，让人顿生豪气！"众人也都交口称赞。天胤突然说道："不对啊！之前在路上还隐隐约约听到炮声呢，现在沈阳城怎么这么安静？"众人也觉得奇怪。

正说话间，见背面两匹快马迎面跑来，马上两人浑身是血。两人看见见龙等人，忙勒住战马。其中一人抬手正要说话，然而伤势较重，竟从马上摔了下来，另一人忙跳下马来。

众人忙过去扶住，为二人包扎伤口，简单敷些金创药。天育一看，其中一人乃是冉绍文，忙问道："世伯，怎么伤成这样？"绍文叹息道："沈阳危在旦夕啊！这位受伤更重的是张贤将军，我二人是奉命杀出来求援的。"旁边张贤醒了过来，失声大哭，说道："只怪我等学艺不精，杀过了大桥依然被十余名贼奴纠缠，又苦战了快半个时辰才跑出来。贺世贤、尤世功两位将军已经陷入重围，求几位将军赶紧前去增援！"

见龙说道："虎皮驿大军已经连续急行军五十里，正在十里外修整。我这就派人禀报，等大军到来，一起杀过去增援。"张贤见他只有十余人，知道冲过去也是送死，只得挣扎着上马，拱手说道："那就有劳诸位了！我要继续赶往辽阳，请袁大人派兵增援！"说罢打马而去。

绍文也翻身上马，准备去追张贤。天育忙说道："世伯，我们已经多次派人去辽阳送信，您不必再跑一趟了！"绍文听了，说道："既然如此，我就往奉集堡方向跑一趟吧！李秉诚大军两万多人，迟迟不来增援，我再去求求他们！"

天育见他走远，叹了口气，说道："奉集堡离沈阳最近，咱们从虎皮驿都赶过来了，他们还没有到。世伯肯定要白跑一趟了，李秉诚要愿意增援，早就到了！"见龙说道："他何尝不知道！事已至此，也只能死马当作活马医了！"

众人打马前行，来到浑河南岸。此时天气转阴，看北面城池不太清晰。天育说道："过了河不远就是城墙，现在鸟铳声和喊杀声已经比较零星，看样子大战已经结束了。只怕是凶多吉少啊！"

正说话间，桥上陆续有逃兵过来。天育等人忙收拢逃兵，好在没有女真人追杀过来。一名逃兵见天育等只有十余人，便说道："快跑吧！女真兵已经打进沈阳了，别再去送死了！"说罢不顾天育等人劝阻，转身拔腿就跑。

天育等人大惊，众人一路急行军过来，终究功亏一篑。只得在桥边下马，一边收拢逃兵，一边等候大军前来。过了半个时辰，陈策终于领了大军抵达浑河南岸。

得知沈阳已经陷落，陈策忙召众人商议。童仲揆说道："努尔哈赤如今已占据沈阳城，兵力又是咱们的好几倍，咱们还是南撤为好。大军集中到辽阳，再作打算吧！"张明世也说道："如今就这么点家底，酉司士兵和浙江兵各四千人，石砫兵三千多人。努尔哈赤有八万人，咱们拿什么和人家拼？事到如今，不能再做无谓的牺牲了！"

周敦吉大声说道："我们不远万里来到辽东，不就为了和努尔哈赤决个生死吗？为何敌人已经到了眼皮底下，我们还要撤走？"秦邦屏也说道："既然已经来了，咱们就杀过河去，我就不信女真人有三头六臂！"

戚金说道："末将以为，我们应当就地扎营结阵，阻挡女真人南下攻击辽阳的道路！"陈策见众人意见不一，一时难以决断。又见酉司无人表态，便问道："天育怎么看？"

天育说道："末将以为，如今只有背水一战，方有一线生机。此地距辽阳有一百二十里，咱们大军以步兵为主，撤到辽阳要接近两天时间。努尔哈赤已经占据沈阳，此时正四处打探军情，一旦发现咱们南撤，肯定会派骑兵追击。咱们在行军途中仓促难以结阵，只能等着被骑兵屠杀。"

白再香也说道："与其逃命被追杀，不如置之死地而后生！咱们只要能支撑几个时辰，拖住女真兵。一旦奉集堡和辽阳援军到来，就有希望了！"众将纷纷表示赞同。

周敦吉拱手说道："末将愿率一支精兵，在浑河北岸扎营。要是奴贼来袭，我们就与他决一死战！"戚金说道："就这么一座桥，咱们又没有船只，我的车营得什么时候才能过去？末将还是认为，应当在南岸扎营！"

陈策说道："既然如此，就请周将军率酉司、石砫兵过河，浙江兵就地扎营结阵吧！"天育忙说道："将军，咱们本来就只有一万人，万不可再分兵啊！"见龙也说道："末将也以为，不要分兵为好！"陈策说道："你们先过河结阵，阻挡一下女真兵。本镇在此带领浙江兵赶紧挖壕沟，扎营垒，做好坚守准备。"

天育听了，与见龙等人回到军中，命众人准备过桥。心知过河后必然是一场恶战，于是命张老三等人将大车推过来，取出棉甲分发下去，命众人套在铁甲外面。周敦吉一马当先，带领酉司、石砫兵渡过浑河。

两支土司兵刚过了浑河，便听到前面有马蹄声传来。周敦吉忙喊道："抓紧布阵，准备御敌！"酉司士兵在左、石砫兵在右，赶紧扎下阵脚。刚刚立定，不远处烟尘四起。

天育知道敌军已近，大喊道："拒马！"冉文焕、冉天彝等人带领士兵冲上前面，快速摆好拒马。众人紧挨着拒马站定，用长楯结成一面面人墙。伍良臣、冉一吼等彪悍之士则手持长枪，从盾牌和拒马旁边伸出来御敌。白再香领了酉东众人，在后面弯弓搭箭，准备射击。

众人还未完全结好方阵，女真骑兵已到眼前。女真兵携攻破沈阳之余威，哪里把这群步兵放在眼里，直接冲杀过来。哪知川军拒马和盾牌阵结得极为扎实，前几排骑兵冲过来如同撞到城墙上。而川军前排长枪长度超过一丈五尺，骑兵尚未靠近便被挑落马下。

这队骑兵有七千余人，是皇太极所领正白旗，半个时辰前刚在城外击杀贺世贤，此时士气正盛。郎格、敦布等牛录额真更是骁勇善战，见前军受挫，便亲自领军向前冲锋。在骑兵轮番冲击下，前排川军不时有人倒下。郎格总算领军冲入川军阵中，但川军训练有素，前排士兵倒下，后排便马上补上，又将前面阵型稳住。郎格等二百多人虽然冲了进来，后续骑兵却被伍良臣等人死死挡住。

郎格双鞭挥舞，打倒好几名酉司士兵，二百多名骑兵在川军阵中冲杀。但酉司士兵十分顽强，大方阵里又结了小方阵，里面长枪林立，女真兵犹如兔子落入刺猬群中一般。冉一吼杀得兴起，将手中狼牙棒对准郎格掷了过去，将郎格打落马下。前面女真兵看他赤手空拳，跃马挺枪刺来。

冉一吼大吼一声："来得好！"侧身避开长枪，顺势全力往战马身上撞去，竟把那战马撞倒。酉司士兵士气大振，一拥而上，不一会儿便将这队冲进来的骑兵全歼。

冉见龙和天育在中军战旗下站定，见前面几排士兵鏖战已久，令旗一挥，战鼓擂响，后面的士兵冲上去厮杀。前几排士兵换到后面来整队，稍事休息。众人操练已久，盾牌兵、长枪兵交接有序，弓弩兵在后面依次齐射，保持阵型稳固。

如此鏖战了接近半个时辰，伍良臣、冉文焕等人轮番结阵，始终保持阵型不乱。不时有小队骑兵杀进阵中来，也被冉一吼、冉天胤等人击毙。那边石硅兵也异常彪悍，击杀了敦布等女真头领。

皇太极见久攻不下，命布哈、孙扎钦等几名甲喇额真亲自带兵冲锋。几千人排山倒海似的一起冲杀过来，声势十分极其浩大。天育大笑道："皇太极太急了！"于是提起长枪喊道："拒马、长楯死命稳住，长枪兵结阵！"白再香也喊道："弓弩手准备，活靶子要来了！"

女真兵潮水一般冲过来，酉司士兵、石硅兵万箭齐发，顿时箭如雨下。女真骑兵队形过于密集，一排一排地倒下。布哈已经杀红了眼，冒着箭雨死命往前冲锋。冉见龙、冉天育、秦邦屏、秦民屏等土司将领见女真来势凶猛，也都亲自提枪上前迎敌。

川军在铁甲外又套了棉甲，一刀根本砍不透。女真骑兵虽冲入了阵中，但川军十分彪悍，平素又一直演练结阵，以几十人为小方阵，依然能保持阵型不乱。冉一吼、伍良臣、冉天育、冉见龙等都是猛将，率军杀得女真人仰马翻，布哈、孙扎钦都被击毙。

大军正在混战中，忽听女真兵后方金声大作。原来皇太极见本部战斗不利，忙命鸣金收兵。周敦吉命众人扎住阵脚，只用弓弩毙敌。川军见女真人退走，一起大喊狂嘘，士气极盛。

皇太极退回城下，清点人数，共折损一千五百人。知道凭蛮力冲锋不行，正要设法破敌，只见城中冲出来一彪人马。抬头一看，原来是正黄旗出兵了。

雅巴海一马当先，拱手说道："四贝勒，大汗请你撤出战场稍事休息。由我带领正黄旗，来歼灭这股明军！"原来努尔哈赤见皇太极久攻不下，不想挫了锐气，便命自己亲领的正黄旗出战。这雅巴海是皇太极的堂弟，作战十分彪悍，甚为努尔哈赤所喜爱。

雅巴海见川军阵容稳固，便命人推了楯车出战，骑兵在后面缓缓跟着。川军见了，纷纷放箭。但这楯车木板高大厚实，又蒙了牛皮和铁皮，根本射不穿。再香忙命众人停止射箭，问道："这可怎么办？"缪天目笑道："明明是骑兵，非要用步兵的打法，这是病急乱投医啊！"天育也笑道："不要浪费箭，等他们走近了再朝半空射箭，只要把后面的骑兵射下来就行，前面推楯车的不用管。"

对面楯车越推越近，在川军对面二百步外停下，倒像在前面筑了一道城墙。然而这面墙虽然挡住了川军的箭，但也挡住了女真骑兵冲杀的路。天育命人擂起战鼓，喊道："进军一百步！"对面女真兵愣住了，没想到川军还敢进攻。

白再香见进入射程，大喊道："放箭！"顿时箭如飞蝗，在空中划出一道道弧线，落入女真阵中。女真骑兵被自己的楯车挡住，只能绕到侧面发起进攻。川军结阵本来就是大方阵套小方阵，并不怕侧面攻击。见龙在后面看得真切，又命冉文焕等将前面不用的拒马搬到侧面，大军乱战在一起。

冉一吼、伍良臣等人率领死士向前冲，夺了几辆楯车过来。形势顿时逆转，川军有了楯车防御，骑兵更难冲进来。那边石砫兵也逐渐占了上风，石砫兵所用长枪为白蜡杆所制，人称白杆兵。枪头上还带有钩子，或刺或钩，对付骑兵颇有心得。一番厮杀下来，女真兵又折损了一千多人。

川军士气大振，以楯车拒马为掩护，阵型愈加稳固。缪天目在后面看到了，竟让人擂起战鼓，吹起唢呐来。天育等人听了大笑，原来这是土家摆手舞的曲调。众人随着节奏，一边齐声大喊："俺则！"一边用手中的兵器拍打盾牌或盔甲，发出整齐的声音。这"俺则"在土家话中是多谢、抱歉的意思，土家勇士在摔跤赢了之后也会说这话。

女真人见对面川军士气高涨，犹如着了魔一般，纷纷看得目瞪口呆。拜音达里、伊郎阿两名将领见了，竟然吓得拔马转身逃走，不少女真士兵跟着溃逃。

皇太极在远处看到正黄旗不敌，忙领军杀来助战，与川军战作一团。雅巴海精神大振，亲自率军往前冲锋，一杆长枪在手，连杀四五人。女真人顿时士气大涨，玩命往前冲锋，川军有些抵挡不住，阵脚开始松动。

伍良臣大怒，从旁边抢来一匹战马，提枪朝雅巴海冲去。雅巴海见了，也挺枪朝伍良臣前胸扎去。谁知伍良臣并不闪避，一枪也朝雅巴海前胸戳去。雅巴海骂道："疯子！"然而已经来不及闪避，雅巴海一枪正中伍良臣前胸，自己也被伍良臣的长枪扎了个透心凉，直接跌落马下。

女真人见主帅战死，顿时有些慌乱。见龙和天育持枪一起向前冲锋，李熙、彭遰龄等将领也冲了上去。布哈顿见义兄雅巴海战死，挺枪上来接住李熙厮杀。

白再香亲自擂响战鼓，川军越战越勇。

伍良臣从身上拔出长枪，又刺死一名女真兵，方才倒下。一吼抢上前去，背了伍良臣跑到阵后找李子靖。然而伍良臣已经气绝身亡，李子靖和白再筠都摇了摇头。冉一吼怒吼一声，睁圆了双眼，举着狼牙棒又杀入阵中。

这边大战了一个半时辰，巴彦、雅木布里等女真将领先后阵亡。连努尔哈赤也坐不住了，按剑走上城楼观战。见大军陷入混战之中，形势大为不利，只得鸣金收兵。

第六十三回
陷苦战援军不至　尽忠心殒命辽东

众人见女真兵退走，忙掏出随身准备的炒米等干粮充饥。这炒米乃是用花田贡米炒制，用开水冲泡，再加些糖，可谓人间美味，既可口又充饥。此时身在战场，来不及烧开水，众人只得干吃。李子靖素来喜爱美食，此时一边吃着，一边摇头叹息："可惜了可惜了！煮鹤焚琴，暴殄天物啊！"

川军一大早便从虎皮驿出发，马不停蹄赶到浑河北岸，又与女真兵大战多时，此时已人困马乏。苦战了一个半时辰，陈策也不领军前来支援，奉集堡等处的援军也迟迟不见。

天育找到周敦吉，焦急地说道："周将军，援军一直不来，咱们人困马乏，照这样下去支撑不了多久了！"秦邦屏也说道："是啊！女真兵虽然被打退了几次，可是毕竟有七八万人，咱们一直这么硬拼，不能持久啊！"

周敦吉叹息道："这辽阳、奉集堡的援军都不到，全是一帮怂包！"天载在远处喊道："士兵们都饿一天了，光吃炒米哪行啊！陈策不派人来支援，派人送点饭过来也行啊！"

众人休息了一刻钟，忽然听到沈阳城内鼓角齐鸣，两队骑兵鱼贯而出，看样子是要派大军发起总攻了。周敦吉忙大喊道："列阵！"众人急忙归位，结好战阵。

女真骑兵出了城冲过来，到了一里地以外扎住阵脚，一刻钟也没有动静。

天育等人正在纳闷，突然听到几声巨响，女真兵阵后冒起一团烟雾。川军还未反映过来，炮弹就已经打到阵地上。原来努尔哈赤见久攻不下，命李永芳收买降卒，找到了操作大炮的士兵。那城墙上两千多斤的大炮，也被他们拆下来，用楯车推了几门过来。

川军虽抢了几辆楯车，却也覆盖不了几千人的阵地。众人手里只有藤牌，哪里抵挡得住大炮轰击，阵中顿时血肉横飞。酉司主帅冉见龙被弹片击中前胸，顿时晕了过去。天育和天胤见了，忙背了见龙到阵后来。众人架起长楯挡住，让李子靖进行抢救。

片刻之后，见龙醒了过来，见李子靖还在想办法止血，便说道："不用啦药师！我不成了，快去救别人吧！"白再筠看到见龙胸口血流如注，握住他的手泪流不止。见龙轻轻说道："三妹，本来想着，打完仗了让嫂子替我去提亲。然后和你每天在湄苏河上钓钓鱼，如今看来是不成啦！"

再筠哭着说道："不用提亲，我现在就嫁给你！"见龙笑道："有你这句话，我就可以放心地去啦！"说罢，将再筠的手递到李子靖手中，张嘴还想说话，竟喷出一口鲜血来。李子靖忙要抢救，发现已经断了气息。这时又有不少伤兵被拉过来，二人只得强忍悲痛，抓紧开始救治。

皇太极在远处看到川军阵型被炸散，拔出长剑喊道："冲锋！"女真人吹起号角，正黄旗、正白旗一万多名骑兵呼啸而来。天育提了长枪，大喊道："结阵！"

话音刚落，女真骑兵已冲到身前，文焕、一吼在前面接住厮杀。川军与女真兵陷入苦战，双方杀得天昏地暗，血流成河。白再香等人箭已经射光，也提着刀冲上前去。

努尔哈赤见川军阵型已经松动，命莽古尔泰再率一支骑兵加入战团。川军顿时不敌，彭遏龄等人纷纷战死，石硅那边秦邦屏也已经战死。天育见大军折损过半，知道大势已去，忙对着天彝、天胤、天载喊道："顶不住了，准备撤！"说罢，兄弟四人奋力杀到白再香等人身边，保着众人向桥边杀去。

此时周敦吉、吴文杰、雷安民等川军将领身陷重围，天育大喊道："周将军，往车营方向撤吧！"周敦吉喊道："你们撤，我殿后！"众人杀到桥边，让白再香等女将及随军郎中先过。

文焕等人将楯车推过来挡住，冉人龙、白再浩等人在前面死战，掩护众人过河。女真兵发现川军要撤，于是不断向桥头增兵，妄图阻断川军归路。天育几兄弟紧紧守护住楯车，冉一吼带了人在旁边击杀来犯之敌。

冉人龙见敌军越来越多，抢了一匹战马，大喊道："死守不是办法，骑兵跟我来！"冉文焕、白再浩也各抢了一匹战马，一起杀出去。酉司、石砫以步兵为主，骑兵主要用来哨探，一共凑了四五十人。冉人龙平时不言不语，关键时刻如此英勇，大出天育意料。

女真将领西尔泰正率兵追杀川军步兵，猛然见桥头方向冲过来一队骑兵，大感意外。冉人龙等人以必死之心冲锋，转眼间便冲到女真阵中。希尔泰还没反应过来，便被刺于马下。这五十人左冲右突，竟如入无人之境。

趁这会儿功夫，冉天育组织酉司、石砫兵赶紧过河。人龙和文焕杀到周敦吉身边，此时周敦吉背上已经中箭，仍然在挥刀奋战。天育见人已经撤得差不多，大喊道："焕叔，快撤回来！"

冉文焕往桥头一看，残余的川军已经大部分过桥，而桥头已经聚集了大量女真兵，只有天育兄弟与一吼仍在守着桥头。知道以自己这二三十人是冲不过去了，便挺枪说道："周将军，到了地底下，看来咱们要作伴了！"说罢拔马朝着一名女真头领冲了过去。

众人但求一死，全是搏命打法。女真人见了，在后面开始放箭。周敦吉、冉人龙等人俱身中十余箭，纷纷坠马。布哈顿从后面纵马冲来，一棒打中文焕肩膀。文焕顺手抓住一名女真兵，一齐摔倒马下。天育隔着楯车，来不及救援，眼看着布哈顿用狼牙棒将文焕砸死。白再浩纵马去救，也被乱箭射倒。

白再英在天育身边奋战，见堂兄白再浩坠马，想要冲过去抢救。张老三在旁边看见了，拦腰将白再英抱起，头也不回地冲过桥去。一吼忙将楯车堵住桥头，一起撤回桥南。李熙走在最后面，背上中了十余箭，摔进浑河而死。浑河北岸川军鏖战了接近两个时辰，只撤出两千人，其余全数战死沙场。

众人刚撤进浙江兵阵地，女真兵也纵马追了过来。努尔哈赤一面命皇太极等人快速通过大桥，一面将所有船只集结起来，迅速搭建浮桥。女真兵源源不断地渡过浑河，在浑河南岸集结。

陈策此前已命浙江兵挖好一道壕沟，就地伐木结好栅栏。又以车营在外结阵，其他人以火器准备射击。酉司、石砫兵到来后，除去伤兵，三军加在一起能够战斗的尚有五千人。

女真兵有了此前血战的教训，并不急于发动进攻。莽古尔泰知道这支浙江兵以火器为主，便将楯车全数推过浑河，以楯车为掩护，两万大军从三面将浙江兵围住，只留南面一个缺口。浙江兵以灭虏炮和鸟铳为主，很难将楯车打穿。莽古尔泰用弓弩与浙江兵对射，双方互有损伤。

天育和天胤径直来找陈策，哭问道："陈将军，我大军在北岸鏖战了接近两个时辰，伤亡过半，为何不派军救援？"陈策叹息道："这四千人过去，结果还不是一样战败！"天育怒道："那总好过被人各个击破吧！如今这里只剩四千人，就守得住了？"

陈策说道："事已至此，只有死战了！袁应泰到现在不派援军过来，恐怕咱们要死在这里了！"天育见他已抱定必死之心，也不好再责备他，只得回到西司军中。看看天胤还年幼，不忍他死在这里，便说道："三弟，张贤不中用，没有请来援军。如今只有你亲自往辽阳跑一趟，请来援军咱们才有希望啊！"天胤听了说道："好！等我回来！"打马直奔辽阳而去。

天育看了看大家，对天载说道："要不辛苦老弟跑一趟，看看奉集堡援军到哪里了？"天载笑道："你不要哄我走了，咱们都是刚从鬼门关爬回来的人，没必要惜死！"天育又看了看其他人，天彝叹息道："外面大军云集，几个人跑出去还行，要是大家一起撤，阵型乱了，只会被女真骑兵追着屠杀。咱们就在鬼门关上再闯一回吧！"

白再香在旁边听了，提剑笑道："咱们的剑今天要喝个够了！既然撤不了，就让他们再见识见识咱们西司人的勇猛吧！"众人见白氏三姐妹并肩站着，个个英姿飒爽，不由得纵声大笑，豪气干云。天育知道辽阳和奉集堡援军肯定赶不过来了，也做好拼死一战的准备。

冉天胤快马加鞭赶往辽阳，另一边冉绍文已经在李秉诚军中熬了一个多时辰。李秉诚率领奉集堡两万五千大军增援沈阳，走到白塔堡后便驻军观望，并命姜弼率一千名骑兵向西打探情况。冉绍文过来求援，李秉诚只是让士兵为其提供干粮热水，自己却一直不见他。冉绍文几次要冲出帐篷去见李秉诚，都被士兵拦住。只得在帐中大喊大叫，请求奉集堡大军出发，却始终无人理他。

姜弼率军缓缓前行，迎面撞上一股女真骑兵，双方厮杀在一起。原来努尔哈赤击溃川军后，命莽古尔泰、阿敏等率军攻打浙江兵，又命代善、皇太极领军向东阻击奉集堡援军。皇太极派雅松率一牛录骑兵三百人在前探路，正遇到姜弼等人。

姜弼毕竟人少，只能且占且退。过了不久，皇太极领军赶了过来。姜弼见大军来袭，只得向后撤走。皇太极一路掩杀，直追到李秉诚大营，双方一场混战，各有损伤。

此时已近黄昏，又刮起风来，李秉诚营中的火器便有些不好施展。远处号角齐鸣，代善与长子岳讬率领正红旗、镶红旗杀到，女真兵漫山遍野杀来。总兵朱万良大惊，率先往南逃走。此时军心摇动，李秉诚等人不再死战，领军一路向辽阳逃去。代善和皇太极追杀四十余里，斩杀三千余人，见夜色深沉方才鸣金收兵。

李秉诚已经败走，浙江兵血战了一个时辰，还在苦等奉集堡和辽阳援兵。女真兵以楯车为掩护，杀入浙江兵阵中。浙江兵以火器为主，全靠车营结阵，被女真兵杀进阵中之后，防御能力便不及川军。饶是如此，戚金等人也甚是英勇，没有丝毫退缩。天育领军在侧面厮杀，看见夕阳西下，余晖洒在浑河上，分不清到底是血水还是残阳。

副总兵官童仲揆见浙江兵死伤近半，知道守不住了，便转身往南突围。戚金见了喊道："将军哪里去？"童仲揆喊道："都往辽阳撤吧，不要白白死在这里！"戚金喊道："大丈夫报国，就在今日！"童仲揆听了，转身冲了过来，与戚金、陈策等人并肩作战。

此时天胤正跪在袁应泰行辕门口，额头已经磕得鲜血直流。旁边士兵几次过来拉他，想给他包扎一下，都被他推开。张贤已经跪得晕倒在地，被人抬了下去。天胤一边磕头，一边喊道："请经略大人派兵增援！"

旁边亲兵劝道："小兄弟，大人说了几次了，如今最紧要的守住辽阳。你们已经兵败，再派人过去也是无济于事！"另一名士兵也说道："就是啊，小兄弟别这么犟了，头都磕坏了！"天胤喊道："除了我们虎皮驿大军，旁边还有奉集堡接近三万人。只要辽阳再派一支骑兵过去，大军集结在一起，肯定能够战胜女真人！"

任凭天胤磕得头破血流，袁应泰并不理他，悄悄从后门回去休息了。过了一个时辰，一名士兵过来说道："奉集堡大军也被击败，撤回辽阳来了。小兄弟你快下去休息吧，大人不会派军增援了！"天胤急了，大喊道："我虎皮驿大军还在血战，怎么撤出来？"那名士兵苦笑道："如今只有顾全大局，守住辽阳了！"

天胤仰天长啸，哭喊道："袁应泰！我虎皮驿大军是活生生的人，你就这么让他们送死吗？你顾全大局，就是牺牲我们？"旁边士兵吓坏了，忙冲过来捂住他的嘴，几个人连推带轰，把天胤赶走。

天胤挣扎不过，被他们扔到大街上。知道求援无望，便转身牵了战马，打马出了城门，向浑河方向赶去。刚走到虎皮驿附近，见背面有兵马过来，便提枪迎了上去，原来是天育等人。天胤见众人浑身是血，忙问道："大哥，咱们这是败了？"

天育叹息道："败啦，败啦！浙江兵几乎全军覆没，陈策和戚金他们都阵亡了。咱们趁着夜色才逃出来，白家舅舅也战死了。"白再香在旁边说道："先撤回辽阳再说吧！女真兵还在后面追击，咱们快走！"

众人一路逃回辽阳，在城外扎营。清点人数，只逃出来一千余人。天育背上中了一箭，天载、再英等人也都有伤。第二天陆陆续续有逃散的士兵赶来，四千酉司士兵共剩两千余人，其中又有一半负伤。只得抓紧修整，救治伤员。

努尔哈赤夺取沈阳，击溃虎皮驿和奉集堡援军后，在沈阳开始休整。第二天一早，在校场祭奠战死的将士，革去交战中溃逃的参将拜音达里、游击伊郎阿之职。又论功行赏，将获得的人畜分赏给各军，并送回萨尔浒城。

沈阳陷落的消息传到京师，朝野震动。兵部尚书崔景荣奏报战情，皇上听了拍案震怒。说到浑河血战，皇上总算消了一些气，开口道："此战惨烈异常，方是七尺男儿所为，足以壮我军威！"崔景荣忙奏道："酉司、石砫土司善战，此前平播之战便已立下汗马功劳。"

皇上问道："朕知道石砫秦良玉是位女土司，一向巾帼不让须眉。酉司冉跃龙文武双全，亦有所耳闻。这花田贡米，就是酉司的吧？"礼部尚书忙奏道："回皇上，这花田贡米确实是酉司所贡。不过产量不多，所以几年才进贡一次。"

皇上赞赏道："这花田贡米确实不错！你们查看一下内府还有多少存米，调拨一点送到辽东，犒劳一下酉司石砫将士吧！兵部要派人到前线，命令袁应泰务必守住辽阳！"众人领旨去办。

第六十四回
八旗兵横扫辽东　袁应泰困守危城

三月十八日，努尔哈赤在沈阳修整五日后，亲率八旗大军扑向辽阳。大军旌旗蔽日，弥山亘野，耀武耀威向辽阳而来。沿途虎皮驿等地军民早已逃散一空，一路毫无阻挡。

辽阳是辽东第一重镇，亦是大明经略辽东的枢纽，城墙高三丈有余，绕城一周二十余里。熊廷弼在任时已经多次加固城墙，又在城外挖了两道壕沟，结好栅栏。沿着壕沟排列战车、火炮，战时可派兵环壕把守，是一座名副其实的金城汤池。

袁应泰早已下了死守辽阳的决心，利用努尔哈赤修整的五天时间，命周边驻军赶到辽阳。并对奉集堡、虎皮驿等地逃回的队伍进行整顿，加上此前收纳的辽人，凑了六万大军。又将外侧壕沟加宽，引太子河水灌满。在西门外修桥一座供大军出入，在城南、城东架设吊桥各一座。

近几日从北面逃来的军民极多，袁应泰不加区别一律接纳。李永芳得到努尔哈赤器重，前几日攻打沈阳时派奸细混入城中，里应外合拿下沈阳立下大功。见袁应泰大肆收纳流民，李永芳重施故伎，命马承林带领大量细作混入辽阳城内，藏匿于民房内。

十九日上午，女真兵准备横渡太子河。袁应泰命巡按张铨守城，自己亲率大军出城五里扎营结阵，准备趁女真兵半渡时阻击。袁应泰命李秉诚、梁仲善、姜弼领三万步兵为中军，以战车拱卫结阵；命侯世禄、朱万良各领一万骑兵为两翼，率先对女真兵发起冲锋。

此时女真兵只有努尔哈赤亲领的正黄旗、镶黄旗渡过太子河，双方迎面展开厮杀。朱万良率奉集堡大军溃逃至辽阳时，在袁应泰面前立誓要杀敌谢罪才没被斩首，因而此战极其勇猛。

朱万良一身重甲冲锋在前，成都左卫冉绍文、乌罗长官司冉苍龙随后一起杀出，侯世禄也率另一支骑兵杀到。女真兵自攻打沈阳以来，从未遇到如此大队骑兵冲击，大为错愕，稍稍往后退却。

女真左翼总兵官额亦都在后面督战，见大军后退，亲自斩杀两名逃卒，鼓舞士气向前冲锋。双方骑兵对冲两次，各有损伤。袁应泰在中军看了，命人摇动红旗。朱万良得令，领军撤向左翼。额亦都乘势向前冲锋，正撞上明军中军步兵。

李秉诚等人已等待多时，见女真骑兵冲杀过来，鸟铳、弓弩齐发，女真兵被射倒一片。明军步兵有车营拱卫，女真骑兵冲入阵中，被长枪、弓弩击杀不少。朱万良、侯世禄又领了骑兵从两侧冲杀，女真兵顿时抵挡不住，死伤惨重，纷纷向后退却。

努尔哈赤在后面见了，拔出佩剑大声喝道："要再这么溃败下去，恐怕太子河就是我等的葬身之地了！有谁再想后退，就踏着我的尸体过去！"说罢打马向前冲去。额亦都等人见了，纷纷回身奋力厮杀，女真兵士气稍定。

此时皇太极已率领正白旗渡过太子河，见正黄旗、镶黄旗陷入恶战，马上杀向明军左侧。冉天育虽然背部有箭伤，也在步兵方阵内与女真兵恶战。正杀得兴起，见不远处一名络腮胡子、手持狼牙棒的女真骑兵甚是勇猛，连着杀了两三人。仔细一看，正是杀害冉文焕的那名女真将领，于是手持长枪冲了过去。

布哈顿正在纵马厮杀，忽见一名步兵手持长枪朝自己冲来，心下并不在意。见天育近到身前了，再居高临下迎面一棒砸下去，天育只得举枪格挡。哪知布哈顿力大，竟将天育的枪杆砸断。天育临危不乱，顺势向前一滚，手里的枪头扎到布哈顿所骑战马前腿上。

那马前腿吃痛，便要向前跌倒，布哈顿忙用狼牙棒拄地，才没有摔倒。天育一手搭在马背上，向前扑过去，一把抱住布哈顿，二人一起摔下战马。

旁边女真兵、四川兵见他二人在地上翻滚，也没法帮忙。布哈顿忙扔掉狼牙棒，一手来推天育，另一只手却去身上摸短刀。

天育背上有箭伤，在地上翻滚时硌得极疼，手便有些松劲。布哈顿力大，趁势将天育按到身下，右手举起短刀刺下。天育忙摆头躲开，那一刀插在地上。

天育借势抱着布哈顿一滚，突然感到脸上一热。原来布哈顿滚过去时，头正好撞到自己扔在地上的狼牙棒上，鲜血喷了天育一脸。天育推开布哈顿的尸体，正要爬起来，旁边一名女真兵持刀朝他砍来。此时天育手中没有武器，知道无法闪避。

正要闭眼受死，只听当的一声，一只狼牙棒伸过来将刀震飞，冉一吼冲了过来。天育忙爬了起来，从旁边捡了一支长枪，和冉一吼并肩厮杀。白再香等人依托车营拱卫，也不断放箭。明军毕竟人数更多，女真兵渐渐处于下风。

突然，远处鼓角齐鸣。原来代善等人见情势危急，紧急搭了几座浮桥，正红旗、镶红旗等五旗士兵迅速过桥，一起向明军右侧杀来。努尔哈赤亲率正黄旗、镶黄旗正面进攻，代善、皇太极左右夹攻，明军逐渐不敌。

朱万良领着冉绍文、冉苍龙等人，与皇太极的骑兵杀得难分难解。朱万良见皇太极大旗就在前方不远处，便喊道：“擒贼先擒王！”一杆枪朝皇太极杀去。前面却推出两辆楯车挡住去路，朱万良正要绕开，对面突然鸟铳齐发。原来李永芳在沈阳俘获一批鸟铳手，花了重金劝降，此时正好用上。

明军与女真人鏖战多年，从未见女真人用过火器。此时对面一排排鸟铳齐发，明军人马大惊，纷纷败退。袁应泰见大军不敌，只得挥军往城下撤退。努尔哈赤命大军冲锋，一路追杀而来。

袁应泰大军总算越过护城河，退回第一道壕沟外，女真兵穷追不舍。张铨在城上见了，大炮、鸟铳齐发，打倒一片女真兵。努尔哈赤忙鸣金收兵，见天色已晚，便在城南七里外扎营。明军也在城外扎营，袁应泰夜宿军中，亲自劳军。

二十日上午，努尔哈赤命代善率正红旗、镶红旗、镶蓝旗从西门攻城，自己亲率其他五旗从东门强攻。袁应泰命张铨镇守西门，将步兵布置在两道壕沟之间，凭借护城河固守。自己则率主力三万人在东门外结阵，以战车环绕，列枪炮三层，女真兵不能逼近。

明军以步兵在前结阵拖住努尔哈赤大军，骑兵在后伺机冲锋。袁应泰亲自督战，并派出由家丁组成的"虎旅军"助阵。明军火力凶猛，女真军进攻受挫，不少人死于炮火之下。到了中午双方犹在苦战，明军在战斗间隙，纷纷从身上掏出炒米充饥。

努尔哈赤见久攻不下，命令士兵身披绵甲，推楯车前行与明军步兵对峙，抵挡炮火攻击。又命皇太极与莽古尔泰率骑兵从两翼冲锋，明军梁仲善、朱万良率骑兵迎战。双方互相冲锋，逐渐脱离步兵方阵。

冉苍龙忙喊道："将军，咱们离步兵太远了，往回撤一些吧！"朱万良杀得兴起，根本不理他。努尔哈赤也发现明军左翼骑兵落单，于是亲自领军向朱万良部发起冲锋。皇太极见了精神大振，合兵向前进击，一箭将朱万良射落马下。

朱万良身受重伤，依旧挥枪刺杀。冉绍文本来对他不增援沈阳意见极大，此时见他拼死奋战，不由心生敬意，忙挺枪前去相救。冉绍文和冉苍龙好不容易杀了过去，朱万良已经身中数刀，倒地身亡。明军骑兵见主帅身亡，女真兵攻势又猛，纷纷开始退却。

绍文二人犹在奋力厮杀，但大军败退，势难扭转。坐下战马也受了伤，只得下了马，一同退回步兵阵中。二人就近找了一辆战车掩护，见一名土司将军正在指挥士兵结阵，正是保靖彭象洲。三人见面大喜，一同并肩杀敌。

混战了一个时辰，明军右翼骑兵也被击败，梁仲善战死。女真兵三面围攻明军步兵方阵，明军阵型逐渐被冲散。袁应泰此时已撤至城墙下，见势头不好，但已没有机动部队，只得命新募的辽人出战。数千名辽兵冲过壕沟，在女真骑兵冲击下，支撑了不到一刻钟便开始溃逃。

明军士气低落，在辽人带动下，纷纷向城墙方向退却。但护城河既宽，吊桥又只有一座，顷刻之间哪里能全都撤进去。女真兵乘势冲杀，明军彼此拥挤，大批士兵摔落护城河内，河水被鲜血染红。不少明兵见大事不妙，纷纷向南逃窜，弃城而走。

彭象洲见大军兵败如山倒，知道如果就此全线败退，恐怕大军要被屠杀殆尽。于是挥舞旗帜大喊道："保靖士兵何在？列阵迎敌！"旁边士兵本来准备撤退，见大旗飘扬，重又聚集到旗帜下列阵。绍文、苍龙二人也推了战车过来，一起列阵。

冉天育等人在不远处厮杀，见不断败退的大军中，唯有一面大旗屹立不倒。于是与天胤、天载等人奋力厮杀，一路冲了过来。天胤也将旗帜立在旁边，大喊道："川军何在？"

不一会儿，众人身边聚集了一千余名士兵，又将附近丢弃的战车都推过来，列好阵型与女真兵厮杀。跃龙正妻舒眉之堂弟舒文、舒武所在队伍被冲散，也聚了过来。

皇太极见前面两面旗帜不倒，便率兵冲锋过来。到得近前，见前面明军虽只一千余人，但依托战车结阵，阵容十分严整。又见不少人棉甲长枪，内中一个手持狼牙棒的汉子尤其高大勇猛，认出是浑河血战的对手。皇太极不敢大意，命骑兵从两面发起冲锋。

土司兵虽然阵容严整，但毕竟人少，哪里抵挡得住皇太极大军进攻。女真骑兵每一次冲锋，土司兵便倒下一片，但女真骑兵也损伤不少。白再香在阵中鏖战多时，刀刃都已经砍卷，见土司兵历经多次大战，已经折损殆尽，便喊道："大军都撤了，咱们也撤吧！"

彭象洲喊道："嫂子，你们先撤，我断后！"众人且占且退，来到吊桥前。皇太极见明军大部退走，知道眼前这几百人无关紧要，只命部分骑兵追杀。转而命大军用楯车运土石干草，准备填平护城河，再带大军杀过去攻城。

白再香等人跑过吊桥，但后面女真骑兵追得甚急，天育兄弟只得与彭象洲等人在桥头接战。此时对面明军担心女真兵从吊桥杀过去，便要拉起吊桥。天育见了，忙对着彭象洲喊道："姑父，快上吊桥！"几人刚上了吊桥，明军士兵便将吊桥拉了起来。

此时尚有十余名保靖士兵没有登上吊桥，被女真骑兵追杀殴打，情形极其惨烈。彭象洲大怒，从吊桥上一跃而下，重又跳上岸来。正好一名女真骑兵一枪刺来，彭象洲伸手握住枪头。那名士兵见他满手是血，料想要撒手，便用力向前刺。彭象洲却似感受不到疼痛一样，只是往下拽，将那士兵拉下马来，一脚踏翻在地。

彭象洲翻身上马，一人一骑向女真兵冲去，将被围攻的几名保靖兵解救出来。女真兵放箭，彭象洲战马被射倒，只得下了战马，与几名保靖士兵背靠背站在一起。认得旁边一名士兵曾跟着自己认字，便问道："小四，害怕吗？"

小四大声说道："能与将军并肩作战，死在这里也值了！"彭象洲笑道："好！有了你们几个兄弟，黄泉路上也不孤单了！"众人又杀了几名女真兵，对方不再冲杀，而是选择放箭。皇太极见他几人浑身是箭，至死也背靠背坐着不倒，不犹心中一凛。天育在城上见姑父战死，不由泪流满面。

代善领了大军在西门外进攻，试了破坏水闸、另挖壕沟排水，均不能排干护城河。明军在护城河上东、南门均是吊桥，只有西门外是木桥。代善于是集中弓箭手和楯车，重点进攻大桥。张铨见他夺桥，也集中炮火守桥。

女真兵以楯车抵挡炮火，徐徐向前推进。到了午后，终于攻过大桥。代善见状，命大军下马，徒步冲过大桥，并突破里面的壕沟，一直杀到城墙下面。明军尚有许多步兵守在壕沟之外，依靠战车火器坚守，城上张铨也率兵用火器射击。代善等人虽杀至城下，却发现四面是敌，也陷入苦战。

代善命架起云梯，组织死士攀援。城上火箭、鸟铳齐发，女真兵死伤惨重，一时不能登城。代善知道暂时攻不进去，便命后军运送土石，砍伐木材填平壕沟，以方便大军攻击。

东门外努尔哈赤也在奋力攻城，以楯车运送土石木材，一个多时辰后，竟在护城河上填出一堵土桥来。女真兵拥过护城河，一路杀至城墙下。袁应泰组织死士两千，在城门外以长楯结阵，与女真兵殊死决战。女真兵人数虽多，但地方促狭，并不能占据上风。

到了夜里，辽阳城内外到处是火把，双方连夜苦战。袁应泰将长楯兵撤回城内，依托高墙火炮据守。女真兵以云梯、撞城锤攻城，彻夜不息。到了凌晨，袁应泰清点人数，明军已只有不到两万人守城，大部分阵亡或逃走。随军官员高出、傅国等人见势不妙，竟乘乱从北面垂下长绳，弃城而走。

城头明军连日苦战，火器已经打得发烫。二十一日早上，代善组织大军冲锋。城上赶紧放炮御敌，其中一门大炮炸膛，引燃周围火药。张铨来不及救援，城上各军窝铺、城内草场都燃烧起来。

马承林等女真细作在城内已潜伏数日，此时也四处放火，城中大乱。马承林连日来已收买了不少辽人，乘机组织起来杀向西门，要里应外合拿下西门。

第六十五回
战不利辽东陷落　辩攻守经抚不和

袁应泰得知西门大乱，心下大惊，忙命监军牛维曜领西司士兵前去增援。牛维曜领了冉天育等五百余人，从南门垂绳而下，先到壕沟处召集留守城外的明军。然而连夜奋战之后，城外明军大多或死或逃，众人走了一圈，也没有召集到多少人。牛维曜反而被一箭射中，掉进护城河内。幸好冉一吼水性好，将其救起。众人集结了一千人，赶到西门来。

此时女真兵与辽兵里应外合，已经攻破城门。女真兵纷纷涌入，张铨命明军开展巷战。努尔哈赤见西门攻破，于是命大军放弃攻打东门，全部从西门入城。袁应泰也领军转战西门，组织明军殊死抵抗。天育等只有一千人，根本无法接近西门。

半个时辰后，女真大军纷纷攻进城内。剩余明军纷纷战死，城内火光烛天。袁应泰在城楼上见了，知道大势已去，对张铨叹息说："留得青山在，不怕没柴烧，宇衡公快走吧！丢失辽阳不是你的责任，就让我以死谢罪吧！"说罢，郑重地整理衣冠，身佩尚方宝剑和官印，在城楼上自缢而死。

袁应泰之妻弟姚居秀随即也在城上自杀，仆人唐世明伏身大哭，放火烧楼而死。张铨长叹一声，手执长剑，冲下城楼厮杀。奈何张铨只是一名文官，很快失手被擒。皇太极见袁应泰身死，命士兵登城，竖起女真大旗。

城外天育等人犹在苦战，好在女真人心思都在攻城上，并未集中兵力围剿他们。白再香见城头已经竖起女真旗帜，城内又火光熊熊，知道辽阳已经失陷，便对天育说道："大势已去，赶紧撤吧！"女真兵都急着入城，天育兄弟几人保了母亲等人奋力突出重围，一路向南逃去。

众人逃到广宁后，见西司士兵已所剩不多，便想回乡召集兵马，再来作战。参议王化贞见西司士兵犹有几百人，极力劝说众人留守。众人商议一番，只留天育领兵驻守，白再香三姐妹、天胤天载及李子靖诸人都回西司。

此前熊廷弼、袁应泰等人皆苦心经营辽阳，广宁仅由王化贞带领一千名老弱残兵驻守。王化贞大肆招集散兵流民，得到万余人。又联络西边的蒙古部落，稳定住周边局势，女真一时不敢轻易前来进攻。由此，广宁城地位骤然提升，成为山海关锁钥和朝廷经营辽东的枢纽，王化贞也在朝廷声名鹊起。

努尔哈赤攻进辽阳后，遣人迎后妃、皇子入辽阳城，正式迁都辽阳。又在辽阳城东五里太子河边筑城，命名为东京。明军纷纷败退，只能据西平堡、广宁而守，并聚集重兵驻守山海关，防止女真叩关。

从三月十二日起，努尔哈赤攻以九天时间攻陷沈阳、辽阳，辽河以东全部沦为女真人所有，举国上下为之震惊。辽东大量兵民逃往关内，京师米价连连上涨。

皇上惊惧，召集群臣商议。此时辽东失陷，群臣一时没有主意，只是拼命埋怨袁应泰经略无方。御史冯三元说道："袁应泰谋划无方，致使辽东败局。其错有三：其一，正月便已得到奴贼要大举进攻的消息，但袁应泰手提十余万大军，竟全无应对之法。其二，奴贼大军攻打沈阳时，在辽阳附近尚有六万兵马，却不加救援，任由沈阳陷落。其三，不加辨别，随意纳降，以致沈阳、辽阳失陷皆有辽人内应。臣以为，其罪当诛！"

御史魏应嘉也说道："袁应泰军纪松弛，规划不明，以致我辽东陷入危局，臣也以为应当从重论罪！"旁边大臣也有人附和。众人正在议论，御史江秉谦突然仰天大笑："哈哈哈哈！"郭巩大怒，呵斥道："江秉谦，朝堂之上，你行为放荡，成何体统？"

江秉谦朗声说道："我笑你们三人的小人嘴脸！当初辽东局势稳定，拼命弹劾熊廷弼的是你们；如你们的愿换了袁应泰，如今想要诛杀袁应泰的又是你们！除了弹劾他人过失，你等于国事可有任何计策？辽东经略如此重臣，岂是任由你等随意诋毁的？"

姚宗文说道："你江秉谦也是御史，又干了什么经天纬地的大事？"江秉谦大怒，斥责道："姚宗文，老夫正要骂你！就是你到辽东检阅兵马回来后，大肆弹劾熊廷弼！别人不知道，难道老夫不知道你的丑事？当初你和熊廷弼略有私交，想要熊廷弼为你谋个一官半职不成，转头就视为仇人！"姚宗文大怒："江秉谦！你不要含血喷人！"众人吵成一团。

内阁首辅刘一燝见众人争吵不休，启奏道："臣以为，如今首要之事，乃是推举合适人选经略辽东，尽快稳定局势。熊廷弼雄才大略，其镇守辽东一年，奴贼不敢轻举妄动，臣认为可堪大用！"朱童蒙也说道："臣入辽时，士民垂泣而道，谓数十万生灵皆廷弼一人所留。在其任内，辽阳、沈阳坚如磐石。臣也以为应当起用此人！"兵部左侍郎王在晋也建议启用熊廷弼。

皇上见众人举荐熊廷弼，便说道："朕也一直认为熊廷弼堪当大任，既然列位爱卿都一致举荐，那就召熊廷弼赴京就任吧！"兵科都给事中杨涟奏道："臣以为，要起用熊廷弼，就要罢黜姚宗文这样的小人，方能使熊廷弼在辽东安心任事！"

杨涟是辅佐皇上登基的重臣，姚宗文虽然当庭申辩，皇上不想听他啰嗦，直接下令起用熊廷弼经略辽东，并将冯三元、张修德、魏应嘉、郭巩各贬三级，除掉姚宗文的官籍。又想起头天有一件椅子没做好，忙退朝回宫了。

此时熊廷弼在老家湖广江夏赋闲，接到朝廷任命后并不着急，盘桓几日后方启程赴京。六月底，熊廷弼抵达京师，在首辅刘一燝提点下，先启奏免除对冯三元等言官的贬谪，皇上并未应允。又提出三方布置之策：自己以辽东经略身份镇守山海关，统筹辽东事宜；以广宁为前哨，派遣重兵驻守；在天津、山东登莱建水军，择机水路并进收复辽阳。皇上一概应允，赐麒麟服及四枚彩币。

七月初一，皇上命设宴于郊外，由兵部尚书张鹤鸣及兵科都给事中杨涟为熊廷弼饯行。前年辽事紧急时，朝廷便征召张鹤鸣任兵部侍郎，张鹤鸣称病不出。此次辽阳城破，皇上龙颜大怒，命限期赴任，张鹤鸣方才出任兵部侍郎。后来朝廷追究责任，兵部尚书崔景荣去职，这张鹤鸣倒扶摇直上，任了兵部尚书。熊廷弼性子刚直自负，对张鹤鸣颇不以为然，张鹤鸣敬酒时他便只喝了一半。

张鹤鸣当面没有发作，正好近期不少人举荐王化贞，于是第二天便递了奏本，举荐王化贞升任辽东巡抚。王化贞近期声望极高，又是内阁大学士叶向高的门生，因此顺利提拔。此前为防止努尔哈赤进攻，各地援军都已开赴广宁一带，达十万人。张鹤鸣连下几道命令，要求十万大军都由王化贞节制，并直接与兵部对接。

熊廷弼在五千名京营将士护送下，风风光光赴山海关就任。上任几天后才发现，自己虽贵为辽东经略，身边却只有五千京营士兵，大军都在王化贞手下。熊廷弼大为不满，只得与军前赞画洪敷教等人商议对策，先谋划天津及登莱水师之事。

这日熊廷弼正在行辕内议事，王化贞派人送来书信一封。原来是王化贞草拟的大军进逼方略，准备沿着辽河设置西平、镇武、柳河、盘山等六所军营，每营设参将一人，各带大军驻守，阻断女真从沈阳、辽河入关的道路。

熊廷弼看后，不以为然地说道："袁应泰和杨镐都败在分兵，王大人还要分兵六路？辽河并非长江天堑，河面狭窄不能阻挡敌军，新修城池又非一时之功，拿什么驻守？回去告诉他，这个方略本督不同意！"

来人拱手说道："启禀经略大人，王大人已将方略奏报朝廷。这一份是抄送给您的。"熊廷弼大怒，将书信劈面扔到来人面前："本督受命经略辽东，他王化贞还得受我节制！为何如此没有规矩，不经我的同意就上报朝廷？"来人不敢申辩，只得垂手站着。洪敷教忙出来打圆场，将来人带走。

熊廷弼余怒未消，当即提笔起草题本，痛斥分兵之策不可行，命快马送至京师。过了几天，朝廷有旨意下来，赞同熊廷弼的判断，王化贞的方略被搁置。

王化贞得知自己的方略未被采纳，对熊廷弼大为不满。正好熊廷弼上书，推荐赞画主事刘国缙为登莱招练副使、夔州同知佟卜年为登莱监军佥事，而佟卜年之族人佟养性早已投靠努尔哈赤。王化贞便致信张鹤鸣，由张鹤鸣奏称佟卜年等人不可用，皇上应允。由此经略、巡抚二人互相掣肘，合军上下皆知二人不和。

到了月底，熊廷弼亲往广宁检阅大军。王化贞在朝中有大学士叶向高及兵部尚书张鹤鸣支持，并不拿熊廷弼当回事，随意派了几支队伍让其检阅。延绥骑兵由杜文焕统领，也在检阅之列。操练开始后，延绥兵队列不整，操练中射箭环节表现不佳，甚至有骑兵坠马。

熊廷弼大怒，命人将杜文焕带上来，当众喝骂道："杜文焕，你带的是什么草包士兵？延绥兵骑不了马，这不让人笑掉大牙吗？你身上有半点你叔叔杜松的样子吗？”杜文焕低头回禀道：“末将知罪，今后定然勤加操练！”

王化贞说道：“杜将军不必过于自责，延绥兵刚到辽东不久，还没来得及操练，很正常嘛！”这杜文焕来前总兵官杜松的侄子，在西北兵中颇有根基，王化贞便要刻意拉拢。熊廷弼听了更加恼怒，大喝道：“延绥兵一向彪悍，你真是辱没了先人！本督回头就奏报朝廷，免了你的总兵之职！”

杜文焕听了，哼了一声，垂手站在一旁。诸将见熊廷弼脾气暴虐，无人再敢说话。王化贞说道：“熊大人先消消气，这些事晚点再议吧！”熊廷弼冷笑道：“王大人倒是会做好人。不过本督倒想请教，十万兵马都在王大人手下，要都像杜大人这样子，我们怎么和努尔哈赤打仗？”

王化贞满不在乎地说道：“熊大人，一共就这十万兵马，你再怎么操练，也不会变成二十万。我已经和林丹巴图尔联络多时，蒙古大汗愿意派兵四十万，助我收复辽阳。熊大人就坐等喜讯吧！”熊廷弼冷笑道：“袁应泰当初也是大肆招募辽人，最后沈阳、辽阳城破，俱是因为辽人打开城门。王大人就这么有信心，一定会有四十万兵马来帮你？”

监军副使梁之垣也说道：“辽人要是愿意出兵倒是好事，不过不能全信，更不能作为依靠啊！”王化贞笑道：“你们让奴贼吓破胆了，只知道一味固守。努尔哈赤一味掠夺，辽人早已恨透了女真人，只要我大军进剿，必然揭竿而起相助。李永芳也与我联络多时，愿意作为内应。如今形势大好，正是我等建功立业之时！”

熊廷弼笑道：“李永芳已经娶了奴贼贝勒阿巴泰之女，封了三等总兵官。王大人能给他什么东西，他会做你的内应？”王化贞怒道：“熊大人除了自己，又信过谁？”众人见他二人要吵起来，连忙劝解。二人话不投机，不欢而散。冉天育在后排站着，见熊廷弼依旧脾气暴虐，而王化贞则大言欺世，不由满心忧虑，却也无可奈何。

熊廷弼回到山海关之后，便上奏朝廷，请求罢免延绥总兵杜文焕。又请求派遣监军副使梁之垣去朝鲜，联络朝鲜军民为援。张鹤鸣也上奏，竭力免除杜文焕之罪，命其继续练兵。而梁之垣的使团尚未出发，便被张鹤鸣克扣军饷。此后熊廷弼与王化贞势成水火，而王化贞大权独揽，熊廷弼也无可奈何。

王化贞以为有蒙古人四十万大军为援，又有李永芳为内应，认为拿下辽阳、沈阳易如反掌，所有将士的规劝一概不听。手里虽有十万大军，对兵马、甲仗、粮草、营垒等事全都不加过问，军纪逐渐废弛。冉天育见无法进言，只得修书一封，捎给姑父蹇明宇。

蹇明宇不久回信，称当今圣上本识字不多，又喜好木工，逐渐不理朝政，只是倚重宦官。此时大太监魏忠贤得志，已升任司礼监秉笔太监兼提督宝和三店，和大学士刘一燝斗得难分难解。刘一燝已无暇顾及熊廷弼，恐怕辽东之事只能任由王化贞做主了。

到了八月底，石硅土司秦良玉亲率三千兵马抵达山海关，酉司土司冉跃龙捐银四千两购置的军械也运达。熊廷弼高兴，召集冉天育进行嘉奖。此时熊廷弼帐下正缺一个文书，天育便留在了山海关。

第六十六回
进宣慰势力大振　尽忠心老将进言

少年痛饮，忆向吴江醒。

明月团团高树影，十里蔷薇水冷。

大都一点宫黄，人间直恁芳芬。

怕是九天风露，染教世界都香。

——辛弃疾《清平乐·谢叔良惠木犀》

十月底，酉司司城金桂飘香。这日午后，秋风送爽，宣抚使冉跃龙在来熏阁随意翻阅诗词。六岁的嫡子天麒和五岁的幼子天德、天泽在一旁学写字，缪天目从旁指点。

"气死我了，又写错了！"突然，天麒写错了一个字，把面前的纸一把抓起来，揉成一团扔了出去。那纸团却掉到了天德的纸上，又滚到天泽的纸上，把二人刚写的字都弄脏了。

天麒毕竟大一岁，长得又敦实，天德敢怒不敢言，泪水在眼眶里打转。天泽却不以为意，换了一张纸重新写了起来。跃龙看见了，过来换了一张纸给天德，说道："重新再写一张吧，肯定能写得比刚才更好！"缪天目摸了摸天德的头，让他坐下。

跃龙见天麒还在气鼓鼓地在桌上砸自己的毛笔，假装好奇地问道："你什么时候学会用手指头写字了呀？给爹爹看看。"天麒让他问得有点懵，说道："没有啊，我不会啊。"跃龙笑道："还以为你以后都用手指头写字，要给爹爹省下买毛笔的钱了！"天麒听了，不再摔毛笔了。

正说话间，一名亲兵飞奔而来，说道："启禀将军，有圣旨到！传旨官一行已到了城南十里外。"跃龙听了，忙说道："你去中军营安排几个人，分头请经历大人和舍人把总赶到接官坪，等候朝廷大员。让公子们都到衙署等候。"说罢，忙回将军府换了官服，打马向接官坪而去。

冉天胤本在校场坝带领新兵操练，得到消息马上赶回衙署。进了门，见天嗣和天机、天麒、天德、天泽都到了，便对着天嗣笑道："二哥今天又去给他们讲课啦？"

天嗣已经十八岁，一副儒生模样，见天胤问起，便回应道："三弟取笑了，我也是跟着缪先生他们学习。偶尔先生忙的时候，带着四弟他们认认字罢了。倒是三弟你，才十六岁就和我一样高了，最近练得愈发强壮了，将来肯定要中武状元。"

天机过来拉着天胤的衣角说道："三哥，明天你带我去校场坝嘛！"天胤笑道："老四你怎么跟我一样，才八岁就不爱念书了！我可不敢带你去，不然老爹该揍我了！"天机满不在乎地说道："我就是不爱读嘛！有六弟七弟好好读书不就行了吗？"

"圣旨到！"兄弟几人正在说话，外面突然喊道，众人忙排着两列跪下来。兵部主事蹇明宇在前，大西宣抚使冉跃龙在一旁引路，后面跟着几名朝廷官员及西司众头领。冉跃龙引了蹇明宇等人走进上堂，恭恭敬敬将圣旨放在"清正廉明"牌匾下的案桌上。

众人一起拜了三拜，蹇明宇取了圣旨念道："奉天承运，皇帝制曰：臣谊莫大于急分，爵赏必先于用命。引恭勤世效其命，调发屡宣其劳者哉。简书褒嘉，厥有彝典，朕岂有爱焉。尔四川西司等处军民宣抚使司宣抚使冉跃龙，才猷宏远，志画渊深。当羽檄之交驰，逮征调之遝至。既援东北，复急西南。而尔捐饷治军，宣猷奋勇。所至有效，厥功足嘉。兹特加授尔为大西等处军民宣慰使司宣慰使，晋总兵署都督佥事。方今逆酋未殄，为朕宵旰之忧。尔其益奋威武，大畅皇灵。朕不难显叙尔以终有誉命。钦哉！"

冉跃龙大声说道："臣冉跃龙恭谢圣恩！"说罢，领了众人再叩首。正要起身，蹇明宇说道："吏部还有劄子要念，请宣慰使大人稍后！"随行的吏部官员上前念道："授冉跃龙管束所部军民，辖属平茶、邑梅、石耶三长官司，绞楼、寨楼、马蹄溪三千户所，永为遵守，不负朝廷恩渥。"跃龙等再叩首，齐声说道："臣谢主隆恩！"

塞明宇等将圣旨及劄子依旧供于桌上，上前扶起跃龙："酉司立了大功啊！兵部尚书张鹤鸣大人在题本里专门提道：浑河血战，首功数千，实石柱、酉司二土司功！"

跃龙忙说道："尚书大人夸赞，愧不敢当！为国尽忠，是我们做臣子的本分。子弟们在前线血战，我等只不过是做了分内之事罢了。"本司经历范汝梓在旁边说道："将军忠心耿耿，战功显赫，不用太过谦虚啦！"

塞明宇说道："文书已经发到四川都司和大渝卫，将军和他们联络，更换印信、号纸就行了。平茶、邑梅、石耶长官司，绞楼、寨楼、马蹄溪千户所这两天也应该会收到文书，他们自然会来拜会将军。"

跃龙又说道："诸位大人远道而来，一路舟车劳顿，务必在本司休息两天，顺便给下官指点一下政务。"塞明宇说道："岂敢岂敢！今日天色已晚，我等就叨扰一晚上。明日还得上大渝府，不能违反规矩。"跃龙忙命人安排住处，晚上又在将军府大摆筵席宴请众人。

用过晚宴，跃龙命冉天嗣、缪天目等人陪朝廷随员观看阳戏，自己却领了塞明宇到来熏阁小坐。二人依窗闲聊，清风徐来，丹桂飘香，甚是惬意。

跃龙笑道："兄弟，咱俩多年不见了！多谢圣上体恤，让你来酉司宣读圣旨，今晚咱俩必须彻夜长谈才行！"塞明宇举杯说道："好啊！三哥荣升宣慰使，地盘又扩大了不少，真是可喜可贺啊！我先敬你一杯！"跃龙忙也举杯说道："不敢不敢！不过这次应该带着玉竹一起回来啊，她都多少年没回来过了！"

明宇叹息道："原本是要带着她的。谁想到临行前，你外甥骑马把腿摔了，只好留下照顾他了！"跃龙大惊，问道："摔得厉害吗？"明宇说道："放心吧！骨头没断，养一阵就好了。"跃龙说道："十五六岁的年纪，正是好动的时候，好在没有大碍！"

二人各喝了一小杯，随意用了些小菜，跃龙感慨道："洪武八年，朝廷将我司从宣慰司降为宣抚司，至今已二百四十多年。这二百多年来，平南蛮、征播州、援辽东，纳贡赋、捐军饷、献大木，不知流了多少汗、死了多少人，才恢复昔日荣光！"

明宇说道："三哥雄才大略，才华横溢，酉司在你手上振兴，也足以告慰先人了！"跃龙说道："论才华，我哪里赶得上你！如今大渝府还流传着蹇太师的故事，如今兵部炙手可热，就靠你重振家声了！"明宇叹息道："哎，宦途坎坷，不提也罢！"

跃龙觉得诧异，问道："你对兵法颇有研究，如今正是用人之际，为何发出这等感慨？"蹇明宇叹息道："如今张鹤鸣在兵部只手遮天，我和他不少观点相左，一直不得重用啊！"跃龙说道："他是兵部尚书，在兵部就应该他说了算嘛！你和他什么观点不一致了？"

明宇说道："如今大家都围着辽东之事转，熊廷弼和王化贞打得焦头烂额。张鹤鸣一意支持王化贞，把熊廷弼架空。这王化贞大言欺世，成天说着借四十万蒙古兵收复辽阳这样的鬼话，我看辽东定要败在他手里！"

跃龙也敬了一杯酒，说道："我看天育来信也提到了这事，王化贞才具不足，但是善于和朝中各路官员打交道。熊廷弼确实雄才大略，然而与朝廷官员及同僚下属相处不睦，上一次辞任便有这原因。这二人都不是帅才，与当年平播总督李化龙差远啦！经略一方，既要有干事的本领，更要有协调各方为我所用的手段，可惜这二人不能联手啊！"

明宇叹道："说的是啊！我是看不下去，提了几次建议也不被采纳，干着急啊！"跃龙给明宇倒了一杯酒，说道："从汉唐、大宋以至本朝，面对北方边患，都会有攻、守之争。原本攻与守都没有错，在攻之前先要以守立于不败之地，在守的过程中则要不断创造攻的形势和机会。经、抚两位大人如果能够合作，就是再好不过了。你在兵部，可以往这个方向多谏言。至于你和尚书大人观点不太一致，这也无伤大雅，就看你怎么去处理好关系了。"

二人边喝边聊，明宇喝得微醺，说道："多年不见，你当了宣抚使之后，看问题更准了，也更有见地了！"跃龙感慨道："要不是长兄为逆贼所害，我恐怕也和你一样在宦海中浮沉。不过世道就是这样，我们只不过是沧海一粟，能从事什么营生，谁能做我们的上级，又岂是我们自己能决定的！不管你高不高兴，张鹤鸣就是兵部尚书，你也罢免不了他。与其这样，还不如从内心接受他，尽力去做点事情罢！"

明宇举杯说道："说得好！再敬三哥一杯！不过知易行难啊，每次看到他，心中就感觉有些疙瘩！"跃龙举杯喝完，继续说道："咱们多年的交情了，我说的都是肺腑之言。上半年我去了趟大渝府，顺便拜会了一位告老回乡的世伯。这位世伯在朝中为官多年，我就请教他，四川都司一位大员看我们土司都像谋反之人，应该怎么办？"明宇也好奇地问道："这位世伯怎么说？"

跃龙说道："世伯说，能怎么办？他看你不顺眼，你就按顺眼的方向去做。假如你也看他不顺眼，你不能把他怎么样，但是他能把你怎么样！你要保住你的位置，甚至还想加官进爵，不讨好他行吗？他看你不顺眼，你就得拿你的热脸去贴他的冷屁股，直到他改变看法。要是你贴不上，只能说你功夫不到家！"

明宇叹息道："这话虽然直白粗鄙，但是一针见血啊！"跃龙也感慨道："是啊！我守的是祖宗几百年的基业，身后是族人的衣食和安危，又岂能任性而为！你在朝中做官，要是想做清流，自然可以保持名节甚至是辞官不做。要是想有所作为，必须得到一定职位才行，那就免不了要委屈自己。苏东坡说过：古之立大事者，不惟有超世之才，亦必有坚忍不拔之志，就是这个道理啊！"

二人把酒畅谈，直至深夜。白再香放心不下，上楼来说道："我的将军啊！妹夫从京师过来几千里路，一路舟车劳顿，你可别拉着人家说个没完了。快让蹇大人早点休息吧！"跃龙不好意思地说道："嗨！尽顾着聊了，都这么晚了！可惜你不能多待几天，不然可以派人去大渝府把段世图老兄请来，咱们哥仨好好聚聚！"

明宇笑道："嫂子可别见外了！我和三哥当年在府学，就经常这么畅谈。"再香笑道："我看啊，你俩今天就在这里凑合凑合吧，里面床铺都收拾好了，聊聊就睡吧。我就不打扰你们了！"说罢，告辞下楼离去。

跃龙与明宇又聊了几句，二人抵足而眠，睡到第二天东方大白。上午跃龙陪着几人游历了桃花源，午饭后蹇明宇还要赶往大渝府，只得依依不舍送别。

第二日，跃龙带了天嗣等人出发，辗转两天多到了大渝。与腾龙一起准备了厚礼，拜访了大渝卫、大渝府官员，晚上自然是宴请欢聚一番。次日又赶往成都，拜会了四川都司、四川巡抚等，换了新的印信号纸。四川都司有兵部新来的劄子，对酉司、石砫等在辽东战死的将官各有封赏。

众人从成都回到酉司，已经是九月中旬。晚饭的时候，再香告诉跃龙，杨守备病重，应当过去探望一下。用过晚饭，跃龙忙赶往杨秀夫府上，见李子靖在外屋坐着，便说道："子靖，咱们外边说话。"二人来到门外，李子靖见左右无人，便说道："将军要有准备才是，杨守备怕是不好了。"

跃龙问道："我去大渝之前来看过一次，那时候看着精神好些了，怎么又不成了？"李子靖说道："杨守备毕竟七十多的人了，又病了一年多，身体太虚弱了。前几日觉得精神好，想挣扎着起来活动活动，下人们给熬了参汤等进补。结果药力太猛，反而坏了事了！"

跃龙听了，知道恐怕无力回天了，想起小时候杨守备带着自己和大哥骑马射箭的事情来，不由垂下泪来。进得屋来，看到杨秀夫躺在床上闭目养神，大嫂杨若兰、侄女冉天霖、侄女婿向同廷在旁边坐着。跃龙叫了声嫂子，天霖和向同廷也打了招呼。

杨秀夫听到动静，睁眼看见是跃龙，用力张了张嘴，却没说出话啦。跃龙忙抢前一步，来到床边。杨秀夫用手撑了撑床沿，跃龙和向同廷忙扶他坐起来，用被子枕头靠在背后，让他半躺着。杨秀夫喘了口气，慢慢说道："晋升宣慰使啦？你爹娘在泉下有知，也可以安心了！"

跃龙流泪说道："都是舅舅一手教导帮衬，才有西司的今天！"秀夫说道："我是不成了，以后就靠你自己啦！"跃龙说道："我刚问李子靖了，过两天您就好啦！"秀夫笑道："不用哄我开心啦！我都七十多了，也活够啦！"又扭头对杨若兰等人说道："你们也在我这里守了几天了，出去休息一下吧！我和将军说说话。"

杨若兰和天霖夫妇出了门，秀夫问道："见龙在辽东没了，等我闭眼之后，前营和右营的位置都空出来了，你打算怎么安排？"跃龙说道："天育、天胤都长大了，在辽东也经受了历练，该压压担子了。"

秀夫听了，摇了摇头："左营已经在虬龙手里了，你再把一个营交给天胤，这就成了势啦。冉维桂、刘宗清岁数也在这里了，比我也多活不了几年。将来不管你是立嫡子还是立长子，天麒这边都有两个营在手里，必然埋下祸根啊！"

跃龙感慨道："还是舅舅考虑得长远！您好好养病，司里的大事还得您把关才行啊！"秀夫笑道："我自己心里明白，活不了几天啦。你和你大哥都是心地善良之人，我也还是要嘱咐一句：善待你的兄弟和族人吧！"跃龙连连点头，说道："放心吧，舅舅！我记住了。"

秀夫听了，闭着眼睛说道："我得歇会儿才行，你也回去休息吧！"跃龙告辞出来，命李子靖等几名大夫轮流看护，务必照顾好杨守备。又宽慰了杨若兰几句，方才返回将军府。

第六十七回
祭英灵三军洒泪　平叛乱部属归心

九月十二日一早，跃龙在校场坝点兵。大小头领在前，大军手持长枪列阵，全体肃穆。片刻之后，牛角齐鸣，跃龙按剑登台。张天师引导，跃龙先带领三军祭奠辽东战死的英灵。张天师已是须发俱白，跃龙祭奠中忍不住泪洒当场，三军无不垂泪。

随后，新任舍人冉逵龙登台宣读朝廷文书：追赠冉见龙武德将军，赠冉人龙守备，伍良臣、李熙、白再连等各有追赠。白再连之三弟、新任家政白再衍宣读本司抚恤名单，对冉文焕等战死将士各有封赏，冉天胤、冉一吼等立下战功的将士也各有赏赐。

跃龙亲自宣读各营任命：中军由跃龙自领；前营舍把由冉天育担任，暂由天嗣代管；后营由逵龙之子天彝统领，冉文光为副将；左营继续由虬龙统领，冉天胤为副将；右营由冉天泽统领，冉天载为副将并暂行代管。

宣读毕，跃龙一抬手，全场肃穆。跃龙看着众人，动情地说道："本司向来以忠孝为本，以为圣上保境安民、尽忠效力为使命。近年来大军南征北战，立下了赫赫战功，传播了酉司威名。子弟们有的战死沙场，有的负了伤，剩下的也都是从死人堆里爬回来的。本将军在此向大家保证：本司绝不辜负每一个人，绝不会让大家流血又流泪！"

说到这里，全场一齐举枪喊道："好！好！"跃龙接着说道："如今辽东狼烟四起，我们还要组织大军援辽。各营头领要做好征调，凡是家中独子的一律留下，其他主动投军的要做好奖赏。总之一句话，拼了一腔热血，到辽东再战他个八百回合！"

众人齐声应和，威势显赫。跃龙命各营头领组织士兵考较武艺，凡射箭、长枪优异者均予以奖赏，不合格者视情况予以惩戒。又命白再浩等人筹备粮草，等待朝廷征调。

跃龙忙活了一天回到将军府，刚换下戎装，夫人舒眉进来诉苦。跃龙看她满脸愁容，问道："谁又招你了？"舒眉垂泪道："将军好偏心！天麒是你的嫡子，怎么什么好事都轮不上！天育掌管前营没得说，天泽排老七也掌管了右营，就连天载、文焕这样的外人都封了官！"跃龙说道："天泽的位置，是他舅舅李熙战死沙场换来的，有什么好说的？"

舒眉说道："那天麒他舅舅舒武，也在辽东战死了啊！"跃龙说道："他编在川军里面，朝廷已经有了封赏，舒文晋升了官位。天麒还小，你不要替他来争权夺利。祖宗基业，德才兼备之人才能坐得稳。你有这闲工夫，还不如带他多读读书，让他改改急躁的脾气！你这些年除了持家之外，为我军中襄助了多少银两，我自然心里有数，断不会亏待你们娘俩！"

跃龙诸子之中，天育无论年龄、才具、见识均远胜他人，舒眉一向担心跃龙将来把大位传给天育。听跃龙这么一说，觉得天麒还有希望，于是转悲为喜，说了几句闲话出去了。

舒眉前脚刚出去，五房王夫人就走了进来。王夫人请了安，命丫鬟端上来煲好的汤，说道："将军连日来到处奔波，今天又赶着去练兵，喝点汤补补吧。四十多岁的人啦，不比二十来岁的时候了，别老安排得这么满满当当的，还是要多注意身体才是！"

跃龙尝了一口，夸赞道："嗯，是你的手艺，果然好喝！"王夫人笑道："您以后每天都得好点汤才好！"跃龙知道她有事，便问道："近期司里和军营里人事有所变动，你都知道啦？"

王夫人叹了口气，说道："妾身家无权无势，天德又生性腼腆，我也不指望他飞黄腾达，将来能有口饭吃就不错了！"跃龙叹息道："你能明白这一层最好，省得自寻烦恼。咱们设五大营，本来就逾制了，无非是为了朝廷征调方便罢了。此次人龙在辽东战死，朝廷赠了个守备。维纶叔家里就这么个独苗，得有个人去续香火才行。这事我也没想好，你考虑考虑吧！"

听了这话，王夫人垂下泪来："怎么还要把天德过继给别人呢？"跃龙笑道："这有什么，过继给他们了，就不是我的骨肉了？只不过他们兄弟七个，都在一个锅里抢饭吃，哪里能人人都吃饱？维纶叔在宜居经营多年，家底殷实，又有人龙的守备一职可以庇荫，家里兄弟们还能帮衬他。有什么不好？你先不要回绝，回去和岳父他们商量商量吧！"

王夫人听了，起身出去。跃龙喝了两口汤，靠在椅子上闭目养神。刚要睡着，听到有人进来。睁眼一看，原来是四房杨夫人，心下便有些不高兴，说道："怎么一个个都来找了？一个个都是我的骨肉，我又能偏向谁？"

杨夫人哭着说道："将军，妾身可不是来跑官要官的！我本家侄儿昌胤来报信，我大哥过世了！"跃龙大惊，忙起身问道："怎么突然就没了？快叫昌胤过来！"

少顷，杨昌胤走了进来，拜倒在地，磕头说道："请姑父为我做主啊！"跃龙伸手扶起来，说道："有话好好说，慢慢商量！"杨昌胤递过一封信来，说道："这是方才家里快马送来的，请姑父过目。"

跃龙一看，信上写着："昌胤吾兄：昨日星陨东方，父亲因病离世。此前父亲已将长官司长官一职传于我，望吾兄保重身体，安心在酉就学。本月二十日下葬，请随姑姑一同回来祭奠。昌诺敬上。"

杨夫人说道："原本昌胤、昌诺都是我侄儿，我也没必要向着谁。只是昌胤本来是嫡子，我大哥之前也说了要传位给他，所以才送他过来读书。我大哥突然离世，昌诺带兵扣押了家里其他人，自称继承长官一职，还派人和永顺联络。这不就是明火执仗地抢吗？！"

跃龙说道："朝廷已经下令，平茶长官司划归本司管理。他要想当长官，也得本宣慰使答应才行，更得向四川都司和大渝卫报告才行！"昌胤说道："全凭姑父做主！"

第二日凌晨，跃龙亲率一千兵马护送杨昌胤回平茶。酉司正在筹备援辽，又新升为宣慰司，因此大军器械齐整、士气高昂。跃龙和一吼、天胤、杨昌胤等人长枪大马，威风凛凛走在前面，身后大军衣甲鲜明，旌旗招展。

大军过了龙潭，接着往东到达石耶长官司，再往南经过邑梅长官司，第二日傍晚到达平茶长官司。酉司大军军威赫赫，沿途土民望尘而拜。杨昌诺本来组织了二百士兵守着府邸，妄图负隅顽抗。这些士兵见宣慰使亲率大军到来，又见杨昌胤在前，纷纷倒戈投降。

杨昌诺见状，翻身上马，准备逃走。杨昌胤说道："昌诺，咱家本来就只有咱们两兄弟，应当齐心协力将祖宗基业守护好。如今并未铸成大错，咱哥俩并没有刀兵相见，就此罢手吧！我还要你留下来，帮我管理事务呢！"昌诺听了，下马跪倒："感谢大哥不计前嫌，兄弟愿誓死追随！"

跃龙过去扶了起来，一手拉着昌诺、一手拉着昌胤，说道："兄弟同心，其利断金。你们好好治理平茶，将来还要援辽呢。以你们二人的才干，在辽东搏个封妻荫子不是难事！不用都在家里抢食吃。"二人听了，齐声说道："感谢姑父教诲！"一场兵祸就此化于无形，平茶上下欢欣鼓舞。

跃龙在平茶住了一晚，第二天命天胤等人率大军返回，自己和一吼等人先快马赶回司城。过了两天，邑梅长官司杨昌原、石耶长官司杨胜美、平茶长官司杨昌胤，以及绞楼、寨楼、马蹄溪千户所千户都赶到西司司城拜见宣慰使大人。

跃龙在来熏阁大宴宾客，与众人把酒言欢，并安排了阳戏助兴。酒至半酣，杨昌胤起身举杯说道："下官斗胆提一杯酒，咱们各长官司、千户所有幸归到宣慰使大人麾下，如今也算有了娘家人。起码我们平茶是欢欣鼓舞的，从今往后再也不会受永顺和保靖欺负了！我提议，咱们一起敬宣慰使大人一杯！"

众人也起身举杯说道："敬宣慰使大人！"跃龙起身说道："大家同在武陵山下，本来就是一家人。如今承蒙皇上厚爱，咱们大家能够聚到一个锅里吃饭。别的咱不敢说，只要有我一口饭吃，就不会饿着大家，更不会让其他人把饭抢走！"

石耶长官司杨胜美大声说道："我等愿誓死追随宣慰使大人！"众人一起说道："好！干了！"众人喝完坐下，一边听戏一边闲聊。邑梅长官司杨昌原说道："此次援辽，宣慰使大人加官进爵、扩大地盘，可以说是最大的受益者了！我也敬将军一杯！"

跃龙举杯喝完，大笑道："老杨你可真是只看见贼吃肉，不见贼挨打了。我西司在辽东死伤两千余人，我又多次捐献军饷，方才换来这么个宣慰使。如今辽东女真叛乱，正是我辈建功立业之时。相信不久朝廷还要征调士兵援辽，诸位只要有心报国，又何愁不能加官进爵！"

昌胤慨然说道："男儿何不带吴钩，收取关山五十州。能去疆场搏杀一番，也不枉活这一世！"跃龙笑道："当然，要是咱们有的子弟舍不得送上战场，也可以到司城官学来就读嘛！这里有朝廷派来的博士，学一学怎么处理政务，回去也是对大家也是个帮手嘛！再说了，子弟多的，要是能考取个功名，也算一条出路啊！要不然，就算有金山银山，也会坐吃山空啊！"

杨胜美说道："宣慰使大人，那咱可说定了啊！回头我就把子弟送过来读书，您可别嫌弃啊！"众人也纷纷说道："能过来一起读书那是更好了，彼此还能熟悉熟悉，见见世面。"跃龙笑道："别的咱不敢夸口，这里的教师在武陵山那是首屈一指的。再说了，我也不可能让孩子们受委屈啊！吃的好不好另说，起码管饱！"

第二天，众人告辞返程。此后，各长官司、千户所陆续将子弟送到官学就读，就连黔江千户所史千弘也将独子史东玉送了过来。跃龙亲自带领大家祭孔，由儒学教授王之藩、缪天目等人精心授课。

天机、天麒、天德、天泽等都在学堂内，见同学越来越多，一天好不热闹。这史东玉年方十岁，长得胖乎乎的，却有些呆傻，整天跟在六岁的天麒屁股后面玩。天嗣心地善良，在授课时也常常看着大家，不让天麒等人欺负史东玉。

这日天嗣从学署回来，照例到母亲屋内请安。再香见他每日都去学堂，便说道："如今你也十八了，天天这么晃悠可不行。你可有什么打算？"天嗣说道："如今大哥身在辽东，孩儿愿守在母亲身边，就读读书练练剑也挺好！"

再香笑道："娘还没老呢，谁要你伺候啊。你也不小了，该出去闯荡闯荡了。不管怎么算，将来也轮不到你来接任宣慰使。虽然暂时让你管着右营，你也明白那只是暂时的。如果你们几兄弟都窝在家里，将来免不了又要为抢食吃打起来。你看看那几房，一个比一个惦记得厉害。你生性淡泊名利，我也不爱去争这些，将来你可怎么办！"

天嗣说道："功名利禄儿子倒不看重，也不想像其他人那样去争。不过既然娘同意，能出去长长见识也好。"再香说道："国子监如今又要咱们派人去，目前也就你最合适。你去京师见见世面，将来也好多个谋生的出路吧！"

天嗣退了出来，到将军府找父亲禀报。跃龙听完说道："还是你娘识大体，从来没找我给你们要过什么官。你也十八了，按说该娶妻了。不过霍去病说过：匈奴未灭，何以家为。男儿应当先立业再成家，趁我和你娘身体都好，你是该出去磨炼磨炼！"天嗣说道："大哥在国子监就读的时候，给我写过几封书信，对国子监的事情孩儿也有了些了解。过两天我就启程吧！"

跃龙说道："你们七兄弟中，你大哥生来最为聪敏，所以最是文武双全。但又过于重情感，权谋机变有所不足。你灵气不如你大哥，但胜在沉静温和，只要记住'日拱一卒，功不唐捐'，将来必成大器！"天嗣回禀道："孩儿记住了！"

天嗣从将军府出来，想起大哥托自己去看望文焕家人，便信步出了司城往南而来。进了院子，看见文焕三岁的幼子在地上玩，白发苍苍的奶奶在旁边搓玉米。天嗣将小孩抱起来，对着文焕老娘说道："奶奶，我来看您啦！我文光叔出门啦？"

文焕老娘忙颤颤巍巍地站起来，要去倒水。天嗣说道："刚喝了水出来的，您别忙活啦。坐这里说说话吧！"文焕老娘抹了一把眼泪，说道："我家文焕打小就聪明能干，好容易得到将军赏识，去京师一趟挣了点钱，娶了个漂亮媳妇。谁曾想这俩孩子福薄啊，一个病死，一个战死，就留下这么个小小子！"

天嗣安慰道："您也别太伤心了！司里抚恤的银子，够把弟弟养大吧？还有二叔帮衬着，日子能过好的！"文焕老娘叹息道："哎！本来老二也一表人才，人也能干。如今带着这么个小东西，还有我这把老骨头，说了好几个媳妇也没成啊！"天嗣说道："您别着急！回头我让我娘她们给二叔做媒，给他说个好的！"

天嗣陪她拉了会儿家常，见文光一直没回来，只好告辞出来。临走时，将自己攒的几两银子都放在了桌上。在家准备了两天，便辞了父母，独自奔赴京师国子监。

第六十八回
徐可求命陨校场　奢崇明建号大梁

九月十七日上午，冉腾龙正在自家酒楼上忙活，听到街道上有人鸣锣开道，众人忙跪在一旁。片刻之后，一队士兵跑过，大渝府知府章文炳在旁边引路，几名大员骑马直奔衙署而去。

看这排场规格，腾龙猜测是四川巡抚徐可求到来。想起将军要自己随时打探情况、结交官员，便下楼去找段世图。李化龙离任后，段世图一直在知府章文炳处做幕僚，消息最为灵通。

段世图听他说了来意，回复道："此次巡抚大人来大渝，是来点验援辽兵马的，预计会在这里住几天。到时候看看情况，看能不能请知府大人给你引荐吧！"

腾龙忙感谢道："您是咱自家大哥，我就不说那些客套的感谢话了！这次没听说朝廷征调援辽啊，酉司那边还等着我打听消息呢！这次调的是谁的兵马？"

段世图说道："是永宁宣抚使奢崇明的兵马。前几次征调他都不愿意出征，这次却一反常态，主动上奏要派三万兵马援辽。他女婿樊龙、部将张彤已经带领两万人在路上了，昨天已经抵达城外了。今日巡抚大人将在校场坝点兵祭旗，送永宁兵马出川。"

腾龙诧异地问道："这大部分土司都愿意派兵参加平叛，这都是难得的加官进爵的机会。奢崇明为啥一直不愿意？"

世图叹息道："这奢崇明和周边卫所为土地的事情经常闹纠纷，去年张鹤鸣还在贵州巡抚任上的时候，就曾上奏朝廷，要奢崇明将白撒一带的土地交给赤水卫。普市千户张大策甚至专门上奏，请求朝廷将永宁宣抚改为流官。奢崇明老觉得人在家中坐，祸从天上来，肯定不满意啊！"

腾龙说道："这我倒有所耳闻，听说奢世续将永宁宣抚的官印偷偷藏到了贵州水西，贵州这边又老有人和奢崇明争夺土地。奢崇明对贵州官员不满我能理解，四川这边还经常帮他和贵州打官司，他总该对四川官员满意吧？"

世图叹息道："此前奢崇明养母奢世统与奢世续为争夺官印，领军互相进行仇杀。当时的四川总兵官郭成、参将马呈文趁机率兵深入落红抢掠，奢家传了九代的积蓄，被他们搜刮抢劫一空。奢家也打死了官军三名将领，这就结上仇啦！"

腾龙说道："要当好这宣抚使可真不容易！这次他主动提出援辽，怕是看到酉司、石砫加官进爵，也想去辽东立功吧？川军已经两次援辽了，川内已经没有多少队伍了，他这次说要派三万人去援辽，徐可求大人估计高兴坏了吧！"

世图笑道："这是自然，所以徐可求大人才亲自到大渝来点验人马。奢崇明要是能在辽东建功立业，他徐大人也面上有光。再说了，他三万人去出征，又能回来几人？周边卫所一直忌惮奢崇明的实力，能够驱虎吞狼，他们也很高兴！"

二人正说话间，听到街面上马蹄声大作。出门一看，大队骑兵、步兵依次进城，向校场坝而去，正是永宁人马。腾龙细看了片刻，摇头说道："段兄，我刚才看了一下，十个人里面倒有两三个老弱之兵啊！"

世图说道："昨日监军骆日升、募兵科臣明时举已经在城外点验人马，应当有报告给徐大人吧！每名士兵有二十两安家费，奢崇明弄了一些老弱来凑数，无非就是骗取饷银罢了！"

腾龙说道："酉司士兵援朝，也是二十两安家费。说实话，二十两也真不算多，也就够一个小家庭吃两年的。"世图叹息道："那也是没办法啊！朝廷连年征战，国库空虚，已经加征了辽饷。四川这几年征调极多，又要制备军械、筹集饷银，恐怕就算每人二十两银子，也未必能一次全部拿出来啊！"

二人聊了一会儿，段世图便出门公干去了。鉴于今日巡抚大人在校场点兵，来了不少都司卫所大员，段世图让腾龙也到校场门口等候，点兵结束后，找时机为他牵线搭桥，结识部分官员。

段世图到了衙署，监军骆日升、募兵科臣明时举二人正在讨论名单。明时举最近因募兵之事常在大渝，因此与段世图认得。段世图拱手问道："二位大人，这些抄抄写写的事情，要有用得上小人的地方，但请吩咐！"

明时举叹息道："倒是已经抄了一份了，只是这募兵情况不是太好啊！昨天我带人粗略点验了一番，这两万人倒有两千多名老弱之人，哪里上得了战场！"段世图扫了一眼，只见头几行写着：李二牛，十一岁；刘三，六十九岁；张瘸子，左腿瘸……

骆日升怒道："徐大人已经在校场坝点兵了。本官这就去向巡抚大人说明，这些老弱之兵务必淘汰掉才行。不能让他们就这么冒领银子，更不能把这些人派到战场上去送死啊！"说罢，起身就要出门。

明时举说道："段兄把这一堆名单带上，陪骆大人去吧！兹事体大，我再抄一份送给总兵官大人。"段世图听了，将那一摞名单装好，陪着骆日升骑马来到校场坝。

进了校场坝，见四川巡抚徐可求等人正在阅兵。骆日升让段世图在旁边等着，自己拿了名单上了点将台。徐可求见了，问道："骆大人，名单都核对过啦？"骆日升回禀道："是，共有两千名老弱之兵需要淘汰！"徐可求接过名单，简单扫看一番。

台下两万兵马黑压压地站满了校场，列阵却不太严谨，甚至有个别头领在窃窃私语。樊龙等得不耐烦，催马来到台前，大声问道："徐大人，我等列队半个时辰了，兵马你也看过了。什么时候发安家银啊？发了银子，我们好安心启程！"

四川按察使孙好古说道："樊将军少安毋躁，李继周大人正在清点银两，稍后樊将军可以派人去领。今天先领四万两，剩下的等年底各地税银上来了，再行补齐。"樊龙听了，大声说道："那怎么行？我三万大军，每人二十两银子，算下是六十万两！你这四万两连塞牙缝都不够啊！"

孙好古忙说道："樊将军，昨天不是跟你说过了吗？目前军费紧张，只能先给一部分。朝廷一定不会亏待大家，以后一定补齐！"台下士兵听了，顿时一片哗然。樊龙之弟樊虎在后面大喊道："你这狗官！莫非银子都让你们贪污了？！"

徐可求见永宁士兵军纪不严，本来就心里不满。此时见樊龙兄弟出言不逊，便喝骂道："大胆！谁在胡言乱语，休怪本官军法无情！"樊龙方不言语了，但后面士兵依然议论纷纷。

徐可求手拿名单，对樊龙说道："樊将军率军出关，是要去打仗的！这两千名老弱之兵，就请将军自行遣散吧！"樊龙大怒道："本将所领俱是精兵，一定是那明时举乱嚼舌根！请徐大人不要偏听偏信！"

骆日升听了大怒，走下点将台，指着前排一个瘦小的孩子说道："这小孩身高刚到本官胸前，也就十岁吧？是不是昨晚还尿床来着？这样的也能找来充数吗？"

樊虎催马过来，一刀将那孩子砍倒，鲜血溅了骆日升一脸。樊虎大喝道："徐大人，这回我永宁阵中，没有老弱残兵了吧？"徐可求大怒，喝问道："大胆狂徒！你要造反吗？"

樊龙听了这话，举起手中马槊喊道："兄弟们，就这群狗官要咱们去辽东卖命！饷银也不给，只知道对咱们挑三拣四！官逼民反，咱们不得不反啊！"后面士兵纷纷喊道："反了！反了！"

樊龙跃马上前，一槊将徐可求刺下台来。樊虎等人一拥而上，挥刀乱砍，按察使孙好古、监军骆日升、知府章文炳、同知王世科、推官王三宅等人相继遇难。

段世图在远处看了大惊，忙翻身上马，赶紧逃出校场。叛军见人逃走，纷纷放箭，一箭正中世图后背。世图忍着剧痛伏在马上逃出校场，冉腾龙见他中箭，忙过来牵住马。世图大喊道："来不及了，快上马！"

腾龙翻身上马，一手搂着世图，一手握住缰绳狂奔。打马路过巴县县衙，看到知县段高选正在门口，便冲着他喊道："永宁士兵造反了，巡抚大人被杀！"段高选大惊，忙转身去组织乡兵衙役。段世图想起今日有官兵在码头运送物资，便让腾龙打马向朝天门而去。

到了码头，世图见江上停着一艘大船，于是和腾龙下马，忍痛大喊道："我是大渝府吏员，请问哪位将军在船上？"船上士兵听见喊叫，走到船尾喝问道："总兵官大人在此，你何故喧哗？"世图喊道："樊龙造反，巡抚大人和知府大人都已经遇难！请总兵官大人主持大局！"

　　四川总兵官黄守魁在船上听了，忙命大船靠岸，带领船上数百名士兵上岸。黄守魁见世图中箭，且远处已有喊杀声传来，心知所言非虚，便说道："贼人既敢叛乱，想必早有谋划。为今之计，本将只有抢占佛图关，控遏关口等待援军。你二人既是大渝府吏员，就请牵马上船，过了鹅岭再找地方上岸。抓紧赶往成都，向布政使朱燮元等人报告。"原来川军此前已经出征，在大渝卫只剩少数士兵把守城门及佛图关。黄守魁来到大渝，正是准备率永宁士兵出征。

　　黄守魁此时已无处调兵，只得领了身边三百名士兵和家丁，全速赶往佛图关。在路上便听见逃命的人说，叛军已经血洗县衙，知县段高选战死。黄守魁匆匆赶到佛图关下，正撞见叛军前来抢关，双方接住厮杀。黄守魁虽已年近七十，须发俱白，但依然十分勇猛。一柄大刀在手，转瞬便击毙两人。

　　正杀得难分难解，叛军大将张彤领军杀到。黄守魁虽然勇猛，但毕竟人少，被叛军团团围住。张彤喊道："黄将军还认得末将吗？"黄守魁大喝道："张彤！你当年在刘綎麾下是何等骁勇善战，是何等忠君爱国！为何要跟着奢崇明造反，你如何对得起刘綎将军！老夫劝你赶紧弃暗投明，与我并肩杀敌！"

　　张彤说道："怪只怪皇帝昏庸，主帅无能！刘綎将军天纵英才，却在辽东被人猜忌掣肘，我们一万多人攻打赫图阿拉，刘将军和大部分兄弟都战死了。我好不容易从死人堆里杀出来，连个封赏都没有，还要革职问罪！依我看啊，黄将军您也别去辽东送死了，不如带领我们杀进大渝府，大家都反了算了！"

　　黄守魁大怒："逆贼！你既然恬不知耻，老夫就只好送你上路了！"说罢，舞刀向张彤杀去。张彤身边士兵放箭，正中黄守魁左臂。大军一拥而上，黄守魁率兵苦战，身中数刀而死。

　　樊龙率军全城清剿，又命张彤、樊虎等人拿下朝天门码头，控扼住进出要道。大渝驻军本来不多，樊龙以两万大军扫荡，几日内顺利控制住大渝府及周边江津等地。

　　腾龙扶了段世图上船，赶紧为他包扎，不料世图早已晕死过去。船过了江，世图悠悠醒来，强忍着剧痛说道："兄弟，我撑不住了，去不了成都。你拿着我的腰牌，赶紧去成都报信吧！"腾龙本想先救人，无奈城中屠杀已起，恐怕没有其他人能逃出来报信。只得将世图托付给士兵，翻身上马赶往成都。

　　第二天上午，腾龙赶到布政使衙署门口，手持腰牌大喊道："永宁宣抚司造反了,樊龙已经占据大渝!"话音未落,胯下战马已经跌倒在地,活活累死。

四川左布政使朱燮元闻讯大惊,忙命人将腾龙救起。此时大渝已被叛军占据,朱燮元与冉维屏有旧交,见腾龙返乡无路,又见他聪明伶俐,便留他在身边帮办。

此时四川巡抚、总兵官已死,川内群龙无首。朱燮元只得打起精神,抓紧召集周边卫所兵马火速来援,又将成都城附近两百里的粮食收入城中,布置下属做好守备。

过了两日,各处消息陆续传来。奢崇明已建国号"大梁",自称"大梁王",设丞相、五府等官,举国上下为之震动。奢崇明命大军师扶国祯率军攻陷遵义府,命堂兄奢崇辉率军攻陷綦江,又分兵夺取泸州、占据川西栈道。大军四处出动,邛州、连州、保宁、潼川、绵州、嘉定等地白莲教也纷纷响应,一时烽烟四起。

朱燮元见形势急迫,忙赶到蜀王朱至澍府上。蜀王已知道永宁反叛之事,问道:"朱大人辛苦!如今叛军有多少人马?"朱燮元回禀道:"禀王爷,如今贼人樊龙率两万大军占据大渝及周边綦江、江津等地,奢崇明在永宁预计还有三万大军。如今贼人四处抓壮丁充军,又有白莲教愚民投敌,恐怕一共六七万人马是有的。"

蜀王问道:"成都还有官军多少?粮饷是否充足?"朱燮元苦笑道:"川军大多已经出征援辽,目前成都只有两千兵力。川内其他卫所士兵赶到还需时日,就算都赶到也就两万人左右。如要夺取大渝,还需从湖广、陕甘调兵才行。粮饷就更为堪忧了,好在川北官道畅通,可以陆续从各地运来。"

蜀王郑重说道:"这奢崇明再厉害,总比不上播州杨应龙吧!如今巡抚徐可求、总兵官黄守魁已经殉难,只能请朱大人临危受命,抓紧准备平叛事宜!本王会尽快上奏朝廷,为你请求支持!"

朱燮元听了,叩头说道:"下官定当尽忠竭力,以报皇恩!"说罢回到衙署,组织众人抓紧备战,并派武生李栋仓、何一麟等人到大渝打探军情。

且说大西宣慰使冉跃龙得知永宁叛乱,连夜派人到邑梅、平茶、石耶及三个千户所送信,要求率军到司城集结。十月上旬,跃龙亲率一万人马出发,准备到大渝南面南川一带驻扎。秦良玉此时已从山海关返回,亲率六千士兵逆流而上,抵达涪州一带,并命秦民屏、秦翼明等率四千人往南川进发。

奢崇明见酉司、石砫土司率兵来袭,便命樊龙等人依托天险守卫大渝。

又命族人奢史都携带重礼赶赴水西，劝说水西宣慰使安邦彦共同举事。自己亲率三万大军向成都进发，顺利攻克泸州、内江，资阳守军周邦泰不战而降。

十七日傍晚，奢崇明抵达龙泉驿，命大军占据龙泉山。奢崇明登上山巅，用马鞭指着西北方向说道："四十余里外就是成都，当年刘邦就是从此地出发进军关中，进而夺取天下。刘备也是以此为凭借，得以三分天下。你等只要安心效力，荣华富贵就在眼前！"

奢寅说道："爹爹英明！如今川军援辽，成都守备空虚。只要咱们拿下成都，成就霸业指日可待！"元帅袁衣锈也说道："大梁王英明！当年杨应龙昏庸无能，不敢攻取成都和大渝，最后一事无成！大梁王一出手，便直指大渝和成都，这正是帝王气象啊！"

众人纷纷说道："对啊！帝王气象！"突然，山下号角齐鸣。一名将领跑了上来，拱手说道："禀大梁王，官兵从西面来袭，已和咱们前军开始交战！"奢崇明按剑说道："我军已占据高地，敌人不知死活，正好让他们知道大梁将士的厉害！"

第六十九回
守成都血染龙泉　贪大功辽东败局

　　且说奢崇明见山下官兵攻上来，便问道："敌将是谁？有多少人马？"来人回禀道："看样子应当是成都左卫的兵马，总数不过一两千人。"一旁奢寅笑道："就这点人马，还不够咱们打牙祭的！"

　　山下正是冉世洪千户率兵阻击，占据要道与永宁士兵厮杀。冉世洪见贼人势大，拔刀说道："弟兄们，咱们身后四十余里便是成都，大伙的老婆孩子都在城里。此地就是拱卫成都的最后一道防线，只要咱们一退，贼人就会乘势杀到城墙下面。咱们就算死在这里，也要把贼人拖住，给成都布防争取时间！"

　　部将雷安世也举枪说道："好男儿正该如此！贼人想要过去，必须踩着我雷某人的尸体！"部将瞿英也说道："好！咱们今日就杀个痛快！"此地地形狭窄，大军难以全数攻上。冉世洪等人占据土坡，结好方阵，永宁兵一时难以攻破。厮杀了半个时辰，官兵折损了数百人，但永宁兵未能前进半步。

　　此时天色已晚，四周林深草密，奢崇明不愿意举火把作战，便鸣金收兵，扎下营寨。冉世洪见叛军退去，召集众人说道："如今咱们只剩一千人左右，明日恐怕是抵挡不住了。大伙想想办法吧！"

　　部将张恺说道："不如撤回成都，与大家一起守城吧！"雷安世说道："如今两军对垒，如果咱们大军撤退，叛军必然很快会发现。咱们全是步兵，要是被叛军骑兵追击，恐怕会死得更快！"

冉世洪慨然说道："既然如此，咱们索性置之死地而后生！奢崇明就驻扎在山上，咱们不如晚上率军劫营。贼人见咱们人少，断然不会想到这一层。只要能趁乱杀了奢崇明，贼人自然就散去了！"众人纷纷赞同。

到了凌晨，借着惨淡的星光，冉世洪带领众人从侧面攻山，命张恺领了一百余人留在营内诱敌。冉世洪等顺利拔掉山脚岗哨，向山上杀去，旋即被永宁士兵发现。众人一面四处放火，一面向山上冲杀。但永宁士兵众多，哪里能轻易脱身。

杀了半个时辰，天已大亮，众人才杀到山腰，身边永宁兵越来越多。世洪知道已经无望，便对雷安世等人说道："好兄弟，事已不济。我掩护，你带着兄弟们突围吧！"雷安世将头盔扔在地上，愤然说道："事已至此，逃跑也是死，战斗也是死。还不如跟他们拼了！"

奢崇明走出营门，站在高处查看情况。见官兵只剩百余人，犹在苦战，不由心生敬意。冉世洪远远看见一群人簇拥着一位主帅，猜到是奢崇明，于是取出神臂弓，看准了一箭射去。虽然在二百步之外，依旧将奢崇明身前亲兵射死，众人忙高举藤牌将奢崇明护住。

奢寅大手一挥，外围永宁兵一起放箭，将围在中间的官兵及永宁兵均射成了刺猬。冉世洪身中十余箭，犹骂不绝口。奢崇明拿下龙泉驿，率大军直扑成都。朱燮元只得一面加固城防，动员全城军民守城，一面四处檄调兵马来援。

过了几日，朝廷命令下达，派河南巡抚张我续总督四川、贵州、云南、湖广军，火速赶赴四川总揽平叛事宜；升朱燮元为金都御史、巡抚四川；调杨愈懋为四川总兵官，率官兵入川平叛。

张我续、杨愈懋均需远道而来，远水解不了近渴，朱燮元只得打起精神御敌。好在附近卫所援军陆续到来，但奢崇明也不断调集援军，一直到年底叛军依然围困成都。

西南战局不利，东北也狼烟四起。此时辽东天寒地冻，辽河已经结冰，女真骑兵时常过河突袭。兵部尚书张鹤鸣担忧努尔哈赤攻打广宁，于是奏请皇上下令，命熊廷弼出山海关。

熊廷弼出关后驻扎右屯，并派重兵驻守镇武、闾阳、西平，以拱卫广宁一线。冉天育建言道:"如今大河冰封,利于女真骑兵进攻。我军以步兵为主,不应贸然出击,应当申明纪律,严厉约束各军。"熊廷弼说道:"本督一向推行坚守进逼之策,可惜这王化贞大言欺世,乱了我的方略!"

于是派出传令官,手持令箭向各军传令:"善战者,能为不可胜,不能使敌之可胜。辽东安危系于广宁一线,各路大军务必各司其职,守好要塞。奴贼大军未来时,有贸然出击破坏防线的,不论文武官员一律杀无赦;奴贼大军抵达广宁,而不出兵救援的,其罪如上。"

接到命令后,王化贞不以为然,依旧我行我素。过了不久,有间谍来报,称蒙古部落欲出动大军,协助官军攻打海州。王化贞大喜,立即亲率大军出发。然而到了海州附近,等了几天也不见蒙古大军踪迹,只得领军退回广宁。

熊廷弼大怒,自己三令五申,严令各部不得盲动。谁曾想王化贞公然抗命,亲率大军出击。怒骂道:"本督不能直接杀了王化贞,但是必须杀鸡儆猴,这追随王化贞出击的将官,必须杀掉一两个才行!否则谁还拿本督的命令当回事!"

旁边将领劝道:"大人息怒!所谓县官不如现管,那几位将领直接在王化贞手下听命,王化贞亲自带着出击,他们也不得不从啊!"天育也说道:"如今王化贞与大人公然对抗,大人如果再滥杀将领,恐怕反而失了人心啊!解铃还须系铃人,这一切还得从王化贞身上着手啊!"

熊廷弼余怒未消,便命天育等人起草题本,上书弹劾王化贞:"兵者,国之大事,死生之地,存亡之道,不可不察也。辽东巡抚王化贞手握十万大军,视攻伐如儿戏。八月以来,王化贞五次出动大军,均无功而返。大军屡进屡退,徒为奴贼嘲笑。恳请陛下传旨,命抚臣王化贞自重。"

不久之后,王化贞知道熊廷弼弹劾自己,于是也具本上奏:"夫未战而庙算胜者,得算多也;未战而庙算不胜者,得算少也。女真为祸辽东多年,辽人不堪其扰,无不期盼王师北上。虎墩兔、炒花各部与女真时有冲突,亦愿派大军助我收复沈辽。臣殚精竭虑,与各方联络多时,恳请陛下准许臣便宜行事。臣愿用六万精兵,一举荡平奴贼,免去陛下河西之忧。"

二人相互攻讦,而朝中大臣、御史也经常具本弹劾,辽东诸将私下也时常论及此事,军中人心惶惶。

天育这日收到家书,知道父亲已提兵抵达南川,冉世洪已经在龙泉驿战死。此前冉绍文已随军进驻右屯,天育便趁着送信的机会,赶往绍文所在营地。

此时大雪纷飞，除巡逻及站岗士兵，各军都在营内休息御寒。天育问了一圈，没找到绍文。到营外找了一圈，见远处断墙上似乎有一人。忙打马过去，见绍文握着长刀对着南方坐着，浑身落满了雪花，眉毛上已冻起了冰晶。

天育忙伸手去扶，说道："世伯保重身体啊，这天寒地冻的，可别冻坏了！"心知这书信都是一批一批从京师送来的，自己收到家书时，绍文自然也得到了父亲战死的消息。

绍文听了，缓缓说道："放心吧，我有分寸！家父既已为国尽忠，我这就去找经略大人，恳请放我回成都，与奢崇明杀他个你死我活！"天育说道："世伯节哀啊！从此地回到西南，路上就要三四个月。恐怕等你回到成都的时候，朱燮元已经荡平永宁。还是先回营暖和暖和，再从长计议吧！"

说完，扶着绍文回到营中。找了热水让绍文喝下，二人烤着火，天育又宽慰了绍文几句。绍文在军旅多年，知道戎装在身，不是想回成都就能回的。只得强忍悲痛，慢慢再想办法。

时光荏苒，转眼就过了春节。正月初六，员外郎徐大化弹劾熊廷弼大言欺世，嫉能妒功，不罢免他必将有害于辽地战事。朝中多有大臣上奏，论及经、抚之争。皇上命兵部尚书张鹤鸣召集大臣讨论，张鹤鸣力主罢免熊廷弼，其他大臣多主张让经、抚二人各尽其职，共谋成功。

此时首辅刘一燝与魏忠贤正在激斗，魏忠贤命侯震旸、陈九畴上书，弹劾刘一燝勾结前司礼秉笔太监王安。给事中惠世扬、尚书王纪相继被贬职，刘一燝孤立无援，只得辞官回乡。熊廷弼在朝中痛失依靠，处境更加艰难。

此时努尔哈赤派军袭扰西平，朝廷于是下旨，命经、抚二人共同御敌，功罪一体。王化贞有内阁大学士叶向高、兵部尚书张鹤鸣支持，虽然名义上经、抚各司其职，然而大军依然掌握在王化贞手中。

正月二十日，努尔哈赤亲率大军攻打西平堡。罗一贯率一万人驻守，死守待援。王化贞得到消息，准备调集兵力驰援。游击孙得功求见，王化贞问道："孙将军前来，莫非有喜讯告诉本官？"

孙得功笑道："大人英明！末将与李永芳联络多时，有了大人的许诺，李永芳来信说愿意弃暗投明。"王化贞大喜："李永芳要是愿意归降，本官先给你计一大功！"孙得功拱手说道："感谢大人信任！此次努尔哈赤来袭，李永芳就在军中。他愿作为内应，与咱们里应外合，击杀努尔哈赤！"

王化贞大喜，命祖大寿、孙得功、祁秉忠等人尽率主力，赶往西平堡支援。熊廷弼见努尔哈赤大军来袭，自己手中只有一万五千人，于是命刘渠率一万人赶赴西平堡，自己率其余五千人到闾阳驻守。

二十二日，祖大寿、孙得功等人率大军抵达平阳桥。孙得功早已投靠李永芳，将大军动向报告给女真。皇太极得到消息，亲领大军在平阳桥伏击明军。祖大寿乃将门虎子，一向能征善战，见大军遭遇伏击，忙命结阵御敌。

祖大寿战阵尚未结好，皇太极已率骑兵冲了过来。祖大寿拔刀喊道："长枪结阵，稳住阵脚，不要后退！"不料游击孙得功、参将鲍承先策马转身就跑，便逃边大喊道："官军败啦！女真大军杀来啦！"旁边不少士兵跟着逃跑。

冉绍文也在军中，长枪在手，敌人还没碰到，见前军已经败退。祖大寿虽然极力率军抵挡，但在孙得功干扰下，战阵已无法结好。被皇太极大军冲击，明军不断败退，战死、溃逃者不计其数。此时莽古尔泰又领骑兵从侧翼杀来，祖大寿再也抵挡不住，只得率领残部向觉华岛逃去。

皇太极、莽古尔泰乘胜追杀，在沙岭击败镇武、闾阳派来的援军，总兵刘渠、祁秉忠战死。西平堡守将罗一贯待援不至，被努尔哈赤攻破城池，罗一贯与参将黑云鹤战死。几万大军增援西平堡，犹如儿戏一般，一日之内便全数溃败。

二十四日，孙得功等人逃回广宁。孙得功与鲍承先早已联络了一批辽人准备叛乱，此时大军出击，广宁城守备空虚。孙得功想拿下广宁城，作为投靠努尔哈赤的投名状。于是命人四处散播消息，声言西平堡、镇武等各路明军已经全军覆没，努尔哈赤亲率十万大军，一个时辰内便将抵达广宁。

城中民众大惊，纷纷举家南逃。王化贞平时招募了不少辽人，这些人见女真势大，有的成群逃窜，有的四处劫掠放火，城中顿时大乱。参政高邦佐带领几名士兵杀了几人，但已无法阻止乱局。就连看守城门的士兵也纷纷逃走，孙得功还派人不断大喊："女真兵已到十里之外啦！"

王化贞此时正在书房中处理文书，参将江朝栋推门而入，大喊道："大人，大事不好啦！"王化贞呵斥道："慌什么慌，慢慢说！本官说了你多少次了，每临大事有静气！"

江朝栋说道："来不及啦！城中军士都已经全部逃散，女真大军已经杀到城外。再不走，就要被俘虏啦！"王化贞听了，只得随江朝栋出来，翻身上马往南逃走，身后只有两名仆人徒步跟着。

王化贞逃到大凌河边，正遇到熊廷弼领军来援。熊廷弼已经知道广宁、西平堡失陷，拱手问道："原来是巡抚大人啊！听说你只要六万大军就能一举荡平奴贼，这是要亲自赶往京师报喜吗？"

王化贞羞愧难当，拱手说道："败军之将，不足言勇。为今之计，唯有请经略大人率军驻防宁远、前屯一带，收集逃兵流民，尚可一战。"熊廷弼叹息道："十万大军都已经败了，靠这五千人能守得住吗？罢了，我便将这五千兵马交给你，死马当作活马医吧！"王化贞问道："经略大人意欲何往？"

熊廷弼说道："本督要将百姓全数迁往关内，将城池、房屋全都焚毁。如今天寒地冻，奴贼大军到来，无粮可吃，无城可住，无人可用，自然会撤回去！"

王化贞叹息道："只是如此一来，我大明在山海关以外，便再无立锥之地了！"熊廷弼反问道："巡抚大人还有别的办法吗？"王化贞不再说话，默默领军走了。

天育在后面叹息道："末将历经三次讨伐女真，杨镐分兵出击、贪功冒进，战得惨烈，败得不甘；袁应泰规划失当、画地为牢，死得悲壮，败得窝囊；王化贞大言欺世、胡乱用兵，输得荒唐，败得干净！多少将士连敌军都还没看到，辽东就没了！"熊廷弼只当没听到，一言不发策马前行。

二十六日，熊廷弼护送难民入关，王化贞也领军退回关内。几日之内，辽东全面沦陷，消息传到京师，一片哗然。兵部尚书张鹤鸣害怕获罪，自请经略辽东，到山海关巡防。

第七十回
施妙计击退叛军　启归程偶遇神道

天启二年（公元 1622 年）二月，水西宣慰使安邦彦以进剿奢崇明为由，亲率十万大军攻下毕节，并自称"罗甸王"。四川东川、云南沾益、贵州洪边等地土官响应，叛军先后攻陷安顺、龙里、瓮安、偏桥、安南等地，切断湖广、云南援黔官道。二月初九日，安邦彦率大军包围贵阳。

奢崇明大受鼓舞，更加卖力攻城。围攻成都三个月以来，在城外造土山数座，并在土山上建造高逾城墙的望楼，派弓箭手朝城中射箭。又造云梯、楯车攻城，都被官兵一一化解。朱燮元引都江堰之水灌注壕沟，形成护城河，但被叛军以木石、土方填平。

奢崇明想速战速决，命人连夜造了两辆吕公车。这车高丈余、长五十丈，以十余头耕牛牵引，缓缓向城墙开进，犹如楼船一般。车内有五层，每层藏士兵百余人。车身覆铁皮、牛皮，牛身上也蒙了盔甲，弓箭不能射透，火器打在车上直接滑落。

两辆吕公车逐渐逼近城墙，城上官兵火器、弓箭齐发，依旧无法阻挡。城上一名将领说道："这可怎么办！这车和城墙一样高，只要靠近城墙，叛军从车上可以直接跳进城来。"

旁边一名士兵说道："这两辆车上少说也有一千人，真要攻进来，叛军里应外合，咱们怎么抵挡啊！"周围守城的民众以为即将城破，不少人痛哭流涕。

腾龙在旁边仔细看了一会儿，说道："这吕公车虽然坚固，但它也不会自行前进。不如集中火器，攻击前面拉车的牛。"朱燮元赞叹道："英雄所见略同！"

朱燮元于是募集数百名死士，众人鱼贯出门，以战车环绕结阵。众人以铳炮攻击群牛，一时火器大作，硝烟弥漫。当先两头水牛被击毙，其他水牛受惊，纷纷掉头逃窜，反而踩死不少永宁士兵。朱燮元乘势率兵追赶，奢崇明退兵十里，方才扎下阵脚。

此时城中只有一万余士兵，奢崇明虽然稍退，但拥四万余众，成都依旧危急。总兵官杨愈懋被叛军用计诱杀，官军士气低落。朱燮元只得振奋精神，一面急催绵阳、广元等地募兵抓紧入城，一面命人连夜铸造军器。

临近中午，阳光正好，朱燮元在城楼上稍坐，眺望远方山峦。过了一会儿，亲兵带了一名儒生上来，说道："大人，此人从北门打马而来，口口声声说要见巡抚大人！"朱燮元听了，一面让座，一面吩咐亲兵取茶水来。

那儒生见朱燮元如此客气，拱手说道："大人不必多礼，小人孔之谭。原本是一名秀才，被奢崇明抓到军中。军中大将罗象乾久闻大人威名，想要投靠大人，让小人前来报信。罗将军愿意作为内应，与大人里应外合拿下奢崇明！"

朱燮元大喜，说道："孔先生和罗将军愿意弃暗投明，本官自然欢迎。如今正是用人之时，罗将军如果诚心归顺朝廷，可以请他来城中详谈破敌之计。"孔之谭听了，拱手说道："既然如此，小人这就告辞。今天晚间，小人便与罗将军一同前来拜见大人！"朱燮元命人好生送出城门。

到了晚上，朱燮元在城楼上备了酒菜，坐等罗象乾前来。等了一会儿，旁边亲兵问道："大人，这罗象乾真能来吗？"朱燮元微笑道："心诚则灵！"正说话间，城楼下一阵喧哗。腾龙跑上来说道："大人英明！罗象乾和孔之谭来了！"

朱燮元起身一看，果然是孔之谭。身后站着一名身材高大的戎装将军，亲兵让他卸下刀剑，罗象乾不太高兴，因此发生了争执。朱燮元笑道："这是我的贵客，不用卸甲！请罗将军和孔先生上来吧！"亲兵只得放行，二人走上城楼来。

罗象乾走到跟前，拱手说道："末将参见大人！"朱燮元忙走过来，拉住罗象乾和孔之谭的手，满脸笑道："二位能够前来，实在是我朱燮元的福气，是成都的福气！快快请坐。"

三人坐下用餐，腾龙等人也过来陪坐。酒至半酣，朱燮元说道："如今叛军占据大渝，围攻成都、贵阳，生灵涂炭。罗将军能够弃暗投明，离击败奢崇明就不远了！来，老夫敬罗将军一杯！"

罗象乾举杯一饮而尽，说道："感谢大人信任！毕竟奢崇明有四万人，末将虽领有一支队伍，但一时也没有破敌之策啊！"朱燮元说道："罗将军不必担忧！你只需将奢贼动向及时告知老夫，至于破敌之策，待你我慢慢商议。"

此时已是二月初，成都春暖花开，朱燮元等人在城楼上畅聊至深夜。孔之谭不胜酒力，由腾龙等人扶下去休息了。楼上只剩朱燮元及罗象乾二人。朱燮元已经喝醉，说道："已经夜深了，罗将军又饮了酒，今晚就在这里休息吧！"

说完，命亲兵搭好行军床，铺好被褥。亲兵见罗象乾身配长刀，便说道："请罗将军将刀剑交给小人吧！"朱燮元挥手说道："交什么交！你们都下去吧，一个也不要留，不要在此扰我和罗将军的清梦！"众人只得退下。

朱燮元合衣躺下，说道："还请罗将军不要嫌弃，将就一晚上吧！"罗象乾听了，只得在另一侧合衣躺下，二人抵足而眠。片刻之后，朱燮元鼾声大作。此时四下一片寂静，只有朱、罗二人在城楼上睡觉。罗象乾身怀宝刀，见朱燮元依然安心入睡，不由大为感动。

第二日醒来，罗象乾见自己睡着后，倒把朱燮元挤到了一角。心下惭愧，忙爬了起来。朱燮元也醒来，问道："罗将军睡得可好？老夫睡觉打鼾，怕是影响你了吧？"

罗象乾听了，跪下叩头道："大人如此信任，末将定当誓死以报！"朱燮元忙将罗象乾扶起来，说道："罗将军身在永宁，参加叛乱也是迫不得已。如今正是报效朝廷之时，老夫自当奏报朝廷，为将军请功！"

孔之谭、罗象乾回营后，果然不时派人前来送信。朱燮元掌握了奢崇明动向，多次挫败攻城的叛军。到了月中，总算有援军赶来。腾龙又建议整顿军纪，缉获城中与反贼通气者共二百人。

这边奢崇明见久攻不下，心下烦躁。一面派人联络安邦彦及樊龙，探听大渝、贵阳情况，一面命谋士谋划破城之策。这天中午，奢崇明正在营内与统领御营兵马大元帅何若海议事，有亲兵来报："禀大梁王，敌军牙将周斯盛求见！"

奢崇明闻言大喜，连声说道："快请进来，快请！"周斯盛走进营内，跪拜道："末将周斯盛，特来投靠大梁王！"奢崇明忙扶起来，说道："周将军前来，本王如虎添翼！好啊，好啊！"

何若海问道："周将军为何前来投靠？"周斯盛说道："实不相瞒，大王围城三月，如今城内粮饷待尽，兵不满万，人心浮动。末将平时镇守东门，愿意率领兄弟们投靠大王！"

奢崇明说道："好！只要周将军能将东门献出来，本王拿下成都后，就封你为大将军，赏银三千两！"周斯盛拱手说道："多谢大王！请大王定下攻城时间，末将必将全力配合！"奢崇明说道："那就定于明早寅时三刻，趁朱燮元熟睡之时，咱们大军攻城！"

周斯盛说道："好，末将在东门城楼等候。明早寅时三刻，请大王举灯笼为号，末将也以灯笼回应，打开城门恭请大王入城！"众人议定，周斯盛便回城准备。奢崇明传令下去，命大军修整，丑时四刻造饭，寅时出发攻城。

寅时三刻，奢崇明命长子奢寅守营，自己亲率大军，马衔嚼人衔枚，静悄悄抵达成都东门三里之外。何若海命士兵用长枪举起灯笼，片刻之后，东门城楼上也挂出一盏灯笼来。

奢崇明大喜，命奢崇义、奢可义两名骁将率五百死士为前锋，冲进城门配合周斯盛。自己亲率大军尾随而来，准备夺取成都。

奢崇义等人到了城下，见城门果然打开，便举刀杀了进去。奢崇明也拔出长剑，催马向城门杀去。突然，前方一声炮响，四下伏兵齐出，与奢崇明前军杀在一起。城上枪炮齐鸣，对着奢崇明中军猛轰。周斯盛命士兵关上城门，将奢崇义等人围在瓮城里。

奢崇明大骂道："好你个周斯盛，竟敢欺骗本王！"周斯盛在城楼上大喊道："奢崇明，你个乱臣贼子！睁大你的狗眼看清楚，爷爷像通敌之人吗？"腾龙在旁边笑道："既然来都来了，给他听个响吧！"说罢，手持火把点燃火炮，向奢崇明方向放了一炮，将叛军炸倒一片。

城上城下官兵配合，火炮十分凶猛，奢崇明抵挡不住，只得领军往大营方向撤退。刚退到营外，见营中火光冲天，罗象乾领兵杀出。朱燮元与罗象乾前后夹攻，四下都是喊杀之声。奢崇明阵型大乱，叛军纷纷溃逃。

奢崇明见大势已去，只得与奢寅等人拼死突围，逃跑四十里方敢扎营。朱燮元制作百余面木板，请腾龙等人写上"奢贼已败，直捣贼巢"等字样，将木板顺着锦江漂流而下。

又派总兵官林兆斩从三岔出击，副将王国祯从陆广出击，副将刘养鲲从遵义出击，虚张声势攻打永宁。奢崇明部下捞到几块木板，看完大惊，忙拔营退回永宁老巢。

从秋天到春天，成都被围一百零二天，如今终于解除危险。而大渝还在樊龙大军占领下，安邦彦大军围困贵阳更急，西南战局依旧凶险。

却说辽东大军全线败退至山海关，朝廷已经将王化贞、熊廷弼下狱，改派王在晋经略辽东。冉天育整天无事可做，又得知父母都在与樊龙作战，便动了返乡的念头。正好冉绍文也要返程，二人使了些银子，上司才答应放二人回乡。绍文急着回成都，天育想到京师探亲，二人便在永平府分道扬镳。

到了京师，天育天嗣兄弟见了面，到姑父家中小聚。表弟蹇英也已十七岁，一起陪着闲聊。五人乘着月色，在蹇明宇院中小酌。天育说了说广宁失陷经过，明宇和天嗣不由得抚桌长叹。天嗣说道："从杨镐、袁应泰到熊廷弼，几任经略相继兵败，既有其本人的原因，也有朝中大臣掣肘的问题。如今孙承宗以东阁大学士身份兼任兵部尚书，他又是帝师，希望能总揽各方，齐心协力处置辽东事宜吧！"

明宇叹息道："帝师又能如何，才上任不久，已经开始有人弹劾他了。党争后患无穷，魏忠贤的权势又一天比一天大，想要全力干一件事，难啊！"天育也说道："可不嘛！内斗内行，外战外行啊！王在晋经略辽东才几天，已经和冀辽总督王象乾吵得不可开交了！"

天嗣说道："不必太过忧虑。孙承宗颇有谋略，又有皇上支持，应当能有所作为。"明宇叹息道："兵部尚书和辽东经略的位置，任谁来坐也会毁誉参半。就看皇上能支持他几天吧！"蹇英说道："孙承宗要不行，恐怕再难找到更合适的人了！"

玉竹说道："你们四个人啊，都是一个毛病。全是听评书、看大戏，替古人操心。天天想这些事情，还不得把肠子都愁断了！不如就把自己的事情干好，其他的事情你们也决定不了，天天发愁不也无济于事吗？"明宇笑道："倒是夫人说得好，尽人事，听天命吧！"五人又聊起天育回乡之事，说了说西南战局情况。

酒至半酣，天育见月光皎洁，便吟诗一首："归途口占：已拼马革裹轻尸，万里归途感不支。料想故园今夜月，有人凝望已多时。"天嗣叹息道："大哥已经几年没回家了，是该回去看看了！"玉竹垂泪道："回去给大家问好吧！我这总说着回去看看，现在又有身孕了，更回不成了。"

天育也感慨道："姑姑来京师快二十年了，这些年家中新添了不少人，见了面都不认得啦！"天嗣说道："哪天姑父到大渝任知府，就能常见面啦！"明宇笑道："我是不行了，看英儿吧！"五人又聊了一会儿，天育兄弟当晚就在塞家中过夜。

第二日午后，天育与众人依依惜别，赴通州乘船从大运河一路往南。在辽东几年屡战屡败，天育心情郁结，便一路且走且停，权当散心。到了镇江又换舟从长江逆流而上，沿途碰到朱子谊、周甫等国子监好友，多有唱和。

这日到了武昌，天育听朱子谊说过，孟文学在此处任判官，便到衙署来寻。正巧孟文学出门办事，二人在大街上相遇。孟文学大喜，便强拉天育到自己府上住下。

到了晚上，孟文学叫了好友，拉着天育来到湖边。众人泛舟湖上，赏月饮酒，甚是畅快。天育见湖上游船如织，灯火通明，感慨道："此地繁华，倒是堪比扬州啊！"文学笑道："这几日有一名道人在此做法，不少人专门来看热闹，人就更多了！"

天育走到船头一看，果然见前面围了七八条船。当中停着一条乌篷船，其余船只都在一丈之外。船头盘腿坐着一位面相儒雅的中年道人，正在闭目养神。天育问道："不就是打坐吗？没看出有什么特别啊？"

孟文学笑道："这道士宣称自己是得道高人，可以辟谷七天。今日便好像是第七天了。"天育说道："七天什么也不吃吗？我看他面色红润，不像饿了七天啊！"

旁边船上一名华服青年说道："我跟你一样不信啊！这七天里，好几个人上去搜过了，我自己就上船去搜过三次。这船就这么大，一眼就能全部看清。

我是里里外外搜了几遍，结果真是啥也没有。就船头有一罐水，我们还给倒了，重新装了清水给他。"

另外一条船上坐着一名富商，也说道："老夫还派人下水摸了几遍，怕他把吃的绑在水里，结果也没有。这七天我一直有人守在这里，确实没有人给他送东西吃，也没看到他吃东西。船尾有个瓦罐，倒见过他泼过尿。"

天育问道："他也不睡觉吗？"那富商说道："晚上也睡，他把那草席一铺，把乌篷上面的帘子拉下来就睡了。也就把头挡住了，脚还在外面呢。打呼噜那是真响！"

孟文学说道："这道士弄的动静太大，连税监都来了。看那边大船上，船头坐着那太监头子。"天育诧异道："他们来做什么？"旁边船上说道："道长说了，七天辟谷期满之后，他就会炼丹。这太监肯定是想要丹药，拿去献给宫里了。"天育听是女声，循声望去，见是一位怀抱琵琶的白衣少女，却蒙着面纱，不见真容。

另一条船上的闲汉不以为然，嘲笑道："什么修道，不过是骗人钱财罢了。这道人愿意饿死，就让他饿死了清净。"那道士听了，将脖子上的念珠摘下来，朝那闲汉扔去："孽障，整日坑蒙拐骗，你老娘也被你气煞，到此时还不醒悟？"

周围的人听了，哄堂大笑。那串珠子砸过去，全散在船上。那闲汉被道士说中心事，不敢造次，只得弯腰将念珠捡起来。慢慢一粒粒穿好，规规矩矩还给道士。道士接了念珠，便放下帘子，倒头睡了。

旁边华服少年对着闲汉骂道："不懂规矩！前两天已经有人被这铁珠打过了，你还去招他！"那闲汉臊红了脸，不再言语。

第七十一回
炼仙丹税监中计　数箭瘢壮士叹服

天育等人见事情平息，便退回船内继续宴饮。因天育说好第二日启程，席间有人作诗送别，天育也和了一首："武昌别孟文学北监时为同门：客里逢君喜欲狂，不堪重作别离装。相思何处怀东野，扑面杨花过武昌。"

孟文学正要续诗，只听外面高声念道："浮生碌碌，算由天由命，也由人福。暑往寒来人渐老，多少兴衰翻覆。点石为金，指山为宝，未满人欲。千方万计，到头那个知足。何似忙里偷闲，山间林下，净扫黄茅屋。明月清风俱是伴，又有山青水绿。斗酒诗篇，饥餐渴饮，且喜无荣辱。醉来还醒，醒来还唱一曲。"

众人复又来到船头，原来是那道人在吟唱。天育叹道："这话倒有些意思了！"孟文学说道："看这道人仙风道骨，怕是有点真本事。七天不吃，中气还这么足。就看他如何炼丹吧！"

那道士将船头水罐里的水倒掉，规规矩矩放好，对着水罐鞠了一个躬。复又坐下，只是闭目吟诵。等了片刻，旁边华服少年忍不住喊道："不是炼丹吗？别睡着了啊！"那道士并不理他，一边吟诵一边数着念珠。

约莫一刻钟之后，道士开口念道："头上顶天，脚下踏地。中有一物，煅成宝器。"言毕伸手在虚空做抓取状，然后放到水罐中，果然有一些丹砂。

道士一边念道："天边月，月应炉，铅汞鼎中居。金凭火，炼就珠。一葫芦，三百八十四铢。"一边在那罐子下运功。片刻之后，那罐子下竟然出现火苗。

待那火苗熄灭之后，道士依旧数着念珠赞颂。过一会儿再运功，罐子下面再生火炼丹，如此反复数次。

半个时辰后，那道人忽然喊了一声："开！"船上忽然烟雾缭绕。待那烟雾散去，果见罐子里有几粒金丹。周围的人见了，无不目瞪口呆。

那富商朝着道士跪拜道："果然是得道真仙啊！这位道长，这丹无论多少钱，我都买了！"旁边船上的华服少年大喊道："凭啥卖给你！当我们没银子吗？"

那道士朗声说道："天雨虽宽，不润无根之草；道法虽广，不度无缘之人。贫道打算在附近山上修一座小观，需要有缘人出力。这些丹药，便算结个缘吧！"那富商喊道："我捐五百两！"那华服少年喊道："六百两！"

这时，那边税监催着把船摇了过来，在船头喊道："你等无知小民，要这金丹做什么？"说罢，命人将一包银子递给道士，说道："这是六百两银子，这丹药咱家要定了！"道人接过银子，纵身跳上岸边，笑道："好！这丹药就是公公的了！"说罢转身离去。

下人将金丹拿过来，那公公看了看，说道："果然是得道高人，这丹药确实是上品！"端详了半天，忽然说道："怎么有一股臭味？"伸手捏了一下，马上知道上当了："他奶奶的，尽然用羊粪蛋骗我！"

身旁士兵忙上船搜查，将那道士留下的念珠和罐子拿了过来。公公拿了罐子看了看，骂道："原来抹了这么些白磷！怪不得会起火！"旁边士兵拿着念珠摸了半天，忽然说道："这念珠果然有鬼，这中间有好多颗都是用黑纸包的牛肉干！"旁边一人说道："怪不得他有时拿念珠砸人，原来是吃完了，让人给他添上新的！"

这公公气坏了，命人赶紧去抓捕道人。只是那道人上岸后，早已一溜烟走了，连那闲汉也没了踪影。又在船上搜出一张白纸，上面画了梅花。

原来这伙人，就是近年来远近闻名的梅花盗。公公怒骂道："原来是这群恶贼！"天育等人使劲憋住，才没有放声大笑。回到船上又喝了几杯，就在船上睡去。

第二天，天育别了孟文学，坐船继续向西而行。到了洞庭湖后，改从沅水继续前行。过了几天，船进入保靖境内。天育直奔司城，来拜访二姑玉兰。

玉兰见娘家来人，心里十分欢喜。天育说了说三姑玉竹的情况，见二姑虽然强颜欢笑，但眉目间还是带着忧愁，依然没有从彭象洲战死的悲痛中走出来。好在表妹彭丹懂事，时常在身旁宽慰她。

天育看到旁边放着一幅画，画的是渔舟唱晚，旁边题诗一首："曾伴浮云归晚翠，犹陪落日泛秋声。世间无限丹青手，一片伤心画不成。"天育看出题字是父亲跃龙的笔记，画应该是二姑所做。不由感慨道："二姑还是多出去走走吧，不要在家里闷着。要不这次随我一起回酉司住两天，散散心吧！"

玉兰说道："你爹娘邀请我好几次去酉司散心了，只是如今他们都在大渝征战，等战事结束我再回去看看吧。放心吧，你二姑会照顾好自己，还有你表妹陪着我呢！"彭丹也说道："放心吧表哥，伯父伯母他们对我们也很好！"三人闲聊一番，第二天又在保靖逛了逛，一起散散心。

天育在保靖住了两天，方告辞出来，二姑赠送了一匹好马。想起此地离永顺也近，以前常听家里说起永顺土司的事情，听说彭元锦为人精明能干，却又蛮横残暴，便有意去拜会一番。

到了司城已经天黑，只好投了客栈。天育放下包袱后，到楼下找吃的。店主是个五十来岁的老伯，对天育说道："我这小店客人少，今天只住了两三个人，所以没准备饭菜。公子要是不嫌弃，我自己马上要吃晚饭，可以加一双筷子。"

天育笑道："我这两个月尽赶路了，实在是懒得动弹。那就不客气了，在您这里蹭两口饭吃。"老伯笑道："哪里的话！只要公子不嫌弃就行。看公子风尘仆仆，是从哪里回来？"天育说道："这可远了，从山海关来！"

老伯问道："莫非是援辽去了？"天育说道："是啊！在辽东打了几年仗，捡了一条命回来！"老伯听了，转身拿了酒来，说道："既是辽东打过仗的，那就喝一杯吧！"天育心生敬意，问道："莫非老伯也在辽东打过仗？"老伯说道："万历二十五年，去过朝鲜。"

天育举杯敬道："原来是前辈，失敬失敬！"老伯举杯说道："哎，老啦！好汉不提当年勇！"天育问道："从进来我就发现，老伯一直闷闷不乐的，莫非有什么心事？"

老伯叹息道："不提也罢！虎落平阳被犬欺啊！想当年在朝鲜，咱也是杀人如麻，如今被这地痞流氓压得抬不起头来！"天育诧异道："这是为何？"老伯说道："如今我老啦，无权无势，这当差的动不动就上门讨茶水钱。我这小店一共能挣几个银子，全给他们干了。只是如今老婆子卧病在床，要在当年，我早把他们一顿好打了！"

天育又敬了老伯一杯，说道："这彭元锦不管吗？"老伯叹道："这几年他愈发不像话了！甚至闹出强抢民女的事情来，听说有人弹劾他，希望能管点用吧！"天育拍桌说道："野夫怒见不平事，磨损胸中万古刀！要让我碰到这些上门要钱的家伙，非得揍他一顿！"

二人聊得正欢，听到楼上一声轻笑。天育抬头一看，只见楼上栏杆边倚着一位姑娘，好像一直在听下面聊天。天育觉得这位姑娘有些面熟，却想不起来在哪里见过。刚想问话，那姑娘嫣然一笑，转身进屋了。

第二天一早，天育正准备出门，见对面破庙门口规规矩矩站着两个士兵模样的人。便问道："对面这庙很灵吗？怎么一大早就有达官贵人来烧香了？还带着护卫。"老伯说道："这倒不是。对面这破庙一直只有一个老和尚在里头，前几天忽然来了一群操着京师口音的人，把这庙给包下了。这俩人每天就在门口站着，任谁也不让进。"

天育觉得奇怪："嗬！这是要干啥啊？"老伯见四下无人，轻声说道："大家都在传言，说是京师派来的钦差大臣，在暗中调查彭元锦呢！前几天有个二流子悄悄翻墙进去，被里面打了出来。这二流子说，在里面看见几个穿官服的人，正在房间里翻账册。"天育问道："这么大的事，彭元锦应该知道了吧？"

老伯说道："他肯定知道了啊！要不是担心这些人是真钦差，怕是早闯进去抓人了！前几天彭元锦派了管家来打探消息，好说歹说，里面就是不让进。里面有一个仆人，一两天就出来买米买菜，这管家心眼多，就找机会跟他套近乎。跟了两次，管家请这人喝了次酒，结果这人就告诉他，他们是专门来查案的，多的也没敢说。"

天育笑道："这管家要回去禀报了，彭元锦更得害怕了！"老伯说道："可不嘛！这买菜的仆人回去，估摸着是被人闻出酒味了，老远就听到他被按在里面打板子。过了一会儿，那板子扔出来了，上面全是血。"天育说道："恐怕是里面的人怪他走漏风声了！"

正说话间，只见彭元锦手下的管家领了人，挑了担子在门口说话。那守门的人说道："不行不行！我家大人早吩咐过了，地方官员送的任何东西，一律不收！"另一个人也说道："快走吧！不要让我们犯了规矩回头还得挨打！"

管家满脸堆笑，说道："两位官爷，我们挑的就是一些吃的。老爷们辛苦，在这庙里面，终归是没有我们做吃的方便嘛。烦请官爷通报一声。"那人听了，方说道："既然是吃的，我就给你通报一声，下不为例啊！"说完转身进去。

片刻之后，那人走了出来，对管家说道："大人说了，你一个人进去。"管家说道："要不让他们把担子先挑进去？"那看门人不耐烦地说道："谁稀罕你的东西！你快进去吧！"管家点头哈腰地进去了，剩了挑担子的在门口等着。

片刻之后，管家满脸堆笑地走了出来，一面命人将担子挑进去，一面对看门人说道："两位官爷受累！"待管家等人走远后，那两名看门人走了进去，将大门关好，不再出来。

天育心知这彭元锦肯定是送银子了，看着架势，恐怕得有二三千两。想着反正要拜会彭元锦，正好去当面看看情况。到了将军府外，通报过后，彭元锦请天育到内苑相见。

走进内苑，见虎皮交椅上坐着一位面相威严的老者，正在欣赏一把宝刀。天育拱手说道："西司冉天育，拜见宣慰使大人！"彭元锦听了，手按宝刀，目光如电看向天育，说道："你胆子不小！你们西司杀了我闺女，又在边境和我抢土地，你还敢来见本宣慰？"

天育笑道："老一辈的事情，小子实在不知。所谓兄弟阋于墙，外御其侮。你我两家虽偶有争斗，但是在播州、辽东都是并肩作战的同袍。我专程前来拜会曾经一起浴血奋战的前辈，想来将军不会不欢迎吧？"

彭元锦站起身来，大笑道："好好，虎父无犬子啊！来了就是客，论辈分我还是你舅公，一定好好款待款待你！"天育看他头发花白，腰已经有些佝偻，一副英雄暮年景象，远非当年雄霸武陵山的气象，想来是这几年被朝廷追责、矿使税使压迫所致，倒生出一份惜英雄敬英雄的情愫来。

二人坐定，一起喝茶闲聊。天育说了说辽东的情况，众人自是好一番感慨。彭元锦叹息道："依我看，只怕大明气数已尽。三战辽东，换了三任主帅、三种打法，均以惨败告终。表明问题不在辽东，而在朝廷。如今女真已成心腹之患，西南叛乱此起彼伏，朝廷再不振作，只怕要改朝换代！"

天育大惊，想不到彭元锦竟说出这等悖逆言论，但心里又觉得他说的有道理，一时语塞。正好彭元锦的小孙子挥舞木剑跑进来，边跑边冲天育喊道：

"拿命来，反贼！"天育笑道："童言无忌，童言无忌！"

彭元锦自知语失，一手抱了孙子，一边说道："哈哈哈，无心之言，想来你表哥不会往心里去！"二人随意聊了几句，晚上二人饮了几碗酒，倒颇有些忘年交的意思。

第二天早上，天育告辞出来。到了客栈，却见对面庙门依然紧闭，也不见看门的人。店里老伯说道："整整关了一天了，一点动静都没有，太反常了！"过了一会儿，几个大胆的二流子爬到树上看，见里面早已人去楼空，便打开庙门。众人进去一看，里面空空如也，只有墙上画了一枝梅花。

天育恍如大悟，怪不得昨晚见楼上姑娘面熟，原来这些人和武昌炼丹的是一伙人。进来一问，楼上姑娘果然早就退房走了。天育知道彭元锦当了冤大头，不知道该同情还是嘲笑他。心里想着回家，便不管这么多，打马向酉司方向赶去。

到了八面山，天育在一处泉边停下来，洗了洗脸，修整片刻。突然，旁边跳出几条大汉，挥刀喊道："此山是我开，此树是我栽。要想此路过，留下买路财！"

天育听了大怒，拔剑说道："朗朗乾坤，你等竟敢劫道！便是在辽东千军万马我也没怕过，还怕你这几个小子不成？"领头的汉子说道："我看你从彭元锦府上出入，能是什么好人？"

天育仔细一看，大喝道："原来你就是那破庙门口的看门人！你们在武昌骗太监，我倒为你们击节叫好；在永顺骗彭元锦，我也没觉得他多冤枉。只是你们大白天抢劫路人，这就不是好汉行径了！"

那汉子听得不耐烦，扔了手中大刀说道："看你说话倒像条汉子，咱俩就徒手过过招。你要能在我手下走过三招，我就放你过去！"天育听了，也扔了剑。那汉子也不客气，抬腿直接踢了过来。天育闪身避开，这汉子竟一脚将旁边小树踢断。

那汉子一击不中，又翻身一脚踢来。天育久经战阵，微微侧身避开，电光火石之间，一脚踢在那汉子的支撑腿上。眼看汉子就要倒地，天育伸手将他拉住。那汉子并不领情，反而一拳接着打来，二人又战成一团。

"好了老四，别打啦！你不是人家对手！"后面走出来一位儒雅的中年人。天育一看，正是那日假扮道士之人。见那汉子住手，天育拱手问道："几位好汉有勇有谋,这两次想来也谋了不少银子。不过为啥还要干这剪径的勾当?"

那中年人笑道:"我们只不过是劫富济贫,这些银子都分给穷人啦!他们看你从彭元锦府上出来,所以想试探试探你!"中年人身后的少女说道:"大哥,我说了嘛,他是从辽东作战回来的!"

刚才和天育交手的汉子说道:"谁知道他是不是吹牛啊!看他长得斯斯文文的,胳膊腿都齐全,哪像打过仗的!"天育听了,将上衣脱了下来。

众人一看,天育长相虽然斯文,倒是十分健壮。结实的肌肉上,却有数道箭瘢。天育指着一一说道:"这一道是随刘綎将军出征受的伤,这处是在浑河边上受的伤……"

那中年人说道:"好!果然是位少年英雄!在下李如风,就在这八面山落脚,时常外出干些买卖。这位是舍妹如凤,其他人都是我们一起的兄弟。不知小兄弟怎么称呼?"

天育说道:"在下西司冉天育,如今的宣慰使便是家父。如风兄能文能武,在此落草实在屈才。如果不嫌弃,可随我到西司落脚,在西司找点正经事做吧!"

李如风看见妹子一直盯着天育,心里不由一声叹息,拱手说道:"兄弟说得对!我妹子如今也大了,总不能跟着我们落草为寇。我再和弟兄们好好商量商量,听听大家的意见。如果大家愿意,我们自然会到西司投奔你!"

天育听了,拱手说道:"好!青山不改,绿水长流。兄弟就在西司等着大家,希望早日能和大家相见!咱们就此别过!"说罢辞了众人,打马向西而去。

第七十二回

小公子投笔从戎　女将军以身犯险

男儿何不带吴钩，收取关山五十州。

请君暂上凌烟阁，若个书生万户侯？

——李贺《南园十三首·其五》

　　且说冉现龙自隐居龙泉坪以来，已经二十余年。每日只是携爱子天咫看书写字，骑马射猎，日子过得倒也自在。这日起来，不见天咫前来请安。走到天咫房内，见被褥整整齐齐叠着，枕上放着一张纸。现龙拿起来一看，上面写着李贺的《南园十三首·其五》，诗后有一行小字："爹，我去找苍龙叔投军了，勿念！"

　　这时老仆吴伯进来说："老爷，公子说他骑马出去买东西去了！"现龙叹息道："哎，已经投军去了！十七岁啦，儿大不由爹啊！"吴伯大惊道："那怎么行啊？安邦彦已经围困贵阳一个月了，不知道官兵能不能守得住呢！公子这个时候去投军，恐怕直接就得上战场啊！"

　　现龙叹息道："他可不就是想去打仗嘛！这孩子，我就想让他当个小老百姓，平平安安过一辈子不好吗。看来还是书读多了，想法就多了啊！"

　　吴伯说道："公子打小就聪明，读书、骑马、射箭，什么事都是一学就会。老爷你一开始还不想教，可是后来他学得太快，又喜好学，你还是把本事都交给他了！"

现龙说道："我这就去把他追回来。吴伯你看好家吧，要是贼人打到这里来，就往酉司去！家里这些坛坛罐罐的，不要舍不得，逃命要紧。"吴伯说道："放心吧老爷，我哪儿都不去，就在这里看家，等着老爷回来。"

现龙打马出来，沿途已是一片慌乱景象。路上时有逃窜的民众，又有官军抓人当差。好在现龙昔年平播后，因冉克明战功袭了功名在身，才未被抓去投军。饶是如此，也只得昼伏夜出，一路打听，前往贵阳一带。

安邦彦大军从西北方向袭来，主力在贵阳城北、城西，城东一带尚有少量卫所官军驻扎。现龙便往龙里一带而来，果然在龙洞堡一带找到了苍龙等人。天昶见了父亲，只得连声赔罪，却说什么也不愿意回去。现龙叹息道："罢了，既然已经到了贵阳城外，没有再退走的道理。当年爹爹和你苍龙叔平播的时候，你还没出生呢！你当爹爹是不敢上战场了？"

天昶见父亲没有怪罪，便说道："都说上阵父子兵，以后孩儿就跟着爹爹学打仗啦！"苍龙笑道："就咱们这七八百人，也干不了啥大事啊！只能想办法和主力会合了。"

此时贵阳由卸任巡抚李枟驻守，贵州总兵官张彦芳从铜仁率两万兵马驰援，被叛军在龙里击败。安邦彦故意将败军放入贵阳城内，以消耗城中粮草。李枟只得时常派官兵从东门打出来，到附近村寨筹集粮食，并伺机骚扰安邦彦的运粮队伍。

这日正好有官兵到龙洞堡一带找粮食，苍龙等人便随官兵入城。李枟见援军到来，亲自接见苍龙等人，夸赞道："如今大军围城，几位将军能够率军进入贵阳，真是浑身是胆！"苍龙忙说道："大人谬赞！下官只有八百人，恐怕只是杯水车薪啊！"李枟笑道："不用担心，援军会来的！"

巡按御史史永安说道："新任巡抚王三善带领一万兵马驻扎在沅州，我已经去信多次了，他还不率军来援。这新任川贵总督张我续也不派兵来援，真是令人愤慨！"

李枟说道："朝廷自然会催促他们的，眼下咱们只能靠自己了。如今大军压境，粮食匮乏，除了专心御敌外，还要防止内乱。就请史大人亲率一支兵马负责城内治安，谯楼、钟鼓楼都要派兵瞭望，防止奸细袭扰，也要防止民众抢粮引发内乱。"

史永安说道："大人考虑周全，下官定当恪尽职守！"李枟接着说道："贼人主力在北门，自然有老夫亲自镇守。其他几个门，提学佥事刘锡元、参议邵应祯、都司刘嘉言等分别把守，张彦芳将军则不时带两三千精兵出城扰敌。只要咱们齐心协力，安邦彦他安不了邦！"

众人各自领命而去，现龙父子被分派在北门驻守，每天吃睡就在城墙下。安邦彦数次率大军攻城，均被官兵击退。于是环绕贵阳城修建栅栏，隔断贵阳城与外界的通道，也不十分卖力攻城。打算等城中粮食吃光后，让李枟自己开城投降。

贵州陷入苦战，川内则进入反攻。成都解围后，朱燮元提出"以守为战，以战寓抚，专讲致人之法，严为先事之防，将必求于摧锋，兵必期于用命"，命大军徐徐推进，陆续收复江安、新都、遵义等地。

五月二十日，各路大军进逼大渝。秦良玉、冉跃龙两位土司各率一万兵马抵达二郎关以西，总兵杜文焕也率五千精兵赶到。朱燮元见土汉官兵混杂，便命大渝兵备道副使兼上川东分巡道徐如珂统一节制。

徐如珂召集众将议事，说道："各位将军，本将受朱大人委托，与大家一起攻打大渝。诸位都身经百战，请大家商量商量，看看这仗怎么打吧！"

杜文焕在辽东时，曾因军纪不严被熊廷弼排斥。此次被新任川贵总督张我续举荐，率兵来攻打大渝，自然想要立功表现。于是率先说道："樊龙在大渝只有两万兵马，又要分兵驻守，我军应当集中力量攻打二郎关、佛图关一线，徐徐推进即可战胜。"

秦良玉说道："大渝三面环水，西面则是中梁山作为屏障。二郎关控遏中梁山要冲，樊龙将主力囤积于此，恐怕将是一场苦战。"徐如珂慨然道："既然二郎关必须拿下，那就全力出战吧！"

冉跃龙说道："二郎关、佛图关皆是天险，攻克需要时间。就怕奢崇明派兵增援，咱们就会里外受敌！还请徐大人联络巡抚大人，命官兵向泸州一带开进，以牵制奢崇明大军。"徐如珂说道："好！那咱们就各自回去整军，明日凌晨寅时四刻，大军攻打二郎关！"

跃龙回到军营，却见一位女将军威风凛凛地站在营门外，不由心下大喜。原来白再香在司城见大军久未回乡，心下十分担忧，便亲自带领二百士兵赶来会合。再香又命每人背了三十斤花田贡米，正好够本部大军饱餐一顿。

第二天一早，大军造饭，西司士兵吃到了花田贡米，一时士气大振。一名士兵笑道："皇帝老儿也就吃这个，今天咱们可算是交了好运啦！我这光头也算开了光了！"

另一名士兵也说道："普通的米一担也就值五六百文，这花田贡米却要三两银子一担。今天咱总算吃到了，这价钱确实值！"天载笑道："龙肉海参吃个遍，不如花田白米饭。你以为是开玩笑呢！"

众人用过早饭，大军倾巢而出，全力攻打二郎关。樊龙见官兵大军来袭，便派副将张彤亲自领军一万余人镇守。中梁山从北向南绵延二百余里，怪石嶙峋，极难攀援。张彤守住要塞，杜文焕率军攻打两次都被击退。此处山路崎岖，官兵又无大炮，战至午后依然难以前进。

徐如珂于是命杜文焕率兵从正面攻打，冉跃龙从中梁山南部觅小径前行，秦良玉从北面歌乐山一带攀援而进。冉跃龙率军直奔观音阁而来，果然在南面寻得一条小径。

此处由叛军参将罗世选镇守，此人极为彪悍，手持长枪站在关上亲自指挥。跃龙率大军攻打两个时辰，又派冉一吼率陷阵营冲锋数次，方才斩杀罗世选，夺取关口。

此时已经天黑，山路极难行走，跃龙只得在关上安营扎寨。第二天一早，大军绕行二十余里，来到二郎关背后。樊龙为防官兵偷袭，在二郎关至佛图关之间筑营十处。跃龙领军前来，正撞上叛军总兵丁崇理的大营。双方立即展开厮杀，丁崇理只有一千人，片刻后便败走。

跃龙并不追击，率军直扑二郎关背后。张彤大惊，亲率大军下山接战。正好秦良玉大军也已经杀到，两军左右夹击，一起大战张彤。关前徐如珂听到喊声震天，与杜文焕更加奋力攻打关门。大军苦战半个多时辰，叛军死伤近半，张彤只得领残部退回佛图关。

天胤在叛军大营里搜出一幅地图，徐如珂及冉跃龙等人都围过来看。众人看了，纷纷感慨大渝地势险要，担忧佛图关易守难攻。跃龙叹息道："假如大渝府是一头需要驯服的蛮牛，大渝主城就是牛头。这牛头被嘉陵江、长江环绕，三面都是大江，只有牛脖子与其他地方相连。而佛图关就在这牛脖子上，扼住了大渝的咽喉。只有拿下佛图关，才算拿到了打开大渝的钥匙。"

秦良玉也说道："前些年，我曾经登上过佛图关游览。这佛图关本身是一座东西走向的险峰，西面关口筑有高楼和城墙守卫，东面则直通城区。山峰南北两侧悬崖直抵江边，沿江又筑有城墙，确实难以攻打！"

众人感慨一番，来到佛图关西面，全都驻马眺望。但见这雄关壁立千仞，悬崖绝壁，崖上堡垒森严，守军人头攒动。崖下只有一条通道，此时城门紧闭，城墙高耸，端的是一夫当关万夫莫开。徐如珂感慨道："四塞之险，甲于天下。果真是名不虚传啊！"

众人商议一番，由徐如珂、秦良玉带大军在正面攻打，冉跃龙、杜文焕率三千精兵绕到佛图关后寻求战机。秦良玉部下白杆兵甚是凶悍，尽管佛图关上巨石、箭矢如雨而下，依旧举着藤牌向前冲锋。双方一直战至黄昏，张彤见大军攻打甚急，带了亲兵上前督战。

冉跃龙派人四处寻找船只，忙活了两个时辰，天黑前方凑了十余条大小船只。到了晚上，趁着夜色向东驶去，到达佛图关后面。众人将船靠了岸，将飞虎爪扔到城墙上，攀援而上，跳进城墙。刚进去百余人，已有巡逻士兵看见，大喊起来，众人接住厮杀。

大军进了城墙后，天胤带了百余名士兵，将船全都划到朝天门外大江上。天胤等人擂鼓呐喊，对着朝天门放箭。此时江上有雾，不知道有多少兵马。樊龙在城中见了，以为大军要从朝天门登岸，连忙向城东增兵。

这边张彤得知后山有官兵来袭，忙调兵截击。山上火把通明，正好方便官军瞄准放箭。众人举起藤牌，一起向山上杀去，叛军居高临下迎战。天载率军冲杀数次，终于杀上山坡。正在这时，山上冲下来一彪人马，当先一条蓬头垢面的黑汉子骁勇异常，一柄巨斧乱砍，瞬间砍倒数人。天载抵挡不住，只得撤了下来。

跃龙说道："这不是黑李逵吗？奢崇明帐下还有这等彪悍之人啊！"旁边一名降卒说道："这就是总兵成汉，外号黑蓬头。每天早上起来脸也不洗，就是练斧子。在军中比试力气，从来也没有输过。"

一旁冉一吼早听得不耐烦："别长他人志气，灭自己威风！我这就去把他脑袋拧下来！"说罢，领了陷阵营就往上冲。黑蓬头提了斧子站在坡上，见一条大汉手持狼牙棒杀上来，雄壮威猛平生少见，顿时来了劲头，大笑道："妙啊妙啊，终于来了个像样的！"

冉一吼刚冲到跟前，黑蓬头斧头已经劈下来，忙举起狼牙棒格挡。两人兵器砸在一起，均感到手臂发麻。一吼大喊道："有意思！你也吃我一棒！"说完一棒砸下去，黑蓬头举起斧子接住，两人震得各退一步，复又向前厮杀在一起。

黑蓬头后退一步，跳起来一斧子劈下来，一吼侧身避开。黑蓬头力达，那一斧子砍在旁边一棵合抱大树上，连斧背都劈进了树里。一吼笑道："爷爷不占你这个便宜！"一棒下去，将那斧子震了出来，二人重又杀到一处。

跃龙见了，与杜文焕等人一起向前冲杀，只剩冉一吼与黑蓬头依然在厮杀。二人扔了兵器，以拳脚相交。黑蓬头见部下溃败，一发喊，抱住冉一吼就摔。二人抱在一起，在地上翻滚。

天载等人一拥而上，才将黑蓬头控制住。众人扭住黑蓬头的胳膊，让他站了起来。谁知道他死命挣扎，不小心撞到天彝刀口上，当胸贯了进去。黑蓬头血流如注，依然不服，冲冉一吼大喊道："论单打独斗，你们赢不了我！"

杜文焕一路杀至关口处，与秦良玉前后夹击，张彤见大势已去，一路退走，从通远门退入城内。众人遂在佛图关扎营，准备第二天再攻打城池。

冉跃龙等人率大军攻打佛图关时，留下白再香率两千人镇守二郎关。再香见大军已经攻破佛图关，担心叛军来援，便传令枕戈待旦，守好关口。朱燮元得知徐如珂等人攻打大渝，命夔州府同知越其杰率兵五千，向二郎关方向开进。

第二天一早，白再英带了四十人外出哨探。张老三因为驼背老被人捉弄，只有再英不会嘲笑他，因而也牵了马跟在后面。众人走到十余里外一个山谷时，听到前面有马蹄声，再英忙命众人藏身至山岗上。

两匹马来到十丈之外，马上士兵身着穿黑色窄袖开襟上衣，头缠黑帕，头顶一绺长发。再英说道："看样子是叛军的探子，抓活的！"众人拉起绊马索，将战马绊倒。那两名士兵跌下马来，刚拔出腰刀，便被众人按倒。

再英见没有搜出东西来，便喝问道："说！你们这是要去哪儿？"那士兵傲然说道："不怕告诉你！我们周鼎将军亲率两万大军，已经到了二十里外，你就等着受死吧！"再英吩咐道："捆起来，带回去再慢慢问话！"

说罢，吩咐旁边士兵先快马回去报信。再英心想，叛军既然还在二十里外，不如再往前几里，探清详情再回二郎关。于是接着向前，刚走了五里路，便与一队叛军迎面撞上，正是周鼎派来哨探的前队。

再英见对方接近二百人，忙率队回撤。叛军紧追不舍，在后面不断放箭。不少士兵战马被射伤，只得徒步往回跑。撤至刚才的山谷，再英喊道："都上山御敌！再这么跑下去，一会儿全让他们射死了！"众人爬上山岗，居高临下朝叛军射箭，并派人回去求援。

　　叛军也下了马，爬到对面山岗，与官兵对射。叛军首领是一名长相凶悍的黑胖大汉，一手举着长楯，一手拿着板斧，气势十足。旁边士兵说道："成芳将军，这里距离敌人太近了，恐怕他们会派人增援，咱们还是回撤吧！"

　　成芳怒喝道："我大哥成汉，就是被这些人杀掉的！今天老子必须多杀他们几个，为我大哥报仇！"说罢，带了几十人手举长楯，缓缓向再英这边山岗上推进，其他叛军则在对面放箭。再英等人居高临下，将石头推下来，叛军稍稍后退，又重新攻了上来。

　　再英见成芳等人已经冲到眼前，便带人冲上去厮杀。再英早已练武成痴，一名叛军士兵挥刀砍在她的盾牌上，被她一脚踢翻，踩在脚下。旋即挥剑刺中另一名叛军，鲜血溅到她脸上，看起来既俊俏又英武。众人战成一团，双方不断有士兵倒下。

　　成芳嗜杀成性，转瞬间便杀了两人。后面叛军也纷纷拥了上来，官兵毕竟人少，渐渐不敌。再英见身旁已只剩七八人，而叛军源源不断地冲上来，看来今天要命丧此地了。

第七十三回
朱燮元夺取大渝　罗甸王兵围贵阳

　　却说成芳杀得兴起，将斧子扔了过去，再英堪堪躲过。见贼人势大，再英等只好撤至土坡上，以藤牌和长枪守御。张老三提起斧子将旁边杉木砍倒，挡住叛军来路。成芳不再追击，大喊道："放箭！"

　　再英等人忙躲到树后，叛军箭如雨下，再英等人纷纷被射倒。张老三大吼一声，翻滚过去抱住再英，躲到一块巨石后面。再英背部中箭，血流不止，自知命不久矣。见张老三依然守护着自己，心下大为感动，便伸手扯下了张老三的头巾。

　　"是你？！"再英喊道，泪水夺眶而出。原来眼前这人虽然下巴上有烧伤的痕迹，头上也有了不少白发，但眼神温润如水，正是那位冤家冉应龙。叛军依然在放箭，但应龙已不愿躲避，只是温和地说道："是我！这下谁也不能把咱俩分开了！"话音刚落，一支箭正中应龙后背。

　　应龙仿佛不觉得疼痛，只是抱住再英。再英也紧紧搂住应龙，用手抚摸着应龙的脸，喃喃说道："你也老啦！"满天箭雨泄下，二人就这么抱着，靠在石头上睡去了。

　　正在这时，山下号角齐鸣。原来白再香得知妹妹深陷重围，亲自领了五百人来救。成芳抵挡不住，只身逃走。再香剿灭叛军来到山顶，见妹妹和应龙抱着死去，不由放声痛哭。白邦铭见了，感慨道："哎！一对苦命鸳鸯啊！

你妹妹也算圆了心愿了，别太伤心了！叛军正在来的路上，咱们还得回去守着二郎关！"再香听了，只得命人就地埋了再英等人，亲自做了标记，上马大哭而去。

到了傍晚，周鼎果然领了两万大军来到二郎关下。冉跃龙、秦良玉都率军到二郎关增援，只留杜文焕驻守佛图关，防止樊龙率军出城。叛军推出两门大炮，在山下排开，对准关门一阵猛轰。

徐如珂说道："这周鼎不知道从哪里搞的大炮啊！这山门可经不起他轰炸。"跃龙说道："正愁攻打通远门没有火器，这就送上门来了！"于是带领酉司大军冲下山去，秦良玉也从另一侧率军攻打叛军。双方接近四万大军混战在一起，顿时杀得尸横遍野。

双方血战半个时辰，谁也不肯后退。正在这时，西北面号角齐鸣，原来是夔州府同知越其杰率军赶到。官兵生力军赶到，叛军顿时乱了阵脚，冉一吼等人领了陷阵营奋力冲杀，叛军死伤惨重。周鼎见大事不妙，率军向西南逃窜。

白再香随着跃龙领军追杀，忽然看见成芳正在不远处，于是大声喊道："还我妹妹的命来！"策马挺枪刺了过去。成芳侧身避开，一斧头砍下来，再香用枪接住。成芳与其兄一样是个嗜杀狂魔，而白再香一心要为妹妹报仇，二人你来我往战在一处。白再香平时以射箭为主，持枪搏杀并非强项，渐渐感到力怯。

跃龙唯恐爱妻有失，策马赶来，一枪扎在成芳坐骑上。那马吃痛，差点将成芳掀翻，再香趁机一枪刺去，将成芳刺于马下。天胤等人乘势掩杀，叛军纷纷投降，只有周鼎带领不到一万人逃走。

跃龙清点俘虏，其中一名俘虏跪下问道："大人可是大酉宣慰使冉跃龙？"跃龙点头说道："没错！你认得我？"这人磕头说道："小人杨怀恩，父亲是杨五得，母亲白氏，他们在家时常跟小人说起将军的恩德。"跃龙赶紧扶了起来，说道："你都长这么大啦？岁月不饶人啊！不过你怎么参加叛军了？"

杨怀恩叹息道："叛军占领了我们那一带，男丁都被抓来充军了。幸好被将军解救了。"跃龙问道："你父母都还好吗？"杨怀恩垂泪道："这两年连着大旱，官兵和叛军反复到村里抢劫，父母早就饿死啦！"跃龙感慨道："乱世之中，人不如狗。你参加叛军也是身不由己，以后就跟着我吧！"

杨怀恩大喜，说道：“太好了，感谢将军！”又指着旁边两人说道：“这两位是鄢价、朱朝爵，一向与小人要好，也是被迫参加叛军的。”鄢价、朱朝爵也跪下说道：“小人也愿意跟随将军！”跃龙说道：“好！以后好好干吧！”

朱朝爵指着旁边大胖子说道：“将军，这个是樊友邦，是樊龙的大儿子！”樊友邦连连否认，却被鄢价搜出了腰牌，只好不再说话。跃龙命杨怀恩等人退下，缪天目起身说道：“恭喜将军，破城有望啊！”

却说樊龙大军在二郎关、佛图关被击溃，只剩两千人驻守城中，日夜期盼援军到来。这日有探子冒死从长江对岸游过来，说了周鼎领两万人来援的消息。樊龙大喜，命部下严守城门，等待援军前来。

到了深夜，果然听到佛图关下炮声响起，喊杀震天。樊龙有心率军前去支援，无奈自己兵少，只得在城中苦等。外面三面大江，西面又被佛图关挡住，也无法派人出去哨探。喊杀声直到凌晨方才停住，樊龙亲自登上城楼，想看看谁赢了。

过了片刻，只见佛图关上升起大梁的旗帜。樊龙大喜，正要派兵前去查探，只听远处一阵马蹄声传来。定睛一看，原来是援军赶来，全都穿着永宁司的服装。领头鄢价、朱朝爵二人来到城门外，拱手说道：“樊将军，周鼎将军已攻破佛图关，命我等前来报信！大公子樊友邦也在后面！”

樊龙抬眼一看，见长子果然在后面走来，忙喊道：“诸位辛苦啦！快开城门！”下面士兵听了，忙打开城门。朱朝爵等人快马跑进城门，冉一吼等人随后冲进来，将城门守住。冉跃龙、秦良玉率大军掩杀过来，樊龙知道中计，心里叫苦不迭，忙领军下来厮杀。

此时下起了小雨，樊龙、张彤困兽犹斗，率兵开展巷战。张彤被守备金富廉斩杀，樊龙则被乱箭射死。跃龙等人分兵清剿，到中午方将叛军剿灭。被叛军占据八个多月后，大渝城终于收复。

跃龙见外面雨后初晴，空气清新，便陪着再香在街上走走，白再筠等人也在后面陪着。再香自幼与妹妹相依为命，感情非比寻常。加上妹妹情路坎坷，平时难觅笑脸，想起来更是感慨。跃龙安慰道：“应龙自愿毁容，陪了妹妹几年。这对孽缘纠结了一辈子，这也算个归宿吧！”众人随意走走，见旁边大江奔涌，不舍昼夜，不由感慨万千。

突然，跃龙看见墙角处人影闪动。定睛一看，果然有一名叛军士兵举着弓箭正在瞄准。跃龙忙护住再香，那一箭射来，正中跃龙后背。天胤见父亲中箭，忙冲上去将那人砍倒。

再香忙帮跃龙查看箭伤，好在盔甲未脱，只射进去一寸多。李子靖和白再筠替跃龙包扎好，又嘱咐他回去休息。跃龙不以为意，直接到衙署来找徐如珂，商议死伤士兵抚恤事宜。跃龙说道："大家都讲究个叶落归根，还请徐大人体恤，帮忙申请一笔银子，好让我们将死去的士兵运回西司。"

徐如珂说道："这怎么行！如今国库空虚，朝廷连军饷都快出不起了，哪里还有银子来干这种闲事！"跃龙怒道："他们都是为国捐躯的，怎么能说是闲事！"徐如珂说道："这没有银子，我能有什么办法？"跃龙见谈不拢，怒气冲冲地出了门。

一刻钟之后，徐如珂处理完公文，走出衙署。只见门外黑压压站了数百名精兵，全都衣甲鲜明，手握腰刀怒目而视。冉跃龙站在最前面，瞪着徐如珂。徐如珂大吃一惊，不由心惊胆战，忙问道："宣慰大人有事吗？"冉跃龙哼了一声："抚恤士兵之事，徐大人让兄弟们寒心啊！"

徐如珂说道："要是徐某家里有这些银子，马上送到宣慰大人营中！"跃龙说道："朝廷拨付的银两，不拿来抚恤士兵，谁知道有没有进有些人的家里！"徐如珂气得说不出话来："你，你！胡搅蛮缠！"

这时，白再香跃马赶来，下马得马来，对跃龙说道："你不是说了巡逻的时候叫上我吗？怎么自己跑出来了？"又转身对徐如珂说道："徐大人忙完啦？早点回去休息啊，累了几天了！我们先去巡逻了！"说罢，拉了跃龙转身就走。

大渝平定后，川内形势转好，然而贵阳一天比一天危急。自从安邦彦环绕贵阳修筑栅栏壕沟以后，官兵难以出城抢夺粮草。城中有百姓十万人，官兵万余人，粮食越来越少。安邦彦大军围城，李枟只得不断向巡抚王三善和总督张我续求援，朝廷也不断以红旗催促王三善进兵。

六月初，王三善被反复催促，只得率一万官兵进驻平越，距贵阳尚有二百五十余里，便又逡巡不前。副总兵徐时逢、参将范仲仁率五千官兵抵达平越以南七十里，与王三善互为犄角。

第二日，参将范仲仁率两千人向西十里扎营，被安邦彦派军袭击。王三善、徐时逢均拥兵不救，范仲仁于瓮城河兵败。王三善等人更加拥兵不前，此后数月贵阳援兵不至，李枟等人只能坐困愁城。每名官兵每天配粮从一升，逐渐减至五合，最后减至一合。

到了十月，城中粮食吃尽，军民只能以树皮、草叶、糠壳为食。这天傍晚，现龙父子和苍龙在城墙边刮树皮。苍龙说道："城里树也没几棵了，再过两天树皮和草根都吃光了，这可怎么办！"现龙感慨道："是啊！城中现在狗叫鸡叫都没了，早被吃光啦！"

天咫见左右无人，便说道："听说城里一斗米已经卖到二十两银子了，是平常价格的四百倍。"苍龙说道："一百两银子也没用啊！米都没了，有再多的钱也没地方买啊。早上我听士兵说，黑市里已经开始卖人肉了，这都什么世道啊！"现龙父子听了，觉得一阵反胃。

"你个奸细，看你往哪里跑！"突然，旁边传来喝骂声。一个老翁踉踉跄跄跑了过来，跌倒在现龙面前，后面几名官兵追了过来。那老翁抱住现龙的腿哀求道："大人，救救我！我不是奸细啊！"领头的官兵拖了老翁就走，喝骂道："你们那几个人都是奸细，你就别抵赖了！"

那老翁在地上被拖行，还回头喊道："大人救命啊！他们抓了我，是要杀了吃掉啊！"天咫听了，浑身起了鸡皮疙瘩。现龙正要说话，总兵张彦方在不远处训斥士兵："啰里啰嗦，抓了几个人了？回头大家都饿死了，这贵阳城就拱手交给安邦彦吧！"

天咫突然想起，中午军营开饭的时候，除了树叶糊糊，破例每人发了一块肉。觉得胃里一阵翻涌，扶着大树吐了一地酸水。现龙一边轻轻拍着天咫的背部，一边说道："好好活下去吧！不要想太多了。"

正在这时，城外忽然号角齐鸣。原来叛军得知城中粮尽，督促大军奋力攻城，现龙等人忙提刀跑上城墙。只见叛军漫山遍野冲过来，有的扛着云梯攀援城墙，有的推着战车往城门冲锋。

叛军士气正盛，片刻之后便搭了几架云梯，手持盾牌奋力登城。苍龙等人在城上以弓箭杀敌，又以巨石圆木滚下，叛军死伤不少。城中军民虽然饥饿不堪，但八九个月以来同仇敌忾，对付云梯已经颇有办法，叛军攻打一个时辰，依旧无法攀上城墙。

城上石头、弓箭如雨而下，不少叛军开始后撤。叛军总兵陈其愚见了，挥刀将两名后退的士兵斩杀，叛军重新攻了上来。安邦彦将所有战车集合起来，源源不断往城下运送土石，不久竟垒起几个土坡。陈其愚命人在土坡上架云梯，登城距离顿时变短，叛军蜂拥而上，向城头爬来。

其他叛军则继续运送土石，一旦垒到两丈高，便可以直接翻越城墙。总兵张彦方在城楼见了，只得不断调遣士兵，看哪里危急便往哪里增兵。然而城内士兵有限，又饥饿不堪，苦战已久，士气越来越低落。

正在这时，李枟派人推着战车过来，大喊道："火器来了！"原来是浸着石脂水的布头、干草。众人大喜，连忙点火扔了下去。一时火势大起，不少叛军被火烧中，在城下乱滚，惨状令人不能直视。陈其愚见官兵火器凶猛，只得领军稍稍后撤。

安邦彦在后督阵，见攻城不利，便命人推出数车白银，堆积如山。拔出长剑大喊道："城里的人都已经快饿死了，今天咱们一定要攻进去！第一个攀上城墙的，赏银五百两！"

安邦彦之子安武功亲率大军向前冲锋，叛军呼啸而来，重新搭起云梯攻城。叛军势大，已经有人登上城墙。提学金事刘锡元见了，提刀往前冲锋，亲自斩杀一名士兵。众人见他一名文官尚且如此勇猛，也都奋力守城，登上城墙的叛军逐渐被击退。

安武功见了，派死士用盾牌掩护，以巨木撞击城门。城里官兵听见沉重的撞门声，心都提到了嗓子眼，知道城门一旦撞破，就是城破之时。

李枟见形势紧急，翻身上马，提刀大喊道："城破也是死，冲出去决战也是死！与其等死，不如向死而生！"于是命人打开城门，亲率一千死士冲了出去。现龙父子见了，也提刀跟着冲了出去。

叛军措不及防，撞城的数十人被冲散，成为官兵刀下之鬼。安武功见了，领兵过来围住李枟厮杀。李枟大喊道："关上城门！今天不击退敌军，我等就死在门外！"里面听了，果然关上城门。

众人见已无退路，只得舍命冲杀。天昢甚是骁勇，挥刀连杀两名叛军，径直向安武功杀去。苍龙也大喊道："擒贼先擒王！"众人一起向安武功冲锋。

叛军阵中冲出一条大汉，手持铁棍向天昢砸去，天昢用刀格挡。二人大战数合，天昢终究只有十七岁，又饿了几天，被那大汉一棒打翻在地。

那大汉见了，挥棒向天昢头上砸来。天昢万念俱灰，只得闭眼等死。现龙在旁边见了，急忙冲了过来护住。电光火石之间，只听啪的一声，那棍子直接砸在现龙头上。现龙左手死命抓住那大汉的衣服，才没有倒下。那大汉见现龙满脸鲜血瞪着自己，还没反应过来，现龙右手一刀便刺进了他的腹部。

现龙杀了那条大汉，也力竭倒下。天悢心如刀割，只得背了父亲，拿绳捆在身上，提刀继续奋战。苍龙等人全都朝安武功冲杀，城上刘锡元也以仅剩的几枚炮弹御敌，安武功抵挡不住，只得领军撤走。

天悢背了父亲回到城内，苍龙忙带人过来抢救。现龙已气若游丝，拉着天悢的手说道："男儿何不带吴钩，收取关山五十州。以后不会再嘲笑爹爹胆小了吧？"天悢哭道："爹，你是大英雄大豪杰！以后还得带孩儿打胜仗呢！"

现龙强提着精神说道："爹爹不行了，往后要靠你自己啦！有事请教你苍龙叔，或者回西司找你三叔也行！"话音刚落，手就滑了下去，断了气息。天悢握着父亲的手，泪如雨下，但并没有哭。苍龙在旁边弯腰站着，静静地陪着他。

安邦彦见攻城失败，命人加紧赶造楯车等器械，准备过两天再来攻城。李枟虽击退敌军，但援军迟迟不来，已做好了城破的准备。让亲兵将书籍、冠服全数焚毁，又将匕首、白绫交给夫人和子女，嘱咐一旦城破就自行了断，免得受到叛军侮辱。

第七十四回
冉天育巧喻冬桃　安邦彦再围贵阳

　　"这桃长得不好啊，就怪没有修剪好。你看吧，旁枝太过茂盛了，影响整个桃树的生长了！"舒泰拉着七岁的冉天麒，指着坡上的桃树说道。这棵桃树是冉天师从外地挖来的冬桃，种在桃花源的土坡上。这桃十月份才结果，今年是第一次挂果，结得不算多。

　　天麒好奇地问道："舅舅，什么是旁枝啊？"舒泰说道："旁枝就是旁边的枝条啊！就像一家几个兄弟，终归有嫡庶之分。这些树枝都得靠树根吃饭，要是让旁枝长得太大了，中间的正枝就长不好了。咱们就得把旁边的砍一砍才行！"

　　天育本来和天机在旁边看着天德、天泽玩"六子冲"，听到舒泰讲这些混账话，心里极不高兴。于是走过去，弯腰对天麒说："五弟，你这么聪明，再好好想想，这棵桃树到底为什么长得不太好呢？桃树除了要下面的土壤之外，还需要什么呢？"

　　天麒想了想，说道："我知道啦！还要太阳照射它，雨水灌溉它才行！"天育拍了拍他的肩膀，夸赞道："对啊，那你再看一看，能发现什么问题吗？"天麒围着桃树走了一圈，又往上看了看，高兴地说："我明白啦！上面这棵臭椿树太茂盛了，伸到桃树上面来，把它的阳光都挡住啦！"

　　天育笑道："你真聪明！那如果想要吃到更多的桃，应该怎么办呢？"

天麒说道：“嗯！把臭椿砍掉！”天育说道：“不用砍掉呀！这棵臭椿树挨着桃树，就像外面的亲戚一样，大家都好好长，刮风下雨的时候还能互相帮忙挡一挡呢！可是如果这亲戚长过了界限，让桃树见不到阳光，就只能把它长过来的部分砍掉，对不对？”

天麒兴奋地说道：“还是大哥最聪明！那我们把臭椿伸过来的树枝砍掉吧！”九岁的天机在旁边听到要砍树，跑了过来：“要砍树呀？算我一个！我去天师那里取弯刀来！”说罢，转身去取了弯刀过来。伸手要去砍臭椿树枝，却够不着，只得把弯刀递给了天育。

天育拿了弯刀，也还稍微差了一点。天麒失望地说道：“大哥也够不着呀，那怎么办呢？”天机说道：“要不回司城去搬梯子来吧？”天育把天麒抱起来，让他骑在自己脖子上，把弯刀递给他。天麒毕竟力气小，砍了几下就累了，天育又让天机上去接着砍。

兄弟几人一起帮忙，片刻之后就将那臭椿修剪完毕。天麒在旁边说道：“还是人多好呀，一个人的话累死啦！”天育听了，指着桃树说道：“你看着桃树还没有长大呢，如果把枝条都砍了，一阵风就把它刮断啦！这些枝条就像亲兄弟一样抱在一起，才能抵挡风雨。”回头一看，舒泰不知什么时候已经走了。

“哎呀，你们砍树怎么不叫我呀！”天雯蹦蹦跳跳地跑了过来。天育笑道：“你来得正好，快来一起摘冬桃吧！”天雯却说道：“哼，大哥没有小的时候疼我啦！自从你从辽东回来之后，只知道带着弟弟们玩，老是不带我玩！”

“你都十二岁啦，大哥怎么能带着你整天混在男孩子堆里面！你跟着姐姐玩不好吗？”天霖拉着天霓从旁边走了过来，杨若兰还在竹林下喂白鹇。原来向同廷已率军到贵州作战，天霖知道母亲平时孤独，便回来陪她住几天。

天雯撇撇嘴说道：“大姐你带着我和妹妹，不是绣花就是画画，快闷我死啦！还是跟着他们骑马射箭好玩！”天霖笑道：“你以后嫁人了怎么办？婆家哪里会让你骑马射箭啊！”天雯说道：“那我就找一个能让我骑马射箭的人家，不然我就不嫁！”杨若兰在旁边听了，摇头笑道：“这孩子，又一个玉梅啊！”

这桃树上一共也没结多少，每人分了一个，已经没剩多少。天育对天机说：“给天师拿几个去吧，桃树还是人家栽的呢！”众人就着溪水洗了洗，尝了一下，能在这季节吃到桃子，寻常味道也觉得香甜许多。天霓舍不得吃，说道：“还是拿回去给我娘吃吧！"原来舒眉已病了多时。天麒却不管这些，几大口就吃了。天育听了，把自己的桃给了天霓。

"哎呀，又输了！"六岁的天德扔了手里的草根，哇地一声哭了。天泽惊讶地说道："六哥，你不也赢过一把吗？再赢回来呗！"天机走过来牵了天德的手，说道："来来来，四哥帮你，再和老七来一把！"天德方才不哭了，三人又开始下。

天育看着弟弟妹妹们，心里不禁感慨起来。回想几个月前还在辽东浴血厮杀，哪里像桃花源里这么岁月静好，真是恍如隔世。回到司城，天育陪着杨若兰母女去看了舒眉。出来又去看了刘宗清，虬龙在旁边照顾着，宗清已经垂垂老矣，有些神志不清了。

跃龙领了众人出征后，家里除了几房夫人，就是几位年幼的子女。天育见父母都在前线恶战，二姨再英也已战死，几次想去会合，但家里这情况也不好离开。

到了十二月，贵阳城内已经饿殍遍地，十一万军民只剩不足四万人。这日，李枟等人在营内议事，众人全都饿得面黄肌瘦。门口站着的士兵忽然倒下，李枟叹息道："哎，又饿死一个！"

巡按御史史永安感慨道："哎！城里市场上已经公然售卖人肉，一两银子一斤。军粮前两天已经吃光了，仅剩的战马都杀了，要不了几天也就吃没了。咱们没有被叛军杀死，最后却要变成饿死鬼啦！"

提学佥事刘锡元说道："两位大人，贵阳已经被围近十个月，看样子王三善、张我续是不会来救了。与其全都饿死在这里，不如派几百名精兵护送两位大人出城。下官愿意与贵阳共存亡，留在城里等候援军。"

史永安哼了一声，说道："知人知面不知心，等我们一旦出了城，要是刘大人转头就把贵阳献给叛军，我和李大人跳进黄河也洗不清了！不但人头落地，恐怕还会株连家族，青史留骂名啊！"

刘锡元拍案而起，厉声说道："史永安，你不要含血喷人！我刘某一条血性汉子，你不要以小人之心度君子之腹！"史永安也起身说道："就你是血性汉子？本官前一阵准备亲自去平越催促援军，是谁跟李大人说，本官要逃跑？！"

李枟见二人争论不休，忙劝说道："二位不要吵了，老夫相信二位都是忠君爱国之人。眼下大家都在同一条船上，有这精神还不如想想办法！"史永安并不领情，说道："李大人要是相信我是忠君爱国之人，当初为何听信刘锡元的谗言，不让我去求援？要是我到了平越，王三善还不出兵，我就一头撞死他！"

旁边将领见三位主帅争吵不休，全都大惊失色。主帅不和的消息传了出去，城内更加人心浮动，士气低落。冉苍龙、冉天恩等人忧心忡忡，都有了必死的想法。

王三善在平越踌躇许久，援军粮草不至，手下汉土官兵凑在一起不到三万人，众将都不愿出征。这日兵部催促文书又到，张我续也派人持红旗督促出战，王三善只得召集众将议事。三善说道："如今朝廷催促急迫，咱们再不出兵，就会因为违抗军令而被处死。当然，以咱们这两万多人与十万叛军作战，也有可能兵败身亡。反正都是死，还不如死在叛军手里，还没那么憋屈！"

金事杨世赏说道："这张我续受命总督川贵大军，既不给咱们派援军，也不亲自领军出战。只知道躲在成都，不断派人来催促咱们出兵，这总督当得真是绝了！"副总兵刘超慨然道："安邦彦虽然号称十万，毕竟分兵在各处，贵阳城外哪有这么多人！在末将看来，只要拼死一战，究竟鹿死谁手，还犹未可知！"

王三善大喜，说道："好，要的就是刘将军这样的胆气！"于是传令下去，自己亲率两万人向贵阳挺进，以刘超为前锋。又命兵备副使何天麟率两千人从清水江进，金事杨世赏率两千人从都匀进，务必大张旗鼓，让叛军以为朝廷大军来援。

刘超得令，立即率五千兵马为前锋，乘船抵达新安，距贵阳只有一百余里。叛军已侦查到官兵动向，在龙头营进行阻击。参将杨明楷、刘志敏在前，与叛军交战。叛军首领乃水西名将阿成，亲率五百死士为前锋。这些人全都披头散发，面部涂成黑白鬼脸，怪叫着往前冲锋，甚是吓人。尤其这阿成力气极大，一条镔铁棍横扫一片。

官兵抵挡不住，参将杨明楷说道："刘将军，咱们撤退吧！等大军到来，再一起进攻！"参将刘志敏也说道："叛军势大，抵挡不住啊，还是撤吧！"刘超大怒："贵阳十万军民翘首以盼，等咱们等了十个月了！咱们出来才打第一仗，就开始逃跑？"说罢，拔刀将两名擅自逃跑的士兵杀掉，其他人不敢再逃，重新往前杀敌。

沿河司冉昌明见阿成彪悍异常，对刘超说道："刘将军，我营中有一员虎将张良俊，可挡此贼！"说罢，让张良俊提着铁鞭上前。刘超见他虎背熊腰、满脸虬须，大喜道："好！随我前去破敌！"

众人一路往前冲杀，迎面撞上阿成等人。阿成一棍打来，冉昌明忙用大刀格挡，被震退三步。张良俊手持铁鞭上前，接住阿成第二棍。阿成举起镶铁棍准备再次砸来，张良俊直接将铁鞭劈头扔过去，阿成忙侧身避开。

张良俊趁这功夫，直接扑了过去，伸手拦腰将阿成抱住。阿成骂了一句："疯狗！"提起镶铁棍朝张良俊脚背杵去，顿时砸得血肉模糊。张良俊依旧牢牢抱住阿成，用额头使劲朝阿成头上撞去。二人均撞得头晕眼花，张良俊施展蛮力将阿成摔倒，二人抱着在地上翻滚。

张良俊在地上使劲一滚，翻身压住阿成。旁边一名叛军士兵见了，一棒朝张良俊头上砸去。哪知阿成在地上使劲，反而翻身骑到了张良俊身上，那一棒下来正中阿成脖子。那名士兵吓傻了，被冉昌明一刀砍倒。阿成脖子受到重击，手上便松了劲，被张良俊按倒在地。刘超冲了过来，一锤砸在阿成头上，溅了张良俊一脸鲜血。

冉昌明挥刀大喊道："阿成已死！你等只要放下刀枪，可免一死！"叛军见主帅身死，纷纷往后败退。这时王三善也领了大军杀来，叛军四散而逃，官兵一路杀进龙里，就地扎营。

第二天，城外北风呼啸，飞沙走石。参将孙元谟说道："大人，叛军数倍于我。不如就地驻扎，待敌有变后再伺机出战。"王三善说道："已经到了这里，如果再按兵不动，很快就会被叛军摸清虚实。如今咱们只有尽快出战，打他个措手不及，才有胜机！"

于是率领大军出发，命人在战马后拴上树枝，拖拽而行。又命士兵击鼓吹角，鼓噪前行，何天麟、杨世赏这两路也拼命壮大声势。叛军哨兵远远看到官军耀武耀威而来，身后烟尘滚滚，赶忙飞马回报。安邦彦大惊，说道："王三善在平越待了几个月也没有来，如今这么耀武扬威地赶来，肯定是集结了大军吧？"

陈其愚也说道："是啊，李枟派去找王三善求援的士兵，被咱们抓到的都有十几个了！王三善之前一直不敢来，这次估计是湖广各地援军到了。"

安邦彦之弟阿伦也说道："咱们出征的时候还是早春，如今已进入冬季，将士们都没有带棉衣。既然王三善大军到来，咱们没必要跟他硬拼，不如回撤过春节，准备好冬装再战！"

安邦彦说道："既然如此，咱们就开春再战！"于是派其堂弟安邦俊率五千兵马假装攻城，自己率大军撤走。第二日，王三善领大军到城外十里，安邦俊退至龙洞。王三善率大军追击，用大炮击杀安邦俊，生擒阿伦。大军直抵贵阳城下，叛军退回老巢。

李枟见贵阳解围，于是交出印信，解官而去。贵阳军民劫后余生，但已没有力气欢庆。城中死尸如山，苍蝇乱飞，史永安等人只得抓紧掩埋尸体，清理城池。又命人抓紧运粮，以解饥荒。天悢和苍龙凑了不少银两，费了不少功夫才买到一口薄棺，将冉现龙拉回龙泉坪重新安葬。

此时已是年底，除夕将至。但贵阳解围后，官军气大振，以为安邦彦不堪一击，纷纷出兵进击。

天启三年正月上旬，奢崇明、安邦彦联合出兵，云南土司安效良也派兵来援，三人集结八万大军阻击官兵。官军总兵杨明楷兵败于陆广河，死难数千人；总兵张彦芳兵败于鸭池，被追杀四十余里，尸横遍野，黑苗也乘机四处掠夺。安邦彦再次领大军向贵阳开进，举国为之震动。

第七十五回

秦良玉感慨时弊　李子靖看破红尘

贵州兵败消息传至京师，皇上震怒。张我续总督川贵一年多，寸功未立，反而贪墨军饷六十万两，被解职候勘。以杨述中接替张我续总督贵州军务，兼制云南及湖广辰、常、衡、永十一府；晋朱燮元为兵部侍郎，总督四川及湖广荆、岳、郧、襄、陕西汉中五府军务，兼巡抚四川。

朱燮元在长宁集结川内诸军及湖广、汉中援军，连破麻塘坎、观音庵、青山崖、天蓬洞，三月底到达永宁城外。这日上午，冉跃龙正在营中议事，忽听帐外喧哗，有人直接走了进来。

跃龙正要发火，抬头一看原来是天育，大笑道："我说是谁这么霸道，不通报就闯进来了！原来是咱家的千里驹来了！"天育跪下说道："孩儿给爹爹磕头了！"说罢，规规矩矩磕了几个响头。跃龙笑道："快五年没见了，比爹长得还高大了！看来在辽东过得不错嘛！"

再香疼爱儿子，忙说道："你儿子在辽东经历了多少大战，好在他命硬，从死人堆里爬回来了。"跃龙叹息道："辽东战局凶险，官员又不齐心，苦了你啦！不过土司家的男人，生来就是这个命。爹也没闲着呀！"天育说道："几年不见，爹爹为家事国事操心，都有白头发啦！"跃龙叹息道："四十五岁了，不是年轻的时候啦！"

天育起身坐下，正要宽慰父亲两句，看见冉绍文在座，忙又起身说道："世伯也来啦？咱们又在这里并肩作战了！"绍文说道："我回了成都左卫，来这里都打了两仗啦。咱们从辽东打到西南，也算缘分了！"天育见天彝、天载、天胤也在座，拱手笑道："咱们天字辈的，就别挑理了哈！回头咱们几个喝酒。"

天彝说道："我们出来也有一年多了，不知家里怎么样啊？"天育叹息道："四爷爷精气神都很好，就是有些行动不便，吃得也少了。"天彝垂泪道："希望能早点打完仗，回去看他吧！"

天育对着天胤说道："三弟，外公仙去了。六叔说兵荒马乱的，就不叫大家回去送葬了。我也是刚办完葬礼就赶来的！"天胤听了，一屁股坐到地上，也不说话，天载忙过去扶他。片刻之后，天胤问道："我娘还好吧？"天育说道："她还好，托我带话给你：不要鲁莽，听爹爹的话，打完仗赶紧回去。"

再香见天胤眼神呆滞，知道他和天载要好，便说道："天载，你陪老三出去散散心吧！"天载、天彝扶着天胤出去了。跃龙对绍文叹道："老一辈的都这么陆续走啦！咱们也要老啦！"绍文也感慨道："是啊！当年咱俩在长江上相遇的时候，你还是一位翩翩公子，和天育现在差不多大。一晃也快三十年啦！"

跃龙说道："逝者如斯啊！当时在驸马坟，维功二伯给咱俩演说家谱，到现在还历历在目呢！真是三十年河东三十年河西啊，变化太大了！石砫司金事、真州司长官、龙泉坪百户的世袭都没了，咱们再不振奋精神，将来到了地下，哪有脸见列祖列宗啊！"

绍文说道："听说冉晟大哥改为真州同知后，没几年又有旨意，同知也不让世袭了。乌罗司、沿河司这次也在讨伐安邦彦的军中，不知道他们情况怎么样。这兵荒马乱的，只能各自努力了！"

再香笑道："你们哥俩啊，一个比一个操心！一代人有一代人的际遇，一个人有一个人的福禄，别想那么多！咱们能把自己的事情做好，就算不错啦！"绍文笑道："还是弟妹豁达！"

"冉将军应该在营内吧？"众人正在闲聊，帐外传来一位女将的声音。另一人说道："放心吧，肯定在呢！我表嫂在这里呢，他不敢乱跑！"跃龙听了，忙起身出来迎接。只见秦良玉身披红色大氅，腰悬宝剑站在外面，保靖宣慰使彭象乾正在和她说话。

跃龙忙拱手说道："不知两位宣慰大人到来，有失远迎啊，恕罪恕罪！

快请进！"白再香过来挽了秦良玉的手，一起走进帐内。跃龙则拍了拍象乾的肩膀，二人相视一笑。

众人互相打过招呼，坐下品茶闲聊。秦良玉看见旁边站着一位青年将军，便问再香道："这位是令郎吗？"天育忙说道："侄儿天育，给您请安了！"秦良玉赞叹道："果然虎父无犬子啊！听民屏说起，你有勇有谋，在辽东屡建奇功啊！"

天育忙说道："不敢不敢，邦屏叔、民屏叔都是名将，侄儿就是跟着学习罢了！"彭象乾感慨道："哎！咱们多少将士战死辽东，邦屏、见龙、象洲都没了，但辽东局势却一天不如一天，真是让人叹息啊！"

秦良玉说道："要扭转辽东局势，恐怕不是一朝一夕之功了。先把西南平定了再说吧！"象乾说道："目前各路援军抵达，朱燮元大人提出的'四面迭攻，渐次荡涤'之策行之有效，我看奢崇明坚持不了多久了！"

再香说道："平定川内，看样子也就这两个月的事情了。只是贵州局势更加复杂，倒是替他们担心啊！"跃龙说道："朝廷此次用人，着实令人费解啊！奢崇明、安邦彦本是姻亲，先后起兵叛乱，二人时常联络，正月间还联军击败王三善。朝廷却偏偏分省治军，让朱燮元和杨述中分别领军平叛。多少年来，四川、贵州官员都是面和心不合，这么用人怎能成就大业！"

秦良玉也说道："是啊！当年杨应龙比奢崇明、安邦彦实力强多了，朝廷命李化龙总督湖广、川、贵军务兼巡抚四川，各省官员、将领齐心协力，很快就平定播州。咱们当时都在军中，比如今心气顺多了！"

绍文叹息道："朱燮元大人自己也说了：汉兵不任战，而士兵骄淫不肯尽力。但说了也白说，川、贵还是各做各的，官军将领和各位土司还是有隔阂。"跃龙叹息道："这些将领啊，老想着我们石砫、西司与奢崇明拼个两败俱伤。这样既削弱了我们，他们也能立功。这怎能不让人寒心！"

秦良玉愤愤地说道："我们在前线奋不顾身与叛军厮杀，不少官军将领只知道整天挥着胳膊吹嘘，等到和贼兵对垒时就闻风而逃。总兵李维新在渡河之战中失败回城，我本来领军断后，他安然撤回城里之后，却不让我的兵马入城，就想我们在城外替他挡住敌军。一个堂堂大男人、一个总兵，却这么算计我一个妇人。他如果晚上没事好好想一想，就应当自己羞死！"众人一番感慨，俱是愤愤不平。

　　天育从父亲帐中出来，想去找李子靖，迎面却看见白再筠骑马走过。忙叫道："三姨，你要上哪儿去啊？"再筠见了，大喜道："你小子什么时候来的？也不知道跟三姨说一声，都四五年没见了吧？"天育忙告罪道："我也刚到，这不来找三姨了吗？"

　　再筠说道："回头再跟你说吧！我得出去挖点药材，这打起仗来，药材耗费太快了！"天育看见远处树下好像有人，笑道："这是着急跟李药师出去遛达呢？"再筠嗔道："好小子，敢调侃你三姨！回头让你娘打你屁股！"天育忙说道："天地良心，我可不敢！李半仙老人家的死讯，药师应该已经知道了吧？这里有一封信，是李半仙让转交给他的。"说罢掏出一封信递给再筠。

　　再筠接过信放在药兜里，说道："这次他又是背着他爹跑出来的，连他爹最后一面都没见到，自己内疚得不行了。这封信我晚上再给他吧！"说罢打马而去。天育见天色尚早，想起天霖之托，便去找妹夫向同廷。

　　李子靖郁郁寡欢，与再筠在山上简单采了一些草药，准备回营炮制药材。谁知刚下得山来，迎面撞上十余名叛军，二人只得打马拼命往回逃，叛军一面追赶一面放箭。来到一座破庙前，再筠后背中箭，掉下马来。李子靖大惊，忙下马来扶，叛军也下马提刀围了上来。李子靖抱着再筠，见她血流如注，叹息道："看来咱俩要命丧于此了！"

　　正在这时，远处传来一阵马蹄声，两支利箭飞来，将前面两名叛军射倒。叛军忙提了刀剑，撤到后面树林里。原来向同廷听说李子靖采药去了，正好自己队伍也缺草药，便与天育一起来山里找李子靖，不想在这里碰到。二人见再筠重伤，忙翻身下马，一起把再筠扶进破庙。

　　天育将庙门用木板死死顶住，喊道："药师，你快救我三姨！我俩在这里顶住，叛军没那么容易杀进来！"这时一名叛军翻墙进来，被二人合力击倒。叛军便不再翻墙，改为撞门。向同廷说道："这庙虽破，好在有围墙。他们翻进来一个，咱们便杀他一个。就是这大门不知道能顶多久！"

　　李子靖忙将再筠放到一块木板上，这时血流如注，也顾不得那么多了，赶紧撕开背部衣服。仔细一看，李子靖只觉得天旋地转，心如刀割。原来再筠竟是被连弩射中，这箭从后背贯进去直插心脏，哪里还能抢救？再筠早已晕死过去，李子靖无计可施，只得一边打自己耳光，一边哭道："你自诩什么名医？连自己心爱的人都救不了！"

正在这时，再筠悠悠醒来，见他如此自责，知道自己命不久矣。便强忍疼痛，说道："别哭啦！咱们下辈子再做夫妻吧！"李子靖泪如雨下，紧紧握住她的手，一句话也说不出来。再筠张了张嘴，还要说话，却再也没有力气，竟然就此撒手归去。

一刻钟之前，二人还在山上采药，李子靖心绪不佳，再筠还在旁边闻言劝慰，谁想到转眼就阴阳相隔。李子靖握住再筠的手，仰天长啸，哭诉道："苍天啊！她一个娇弱女子，一辈子尽治病救人了，你为何要对她如此残忍！"

天育听了，忙跑了过来，见三姨已经撒手人寰，忙强忍悲痛，从药兜里将信掏出来递给李子靖。天育扶着再筠，李子靖含泪打开父亲的绝笔信，读完后又仰天大哭，忽然又笑了起来。天育见他疯疯癫癫，从地上捡起信来。

只见上面写道："见信如晤：为父近日呼吸沉重，恐将不久于人世矣。你自小聪明好学、文武全才，我却既不让你投军，也不让你考取功名，想来你心里一直在怨恨我。恐怕你我父子不能再见，只好在此将身世告知于你：咱们本姓陈，是陈汉皇帝陈友谅长子陈善后人。与朱元璋争夺天下失败后，陈善老祖逃到酉司，一支改名姓谢，一支改名姓李。为父一直不愿你为朝廷卖力，想必你能理解了。如今我即将身死，也想明白了，先人们几百年前的恩怨，又何必强加于你。今后你便随心所欲，做自己想做之事罢！父绝笔。"

天育看完后感慨万千，想不到李子靖为朝廷效力多年，到头来却是陈友谅的后人。又看到三姨已经香消玉殒，想起母亲自幼孤苦，如今二姨三姨都离她而去，恐怕更为伤心。想到这里，也不由垂下英雄泪来。

突然，大门被撞开，叛军冲了进来。天育忙提刀冲了过去，与向同廷一起御敌。二人虽然骁勇，手刃数人，无奈叛军人多，被围在中心。二人背靠着背持刀抵御，叛军一时不敢逼得太近。

正在这时，外面一阵马蹄声传来，原来是秦家屏、秦安父子带人探路回来，刚好路过这里。叛军见了，撒腿就跑。天育二人提刀追了出去，与秦家屏等人一路追杀，击溃叛军。天育忙过去见礼，说道："今天多亏姑父和表弟领军赶到，不然我们恐怕就命丧此地了！"

秦家屏笑道："以你的本事，他们肯定拿不下你。"秦安也说道："表哥好身手！"天育夸赞道："表弟也好武艺！姑姑还好吧？我都几年没见到她了。"家屏说道："她很好，就是惦记着回酉司看看呢！等打完仗，我们一起去酉司吧！"

　　众人赶回破庙，见李子靖拉着一辆破板车正往前走，车上躺着再筠。李子靖已用采药的小刀割掉头发，只剩一些乱糟糟的短发顶在头上。他面无表情，一步一步吃力地拉着车，活像一位苦行僧。

　　天育等人忙去帮他推车，李子靖停了下来，倔强地将众人推开。秦家屏叹息道："让他自己拉吧！咱们跟着就是。"到了深夜，众人才回到大营。白再香伤心不已，跃龙不住安慰，自己也黯然神伤。第二天，李子靖来到昨日的破庙，成了这庙里唯一的僧人。

第七十六回
舒问道殚精竭虑 范汝梓巧释官场

却说进入五月以来，跃龙夫人舒眉病势加重，近几日更是只能勉强喝些米汤。舒问道夫妇来内苑看望女儿，见她满脸忧愁，便宽慰道："人都说笑一笑，十年少。烦恼伤身啊，你凡事得看开些，病才好得快。有什么事，都等病好了再去安排。"

舒眉叹息道："哎，您就别宽慰我啦！这一年来，天南海北的大夫看了多少了，药恐怕也吃了好几担了。女儿恐怕是不能给您二老送终了！好在舒泰还算孝顺，我也就放心了！"

舒老夫人听了这话，顿时淌下泪来："我的儿啊，你何苦咒自己！什么样的大夫咱们都请得起，明天让你弟弟去大渝府找个大夫来看看。你就放宽了心，高高兴兴的就行。你说你贵为将军夫人，锦衣玉食，儿女双全，还有什么可烦恼的！"

舒眉垂泪道："我是活不了几天了，只是这天麒、天霖都还年幼，实在放心不下啊！特别是天麒，生性暴躁，书也不爱读，骑马射箭又嫌累。整天就是和他舅舅闲逛，逗鸟钓鱼倒是在行。将来可怎么办！"

舒问道说道："他才八岁，你着什么急啊！"舒眉说道："你看人家天育，国子监也上过了，仗也打了不少了。天嗣也去了国子监，天胤打仗在行。在这七兄弟里面，天麒文武都不出众，将来别说继承宣慰使了，不被人家欺负就不错了！"

舒老夫人说道："哎，平平安安的不好吗？非要当那宣慰使干嘛？"舒眉叹息道："就因为您一直这么想，所以弟弟才不知上进。都当爹了，成天还只知道玩。爹爹给他也买了官，他要好好干，娘家人争气了，将来天麒继承宣慰使也有底气啊！"

舒问道叹息道："你弟弟也三十多了，你还指望他闻鸡起舞吗？能踏踏实实给我们养老送终就行啦！你把身体养好了，将来好好管管天麒才是正事。"舒老夫人说道："要不给天麒娶个媳妇，冲冲喜吧！兴许你就好了。"

舒眉说道："他才八岁，娶什么媳妇啊！再说了，他是嫡子，他老子不在家，我哪里做得了这个主。"舒问道说道："你也别太担心了，你弟弟虽然不成器，你堂弟倒是有点出息了。舒武战死了，舒文升了大渝卫的经历。虽说只是个从七品，好在他还年轻，将来要是再升一升，还能帮衬着天麒。"

舒老夫人不以为然地说道："这舒文可没有舒武实在，每次来找咱们，都是盯着咱们那点银子。"舒眉说道："他要是能升上去，花点银子也值得啊。毕竟都是一家人，荣辱兴衰都是一体的。将来就指着他和天麒互相帮衬了。"

舒问道说道："昨天舒文先回来了，跃龙他们带着队伍回来，要慢一些，想来这两天也该到了。等跃龙回来再想想办法，你安心治病。我一会儿就去舒文那里看看，爹能做的都尽量做到。"

舒老夫人也说道："你好好歇着吧，娘先去找个梯玛给你看看，下午再来陪你！"舒老夫人出去找梯玛驱鬼，舒问道准备去找兄弟商量，便从内苑出来，穿过衙署往大街走。

走到中堂天井，看见本司经历范汝梓正在院里观赏栀子花，舒问道赶忙打招呼："小人给范大人请安了！"范汝梓见是跃龙老丈人，倒也不敢托大，忙说道："老世翁好啊！看您精气神不错！"舒问道说道："大人雅兴，这两株栀子花是全司城开得最好的了！"

范汝梓笑道："无事可做，消遣消遣罢了！"舒问道忙问道："小人的亲侄子随军出征，因功封了个大渝卫经历。这孩子毕竟年轻，官场这些事也不懂，正想找时间来向大人请教呢！"范汝梓说道："惭愧惭愧！我贬谪至此，哪还敢指教别人。不过既是自家兄弟，找机会一起见面聊聊倒可以！"

舒问道说道："择日不如撞日，眼看要到饭点了，昨天小人从乌江新弄了几条鱼，又入了一批宜居茶。如果大人不嫌弃，就请一起到寒舍一叙，小人让侄子过来向您当面请教。"

范汝梓正好无事，又不好驳他面子，便说道："那就叨扰了，老世翁先回。我回屋换件衣服，稍后过来。"舒问道说道："那我就在寒舍，恭候大人了！"辞别范汝梓后，舒问道回到府上，命下人张罗午饭，又派人去隔壁请舒文过来商议。

临近中午，舒文才慢悠悠地过来。舒问道心下有些不喜，但他为人一向精明圆滑，面上并没有表现出来。片刻之后，范汝梓也赶了过来。舒问道命人摆上酒席，三人一边推杯换盏，一边闲聊。

酒过三巡，舒问道举杯说道："范大人在朝为官多年，平时结交的都是达官贵人，今日能光临寒舍，真是蓬荜生辉啊！小人斗胆再敬大人一杯！"舒文也举杯说道："范大人朝中故旧颇多，以后还请大人多多指点啊！"

范汝梓举杯喝完，说道："好说好说！兄弟在大渝卫好好干，大有前程！"舒文叹息道："一将功成万骨枯啊！我这小小的从七品经历职务，是靠我自己在战场上拼杀出来的，靠我兄弟的命换来的。要靠这么往上爬，过不了几天就死在战场上了。"

舒问道说道："范大人在宦海多年，正好给他指点指点吧！"范汝梓推辞道："令婿身为宣慰使，从三品大员，还是请教他好些。"舒问道说道："他毕竟没在朝里做过官，这些事他哪里懂！"舒文也说道："还请范大人不吝赐教，指点迷津啊！"

范汝梓见他这么说，便说道："俗话说，没吃过猪肉，还能没见过猪跑？在下虽然贬谪在此，当年在朝里也和不少大员共事过。这晋升之道，在下自身虽未能做到，倒也有些心得。"

舒文忙说道："有请大人指点！"范汝梓问道："你可知道，在官场里，上司只提拔哪三种人？"舒文诧异地说道："这倒不知，请大人明示。"

范汝梓缓缓说道："这首先要提拔的第一种人，是自己人。就是上司自己的子女、亲戚，上司的上司、同僚的子女亲戚。譬如现下魏忠贤如日中天，他的哥哥魏钊也封了锦衣卫千户。我的子弟安排到你手底下提拔，我也提拔你的子弟，如此一来皆大欢喜。这第一种人都提拔了，其他人才有机会。"

舒问道说道："常言说，一人得道鸡犬升天，提拔这第一种人倒也好理解。不知提拔的第二种人是什么人？"范汝梓说道："这第二种人，是身边人。直白点说就是上司的心腹，比如门生、亲近的下属。要是在军中，将军的亲兵都比下面的人提拔快。"

舒文叹息道："照这么说，岂不是乌烟瘴气，没有公道可言了？"范汝梓笑道："此言差矣！能够在上司身边做事，看到的公文、接触到的事情、见过的世面，也岂是其他人能比？这种人如果有悟性、肯用功，成长自然比别人快。又时常在上司身边，能力容易被发现，又得到上司信任，提拔当然就快了。"

舒问道也说道："确实如此！只不过正派的上司，身边人也就正派。贪赃枉法的上司，聚在他身边的人投其所好，也多是贪赃枉法的人罢了。但是要说这类人优先能够得到提拔，确实也有道理。请问第三种人怎么说？"

范汝梓说道："这第三种人，便是能人。不管谁做官，手底下总得有几个能干事的人才行。第一种人未必都能干，第二种人不一定那么快能培养起来，因此便给能人留了一些机会。这种人要能力极其出众，别人干不了的事情，只有他能干。又听话、不添乱，这样才有希望提拔。"

舒文叹息道："说来惭愧，听大人这么一说，兄弟是这三种都不占啊！"范汝梓说道："这第一种人靠命，爹妈给的，生来如此，不能强求。第二种人靠运，想要成为上司的心腹没那么简单，既要看自身上进，也要看机缘巧合才行。第三种人靠学，把自己练得比别人都能干，不吃几年苦是不行的。咱们寻常人家的子弟，只能先做第三种人，再慢慢找机会结交贵人，争取成为第二种人。"

舒文赞叹道："听君一席话，胜读十年书。范大人看得通透，说得明白啊！"范汝梓说道："真正成为达官贵人的，肯定既是第一种人又是第三种人，或是第二种加第三种人。没有贵人相助，很难成长，也很难提拔。反过来说，自己要没那本事，就算有贵人相助，最后爬得越高摔得越惨。"

舒问道对舒文说道："到底要怎么干，范大人都告诉你了，接下来就靠你自己了。需要用银子的时候跟你爹说，我也能帮忙周济一下。"舒文说道："多谢伯父！如今我只是个从七品，大渝卫指挥使这样的大官一时也攀不上。不过听说黔江千户所史敬大人这次战功卓著，要到大渝卫升任金事，这倒是条路子。"

范汝梓说道："听说史敬大人家公子史东玉，也在本司就读，这条路倒容易走通。"舒问道说道："这两天将军也该回来了，想来他和史敬大人应该相熟。回头我再找他想想办法。"

舒文忙说道："那就有劳伯父了！"舒问道叹息道："你大哥舒泰不成器，如今咱们舒家就指望你了。你好好干，将来天麒继了位，你们能互相帮衬着，咱们家业才能长盛不衰。"

范汝梓笑道："老世翁做事有格局有办法，佩服佩服！"舒问道忙说道："岂敢岂敢，还得靠大人指点迷津。来来，我们叔侄再敬您一杯！"范汝梓已经微醺，叹息道："这人活在世上啊，关键是要明白自己想要什么。老世翁想的是怎么让家族兴盛，做事情就有了方向。想我为官多年，这些事都看得明白，不过始终不愿意违背本心，去逢迎上司。所以四十多岁了，还在此间蹉跎。"

舒问道说道："范大人胸怀天下苍生，自然不愿意与人同流合污。不过以大人的学识和胸怀，朝廷迟早会重用的！朝廷毕竟还是有清流在。"

范汝梓笑道："江山易改，禀性难移，我这臭脾气是改不了啦。有些官员啊，咱们学不来！贵州总督张我续妻妾成群，个个如花似玉。前段时间他被罢官，听说魏忠贤有个侄女儿嫁不出去，便亲自登门提亲。虽然此女长相极为丑陋，但张我续娶过来之后，像明珠一样捧在手里。这小妾高兴，让他带银子去见魏忠贤，果然又得到重用。"

舒文笑道："真不简单！佩服，佩服！"舒问道也说道："张我续确实不是一般人啊！"三人复又推杯换盏，聊了许久方散。

舒文与范汝梓出了门，正撞上天胤陪着母亲路过，行了礼后辞别而去。天胤冲着二人的背影，骂道："呸！爹爹还活着呢，这舒家为了老五能继承宣慰使，就已经按捺不住，开始到处打点了！"刘夫人说道："你小声点吧！不管是立嫡还是立长，都轮不到你，你跟着操什么心！"

天胤不以为然地说道："要是立大哥的话，我没半个不字。这老五人虽然有些小聪明，但是脾气暴躁凶狠，对兄弟也缺少感情。反正我是瞧不上他！"刘夫人忙呵斥道："这不是你能管的事，少说两句吧！"

"史东玉，再举高一点，马上就捅到啦！"史东玉举着竹竿，正在捅大树上的野蜂窝。只是那蜂窝太高，他几次也没够着，几只野蜂在树上盘旋飞舞。天麒用长衫挡着头，在不远处催促他举高点。

这时，天霓和天雯从学署里走了出来。姐妹俩被允许偶尔到学署里跟着听课，只是不许和男孩子打闹。如今天霓已经十三岁，正值豆蔻年华，比以前更多了一分温婉。天雯也已十二岁，举手投足透着灵动活泼。

天霓见那树上野蜂乱飞，忙喊："史东玉，别捅了！小心被野蜂蛰了！"天雯却说道："就让他捅了吧！这学署门口长着野蜂窝，每天进进出出的容易被蛰。"

正说话间，史东玉跳了起来，一竹竿打在蜂窝上。那蜂窝掉了下来，差点砸在他头上。天霓姐妹忙退回门内，天麒用衣服包了头。这群野蜂追着史东玉蛰，史东玉慌忙乱跑。

"史呆子，跳到荷塘里去！"天雯冲他大喊道。史东玉听了，扑通跳进荷塘里。那群野蜂依然围了上来，他忙把头也钻进水里，在里面憋着气。过了片刻，那群野蜂方才飞走。

史东玉爬了上来，浑身已经湿透，衣服上全是泥。更搞笑的是，裤裆上不知怎么粘了一块黄色泥巴。天麒拍手笑道："史呆子，你拉裤裆了啊？"史东玉伸手摸了摸，说道："没有啊！"

刚说完，一条小金鱼从史东玉裤腿里掉了下来，在地上跳来跳去。看他样子滑稽，连天霓也忍不住笑了起来。这时天机和天德、天泽走了出来，见史东玉满身泥水，知道他又被天麒捉弄了。天机于心不忍，便说道："东玉，快回去换衣服吧！不然张爷爷又要跟你爹告状了！"史东玉方才走了。

天麒意犹未尽，跑过去把掉下来的蜂窝捡起来，到边上玩去了。天霓惦记着母亲生病，便回到了内苑。进了屋内，见外公外婆和舅舅都在，天霓忙请了安，来到母亲床前，看到她如往常一样，正躺着闭目养神。

舒眉睁开眼睛，见天霓坐在床头，便握住她的手微微一笑。天霓问道："娘，您今天好些了吗？"舒眉笑了笑，说道："还是老样子，吃不下东西。"

天霓孝顺，见一家人都愁眉苦脸，便说道："娘，我给您说一件好玩的事情吧！刚才在学署门口，黔江的那个史东玉掉进了荷塘里，他爬出来的时候，从裤腿里掉出来一条金鱼。您说好不好笑？"

舒氏并不接话，伸手摸了摸天霓的头发，看着她一言不发。天霓被她看得头皮发麻，只得问道："娘有话要对我说吗？"哪知舒氏竟然挣扎着要起来，郑重地说道："娘给你磕个头吧！今后咱们家的兴衰成败，就看你啦！"

第七十七回
舒氏乱点鸳鸯谱　天育泪释兄弟情

且说天霓见母亲要给自己磕头，吓得连忙扶住她，不让她乱动。又见她说家族兴衰系于自己，更是吓得脸色惨白。忙说道："娘，您有话就直说，别吓唬孩儿。"

舒眉握着她的手，说道："好孩子，娘已经几天没吃东西了，怕是活不了几天啦！你和你弟弟都还小，我都放心不下啊！"天霓听了，眼泪马上流了出来，说道："娘，不会的，您一定会长命百岁的！"

舒眉说道："你们往后的路还长，没有娘看着，娘哪里能放心。你弟弟是嫡子，按理应当是他继承你爹的宣慰使。只要你弟弟能顺利当上将军，以后你在娘家也有依靠，才不会被人欺负。这个道理你明白吧？"

天霓含泪点头说道："女儿明白！"舒问道叹息道："只是在这七个兄弟中，你弟弟文武都不出众，又没有人帮衬，将来未必能够继承宣慰使啊！你们姐弟俩荣辱是一体的，先得你帮他，将来他才能帮你啊！"天霓诧异地问道："啊，我怎么帮他啊？"

舒问道问道："史东玉十四岁了吧？你觉得他怎么样？"天霓说道："他呆呆的，老被人欺负，别人都叫他史呆子。"舒问道问道："他没欺负过你吧？"天霓说道："这倒不会，他不欺负别人。"舒问道说："这就很好，说明是个善良的孩子。你也十三了，按理过一两年也该许个人家了。"

　　天霓听了，心里觉得一阵慌乱，问道："外公，你说什么呀？"舒问道说道："史东玉这孩子挺老实的，家境又好，他爹又要升迁了。你要是嫁给他，将来也能帮衬帮衬你弟弟，帮他顺利继承宣慰使。"天霓听了这话，犹如五雷轰顶，哭诉道："我才不要嫁给一个傻子！他都十四岁了，连鼻涕都擦不干净！"

　　舒泰劝道："好孩子，你眼光要长远一点。史敬家就这么一个孩子，将来家业不都是他的吗？他虽然人木讷点，但是能保证你锦衣玉食，也不会欺负你啊！"

　　天霓听了这话，一百个不愿意。忙转向舒眉，拉着她的手问道："娘，你不会同意吧？你肯定不会让我嫁给那个傻子，对吧？"舒眉并不说话，只是叹气。天霓哭道："娘，我保证，以后一定好好听你的话！我不要嫁给他嘛！"

　　舒眉挣扎着坐了起来，舒老夫人忙过来扶住。舒眉咳嗽了半天，挣扎着说道："好孩子，你就委屈一下吧，娘眼看就活不了几天了。你爹爹这么多夫人，子女又多，娘死了之后，谁能照顾你们啊？娘就想给你找个殷实的婆家，将来你也不受气，你弟弟也能受益。"说罢，又拼命咳嗽起来，手帕上全是血。

　　舒泰呵斥道："你这孩子，都十三岁了，该懂事了！瞧把你娘气的！"天霓听了这话，一屁股坐在地上，委屈地哭了起来。舒问道叹息道："让她好好想两天吧，她这么懂事，会想通的。"

　　第二天傍晚，跃龙等人出征归来。知道舒眉病重，跃龙来不及卸甲，便过来探望。天霓忙起身，叫了声爹，眼泪便流了下来。跃龙只当她是担心母亲病重，便安慰道："好孩子，不要太担心了！"

　　走到窗前，见舒眉已经病得形销骨立，跃龙不由垂下泪来："哎！怎么就病成这样了！"舒眉说道："有将军这几滴眼泪，我也值了。只是我没这福气，以后不能伺候将军啦！"跃龙叹息道："你别胡思乱想，安心养病要紧。"

　　舒眉垂泪道："我放心不下的，就是这俩孩子。天麒虽然是嫡子，但文武都不如他大哥，以后又没我照顾，不如以后就别让他继承宣慰使了，让他老老实实做个平头百姓吧，省得招来祸患。"

　　跃龙说道："这些都不是你该考虑的事，你就好好养病吧。我心中自有打算！"又转身对天霓说道："好好照顾你娘，我先去衙署商议一下抚恤的事情，晚上再过来。"说罢，转身出门。

　　天霓心里有事想说，忙站起来说道："爹，我送你出门！"刚要跟着出门，舒眉咳嗽了一声，说道："天霓，给娘倒杯水来！"跃龙听了，对天霓说道："好孩子，去吧！"天霓只得忍着委屈，转身去倒水。

舒眉喝了一口，对旁边丫鬟说道："去找一下大公子天育，就说我病重了，想找他帮忙写封信。"那丫鬟转身出去了，只剩舒眉母女在屋里发呆。

过了一会儿，天育走了进来。见舒眉正在闭目养神，天霓梨花带雨地坐在一旁。天育摸了摸她的脑袋，说道："好妹妹，你辛苦啦！去休息休息吧，大哥替你看一会儿。"天霓一向与天育亲近，忍不住哭了出来，说道："我不累，大哥，只是心里不开心，他们要我……"

"天霓，也不知道给你大哥倒杯水，怎么这么没规矩！"床上舒眉忽然说道。天霓话到了嘴边，又只得吞了下去，起身去倒水。天育正要说话，舒眉说道："天育来啦？如今大家都在夸你能文能武，为司里争光了！"

天育忙说道："您言重了！运筹帷幄的都是父亲，我只不过跟着跑跑腿罢了！"舒眉叹息道："我是撑不了几天啦！你这么能干，人也善良，将来要是继承了宣慰使，可得照顾着点天霓和天麒啊！"天育说道："您好好养着身体吧，过一阵就好啦！不用想这些事情。"

舒眉长叹一声，说道："天麒脾气暴躁，又不太爱读书，各方面都不如你，恐怕是不能继承宣慰使了。他舅舅也只是贪玩，不求上进。以后他们兄妹俩，我就拜托给你啦！我给你磕个头吧，就算是托孤了！"说罢，挣扎着要起来。却哪里起得来，只是拼命咳嗽，天霓忙过来扶住她。天育说道："您放心吧！我生性淡泊名利，去国子监入学，去辽东和西南征战，不过是朝廷征召罢了！父亲如今还不到五十岁，身体健壮，哪里就说到继承宣慰使的事情了。当然，将来如若父亲把宣慰使传给天麒，我定会好好辅佐他！"

舒眉说道："只要他有口饭吃就行了！别的事情，我也不敢痴心妄想啦！"说罢，又闭眼养神。天育见她乏了，便告辞出来。

刚要走出将军府大门，见天雯在旁边招手。天育走过去，用手指刮了一下她的脑门，说道："幺妹，想大哥了没？"天雯笑道："可想可想了！"天育问道："有多想？"

天雯说道："大哥不在家，只能天天和天麒他们玩，闷死我了！"天育笑道："好好好！大哥回来了，以后天天陪你们玩，行吧？"天雯说道："哎呀，差点忘了，我有事跟大哥说呢！刚才天麒和天德打架，天胤又和舒泰打起来了，把爹给气的。现在让他们去宗祠里跪着了，爹爹还在那里骂他们呢！"

天育笑道："你这话给我绕的，到底谁跟谁打架啊？"天雯说道："天德和天泽在这里下棋，天麒也想玩，但是他老要赖，天德就不想和他玩。天麒就骂他，说他已经继给宜居了，不应该在这里玩。正好让天机听到了，天机就指责天麒，让他不要乱说。"天育说道："嗯，天机做得对！"

天雯说道："天麒不服啊，他就和天机打起来了，其实是天机一直让着他。我本来也上去拉他们了，可是拉不住啊。谁知舒泰这时候过来了，见大家都在说天麒，他就扇了天机一耳光！"天育叹息道："这舅舅怎么这样啊！"天雯不满地说道："是啊！正好天胤哥过来看到了，就推了舒泰一把。这时候爹爹正好过来了，就生气了。"

天育说道："你快回内苑吧，天都要黑了，不然你娘一会儿又不高兴了。我去宗祠看看，你放心吧！"说罢，转身出门向南，向宗祠走去。

刚走到宗祠外面，老远就听见父亲在骂人。天育进了门，见天胤等五位兄弟整整齐齐地跪在祖宗牌位面前，跃龙在一旁骂道："一群不成器的东西，就知道窝里斗！这才几岁就开始打架了，将来长大了，不得拿刀拿枪拼命？还有你，天胤，居然跟长辈动手！"

天胤不服地说道："他哪里有个长辈的样子？天麒骂天德不是咱自己兄弟，他作为长辈，还给天麒帮忙，动手去打天机！"跃龙大怒，指着天麒骂道："你真的说这话了？说天德不是你弟弟？"

天麒这会儿知道害怕了，忙说道："爹，我错了！下次再也不敢了！"跃龙大声呵斥道："你维纶爷爷就一个儿子，在辽东战死了！他是为大明死的，为酉司死的！我把天德过继过去，是替咱们全族上下、替全酉司百姓，还他们家的恩情！你怎么有脸面说出这样不忠不孝的话来！"

说罢，气得使劲拍了一下旁边的桌子。谁知道用力过猛，加上气血攻心，背上的箭疮一下子崩裂了。跃龙哎呀一声，疼得坐在了椅子上，天育忙过去扶住。冉逵龙本来在宗祠后厅商量祭祀事宜，闻讯赶了过来。二人撕开跃龙背上的衣服，将血水挤了出来。又找来草药敷上，用干净白布包好。

天胤等人见了，也起身过来帮忙。跃龙喝骂道："你们都好好跪着，在列祖列宗面前反思反思！"逵龙劝道："我的三哥啊！你快消消气吧，别再伤了身体！这些事情，孩子们长大了就懂了！"天育也劝道："爹爹不要动气，弟弟们还小，慢慢教育就是了！"

　　跃龙说道："你来得正好。咱们回来之前，去眉山看了苏东坡故里。听村里人也讲了东坡兄弟的故事，你正好给他们讲讲。让他们红红脸，在列祖列宗面前好好悔过！"天育说道："还是爹爹讲吧，孩儿怕说得不好！"跃龙说道："你就赶紧说吧！国子监白上啦？"

　　天育见他又要动怒，忙说道："好，听爹爹的！我就给弟弟们说一说，在东坡故里听到的故事。"说罢，到香案旁拿了纸笔，提笔写道："圣主如天万物春，小臣愚暗自亡身。百年未满先偿债，十口无归更累人。是处青山可埋骨，他年夜雨独伤神。与君世世为兄弟，更结人间未了因。"

　　天育拿起诗稿展示给大家，说道："这是元丰二年，苏东坡写给弟弟苏辙的绝命诗。当时他因为乌台诗案下狱，一度遭到逼供拷问，以为将会死在狱中，因此写了这首诗给弟弟。天麒你说，从这首诗来看，他们兄弟俩感情好吗？"

　　天麒说道："与君世世为兄弟，更结人间未了因。肯定是好啊！"天育说道："是啊！《宋史·苏辙传》也记载：辙与兄进退出处，无不相同，患难之中，友爱弥笃，无少怨尤，近古罕见。他们兄友弟恭，足为万世楷模。只因哥哥有哥哥的情怀，弟弟有弟弟的担当，做到了一辈子相互扶持。"

　　天机说道："我知道，苏东坡有好多诗，都是写给他弟弟的。"天育说道："对！他们兄弟情深，苏东坡以弟弟为题的诗就有一百多首，而且大多流传千古。子由有一天想起和哥哥进京考试的事来，便写了《怀渑池寄子瞻兄》。东坡收到后，和诗寄给他：人生到处知何似，应似飞鸿踏雪泥。"

　　天德说道："这首诗我听过！"天育接着说道："这样的诗篇还很多。有一年中秋节，东坡思念弟弟，写下了《水调歌头》：但愿人长久，千里共婵娟。这首词很快天下传唱，号称此词牌余词尽废。东坡生性旷达，所以能超然物外，经常给弟弟以精神指引和慰藉。"

　　天胤许久没说话，这时也说道："大哥讲得好！这首词我也喜欢。"天育又讲道："东坡又极其关爱弟弟，有一次他外出赴任时，路过弟弟任职的陈州，住了七十多天，拖得没办法了才去上任。在杭州任满时，苏轼专门上书请求调往密州，只因弟弟在济南，可以离他近一点。所以子由提起哥哥时，常常讲：手足之爱，平生一人。抚我则兄，诲我则师。"

　　天麒说道："他是当大哥的嘛，当然要照顾弟弟了。"天育说道："这才是前半句呢！东坡提起弟弟，说的是：嗟予寡弟兄，四海一子由。岂独为吾弟，要是贤友生。东坡作为大哥，在精神上帮助子由很多，子由则是在生活上帮助大哥一家很多。"

天育见父亲怒气渐消，便接着说道："东坡生性坦率放纵，因此多次受到贬谪。他自己也写道：问汝平生功业，黄州惠州儋州。他一生四处漂泊，家人经常是子由来照顾。二人感情深厚，既是兄弟，又是好友，确实令人羡慕！"

天泽问道："大哥，那苏东坡是写了你手里这首诗后，死在狱中了吗？"天育说道："那倒没有！子由拿到这首诗后，大哭一场，上书给皇上，请求贬谪自己的官职为哥哥赎罪，并把东坡的诗附在后面。皇上看了之后大为感动，才没有处死东坡，将他兄弟二人贬官了事。"

天德问道："我也以为他就这样死了呢！"天育说道："后来东坡被贬到儋州时生了重病，就给弟弟写信：即死，葬我嵩山下，子为我铭。后来他从儋州返程，走到常州时病逝。临终前他最大的遗憾，是没有见到弟弟：惟吾子由，自再贬及归，不及一见而诀，此痛难堪。"

天泽问道："那子由收到信，肯定很难过啊！"天育说道："是啊，子由知道后，大哭不已，说道：小子忍铭吾兄！后来，他按照哥哥的遗言，将他安葬在嵩山之下，并在旁边给自己也修了墓地。十年后，子由也病逝，他们终于可以做到'安知风雨夜，复此对床眠'！"

说到此处，天育也动了情，不觉垂下泪来。跃龙和逢龙坐在一旁静静地听着，想起这辈子十三个兄弟中，既有相互扶持也有争斗残杀，既有幼年夭折也有战死沙场，既有偏安一隅也有飘零四方，不由得感慨万千。

过了两日，舒眉病逝。跃龙命家政白再衍、舍人冉逢龙好好张罗，将舒眉风光大葬。天霓、天麒都还小，跃龙本想让再香抚养，但舒眉生前不同意，坚持要由舅舅舒泰抚养，跃龙只得同意。

第七十八回
观北斗舍人说易　攀权贵秀才进谗

这天傍晚，跃龙在来熏阁与众人商量抚恤士兵之事，再香在背后给他箭疮换药。跃龙问道："六弟，周边地区抚恤情况打探得怎么样了？"

虬龙说道："我派几个人去问了，这次保靖、永顺归杨述中总督节制，还在随王三善进剿安邦彦，尚未着手抚恤工作。不过按照惯例，也是看朝廷怎么抚恤军户的，差不多照着给吧！"

跃龙问道："黔江千户所是怎么抚恤的？"虬龙说道："还是老样子。阵亡的士兵每人给三两丧葬费，家里如果有成年男丁，就接着入伍领饷银；若是男丁年幼，就先着领半份饷银，等成年了再入伍；没有男丁的，给父母或妻子半份饷银，不过能领到什么时候，就看财力了。"

天育问道："伤残士兵怎么抚恤？"跃龙说道："朝廷缺钱，军饷都还有欠着没给完的，还能抚恤多少人？上次为抚恤的事，我还和兵备副使徐如珂吵了一架。"

虬龙也说道："大军连续一年多苦战，随军郎中也不多，要是缺胳膊断腿了，没几个人能活得下来。受伤的士兵多，残废的反而不多。案例各地都该修建养济院，专门供残疾士兵养老。可是又有几个地方有这财力！"

再衍说道："此次加上各长官司、千户所，咱们一共阵亡了一千五百多人，光是丧葬费就得五千两。大部分都是在官田耕种的，参照军户抚恤就行了。

还有些不在官田耕种的，恐怕得给点抚恤金才行。"

跃龙感慨道："这都是一个个活生生的人啊，就这么没了。能多给点，就多给点吧！"再衍摇头说道："将军啊，别说多给，刚才说的就要五六千两，后面每个月还得支军饷，这就要拉饥荒了。这次出征，置备军械盔甲也花了不少钱啊。"

天胤问道："朝廷不也要发一部分抚恤银子吗？"跃龙叹息道："等着朝廷的银子到账，黄花菜都凉了，阵亡士兵的家人还不得闹翻天了？没办法，先紧着这事办吧！其他地方要用银子的，能缓的就先缓一缓。平茶、邑梅等长官司和千户所，该给的也要给，不能小气。"

再香接口说道："这几家都是闷声发大财的，他们最在乎的恐怕不是这点银子。不如再好好整理一下大家的战功，每家挑一两个出来报给大渝卫，看看能不能由朝廷追赠或封赏武职。抚恤银两到头来恐怕还是从赋税里抵扣，府库里还是留点银子吧。这贵州还在打仗，过一阵又让咱们捐钱怎么办？"

跃龙笑道："妹子越来越能干了，就是我的女诸葛啊！"再香忙说道："别乱动，上药呢！前几天庆功宴让你别喝酒，非得使劲喝，这又严重了！"天育说道："也不能全赖爹，只怪当时没发现叛军用的是毒箭，这余毒浸到了骨头里，是得费些功夫。"

再香说道："你还给你爹求情！他是大酒鬼，你是小酒鬼，那天谁也没少喝！"虬龙笑道："嫂子别生气了，那天将士们都在，将军要不喝两口，大伙都会觉得仗没打好啊！"

正在这时，亲兵来报，缪天目在门外求见。跃龙笑道："快把我的军师请上来吧！你们这些没眼力见的，他还需要通报吗？"片刻之后，缪天目走了上来，跃龙命人赶紧给他看座上茶。

跃龙说道："这次拿下大渝，全仗着缪先生的妙计。否则靠蛮力攻城的话，樊龙虽然兵马不多了，但城墙坚固，咱们恐怕要多伤亡不少人！"

缪天目笑道："都是将军谋划有方，每天我和大家出的主意多了去了，好的坏的都有，关键还是将军自己善于决断。"

跃龙说道："这一晃就多少年了，缪先生除了授课就是帮着出谋划策，实在是大材小用啊！趁着这次给将士们叙功，正好给缪先生谋个官职。以缪先生大才，将来必有一番作为！"

缪天目忙说道："承蒙将军厚爱，这些年赏的银子，也够我衣食无忧了。

在下这点才具，也就适合做个师爷罢了，也不愿意宦海浮沉。况且家中父母年老体衰，我也早就准备回乡侍奉双亲，这次是专门来向将军辞行的。"

跃龙叹息道："只是这里好多大事都离不开先生啊！我实在是难以割舍！"再香劝道："天下哪有不散的筵席，缪先生劳苦功高，哪能不让他回去尽孝啊！"跃龙说道："既然如此，缪先生就先回去尽孝吧！我这里还是盼着有一天缪先生能回来！"

缪天目起身说道："那就谢过将军了！将来如果有缘，再为将军效力！"跃龙也起身说道："既然要走了，你随我去看看维桂叔吧！正好天黑了，咱们叨扰他一顿晚饭。"二人于是一起向维桂家走去。

进了院里，看到前舍人冉维桂半躺在藤椅上，在院里和桃源真人冉清风闲聊。跃龙笑道："对月清谈，四叔和真人好兴致啊！"缪天目也打了招呼。逵龙见将军到访，忙命人搬了椅子过来，四人在院里坐着品茶闲聊。

维桂已经十分清瘦，不过精神尚佳，他笑道："早年我喜欢和太夫人学学佛经，如今临死了，倒是想和真人学学道家的东西了。人终究还是怕死的！"

真人说道："岂敢岂敢！道兄精通易理，近来又钻研道家典籍，贫道自叹不如啊！"真人已经须发俱白，不过精神矍铄，连他自己也不知道到底多少岁了。跃龙看桌上放了一本《周易集注》，感慨道："这不是瞿塘先生来知德的大作吗？我还是在长江上见过他一面，一晃也二十多年啦！"

维桂也感慨道："瞿塘先生也去世多年啦！当年咱们编撰族谱的时候，我和维功兄专门去梁山县拜访他，多次当面向他讨教。后来他闭关多年，作了这本巨著，也给我寄了一本。可惜我愚钝啊，这两年病了才开始看。"

跃龙说道："就说瞿塘先生给咱们族谱做的序文，要是族人都能苦学践行，又何愁家族不能兴旺啊！"缪天目也赞叹道："瞿塘先生学究天人，著作等身。先生去世后，皇上御赐'崛起真儒'牌匾，夔州府还修建了'来公祠'，可谓我辈学人楷模啊！"

维桂笑道："缪先生洞明世事，学问根基也很扎实，将来必然也有一番成就。"缪天目说道："这次正是来向大人辞行，晚生打算回乡侍奉双亲，同时也潜心做做学问。"维桂诧异道："要走啦？那将军可是痛失臂膀啊！"

跃龙叹息道："就是啊！我是一万个舍不得，不过百善孝为先，只能放他回去了。临走前带他来见见四叔和真人，正好我也有些事情，要和诸位请教请教。"

真人自谦道："贫道乃山野之人，修道炼丹倒还略懂，其他事情确实不太懂啊！"维桂也说道："将军这几年越发厚重了，说话做事颇有当年老将军的风采，见识格局方面我们自愧不如，哪里还敢指教啊！"

正好这时逵龙带人端了饭菜上来，维桂说道："咱们先吃饭吧！"众人简单用了晚饭，又上来清茶，接着对月闲聊。逵龙屏退下人，以免扰了四人的雅兴。

维桂说道："将军这箭疮怎么还没好？最近瘦得很厉害啊！"跃龙叹息道："当时中箭的时候，没想到是支毒箭，一直不能痊愈，身体大不如前啊！再加上现在大小事务也多，孩子们也不省心，确实操心啊！"

真人说道："儿孙自有儿孙福，况且七位公子品貌学识都是上上人选，将军无须太过担忧。"跃龙说道："别的事情倒还罢了，只是如今孩子们逐渐长大，有些事我也头疼，子嗣方面还要和大家商量商量。"

天目说道："将军今年才四十六，正是大展宏图的时候，哪里就到商量子嗣的时候了！"跃龙说道："还是得早做打算啊！要把他们放到合适的位置历练，否则将来什么都不会。"

维桂知道跃龙心中的忧虑，但也不愿直接评论几个孩子。此时明月初上，天空星辰灿烂。于是说道："难得天气这么好，咱们不要说这些俗事，一起看看天象也好啊！"

真人会意，指着天空说道："大家看看，这就是北斗七星。如今斗柄东指，天下皆春。"跃龙想起来，真人曾以北斗七星来比喻自己的七个儿子，便说道："那就请几位讲讲这北斗七星吧！"维桂说道："真人对天象观测最多，还是请他主讲吧！"天目也说道："正是如此！"

真人推辞不过，便指着星斗一一说道："这北斗七星，由天枢、天璇、天玑、天权、玉衡、开阳、摇光七颗星组成。《晋书·天文志》说，枢为天，璇为地，玑为人，权为时，衡为音，开阳为律，摇光为星。七颗星相辅相成，彼此映衬，所以在玄天之中蔚为大观。"

维桂也说道："《天象列星图》说：北斗七星，近紫薇宫南，在太微北。是谓帝车，以主号令，运乎中央，而临制四方，建四时，均五行，移节度，定诸纪，皆系于北斗。"跃龙听了，指着夜空说道："这最亮的一颗，是什么星？"

真人说道："七星之中玉衡行五，又称廉贞，是其中最亮的星。《尚书·舜典》说：在璿玑玉衡，以齐七政。《归藏易》说：廉贞五行属木，北斗第五星，为官禄主，喜入官禄宫。"

跃龙想起嫡子天麒正是排行老五，便问道："如此说来，此星倒有些人主之象了？"维桂笑道："老道士你就别卖弄本事了，快把别的星一并说了，将军自有判断。"跃龙也笑道："这倒也是，就请真人一并说说吧！"

真人说道："其他六星之中，有贪狼、巨门、禄存、文曲、武曲、破军，可谓文武之才，各有所长。"跃龙说道："这六星之中，哪颗更有王者风范？"

真人说道："道家常以北极星代表天帝，而北斗七星以天枢为首，此星距北极星最近，古称智星、吉星。李淳风《藏头诗》曰：幸有小天罡下界，扫除海内而太平焉。此星对应金螯，自古便是财和权的化身。"

跃龙问道："哦？那天枢与玉衡这两颗星，到底哪颗星更适合统领一方？"维桂等人见他问得如此直白，一时面面相觑，谁也不敢答话。跃龙见三人俱都默不作声，知道他们也不敢随意评判。七子之中，长子天育才具、阅历俱佳，自然是继位有力人选，奈何是庶出。本朝最重嫡子继承，此乃祖宗之法。贸然改立，怕有祸端。嫡子天麒年幼，倒也聪慧，却又失之暴躁，因此跃龙心下拿不定主意。

天目叹息道："星象之说，不能尽信。将军还是好好调养身子，对诸子多加培养磨炼，再做打算吧！"跃龙叹息道："我何尝不想多活几天！只是病势深沉，命不由人，不得不早做打算啊！今日三位务必实话实说，在这二星之中有个判断，助我拨云见日。真人你先说吧！"

真人见他重病缠身，言辞恳切，只得叹了口气说道："那老道就斗胆说说吧！自古廉贞最难辨，此星古称杀星、凶星，取象偏财，主躁烈。虽有为政之才，但性格冲动暴戾，如若不加匡正，是为取祸之道也。孔圣人评子路'暴虎凭河，死而无悔'，便是如此。"

跃龙听了，转头问道："四叔怎么看？"维桂说道："当年保靖司象乾、象坤争斗，三军在酉水河畔大战。将军匹马赶到阵前，三言两语之间便砥定乾坤，将一场大战消弭于无形。此事将军想来应该记得。"跃龙叹息道："我哪儿敢贪功！辰州府知府瞿汝稷居中调解，申明废立之事应当遵守祖宗之法，并以播州杨应龙之败进行警示，彭元锦方才撤军。"

维桂叹息道："我是行将就木之人，这几个孩子都是我看着长大的，又岂能厚此薄彼。然而祖宗基业为重，不得不慎重。万历年间国本之争旷日持久，以皇帝之尊尚不能改祖宗之法。既然二者相若，将军不能权衡，不如遵从祖宗之法，可保稳定太平。”跃龙听了，又问道：“缪先生怎么看？”

天目说道：“其实古时还有北斗九星之说，七星之外还有左辅、右弼两颗星。既然两颗星难以比较，将军不妨想想哪颗星有左辅右弼，便好权衡了！”

跃龙想起早上舒氏让天麒过来报信，说舒文在大渝卫升了一级，询问送什么贺礼。想想舒家财力雄厚，舒文仕途正顺，大渝卫又管着酉司，倒是能为天麒帮衬帮衬。但天麒毕竟年幼，便问道：“常言说主少国疑，这如何是好？”

维桂说道：“道家将天枢称为贪狼，说他有大慈大悲之心，会降世普度众生，有牺牲自我以成全他人的倾向。此星既有治世之能，又有宰相之胸怀，这点将军大可放心。”

天目也说道：“郦道元《水经注·河水一》有云：玉衡常理，顺九天而调阴阳。只要为政以德，而众星拱卫，自然能保一方太平。”跃龙心下稍定，众人又聊了一会儿星象。跃龙怕维桂太累，便与缪天目起身告辞。

第二天上午，日上三竿跃龙才起来。走到院里，看见天雯拿了根竹竿，正在用蜘蛛网抓蜻蜓。连小女儿天雯也已十三岁，已经出落得明眸皓齿、娉娉袅袅，不由得心生感慨。天雯见了他，取笑道：“爹爹睡懒觉啦？太阳都晒屁股了吧？”

跃龙笑道：“天霓呢？你俩不是一向形影不离吗？”天雯见了，噘着嘴说道：“舒泰舅舅不让她随便出来玩，说十四岁都快出嫁了，不能出来疯！”跃龙说道：“那你还可以玩一年，好好玩吧！”

天雯说道：“我才不嫁人，就要爹爹陪着我！”见四下无人，于是跑到跃龙身前，轻轻说道：“爹爹，听说舒泰舅舅说了，要让姐姐嫁给那个史呆子！”

跃龙诧异地问道：“哪个史呆子？”天雯说道：“就是在咱们学署里上学的那个，黔江那个呆呆的史东玉啊！姐姐不想嫁给她，哭了好几次了。”跃龙拍了拍她脑袋，说道：“好，爹爹不让他们来提亲！来，爹爹帮你抓蜻蜓！”

说罢，拿过竹竿来，父女二人去追逐前面的红蜻蜓。玩了一会儿，跃龙背上出了些汗，觉得箭疮隐隐有些疼痛，又有些头晕目眩。刚要派人去叫李子靖来，想起他已经出家，只得回房休息片刻。

回到屋内，亲兵送上两封信来。第一封是天嗣从国子监寄来，先报了自己和塞明宇一家平安，又说到阉党专权，魏忠贤提拔魏广微为大学士，大肆诬告东林党人，汪文言、左光斗、魏大中等大臣纷纷下狱。又提到辽东局势虽然暂时稳定，但魏忠贤指使李蕃、崔呈秀等人大肆弹劾蓟辽督师孙承宗，辽东恐怕迟早生乱。

拆开另一封，却是冉天载从军中寄来。天载随冉绍文在前线征讨安邦彦，贼将陈其愚诈降，伺机杀害王三善，秦民屏也战死。贵州又陷入危局，恐怕迟早还会征召西司前去平叛。

跃龙越看越烦闷，一掌将身旁茶几拍断。正在这时，亲兵来报，说学署生员求见。这学署一共没有几位考上秀才的，跃龙一向重视教育，便命他进来相见。那生员长得獐头鼠目，拱手对跃龙说道："学署生员吴尺，拜见将军。"跃龙说道："吴先生专程拜访，想来是有所见教？"

吴尺说道："司礼监秉笔太监魏忠贤心勤体国，念切恤民，实乃国之栋梁。如今各地都在为魏公公建造生祠，晚生专程前来，也是想请求将军出资，为魏公公建造生祠。"

跃龙心下不喜，便说道："兹事体大，待请示朝廷后，再做定夺。你既中了秀才，就要用心攻读，早日中个举人进士的，也好光宗耀祖。便是本司，也会觉得面上有光。朝中大事，你们看看听听就行，眼下还是以读书为重。"

吴尺听了，只得怏怏而去。跃龙极其厌恶这生员的嘴脸，恨不得立即致信学官，革了他的生员身份。坐了半天，想起吴尺此前曾说起，其堂叔与魏忠贤身边一名太监有旧交。思来想去，终归不能得罪权倾一时的魏公公。便命人给吴尺备了银两、丹砂等物，让他去京师打点一番，拜会拜会魏忠贤。

第七十九回
叹荣枯土司修道　裂金疮将军归天

　　天启四年正月丙寅，岁星犯轩辕大星。正月癸未，日赤无光，有黑子二三荡于旁，渐至百许，凡四日。

　　近日跃龙心内烦躁，又为俗事所累，便想找桃源真人聊聊。到了栖鹤庵，跃龙命两名亲兵在山下候着，自己独自走到庵前，却累得气喘吁吁。要是在以前，这山上山下来回跑十趟也不会累，只能感慨身体大不如前。

　　进看庵内，见冉真人还在酣睡，炼丹炉旁童子也在打着瞌睡。跃龙笑道："这方外之人，过得就是逍遥！"走到桌前，见上面放着几本典籍，便随手翻了起来。

　　只见头一本写道：识破荣枯。万事俱忘，宴处村墟。盖世功名，掀天富贵，不免被物驰驱。叹南柯梦裹，断送了、多少贤愚。这田庐。算人人有分，谁肯归欤。独余洒然脱颖，任运止逍遥，自在无拘。襄笠闲堆，琴书高挂，活计冷淡潇踈。向松间石上，吟风月、云水情摅。伴清虚，枕烟霞高卧，真乐无余。

　　又翻了另一本，只见上面写道：天地初分日月高，状如鸡子复如桃。阴阳真气知时节，直待三年脱战袍。大道分明在眼前，时人不会误归泉。黄芽本是乾坤气，神水根基与汞连。龙虎丹砂义最幽，五神金内汞铅流。千朝变紫云飞去，直至大罗天上头。认得根源不用忙，三三合九有纯阳。潜通变化神光见，从此朝天近玉皇。

跃龙看了一会儿，觉得有意思，便坐在童子边上，拿起扇子照顾起炼丹炉来。过了一会儿，真人一觉醒来，看到将军大吃一惊。二人聊了聊炼丹修道之事，聊得颇为投机。

过了几天，维桂与世长辞。至此，维屏、维桂、杨秀夫这一代人已全都去世。御龙早已离世，这一代人中倒数跃龙岁数最大，身体又日渐虚弱，跃龙便渐渐有了死亡的恐惧。加之宦官当权、朝局混乱，西南、辽东战局不利，酉司也时常为赋税、徭役、灾害所困，正所谓内外交困，时时心忧。跃龙心情郁结，无可排解，此后便时常到栖鹤庵修道炼丹。

这丹药服用后，初时倒是感觉精神亢奋，但又灼热难耐，只得宽服大袖，时常卧床散热。服用久了，又伤了脾胃，跃龙身体更加虚弱。这天再香看他又在服用丹药，便劝道："这丹药吃了不少了，箭疮没见好，你这身体倒更差了！还是少吃点吧！"

天育也忧心忡忡，劝道："自古炼丹者成千上万，从未见谁得道成仙。服用丹药致死的倒是不少，光宗皇帝便是服用红丸后暴毙。修道自然是好事，这丹药爹爹还先别吃了吧！"

跃龙笑道："好小子，倒教导起你爹来了！放心吧，我自有分寸！"再香感慨道："知道你心情烦闷，只是这天下大事，哪里是你一个小小土司能改变的！还不如放宽心，多出去走走，养好身体，教育好孩子们是正事！"

跃龙叹息道："我就是操心的命，改不了啦！"天育见他不听劝解，只得从房内退了出来。闲着无事，上了大街随意走走。走过桃源大药房，见药房大门敞开，心想自李半仙去世、李子靖出家后，这药房已关门数月，今日为何又开门了？

想到此处，天育便走近查看。只见一位俏佳人正在整理药材，旁边一位儒雅男子在擦拭药柜，正是李如风兄妹二人。天育大喜，忙走过去拱手说道："如风兄，总算把你盼来了！"

李如风见了，拍了拍天育肩膀说道："我妹子非要来投奔你，我也拦不住啊！"如风听了，早已绯红了脸，说道："谁说投奔他呀！"三人都很高兴，一起聊了聊近况。

天育说起平叛情况，如风听得如痴如醉。又聊起白再筠李子靖、再英应龙的事情，兄妹二人都扼腕叹息。到了晚上，天育为如风引见了天霓、天雯姐妹，为如风引见了冉一吼等人。此后，众人便时常在一起游玩。

到了五月，跃龙已经卧床不起，病势日渐深沉。再香和天育强行让他停了丹药，但此时脾胃大伤，已经难以进食，连着数日只是喝些参汤。跃龙自知命不久矣，再香等人也是时常黯然神伤。

这天雨后天气凉爽，跃龙在屋内躺得烦闷，便命人将自己背到屋外。这时天育陪再香在屋内熬汤，丫鬟们在廊外浇花，只有跃龙自己躺椅子上养神。

忽然，恍惚看见父亲站在桂树旁，一边慈祥地看着自己，一边在浇花。这两年跃龙年岁渐长，一身伤病，一箩筐烦心事。可是放眼望去，全是等着自己照顾的人，全是等着自己下命令的人，竟没个诉苦的地方。这回见了父亲，便想跟父亲诉诉苦，却怎么也张不开嘴。维屏笑道："累了吧？累了就休息休息！"

跃龙还要说话，转眼父亲又不见了。只见围墙边站着一头白虎，不断朝这边张望。跃龙看着眼熟，想站起来却又动不了，便朝那猛虎招了招手。那白虎走近身前，俯身看着跃龙，一人一虎就这么对视着。

忽然，那白虎掉出几滴眼泪，落在跃龙脸上。跃龙定睛一看，却是天育站在自己面前，满脸泪痕地看着自己。原来刚才再香端了汤出来，见跃龙睡着了，却听不到呼吸声。伸手到鼻子边一试，竟感觉不到呼吸，忙喊天育出来掐人中。

跃龙看着眼前含泪的妻儿，想起刚才做的梦来，自知大限已到。便挣扎着说道："趁着凉爽，带我去桃花源看看吧！把来鹃社再组织起来，让孩子们都去。"

到了桃花源，只见青山妩媚，白云悠闲，流水潺潺。众人摆好藤椅，小心翼翼地将跃龙从滑竿上扶下来，在溪边坐好。此时桃林里第一批仙桃已经成熟，天机、天麒等人摘了一堆过来，就着溪水洗净供大家品尝。

天育领了五位兄弟及天霓、天雯在对面依次坐好，只有天嗣在国子监未归，虬龙、伏龙、逵龙挨着跃龙坐着。几位夫人不爱跟着吟诗作对，在不远处赏花闲聊。张天师已经七十余岁，带着童子在堂内为跃龙念诵祈福。

丫鬟们端了清茶上来，跃龙尝了一口，说道："今天就不为难你们了，不用作诗了。一家人难得聚这么齐，吃着仙桃，摆摆龙门阵也好。"

虬龙笑道："当年父亲在的时候，常常让咱们兄弟作诗，每次都把我憋坏了。

还是三哥仁慈啊，饶了他们了！"伏龙也笑道："可不嘛！当年只要听父亲说要来桃花源，我就心里发慌，知道又要作诗了！"

跃龙笑道："这桃花源是世人向往的地方，咱们小的时候却因为要作诗，都不愿来玩了。"伏龙说道："我要有三哥这才华，我就不怕了。"跃龙笑道："既然如此，今天就让孩子们都说说，为何世人都这么喜欢桃花源？"

天麒刚九岁，舒泰时常告诉他，要多在将军面前展现自己，以便将来继承宣慰使。听这问题简单，便抢先答道："因为这里风景优美啊！这里有山有水，有满山桃花，又清净自在。往这里草地上一躺，感觉什么烦恼都没有了！"

天雯驳斥道："不对吧，风景优美的地方多了，可是桃花源只有一个！因为当时的人要躲避暴政，他们发现这里有良田、美池、桑竹，可是又与世隔绝，不会被人打扰。能够生活得怡然自得，所以大家都喜欢这里。"

天机说道："可是桃花源已经不再与世隔绝了啊，哪里还能做到不受外界干扰？"跃龙问道："那怎么办呢？世上的人这么多，好不容易逃到了桃花源，慢慢这里也人来人往了，还能往哪里逃？"

天霓坐在一旁，想到舅舅已经私下联络史东玉的父亲，要他们过来提亲，心里有感而发，便说道："依我看，这桃花源不过是大家心中的一个梦罢了。在现实生活中大家有种种不自在，就想有桃花源这么个地方，能够无拘无束，自由自在。"天德、天泽毕竟才八岁，初时还能听懂，到后来就只能瞪大了眼睛看着大家。

天雯说道："二姐说得对！陶渊明自己也发现桃源难觅，于是写了：结庐在人境，而无车马喧。问君何能尔？心远地自偏。只要自己心里有桃花源，过好自己的生活，在哪里不能怡然自得呢？"

天胤不以为然地说道："这也太绝对了吧！当时的人如果不是被战乱逼得没办法了，谁会逃走呢？刀都架到你脖子上了，还能心远地自偏？我不信！"

跃龙问道："照这么说，逃的话最终无处可逃，不逃的话又身不由己。那怎么办呢？"伏龙笑道："三哥你可别看我，这种费脑子的事情，我是最想不明白的。"虬龙也笑道："天育喝过国子监的墨水，你来说吧！"

天育说道："那我就斗胆说说，不对的地方请爹爹和两位叔叔指正。依我看啊，这桃花源可不是能碰运气碰到的，而是要靠大家自己去努力。只要天下太平，百姓安居乐业，大家都能吃饱穿暖，处处都是桃花源啊！"

天胤说道："大哥说得容易，哪有那么多太平盛世啊！就说现在，辽东、西南都在打仗，当地的人还有什么太平日子。就是咱们，又要被征调打仗，又要交各种赋税，难啊！"

天育说道："外面的事情咱们管不了，西司还是能管嘛！这些年父亲推广外面传进来的粮食，以前不能种水稻麦子的地方，现在能种包谷和洋芋，增加了不少产量。你看贵阳饿死多少人了，咱们这里起码没饿死人。"

遠龙也说道："这倒是！从大宋时期咱们入主西司，到现在五百年了。这期间换了多少朝廷了，可是咱们这里从来没有叛军、土匪攻进来，起码老百姓不会流离失所！以前播州杨应龙造反，到如今奢崇明安邦彦造反，贵州和成都一代死了多少人了！"

跃龙问道："既然这样，过去五百年祖宗们守住了基业，往后靠什么守呢？"天育想了想，说道："当年皇上给先祖赐名守忠、守孝，先祖又将祠堂命名为忠孝堂，将司城命名为忠孝坝。以此看来，还是要靠忠孝二字传家守业。"

跃龙听了，点头说道："这算是抓住根本了！人之行，莫大于孝。孝是诸德之本，国君可以用孝治理国家，臣民能够用孝立身理家。往大了说，是要老吾老以及人之老，往小了说是家和万事兴。这卯洞司和百户司原本是亲兄弟，保靖宣慰和两江口舍人原本也是兄弟，都为一己之利相互仇杀多年。老百姓跟着遭殃不说，自己地盘也经常被周边土司趁机侵占。"

虬龙感慨道："三哥说得好啊！这些年在三哥治理下，咱们族人和睦，品级恢复为宣慰司，地盘也扩大到鼎盛时期。兄弟们都很佩服！"伏龙说道："是啊！三哥的功绩，是要载入族谱的。"

跃龙叹息道："创业艰难，守成也不容易啊！虽然如今皇上信任，咱们晋升为宣慰司，可是还得尽忠竭力，保境安民。否则，石砫金事被免，就是前车之鉴啊！"

遠龙说道："可叹如今阉人当道，朝纲混乱啊！辽东战局日渐不利，西南战事又风起云涌。咱们终究不在朝堂，难以力挽狂澜啊！"跃龙说道："君子尽忠，则尽其心；小人尽忠，则尽其力。天下尽忠，淳化而行也。咱们就做好自己的事情吧！"

天育起身说道："儿子记住了！"跃龙说道："忠孝二字，你们不但要记住，更要作为一生的座右铭。"众人齐声说道："是，将军！"再香见他一口气说了这么多话，中间几次想要让他休息，但是见他在教导子弟，又不能打断，见他终于说完了，忙过来握住他的手，说道："先歇会儿吧！回头再慢慢教他们。"

跃龙握着她的手，笑道："听妹子的！"说完觉得疲乏了，便用手撑了下巴，闭上眼睛养养神。众人也不愿走开，继续坐着闲聊。忽然，跃龙撑着下巴的手滑了下来，脑袋耷拉到再香的怀里。

天育大惊，忙大喊道："如风大哥，快来帮忙！"原来天育担心父亲的身体，提前以让李如风兄妹到桃源候着。二人听到喊叫，忙跑了过来施救。再香等五位夫人也忙围了过来，焦急地看着。

过了一会儿，跃龙睁开了眼睛，众人长舒了一口气。跃龙此时精力不继，自知时辰已到。只是看着天育，天育忙过来跪在跟前。跃龙极其虚弱，气息微弱地说道："老五！"天麒忙过来跪下。跃龙看了看天育，说道："辅佐好你五弟！"

天育磕了一个响头，哭着说道："儿子记住了！"天麒也磕了头。天霓不想嫁给史呆子，本想求父亲推了这门亲事。可是见弟弟接了大位，又想起母亲的话来，坐在地上心乱如麻。

跃龙又说道："上个月孔知府来访，他家闺女年方二八。天育该娶亲了！"如风在旁边听了，一下子靠到了哥哥的肩上。再香轻轻拍了拍跃龙的背，说道："等你好了，自己给他张罗吧！"

跃龙又对天麒说："老五啊，以后要好好对你的哥哥弟弟。你娘虽然过世了，这几位都是你的娘亲，要好好侍奉她们！"天麒磕头说道："儿子记住了！"

跃龙看着众人，心里各种不舍、担忧一起涌上来，但已没有力气说太多话。此时正值夏日，洞口尚且阳光明媚，众人头顶上的乌云却滴起雨来。再香忙拿了伞过来撑上，跃龙摆了摆手，说道："桃源甘霖，岂能辜负？"

再香知道他生平最喜"此身合是诗人未，细雨骑驴入剑门"之句，此时又犯了痴劲，只得劝道："先避避雨吧！等你身体好了，我陪你淋雨去！"

跃龙伸手接住几滴雨珠，想起当初父亲去世前，对司内兵权、事权进行了周密安排，为大哥接任铺好了路。可是计划哪里又能赶上变化，要守护好祖宗基业终归要靠每一代人自己努力，当父母的又岂能照顾子女一辈子。自己于危难中继承大业，二十年来披荆斩棘、南征北战，这些事哪里又是父亲当年能预想到的。

最近跃龙潜心修道，常在典籍中与古人共参荣枯兴亡之事。想想自己最近一直杞人忧天，不由哑然失笑，于是轻轻吟诵道："莫听穿林打叶声，何妨吟啸且徐行。"天育等人听了，一起吟诵起来。在这吟诵声中，大酉宣慰使冉跃龙就此离开了人世。

莫听穿林打叶声，何妨吟啸且徐行。竹杖芒鞋轻胜马，谁怕？一蓑烟雨任平生。

料峭春风吹酒醒，微冷，山头斜照却相迎。回首向来萧瑟处，归去，也无风雨也无晴。

——苏轼《定风波·莫听穿林打叶声》

附录·忠孝堂冉氏谱系

一、各支派谱系

（一）冉守忠后裔

1. 入西分支（冉守忠长子文炳后裔，宣抚使冉如彪支派）

（1）冉玄（第99世），字宗易，号月坡。修《乾隆酉谱》时，为避玄烨讳，改为冉元。冉仪长子，袭职宣抚使。明嘉靖二十年（1541年），奉旨重修唐驸马万县冉仁才之墓，并题"潜德重光"。

黎氏，诰封淑人。生子维翰、维屏、维藩；生一女嫁保靖宣慰使彭养正，名讳不详。

李氏，荆州人，后人总谱未记载。

杨氏，俊倍司人，后人总谱未记载。

彭氏，保靖宣慰彭荩臣女，无出。

（2）冉亨（第99世），冉仪次子。冉玄与周边土司大战，被朝廷责罚，携次子维屏潜逃。冉亨协助冉玄长子维翰袭职，后维翰被叛逆所害，冉亨摄理司事十余年，最终迎维屏回西袭职。子维镇、维桂。

（3）冉亶（第99世），冉仪第三子。勾结永顺等司谋乱，里应外合袭击冉玄，为冉玄、冉亨等人联合诛杀。

（4）冉京（第99世），冉仪第四子。事迹不详。子维纶。

2. 乌罗长官司（冉守忠长子文炳后裔，冉如鹤支派）

冉荣恩（第99世），乌罗长官司副长官。治今贵州松桃苗族自治县乌罗，隶属铜仁府。子允忠。

冉允忠（第100世），袭职乌罗长官司副长官。夫人杨氏，邑梅长官杨通易之女，生苍龙。

冉苍龙（第101世），袭职乌罗长官司副长官。

3. 真州长官司（冉守忠次子文灿后裔）

冉瑚（第99世），真州长官司长官（历史上该司记载颇乱），治今遵义市道真县，隶播州宣慰司。子伯刚。

冉伯刚（第100世），袭职真州长官司长官，子冉晟。

冉晟（第101世），平播后，改授同知。

4. 龙泉坪长官司（冉守忠第三子文烜后裔）

冉观阳（第99世），龙泉坪长官司百户。治今遵义市德江县（有争议）。子克明。

冉克明（第100世），龙泉坪长官司百户，战死。冉现龙（第101世）过继。

（二）冉守孝后裔

冉承恩（第99世），沿河祐溪长官司副长官。治今沿河土家族自治县域大部分地区，属思南府。

冉昌明（第100世），袭职沿河祐溪长官司副长官。

（三）冉守时后裔

冉文爵（第98世），石砫宣抚司佥事，因与妹夫马千驷参与播州叛乱，被革职。

冉增（第99世），文爵长子。

冉镒（第99世），文爵次子。生四子：世藩（第100世）、世盛、世荣、世华；再传生绍智（第101世）、绍卢、绍明、绍脱；再传天载（第102世，虚构）等人。

冉忠（第99世），文爵第三子。

冉孝（第99世），文爵第四子。

（四）万县支派

李渊太原起兵时，冉安昌、冉仁才父子割据巴东郡白帝城。唐高祖将亲王之女汉南县主嫁给冉仁才。冉安昌父子率兵顺江而下，配合唐军进围江陵，擒萧铣。高祖封冉安昌为黄国庄公、信州刺史、夔州都督。冉仁才历任泾、浦、澧、袁、江、永六州刺史，归葬万县（今万州区城郊驸马乡驸马村）。冉守忠、守孝、守时均为其后裔。

1. 冉维功（第 100 世）。万县看守祖坟一支后人。有文才，协助宣抚使冉维屏编撰族谱。

2. 冉世洪（第 101 世）。成都左卫百户，奢崇明叛乱时战死，赠守备。子绍文。

二、入酉大宗谱系

（一）第 100 世

1. 冉维翰。冉玄长子，袭宣抚职，被叛逆所害。

2. 冉维屏。冉玄次子，袭宣抚职。

杨氏，指挥使杨胜业之女。生嫡子御龙、跃龙；生女玉梅（虚构）。封恭人，进淑人，一品太夫人。其弟杨秀夫（虚构），前营舍把，封守备。

刘氏，生梦龙（庶长子，夭折）、虬龙（行六）、腾龙（行九）、从龙（行十）、变龙（行十三）；生女玉兰（虚构）。其弟刘宗清，左营舍把。

杨氏，生登龙（行四）、华龙（行五）、伏龙（行八）、现龙（行十一）、见龙（行十二）。疑为播州宣慰使杨应龙之妹。

彭氏，永顺宣慰使彭永年之女，生应龙（行七），女玉竹（虚构）。

3. 冉维藩。冉玄第三子，事迹不详。

4. 冉维镇。冉亨长子，袭职宣抚司舍人。参与叛乱。

5. 冉维桂。冉亨次子，袭职宣抚司舍人。其子达龙，袭职舍人，再传冉天彝。

6. 冉维纶。冉京之子，分支在宜居。子冉人龙。

（二）第 101 世

宣抚使冉维屏后人。

1. 冉梦龙。庶长子，早夭。

2. 冉御龙。嫡长子，字中乾。袭职宣抚使，为应龙、维镇、彭氏叛乱所害。

杨氏，诰封淑人。虚构为前营舍把杨秀夫之女，生一女天霖（虚构），嫁卯洞安抚司长官向位之子向同廷。

彭氏，永顺宣慰使彭元锦之女。丫头月桂。

3. 冉跃龙。维屏嫡子，袭宣抚职，因功加升宣慰使。

舒氏，诰封夫人，先跃龙一年薨，嫡子天麒。虚构其父为商人舒问道，弟弟舒泰。虚构一女天霓。

白氏，名再香，诰赠一品太夫人。生天育、天嗣。妹白再英，堂妹白再筠。其父白邦镇为酉东总管，叔父邦臣、邦铭。

刘氏，生天胤。虚构为左营舍把刘宗清之女，虚构一女天雯。

杨氏，生天机。虚构为设平茶长官司杨光祖之异母妹。

王氏，生天德。虚构为富商之女。

李氏，生天泽。虚构为中军营李熙之妹。

4. 冉登龙。行四，虚构为右营舍把，受播州叛乱牵连。

5. 冉华龙。行五，无传。

6. 冉虬龙。行六，虚构为左营舍把。

7. 冉应龙。行七，屡次叛乱。

8. 冉伏龙。行八，分支董河小官山。

9. 冉腾龙。行九，分支杨家坝。虚构为大渝府酒楼负责人。

10. 冉从龙。行十，生子天径，无传，业归天祚，分支黑水。

11. 冉现龙。行十一，虚构出播州，过继冉克明。

12. 冉见龙。行十二，辽东阵亡。诏赠武德将军。

13. 冉变龙。行十三，分支秀山。

（三）第 102 世

宣慰使冉跃龙后人。

1. 冉天育。字大生，庶长子，国子监生。

2. 冉天嗣。字肖生，庶二子，监生。

3. 冉天胤。庶三子，修谱时避讳雍正讳改天允。崇祯年间带兵平叛，升松潘东路小河游击，转清浪参将，升龙安总镇。

子奇锦，征思南，功授遵义，落业白石。

4. 冉天机。庶四子，武生，初授守备，分授清溪。

5. 冉天麒。嫡子，九岁袭职宣慰使。

6. 冉天德。庶六子，贡生，过继宜居维伦。永历年间任云南都督，永历乙亥年在贵州威青卫九龙山云天寺殁，葬云南威庆天山磨子石坟。

7. 冉天泽。庶七子，贡生，功授文武两途，兵部职方司司务。

附录·参考资料

一、书籍

1. 张廷玉等，《明史》。

2. 史官，《明实录》。

3. 辽宁省档案馆编，《中国明朝档案总汇》，广西大学出版社，2001。

4. 王梦庚、寇宗，《大渝府志》。

5. 邵陆，《酉阳州志》，巴蜀出版社，2010。

6. 王鳞飞等，《酉阳直隶州总志》，同治三年。

7. 酉阳县志编纂委员会，《酉阳县志》，大渝出版社，2002.8。

8. 秀山县志编纂委员会，《秀山县志》，中华书局，2001.8。

9. 彭水县志编纂委员会，《彭水县志》，四川人民出版社，1997。

10. 黔江土家族苗族自治县县志编幕委员会，《黔江县志》，中国社会出版社，1994。

11. 酉阳县民宗委编，《酉阳土司志》，四川科学技术出版社，2020。

12. 邹明星等，《酉阳土司》，西南师范大学出版社，2006.5。

13. 新修渝东冉氏族谱续修委员会，《冉氏族谱》，1993。

14. 酉阳冉氏族谱续修委员会，《冉氏忠孝谱》。

15. 谷应泰，《明史纪事本末》。

16. 徐光启，《明经世文编》。

17. 黄仁宇，《万历十五年》，三联书店，2008。

18. 熊廷弼，《熊廷弼集》，学苑出版社，2011.5。

19. 李化龙，《平播全书》，商务印书馆，1936。

20. 顾炎武，《天下郡国利病书》，上海书店，1985。

21. 李世愉，《清代土司制度论考》，中国社会科学出版社，1998。

22. 吴永章，《中国土司制度渊源与发展史》，四川民族出版社，1988。

23. 陈梦昭，《酉阳历代诗词选》，西南师范大学出版社，2008。

24. 常明修、杨芳灿，《四川通志》，清嘉庆本。

25. 赵尔巽，《清史稿》，中华书局，1976。

26. 大渝市民族宗教事务委员会，《大渝民族志》，大渝出版社，2002 年。

27. 台湾中央研究院历史语言研究所，《明清史料·辛编》，中华书局，1987。

28. 石亚洲，《土家族军事史研究》，民族出版社，2003。

二、论文

1. 邹明星，《酉阳历史之考证》，涪陵师范学院学报，2006.3。

2. 曾超，《二酉英华》土司"史影"稽考，长江师范学院学报，2017.6。

3. 曾超，《冉守忠开创酉阳土司条件考察》，湖北民族学院学报（哲学社会科学版），2013.3。

4. 曾超，《酉阳司权力赋值绩效研究》，大渝师范大学学报，2016.6。

5. 东潇，《非物质文化视角的酉阳土司遗存》，大渝社会科学，2009.9。

6. 董嘉瑜，《改土归流与区划调整——清代酉阳直隶州为例》，复旦大学，2019.6。

7. 王友富，《论土司时期乌江流域的经济开发——以酉阳冉土司辖区为例》，青海民族研究，2016.4。

8. 王静，《酉阳土司时期经济述论》，大渝教育学院学报，2009.5。

9. 冉进、彭福荣，《明代酉阳土司社会控制述略》，怀化学院学报，

2009.3。

10. 冉敬林，《明代酉阳土司特点》，贵州文史丛刊，1995.4。

11. 冉敬林，《明代酉阳制度略述》，贵州文史丛刊，1994.5。

12. 吴晓玲，《明代中后期酉阳土司与永顺土司关系研究》，长江师范学院学报，2017.6。

13. 徐琼，《明代邑梅土司与酉阳土司的关系研究》，吉首大学，2013。

14. 李伟，《冉氏土官土司移民与酉阳民族关系》，中南民族大学学报，2009.3。

15. 白俊奎，《土司制度下的酉阳直隶州酉水流域后溪白氏土官考论》，大渝教育学院学报，2007.4。

16. 东人达，《酉阳土司文化遗产保护与开发论证》，涪陵师范学院学报，2005.11。

17. 彭福荣，《酉阳冉氏土司的沿革、族属与民族关系》，长江师范学院学报，2011.1。

18. 刘小寒，《酉阳土司文化建设述论》，黑龙江史志，2009.14。

19. 王静，《酉阳土司文化遗产构成、现状与保护》，黑龙江史志，2009.6。

20. 张万东，《土司的权力世界——以明代酉阳宣抚使冉元为例》，长江师范学院学报，2012.7。

21. 李良品，《建国以来西南地区土司问题研究综述》，乌江研究，2006.1。

22. 王子今，《"忠孝"与"孝忠"：中国道德史的考察》，长江师范学院学报，2015.2。

23. 潘浩，《清代土贡制度述略》，光明日报，2015-03-21。

24. 覃莅坤，《鄂渝地区土司权力更迭现象考略》，广西民族师范学院学报，2020.2。

25. 朱皓轩，《从"朝贡"到"土贡"：明清西南土司内地化的一个侧面》，广西民族研究，2019.6。

26. 张仁玺、冯昌琳，《明代土贡考略》，学术论坛，2003.3。

27. 张万东，《明清王朝对渝东南土司统治研究》，吉林大学博士学位论文，2016.12。

28. 李良品，《乌江流域土家族地区土司时期的经济发展及启示》，湖北民族学院学报，2008.1。

29. 李良品，《明代西南地区土司进献大木研究》，乌江论丛，2008.2。

30. 李良品、田小雨，《论明代贵州水西安氏土司战争与民族关系》，贵州民族研究，2012.1。

31. 李良品、邹淋巧，《论播州"末代土司"杨应龙时期的民族关系》，贵州民族研究，2010.5。

32. 东人达，《明清"赶苗拓业"事件探究》，贵州民族研究，2006.6。

33. 李伟，《乌江下游土司时期贡赋制度考略》，贵州社会科学，2005.2。

34. 曾超，《李化龙平播纪功铭与国家认同内涵研究》，长江师范学院学报，2015.5。

35. 龚荫，《略论土司制度的作用与流弊》，西南民族学院学报，1989.2。

36. 东人达，《三峡石柱土司文化遗产的保护与开发》，中南民族大学学报，2006.1。

37. 张婷，《明代四川土司述要》，四川大学硕士论文，2005。

38. 杨花，《明代渝东南亚地区土司与中央政府关系初探》，大渝交通大学学报，2010.2。

39. 刘霞，《西兰卡普技艺之启承——土家族非物质文化遗产解读》，武汉理工大学硕士论文，2008。

40. 冯敏，《秀山土家族家庭研究》，中央民族大学硕士论文，2006。

41. 李冰心，《明清渝东南地区土司的品官命妇封赠研究》，西南大学硕士论文，2019.5。

42. 陈世松，《论秦良玉》，四川大学学报（哲学社会科学版），1978.2。

43. 彭强，《湘西女土司白氏夫人》，老年人，2007.3。

44. 莫代山，《明清时期土家族土司争袭研究》，贵州社会科学，2009.6。

45. 杨现昌，《明代国子监若干问题研究》，安徽大学硕士论文，2005.6。

46. 凌皓、刘淑兰，《明代国子监的坐监积分与实习历事制度》，教育科学，1994.3。

47. 吴洪成、蔡晓莉，《明代大渝官学述评》，河北广播电视大学学报，2018.8。

48. 许大龄，《明朝的官制》，讲座。

49. 赵世瑜，《卫所军户制度与明代中国社会——社会史的视角》，清华大学学报（哲学社会科学版），2015.3。

50. 李晋华，《明代辽东归附及卫所都司建置沿革》，明代边防，1968。

51. 吴缉华，《明末辽饷与带运粮》，明代社会经济史论丛，1970。

52. 陈玲，《明初北方边防的经营与边患的研究》，台湾文化大学史学研究所硕士论文，1985。

53. 罗维庆、罗中，《明代土家族地区羁縻卫所研究》，中国边疆民族研究，2010.2。

54. 安红，《浅析朱燮元与奢安之乱的平定》，长江师范学院学报，2017.12。

55. 颜丙震、崔晓莉，《明代"播州之乱"与"奢安之乱"比较研究》，大渝科技学院学报（社会科学版），2017.10。

56. 东人达，《明末奢安事件的起因与作用》，贵州民族研究，2005.6。

57. 李金涛，《萨尔浒之战研究》，中央民族大学硕士论文，2012.2。

58. 顾珊，《后金攻占沈阳城始末》，沈阳故宫博物院院刊，2010.10。

59. 孟月明、李学成，《萨尔浒之役明朝败北的内部因素考析》，满族研究，2019.3。

60. 刘尧峰，《土家族武术文化研究》，中国体育科技，2016.4。

61. 张民服，《对明代人口问题的几点再认识》，中州学刊，2006.1。

62. 陈宝良，《明代的物价波动与消费支出——兼及明朝人的生活质量》，浙江学刊，2016.2。

63. 苏倩雯，《浅析明代赋役制度与商品经济关系》，淄博师专学报，2016.4。

64. 姜舜源，《明清朝廷四川采木研究》，故宫博物院院刊，2006.4。

65. 冯祖祥，《明代采木之役及其弊端》，北京林业大学学报，2008.6。

66. 蓝勇，《明清时期皇木采办》，历史研究，1994.6。

避大西洞耕两河口渡三家山桃源难觅，
平九溪蛮炼八卦炉学七步诗忠孝传家。